新 时 代
山乡巨变
创作计划

GREAT CHANGES OF
MOUNTAIN AREAS LITERARY
PLAN FOR A NEW ERA

王　松

　　祖籍北京，现居天津。1982年毕业于天津师范大学数学系。中国作协第八、第九届全委会委员，文学创作一级，天津文史研究馆馆员，享受国务院特殊津贴。曾在国内各大文学期刊发表大量长、中、短篇小说，出版长篇小说单行本及个人作品集数十种。代表作有，长篇小说《烟火》、《暖夏》、《寻爱记》、《爷的荣誉》等，中篇小说《红骆驼》、《双驴记》、《红汞》、《哭麦》、《事迹》等。作品多次在国内获各种文学奖项。曾获中国作家出版集团"优秀作家贡献奖"。中篇小说《红骆驼》获第八届鲁迅文学奖。

热雪

王 松·著

作家出版社

天地之风气正，则十二律定矣。

——《吕氏春秋·音律》

雨雪雰雰……既优既渥，既沾既足，生我百谷。

——《小雅·信南山》

主要人物（以先后为序）

田镇长——男，39岁，本名田振声，青山镇镇长。

十三幺儿——男，51岁，本名赵太极，赵家坳村民。"太极大酒楼"
　　　　　　经理。

赵老柱——男，53岁，赵家坳村委会主任兼村书记。

葫芦爷——男，108岁，本名赵筐银，赵家坳村民。自称"茶寿之人"。

大眼儿灯——女，49岁，本名陈秀花，赵家坳村民，十三幺儿的
　　　　　　老婆。

杨巧儿——女，50岁，本名杨小娥。赵家坳村民，赵老柱的老婆。

肖天行——男，50岁，绰号"肖大锣"，赵家坳村民。后为天行健集
　　　　　　团董事长。回赵家坳投资，注册"三河口投资管理发展有
　　　　　　限公司"，发展有机农业。年少时，曾是戏曲老艺人张久
　　　　　　阳的"架马子"徒弟。

肖红医——男，1932年生，肖天行的祖父，赵家坳村医。

幺蛾子——男，43岁，本名程大叶，赵家坳村民。天行健集团旗下
　　　　　　的"三河口投资管理发展有限公司"副总经理。

崔书林——男，51岁，赵家坳村民。临江驿饭庄经理。

张三宝——男，38岁，海州县人，张久阳重孙。海州县评剧团策划
　　　　　　兼音乐总监。曾作为县里派下的扶贫干部在赵家坳驻村。

张久阳——男，1900年生，河北乐亭人。评剧老艺人，先在天津搭
　　　　　　班儿，后定居赵家坳。

赵碌碡——男，1941年生，赵老柱之父，赵家坳村民。曾任赵家坳生产队长。

赵　五——男，1941年生，十三幺儿之父，赵家坳村民。后拜张久阳为"授业师父"。

筱燕红——女，1943年生，十三幺儿之母，评剧老艺人，曾是"广和班"当家花旦。

赵老柱娘——女，1945年生，赵家坳村民。

白玉香——女，35岁，海州县评剧团团长。应工青衣花旦。

小德子——男，30岁，本名齐德明，海州县评剧团演员，应工小花脸。

老　胡——男，48岁，本名胡长安，青山镇文化中心主任。

曹广林——男，42岁，甘肃人，来赵家坳投资，搞果木种植。

蔫有准儿——男，55岁，本名赵老球，赵家坳村民。

窜天猴儿——男，23岁，本名赵传，赵家坳村民，蔫有准儿之子。曾拜县评剧团演员小德子为老师，学"武二花"。

杠　头——男，40岁，本名赵兴春，赵家坳村民。"杠头酱豆腐"传人。

刘二豹——女，37岁，本名刘二芳，赵家坳村民，杠头的老婆。

刘一唱——男，30岁，本名刘庆田，赵家坳村民，刘二豹的娘家胞弟。

肖圆圆——女，26岁，肖天行之女。天津农林大学硕士研究生毕业，回乡创业。

牛大衍——男，62岁，天津农林大学教授。在东金旺村建有实验室，专门从事培育小麦新品种"金旺"系列的科研工作。

宋　佳——女，25岁，肖圆圆的大学同学，在牛大衍实验室工作。后落户赵家坳。

陈　进——男，26岁，肖圆圆的高中同学，在县人民医院的院办工作。后与宋佳结合。

程　弓——男，22岁，赵家坳村民，大眼儿灯的娘家外甥。一直在天津打工，后回赵家坳发展，在太极大酒楼给十三幺儿当助理。

陈广福——女，51岁，本名陈兰香，赵家坳村民。大眼儿灯的堂姐。

徐书记——男，42岁，本名徐明义，青山镇党委书记。

目录

打通儿·夹钟

田镇长直到从太极大酒楼出来，才意识到，这次赵家坳真来对了。

太极大酒楼在十字街，坐西北，朝东南，门脸儿斜对着西南面的文化广场，旁边紧靠通向驴尾巴河边的商业街，是赵家坳最繁华的地段。这会儿正是上人的时候，酒楼门口已堵得水泄不通，有来吃饭的，也有看热闹的。酒楼老板十三幺儿刚才还急扯白脸，嗓门儿大得震耳朵，这时已达到目的了，眨眼工夫，长乎脸儿就变圆乎脸儿了，调门儿也降下来，客客气气地把小杨送出来。临了儿，还不土不洋地招手"拜"了一声，把小杨弄得哭笑不得。倒是村主任赵老柱，还愣磕磕地戳在那儿，嗓子眼儿像堵了的地漏儿，咕噜咕噜的。

这时，人群里有人打了个嗨声。

赵老柱一回头，是葫芦爷。

于是，又横了十三幺儿一眼，也挤出人群走了。

这个中午，田镇长本来只想在街上的小铺吃碗拉面，进太极大酒楼是临时动意。这个酒楼在赵家坳名气很大，酒楼老板十三幺儿则不光在赵家坳，在整个青山镇一提也都知道。这时已经走到这儿了，就想趁这机会进去看看，这个酒楼到底是怎么回事。

小杨有些含糊，低声提醒说，咱来这种地方吃饭，合适吗？

田镇长一笑，心里有根。小杨刚调来，又是第一次下乡，不会有人认识。

小杨说，我是说您。

田镇长回头看看他。

小杨说，您这镇领导，肯定都认识。

田镇长又笑笑，用手推了一下鼻梁上的光学眼镜。这个眼镜是特制的，镜框比普通眼镜大一圈儿，不变色的时候也比一般的镜片要深，平时又不戴眼镜，所以即使认识的人，如果不细看，就是走对面也不一定能认出来。

两人走进酒楼，在靠墙一个不起眼的桌前坐下，一人要了一碗手擀面。起初只顾低头吃，酒楼里人多，也乱，并没注意旁边不远桌上的赵老柱。赵老柱也没注意这边。他还带了两个人，看意思是外地客人。后来他在柜台那边说话，一个女人的声音越来越大，才引起田镇长的注意。小杨在镇政府见过赵老柱，知道他是赵家坳的村主任兼书记。

这时，刚要张嘴说话，田镇长冲他做了个手势。

两人听了一会儿，才明白了。赵老柱和这两个外地客人在那边的桌上吃完了饭，到结账的时候要挂账。伙计做不了主，让他自己去跟柜上说。赵老柱一听有些不悦，但还是来到柜台跟前。站柜的是十三幺儿的老婆，绰号叫大眼儿灯。她这绰号是自己取的。她平时爱唱评戏，且唱的是彩旦，高兴了也唱京戏的"玩笑旦"，尤其唱"南锣儿"和"柳枝腔"，在赵家坳是独一份儿。当年天津的戏曲老艺人，旦角儿取艺名大都带个"灯"字，"一盏灯""三盏灯""五盏灯""七盏灯"，都是有名有姓的大角儿。她的两眼出奇地大，且是"龙眼"，像电灯泡儿一样鼓着，于是就给自己取名叫"大眼儿灯"。所以，她这大眼儿灯不是绰号，其实是艺名。大眼儿灯这时站在柜台里，脑后梳个撅尾巴鬏儿，一听就拨楞着脑袋说，不行，我们老板有话，甭管谁来，一律现吃现结，一不打折，二不挂账。

赵老柱一听，脸上就有点儿挂不住了。其实他平时从不挂账，况且如果不是来了外地客人，也极少来这样的地方吃饭，今天只是好面子，想在客人面前卖派卖派自己这村主任的身份，才一时心血来潮，说要挂账，没想到让这大眼儿灯一棍子给闷回来。

这时瞥一眼跟过来的两个客人，哼唧着说，我挂的，是村委会的账。

不料大眼儿灯还不买账，一边给别的客人拿烟拿酒，又把脑后的撅尾巴鬏儿摇了摇说，别说村委会，镇政府也不行，县里的牛副县长咋样，上回来了也照样掏手机，微信支付，我们老板说了，就是皇横二大爷来了也该咋算咋算，没打折挂账这一说。

田镇长听到这儿，差点儿笑喷了。

大眼儿灯字正腔圆，成心把"皇上"说成"皇横"，还故意把这两个字咬得很真绰儿。这一下赵老柱就有点儿要急。今天请的这两个人是村委会的重要客人，他这村主任又难得带客人来这里吃饭，大眼儿灯却堵着笼子要蛋，立逼结账，这也太不给自己面子了。但他急，跟别人不一样，别人急是急在脸上，再急能蹦起来，他不是，越急反倒越不着急。这时，本来就不高的调门儿反而降得更低了，点头说，行啊，你非要钱，就去村委会拿吧。

说完，朝身边的两个客人示意了一下，就转身要走。

这时，十三幺儿不知从哪儿冒出来，挡住去路。

十三幺儿问，哪儿去？

赵老柱看看他，咋着？

十三幺儿不慌不忙地说，结账。

赵老柱说，我刚说了，你没听见？

十三幺儿点点头，没听见。

赵老柱哼一声说，上村委会拿去。

十三幺儿一拨楞脑袋，我不认识村委会。

赵老柱眯起眼看看他，你不认识村委会？

十三幺儿说，我不管啥委会，在这儿吃饭，就得给钱。

赵老柱嗤的一声，好大的口气！

大眼儿灯在旁边上着彩旦的戏韵说，对啊，这是王八的屁股——

赵老柱回头看她一眼，一下没反应过来。

大眼儿灯又拉着长声儿说，龟——腚——（规定）！

旁边看热闹的人立刻都笑了。

赵老柱的脸涨红了，哼一声说，过去，你们可不这么说话。

十三幺儿面无表情地说，是啊，这是小王八儿的屁股。

赵老柱又一愣，冲他眨巴眨巴眼。

大眼儿灯又在旁边甩着腔儿说，新——龟——腚——（新规定）!

旁边的人更笑起来。

十三幺儿不说话了，眯缝起眼，看着赵老柱。

赵老柱这时已气得浑身都鼓起来，也看着十三幺儿。

话已说到这个份儿上，也就僵在这儿了。赵老柱的身上还真没带钱，但就是带了，这会儿也不能拿出来了。这时，旁边看热闹的人已经越围越多。十三幺儿朝周围扫一眼，突然长高调门儿说，这都啥年月了，别管到哪儿，还有吃完了一抹嘴就走的吗？说着就又长了一个调门儿，还真拿自己当镇长啦，就是田镇长来，他也不敢这么干!

显然，他这是在成心寒碜赵老柱。

田镇长捂住嘴，没让自己笑出来。

这时，赵老柱使劲喘出一口气说，我这是公事。

这一下十三幺儿更逮着理了，公事，公事就能大吃大喝啊，不知道上面定的规矩吗？

赵老柱气得脑门儿都绿了，声音忍不住也大起来，标准的四菜一汤，咋大吃大喝了？

十三幺儿微微一笑，四菜不假，可得看是啥菜，这一汤，也得看是啥汤。

赵老柱又喘出一口气，我这是，谈工作!

十三幺儿不慌不忙地说，既然谈工作，就更该公事公办，三大纪律八项注意是咋说的？你们村干部也是干部，更得带头，啥叫不忘初心？还用我们老百姓给你讲光荣传统吗？

这时，酒楼门前已经堵严了，吃饭的也不吃了，都凑过来，就等着看这事儿最后怎么个结果。旁边的两个客人满脸通红，已经几次要掏钱替赵老柱付账。赵老柱的脾气也上来了，把他俩的手扒拉开，粗声说，没你们的事！我今天倒要看看，他能把我这村主任咋样！

十三幺儿的眼也瞪起来，咋样？你今天不把这饭钱结了，还就走不了！

赵老柱的鼻子眼儿和嗓子眼儿同时哼出一声，我还就不信了！

说完，拉起两个客人就朝外走。

十三幺儿上前一把揪住他，回头冲老婆大眼儿灯喊，报警！打110！有人吃霸王餐！

赵老柱一愣，没想到十三幺儿会来这一手。

大眼儿灯一听，真就抓起手机拨打了"110"，扯着评戏韵白甩着腔儿说，110啊，你们快来啊，我们酒楼——出事啦——！对，赵家坳十字街！有人吃霸王餐还闹砸儿啊——！

"闹砸儿"是开饭馆儿的行话，意思是寻衅滋事。

这一下，赵老柱还真不能走了。如果让警察追到村委会去要钱，这脸就丢到家了。于是只好硬着头皮站定，等着警察来。再一想，心里反倒踏实了。镇上派出所的警察，赵老柱差不多都认识，就是不认识的也半熟脸儿。心想，警察来了也好，就能讲出理了。

这时，小杨看看田镇长，意思说，这事儿要闹大了。

田镇长微微一笑，示意小杨别说话。

一会儿，一辆警车闪着警灯开来了。

让赵老柱没想到的是，来的是两个生脸儿的小警察，看意思都是刚从警校出来的。两人一下车，先问谁报的警。大眼儿灯过来说，我是前台经理，我报的警。

又回身一指，这是我们总经理。

一个白脸儿的小警察过来，先让十三幺儿陈述了一下事情经过。

然后，又回头问赵老柱，他说的，是事实吗？

赵老柱没直接回答，只闷声说，我是这赵家坳的村主任。

另一个红脸儿的小警察说，这跟你是不是村主任没关系。

赵老柱一听话头儿不对，刚要再张嘴，鼓了鼓，又把已经到嗓子眼儿的话咽回去。

白脸儿的小警察说，如果你是村主任，吃饭就更应该给钱。

赵老柱哼一声，我没说不给。

红脸儿的小警察说，可事实是，你确实没给。

说完又很严肃地看看他，如果你给了，还会闹成现在这样吗？

白脸儿的小警察说，经理说得对，咱村干部也是干部，三大纪律八项注意今天并没过时，这也叫不忘初心，当年咱的八路军连群众一针一线都不拿，更别说吃老百姓的一顿饭。

这一下，赵老柱彻底没话了。

田镇长看出来，赵老柱这时已进退两难，这个钱拿不是不拿也不是，这才冲小杨使了个眼色。小杨会意，走到柜台跟前，冲大眼儿灯做了个手势，把赵老柱的饭账结了。

十三幺儿在这边说着话，眼一直朝柜台那边瞄着。这时，一见老婆大眼儿灯丢过来的眼色，心里就明白了，立刻扔下赵老柱，过来跟小杨打招呼。

小杨摆摆手，示意他不要再说话。

十三幺儿心领神会，就客气地把他送出来。

田镇长站在人群里，推了一下鼻梁上的眼镜，也笑了。

第一章　姑洗

桃红柳绿百花鲜

冬去春来又一年

……

黄莺枝头

不住的闹声喧……

——《阎家滩》

1　告状

赵老柱最憷的一件事，就是一大早接田镇长的电话。

这时来电话，说别的事还行，就怕没头没脑，劈头就让去镇里。驴尾巴河边有句话，五十五，捂一捂。意思是人到了这岁数，早晨不一定还跟老婆干啥，但能捂着被窝儿多睡一会儿就还是多睡一会儿。这时睡觉就不光是睡觉了，也养神。

可这养神，一个电话就能搅了。

赵老柱知道田镇长的习惯，上午要安排各种事，所以找下面的村主任，一般都在下午。如果哪天一大早把谁叫去，这人就要有麻烦了，肯定是有掰不蘖的事。

头年腊月初八，就来了这么一回。

那天早晨，赵老柱一睁眼，觉着窗外不是发亮，是发白。爬起来一看，果然下雪了，外面的墙头上已经顶了半尺多厚的浮雪。正寻思着再躺一会儿，起来扫扫院子，手机响了。抓过来一看，是田镇长，心里立刻忽悠一下。瞥一眼墙上的挂钟，刚7点多，心里更不摸底了。前一天下午去镇上开会，刚跟田镇长见过，这么早来电话，这是又有啥事儿？

一边琢磨着，按开手机，先试探着嗯了一声。

田镇长还是没表情的声音，说，你来一下吧。

赵老柱问，现在？

田镇长说，现在。

说完不等赵老柱再问，就把电话挂了。

赵老柱举着手机愣了愣，又朝窗外看一眼，心里就来气了。如果搁平时还行，现在外面下这么大的雪，看着还没有停的意思，又是大腊八儿的，俗话说，腊七腊八，冻死俩仨，你当镇长的也太不疼人了，嘴皮子一动，让去一趟就得去一趟，啥事在电话里说不行吗，你那手机是放屁使的？想着，就在心里哼一声，我不去行不行？我就不信，你田振声还能把我吃了！但转念再想，不去还真不行，万一有啥要紧事，别耽误了。

这才咬咬牙，穿上衣裳奔镇里来。

道儿上走得急，翻过青山下来时，脚底一滑还出溜了一跤，把尾巴骨摔得生疼，心里就更有气了。来到镇政府，一推开田镇长办公室的门刚要发几句牢骚，立刻愣了一下，就见十三幺儿和他老婆大眼儿灯正坐在田镇长办公桌的跟前，一个拧着脖子，一个叉着腿，看意思都带着八分气儿。田镇长抬头一见赵老柱，立刻说，行了，你们村主任一来就好办了。

赵老柱一看这夫妻俩的架势就明白了，这是来镇里告状的。

田镇长笑着说，是啊，我早晨一看，这一夜下这么大的雪，本来说早来一会儿，怕镇里有什么事，可没想到，你们赵家坳这二位比我还早，我一来，已经在这儿堵门儿等着呢。

十三幺儿倒心平气和，点头说，行啊，村长来了，咱正好三头对案。

大眼儿灯把眼一瞪说，对啥案对案，今天当着镇里领导，让村长把话说清了！

十三幺儿伸手一拦说，别别，慢慢儿说，咱有理不在声高。

大眼儿灯啪地把他的手打开，声高咋啦？我就这嗓门儿！

田镇长笑了，大嫂，您就这嗓门儿没关系，我听着可震耳朵啊。

大眼儿灯这才哼一声，把嘴闭上了。

赵老柱这时已猜到了，他夫妻俩肯定是为流转耕地的事来的。

流转耕地这事，赵老柱本来挺高兴。正愁赵家坳没人来搞点大动静的事，天行健集团就要来建蔬菜大棚，这真应了那句戏词儿，想吃冰就下雹子。其实一般搞大棚，不用占太多的地，但这次动静确实很大，计划的占地面积也就像天津的煎饼果子，越摊越开，第一期用地就要一百多亩，而且还不能东一块西一块，必须连成片，这一来也就涉及村里很多承包户的耕地。当然，现在的地早已经没人种了，大都撂荒着，要流转也就流转，应该不是难事。但别的承包户都好说，这里边还有十三幺儿的一块地，谁都知道，只要一沾十三幺儿，再简单的事也就要有麻烦了。果然，企业的人来跟他一说，立刻就碰了钉子。

十三幺儿在赵家坳是出了名的能算计，脑子转轴儿也快。能算计，转轴儿又快，如果换个说法儿也就是滑。但他这滑跟别人还不一样，虽然滑，却滑而不奸。奸和滑当然不是一回事，奸是算计别人手里的，能多占一点儿是一点儿，滑是看住自己手里的，该是我的，你就是说下大天来也别想占走一点儿，不该是我的，就是再大的便宜我也不惦记。这十三幺儿不光滑而不奸，平时想事儿也跟别人不一样，别人遇事这么想，他偏不，非得那么想，就像天津的大麻花儿，总跟别人拧着。这一来，他的心思也就更让人摸不透。当初没干这酒楼时，地也没心思种，整天在家闲待着，就去街里的棋牌室搓麻将。可他搓麻将也单一个路数，别人都是想方设法凑"搭子"，他不是，专打十三不靠儿的牌，总憋着往"十三幺儿"上凑。后来他这十三幺儿的绰号，也就是这么来的。

这时，村里别的承包户都已谈下来，十三幺儿也就成了"钉子户"。但他这钉子户就不是他一家的事了。他这地是一块"窝心地"，居中，只要他不同意，就是流转了别人家的地也没用，总不能在他这地上搭个天桥过去。而这时，赵老柱也已在村里明确表态，天行健集团的董事长是咱赵家坳人，自己人回来投资干事，这叫回报家乡，村委会一定尽全力支持。于是就主动提出，既然这十三幺儿不好说话，干脆自己以村主任的身份去跟他谈。

但这次，赵老柱却犯了一个错误。

他本来应该想到，自己现在虽还是赵家坳村委会主任，但跟十三幺儿已不是简单的村主任跟村民的关系，况且现在的十三幺儿，也已经不是几年前的十三幺儿了。当初十三幺儿打算干这酒楼时，曾来村委会找赵老柱，说想在村里选一个自己觉得合适的位置。当时赵老柱一听就说，你是村里第一个开酒楼的，想法儿又这么大，村委会一定支持，咱村的东西南北管哪儿，只要不是农用耕地，随你挑。十三幺儿一听就说，我确实已看好一块地方，就怕你村长不答应。赵老柱一拍胸脯说，没问题，你横不能开到我家炕头儿上去。

十三幺儿说，那倒不是。

赵老柱说，你说。

十三幺儿这才说，十字街北口儿路西，眼下正立红绿灯的灯杆儿，就是那跟前。

赵老柱一听，在心里暗暗哼一声。这个十三幺儿到底是十三幺儿，不光贼精，眼也毒。赵家坳最好的地段是十字街，而十字街最好的位置，也就是北口儿路西的这块地，不光方位好，坐西北，朝东南，正是上风上水，用城里人经商的话说，也是"旺角"，将来别管做哪路生意，肯定都是"旺铺"。眼下这块地虽还空着，但村里已经有不少人盯上了。

十三幺儿一见赵老柱没说话，就说，看看看看，说大话使小钱儿了不是。

赵老柱说，错，我说话就算数。

接着又说，实话告诉你，用个时髦儿的说法，你说的这地方还真是一块"热地"，现在村里的、外来的，打算做生意的人很多，都已在盯着这块地，眼下就差挂牌儿了。

赵老柱这样说，当然有故意"卖撇"的意思，但也是实情。村里的崔书林也正要开饭馆儿，另外还有两家，也都已盯着这块地，只是他们的规模小，赵老柱才一直没舍得撒手。这时，他把手一挥说，既然你看上了，后面走个程序，这块地就归你了。

十三幺儿一听，反倒愣了一下，没想到赵老柱这么痛快。

赵老柱说，就这么痛快，你开这酒楼，对村里也是好事，当然支持。

当时十三幺儿也是脑子一热，就说了一句话，行，你村长的这个好儿，我记下了。

赵老柱立刻问，咋说？

十三幺儿说，日后村里有啥事，我也尽力。

赵老柱一拍大腿，要的就是你这话！

也就因为十三幺儿当初有这话，这次赵老柱去找他，才信心满满。你十三幺儿现在做生意，也是茅房拉屎脸儿朝外的人，说话得算话，自己拉出的屎，总不能再坐回去。

但让赵老柱没想到的是，这次去了一说，十三幺儿却满不是这么回事，不说同意，也不说不同意，只是哼哼哈哈儿，油打滑蹭，天上一脚地下一脚地东拉西扯，可叮着跟他说这事儿，别管怎么掰扯，只是横竖褶咧，闪转腾挪，绕来绕去的就是不吐口儿。

这时，赵老柱就又犯了第二个错误。

赵老柱本来叫"抿嘴儿菩萨"，平时在村里总乐呵呵儿的，就是遇到天大的事，别人再怎么急他也不急。可这时，一见这十三幺儿成心跟自己转腰子，也是怕误事，一下就急了，索性奔拉下脸说，你也别在这儿跟我装疯卖傻了，干脆说吧，到底是咋想的？

但赵老柱并没意识到，十三幺儿这时正等着他掉脸儿。事情就是这样，如果彼此都拿面子拘着，该说的话就是想说也不好说出来，一撕破脸反倒好办了，也就可以该怎么说怎么说了。这时，十三幺儿一见赵老柱这样说话，脸跟着也撂下来，村长，你这叫啥话？

赵老柱既然已经撕破脸，也就索性撕着说，我这话咋了，哪点儿犯逮了？

十三幺儿说，你给我解释解释，啥叫装疯卖傻？

赵老柱说，我这半天，一直跟你说中国话，你咋听不懂？

十三幺儿说，我说的也是中国话，说外国话，你可得懂啊？

赵老柱说，咱也别扯没用的了，干脆说吧，这地，你到底同意不同意？

十三幺儿一听眨巴眨巴眼，反倒扑哧乐了。

赵老柱一看他稀不溜丢，就知道，这是要跟自己要肉头阵。赵老柱平时看着乐呵呵儿的，真急起来也不是好脾气，于是说，你甭这么嬉皮笑脸，你这套我懂，咱就痛快说吧。

十三幺儿一听，也把脸儿一收说，好吧，那就干脆说，我不同意。

十三幺儿这话一说出来，这事也就彻底僵在这儿了。

也就在这时，赵老柱又犯了第三个错误。

他一听十三幺儿已经把话说绝了，也是心里一急，就说了一句过头话。其实人在着急时，急火攻心都会说过头的话。但这话也分谁说。一般的人说了也就说了，只要不是太过分，一觉出不合适，还可以再拿话找回来。但赵老柱这样的身份就不行了，只要话一出口，也就真像泼出去的水，倘再让人家逮着漏儿，想收也就收不回来了。

这时，赵老柱说，你可想好了，别后悔。

按说这句话，还不算太过分。

但接着，他就又说了一句话。

他说，别忘了，你可在村里开着饭馆儿呢。

十三幺儿一听立刻眯起眼，叮问了一句，我开饭馆儿咋了？

话说到这个褃节儿上，就看出十三幺儿狡猾了。他这时已知道赵老柱急眼了，人一急眼，脑子就容易错乱，一错乱说话也就不管不顾。十三幺儿已经猜到赵老柱接下来要说什么，也就成心拱他的火儿，逼他把这话说出来，只要一说，自己也就可以逮着理了。

果然，赵老柱哼一声说，事儿都是两来的，那句戏词儿咋说，一还一报。

也就是赵老柱的这句一还一报，一下让十三幺儿逮着了。他噌地一下蹦起来，扯开嗓子说，你这可是赤裸裸的威胁！你当村长的手里有权，想报复我这小老百姓啊？接着又点点头，好啊！好，我就等着你的！我这回倒要看一看，你这村长怎么给我一还一报！

所以这时，赵老柱一看十三幺儿这夫妻俩大早晨就跑来镇里堵着门儿找田镇长告状，就明白了，这也正是十三幺儿精明的地方，他怕自己真给他小鞋儿穿，索性来镇里把这事儿闹大，还故意一大早冒着雪来，这时镇政府早晨来上班的人一进大院就都能看见。他夫妻俩要的就是这个效果，干脆在镇里闹得尽人皆知，这样自己真想对他的酒楼做什么手脚也就不好做了。赵老柱想到这儿，在心里哼了一声，你十三幺儿也太小瞧我了，当时只是一气之下才说了这样一句话，我要是没这点儿心胸，还能在赵家坳当这个村主任？

心里想着，朝他夫妻俩看一眼说，好啊，这叫啥人先告状来着？

大眼儿灯一听，腾地挺身儿说，你甭说这半截儿尾巴的话，谁是恶人？

十三幺儿不慌不忙地说，我们今天不是来打架的，换句话说，真打也打不过你。

赵老柱瞥他一眼，在心里说，就凭你这鸡毛小胆儿，还算知道自己几斤几两。

十三幺儿又说，现在当着镇长，咱把该说的话都说清楚。

赵老柱点点头，你说吧。

十三幺儿问，村南这块窝心地，是不是我赵太极名下的承包地？

赵老柱说，是。

十三幺儿又问，既然是，流转不流转，我有没有决定权？

赵老柱说，有。

十三幺儿嗯一声，又说，我赵太极一家，在赵家坳从来都是遵纪守法，犯胃的不吃，犯逮的不干，开这酒楼，也一向合法经营，向国家照章纳税，对不对？

赵老柱说，这个我说了不算，得问政府的有关部门。

十三幺儿说，退一步说，我但凡有点儿毛病，现在也不会待在这儿了，这没错吧？

赵老柱说，没错。

十三幺儿说，好。

他说完，就把脸转向田镇长，又一字一句地说，镇长，你可是我们的父母官，刚才的话，你都听见了，今天我跟村长是当面锣、对面鼓，事儿都已说得清清楚楚，我们小老百姓还是那句话，犯胃的不吃，犯逮的不干，可谁要是敢打击报复，我还来您这儿说话。

说完，就拉上老婆大眼儿灯起身走了。

赵老柱一直看着他夫妻俩出了门，走进雪里，还没回过神来。

田镇长噗地笑了，看看赵老柱说，听见了吗，你我可都是父母官啊。

赵老柱哼一声，说的是你。

田镇长摇摇头，不过，先别说这个说法儿对不对，就算对，我也不光是你赵家坳一个村的父母官，要是全镇十几个村的人整天都跑到我这儿来告状，我这镇长就别干别的了。

赵老柱这才觉出累，一屁股坐在椅子上，刚才摔的尾巴骨一疼，又噌地站起来。

田镇长又说，我可提醒你，这流转耕地的事，可不是小事。

赵老柱喃喃地哼了一声。

2　三条腿，一窝边儿

赵老柱已经记不清，自己究竟干几届村主任了。

只记得过去是3年一届，现在更长了，要5年。每到一届头儿上，上面的领导就会派下工作组，先召开全体村民大会，宣读章程，然后按程序组织改选。可别管怎么选，最后的结果都一样，这顶村委会主任的帽子还是落到自己头上。

这次换届之后，田镇长特意打来电话，表示祝贺。

赵老柱苦笑着说，我都快成铁帽子主任了。

田镇长在电话里也笑了，说，就算你不当这村主任，也还是村书记，别想那么多了，既然大家选你，就说明还信得过你，你这抿嘴儿菩萨，只管踏踏实实干吧。

赵老柱哼一声，干可以，可这些年，啥时踏实过啊。

其实他还有话，只是没说出来。

赵老柱知道，如果自己真不想当这个村主任了，就算镇里同意，村里人也不会答应。倒不是自己多能干，或干得有多好，只是大家都习惯了，一提村主任，就是他赵老柱，就像一说喝茶，就得拿茶壶，一说撒尿，就得拿夜壶。用夜壶当茶壶当然不行，拿茶壶当夜壶就算行，尿着心里也不得劲儿。去年冬天，大概是辣子吃多了，突然犯了痔疮，还是外痔。这东西一犯能把人难受死，不光疼，站也不是坐也不是，怎么待着都不行，只能在家趴着。可总这么趴着也不是办法，村里还有一摊子事儿。最后在电话里跟田镇长商量，是不是先找个人代理，又特意推荐了一个人选，说村里的崔书林挺合适。其实赵老柱这样说，也是跟田镇长要了个心眼儿，如果这次崔书林当这代理主任真能干好，也就可以让他一直代理下去，等换届时走个程序，自己也就顺坡下驴，趁这机会全身而退了。可没想到，虽然崔书林确实能干，自己也有干的热情，但村里人还是不买账。有人当着崔书林就说，让你当这代理主任真委屈了，这是拿着茶壶撒尿，大材小用啊。崔书林也有自知之明，笑着说，你们就别这么客气了，干脆说吧，我是拿着夜壶沏茶，不是干这个的家伙儿呗。

赵老柱没办法，还得忍着痛继续当这个村主任。

这天一大早，田镇长又打来电话。

赵老柱这一夜又没睡好，脑子里翻腾来翻腾去都是事儿，也说不清是醒着还是做梦。天快亮时刚睡踏实，就让这电话叫醒了。

田镇长在电话里又是简单的一句话，你来一下。

赵老柱一挂电话就来气了。戏词儿里有句话，说文人写文章，叫惜墨如金，你田镇长说话也惜墨如金，不过是上嘴唇一碰下嘴唇的事儿，多说一句能累死啊，这一大早刚7点多，懒一点儿的还在床上偎窝子呢。

心里这么想着，还是爬起来。随手抓个凉馒头，一边啃着就奔镇里来。

早晨的山路上有一些薄雾。赵老柱一边走着才想起来，刚才临出来时，一忙也没喝口水，这会儿干馒头在嘴里直打滚儿，抻着脖子，使劲才能咽下去。

到镇上还不到8点。在办公室等了一会儿，才见田镇长匆匆进来了。

一进来就说，刚撂你的电话，就又有一个事插进来，还挺急，只能先去处理一下。

赵老柱嗯了一声，看着田镇长，等他接着往下说。

田镇长说话的习惯一向不拐弯儿，但也不直截了当，虽然都是明打明地说出来，如果细听，话里还是带着钩儿。戏词儿里有个"三句半"，三句整话说完了，最后还有一个小半句儿，其实前三句都是铺垫，真正的意思是落在这最后的小半句儿上，行话叫"三条腿，一窝边儿"。田镇长就总爱说这最后的小半句话，而且不动声色，得让你自己后捯磨。

这时，他在自己的办公桌跟前坐下来，盯着摆在桌上的两盆花看了看。这是两棵很普通的小苗，高矮差不多。他端详了一会儿，忽然问，你知道这两盆是什么花吗？

赵老柱认出其中一盆，俗话叫"死不了儿"。村里的肖红医曾说过，这是一味药材，能清热解毒。不过也可以当野菜拌着吃，点点儿醋，清香。但这东西属寒凉，吃多了拉稀。

田镇长说，对，它叫"死不了儿"，学名叫"大花马齿苋"。

赵老柱嗯一声说，那盆，不认识。

田镇长说，这是云杉。

然后，指着这两盆小苗又说，别看它们现在都这么高，好像也没太大大区别，其实区别大了，这棵"死不了儿"现在这么高，将来也就这么高了，可这云杉就不一样了，它能长到十几米，甚至几十米，有的还能更高，胸径也达到两米以上，两米以上是什么概念？俗话说，径一圆三，几个人都合抱不过来。最近，瑞典的科学家在阿尔卑斯山上发现了一棵"云杉王"，经测定，已经有一万年以上，高度也超过一百米，而且据观察，它还在生长。

田镇长说完"死不了儿"和云杉，就不说话了，只是看着赵老柱。

赵老柱知道，田镇长一大早把自己叫来，不会只为说这云杉和"死不了儿"，肯定还有话。

果然，田镇长停了一下，才又说，咱海州县是评剧之乡，你赵家坳也是戏窝子，当初有句话怎么说来着，你们村的孩子一落生，张嘴头一声儿不是哭，是唱"蹦蹦儿"。不过，田镇长说到这儿停了一下，才又接着说，话又说回来，当年的"蹦蹦儿"也好，今天的评戏也罢，也分怎么唱，说白了，哪怕是整本儿的大戏，也不能唱一出就完了。

赵老柱眨眨眼，那，咋唱？

田镇长说，用一句行话说，得唱连台本儿戏。

赵老柱当然懂，所谓连台本儿戏，指的是几出整本儿的大戏连续讲一个故事，有些像电视连续剧。但寻思了一下，还是没明白，田镇长跟自己说这话是什么意思。

田镇长说，你这么聪明的人，回去自己想吧。

赵老柱眨巴着眼，又看看田镇长。

田镇长说，我说句话，也许你不爱听。

赵老柱哼一声，那就别说了。

田镇长笑了，不爱听，我也得说。

赵老柱又嘟囔了一句，说呗，反正嘴长在你身上。

田镇长说，甭要贫嘴，说正经的。

赵老柱就不吭声了。

田镇长说，眼下，你赵家坳别说连台本儿戏，我看连个整本儿大戏都没有，说来说去还是小打小闹儿。说着看看赵老柱，你甭不服气，我知道你心里怎么想，赵家坳在整个青山镇是率先脱贫的，县里还颁给你们一面"驴头村"的锦旗，可这能说明什么？只说明脱贫的是村民，说白了是每一家每一户，这些小戏你都唱得挺精彩，可我问你，村里的集体经济呢？

赵老柱张张嘴，好像有话，但在舌头上掂了掂又咽回去。

田镇长说，我说的大戏，是指这个。

赵老柱没想到，田镇长这几句话一下就捅进自己的肺管子。

田镇长看看他，沉了一下又说，不过，也得客观地说，你赵家坳也不是没唱整本儿大戏，可这也是我要提醒你的，台别搭歪了，台一歪，再正的戏也得唱歪了。

赵老柱又一愣，听出田镇长这话里又带着钩儿。

田镇长说，另外，还得提醒你，也不能饥不择食。

赵老柱翻翻眼皮，故意说，既然已经提醒了，就说具体点儿呗？

他这么说，也是试探。

田镇长笑了，知道你就得这么说，行啊，今天话已说到这儿了，咱索性就都撂在桌面儿上，台搭歪了戏也唱歪了，这叫饥不择食，别管什么项目，来者不拒，这更是饥不择食。

赵老柱听了心里忽悠一下，更不摸底了。

田镇长说，你这嘴角一奅拉，我就知道，还想跟我矫情是不是？

赵老柱哼唧了一声，有点儿。

田镇长说，我问你，你那天在村里的太极大酒楼请的两个客人，有一个不认识，但另一个我知道，是"兴文纸业"的老总，你把他们请来，是不是也想在赵家坞搞造纸厂？

接着又说，你知道这种造纸企业，污染的隐患有多大吗？

这一下，赵老柱彻底傻了。

他首先想到的是，八成又是这十三幺儿跑到镇里来告状了。赵老柱早就发现，这十三幺儿添毛病了，不知跟谁学的，村里屁大点事儿，只要看着不顺眼，就跑到上边来告状。

田镇长看出他的心思，立刻说，你不用乱猜，咱就事论事。

赵老柱没说话。

田镇长又说，那天中午，我看你们村的十三幺儿做得对，浇你一盆冷水，也让你清醒清醒，要我说，先别说你是村主任，你这50多岁的人，还不如那100多岁的葫芦爷明白呢。

赵老柱一听，瞪起眼，看着田镇长。

田镇长说，你别这么看我，看我也得说你。

赵老柱已经彻底说不出话了。他没想到，那天在酒楼，田镇长竟然也在场。

田镇长说，我看你现在是有点鸡血上头了，仗着是村主任，吃饭要挂账，还理直气壮。

赵老柱嘟囔了一句，八百年也就这么一回，就让你看见了。

田镇长笑着哼一声，也就是你这抿嘴儿菩萨，要搁别人，这个台阶儿就甭想下来了，不过话又说回来，真换别人，我也不给擦这屁股，看这个场最后怎么收。

赵老柱这才明白了，本来还一直寻思，那天到底是谁给结的账，敢情是田镇长。

这一想，立刻掏出手机。

田镇长问，你要干吗？

赵老柱耷拉着嘴角说，微信转账，还你饭钱。

田镇长笑着摆摆手，算啦，就当我给你这个抿嘴儿菩萨烧香了吧。

赵老柱也不客气，一听，就把手机又揣起来。

田镇长看看他，又扑哧笑了，你这抿嘴儿菩萨，这会儿怎么成噘嘴儿菩萨了？

赵老柱没说话，心里还在咂摸田镇长刚才的这番话。

田镇长送他出来时又说，你赵家坳的地理位置就不用说了，眼下在咱青山镇又一直是“驴头村”，不过跟你说，这驴只要一掉屁股，驴头可就变驴尾巴了。

说着看看赵老柱，我这话，你明白吗？

赵老柱当然明白。两年前，赵家坳的脱贫工作跑到全镇的前面，得了“驴头村”这个美名。当时在县里，牛副县长颁发“青山镇·驴头村”的锦旗时，开玩笑说，《左传》里有句话，叫谁执牛耳，现在看来，我这牛头县长，恐怕要让位给你这个赵家坳的驴头主任了。也就从那以后，赵老柱再来镇里开会，各村的村主任就都起着哄地叫他“驴主任”。

3　三岔口

赵家坳的地理位置确实很独特。

从唐山过来的一条河，叫煤河，正好从赵家坳的村东流过。其实准确地说，流过这里的这一段还不是煤河，是梅姑河，而且是梅姑河的一条支流，叫驴尾巴河。清光绪年间，上海轮船招商局总办，当时也是候补道台的唐廷枢奉直隶总督李鸿章之命，沿陡河而上，到唐山的开平镇开矿。但挖出的煤还要运出来，于是就从胥各庄出发，开挖了一条70里长的人工河道，与下游的蓟运河相接，以便往天津运煤，故称“煤河”。煤河与蓟运河之间的一条支流，其实也是过渡河道，就是梅姑河。当时要在这梅姑河的河口修一道船闸。由于要拓宽和加深河床，再加上修闸，据说当时的工程土方量也大得惊人。而更要命的是，这一带是退海地，往下挖一尺就是牡蛎壳，当地叫"蛤蜊壳儿"，最大的蛤蜊壳儿几乎有茶盘大小。挖出的泥土和这些蛤蜊壳儿自然不能往庄稼地里放，此处正好有一座土山，相传是用当初开挖煤河的泥土堆起来的，于是也就继续往这座山上堆。这里正好是煤河与梅姑河和蓟运河形成的三河口，《海州县志》记载，后来又经数次清淤，疏浚河道，清出的淤泥和牡蛎壳还一直往上堆积，这样渐渐就形成一座"丈百余高"的小山，方圆十几里。因为站在山顶可以俯瞰煤河，据说天气晴好时，还能看到几十里外的胥各庄，当地人就把这座山叫"望煤山"。后来叫白了，就叫煤山。再后来每到秋季，蓟运河涨水，运煤船经过船闸时经常出事。天津的海河上游也有一个三河口，叫"三岔河口"，是子牙河、南运河和北运河的交汇处，这里有一座著名的"娘娘宫"，供奉的是海娘娘，到南方也叫"妈祖"，为的是保佑在三岔河口南来北往的船只平安。于是有人学着这天津的娘娘宫，也在煤山上修了一座娘娘庙。庙虽不大，只有一个正殿，一个配殿，后面还有一间禅房，倒也严肃整齐。据说当年这庙里只有一个和尚，法号梦烟。这梦烟和尚在庙宇的前后种了一些青梅。后来年深日久，就长成一片青梅树林。本来这座山叫"煤山"，山下的人就一直觉着别扭，当年的崇祯皇帝就是在煤山上吊死的，虽说这两个煤山不是一回事，也总觉着不吉利。于是冲着山上的这片青梅树林，就叫梅山。但"梅"跟"煤"还是谐音，最后干脆把这青梅的"梅"字也去了，就叫"青山"。

赵家坳离青山镇很近，只有5里，但中间要翻过这座青山。

赵老柱在回来的路上，感觉肚子叽里咕噜的。大概来的时候一边啃凉馒头走得急，喝风灌了凉气。其实刚才在田镇长的办公室时，肚子已经一阵一阵地来劲，但一直忍着，连屁也没好意思放，正说着话放个屁，就算不响，臭烘烘的也不太像话。这时在山路上一活动，屎就要出来了。好在前面不远就是那片青梅树林。赵老柱每次来镇里都要走这条山路，半道儿上难免有要拉屎撒尿的时候，山上又没厕所，于是就想了个办法，从家里带来一把破铁锹，平时就立在这娘娘庙的院里，一旦觉着有屎有尿，就紧走几步来这片树林里，先在树下方便了，再去庙里拿来这把破铁锹，铲着土埋了。这样既卫生，又可以给树当肥料，而且还是绿色的有机肥，一举两得。但也想过，总在娘娘庙的跟前这样拉屎撒尿，会不会亵渎神灵。不过转念再想，这屎尿不过是轮回之物，"娘娘"应该也能理解。

这时来到这片青梅树林，先痛痛快快方便完了，又处理干净，这才松了口气。在一棵歪脖儿树的底下坐下来，卷上一根旱烟，慢慢抽着。眼前这座娘娘庙，自从当年的梦烟和尚圆寂，就再也没来过僧人。但庙宇也没荒弃，山下的人还经常上来打扫，庙里庙外仍很干净。在正殿的门前有一对抱柱，上联是：

佑一方潮平岸阔

下联是：

护寰海风正帆悬

赵老柱从年轻时看到这对抱柱就觉着好，似乎透出一种说不出的责任感，而且这责任感还不是谁强加的，好像天经地义。两年前，赵老柱从县里拿回牛副县长颁发的那面绣有"青山镇·驴头村"的锦旗，心气儿也高，过年时，想在村委会的门口贴一副春联，就想起山上娘娘庙门前的这对抱柱。一时兴起，让会计陆迁用毛笔写下来。但陆迁又给变了一下。

上联是：

潮平两岸阔

下联是：

风正一帆悬

　　大年初五，田镇长带着镇政府的人下来到各村拜年。来到赵家坳，一行人走到村委会的门口，田镇长站住了，冲着这副春联端详了一下，回头问，这是谁写的？

　　赵老柱乐呵呵地说，我们陆会计写的。

　　田镇长说，我是问，这词儿是谁出的？

　　赵老柱说，我从山上的娘娘庙抄来的，陆会计又给改了一下。

　　又说，他这一改，可就比原来更有意思了。

　　田镇长笑着说，这可不是抄娘娘庙的，是娘娘庙抄唐代诗人王湾的。

　　说着回头问旁边的陆会计，你没告诉赵主任？

　　陆会计笑笑说，当时就跟他说了，他没入耳。

　　田镇长想了想，点头说，王湾这首诗的意境，跟今天的赵家坳倒也有些相合啊。

　　这时，赵老柱坐在树下，一边抽着烟，又在咂摸田镇长刚才说的话。

　　田镇长虽然年轻，还不到40岁，但不能不承认，不光有工作方法，也很有水平。现在的领导干部越来越年轻，而且都是大学毕业，有的还是硕士博士，读的书多，见识也多，还有的外语都说得呱呱的，一张嘴就透着学问。其实这说话的学问也不一样，有的是门道儿，用一句文词儿说也就是知识，天文地理，古今中外。还一种则是方式方法，一样的话，你说出来也许让人不爱听，甚至招人烦，让人家一说，意思还是这意思，听着就顺耳了。

　　赵老柱常想，这才叫本事，不服不行。

　　刚才，田镇长不动声色地就把那天在太极大酒楼的事说出来。他说这事，显然冲的不是这事。赵老柱明白，又是"三条腿，一窝边儿"，他的用意还是在最后的这"一窝边儿"上。但也就是最后窝的这个"边儿",让赵老柱的心里咯噔一下。

今年开春,赵老柱去县里参加农委组织的一期培训,学期10天。培训后,又去河北的兴明市参观一个安哥拉种兔繁殖基地。参观的第一天,中午在基地食堂吃饭时,遇到一个人。这人一看就不是基地的工作人员。赵老柱出来不放过任何一个机会,一边吃着饭,主动跟这人一聊,才知道是"兴文纸业"的。再一问,这人姓陈,叫陈长生,竟然是"兴文纸业"的老总。赵老柱早就听说过"兴文纸业",这是一个有着几家造纸厂的大企业,在兴明一带很有名。于是就跟这陈总聊起来。这一聊,也就越说越有兴趣。又听说,搞这种造纸业必须要有充沛的水源,最好是在水边,一想自己的赵家坳就在三河口,跟前守着几条河流,应该也具备自然条件,于是就跟这陈总提出,想去他的企业参观一下。陈总挺热心,立刻答应了。于是,来兴明养殖基地参观三天,赵老柱只参加了一天,另两天就去了陈总的企业。

这次从兴明回来,赵老柱就开始走心了。

他当然知道,村里办一个企业不是简单的事,首先要有资金。一说资金,也就得先说这个企业由谁来办,是村委会,还是招商引资。由村委会办显然不现实,眼下也没这能力。而如果招商引资,这个商怎么招,资又怎么引,也是一连串很实际的问题。倘把商招来了,资也引来了,最后企业办起来,钱却都让人家赚走了,跟村里的集体经济没有一毛钱的关系,这种二百五的事当然不能干。可是不这么干,又怎么干?

赵老柱想来想去,最后就想明白了,不管怎么说,也可以给村里提供一些就业机会。现在得先说这企业能不能干,如果能干,具体怎么干,又干成啥样,都是后一步的事。

这一想明白,就立刻联系"兴文纸业"的陈总,跟他商量,能不能到赵家坳来一趟,帮这边考察一下自然条件,看是不是确实适合搞这样的企业。陈总倒是实在人,在电话里说,自己很忙,如果专为这事跑一趟,恐怕没这时间,不过再过几天,可能要去唐山办事,到时候可以在海州弯一下,但时间也不能太长,只是大致看一看,然后就马上走。

赵老柱一听立刻说，好好，你来看了，行不行的我心里就有底了。

那天中午，赵老柱就是请这个陈总和他的助理在太极大酒楼吃饭。

可没想到，这顿饭却吃成了这样。

这个中午，赵老柱本来挺高兴。陈总在赵家坳的周边转了转，又去河边看了一下，告诉赵老柱，如果在这里搞一个造纸企业，自然条件确实很合适。但也提醒说，这可不是一般的企业，各种审批手续不仅严格，也很复杂，首先要经过有关部门的环评，后面的一系列程序也很麻烦，要有心理准备。当时赵老柱只顾兴奋了，听了倒没在意。心想，只要赵家坳具备搞这种企业的条件，具体怎么搞，后面的事一步一步来，该怎么办怎么办就是了。

但这个早晨，田镇长的一番话，却让赵老柱的心里一沉。他在兴明，去陈总的企业参观时，曾亲眼见过从造纸生产线上下来的废水。那种水是黄绿色的，泛着厚厚的一层泡沫，而且还散发出一股刺鼻的气味。况且这兴明虽是县级市，但在山里，人家有自己独特的自然条件，污水处理也有一整套完善的设施，如果把那边的经验生搬硬套过来，肯定行不通。

这时，赵老柱不得不承认，难怪田镇长这样说，看来自己真有点儿鸡血上头了。

赵老柱是个爱琢磨事的人。小时候经常去生产队的牲口棚，看大人喂牲口。他发现，牛跟大骡子大马不一样，吃完草料，嘴里还总在嚼。后来才懂，这叫倒嚼，书上也叫反刍。其实他也是个爱"反刍"的人，一样的事，如果搁别人，过去也就过去了，他不行，还总后捯磨。老婆杨巧儿笑他，说他这习惯也是毛病，其实就是爱嘀咕。但赵老柱不这么看，捯磨的过程也就是寻思的过程，有些事，只有这样捯磨了才能寻思明白。

刚才临出来，又跟田镇长在他办公室门口的树下抽了一支烟。

田镇长笑着说，再给你说一句，你赵家坳现在是挺红火，可真从驴头变驴尾巴，也就是一炮蹙子的事儿，这话不是我说的，实话告诉你，是你们村那个十三幺儿说的。

赵老柱一听，又哼了一声。

田镇长说，你别哼，他这话是损点儿，可我觉着，还真是挺有哲理，这驴尾巴跟驴嘴能一样吗，那地方是干啥的，十三幺儿说得对，就算拉出金蛋，它也是屎蛋。

赵老柱在心里说，这个十三幺儿，真要成精了！

4　能人窝

赵老柱的心里明白，田镇长这个早晨叫自己来，并没把所有的话都说出来。他真正要说的，其实还是在最后的这"一窝边儿"里。"兴文纸业"那件事只是由头，所谓"饥不择食"，指的是肖大锣的天行健集团在赵家坳流转耕地，要建"大棚"这件事。

赵老柱一直认为，在赵家坳，肖大锣才是真正的能人。

青山镇依山傍水，上有煤河，下有驴尾巴河，再往下又有蓟运河，物产很丰富。北面的田家坨出"铁杆儿芦苇"，东面的尚湾集出"鬼脸儿螃蟹"，挨着尚湾集的佟家台子出"花脑门儿的双盖儿王八"。唯独赵家坳，用田镇长的话说，是专出能人。

赵家坳的能人未必身怀绝技，但都头脑灵活，心眼儿透亮，眼珠一转一个主意。尚湾集的村主任尚家清曾开玩笑说，你们赵家坳的能人眼湔毛儿都是空的，拔一根能当哨儿吹。

"眼湔毛儿"是三河口一带的土话，指眼睫毛。

尚家清这话的意思，是说人都贼精。

赵老柱笑说，错！咱的眼湔毛儿不光当哨儿吹，还能钻出七个眼儿，是当笛儿吹！

当年，肖大锣的爷爷肖红医就是能人。

肖红医再早不姓肖，也姓赵。后来改姓肖，是因为上门入赘，岳丈的家里姓肖。那时肖红医的爹，也就是肖大锣的太爷在村里教乡塾，教得也不深，只是开蒙。将近50岁那年，突然得了一场大病，先是又吐又泻，后来就开始吐血，也拉血，眼看人就不行了。家里没有别的办法，已经为他准备后事。就在这时，村里来了一个游方郎中。肖大锣的太奶到这时也是乱投医，知道人已没指望，就把这游方郎中请来，让他看是否能治。这游方郎中先给摸了脉，又让家里人把他吐的和泻的污物端来，看了看，又闻了闻，然后点头说，能治。

家里人一听，都不敢信。

这郎中又说，能治是能治，可不是三五天的事。

肖大锣的太奶问，那得多少天？

这郎中说，最少要三个疗程，一个疗程20天，也就是说，最少得60天。

肖大锣的太奶立刻说，只要能把人治好，别说60天，600天也行。

于是赶紧收拾出地方，就让这郎中住下来。这郎中每天夜里配药，给肖大锣的太爷灌下去，早晨再号脉，看气色，再重新配药。这样治了一个疗程，人果然见缓。到第二个疗程，就已能下地。治完三个疗程，也就完全恢复了。肖大锣的太爷感慨地对这郎中说，我真是两世为人啊，要不是遇到先生这样的神医圣手，我这会儿怕是已在土里了。然后又说，无论多少脉礼，只要先生说出数，我决不打驳回，甘愿卖房卖地，就是举债也给您凑上。可是，他又说，我一条命都是您给的，命是没价儿的，先生这样吧，脉礼该多少，还是由您说。另外，无论您提什么要求，我都答应。这郎中听了，起初只是低着头，不吭声。过了一会儿才慢慢把头抬起来，说，草药就是给人治病的，不能以钱计，况且是天生地长的东西，也不值几个钱，可我出门在外，风里雨里总得吃饭住店，脉礼您多少给点儿，我也拿着，如果换个人家儿，我也许就告辞走了，不过刚才听您这一番话，我就多说一句。

肖大锣的太爷说，先生您说。

这郎中说，干我们这行，说好听了叫悬壶济世，其实就是给人看病，所以别管什么疑难杂症，治好了是本分，脉礼不脉礼可以不在乎，但在乎一句话，也就是您刚说的这番意思。

肖大锣的太爷说，我这话，是发自内心。

这郎中说，这您不用说，我当然明白，在您家里住了这些日子，已经看出来，您这也是积善之家，我还真有个想法儿，行不行在您，如果觉着是无稽之谈，就只当我没说。

这郎中说着，就给肖大锣的太爷鞠了一躬，我在这儿，先恕个罪。

肖大锣的太爷一见忙扶住他，说，先生您有话，只管说。

郎中这才说，我家里有个小女，已到及笄之年，还没订聘，我看您有两个公子，不知……

郎中说到这儿，就不往下说了。

其实他说到一半时，肖大锣的太爷就已明白了，这时立刻说，我这两个犬子确实还都没定亲，先生说的当然可以，如果能跟您做亲，也是我赵家的荣幸。

这郎中说，我下面，还有话。

肖大锣的太爷说，您说。

郎中说，我没儿子。

这一说就明白了，这郎中的意思，是要去入赘。

肖大锣的太爷略一思忖，点头说，也可以。

这郎中说，我还有话。

肖大锣的太爷说，先生只管说。

这郎中说，我这小女，是个失目之人。

这一下，肖大锣的太爷就不说话了。按说这先生给自己治好这样的病，可以说不亚于重生父母，自己怎么感激都应该，就是让一个儿子去当上门女婿也不为过。可这毕竟是儿子一辈子的事，婚事可以听从父母之命，倘娶个瞎老婆，日后过日子要带个累赘，这就得看儿子自己愿意不愿意了。这时，这郎中也已看出来，立刻说，您不必为难，我刚才已经说了，咱这话是哪儿说哪儿了，行不行的都没关系。

一边说，就起身收拾东西，准备告辞。

肖大锣的太爷跟这郎中说这番话时，两个儿子就站在旁边。这时，二儿子说话了。这二儿子，也就是后来肖大锣的爷爷肖红医。他上前一步说，爹，我去吧，我愿意。

肖大锣的爷爷当时这样说，其实还有一段隐情。他虽然也姓赵，但并不是肖大锣的太爷亲生的，只是同村的一个本家，当年父母死得早，从小失怙，肖大锣的太爷觉着这孩子可怜，就领回来当个养子。这时，他已看出，养父一心想报答这位郎中，就觉得如果自己去，应该最合适，这样也算报答了养父这些年的养育之恩。肖大锣的太爷一听，当然明白这二儿子的心思，虽然心里有些不舍，也就同意了。事情就这样定下来了。

直到这时，也才知道，这位郎中姓肖。

肖大锣的太爷想了想，感慨地对这二儿子说，人都是讲缘分的，你本来姓"赵"，现在从咱赵家一走，这"赵"字去了"走"，正好是个"肖"字，看来你这辈子姓肖，也是天意。

这位肖姓郎中是安徽亳州人。肖大锣的爷爷去到亳州一看，这瞎眼姑娘虽然失目，却生得异常漂亮，且性情温顺，也善解人意。从此夫妻俩很恩爱，日子虽然勉强温饱，但也过得很好。后来生下一个儿子，也就是肖大锣的父亲。再后来那个肖姓郎中过世了，肖大锣的爷爷思乡心切，跟妻子一商量，夫妻俩就带着儿子又回到海州的赵家坳老家。

这失目姑娘，也就是肖大锣的奶奶到60岁时，一直想念亳州老家，虽然失目，也总想回去看看。亳州自古是药都，他奶奶说，虽然看不见，再闻一闻街上的药味儿也好。当时肖大锣的爷爷也已60多岁，于是一咬牙，硬是背着他奶奶翻过青山，到镇上搭了一辆顺路的车去县城，又倒了几次车，去了一趟亳州。总算了却了肖大锣奶奶的这桩心愿。

当年肖大锣的爷爷去这肖姓郎中的家里入赘，肖姓郎中也就把自己的医术都传给他。但后来，肖大锣的爷爷就后悔了。他曾对肖大锣的父亲说，戏词儿里有句话，灾荒年饿不死看病先生，这话对，也不全对，别管什么时候，人吃五谷杂粮没有不得病的，所以只要入了这行，一辈子也就有了饭碗，可话又说回来，人在欢蹦乱跳时没有来找大夫的，这一行面对的，注定都是病残甚至将死之人，倒不如学一门实实在在的手艺，过一辈子舒心日子。肖大锣的父亲后来也就没再行医，改行当了木匠。到肖大锣这一辈，还是木匠。但肖大锣的手艺已不如他爹，只是粗木匠，村里谁家盖房给打个房架子，或有丧事，去给摔口棺材。

肖大锣本名叫肖天行，叫"大锣"是后来的事。几年前，赵老柱见他背个木匠家什的破兜子，拎着一把锯从村里出去，心里还挺不是滋味。戏里有一句话，破家三冬暖，出门一夏寒。在外面挣钱不挣钱先不说，整天吃不得吃喝不得喝，白天累一天，晚上睡觉连个伸开腿的地方也不一定有，但凡有点儿办法，谁愿撇家舍业地出去受这个罪。

后来有一天，村南的空场上忽然搭起戏台。

这几年，村里搭戏台已是常事。现在跑台子的小戏班儿又有了，村里也有个松散的小班儿，虽然业余，但文场儿武场儿都有，锣鼓家伙连胡琴弦子也能凑起一堂。平时各忙各的，逢年过节，或谁家有红白喜事，这个小班儿的人就凑在一块儿，几根杉篙一立，几块木板一铺就是个戏台，虽然唱不了整本儿大戏，但素身儿彩唱折子戏，也能满满当当地凑一台。

这回搭了这戏台，起初也就没人在意。但将近中午，台上突然有人筛起大锣。哐哐的锣声一响，震得村里鸡也飞、狗也跳。人们赶紧出来，不知出了什么事。

来到戏台跟前一看，站在台上的是程大叶。

程大叶的手里提着一面柏木盆大小的铜锣，每筛一下，震得自己也直眨眼。这时，他看看台下的人差不多了，才收住锣声，冲下面说，现在，请肖董事长跟大家说几句话。

人们再看，来到台上的竟是肖天行。

肖天行当初在村里就不爱说话，这时说得也就很简单，只告诉大家，他打算回村来干点事。又说，后面一开工可能有些噪声，也脏也乱，不过都是暂时的，大家忍一忍，一竣工就没事了。村里人这才知道，肖天行现在已是天行健集团的董事长，程大叶在他手下做事。

这回肖天行是敲着大锣回来的。赵家坳的人爱取绰号，这以后，就叫他"肖大锣"。

肖大锣要回村干点事，赵老柱当然高兴。但心里也有一些不快。自己毕竟是村主任，你回来别管打算干啥，总该先打个招呼，二话不说就这么又搭台又筛锣地喧腾，好像根本没把自己这一村之长放在眼里，这就有点儿说不过去了。你既然已在外面闯荡这些年，应该是各种场面都见过的，这点道理不会不懂。况且回来别管干啥，还能绕开村委会吗？

但心里这么想，脸上并没带出来。

这个中午，赵老柱特意把肖大锣和程大叶叫到自己家里，请他们吃了一顿赵家坳特有的农家饭，铁锅贴饼子，棒子面儿熬黏粥，芥菜疙瘩丝儿拌香油，还特意剥了几个老腌儿的咸鸡蛋。肖大锣这几年在外面，各种酒楼饭店都吃过了，这时一吃家乡饭胃口大开，连着吃了几个贴饼子，又就着芥菜疙瘩丝儿喝了一碗棒子面儿黏粥。

然后放下碗，一抹嘴说，歇会儿，再接着吃！

赵老柱一听乐了，说，这好办，以后馋这口儿了，就来我这儿。

一边吃着饭聊起来，赵老柱才知道，这时肖大锣的天行健集团已经有相当规模，不仅在天津拥有几家专门经营装饰材料的综合市场和连锁超市，而且已经把业务拓展到其他领域。现在集团总部已迁回海州县城，准备再投资建几个酒店。

赵老柱问，这次回村，打算干点儿啥？

肖大锣说，目前的想法是三件事，分两步，第一步先在村里建一个超市，再建一个酒店；第二步，还要再建一个大剧院。赵老柱一听吓了一跳，这三件事，单拿出一件来对赵家坳也已是不得了的大事。跟着心里就有些感慨，赵家坳虽说是能人窝，这几年，有本事的人却像一窝鸟儿似的呼啦一下都飞出去了，在外面各显神通，也挣着钱了，在村里都盖起几层小楼，可真正回来为村里干点事的，肖大锣还是头一个。这一想，就说，既然你的计划是两步，咱就走一步说一步，地方随你选，只要是建设用地，村里一定支持。

这时，程大叶就说，地方已经看好了。

赵老柱问，哪儿？

程大叶说，超市准备建在十字街西南的空场，酒店就在村北的河边。

赵老柱一听就明白了，肖大锣和程大叶都是赵家坳人，对村里的情况当然了解。显然，他们已到实地看过了。赵家坳这时已跟过去不一样了，村里做了亮化，道路也都已硬化。按新的规划，还在村中心修了一个宽敞的十字街。这十字街的西南面是一片开阔的空场，过去是村里搭戏台和放露天电影的地方，后面准备建成文化广场。现在肖大锣要在这片空场的西边建超市，当然再合适不过。至于村北的河边，赵老柱一听就知道是哪块地方。从十字街往北走不远，一出村，有一片水面。驴尾巴河是从村北绕到村东，在这里又甩出一个河湾，水面也就很宽阔。这一带相对僻静，环境也好，正好适合建酒店。

赵老柱一拍大腿说，行，这两块地都没问题。

想想又问，建这大剧院，地方选在哪儿？

肖大锣说，具体的还在考虑，不过初步想，也在西南的这片空场。

赵老柱一听，元宝嘴就翘起来，兴奋地说，要真能把这大剧院盖起来，咱赵家坳在这三河口一带可就出名了，以后不光村里人唱戏有了地方，还能请外面的剧团，这方圆左近，连镇上都没有一个像样的剧院，将来邻村的人都来咱这儿看戏，也是一笔收入。

程大叶在旁边笑着说，董事长的想法，比这还大。

赵老柱问，还有啥大想法儿？

肖大锣笑笑说，你说得对，咱先走一步，说一步。

5 幺蛾子

赵老柱现在回想这事，后来的一切麻烦，都是从流转耕地开始的。

不过再想，还不是流转耕地，从当初建这超市，隐患就已埋下了。

赵老柱后来才知道，其实最早，肖大锣的计划只是先在赵家坳建一个酒店和一个大剧院。后来又要建超市，是程大叶的主意。程大叶的理由是，青山镇一共有15个行政村、21个自然村，但目前无论哪个村，还没有一个像样的超市，人们购物还是老习惯，一般的日用品在村里的小卖店买，大一点的东西只能去镇上。而镇上的商店也还是传统业态。现在乡路和村路已经四通八达，只要赵家坳先把这样一个成规模的超市建起来，也就抢先占领了整个青山镇的市场。程大叶的设想是，这个超市严格地说还不仅是普通意义的超市，应该也是一个综合性的购物广场，可以这样说，人们平时衣食住行用到的一切商品，都可以在这里买到。

当时这个想法一提出来，肖大锣也有点含糊。如果能在赵家坳建一个这样的超市，当然是好事，可以把自己回村建大剧院的想法又进一步延伸，能为村里做更多的事。但肖大锣现在虽然不常回来，也大概知道村里的情况，眼下常住人口也就三五百人，虽然还有一些流动人口，也不固定，一下建这样一个大卖场，总觉着心里没底。其实那天中午，在赵老柱的家里吃饭时，肖大锣已看出来，赵老柱好像还有话想说。肖大锣想到了，大概是程大叶在旁边，所以赵老柱的话才不好说出来。于是回县城的路上，就又给他打了个电话。肖大锣说话的习惯一向直截了当，倒不是不想拐弯儿，是没这时间。有啥事说啥事，如果故意拐弯抹角，绕来绕去，白白浪费时间不说，也没任何意义。于是就对赵老柱说，这个中午在他家吃饭时，觉得他好像还有什么想法，大家都是自己人，如果有就说出来。

赵老柱一听就笑了，说，也没啥说的。

赵老柱已看出来，现在肖大锣很信任程大叶，所以想说的话，确实不好说。

　　程大叶在赵家坳也算个能人。但能人不一定都能干成事。当初他在村里，先做小生意，后来也确实赚了点儿钱，就又要开饭馆儿。但他开饭馆儿，不想开街上一般常见的饭馆儿。一次去天津，发现"麦当劳"挺好，进去看了看，还真挺火，于是回来就学着麦当劳的口味，在村里开了一个"德克萨斯美食屋"，还专门推出一款"老德州汉堡"。赵家坳的人一见他开了这么个奇怪的饭馆儿，都不知是怎么回事，再看这"老德州汉堡"，也觉着新鲜，这些年只听说有个"德州扒鸡"，不知怎么又冒出个"德州汉堡"。后来有人想试着尝尝，但并不知道，这汉堡里夹的东西有黄油，偏偏这人又吃不惯黄油，一下吃坏了肚子，连着拉了几天稀，到后来就已有了条件反射，一看他这饭馆儿就想往厕所跑。于是，这"美食屋"开了没两个月就关张了。这以后，发现网吧很时兴，就又在村里开了一个"连心网吧"。但这时，国家已对网吧有严格的年龄限制，未成年人一律不能进，而赵家坳的成年人现在都忙自己的事，谁也没这闲心来泡网吧。程大叶又是一个遵纪守法的人，严格遵守国家规定，不够年龄的孩子坚决不让进。就这样，这网吧没多长时间也只好关门了。再后来，又在村头的小杨河边开了一个"相思河畔"歌厅。但赵家坳的人对唱歌没兴趣，只爱唱戏，而唱戏都是在台上，哪怕是在大街上，钻进漆黑的"卡拉OK"嫌憋闷，也唱不痛快，于是这歌厅很快也黄了。

　　这以后，村里人一见他整天这么胡出主意，就给他取了个绰号，叫他"幺蛾子"。

　　幺蛾子在村里连着干了几件事都没成，后来就出去了，只是逢年过节才回来。

　　赵家坳出去的人也分几种。有的在外面一混出颜色，就买了房，把家里人也接出去了。但这样的人还是少数，更多的是一到年节就回来。但有的人回来是衣锦还乡，还得在村里人的面前卖派卖派，也有的则很低调。当然，这低调的人也不一样，有的低调是闷声发大财，不想显山露水，也有的是在外面没混好，回来觉着灰头土脸。

幺蛾子就是这后一种。

但后来就不一样了。幺蛾子过年再回来，从穿的用的就能看出来，应该也有了颜色。直到这一次，跟肖大锣一块儿回来，村里人才知道，他是去肖大锣的企业干了。

赵老柱想，肖大锣已出去这些年，幺蛾子当初在村里整天胡出主意的事，他不一定知道。但又想，这次看得出来，肖大锣确实对他很信任。

于是，也就没把想说的话说出来。

赵老柱发现，幺蛾子这次回来，跟当初从村里出去时确实不一样了，做事在大刀阔斧的同时也有条不紊，安排得井然有序。村北河边的"天行健大酒店"很快就建起来。

接着，在超市动工之前，他又做了一件事。

村里的十字街建好之后，还一直冷冷清清。幺蛾子发现，这十字街的东南面是一条通向驴尾巴河边的小街，大约有一百多米，就决定把这条小街建成以小商铺和小吃店为主的商业街，晚上还可以开夜市。在河边，再建一个小公园，来逛街的人走累了，或是平时村里的人也可以在这里休闲。这个方案肖大锣当然很同意。后来建成以后，效果果然很好，不仅是村里人，也吸引了很多外面的人来做生意。这条商业街很快就发展起来。

接着，幺蛾子听说，按村里的规划，十字街西南面的这片空场要建成文化广场，于是就先把这文化广场也建起来。这一下就更有人气了，村里的妇女们再跳广场舞也有了地方。

直到这时，幺蛾子才正式动工，开始建这个超市。

但一建超市，问题就出来了。

幺蛾子当初提出建这超市，一番分析和论证都对，但就忽略了一点，现在人们买东西已不像从前，如果换个说法，也就是今天的购物方式已经发生了变化，进入"电商时代"。现有的实体店都在走下坡路，服装店成了"试衣店"，生活用品商店也成了"体验店"和"实物展示店",人们来看了试了,扭头就走,回去还是在网上买。这个时候,开一个这样规模的大卖场,还别说将来有多少人来买东西,还没建就已经先过时了。

幺蛾子直到这时还信心满满。超市一动工,就开始为村里的各家派送"购物卡",说是等超市开业,凭这张卡可以直接升级为"VIP会员",享受八折优惠。本来计划在赵家坳派送完了,再去别的村,争取把青山镇的21个自然村都送一遍。但赵家坳这里刚送完,没几天,这些印得花花绿绿的购物卡就扔得满大街都是。村里人都抱怨,这么小的一张纸儿,啥用没有,擦屁股都得弄一手。直到这时,幺蛾子才意识到,看来建超市这事真出问题了。但这时,工地还在热火朝天。幺蛾子的工作效率很高,工程进度眼看已接近"正负零"。

但不管怎样,工程只能先停下来了。

其实在这之前,赵老柱已提醒过幺蛾子,而且说了几次。虽然每次都是绕着弯儿说的,但他相信,幺蛾子也是透亮人,自己这样说,他应该能听懂。

可让他没想到的是,这一次,幺蛾子还就是没听懂。

幺蛾子这时已像打了鸡血,整个人都兴奋起来,从早到晚红头涨脸,两个眼里也满是血丝,谁说话都听不进了。直到天行健企业正式下来通知,让超市停工,他才像个烤化的蜡人一样塌下来。赵老柱的心里也很自责。如果当初跟肖大锣把话说明白,哪怕不跟他说,在开工之前,跟幺蛾子别说这种刮钢绕脖子的话,也不会弄成现在这样。

一天晚上,就把幺蛾子叫出来,说请他喝酒。

赵老柱知道,人别管高兴的时候还是别扭的时候,都像有一股气憋在心里,这股气得让它出来,总憋着能憋出病。幺蛾子显然也正想喝酒,一叫就出来了。

两人在街上找个小铺儿。心里都明白,不为喝酒,就为说话。

赵老柱比幺蛾子大十来岁,也算是看着他长起来的。这时一边喝着酒,就对他说了一句话,你也40来岁的人了,以后再干啥事,得好好儿想想了。

但这话一出口，就后悔了。

赵老柱看出来，幺蛾子眼下在肖大锣的企业拼命做事，也是想争口气，让村里人看看，自己还行。也正因如此，他这时就不是一般的堵心，肯定有一种挫败感。

这时再这样说，也就等于捅他的肺管子。

但幺蛾子听了，并没说话。

其实这时，幺蛾子的心里已经在想另一件事。

现在天行健大酒店已建起来，各种硬件设施也基本完善。但这时，也开始出现了问题。如果按肖大锣原来的设想，这酒店和大剧院是配套的，应该同时进行。后来，幺蛾子又提出建超市，这一来计划就变了，分成两步，把大剧院放到第二步，反倒把建酒店和建超市放到了第一步。但这赵家坳说到底只是个村庄，虽然地处三河口，又背靠青山，自然环境很好，毕竟相对偏僻。这个酒店建起来，平时客人也就很少。

就在这时，酒店接了一个团儿。

这是天津一家文化公司组的团，一行20多人，据说都是搞工艺美术的艺术家。这家文化公司听说这边有一个叫田家坨的地方，出一种"铁杆儿芦苇"，不仅色彩鲜艳，韧性也很好，就组织了二十几位专搞这方面创作的作者来考察，看有没有可能开发一种全新工艺的"苇子画"。但来了之后才知道，这一带只在赵家坳有一个像样的酒店，好在离田家坨不远，于是就请这些艺术家到这边下榻。酒店接待得很好，这家文化公司也很满意。临走时，领队无意中说了一句话，他说，其实这赵家坳的自然环境比田家坨还好，适合开发旅游。

也就是这句话，一下点醒了幺蛾子。

做酒店，首先考虑的就是客源，而最好的客源也就是接团儿。赵家坳地处三河口，由于是几条河流的交汇处，这一带的水面很开阔，几乎已形成一片湿地。每到春夏秋季，各种鸟类很多。如果能跟天津的旅游公司建立一种合作关系，长期接团儿，酒店的客源也就不愁了。这时，因为要建大剧院，而且后面还有一系列的想法，肖大锣已把这个酒店注册成"三河口投资管理发展有限公司",自己任总经理,让幺蛾子任副总经理。幺蛾子偶然听说,梅姑河下游的东金旺村有一个"金旺有机农业联合体",利用梅姑河和附近的一片湿地搞了一个"水上三日游"的旅游项目,吸引了很多游客,每到节假日几乎订不上船票。

这时,就把这个想法对赵老柱说了。

又说,想去东金旺看一看,那边是怎么搞的。

赵老柱听了一拍大腿说,你这回这"幺蛾子",才算靠谱儿了。

6 擦边球儿

赵老柱认为,幺蛾子的这个想法确实靠谱儿。如果能跟天津的旅游公司合作,以后长期接旅游团,不仅解决了天行健大酒店的客源,村里也能得到实惠。旅游团的游客来了不仅是玩儿,还得吃小吃,得各种消费,这一下就把赵家坞的商业也带动起来了。

但幺蛾子这次去东金旺,才知道,跟想象的不太一样。

这边搞这个"水上三日游",是利用了独特的地理优势。在东金旺通往天津的水道上,有一个古渔村,由于是在入海口,已经开发成一个旅游景点。他们的"三日游"正好是以这里为起点。所以,来这古渔村的游客,也就成了他们这个旅游项目的潜在客源。

幺蛾子一看就明白了,这个优势,赵家坞显然不具备。

但这次去也有意外收获。他发现,"金旺有机农业联合体"在搞一种"有机蔬菜大棚"。他特意了解了一下,这种有机蔬菜虽在种植和管理上比一般的普通蔬菜要复杂,成本也高,但价值也很高,在天津和唐山都很有市场,一年四季几乎供不应求。经常是这边的蔬菜还没摘,就已被客户抢先预订。还有的蔬菜,干脆就是根据客户需要定种的。

幺蛾子觉得,这个项目可以干。

现在的城里人都注重养生，也最关注食品安全，有机蔬菜最大的特点就是不用化肥和农药，所以在城里肯定有市场，应该种多少都不嫌多。更关键的是，如果从地理位置看，赵家坳离天津和唐山这两个大城市也很近，而且附近就有高速路口，所以金旺联合体的区位优势，赵家坳同样也具备。幺蛾子虽然爱出"幺蛾子"，但也实干，一回来立刻跟肖大锣商量。肖大锣这时已把赵家坳这边的事都交给幺蛾子，一听这项目挺好，也就同意了。

　　其实这次，如果这蔬菜大棚真搞起来，确实是一件好事。天行健企业有这个实力，当初在赵家坳注册这个旗下的"三河口投资管理发展有限公司"，也是想把酒店和大剧院建成之后，再实实在在地为村里做几件事。这次肖大锣想，如果要搞，就不是一般的搞，首先在规模上就要超过东金旺。这倒不是攀比，也不是竞争。肖大锣这些年搞企业已有经验。现在"金旺有机农业联合体"已经名声在外，搞这个有机蔬菜大棚也有一段时间，在天津和唐山的市场肯定已创出品牌，也有了相当的知名度。这次在赵家坳也搞这种大棚，正好可以借他们的势，如果能搭上"顺风车"，不仅省时，也省力，同时还能省去一大笔宣传费用。这一来，也就可以在最短的时间内把这件事做起来。而要达到这个目的，只有在规模上超过他们，造成一种先声夺人的声势，才能把市场的目光迅速吸引过来。

　　这件事定下之后，幺蛾子也就开始着手干了。

　　赵老柱事后才知道，后来出问题，又是出在幺蛾子的身上。

　　肖大锣虽然一向做事很有魄力，但也求稳。如果按幺蛾子的想法，索性就全面铺开，齐头并进。但肖大锣考虑之后，还是决定把这个项目分三期进行。这样可以步步为营，随时调整计划。可是第一期流转耕地的方案做出之后，肖大锣一看，用地要100多亩，觉得有些奇怪，如果这样算，三期规划做下来，就要流转几百亩地。肖大锣毕竟是农民出身，对耕地和种植都是内行，现在要搞的只是蔬菜大棚，虽然计划的规模很大，但再怎么说，也用不了这么多地。于是就把幺蛾子找来，问他，这方案是怎么回事。

幺蛾子这时才说，他也正要汇报这件事。

其实这时，幺蛾子已经又有了新的想法，而且没打招呼就先斩后奏地干起来。

他从东金旺回来，跟肖大锣把这件事定下之后，就开始紧锣密鼓地筹备。但就在这时，他又从别的渠道得到一个信息。这幺蛾子的思路确实跟一般人不太一样。他虽然爱出"幺蛾子"，但做事也不是头脑一热，还要左顾右盼，看看别的同样做这件事的人都是怎么做的。这样都看明白了，最后，他的"幺蛾子"才会定下来。其实这样做事，如果从慎重的角度当然好，可以更稳妥。但换一个角度就未必了，你东看一眼西看一眼，究竟谁可行谁不可行，这就要有判断力了，否则就有可能被别人带进沟里。

这次，幺蛾子就让别人带到沟里了。

他在着手搞方案时，突然发现，现在搞这种蔬菜大棚并没有这样简单，有的地方以种菜为名，其实搞的是另一种大棚，叫"园林大棚"。这种所谓的园林大棚就不种菜了，而是种各种花草，同时还在这大棚里造一些亭台阁榭和小桥流水之类的景观。这一来，也就可以住人了。其实明眼人一看就明白，这种所谓的"园林大棚"，实际已经不动声色地变成了"大棚房"，也就是变相的"乡村别墅"。当然，一旦建成这种别墅式的大棚房，尽管从外面看，好像跟蔬菜大棚没有太大区别，但用的材料却已完全不一样，在价值上也就远远超过了原来的蔬菜大棚。而由于造价又远远低于正式房屋，而且面积大，价格相对便宜，只要几十万甚至十几万就能买一套，又是在乡村，也就很受城里人的青睐。

这一下，幺蛾子认为又发现了新的商机。于是擅自做主，把前面已经定下的搞有机蔬菜大棚的方案变通一下，往这种"园林大棚"上靠了靠。但也不搞成真正的"大棚房"，只是介乎这两者之间，先往这个方向准备，等跟肖大锣商量之后，如果定下来，就正式转到这上面来，倘不同意，还可以再退回到原来的方案。不过幺蛾子做事也有分寸，他又把这第一期规划分成前后两期。这次跟肖大锣汇报的，也就是第一期的前半期。

这时，肖大锣一听，想了想，一下让这种"园林大棚"的创意给气乐了。真不知这是哪个聪明人想出的主意，明明已是住人的简易房屋，里面却种上花花草草，这一来貌似保持了原来土地的属性，可是又已类似"乡村别墅"，这简直就是经典的"擦边球"。而且，对幺蛾子这种把第一期规划又分成前后两期的做法也很赞同。这样可以先试水，后面进可攻，退可守。于是，嘴上虽说，还要再论证一下，态度却已表露出来，这件事可以干。

但肖大锣并没意识到，这时，这件事已偏离了原来的方向，让幺蛾子带到岔道上去了。

有了肖大锣的态度，幺蛾子也就开始放手干了。

搞这种"大棚房"，跟蔬菜大棚有相同的地方，也有不同的地方。相同的是都要修路，不光是干道通往每一个大棚房的路，也包括通往外面，乃至通到高速路口的路；不同的是，蔬菜大棚将来往外拉的是菜，而大棚房则要拉人，前者走的是货车，后者要走轿车，所以对路面等级的要求不一样，路边环境的要求也不一样。当然，园区的规划更不一样。

但事情都是这样，利益和风险是并存的，利益越大，也就意味着风险越大。幺蛾子并没意识到，这件事不仅潜在着很大风险，而且此时已经有了苗头。

肖大锣当然也没意识到。他虽然是农民出身，在这件事上却忽略了一个本不该忽略的致命问题。现在要建的这种大棚房，既然一开始规划的是有机蔬菜大棚，属于农建项目，在村里流转的也就是农用耕地。在耕地上建蔬菜大棚，只要不是基本农田，经过审批是可以的。可是现在这大棚不种菜了，改种花草，还要住人，这就是另外一回事了，虽然表面还有"种植"，却已经改变了耕地用途，这种做法，是国家的土地政策绝不允许的。其实当初，肖大锣在企业总部征求意见时，已经有人提出疑问，认为应该再考虑一下。但肖大锣仍然觉得这是聪明人想出的一个巧妙的"擦边球"，对这样的疑问，也就没太在意。

接下来，果然就有麻烦了，而且是大麻烦。

这种所谓的大棚房在建筑工艺上很简单，园区规划也不复杂，所以第一期的前半期很快就建起来。幺蛾子还特意请青山镇中学的一个语文老师为这个"别墅区"取了一个很有诗意的名字，叫"乡村慢时光"。这时，赵家坳独特的地理优势也显现出来。由于这里位于三河口，依山傍水，离天津的中心城区又近，如果自驾只需一个多小时车程，天行健集团在自己现有的几个广告平台只打了几天广告，看房的天津人就蜂拥而至。很快，这个"乡村慢时光"第一期的大棚房就全部售罄。这时，别墅区通往附近高速公路的道路也已修通，园区的各种配套设施也在一步步完善。已经在这里买房，而且办了入住手续的业主们也开始喜气洋洋地按着自己的喜好和设想，着手准备装修。但就在这时，"三河口投资管理发展有限公司"突然接到有关部门的通知。通知上说，目前已经建成和正在建设的这个"乡村慢时光"项目，因为违反了国家的相关土地政策和有关规定，限期自行拆除。

消息一出来，所有的人都傻眼了。

当然，最傻眼的是幺蛾子。

幺蛾子一向很自信，认为自己无论做什么事，都会与众不同。这次搞的这个"乡村慢时光"也就觉得是自己的得意之作，本来还准备去天津，找音乐方面的专业人士为这里写一首歌，再拍成MV，等以后这个项目全面铺开，作为宣传片拿到各媒体平台去播放，没想到却突然出了这样的事。再一打听才知道，原来这段时间，很多地方都在打着搞蔬菜大棚的幌子，在农用耕地里建这种"擦边球"式的"大棚房"，已经形成一股风潮。有关部门注意到这个问题，为确保国家的18亿亩农用耕地的红线，才果断出手，明令禁止，对所有已建和在建的这种违反国家土地政策的所谓"大棚房"项目一律叫停，在规定的期限内无条件自行拆除。逾期不拆的，将依据国家有关法律予以强拆。

幺蛾子这才意识到，这回真有大麻烦了。

其实按理说，无论卖方还是买方，都应该心知肚明，这种所谓的大棚房从一开始建就明显违反国家的土地政策。《土地管理法》有明文规定，如果你确实由于发展需要，打算将某个地方的一块耕地变性，改为非农建设，也不是不可以，但必须经过土地部门的严格审批，而且根据"占多少，补多少"的原则，还要在别的地方再补一块相同面积的土地作为农用耕地，并且这块地也确实可以耕种。这也就是所谓的"占补平衡"。可是现在建的这种"大棚房"是打着种蔬菜的旗号，表面看还属于农用建设，也就不涉及土地变性，当然也就不存在这种"占补平衡"的问题。同时，这里还涉及一些更复杂的产权问题。这种"大棚房"连"小产权房"也不算，已经不是违章建筑，干脆说，就是违法建筑，也就不可能受任何法律规定的保护。况且已经购买的业主，当初在决定买时就理应知道这件事的性质，即使企业没有事先告知，也应该是一个常识，所以对出现这种情况也就应该早有心理准备。不言而喻，这样的情况一旦发生，已经缴纳的购房款企业是不可能退还的。

　　说白了，只能自己承担后果。

　　当然，企业的损失就更大了。虽然业主的购房款不退，但是建这个大棚房的成本和小区配套设施的基础建设包括修各种道路的所有先期投入，这一下也就全打了水漂儿。如果这样算，大家也就谁都别指望谁了，只能是各自的损失各自承担。

　　但是，问题却并没有这样简单。

　　接下来的事，谁都没想到。

　　已经买了大棚房的业主眼看自己的十几万甚至几十万就这么白白扔了，连个响儿都没听见，当然不甘心，也不会轻易认这个头。就在这时，一个较真儿的业主开始研究当初跟企业签的这份"购房合同"。这一研究，果然发现了问题。这合同里有这样一句话，"乙方在付清全部购房款后，由甲方负责办理相关手续和证明文件"。这句话在当初买房签协议时，似乎很正常。既然买房，就得交钱，而卖房的一方收了钱，当然要给买的一方出具一定的手续，按中国的传统说法，白纸黑字的东西总要有一个，没有拿了钱就黑不提白不提的。至于这合同里提到的"证明文件"，其实指的是总得让当地村委会出具一个承认这大棚房是你的这样一个书面的东西，否则这些大棚房虽是"三河口投资管理发展有限公司"建的，但毕竟是建在人家赵家坳的地面上，如果村委会不承认，你凭什么跑到人家这里来住呢。

但这个较真儿的业主也懂一些法律知识，他就抓住了合同上的这句话。你在这合同里说的，给买方办理这房子的"相关手续和证明文件"是什么意思？解释权不能只在你卖方，我买方有理由认为，你说的这个"相关手续和证明文件"，指的就是国家政府部门正式颁发的土地使用证和房产证，如果这样说，你卖方就不光是违约的事了，还涉嫌欺诈。

显然，这就是另一个性质的问题了。

事情往往就是这样，最怕有人挑头儿。"乡村慢时光"的这些业主本来已经打算自认倒霉了，这时一见有人出来闹，而且还闹得挺有道理，立刻都跟着响应。他们为此还用微信拉起一个"维权业主群"，声称这件事如果得不到妥善解决，就要诉诸法律。

幺蛾子这时很清楚，自己还犯了一个自作聪明的错误。本来，天行健企业有自己的法律顾问团队，但他明白，建"大棚房"这种事是不可能摆到桌面上的，也就没吭声，只是找人拟了一个所谓的购房合同格式文本，也没拿给企业的法律顾问看。这一来，这个合同自然也就漏洞百出。这时已经传来消息，这些维权的业主已经聘请了律师。

几天以后，三河口企业果然接到了律师函。

7　屎壳郎变知了儿

赵老柱一直想不明白，当初三河口企业为建大棚流转耕地，十三幺儿为什么攥着他那块"窝心地"不撒手。按说当时企业的条件已经很优厚，每亩每年500元，只要一签协议，立刻预付三年，三年以后每亩再增加50元。十三幺儿的这块窝心地少说有二十几亩，这样一算，只要签个字，一下就能拿到3万多流转金。现在地早没人种了，家家都撂荒着，何况十三幺儿还开着一个酒楼，他那块地里的草已经长得比人还高。

头年腊月，他夫妻俩冒着大雪跑到镇里告状，后来这事也就撂下了。

但他撂下行，企业这边却撂不下。当时别的流转户都已谈下来，只剩他这一块地了。赵老柱无奈地想，这也是该着杠着，难怪他这地叫"窝心地"，现在还真成了一块"窝心"的地。谁让自己当这村主任，为了村里的事，自己就是个裤衩儿，什么屁都得接着。想到这儿一咬牙，就来找幺蛾子商量，总这么拖着也不是办法，索性就给他特事特办吧。

所谓特事特办，只是往好听里说，其实就是额外照顾，跟他签个"黑白合同"。明着，该怎么流转还怎么流转，但暗里再签一份协议，不光给他提高租价，再按他提的要求附加几个条件。不过这事要传出去，别的流转户肯定就炸了，所以还要跟他再签一个"保密协议"。幺蛾子这时正心急火燎，一听赵老柱提的这个方案，也就只好同意了。

但这三份合同是签了，地也流转了，赵老柱的心里却一直腻歪。

当然，十三幺儿虽得了便宜，心里也一样腻歪。

事情往往就是这样，无论什么事，只要最后谈成了，让步的一方也就意味着吃亏，自然感觉不好。而最终达到目的，也就是得便宜的一方也未必感觉就好，关键要看这便宜是怎么得的，也就是说，过程可能比结果更让人在意。按说十三幺儿签了这三份合同，不光多拿了租金，赵老柱也服软儿了，但心里还是憋了一口气。赵老柱毕竟是村主任，这次如果他不出面，自己这"钉子户"本来可以咬着牙一直当到底，谅他幺蛾子也不能拿自己怎么样。可现在，本来是故意出难题提的几个条件，赵老柱跟幺蛾子一说，竟然都答应了。

这一下，自己也就没退路了。

十三幺儿当然有自己的算计。他已打听清楚，这次三河口企业流转耕地是要建大棚。本来这块地扔着也是扔着，真流转了，身不动膀不摇就能白拿几万租金，当然挺划算。但种粮种菜行，建大棚就是另一回事了。种粮种菜一年也就一季两季，可以一年，最多两年一说话，大棚一建就几年下去了，更何况后来才听说，这幺蛾子又出了新的幺蛾子，真正要建的是"大棚房"，不种菜，要住人，这以后就更没头儿了，等于一下就让他们套住了。

今后怎么样，谁也说不准。这种套住的事当然不能干。

所以他才铁了心，咬死口儿就是不同意。

十三幺儿本来叫赵发祥。因为天津有个著名的"十八街大麻花儿"，字号叫"桂发祥"，村里人就总跟他开玩笑，说难怪他叫"发祥"，也是这桂发祥的脾气，总跟人拧着，别管多顺溜儿的事，到他这儿也能拧出十八个花儿来。后来把他说急了，索性就给自己改了名字，叫赵太极。这一下村里人更乐了，说他改的这名字也拧着，不知道的还以为是哪个庙里的老道。但葫芦爷给人们讲解，他这"太极"应该是从《易经》来的，按《上系》的说法："易有太极，是生两仪，两仪生四象，四象生八卦。"葫芦爷说，他大概是从哪出戏里看来的，取这个名，是万物化生、从无到有的意思，做生意，也就是将本求利。

赵老柱觉着，这十三幺儿这些年就像条泥鳅，你不理他，他就在那儿，但伸手一抓立刻就一出溜。跟他近，他躲，你一远，他又往跟前凑。但自从流转耕地这事以后，赵老柱也就接受了教训，就像一句戏词儿唱的："是非皆因多开口，烦恼总为强出头。"

自己虽是这赵家坳的一村之长，但村长也不是万能的。正如俗话所说，人家敬你，是菩萨，不敬就是个泥胎。村里再有十三幺儿这类事，能不出头也就不出头了。

赵老柱当然清楚十三幺儿的为人。

赵家坳虽然能人多，这几年出去也都挣着钱了，但这一来，用张三宝的话说，也就出现了两极分化。村里出能人，但也并不是家家都有能人。有能人的家里日子好过了，没能人的，日子该怎么样还怎么样。张三宝的这个分析就说到根儿上了。赵老柱当了这些年的村主任，村里这点事都在心里装着。人过日子就是这样，当初大家的日子都过不起来，你不行我不行他也不行，既然都不行，这个不行也就习以为常，好像日子就应该这样。可现在不一样了，眼看着已经有行的了，这一下，日子还不行的跟人家一比，也就不认头了。可不认头，又没有别的门道儿，唯一的办法就是来村委会，冲他这当主任的说话。

当初，村里以十三幺儿为首的一伙子人，一来就坐一屋子。

十三幺儿只要一坐，就是这一套话，现在我家已经揭不开锅了，再这么下去，一家老小就得把脖子吊起来了，你这村长别枉担个抿嘴儿菩萨的虚名儿，光抿着嘴儿乐没用，我们当不了吃也当不了喝，菩萨可是救苦救难的，你也向人家南海观世音学习学习吧。

赵老柱问，学啥？

十三幺儿说，大慈大悲啊，你这村长也给我们慈悲一下，替我们这些日子过不起来的人家儿想想办法，眼下人家过得好的已经顿顿大鱼大肉，把胆固醇都吃上去了，我们别说大鱼大肉，还整天挣扎在血色素4.6以下，再不想办法，就严重营养不良了。

后来把赵老柱说烦了，干脆冲他说，你也学你爹啊。

十三幺儿没听懂，学他啥？

赵老柱说，也拉着弦儿，出去唱《金玉奴》啊。

他这一说，连十三幺儿自己也乐了。十三幺儿的爹赵五爱唱评戏，且专唱"乞丐生"，当年出去要饭，一边拉弦儿一边唱《金玉奴》里的穷生"莫稽"，在三河口一带都出了名。

赵老柱又哼一声说，别人这么说行，你十三幺儿也说这话，不嫌寒蠢哪？

他成心把寒碜说成寒蠢，还把这个"蠢"字咬得很真绰儿。

十三幺儿眨巴眨巴眼，我咋寒蠢了？

赵老柱说，你十三幺儿在赵家坳也算个能人，你承认吧？

又哼一声，老天爷连瞎家雀儿都饿不死，能饿死你，谁信哪？

十三幺儿不吭气了。

十三幺儿在赵家坳确实也算个能人。但他这些年有个毛病，离不开老婆，不光夜里离不开，白天也离不开，平时的吃喝穿戴都得老婆大眼儿灯给打整。赵老柱曾说他，你这能人的本事，有一半儿是你老婆给托着，离了她，你十分本事也就只剩三分。

这话听着扎耳朵，其实也就是这么回事。

十三幺儿不光离不开老婆，胆子也小。别人胆小是怕人，怕鬼，怕动物，他连车也怕。去一趟县城，过马路也吓吓叽叽的，得使劲拉着老婆大眼儿灯的手，一刻也不敢松开。所以这几年，眼巴巴看着别人都出去了，也挣着钱了，他只能还窝在家里。

也就在这时，张三宝来赵家坳驻村扶贫。

张三宝一进村，先跟赵老柱和几个村委会的干部一起研究了几天，把村里的困难户分门别类，建档立卡，然后针对每一户的具体情况制订方案，需要协调的帮着协调。这些困难户一见上面派下张三宝这样的帮扶干部，实心实意为大家想办法，心气也都上来了。

十三幺儿也就在这时提出，要开一个酒楼。

十三幺儿当然不算困难户。他一直在村里开个小饭馆儿，虽然用他自己的话说，就是个"狗食馆儿"，但一家人也能吃上饭。这时一说要开酒楼，对村里当然也是好事，至少可以提供就业机会，赵老柱跟张三宝一商量，也就答应把村里十字街北口儿路西的这块地给他了。一天上午，十三幺儿又来找张三宝，说是听说了，村里有几户养鸡养鹅的，还有几家打算开小饭馆儿的，都已办下贴息贷款，现在他这酒楼，前期也有资金缺口。

张三宝一听就明白了，告诉他，这个贴息贷款不是谁想办就能办的，上面有很严格的规定，那几家办下来，是确实都有困难，十三幺儿的情况不符合这条件。但张三宝又说，不过这酒楼真开起来，也是好事，如果确实有缺口，可以帮着试一试小额贷款。

十三幺儿一听立刻说，行行，有息也行，只要能贷下来就行。

张三宝说，你听我消息吧。

张三宝答应帮十三幺儿办这小额贷款，也是有想法的。赵家坳在地理位置上还有一个优势，高速公路的入口很近，尤其这两年修了路，这里也就成了必经之地，如果发展商业，特别是餐饮应该很有潜力。这段时间，几个困难户都有这样的想法，但就是没本钱，所以张三宝才帮他们办了贴息贷款。又跟这几家说好，先小本经营，别贪大，最好有当地特色，而且各家的经营尽量别重合。但还有几个困难户，确实没能力，也就只能打工。可是打工也有具体情况，有的家里有老人或病人，去太远的地方离不开，只能就近给他们寻找灵活的就业机会。如果从这个角度考虑，在村里的饭馆儿打工最合适。一来就在家门口，随时有事就可以回去照顾，二来只要不是饭口，也就不用在饭馆儿长盯。于是，张三宝和赵老柱一商量，就把这几家开小饭馆儿的人叫到一块儿，开了个会，向他们提出两个要求，一是如果雇工，只能找村里人，而且要由村委会指定，说白了，找的也是困难户，这样也就可以解决这些人的就业问题。二是每家用的食材，要由村委会指定的人统一采购。当然，这一点可以放心，肯定能保质保量，价格也不会高于外面。这两个要求，几个准备开小饭馆儿的人听完议论了一下，说，第二条没问题，如果由村里统一采购，还省得耗时耗力自己去跑，只是这第一条，我们本来就是小本经营，雇工肯定雇不起，也没这打算，大不了自己多干一点儿就行了。这时，赵老柱提出一个想法，可以几家儿伙着雇两个人，这俩人就像城里的"小时工"，在几家来回转，到月头儿几家一分摊，也花不了几个工钱。

大家一听，觉得这倒可以。

其实提这两个要求，真正的目的还不在这几家小饭馆儿，而是冲十三幺儿。他这酒楼的规模大，自然也有用工问题。张三宝来赵家坳这段时间，已对十三幺儿的为人有了一些了解，即使这次帮他办下这笔小额贷款，如果一上来就提用工的事，就算他答应了，说不定用几个月就找个什么理由把人辞退了。于是跟赵老柱一商量，就想出这么个办法，先跟另几家说好，人家小本经营的饭馆儿都同意，你这大酒楼也就没有不同意的理由了。

十三幺儿的这笔小额贷款下来之后，张三宝来告诉他这个消息。十三幺儿一听，感激得无可无不可儿，连声说，这笔钱太及时了，这可真是雪中送炭哪。

又拍着胸脯说，以后村里有啥事，我也尽力。

张三宝一听，就借着他这话头儿说，还真有个事。

然后，就把给这几家小饭馆儿开会，提的两个要求说了。

又说，现在那几家，都已经同意了。

十三幺儿听了想想说，这两条都没问题，不过，咱还得商量一下。

张三宝一听，就知道他要讨价还价了。

果然，他说，我毕竟刚干，能不能这样，第一条，如果我用两个人，有一个由村里指定，当然是一个名额，不是指定具体人，用工这种事也是双向选择，两头儿都有个合适不合适，等以后干大了，用的人多了，还是这样，用四个给村里两个名额，六个就是三个。

张三宝说，可以。

十三幺儿又说，这第二条，我酒楼用的食材，有一部分可以让村里指定的人采购，但也得有一部分，让我自己进，我用的不光量大，也杂，全让外人进，我怕误事。

张三宝想想，觉得十三幺儿说的这两条也有道理。首先用人，确实是双向选择，饭馆儿不像别的行业，虽然不是技术工种，但也没这么简单，一是这人去了自己觉着适应不适应，另一方面，人家饭馆儿满意不满意，这都是未知数。至于第二条，张三宝觉得，十三幺儿说的也可以理解，他开这酒楼，进什么食材还是要有一定的自主权。

十三幺儿这"太极大酒楼"一开业，果然很快就火起来。

他在村里说，咱这村长说是抿嘴儿菩萨，可把嘴抿了这些年，光知道傻乐，咱的日子该穷还穷，人家张三宝这才来几天，咱一下就屎壳郎变知了儿，一步登天了。

这话灌进赵老柱的耳朵，虽不吭声，但也不爱听。自己不过是个村主任，就算有三头六臂也想不出太多的办法。人家三宝就不一样了，来驻村的身份是帮扶干部，说白了，你们这些屎壳郎变成知了儿，当然离不开三宝的工作，可更关键的还是有上面的帮扶政策。

但赵老柱对张三宝也从心里服气。人家毕竟是文化人，确实有水平，想事就是比一般人更深一层。他最后临回县里时，曾对赵老柱说了一番推心置腹的话。那天晚上，本来十三幺儿要把张三宝请到自己的酒楼去吃饭，说如果他就这么走了，自己的心里过不去。但张三宝还是笑着婉谢了，对他说，你只要记住咱的两条约定，就比请我吃什么都高兴。

最后，还是赵老柱以个人名义，请他在街上的小馆儿喝了一顿"穷酒"。

赵老柱说，不为喝酒，就想说说话。

这个晚上，赵老柱也是喝得有点儿大，对张三宝由衷地说，眼下咱赵家坳的人，总算把这穷帽子彻底扔了。说着就举起酒杯，你可是咱村的大功臣啊！

张三宝笑着说，这是国家有政策，真论本事，我不如你。

赵老柱放下杯，抹了一下元宝嘴说，咱就别互相吹捧啦。

又说，不过，还有一宗。

张三宝说，你说。

赵老柱说，现在和尚是都富了，可这庙，还是个穷庙。

张三宝明白了，他的意思是说，村里的集体经济还没起色。

这时，张三宝就对他说了一番话。他说，赵家坳现在这穷庙富和尚的局面，当然是由多方面因素造成的，但其中一个重要原因，是村里人的钱都是从外面挣来的，再有就是，都是个人挣的，这钱看着是钱，其实都在个人手里，对村集体来说，也就是"飞钱"，没根儿，再多再少也是人家自己挣一分多一分、花一分少一分，跟村里的集体经济没一毛钱的关系，所以全村人的穷帽子虽然都摘了，也就还是庙归庙，和尚归和尚，一直两拿着。

赵老柱想了想，连连点头说，这话说得好，有道理！

又问，可你说，该咋办？

张三宝说，真要改变这个局面，让赵家坳不光和尚富，庙也富，就得发展产业，村集体有了自己的产业，也才能挣"有根儿"的钱，钱也只有生了"根"，才能再长出钱来。

张三宝临走说的这番话，赵老柱一直在心里寻思。

第二章 仲吕

一脉青山披嫩草

……

满天愁云

散九霄

……

——《三击掌》

1 张先生

张三宝在赵家坳驻村时，总有一种感觉，虽然太爷已经去世很多年了，却好像还在村里。赵家坳的人遇到矫情的事，急了起誓时常说，这话，就是冲着张先生，我也这么说。

张三宝的太爷，当年在赵家坳官称张先生。

张三宝最后一次见到太爷，是5岁那年。

张三宝记事早，印象里的太爷眉清目秀，很瘦，脸上像涂了一层油彩，总是很亮。但最后这次见时，已是躺在床板上，脸色苋黯，像涂了一层白蜡。

这也是张三宝第一次来赵家坳。

用秫秸夹的院墙门前立着一根手腕粗细的木棍，上面绑了一坨白花花的碎纸，这是哭丧棒。旁边放着一个火盆。村里来吊唁的人先立在门口抹几把眼泪，有的还会失声痛哭，然后在火盆烧了纸，才进去到灵前行礼。张三宝也穿了孝，白帽子的前面缀了两个鲜红的绒球，这是重孙的意思。当时张三宝看着进进出出的人，只是搞不懂，太爷怎么会住在这个地方。

在张三宝的记忆里，有个年轻的壮汉来的动静最大，哭起来像牛叫，哞哞儿的声音似乎是从肺腑里发出的。然后跪到灵前，像一截放倒的树桩。后来张三宝才知道，这人叫赵碌碡，也就是赵老柱的爹。他身后还有一个人。这人清瘦，细长，衣裳不像穿着，倒像是在身上挂着，一走起路来回晃荡。他哭的动静也很大，但不是哞哞儿的，是呀呀儿的，说不出像一种什么动物。关于这个人，张三宝也是后来才知道的，他叫赵五，是十三幺儿的爹。

但当时，张三宝还是搞不懂，为什么这两个人哭的动静这么大。

张三宝还记得，这次在赵家坳只住了一晚，第二天就去天津了。太爷临终留下话，不要土葬，要火葬，说是江湖之人一生漂泊，没根，骨灰就不留了，烧完撒在村东的驴尾巴河里就行了。但当时，火化在乡下还不普及，海州县没有火化场。好在离天津很近，就送他去了天津的北仓。火化之后，按风俗，第三天要"圆坟"，其实也就是取出骨灰。张三宝随家里又把太爷的骨灰送回赵家坳，依他生前的意思，撒在村东的驴尾巴河里。这天负责撒骨灰的也是赵碌碡和赵五。他两人抓了太爷的骨灰一把一把地往河里撒着，还是吊孝那天的哭法儿，一个哞哞儿的，一个呀呀儿的，像"花脸"和"小生"的一台"对儿戏"。

直到很多年后，张三宝才知道，这赵五当初是太爷的徒弟，学琴，也学戏。赵五曾对村里人说，他唱《金玉奴》的"莫稽"，是师父一口一口喂出来的。其实赵五这话只说了一半，另一半没说，是说不出口。他后来跟赵碌碡反目，也是因为这《金玉奴》，当时两人还动了刀子。再后来，也是张三宝的太爷为他两人把这事说开的。

张三宝的太爷不是海州人，老家是河北乐亭的。乐亭出皮影戏，当地叫"驴皮影儿",也出乐亭大鼓,是曲艺窝子。用外面人的话说,这里的人都是背着弦子唱着大鼓书从娘肚子里出来的,一落草儿,带眼儿的就会吹,带弦儿的就能拉。张三宝的太爷叫张久阳,从小弹得一手好三弦儿。他弹三弦儿跟别人不一样,不光会弹,不知从哪本闲书看的,还能说出这三弦儿的来历。据他说,三弦儿再早不叫三弦儿,叫"鼗",后来也叫"弦鼗",当年还是秦始皇修长城时用的,搁现在也就是一种拨浪鼓,到吃饭的时候有人叮咣一摇,民夫就知道该"上啃"了。所谓上啃,也就是吃饭。后来有人试着勒上几根麻线,一弹挺好听,这以后才慢慢成了今天的三弦儿。所以这东西从一开始,就是为吃饭用的。三弦儿也分大三弦儿和小三弦儿,大三弦儿一般在北方,唱大鼓书用的居多,小三弦儿则传到江南,唱评弹,有的戏曲也用。

张三宝的太爷弹的就是大三弦儿。当时还有个本家哥哥,叫张久声。哥儿俩在家里待不住,偷偷一合计,就一块儿跑出来。这张久声也会弹两下弦子,但不精,平时在家自己玩儿行,出来闯江湖,真指这个吃饭就勉强了。后来就在天津和唐山之间的水路上来回跑,做点乐器的零碎生意,卖些丝弦琴码儿三弦儿拨子和琵琶指甲一类的小东西。张三宝的太爷出来以后,先是还弹大三弦儿,后来又改琵琶,也拉板胡和中胡。先在唐山的"小山儿"跑码头。这唐山的小山儿当年叫"便宜街",吃开口饭的都聚在这一带,有点像北京的天桥、天津的"三不管儿"。张三宝的太爷一到这里也就如鱼得水。先在几个园子跑台子,后来也就搭上班儿。再后来见识多了,能耐也一天比一天大,眼看"小山儿"这码头有点儿装不下了,跟几个同行同业的朋友一商量,就一块儿顺水路来到天津。

天津当时还没有专门的戏园,唱戏都在茶馆儿,也叫茶园。张三宝的太爷刚到此地,人生地不熟,就先在"三不管儿"的小园子,行话叫"打八岔"。后来渐渐站稳脚,才开始有正经活儿。就在这时,偶然认识了一个人。这人叫白元春,是唱河北梆子的。这天也凑巧,白元春的琴师突然闹时令病,来不了了。这时有人说,最近刚从唐山过来一个琴师，听说不错，是不是请来救个场。白元春正着急，一听就答应了。这次只上台演了一场，一下来，白元春就不让张三宝的太爷走了，说自己跟这园子签了5天合同，后面还有两天，问张三宝的太爷能不能再救两天场。当时白元春这样说，其实已经揣了心思，这个琴师头一次见，一上台就这样合托，实在难得，再看这人年纪轻轻，眉清目秀，显然是个老实的本分人，加上先前的那个琴师脾气各色，一直不对眼，就有想把张三宝的太爷留在身边的意思。这样又演了两场，到最后一天，白元春就对张三宝的太爷把这想法说出来。又对他说，自己马上要回北京，如果愿意，这次就带他走。张三宝的太爷这才知道，这白元春是北京人。

这样难得的好事，当然没有不愿意的道理。于是，就跟着去了北京。

张三宝的太爷后来才知道，这白元春不光是北京人，还是旗籍子弟。满人的白姓，早年在关外是瓜尔佳氏。但白元春家的这个瓜尔佳氏更厉害。当年他先祖入关，是在京西香山的"健锐营"。这健锐营也叫"飞虎健锐云梯营"，在八旗禁军里是一支带有特殊部队性质的队伍。所以说起来，这白元春也是名门之后。旗人的家里当年都有朝廷的"钱粮月米"，不愁吃喝，白元春平时就经常跟一帮旗籍子弟凑一块儿唱"全堂八角鼓"，也票戏。但大清国一倒，"铁杆儿庄稼"没了，再票戏就票不起了。有的旗籍子弟一咬牙索性下海。其实白元春这时已有些名气，也算名票，但觉着自己门第高，面子又窄，瘦死的骆驼不倒架儿，过去玩儿行，真以做艺为生拉不下这脸。于是就跟几个朋友凑了点儿钱，一块儿倒腾古玩旧物。这时旗籍人家儿大都败了，靠跑当铺过日子。开当铺的也就看准这一点，专门欺负旗人，多好的东西拿去也往死里压价儿，再狠一点儿的能压出血来。白元春和几个朋友看不过去，就专做这种生意，先去旗人的家里收东西，开价尽量合理，然后再转手给当铺。买卖如果这个干法儿，赔钱不说，也注定干不长。于是不到一年，这白元春就还是下海了。

白元春虽不算太大的角儿，也是白老板，有自己的班底。当时站脚儿的园子在珠市口儿。这珠市口儿的地盘分街南和街北。街南也就是天桥一带，艺人大都"画锅"撂地儿，有几个小园子，也不正经唱戏。街北则是"开明戏院"，再往北就都是像模像样的大园子了，但让一些大戏班儿长年占着，一般没有硬磕角儿的小班儿很难进去。当初就是白玉霜和芙蓉花这样的角儿来了，也只能在珠市口大街两边的"开明"和"华北"两个园子唱，再往北就进不去了。但白元春站脚儿的园子也在街北。张三宝的太爷来之前，已在业内听人说了这边的行市，也就明白白元春的戏班儿在北京这边的分量。

其实刚来的一段日子，一直挺顺当。白元春刚得了一个满意的琴师，心气儿也高，还特意请了行内的朋友一块儿吃了几次饭，让张三宝的太爷跟大家见见面。几个朋友一见这琴师跟白元春的年纪不相上下，不光眉清目秀，话也不多，都觉着挺投缘。

但后来，出了一件事。

一天下午，张三宝的太爷刚从台上下来，就见后台管事的抱着一个"银盾"过来。当时台下的观众不叫观众，叫"戏座儿"，戏座儿捧角儿，送"银盾"是常事。这种银盾比梳妆镜大一点儿，中间是一个盾牌的形状，有银的，也有"高碗儿锡"的，一般上面刻着赞美或祝贺之类的话，用一个讲究的硬木托儿架着。张三宝的太爷一看，以为又是哪个戏座儿给白元春送的，就随口对管事的说了一句，白老板在后面卸妆，送去吧。说完就去收拾自己的东西了。但过了一会儿，管事的又来了，对他说，白老板叫你去。张三宝的太爷直到这时还没意识到是怎么回事，就拎着已经装进布套的胡琴来到后面。一进白元春的化妆室，就觉出不对了。白元春正让人帮着卸身上的软靠，脸色挺难看，一见张三宝的太爷进来，用下巴朝化妆台上的银盾挑了一下说，给你的，拿走吧。张三宝的太爷还不知是怎么回事，过来朝这银盾仔细一看，才明白了，这上面刻着自己的名字，敢情是送给自己的。张三宝的太爷这几年已跑过不少园子，行里的事经得见得多了，知道戏座儿捧角儿是常事。但捧的都是角儿，还没见过捧哪个琴师的。不过心里也明白，这东西说到底是台下送的，别管什么人，他要送是他的事，跟自己没关系，也就没必要解释。退一步说，就是真解释也没用，只能越描越黑。于是没吭声，就把这银盾抱走了。

这以后，这事也就过去了。

过了几天，下午散戏，张三宝的太爷刚要走，后台管事的又来叫他，说白老板让去一下。张三宝的太爷心里一紧，以为又有人来送银盾。自从上次那银盾的事后，心里一直不踏实，想着自己一个拉弦儿的，整天坐在台尾巴也没什么显眼之处，哪个戏座儿会捧自己。这个下午，来到白元春的化妆室，一看他的化妆台上挺干净，并没有什么东西，这才松了一口气。但再一看，化妆镜的底下有一封请柬。白元春一边卸着妆说，晚上有人请吃饭，也请了你，一块儿去吧。张三宝的太爷一听，这才想起来，刚才散戏时，曾看见一个年轻的军官到后台来过，大概就是来送这请柬的。这时，张三宝的太爷心里明白，这北京不比天津，自己人地两生，来白老板这里，说好听了是当琴师，其实也就是傍角儿，不过为混口饭吃。这一行的潭水深不见底，不管什么事，还是多一事不如少一事。心里这么想着，就要推辞，但一时又想不出怎么开口。白元春已看出他的心思，就说，这种饭局以后是常有的事，人家让带上你，说白了也是瞧得起，不去就不合适了。

张三宝的太爷一听，这才没再推辞。

这个晚上，这顿饭倒没什么事。请客的是一个年轻太太，另外还请了几个朋友作陪，看意思都不像做生意的。吃着饭一说话才知道，有教书的，也有在报馆做事的，跟这年轻太太一样，都喜欢文明戏，也爱听戏曲。张三宝的太爷本来话就少，这时知道自己的角色，所以直到这顿饭吃完，也就一直没太说话。

这事过后，也没太入心。

但几天以后的下午，张三宝的太爷刚从台上下来，就见那个年轻军官又来到后台。果然，过了一会儿，白元春就让管事的来传话，说先别走，一会儿跟他出去。张三宝的太爷已经不想再去这种应酬，自己说话不是不说话也不是，架架愣愣的太累。而且这事也让人想不明白，这个太太请吃饭，怎么总让一个军官来送请柬，让人看着心里不踏实。但白元春已经让管事的把话传过来，又不好不去。

这顿饭过后，才从管事的嘴里知道这年轻太太是怎么回事。管事的说，这太太叫方雨晴，本来是燕京大学的学生，因为在学校爱演文明戏，让一个军官看上了。这军官姓马，托人来说媒。但方雨晴这样一个女学生，自然瞧不上这种背枪筒子的，一开始不愿意。可是架不住这个马姓军官软硬兼施，后来干脆派手下人去她演文明戏的地方捣乱，实在没办法，才勉强答应了。但这马姓军官人性太恶，平时经常欺压手下，克扣军饷，底下的人早已对他恨之入骨。娶了这方雨晴没两年，就让下面的一个小排长借着擦枪走火儿打死了。

管事的说，现在已没人再叫她马太太，都叫方小姐。

这以后，这方小姐又几次三番地请白元春吃饭，每次也都要叫上张三宝的太爷。其实这时，张三宝的太爷已觉出不太对劲。他毕竟已是二十大几的年纪，明白男女风情的事，每次吃饭，这方小姐跟自己说话时，眼角眉梢已透出些别的意思。而且后来，从后台管事的口中得知，当初的那个银盾，也是这方小姐送的。

接着，这件事就挑明了。

一天傍晚散了戏，张三宝的太爷刚从园子出来，每次来送请柬的那个军官就迎过来，请他上了一辆等在街边的洋车，然后拉着来到一个茶馆儿。张三宝的太爷已明白是怎么回事，路上也就想好，一会儿这话怎么说。果然，到茶馆儿一看，方小姐已经等在一个包厢。张三宝的太爷也就不绕弯子，一上来就说，本来自己正为难，不知这事该怎么办。方小姐一听就说，您有什么为难事只管说，在北京，大大的事我办不了，一般小小不然的还是可以的。张三宝的太爷说，倒不是这意思，是我自己的事，家里让人送信儿来，老婆要生孩子了，又是头生，叫我赶紧回去。又说，高攀着说，自从来北京，跟方小姐已成了朋友，临走不打招呼总觉着有些失礼，正不知怎么办，刚好有这机会，也就算道个别。

张三宝的太爷这样说当然是成心，他从乐亭老家出来时并没成家，况且就算成家了，这些年一直没回去，老婆也不可能生孩子。但他这样一说，这方小姐就真信了。失落之余，又要请他吃晚饭，说是给他饯行。张三宝的太爷赶紧起身谢绝了。

这个晚上回来的路上，张三宝的太爷就已想好了，现在事情已到这一步，该说的话都已说出去了，再在这里待下去肯定没好儿，正应了那句话，是非之地不可久留。但来北京的这段日子，也看出来，这白元春是个好人，平时也挺温和，有一股旗籍子弟的大气。但骨子里还是有他们这种人的脾气，不光好面子，也很计较，最恨被别人利用。他一旦醒过闷儿来，这方小姐三番几次请自己吃饭，其实醉翁之意不在自己，不过是当一个引子，说难听点儿也就是陪客，肯定得恨疯了。张三宝的太爷毕竟是个知恩图报的人，自从来北京，白元春一直对自己不薄，如果为这事撕破脸就没意思了。

这一想，就决定尽快离开北京。

晚上回到住处，正收拾东西，白元春就打发人过来，说叫他去一下。张三宝的太爷一听就明白了，刚才跟方小姐在茶馆儿见面，白元春应该已知道了。这样也好，去了也就顺便辞行。果然，这个晚上来到白家，一进门就看出来，白元春的脸色很难看。但说话还算和气，先让他坐，又给倒了茶。这时，张三宝的太爷已知道白元春要说什么，于是不等他开口就先说，自己正要过来辞行，乐亭老家打发人来送信儿，说老婆病了，而且病得很重，让赶紧回去看看。接着又说，因为事情来得急，也知道，突然这一走白老板肯定折手，不过好在还有别的琴师，先临时替一下，再找人也还来得及。白元春确实已经听说，这个下午一散戏，方小姐的人就把张三宝的太爷接走了。张三宝的太爷想得没错，白元春这时才明白，这个方小姐这些日子这么三天两头请吃饭，敢情不是冲自己，而是冲自己的琴师。这一下不光感觉受到愚弄，也觉得受了侮辱。于是旗籍子弟的脾气就上来了，虽也明白，这个张久阳对自己是一个难得的好琴师，真赶走，很难再找到这么合适的，但宁愿这戏不唱了，这口气也不能就这么咽下去。这个晚上让人把他叫来，本来是要辞他，却没想到，自己还没张嘴，对方先把话说出来了。而更让白元春没想到的是，虽然张三宝的太爷来戏班儿这么长时间了，平时也经常聊天，却从没听他说过，在老家已经有了妻室。

话已说到这个份上，也就没什么好说的了。

但这件事还没有到此为止。张三宝的太爷在白元春这里辞了事，刚回天津，这个方小姐就随后追来。张三宝的太爷在北京时，在后台没事跟管事的聊天，曾说起过自己家里的情况。每次来送请柬的那个年轻军官当初是方小姐前夫的手下，因为经常陪着来园子看戏，跟后台管事的很熟。张三宝的太爷走后，这军官从管事的口中得知，其实他在乐亭老家并没有家室。于是，这方小姐一听就又追过来。这时，张三宝的太爷有一个拜把子的异姓兄弟，叫兰宝成，是个唱河北梆子的苍头老生，当初从唐山一块儿过来的，就劝他，人这一辈子真能遇上个红颜知己不容易，这方小姐除了是个寡妇，要模样有模样，还是个大学生，哪点配不上你，不行就应了吧。但张三宝的太爷摇头说，戏里有句话，不是一家人，不进一家门，我承认，我是个好人，看得出来，这位方小姐也是个好人，可两个好人到一块儿，不一定就能两好合一好儿，说到底，我跟她不是一种人，这样躲着，其实也是为她好。

这时，张三宝的太爷听说，自己的本家哥哥张久声已不做生意了，因为经常在天津和唐山之间来回跑水路，总走海州县的梅姑河，在河边认识了一个姓金的寡妇，一来二去两人好上了，这以后干脆扔了乐器行的这点儿生意，就在梅姑河边一个叫东金旺的地方落户了。张三宝的太爷知道，这海州虽然只是个县城，但在天津和唐山之间，两边的各路戏班经过此地都要站一下，大小也是个码头。于是一跺脚离开天津，就来投奔这本家哥哥。这时金寡妇已经是名正言顺的本家嫂子，一见这小叔子弹得一手好三弦儿，又能拉板胡，而且各样乐器也都拿得起来，正好自己有一个远房表哥，在县城拴小班儿，就介绍张三宝的太爷去了这个小戏班儿。到那儿一试一看，双方都挺满意。

这以后，也就落户在海州县城。

但张三宝的太爷这些年走南闯北，知道世事无常，也就懂得进退。来海州搭的这个班儿叫"洪春班儿"，是梆子和评戏"两下锅"的底子。这时眼看连年兵荒马乱，日子越来越不太平，知道吃开口饭这行不保靠，为稳妥起见，就一直寻思，想给一家人留一条后路。

有一回来赵家坳跑台，觉着这是个好地方。

洪春班儿这次来赵家坳，本打算演三天。但村里人爱看，周遭的几个村也请，就一连住了十几天。这时，张三宝的太爷就已动了心思。正好村里有一户人家的宅子要卖，虽然房子破旧，但有几分宅基地。张三宝的太爷这些年也攒了几个钱，于是一咬牙就买下来。拆了这几间旧房，又重新盖了一明两暗三间砖坯房。这种砖坯房当年在赵家坳已算是好房子，房基是几垞青砖，墙山垒坯，再往上屋顶挂瓦，当地人把这种盖法儿叫"穿鞋戴帽"。这样的房子有几个好处，一是房基不会被雨水侵蚀，二是屋顶不用年年罩泥，第三不光冬暖夏凉，也比瓦房省钱。张三宝的太爷想，日后万一在外面有个闪失，这也是一家人的退路。

后来洪春班儿散了，就决定退隐，一个人搬到赵家坳来。

2　赵碌碡和赵五

张三宝在赵家坳驻村扶贫时，曾听赵老柱说过，当年他爹赵碌碡跟十三幺儿的爹赵五本来关系很好，而且不是一般的好。男人跟男人关系好，和男人跟女人不一样。男人跟女人，首先是喜欢，再由喜欢生爱，至于脾气秉性合不合都在其次。换句话说，真从心里爱，就是脾气各色也能迁就。男人之间就不行了，关系好，先得性情相近，还得脾气相投。

但赵碌碡和赵五不这样，两人正相反。

首先是外表。赵五瘦，细高挑儿，老远一看像立一根竹竿儿。当年张三宝的太爷曾笑他，城里的算命先生都扛个招幌儿，你夏天穿件坎肩儿，远远儿看着就像这招幌儿。赵五不光瘦，性子也绵，说话办事不紧不慢，平时又常看闲书，到事儿上总爱跟人掰扯道理。赵碌碡则不然，五大三粗，从上到下都是齐的，看着像一通石碑。有一次张三宝的太爷院墙倒了，他来给夹秫秸，天热，脱个光膀子。张三宝的太爷在旁边看他干活儿，忽然扑哧笑了，问他，常说这人长得五大三粗，你知道是哪五大、哪三粗吗？

赵碌碡一边擦着汗说，先生你学问大，这种事我哪说得上来。

张三宝的太爷说，老话儿形容人，细想还真有道理，这五大，说的是手大、脚大、耳朵大、宽肩、大屁股，三粗，是指腰粗、腿粗、脖子粗。

赵碌碡听了闷声说，这说的，就是我呗。

说着自己也笑了。

赵碌碡的脾气跟赵五也不一样。赵五是慢，他是急，遇事还没张嘴，嗓子眼儿的话已经先出来了。不光性子急，脾气也暴，骂人不拐弯儿，连核儿都给你吐出来。

可就是这样两个人，再早，却好得跟一个人似的。

后来反目，是在一年夏天。

男人反目，最怕的是为女人。如果为别的事，过后这疙瘩也许还能解，为女人就解不开了，一系就是死扣儿。赵碌碡跟赵五同岁，生日差十几天，当时都二十出头。赵家坳一直是女多男少，本来在村里找个老婆不是难事。但这时，两人还都没定亲。赵五是闲书看多了，又爱唱戏，满脑子都是书上和戏里的才子佳人。但村里的女孩儿从小就背着眼楞筐去地里剜猪菜，连自己名字都写不好，也就一直没找着心仪的。赵碌碡不看书，也不唱戏，但浑身是劲，整天就知道干活儿。赵碌碡力气大，在三河口一带都是出名的。有一回去田家坨办事，经过梅姑河上的石桥时，两辆牲口大车顶在桥上，一下叉住了，两边的人堵着都过不去。赵碌碡等了一会儿，就急了，走过去先让对面的车把式把驴卸了，然后两膀一较力，就把这驴车抓着举起来，就这样举过桥才扔到地上。据说当时把这头驴都吓着了，再给戴套包子，死活不让戴。事后张三宝的太爷听说这事，笑着摇头说，你这已经不是人力，是神力，当年有一个西楚霸王，号称力能扛鼎，你比他还厉害，是力能扛驴车。

赵碌碡偷偷问赵五，"扛驴车"是啥意思。赵五给他解释，意思是两手抓着驴车，一使劲能举起来，有人说"káng"，其实不对，先生说的"gāng"才是正音。

出事是在那年夏天。当时，村里来了一个戏班儿。

赵家坞守着水路，经常有南来北往的戏班。这个戏班叫"广和班"，在村里住了三天，连唱了三天《金玉奴》。一般跑台子没这么唱的，连着三天一个戏码儿，但凡弱一点儿的不用等人家轰，自己就待不住了。况且赵家坞的人懂戏，眼里也不揉沙子。但这广和班连唱三天，村里人还想看。这时就已有传闻，说是赵五看上这戏班演"金玉奴"的花旦了。这话传到张三宝的太爷耳朵里，就把他叫来，问有没有这回事。

这时，赵五已正式拜张三宝的太爷为师，跟着学琴，也学戏。张三宝的太爷起初不肯收他，自己这些年没收过徒，也没这打算。行里有句话，叫爱徒如子，其实收徒跟养孩子还不一样，养孩子只要给口吃喝，平时告诉他哪样事该做、哪样事不该做也就行了，真学能耐是另一回事。收徒就不一样了，还得操心。张三宝的太爷倒不是不肯操心，只是觉着，这收徒还不光是操心的事，得有真能耐，否则就是误人子弟。既然自己能耐不够，也就没有收徒的资格。但赵五不干，非要学。后来实在没办法了，才只好收为"授业徒弟"。

"授业"虽不同于"入室"，但也一样得操心。

张三宝的太爷当年跟师父学戏是口传心授，用行话说，是师父一口一口喂的。这时再教赵五，也就还是一口一口喂。最先教的戏就是《金玉奴》，赵五学"乞丐生"，张三宝的太爷一边教，一边给他搭"金玉奴"的架子。这次广和班来唱《金玉奴》，台上的"金玉奴"唱一句，赵五在台下也就喃喃地搭一句，真如同自己也登台，跟着一块儿唱这出戏。这样两天过来，赵五就不行了，台上唱"金玉奴"的这个花旦总在眼前晃，吃饭晃，走路晃，晚上睡觉也晃。到第三天，实在忍不住了，就壮起胆子来找这女孩儿。

这广和班有三辆大车，一辆是拉戏箱道具的，两辆带篷子的晚上住人。这个上午，赵五来到村头的河边，戏班的人正在大车跟前笼火做饭。赵五一眼就看见演"金玉奴"的那个女孩儿，正坐在旁边的车篷里梳头。就朝这边走过来。

走近了才发现，这女孩儿在台上有嗓儿，也有身段，扮相不光俊俏，也像水一样灵动，现在素颜竟然比在台上还好看。这时这女孩儿一抬头，看见赵五过来，就笑了。这一下，反倒把赵五笑个大红脸，就讪讪地说，你见过我？

这女孩儿说，见过。

赵五更糊涂了，问，在哪儿见过？

这女孩儿说，在台上。

赵五就明白了，她在台上唱戏，台下的人自然能看得清清楚楚。

这女孩儿又说，你戳在那儿，就像"莫稽"手里拿的那根讨饭棍儿。

说着就又笑起来。

赵五本来一见这女孩儿，心已跳乱了，这时让她一笑，又笑得有些痒，胆子也就壮起来，鼓起勇气说，我也来你戏班儿唱戏吧，给你唱莫稽，行不？

女孩儿说，你不怕我"棒打无情郎"啊。

说着就又笑。

赵五没笑，看着她说，我想来唱戏，不是为戏。

女孩儿问，那为啥？

赵五索性盯着她，为人。

赵五这时这样说，也是豁出去了。他曾在一本书上看过一句话，人跟人就像水里的两条鱼，相遇只是一瞬的事，一游开，也许就再也碰不到了。这时想，只要这女孩儿跟着戏班一走，也许就永远走了，再也找不到了，所以现在是唯一的机会。

这时，他看着这女孩儿又说，要不，你就别走了。

这女孩儿立刻不笑了，也盯住他看了看。

赵五刚要再说话，她已经溜身下车，朝笼火做饭的那边去了。

赵五没想到，师父会突然把自己叫来问这事。想了想，毕竟是自己师父，这种事没必要瞒着，况且后面也许还要让师父给做主，也就如实说，是有这回事。

张三宝的太爷盯住他，又问，你真喜欢她？

赵五点头说，是。

张三宝的太爷就不说话了。

这时，张三宝的太爷才意识到，这件事真不好办了。就在头一天的晚上，赵碌碡也刚来过。他来了也不拐弯儿，直接就说，他看上这戏班演"金玉奴"的女孩儿了，想让先生去给说说。张三宝的太爷自从来赵家坳，赵碌碡一直叫先生。

当时，张三宝的太爷听了没说话。

如果是别人，听赵碌碡这样说，也许会奇怪，这个广和班的女孩儿跟赵碌碡根本不是一种人。但张三宝的太爷不这么想。赵碌碡这种脾气的人，如果看上一个女人也许说不出理由，但只要看上，也就认准了。当时让张三宝的太爷心里咯噔一下的，是另一件事。他这时已听到村里的传言，赵五对这女孩儿也已动了心思。

现在听赵五一说，这件事就坐实了。

张三宝的太爷毕竟在江湖走动多年，这两天已看出来，这个广和班稀松二五眼，不像是能干长的。戏班里有个老吴，看着是个管事的，这天晚上，就请过来，一块儿吃了一顿饭。这老吴一来就看出来，张三宝的太爷是行里人，于是几杯酒过来，话也就直接往深里说。他告诉张三宝的太爷，这广和班的班主叫张广和，是个好人，可就是没本事，人也窝囊，这样的人拴班儿自然拴不住，本来有一个挺硬的"黑三老生"挑班儿，一看待着没意思，就走了，现在勉强能凑成一出戏的，也就只剩了这《金玉奴》。张三宝的太爷一听，这才明白了，难怪这广和班来了几天，一直就这一个戏码儿。不过这一个戏码儿能在赵家坳顶几天，也说明唱"金玉奴"的这个花旦确实是个硬磕角儿。老吴说，这花旦叫筱燕红，本来挺踏实，可现在看，恐怕也待不长了。张三宝的太爷一听问，怎么回事？老吴说，她是张广和的养女，可从小就没当养女养，一直想着等长成了，给自己当老婆。筱燕红起初不知他这心思，只想着在戏班好好儿唱戏，报答他的养育之恩。后来明白他的心思了，当然不愿意。可这层纸不捅破行，一捅破，也就没法儿处了。这老吴毕竟也是透亮人，一边跟张三宝的太爷这样说着，就已大概猜出他的意思，于是说，看得出来，您是前辈，要是有啥想法儿，只管跟我说。

张三宝的太爷心里已经有底，就说，你让这燕红姑娘来吧，我当面跟她说。

当天晚上，这个叫筱燕红的女孩儿就来找张三宝的太爷。

张三宝的太爷一见她就说，我当年，也是行里人。

筱燕红说，老吴跟我说了。

张三宝的太爷点头说，咱就不藏着掖着了，我问你几句话，你怎么想就怎么告诉我。

筱燕红说，行，我斗胆叫您一声师爷，您就问吧。

张三宝的太爷先问她，是不是真打算在赵家坳留下来。

筱燕红说，正犹豫。

张三宝的太爷说，这地方看着有山有水，可是个穷地方，你得想好了。

筱燕红垂着头说，穷不怕，只要有口饭吃，能过安稳日子就行。

又喃喃地说了一句，只是，想不好。

张三宝的太爷问，哪样想不好？

筱燕红说，人。

张三宝的太爷就明白了，问，哪个去找过你？

筱燕红说，都来了。

张三宝的太爷一听这个"都"，有些意外，他俩，都去找你了？

筱燕红说，是。

张三宝的太爷这才意识到，看来这赵碌碡，这回是真动心了，他竟然等不及，自己先去找这女孩儿了。张三宝的太爷清楚赵碌碡的脾气，这不像他干的事。再想，也就明白了，他一定是听说赵五也动了这心思，才沉不住气了。

于是又问，你觉得呢，中意哪个？

筱燕红说，师爷，想听我说实话？

张三宝的太爷说，当然是实话。

筱燕红说，两个都中意。

张三宝的太爷说，这就不像话了，总得挑一个。

筱燕红一听脸就红了，沉了沉，才说，要说这赵五哥，是对我心思的，人斯文，读过书，又懂戏，将来一块儿过日子，也能有话说，可就是太瘦了，像根棍儿，总怕他折了，真托付一辈子，就怕靠不住，碌碡哥虽是个粗人，可壮实，让人一看心里就踏实。

说着又叹口气，我这些年也累了，只想找个妥靠的人，后半辈子能安稳。

张三宝的太爷明白了，看来这燕红姑娘留下没问题，关键是跟谁。

张三宝的太爷毕竟是过来人，知道这种事说简单简单，说麻烦也麻烦。赵五虽是自己徒弟，但真让他从这事里退出来，也没这道理。其实按理说，当然是赵五跟筱燕红最般配。可话说回来，筱燕红的担忧也不是没道理。真把一辈子交给他，只怕靠不住。

这时，张三宝的太爷就犯了一个错误。

他把赵五和赵碌碡叫来，先告诉他俩，自己已经见过这个叫筱燕红的女孩儿，也知道她是怎么想了。然后对他两人说，这种事，别人说没用，还是你俩自己商量吧。

张三宝的太爷这样说，是把这事想简单了，而且也太相信他两人的关系了。但他并没想到，男人之间的关系就是再好，也禁不住这种事，况且这样的事让两个男人商量，也根本没法儿商量。古今中外都一样，真商量只有一个办法，就是动刀子。

结果这次，赵五跟赵碌碡就真动了刀子。

刀子是赵五带来的。不过，他没扎赵碌碡，而是把自己扎了。

这个晚上，赵碌碡正在村头的菜地浇水，赵五来找他。赵碌碡回头一看赵五来了，知道他要说什么，就没说话，仍低着头干自己的事。

赵五走到他跟前说，哥，你先别干了。

赵碌碡就停下手，直起身。

赵五说，师父说了，这事让咱俩自己商量。

赵碌碡说，商量吧。

赵五说，我前后想了，这事儿没法儿商量，论说，你说不过我，论打，我打不过你，可这事儿不管咋说，总得有个结果，干脆，咱就来个痛快的吧。

他这样说着，就从身上搜出一把刀来。

其实这不是一把正经的刀子，就是个镰刀头儿。不过是那种打蒲草用的扇镰，把镰刀把儿卸了，用手攥着刀裤儿，看着也挺锋利。赵碌碡虽然身大力不亏，这时一看，也吃了一惊，以为赵五要跟自己拼命。赵五这个晚上还真是来拼命的，不过不是跟他。这时，不等赵碌碡反应过来，就掉转刀尖，在自己身上使劲扎了一下。他扎的这一下，好像目的并不明确，究竟是想威胁赵碌碡，还是明知自己打不过对方，只是出于无奈的自残，或者是本来终于找到一个心仪的女孩儿，却眼睁睁得不到，已经绝望，又或者是出于他和赵碌碡的感情，把自己这样解决了也就可以让出这个女孩儿，好像连他自己也说不清楚。但他本可以扎胳膊，或是扎腿，这样的效果应该一样。可这时，他的脑子已经乱了，这一刀也就胡乱扎在身上，只听扑哧一声，刀子就进去了。事后才知道，这一刀是扎在肚子上，好在不深，他一觉着疼就赶紧停手了，所以只进去一个刀尖。但即使这样，身上的血也像驴尾巴河的堤埝决口，呼的一下就涌出来。赵碌碡一见扔下铁锹，扛起赵五就朝村里跑去。

3　打渔杀家

赵老柱说起当年这事，有些替他爹赵碌碡鸣不平。

他对张三宝说，赵五当时这么干，有点儿像当年的"跳宝案子"，说难听了就是"滚赌"。你想娶筱燕红，只说想娶的，拿个刀往自己身上扎，这就有点儿不挨着了。不过，他又说，他爹赵碌碡看着硬，其实心挺软，这件事，他最终还是放弃了，如果没放弃，这筱燕红就是他娘了。但想想又笑了，摇头说，也不对，真这样，我也就是另一个赵老柱了。

这筱燕红，后来就成了十三幺儿的娘。

赵五终于如愿以偿，但跟赵碌碡的关系也就不像从前了。这以后，两人在村里从不打碰头，街上见了，老远就都绕开。赵碌碡的脾气也越来越暴。人的脾气一暴，身上就都是邪劲。一次在麦场上跟人矫情，一时性起，竟把一个轧场的石碾子抓着举起来，两只脚在地上踩出两个半尺深的大坑。当时赵五在远处冷冷地看了，就转身走了。

张三宝的太爷临去世，做了一件事。

这时村里已是生产队，村主任叫"生产队长"。赵家坳生产队的队长是赵碌碡。他当队长，也是因为能干。但这时脾气也越来越大，经常在队里呵斥人，急了还骂街，弄得村里人都对他有意见。如果生产队有钱还行，又没钱，没钱还这么横，就是穷横。大家平时怕他，都不敢吭气，到了青黄不接的季节，以赵五为首，就成帮结伙地出去要饭。其实这时，有的人家儿确实缺吃少喝，但也还没到要饭的程度，知道赵碌碡好面子，也是成心，就为让他丢人现眼，都起着哄地跟着出去。赵五毕竟要脸面，出去要饭也能要出花儿来。他会唱评戏，学的又是"乞丐生"，就专唱《金玉奴》里的"莫稽"，不光执工执令，还一唱三叹，凄凄惨惨悲悲戚戚，不知道的还真以为来了唱戏的。他这种花式要饭的方式，果然效果很好，每回都能要回一堆碎饽馐。这一下反倒弄假成真。赵五再出去，干脆就带上一把板胡，沿街自拉自唱。这一下赵家坳就更出名了，这种独特的要饭方式成了这个村的标志。老远一听有人拉着胡琴唱戏，就知道，是赵家坳的人又来要饭了。

张三宝的太爷这时已瘫在床上。后来才知道，是得了中风。但虽然躺在家里，也已听说外面的事。一天晚上，就让人把赵五叫来，问他，当年吃开口饭的画锅撂地儿，按规矩，到该敛钱的时候这钱笸箩是怎么拿着。赵五说，您说过，扣着手，用三个指头捏着。

张三宝的太爷问，为啥这样拿笸箩？

赵五这时已明白师父的意思，就不说话了。

张三宝的太爷说，亏你还记得我的话，当年祖师爷说，吃开口饭是张口吃饭，不是张手吃饭，这手心朝上就是张手，吃张口饭是凭能耐，张手饭就是要饭花子。

赵五一听，就垂着头不吭声了。

赵五看书多，又会唱戏，按说应该更明事理。但越是明事理的人，往往心眼儿更小。筱燕红虽然最终跟了自己，但这并不是她的选择，而是赵碌碡主动放弃了。如果他不放弃，结果还很难说。所以娶了筱燕红以后，平时在家里也就从不提赵碌碡这个人。偶尔筱燕红提一下，赵五的脸子立刻就会耷拉下来。再后来赵碌碡当了生产队长，整天在队里骂人，但他谁都骂，却唯独不骂赵五。可他越不骂，赵五的心里反倒越硌楞。这当然不言而喻。如果骂出来，反倒没事了，越不骂，就说明他心里还一直搁着筱燕红。

后来有一件事，让赵五的心里就更装不下了。

本来赵五的家是在村子的西北角，赵碌碡的家在西南角，中间隔一条街，所以虽在一个村住着，只要不来往，除去在生产队出工，两家人也就轻易不会碰面。筱燕红平时不去生产队，只在家养猪。养猪和养羊不一样，养羊可以散养，平时拴在院里就行了，但猪不行，得有圈。赵五本来人就瘦弱，自从结了婚，身上就更没力气了，别说垒圈，连脱坯也脱不动。筱燕红催了他几次，这猪圈一直没垒起来。但有一天，他出外办事，傍晚回来时，发现后院的猪圈已经垒起来。赵五当时就有了一种不好的预感，立刻问，这猪圈是咋回事？果然，筱燕红满面春风地说，是碌碡哥帮着垒的。又说，他家正好还有一垛闲着的土坯，就拉过来用了。当时赵五没说话，也不能说话，人家又搭工又搭料，帮着把自己家的猪圈垒起来，自己如果再说些不着四六儿的话，不光显得小肚鸡肠，也太不懂好歹了。

但这件事，还是像一块土坯，一下横在心里。

这时，张三宝的太爷又说，你俩这事已经过去这些年了，眼下也都有孩子了，不能总这么下去。不过，我也得说你几句，别看你这些年读书多，又懂书文戏理，碌碡虽是个粗人，性子急，脾气也暴，可在这件事上比你强，别忘了，当初这事儿说到底，可是人家主动退出来的，要说欠，也应该是你欠人家的，人家对你可问心无愧。

赵五低着头，没说话。

张三宝的太爷又说，我先问你吧，现在就把你俩叫到一块儿，我说几句话，行不行？

赵五沉了沉，点头说，行吧。

于是，张三宝的太爷就让人去把赵碌碡叫来。

赵碌碡一来，见赵五也在，有些意外。张三宝的太爷说，今天把你俩叫到一块儿，没别的意思，在这赵家坳，你俩一个是最明白的人，一个是最能干的人，所以你俩的事，也就我还能说句话，可眼下，我已经是有今天没明天了，真没我了怎么办？

赵五一听眼泪就流下来，说，师父你别说这话。

张三宝的太爷说，这是人之常情，谁都有这天，我现在要说的，是你俩的事。

说着摇摇头，又叹了口气，要说你两人的脾气，一个是要多软有多软，另一个是要多硬有多硬，我都纳闷儿，当初你俩是怎么凑到一块儿的。说着，就把脸转向赵碌碡，人硬当然是好事，可也不能太硬，这就像牙跟舌头，在嘴里打了一辈子架，可牙虽硬，最后还是自己先没了，你见过掉牙，有掉舌头的吗？

赵碌碡闷着头，没吭声。

张三宝的太爷又冲赵五说，人这一辈子，心性儿高当然没错，可也不能太高，你就是混成天上的"太上老君"又能咋着，照样儿也是给玉皇大帝烧大灶的。

赵五嘟囔了一句，您这话，有点儿不挨着。

赵碌碡瓮声瓮气地说，先生您就说吧，让我咋着。

张三宝的太爷说，没别的，你俩以前啥样，以后还啥样。

赵碌碡点头说，行。

张三宝的太爷又看看赵五。

赵五沉了一下，也点头说，行吧。

这一晚说了这番话，几天以后，就出了一件事。

这时已经耩上晚庄稼，生产队里有几天农闲。赵五虽然体力弱，平时干农活儿不行，但手巧，会织渔网。他织的渔网跟一般的还不一样。三河口一带的渔网分两种，一种是圆口网，边上拴了铅坠，撒到河里，就能把渔网住，还一种是片儿网，用的时候把网立着下到水里，等鱼游过来，丝线把鱼鳍挂住，所以也叫"粘网"。赵五织的渔网则是连网带粘，打的鱼也就总比别人多。那天也是该着有事。他来到河边，本打算撒两网就回去。可是一网比一网鱼多，就舍不得走了。就在这时，河上过来一条渔船，后面还拉着拖网。本来赵五的渔网是撒在水边，离河心很远，但这渔船的拖网溜边儿，一下就挂上了。这一挂，还差点儿把赵五也带进河里。这时船上的人也发现挂网了，就把船靠过来。但渔网这东西撒到水里行，一挂上，再弄上来也就越择越乱，最后缠成了一团。船上有几个粗手黑脸的人，都不是好脾气，说话也冲，这时一看自己的渔网成了这样，就开始骂骂咧咧。赵五本来是个文弱人，这时一见这船上的几个人嘴里不干不净，也生气了，就说，你们怎么不讲理，我在这河边打鱼好好儿的，是你们的船过来，把我的网挂了，现在我还没说啥，你们反倒不干了，还连骂带卷，人总得讲点儿道理吧。这几个人一听更火了，干脆跳上岸，就把赵五打了。

这时，正在附近地里干活儿的人已经跑回村，去给赵碌碡送信儿。

赵碌碡一听，立刻赶到河边来。

再看赵五，已被打得满脸是血，躺在地上。

这几个人一见赵碌碡来了，又听说是这村里的生产队长，就说，你这队长来得正好，现在我们的拖网都给挂成这样了，咱说说吧，你看怎么个赔法儿。

赵碌碡说，是啊，是得说说。

这几个人一听，赵碌碡的话头儿不对，立刻过来，把他围在当中。

赵碌碡一看这几个人的架势就笑了，说，你们要想打架，算找对人了。

他说完，就朝靠在岸边的这条渔船走过去。这条船虽然不算太大，但也有前后舱，这几个人平时白天打鱼，晚上就住在这船上。赵碌碡晃着肩膀走到水边，伸出一只手，一使劲，就把这条船拽到岸上来，一直拽到堤坡上，离水边有两丈多远。然后拍了拍手，回头冲这几个人说，今天要不说清楚，你们就别走了，村里有住的地方。

这几个人一看，脸上登时都变了颜色。

赵碌碡又说，如果我没来，这事儿你们说了算，既然我来了，就得我说了算了。说着就笑了，这赵家坳的人都会唱戏，知道咱今天要唱哪一出吗？

见这几个人都不说话，就说，《打渔杀家》！

这时，这几个人的气焰已明显下去了。

其中一个上点岁数的人说，你说吧，打算咋办。

赵碌碡说，现在我的渔网坏了，人也让你们打了，这事儿不能就这么完了。

这上岁数的人说，我们的渔网也坏了，这是拖网，损失更大。

赵碌碡说，话是这么说，我的人在自己家门口撒网打鱼，你们是从这儿路过，是你们的拖网挂了我的网，对不对？咱得先把这理说清了，然后再说谁赔谁。

这几个人一听，都不说话了。

赵碌碡又说，好吧，就算这渔网各自承担损失，我的人让你们打成这样，这咋算？

这上岁数的人说，你说吧。

赵碌碡说，这样吧，我看就是皮外伤，也不想讹你们。

这几个人一听，都明显松了口气。

上岁数的人立刻问了一句，那咋办？

赵碌碡说，你们出一个人，刚才你们怎么打的他，我怎么打你。

又说，放心，多一下我也不打，我看了看，就算五拳吧。

这几个人看看赵碌碡的这两只手，要攥起来，像两个小西瓜儿，甭五拳，一拳就别想回去了。这时，这上岁数的人说，这样吧，这事儿呢，是我们错了，渔网我们包赔，再撂下5块钱，让这兄弟自己去医院看看，在这儿，我再赔个不是。

赵碌碡一听笑了，你要早这么说，啥事没有，这驴尾巴河边的人不会讲别的，就会讲理。说完，又看看这几个人，既然话已这么说了，也就行了，钱不要，网也不用你们赔。

这几个人一听，就想赶紧走。

但过来一块儿推了推这条船，想从堤坡上再推回水里，可使了半天劲，这船却纹丝没动。上岁数的人回头咧了咧嘴，冲赵碌碡说，这位兄弟，还得有劳你。

赵碌碡走过来，把这船又推回到水里，在堤坡上划了一道深沟。

4　抿嘴儿菩萨

赵老柱娶杨巧儿的第二年，他爹赵碌碡死了。

后来想想，事先没任何征兆。

这时，赵老柱已是赵家坳的村委会主任。他当主任，跟他爹当初当队长不一样。他爹脾气大，也暴，村里的男女老少别管谁，急了就吼，所以虽说人是好人，谁家的事也都搁在心上，在村里还是把人都得罪光了。赵老柱则不然，平时嘴也不好，但他嘴不好是冲上边，别说镇领导，就是县里来人也一样。当初还没改文旅局，叫文化局，有一回一位新来的副局长下来调研时说，咱海州县是评剧之乡，赵家坳又是乡中之乡，可不能捧着金饭碗讨饭吃啊，要把这优势利用起来。当时赵老柱一听就说，是啊，现成话谁都会说，可这饭碗别管是金的瓦的，碗里总得有饭，横不能瘪着肚子饱吹饿唱吧。说着又哼一声，况且就是捧着这金饭碗，也未必真能讨来饭。他这几句话，说得这位副局长脸上红一阵白一阵。

但赵老柱在村里却有个绰号，叫"抿嘴儿菩萨"。

赵老柱一落生不会哭。不会哭不稀奇，稀奇的是，他把嘴里的羊水吐净了，却哏儿的一声笑了。这一下不光他娘，把旁边几个帮着接生的女人也吓了一跳。后来他娘给喂奶，总觉着这孩子哪点儿地方别扭。再后来，还是他爹赵碌碡看出来，是上嘴唇短，下嘴唇长，这一来下嘴唇包着上嘴唇，两个嘴角也就总往上翘着。

在赵家坳，这叫元宝嘴，也叫"自来笑儿"。

但张三宝的太爷看了，摇头说，这面相怕不好，按说"自来笑儿"是个喜相，可上嘴唇短，人中就短，人中主寿，只怕将来影响孩子的寿数。赵碌碡知道，张三宝的太爷不信这一套，就乐呵呵儿地说，这也就是个说法儿，信则有，不信则无吧。

张三宝的太爷说，孩子的事就不敢大意了，宁可信其有。

赵老柱的娘一听慌了，忙问咋办，有没有破解的办法。

张三宝的太爷略一思忖说，相是天生的，自然无法更改，不过办法也有，我看这孩子的面相，倒像是庙里的抿嘴儿菩萨，就叫他抿嘴儿菩萨吧，取个仙号，也许这败相就破了。

于是，赵老柱周岁生日这天，他娘把跟人合养的一条猪腿卖了，又杀了两只鸡，把村里的大辈人请来，吃了一顿生日酒，又把一张请张三宝的太爷写了"抿嘴儿菩萨"几个字的红纸在当街烧了。这以后，赵老柱也就有了这个带仙气的绰号，叫抿嘴儿菩萨。

赵老柱不像他爹赵碌碡，长相儿不像，脾气也不像。当初他爹对他娘说，要不是知道咱俩那一夜是咋回事，算着日子也对，就得怀疑这儿子是不是我的。

他娘听了就啐他。

赵碌碡高，赵老柱不高；赵碌碡壮，赵老柱也不壮；赵碌碡不爱听评戏，尤其十三幺儿的爹赵五娶了筱燕红以后，只要一听锣鼓响扭头就走，赵老柱却最爱听评戏。当时有一部评戏电影，叫《刘巧儿》，县里的电影队只来放了一回，他一下就迷上了。这以后哪个村再放，别管多远都去看。后来村里有人看出来，就跟他爹说，你儿子不光迷上这出戏，怕是也迷上这戏里的"刘巧儿"了。他爹一听就哼着笑了，说，迷上就迷上吧，都是打这时过来的，谁还没个十七十八，再说天鹅肉虽好吃，也得真有人给他吃才行。

但后来，他爹发现，儿子这回是真动心了。

这以后经人介绍，认识了一个女孩儿。这女孩儿还真聪明伶俐，人也漂亮，是邻村田家坨的。可虽然漂亮伶俐，却不爱劳动，整天就知道梳洗打扮，最大的爱好就是搽胭脂抹粉，然后照镜子。这当然不行，人家刘巧儿勤劳朴实，可不是这样的性格。于是只见了两回就吹了。后来又有人给介绍了一个女孩儿，是丰南的。介绍人打包票说，这可是个好闺女，保证比戏里的刘巧儿还勤快。果然，两人一见面，对方就先送了赵老柱一件线衣，说是自己亲手纺线、亲手织的。赵老柱穿上试了试，简直就像比着身量儿织的，要多合适有多合适。但只有一样，这女孩儿确实勤快，模样也不寒碜，只是两只手都"六指儿"。赵老柱一看又堵心了，人家戏里的"刘巧儿"有两只巧手，但不可能是"六指儿"。

当然，这女孩儿又没成。

戏里的刘巧儿是爱上一个叫"赵柱儿"的年轻人，学名叫"赵振华"，赵老柱的学名叫"赵正华"，跟赵柱儿只差一个字，用当地话一说还谐音。这以后，村里人跟他开玩笑，就都叫他赵柱儿。但这时的赵老柱也真像戏里的"赵柱儿",不光勤劳,也能干,虽然没人"选他当模范",在村里也确实"人人都把他夸"。再后来,终于娶了一个称心如意的老婆。这女孩儿是东边尚湾集的,娘家姓杨,不仅能干,人也漂亮,而且还真会唱评戏。村里人都说,长的跟戏里的刘巧儿也有几分连相。她本名叫杨小娥,一嫁过来,村里人就都起着哄地叫她"杨巧儿"。起初她不知是怎么回事,后来明白了,也就笑着把这"杨巧儿"认下了。

现在,当年的"赵柱儿"也已经成了赵老柱。

赵老柱的爹赵碌碡出事那天,下午镇上有会。赵老柱直到傍晚才回村,又接着开会,完了事回到家就已是半夜。刚脱了衣裳,娘来敲门。赵老柱成亲以后还跟爹娘一起过,但一宅分两院。赵碌碡这些年虽然不是好脾气,也毕竟是明白人,俗话说亲戚远来香,其实儿女也一样,整天在一块儿糗着,一天两天行,儿媳妇毕竟不是自己生的,日子一长就难说了。所以提前就在老宅的旁边又盖了几间新房,院子只隔一道矮墙,真有事,喊一声也方便。

这个晚上,赵老柱的娘过来敲开门说,你爹今晚不知犯啥病了,非得叫你过去跟他睡,说是夜里要跟你说说话儿。又说,你去吧,我在这边,跟你媳妇做伴儿。

赵老柱一听,就起身来到这边。

后来赵老柱回想,爹在这个晚上确实跟往常不一样,脸上泛着光,两眼也很亮,好像有什么让他兴奋的事,已经抑制不住。他一直在跟赵老柱说话,说的都是这些年的事。赵老柱自己也奇怪,这一夜竟然没一点困意,就这样听爹说话,一直听到天亮。

后来看出爹累了,才说,您睡一会儿吧。

父亲嗯了一声。

他看着父亲睡安稳了,才起身出来。

但这个上午,刚到村委会,媳妇杨巧儿就哭着来送信儿,说爹没了。

事后听娘说,爹走的时候一声没吭。这个早晨,娘来这边的院里做了早饭，想叫他起来。叫了两声没动静，就过来看了看。这一看才发现，身上虽还是热的，人已经走了。

赵老柱把爹发送了。从坟上回来的当天晚上，娘说了一句话。

当时他正收拾爹的东西，娘忽然问，有句话，你听过吗？

赵老柱一下没反应过来，问，啥话？

娘说，三年叫。

赵老柱还是没懂。

这时旁边的杨巧儿已经明白了，流着泪说，娘，别瞎说。

娘叹息一声，这不是瞎说。

又说，看他吧，真叫，我就去。

赵老柱这才明白了。

果然，没等三年，第二年，娘也走了。

赵老柱还记得，娘走的那年，驴尾巴河涨水，把桥冲断了……

5　隐情

赵老柱的心里一直藏着一个秘密。

当年娘活着时，曾不止一次问过。起初没直接问，只是跟媳妇杨巧儿说，让杨巧儿问。杨巧儿也会问，总是晚上在被窝儿里，趁赵老柱高兴时，突然把话引到这上面来，问他，当初的那个晚上，也就是爹临走的那天夜里，都跟你说啥了。但是，别管赵老柱正如何高兴，只要一听杨巧儿问这事，兴头立刻就耷拉下来。

所以杨巧儿问了几次，也就不敢再问了。

赵老柱当然知道，媳妇杨巧儿不是多事的人，自从进这门，无论什么事，跟她说就听着，不说从来不问。她这样几次三番问自己，一定是娘让问的。后来两人在被窝儿里闲下来时，也就跟她说几句。他告诉杨巧儿，爹在那天夜里说的事一直不跟她说，是因为就是说了，她也不会明白，因为爹说的这人，杨巧儿不认识，也从没见过。

他告诉杨巧儿，爹说的，是当年张老先生的事。

杨巧儿的确没见过张老先生。她进门时，张老先生早已过世。但赵老柱的爹活着时，经常说起这个人。赵老柱告诉杨巧儿，爹那一晚跟他说的，是关于张老先生自杀的事。杨巧儿一听有些意外，这张老先生曾走南闯北，不光懂得书文戏理，也早已把人情世故看透，这样的人怎么会想不开，干出这样的事。赵老柱说，爹告诉他，当初张老先生常说一句话，城门小，针鼻儿大，意思是城门再大，也有过不去的车，针鼻儿虽小，线头儿也能穿过去，这说的是人心，心再大的人也有想不开的时候，别总盯着城门，也得想想针鼻儿。

赵老柱说，张老先生出事，是在那年夏天的一个上午。

当时张老先生正坐在自己院里修一把胡琴，突然来了两个人，都穿着绿上衣，腰里扎着皮带，一看就知道，应该是从县里来的。进了院问，你是张久阳？

张老先生抬头看看这两个人，不认识，说是。

这两个人说，跟我们走吧。

张老先生愣一下，问，去哪儿？

其中一个说，去了你就知道了。

张老先生这时已听出话头儿不对，再看这两个来人，也不像善茬儿。但毕竟这些年已经过一些事，也就明白，这时再说别的没用，就起身说，我去换件衣裳。

这人说，不用换了，走吧。

说着，就掏出一根绳子。

这一下张老先生就不能不问了，让自己去哪儿都没关系，但自己没做犯逮的事，这么捆着去就没道理了。但还没问，这人已经过来，二话不说就把他捆上了。

外面停着一辆吉普车，这两个人把张老先生推上去，就带走了。

这一下村里就炸了。人们都闹不清，平时一向安静本分的张老先生这是犯了什么事。后来才有人把消息传回来，说把张老先生捆走的，果然是县里"专政机关"的人，为的是当年的事。张老先生当初在天津时，曾跟一个军阀的小老婆勾勾搭搭，还跟日本人的"红帽儿衙门"有来往。村里人一听"红帽儿衙门"，都不知是怎么回事。这时有上年岁的人，当年在天津待过，才说，这"红帽儿衙门"是日本宪兵队，因为穿的是黄军服，帽子上有一道红边儿，天津人暗地里就叫"红帽儿衙门"。这次应该是有人揭发，如果张老先生跟这些人有来往，自然也就是汉奸。村里人一听都不相信，张老先生怎么可能干这种事。

后来就有消息传来，说张老先生在县里自杀了。

当时已是"青山人民公社"。公社打来电话，通知村里，说张久阳从三楼跳下来，不过没摔死，让村里去把人接回来。这时，赵老柱的爹赵碌碡已是生产队长，就带上几个人，赶着队里的一辆骡子大车去县里接人。去了才知道，张老先生在县里关的地方，楼下是个自行车棚，所以很幸运，从三楼跳下来时，先落到这车棚上，这样泄了劲，再到地上，只把一个肩膀和一条腿摔坏了。赵碌碡担心他躺在大车上太颠，特意找了一块帆布，又用四根铁锨把儿绑在大车的前后四角，做成一个吊床，然后把张老先生兜起来，才拉回村来。

没人知道张老先生在县里究竟发生了什么事。但从他身上的伤可以看出，显然不是跳楼时摔的。后来才听说，他这样糊里糊涂地被带到县里，直到这两个把他捆来的人开始审问，才明白，是为当年的事。但他说，这不是事实，当时不是这么回事。再问，还说不是。后来被问急了，就说，你们是从哪儿听来的，如果有人揭发，就把这人叫来，我可以跟他当面对质。这时审问他的人才说，实话告诉你，揭发你的人，当然是最了解你的人，如果不了解，揭发时也不可能说得这样详细。张老先生也就是听了这几句话，一下就崩溃了。他这才意识到，审问自己的这两个人没说错，当年的这些事，尽管不像他们说的这样，但毕竟也有一些影子，如果不是跟自己关系很近的人，是不可能知道的。张老先生虽然深谙世事，是个早把一切都看透的人，但越是这样的人，内心也就越脆弱，这时不仅无法忍受眼前的这些羞辱，也突然觉得一切都没意义了。于是一天夜里，他把自己身上的衣裳用手抚平，每一个衣角都仔细地拽整齐，又用手指梳着把头发整理了一下，就打开窗户，纵身跳下去。他这时已经一心向死，所以特意头朝下。但让他没想到的是，就在身体离开窗台的一瞬，一只脚被窗扇的挂钩挂了一下。这一挂，就把身子转过来，变成横着下去。而更让他没想到的是，这一横，也就偏离了原来的路线，到下面先落到自行车棚的顶子上。这顶子是石棉瓦的，一下就砸塌了，接着才落到地上。所以，才总算把命保住了。

赵碌碡这次把张老先生接回来，去村里请来肖红医。肖红医会正骨，先给张老先生把肩膀和小腿的骨头接上，又缠着绷带打上夹板。

这以后，张老先生的伤才慢慢痊愈了。

杨巧儿听了，问赵老柱，张老先生后来知道这个揭发他的人是谁了吗？

赵老柱沉了一下，说，那晚上，爹说，好像不知道。

杨巧儿听了，就去跟娘说了。

娘听了，半天没说话。当初她嫁到赵家，成亲那天，是张老先生给主持的，后来生了赵老柱，他这"抿嘴儿菩萨"的仙号也是张老先生给取的，在她看来，张老先生就像家里人。当年的这件事，她当然知道。后来张老先生的肩膀和腿打了夹板，每天是她去给送饭。但媳妇杨巧儿说的这些，她还是将信将疑。那天晚上，自己的男人把儿子叫去，跟他说了一宿的话，这说明他已经预感到自己要走了，如果真这样，又只是想说这些，干吗把自己打发到这院来呢？再想，也就明白了，儿子说的这些事，那天夜里，他爹应该确实说了，但肯定还说了别的，儿子没说，只是不想说出来。

这一想，就干脆直接来问儿子。

赵老柱的娘是敞亮人，平时说话从不藏着掖着。这时，也就直接对儿子说，你媳妇把你跟她说的，你爹临走那天夜里跟你说的事，都告诉我了。

赵老柱一听就明白了，看来自己猜对了，杨巧儿问这事，就是娘让她问的。

娘说，是，我让她问的。

又问，那天夜里，你爹还说啥了？

赵老柱说，别的，好像没说。

娘说，别好像。

赵老柱说，就是没说。

娘沉了一下，问，他没跟你说，筱燕红的事？

赵老柱一听娘问这事，就明白了，说，没说。

娘听了看看他，没再说话。

赵老柱的娘虽是敞亮人，但敞亮人也不一样，有的是人敞亮，心也敞亮，还一种是人虽敞亮，心却窄，不是所有的事都能装下。赵老柱的娘平时看着大咧，好像什么事过后就忘，其实心也细。有的事看着过去了，却已装在心里。

这一装，也就总寻思。

6　"黑特"缘

赵老柱的姥姥家是牛家铺的，离赵家坳12里。

当年他娘嫁过来，是因为一件偶然的事。

赵老柱的姥爷姓牛，叫牛旺，当年在生产队赶大车。一天赶着驴车去县里的苇席厂送苇子，半路赶上雨，往回走时天色已晚，就走得很急。到梅姑河跟前，上了桥才发现，对面也有一辆大车过来。这桥很窄，如果两辆大车对着过，肯定过不去。但牛旺当时凭经验想，对面是骡子车，自己是驴车，这就应该能过去了。对面的车把式大概也这么想。但是到了跟前才发现，还是过不去。这时，牛旺的驴车已经过了桥的一多半，按道理，应该是对面的骡子车退回去。但对面的车把式想，自己是骡子车，对方是驴车，驴车小，退回去应该更灵便。于是两边各不相让，车就顶在桥上。这一顶，两边的人也就都堵住了。堵了一会儿，麻烦就更大了，牛旺的这头驴性子急，还一直往前蹭，对面的骡子也不厚道，一看也往前蹭，这样蹭来蹭去，两辆车就卡在一块儿，谁也无法动弹了。

这时，就见桥对面过来一个壮汉。

这壮汉吼着说，你们堵这大半天了，还让不让人过了？

牛旺也正没好气，说，谁堵着有瘾哪？

这壮汉说，赶快想办法啊！

牛旺赌气说，你有办法，你想！

壮汉说，你把驴卸下来。

牛旺说，我卸下来，你给我抱过去啊？

壮汉瞪他一眼，让你卸就卸！

牛旺这时也想赶紧过去，就把自己的驴卸下来，牵到旁边。

这时，就见这壮汉走过来，两手抓住驴车的两个车辕，两膀一用力，哼的一声，就把这驴车掀着立起来。然后腾出一只手，抓住车底的横轴，又一使劲就高高举过头顶。就这样举着来到桥这边，又出了人群，才扔到地上。

堵在两边的人先是看傻了，跟着就都叫起好儿来。

牛旺牵着驴过来说，这位兄弟，留个姓名，你是哪村儿的？

这壮汉拍了拍手上的土说，赵家坳的，姓赵，叫赵碌碡。

牛旺笑着说，碌碡兄弟，你看，你把我这驴都吓着了。

赵碌碡看看这头驴，通身漆黑，是个灰嘴唇儿。

牛旺又说，我给它戴套包子，它都不让戴了！

赵碌碡听了一笑，就扭头走了。

这事过后，牛旺的心里还一直记着。他当时已经50来岁，这些年赶大车东奔西走，也有些见识，但还从没见过这么大力气的人。转年夏天，天气刚热，正是麦子灌浆的季节，一天中午，牛家铺来了几个要饭的。当时牛旺正坐在自己的院里吃饭，一听外面街上有拉弦儿唱戏的，就知道，是赵家坳的人又来要饭了。忽然心里一动，就开门出来。这时就见三个人，一个拉弦儿，两个唱，正哼哼唧唧地朝这边走过来。

牛旺问，你们是赵家坳的？

这几个人说，是。

牛旺说，等等。

说完转回来，先一人给拿了一块刚出锅的热饽饽，又说，跟你们打听个人。

几个人吃着饽饽说，您说。

牛旺说，你们村有个姓赵的，认识吗？

其中一个年轻的乐了，说，赵家坳嘛，都姓赵。

牛旺说，这人叫赵碌碡。

旁边的一个哦了一声。

牛旺看出他有话，就问，这人怎么了？

这个人说，你说赵光棍儿，是我们队长。

牛旺一听这赵碌碡叫赵光棍儿，心里又是一动。

盯住这人看了看，问，你说，他是光棍儿？

拉弦儿的说，是啊，我们几个比他还小，都已经有老婆了，他还不是光棍儿吗。

牛旺立刻把这三个人请进院子，让坐在饭桌跟前，一人给盛了一碗粥，又把饽饽浅子推到他们跟前，让敞开了吃。一边看着他们吃，又问了一些关于这赵碌碡的事。

牛旺有一儿一女，儿子已经成家，女儿二十出头，当时在农村已不算小了。自从去年秋天，在梅姑河的桥上遇到这个能举起驴车的年轻人，心里就一直寻思，这年轻人如果还没成亲就好了，赵家坳虽是个穷村儿，可女儿真能嫁这样一个人，后半辈子也就妥靠了。但想归想，又觉着，看这年轻人的岁数应该已经成家了。

没想到，这次一问，竟然还真没成家。

于是几天以后，就请人来赵家坳说媒。

赵碌碡这时确实还没成家。当初筱燕红这事，虽然是自己主动退出来的，但自从赵五成亲，也就没这心思了，加上脾气也越来越不正，村里的女孩儿自然更没人敢接近他。赵家坳本来就是女多男少，赵碌碡已经二十大几了还没成家，村里人整天让他骂得心里都有意见，可又怕他，不敢说出来，背地里就都叫他"赵光棍儿"。

其实人跟人就是个缘分。赵碌碡跟牛旺，只是当初在梅姑河的石桥上见过一面，把他的驴车举着扔到桥这边，并没说几句话。这时一听媒人说，这个介绍的女孩儿，她爹就是当初那个赶驴车的人，回想了一下，就觉着跟这人确实挺投缘。

后来见了这女孩儿，双方果然都同意。

张三宝的太爷曾听赵碌碡说过，这女孩儿的爹当时赶的驴车，驾辕的是一头黑驴，但是灰嘴唇儿。于是赵碌碡成亲这天，就笑着说，驴有一种讲究，别管黑驴还是灰驴，都是白嘴唇儿，灰嘴唇儿的也有，但极少，按老话说，白嘴唇儿的叫驴，灰嘴唇儿的叫"特"。

说着看看这对小夫妻，要这么说，你俩这缘分，就是一段"黑特"缘！

赵老柱的娘跟筱燕红的长相正相反。筱燕红当初是唱青衣花旦的，模样俊俏，也有女人味儿。赵老柱的娘则有些男相，脸和身上都是硬的，不光有棱有角，看着也结实，这一来跟赵碌碡也就很般配。赵碌碡直到这时也才意识到，其实这样的女人才是自己真正想要的，女人如果软得像面团儿，也没意思，这就像吃面条儿，软面饺子硬面汤，还得吃筋道的，有咬劲儿。但赵老柱的娘不这么想。本来嫁过来挺高兴，跟了这样一个男人，别管白天还是夜里，都浑身是劲，作为女人，能找个这样的男人过一辈子也就心满意足了。但过了些日子，就听村里人说，其实再早，赵碌碡看上的是赵五的媳妇筱燕红，当初他两人为这女人还动了刀子。只是因为赵五在自己身上扎了一刀，赵碌碡怕出人命，才从这事儿里退出来。

赵老柱的娘一听这话，就把这个叫筱燕红的女人记在心里了。

筱燕红毕竟是戏班出来的，人也敞亮，而且是真敞亮。当初自己面对这两个男人，正左右为难，是赵碌碡自己主动离开，才给自己解了围，心里就一直很感激。本来这几年，见赵碌碡一直没成家，虽然后来，自己的男人跟他关系不紧张了，但也知道，这种事，男人不会放下，肯定还一直梗在心里。现在一见他总算成亲了，也就从心里为他高兴。两家儿都在村西，虽是一个街南一个街北，但离得并不远。一天在街上碰见了，筱燕红就主动过来搭话，先叫了一声碌碡嫂子，又说，以后就跟她姐妹相称，有什么事只管说话。赵老柱的娘一看，敢情面前这女人就是传说中的筱燕红，再看，果然不光长得俊俏，眼角眉梢还有一股媚气，心想，真不愧在戏班儿唱过戏，一说话捏着嗓子，走道儿都带身段儿，心里先就有些腻歪。接着再想，难怪自己的男人当初对她动心思，心里也就更讨厌了。筱燕红也是有眉眼的人，已看出对方的心思。这以后也知趣，就不再往赵老柱的娘跟前凑了。

赵老柱的娘也是在一个早晨走的。

这天，赵老柱又没赶上。

赵老柱在这个早晨去牛家铺请大夫了。这时娘已瘫在床上，用三河口的话说，是"落炕"了。但赵老柱请大夫，并不是给娘请，而是给十三幺儿的爹赵五请。赵五几年前没任何征兆，突然得了一种奇怪的病，没事的时候好好儿的，一犯病就乱摔东西，还胡言乱语，嘴里说的，都是一些已经过世的人说的话，好像这些人在他身上附了体，学谁像谁。尤其学张老先生说话，倘闭眼听，简直就像张老先生又活了。村里的葫芦爷看了，说这是"撞客儿"，按老话说，是让不干净的东西缠上了。筱燕红一开始也觉着瘆得慌。但她虽在戏班儿待过，却不迷信，知道这"撞客儿"只是人们的一种说法儿，就带着赵五去四处求医。但这种病没法儿看，不犯的时候跟好人一样，该吃吃该喝喝，没事的时候也看看闲书。但只要一犯起来，别管正看书还是正喝水，手里的东西一扔就闹起来，几个人都按不住。后来赵老柱把村里的肖红医找来商量。肖红医这时已不当"赤脚医生"，但还是村医。赵老柱说，这赵五总这么闹也不是办法，知道你这村医也不是万能的，但总比一般人懂得多一点。

肖红医说，葫芦爷说得没错，他这就是"撞客儿"，其实这"撞客儿"不是迷信，中医讲叫"癔病"，一般是因为心里有什么想不开的事，再一冷一热，痰迷心窍，就成了这样。想了想，又说，听说牛家铺有个黄大夫，能治这种病，可以请他来试试。

这个上午，赵老柱去牛家铺，就是去请这黄大夫。

事后杨巧儿对赵老柱说，这个早晨，娘一直要找赵老柱。杨巧儿问她有啥事。她也说不出来。杨巧儿告诉她，说他出去办事了。后来见娘一直问，只好告诉她，是去牛家铺请大夫了。娘一听，是去自己娘家的村里请大夫，这才不问了。但过了一会儿想起来，又对杨巧儿说，牛家铺的黄大夫不治我这病，是治"撞客儿"。杨巧儿这才告诉她，请黄大夫不是给她请，是给十三幺儿的爹赵五请，赵五就是得了"撞客儿"。

赵老柱的娘一听赵五得了"撞客儿"，轻轻叹息一声。

又听说，儿子是去给赵五请大夫，就把这口气咽了。

第三章　蕤宾

山风吹来一阵阵
阵阵山风千根藤
根根藤子齐摆动
归来乡音更动人
……

——《黛诺》

1　张三宝

张三宝每次来赵家坳，都有一种回家的感觉。

赵老柱曾对他说，这就是你家，当年你太爷留下的三间老屋，还一直在西头搁着，村里规划时我也没动，再说你在这儿驻村小两年，连街上的狗都认识你了。

张三宝一想起这话，就觉着可乐。

几年前，县里在各单位抽人，到下面驻村搞帮扶，县评剧团也给了任务。张三宝主动报名，要求去青山镇的赵家坳。当时团长白玉香不同意，跟他说，下去驻村多你一个少你一个无所谓，可剧团不行，有你没你就差大了，真走一两年，这边的一摊子事儿怎么办。张三宝一听就笑了，贴着戏词儿说，我此一去又不是山高路远，团里有事，随时能回来。

白玉香一听这话，才只好硬着头皮答应了。

张三宝知道，团里现在确实离不开自己。但这次如果能下去，可以在赵家坳踏踏实实待一段时间，这些年一直有这想法，也是个难得的机会。自从当年太爷去世，跟着家里人去赵家坳料理后事，后来再去，就已是十几年以后了。那也是唯一的一次。当时是要去天津上学，临走的前一天，爷爷琵琶张让一个徒弟弄了一辆面包车，带他到赵家坳去了一趟。张三宝还记得，因为动身早，到赵家坳时太阳刚出来。这是海州的风俗，给亡人焚香烧纸，要在正午前，据说一过正午亡人就收不到了。张三宝先跟着爷爷去驴尾巴河边给太爷烧纸。当年太爷的骨灰撒在这河里，爷爷琵琶张说，这条河就是您的坟。

烧完了纸，又到村西的这三间老屋看了看。

屋子得有人住，一不住就完了。十几年的工夫，这几间房已颓败得成了破窑。爷爷琵琶张来到院里，站在这几间老屋的跟前看了一会儿，就转身出来了。他跟村里人不熟，没去惊动，带着张三宝直接上车，就回来了。

这一路，他一句话没说。

张三宝明白爷爷的意思，是想告诉自己，以后别管到哪儿，都不要忘了太爷。

张三宝的爷爷也是从小无师自通，别管哪样乐器，拿过来就会。后来也是弹弦儿的一把好手，但没弹大三弦儿，改了琵琶。海州县城虽不大，当初也有几个常年的戏班儿。张三宝的爷爷叫张春河，几个戏班都抢着请，在行里人称"琵琶张"。

张三宝小时候，琵琶张看他是这材料，就决定让他跟着自己学琵琶。既然打算吃这碗饭，上不上学也就无所谓，只要认字，将来能看懂戏文也就行了。但是到他10来岁时，又觉着如果一天学不上，也不叫事儿，就还是让他去上了小学。这一来也就比别人晚4年，在班里见谁都高半头。既然已经上了小学，后来索性也就把初中也接着上了。琵琶张干这行虽是家传，也明白，讲的是科班儿，用现在的话说也就是专业，否则将来在行里没法儿混。于是，张三宝初中一毕业，就让他去报考音乐学院附中。

当然，一去就考上了。

张三宝一进附中就显露出来，比别的同学水平高出一大截。专业老师都认为，他将来有当演奏家的潜质。但毕业时，觉着手里的这点本事已够用了，以后也没别的野心，就不想再深造了。但有一点，他没想到，音乐学院附中只是中专，凭这个学历要进正式剧团根本不可能。后来一个当键盘手的同学对他说，有个民营小团儿，正缺一个板胡。张三宝在附中时已改了板胡，于是经这同学介绍，就去了这个小剧团。但去了才知道，根本不是这么回事。这小剧团就是个草台班子，演员也不正经演戏，只是一帮江湖艺人，到哪儿演出都胡来，什么乌烟瘴气的节目都敢上。后来越演越不像话，不光俗，还"黄"，简直没法儿看了。

就在这时，海州老家传来消息，琵琶张去世了。

在这之前，张三宝已经几次想走，但这小剧团的老板觉着张三宝是个难得的人才，不光会乐器，还能写，就总以加"份子钱"的方式苦苦挽留。张三宝又面子矮，也就一直没好意思走。这次要回去奔丧，正好是个由头，也就借这机会离开了这个小剧团。

直到若干年后，张三宝再回头想，人这一辈子一步一步走过来，每一步之间看似偶然，其实就如同拧螺丝，都是连着的，如果没有上一扣，也就不会有下一扣。

张三宝这次回海州奔丧，遇到一个人。

张三宝的爷爷琵琶张生前交往很广，丧事上来吊唁的人也就络绎不绝。就在这时，一个人引起他的注意。别人来吊唁，也就是行个礼，有当初关系近或交情深的，大不了再哽咽几下。可这个人不是，一来就扑倒在灵前放声大哭，一下把旁边的人都哭愣了。张三宝也吓了一跳，不知这人是怎么回事。这样哭了一会儿，旁边的人看差不多了，才过去把他挽起来，扶到旁边坐下歇息。张三宝一问，才知道，这人叫白启明，当初曾跟着爷爷琵琶张学琵琶，而且在众多弟子中是最得意的一个，现在是县评剧团的业务副团长。

这个晚上，白启明留下来，在丧事上吃饭。

张三宝在天津这几年跟着小班儿跑江湖，经常接触各种人，也就学会了见什么人说什么话。这有两大好处，一是在闲聊中就能长学问，长了学问也就长了能耐，虽然只是记问之学，但学了总比不学强，况且时间长了也是一种积累；二是说不定就能遇上什么机会，如果是有用的机会，也许就是机遇。张三宝这几年倒没遇上什么机遇，但确实长了不少学问。这个晚上吃饭时，就特意坐到这白启明的旁边。白启明倒挺爱说话，这时难受劲儿也过去了，一听说这个叫张三宝的年轻人是自己恩师的孙子，听说话也是行里人，还挺投缘，也就跟他聊起来。张三宝问起县评剧团的情况，白启明先是摇头叹气，然后朝身边看看，才压低声音说，咱是自己人，也就不瞒你，眼下这县剧团是好有一比啊。

张三宝问，比作何来？

白启明说，罐儿里的王八。

张三宝嗯一声。

白启明说，是越养越抽抽儿了。

因为是在自己爷爷的丧事上，张三宝忍了忍，才没让自己笑起来。

白启明又说，本来这县剧团是个养人的地方，风吹不着日晒不着，整天舒舒服服地吹拉弹唱，到日子口儿就能拿工资，可现在不行了，日子越过越紧巴，虽说每年还有固定拨款，可已经一年比一年少，也就勉强度日，用团里人的话说，饿不死，也撑不着。

但这时，张三宝一边听着，心里却在想另一件事。自从音乐学院附中毕业，这几年在天津，一直跟着那个草台班子跑江湖，用行里的话说就是打八岔，现在如果能回海州，进这个评剧团，别管剧团眼下的状况如何，总是一份稳定的正式工作，况且这白启明正好在剧团当业务副团长，跟自己又有这层特殊关系，应该说，也是一个机会。

心里这么想着，就把这想法跟白启明说出来。

这时，白启明跟张三宝聊了一会儿，已知道他现在的境况，也看出这年轻人不光会乐器，还挺有文才，想想就问，你除了板胡和琵琶，别的还会什么？

张三宝说，一般常见的乐器，都行。

白启明点点头，又问，写呢？

张三宝说，也写过几个小戏。

白启明听了一拍大腿说，这就行了，现在团里不光缺板胡儿，也正缺一个能写的人，每回上面下来任务，总得四处求人，如果你来，一个人就全顶起来了。想了想，又说，这事儿应该没问题，不过我回去，还得跟团里的人商量一下。

这以后，张三宝就正式进了县评剧团。

2　医活马

张三宝这次回赵家坳，还是老习惯，在路上先给赵老柱打了个电话。赵老柱曾说过，你以后来之前，先行个招呼，突然来好是好，能给大伙儿一个惊喜，就像从天上掉下来的，可如果真有啥事，村里也措手不及，提前知道了，好有个准备。

这以后，张三宝也就养成这个习惯。

张三宝这次来赵家坳，是要写一台新戏。如果在以往，写个戏并不费力。但这次不一样，接了这活儿，就必须得干好，而且还不是一般的好，将来让县评剧团排出来，搬上舞台，就算没得什么奖，至少在社会上也要产生一些反响，这就难了。

但张三宝知道，再难也得接。这一次，事关重大。

事情是在一月前。当时剧团又接到一个"送戏下乡"的任务。团长白玉香和两个行政副团长都脱不开身，张三宝就带着一台小戏下去了，在几个村镇巡演了几天。

也就在这几天，剧团这边出了一件事。

一天上午，天行健集团的一个人突然给剧团打来电话，先说自己是集团的财务总监，姓林，然后说，要找白玉香团长。当时白玉香正开会，但还是接了电话。这林总监说，就是通知剧团一下，企业最近遇到点特殊情况，集团的领导层刚开会决定，每年资助县评剧团的40万块钱今年不能给了。白玉香一听就蒙了，这40万对剧团可是救命钱，天行健企业怎么能说不给就不给了？但这还不是最严重的，这林总监又说，不光今年不能给了，根据财务部门接到的通知，集团决定，以后也不能再资助县评剧团了。

这位林总监说完，又抱歉了一下，就把电话挂了。

白玉香举着电话，半天没回过神来。

在这之前，白玉香已给天行健集团的董事长肖天行打过几次电话，虽然不是专为这笔钱的事，但也有提醒的意思。肖天行每次都是嗯嗯啊啊，倒也没说别的。可现在，他企业的人突然打来这样一个电话，白玉香越想越觉着蹊跷。首先是打电话的人。以往，天行健企业跟剧团有什么事，都是肖天行亲自来电话。肖天行是农民出身，也就还是农民性格，说话直来直去，据说他在赵家坳的绰号叫肖大锣，意思是无论什么事，都一锤定音。当初这笔资助没人跟他要，是他自己主动提出来的。可现在，这么大的事，只让一个财务总监打个电话，就算真像这林总监说的，企业遇到什么特殊情况，今年这笔钱不给了还说得通，连以后也不给了，这就好像不仅是因为"特殊情况"的事了。

张三宝一回来，就听说了这件事。

其实在这之前，张三宝已经有预感。以往这笔钱都是在前一年的年底之前就划过来了，可今年不光没提前，眼看已到下半年，还没动静。张三宝提醒过白玉香，是不是早做打算，古人云，宜未雨而绸缪，毋临渴而掘井，别等事情真到眼前再抓瞎。

但白玉香一直很自信，也就没当回事。

可是真到这一年的下半年，再不当回事就不行了。剧团越来越捉襟见肘，先是寅吃卯粮，接着开始东挪西借，就盼着这40万赶紧打过来。可现在，说没就没了。眼下面临的问题是，下个月团里演职员的工资就要发不出来了。县里本来每年有固定拨款，但这拨款先是一减再减，再后来就变成临时的，有演出任务才有，没任务就没了。

就在这时，团里的小德子来找张三宝。小德子叫齐德明，在团里是"小花脸"，他告诉张三宝，他老婆有个闺蜜，在天行健上班，还是个中层。据这闺蜜说，肖天行最近确实遇到一些麻烦，听说企业的资金链已经要断了。

张三宝听了一愣问，这消息，可靠吗？

小德子说，应该可靠。

张三宝想想又问，你跟团长说了吗？

小德子摇了下脑袋，我的话，她从来不信，我闲的，没事儿去找那个没味儿。

张三宝这才意识到，看来这事确实严重了。本来还抱一线希望，倘若有什么误会，也许解释一下还有缓。但如果是企业真遇到什么麻烦，资金链要断了，那就是另外一回事了。

他立刻来找白玉香，把小德子说的这情况跟她说了。

白玉香一听也很意外。但想了想，又将信将疑。

白玉香确实不待见小德子，觉得他是唱小花脸的，养了一身"丑儿"的毛病，不光说话贫嘴呱舌，还没准谱儿，用他自己的话说，是"瘌子的屁股——没正纹（文）儿"。当初就因为他在团里说这句话，传达室的老高还跟他干了一仗，差点儿闹出人命。这老高就是个瘌子，像《杨三姐告状》里的"高贵和"，是"一条腿儿长，一条腿儿短"，小德子就在背后给他取了个绰号，叫他"高贵和"。老高起初不知这"高贵和"是怎么回事，别人一叫，还觉着挺美。后来团里一个男演员也是多嘴，他在这《杨三姐告状》里演过"高贵和"，就把这人物是怎么回事告诉老高了。老高一听就急了，本来心里一直憋着火，这回一听小德子又说"瘌子的屁股没正纹儿"，就逮着机会了，拎着一把破铁锨一瘸一蹦地满院追他。后来要不是团里的人都出来好说歹说地把他劝住，非一铁锨劈了小德子不可。

但客观地说，肖天行每年拿这40万也确实有点儿冤大头。

县里这样一个剧团，别说每年排戏不排戏，光人吃马喂就是个沉重的负担。他天行健企业等于替县里把这样一个大包袱背起来。按说背了也就背了，可人家企业的钱也不是大风刮来的，也要讲投入产出比，得见回报。这样的资助还不如在电视台赞助节目，最后在片尾还能打个鸣谢，现在别说打鸣谢，干脆说就是打水漂儿。张三宝来找白玉香时，两个行政副团长也在。这两个副团长都是外行，更没主意。但这时就是有主意也没用了，剧团没资助也就没了经济来源，谁都明白，唯一的出路只有解散。

消息一传出来，剧团就炸了。

不光剧团，全县也炸了。

全县炸，是因为海州县一向号称评剧之乡，这里的人都酷爱评戏，不光爱听，也爱唱。每逢年节，县里搞什么活动或晚会，最后的"压轴儿"和"大轴儿"肯定都是评戏，就算没有整本儿大戏，小戏折子戏也得有，好像没评戏就撑不起一台晚会。剧团里也确实有几个硬磕的好角儿，尤其团长白玉香，应工青衣花旦，在海州拥有大批观众，用现在时髦的话说也就是"粉丝"，还有人干脆就叫"香粉"。走在县城的街上，如果问哪个歌星也许有人说不出是谁，一提白玉香，没有不知道的。现在一传出这个消息，说县剧团要解散，每天团里的电话就要打爆了，从早到晚一直响，都打听这究竟是怎么回事。

剧团里炸，是因为团里的人都清楚，县文化馆早就对剧团这边有看法。本来县里有什么演出任务，都是先下到文旅局，再由局里下到文化馆，由文化馆组织节目。可现在，在文化馆的旁边又多出一个评剧团，这样不光分走一部分演出，关键是也分走了为这演出拨下的经费。所以这消息一出，剧团的人都明白，这回这40万没了，这个本来就已摇摇欲坠的县评剧团，只要有人再吹一口气，也就成了"压垮骆驼"的最后一根稻草。

牛副县长分管乡镇经济，同时也兼管文化，这时也已听到消息。但牛副县长考虑问题就没这么简单了。县评剧团一直是个老大难，明眼人都看得出来，经费只是表象，比这更复杂的还有一堆择落不清的问题。可再怎么择落不清，经费还是首当其冲。

牛副县长把白玉香和张三宝叫来，商量这事怎么办。

张三宝在剧团的身份一直比较特殊，虽然没有具体职务，但在乐队是主奏，有新戏还是音乐设计，此外还有一个身份，是编剧兼策划，所以也是团里的灵魂人物，每遇到特殊的事，上级领导都要听一听他的意见。但这时，他也已经拿不出什么意见了。

这时，县文旅局的几个局长副局长也在，大家都面面相觑。

牛副县长先表明态度，像过去的固定拨款想都不要想了，用于文化的钱县里不是没有，但现在这方面的资金都要下沉，用于公共文化服务体系的基础建设，剧团再想"等、靠、要"，指望上面给输血已经不可能了，只有自己想办法。

但这样说着容易，能有什么办法可想呢？

白玉香看看张三宝。

张三宝一直低着头。

这样商量来商量去，最后，文旅局长说，现在看也就是两个办法，一是如果实在找不到新的资金来源，只能把剧团解散，正式在编的演职员当然不能遣散，只好让文化馆这边消化，说白了，也就是终于让文化馆把剧团"吃掉"。还一个办法，不解散也行，既然已经转企，就彻底推向市场，建立造血机制，以后自己养活自己。

显然，这两个办法都不是什么好办法。

海州县有丰厚的评剧文化土壤，这些年，县评剧团也已经有很深的群众基础。评剧可以说是海州的一张文化名片，现在真把剧团解散，也就等于把这张名片彻底扔了。而推向市场，也前途难卜。眼下的市场，尤其文化市场，是晴一阵阴一阵，翻手为云覆手为雨，就是诸葛亮来了也很难掐算。海州人喜欢评戏不假，但喜欢是一回事，真去剧场看又是一回事，你真让他自己掏钱买票，一回两回行，日子长了还能不能认头花这钱，谁也不敢说。

这时，牛副县长忽然冲张三宝笑了。

张三宝抬起头，看看牛副县长。

牛副县长说，别一直耷拉着脑袋，也说说你的想法。

张三宝说，我前几天，刚给赵家坳的赵主任打了个电话。

白玉香说，哦，对啊，肖天行当初就是从赵家坳出来的。

牛副县长说，你驻村，不是也在那儿吗？

张三宝说，我打电话，是想从他的角度跟肖天行说一下，当然，我知道说也没用，我的意思是，让他摸一下肖天行的底，看他究竟是怎么想的。

牛副县长问，结果呢？

张三宝说，我当时就感觉到了，赵主任有些为难，果然，一直没给我回话。

牛副县长说，别指望别人了，还是咱自己想办法吧。

这时，张三宝说，我倒有个办法。

沉了一下，又说，不一定行，不过可以试试。

牛副县长说，现在已经是死马当活马医，你就说吧。

张三宝说，我在赵家坳驻村时，跟村里人聊天，从他们的嘴里对肖天行这人也有一些了解，他现在为什么突然这样决定，我有我的猜测，应该八九不离十。

牛副县长说，你说说，什么原因。

张三宝说，现在说这个没意义，我觉得，他这人的乡土观念很重，对赵家坳的感情也很深，出来这些年，一直没忘村里，如果咱们就以赵家坳为背景，打造一台原创新戏，这倒不是投其所好，至少也就增加了县评剧团跟天行健企业换一种方式合作的可能性。

牛副县长想了想，点头说，这还真是一个办法。

又转头问白玉香和文旅局长，你们觉得呢？

白玉香显然也在想，没说话。

张三宝又说，如果把这个设想跟肖天行说了，他真感兴趣，就可以跟他商量，能不能先缓一步，明年怎么着再另说，至少今年，别管他的企业遇到什么事，眼下也许为难，但还是先把这40万拨过来，否则资助一停，剧团工作就可能停摆，什么事都没法儿干了。

白玉香说，如果有这样一台新戏，估计，他会同意。

显然，张三宝的这个设想如果不是一厢情愿，真可谓神来之笔。赵家坳虽然不大，但在海州县是有名的"能人窝"，这几年出了不少大大小小的农民企业家。如果搞一台新戏，就以这个村如何把过去的"唱戏要饭村"变成今天的"领衔驴头村"为题材，只要县评剧团把这台戏成功搬上舞台，在社会上一公演，不怕他肖天行不支持。

牛副县长一拍大腿说，我看，这事儿可以干！

跟着又说，你怎么早不拿出这想法呢？

文旅局长在旁边笑着说，再早，还没挨饿呢。

张三宝看一眼白玉香，说，这就应了那句话，置之死地而后生。

牛副县长也感慨，是啊，孙子在2000多年前说的话，现在想想，确实有道理，这也说明，好作品都是逼出来的，当年孟子也说过，生于忧患，死于安乐，古训哪。

白玉香听了，脸上有些不自然。

张三宝提出这个想法，其实还有一个有利因素，只是没说出来。赵家坳的男女老少不光喜欢评戏，用现在的话说简直就是"发烧友"。当初去驻村时就发现，村里的人平时说话聊天儿，抬杠拌嘴，哪怕谁跟谁在街上矫情都像评戏里的"白口"，尺寸艰节儿大小节骨眼儿比有的传统戏拿捏得都准，不了解内情的行里人听了，用句台上的行话说，还以为是"死钢死口"。如果这台新戏以赵家坳为原型，肯定能挖出不少有意思的故事。

但这时，牛副县长一表示肯定，白玉香也响应，张三宝才突然意识到，自己这是给自己挖了一个坑，现在已经掉进去了。真上这台新戏，写剧本的事肯定就要落到自己头上。当然，按说编剧也是自己的本工儿，倒不憷头，但问题是正在这样的艰节儿上，说白了，这出戏不光是一出戏的事，还老鼠拉木锨，后面有个大头儿，而且这"大头儿"不仅是几十万的资助款，还牵着剧团今后的命运，这责任就太大了。

牛副县长看出张三宝的心思，干脆给他捅破说，别有顾虑，真怎么样了也没人埋怨你。

白玉香立刻明白牛副县长的意思了，也说，是啊，你只管放手写，这事，舍你其谁呢。

文旅局长在旁边笑着说，听听，听听，白团长一激动，说话都上戏韵了。

张三宝嗯了一声，含糊地说，先看肖天行的反应吧，后面再商量。

牛副县长把手一挥说，这么好的题材，先把剧本搞出来，他肖天行不干，咱也干！

白玉香一听兴奋地说，听见了吗，有领导这话，你还有啥担心的，全力以赴吧。

张三宝说，行吧。

牛副县长说，什么叫行吧，把这个"吧"字去了，就是行！

白玉香想了想，又说，我这次就别出面了，既然你在赵家坳驻过村，这事还是你来吧。

张三宝笑着摇摇头，我这才应了那句话，木匠戴枷，自做（作）自受。

牛副县长说，看来，我刚才的一句话说错了。

白玉香问，哪句话？

牛副县长说，现在不是死马当活马医，这本来就是一匹活马！

文旅局长也笑着说，是啊，咱这回医的就是活马。

张三宝也无奈地笑了。

3 架马子

张三宝一回来就发愁了。

写剧本当然不愁。愁的，是这事儿。

这次，自己当着牛副县长已经把话说出去了，可回来再想，越想心里越没底。现在看，这件事的脉络已经很清楚。首先，这出戏的故事背景一定要放在赵家坳，当然只是原型，但必须能让人看出这是哪儿，否则跟肖天行也就没什么关系了。其次，只有把这个剧本写出来，再搬上舞台，而且在社会上产生一些影响，才有后面继续与天行健企业合作的可能。但问题是，前面都好办，赵家坳现在已是全县闻名的"驴头村"，只要沉下心来，一台六场现代戏的剧本，顺手的话有十几天也就写出来了，再加上唱腔和音乐设计，快一点儿一个月也能完成。关键是这台戏搬上舞台之后，能产生多大影响，这就谁也说不准了。

张三宝有午睡的习惯。但这个中午躺在床上，头脑反而更清醒了。行里有句话，剧本是一剧之本，现在不管怎么说，还得先把剧本写出来，有了剧本，才能说后面的事。

张三宝跟肖天行见过几次，也算认识，但没打过交道。想了一下，直到晚上才把电话打过去。肖天行的手机显然存了张三宝的号码，一接电话，好像并不意外，立刻笑着说，张三宝老师，您好啊，这么晚打电话，有什么吩咐？

张三宝先客气地问，您现在，说话方便吗？

肖天行说，可以，您说。

张三宝说，有点事，想跟您见个面。

肖天行稍一沉说，是不是前几天企业的林总给剧团打电话的事？

肖天行这一问，倒把张三宝问住了。

哦了一声，才说，也不完全是，如果方便，还是见面说吧。

肖天行说，行，不过我在天津，得三天以后才回去。

张三宝说，也没这么急，您回来联系我吧。

肖天行说，好。

接着又说，我也正想跟您聊聊。

说完，就把电话挂了。

张三宝收起电话，想了想，如果把刚才这通电话评估一下，应该还是积极的。首先，自己从没给他打过电话，现在他接电话，似乎并不感到突然，还主动问，是不是因为那笔资助的事，这说明他心里有数，而即使有数，最后还说想跟自己聊聊，也就说明，就算他这次做出这样的决定确实是因为什么事，这件事也应该与自己无关。

无关就好，跟他见面时，再谈也就好。

这时，张三宝想，自己虽在赵家坳搞过帮扶，对村里的情况很熟悉，但那时的身份是驻村干部，现在要写剧本，身份不一样，关注人和事的角度也就不一样，很可能现在想知道的，当初并没注意到。所以，这回如果真想硬碰硬地把这个剧本写好，只有再回一次赵家坳，说了解情况也好，说深入生活也罢，总之，还得踏踏实实地住一阵子。

这一想，就把后面的时间计划了一下。

肖天行要三天以后才回来，正好可以利用这段时间，把当初驻村时的工作笔记和一些会议记录找出来看一看，也许能从中发现有价值的故事线索。

第二天中午，青山镇的老胡打来电话。老胡是青山镇文化站的站长，当初张三宝在赵家坳驻村时，因为工作的事常打交道。前一段听说，现在各镇的文化站都已改成"综合服务文化中心"，简称文化中心，老胡也已升任青山镇文化中心的主任。

老胡在电话里说，也没啥事，就是想问候你一下。

张三宝笑了，说，这不晌不夜的，问候我，想起啥来了？

老胡说，来县里办事，现在事儿办完了，跟你打个招呼就回去了。

张三宝在赵家坳时，村里有事，没少让老胡帮忙，心里也就总觉着过意不去。那时老胡常说，不用过意不去，我们这些基层的文化干部，平时想接触你们都接触不到，现在有这机会，能为你们做点事，况且还不是自己的私事，这也是我们的荣幸。

这时，张三宝问，急着回去吗？

老胡笑着说，回去也是打八岔。

张三宝说，那就过来吧，我请你喝酒。

老胡在电话里乐了，说，我也是这意思，又怕你忙，搅和你。

张三宝说，你来了，我再忙也有时间。

说完，就把电话挂了。

张三宝叫老胡来喝酒，也是有想法的。当初在赵家坳时，曾听老胡说过，他两个姨的婆家都是赵家坳的，从小就经常来姨家住，所以对村里很熟。这时，张三宝一接到老胡的电话，心里就乐了，这可真是想吃冰就下雹子，正好让他说说赵家坳的事。

县评剧团的门口就有一个小馆儿。但张三宝不愿碰上熟人，倒不是怕看见，是怕说话。跟老胡也就这一顿饭的时间，真遇上熟人，再赶上个屁股沉的，坐下来云山雾罩地一通海聊，正事就全耽误了。所以故意拉着老胡多走几步，在街角找了一个清静的小馆儿。

两人进来，在一个角落坐下。

老胡说，我请你吧，就是想你了，想跟你说说话儿。

张三宝笑笑，你来县里，哪有让你请的道理。

又说，等我回赵家坳，你再请我。

老胡立刻瞪起眼，你啥时回去？

张三宝说，过几天就去，这次，大概要住一段时间。

老胡一拍大腿，这可太好了！

又问，有事？

张三宝说，团里要搞一台新戏，回去找找素材。

老胡听了想想，忽然问，听说最近，县剧团跟肖大锣的企业有点事？

张三宝笑了，这事儿，都传到青山镇去了。

老胡说，那句戏词儿咋说来着，好事不出门，坏事传千里啊。

张三宝一摆手，这也不能说是坏事。

想了一下，就还是把天行健企业资助县剧团的事，对老胡说了。

又说，不管怎么说，我看肖大锣对咱海州评剧，还是有情怀的。

老胡喝了一口酒，用掌心抹了下嘴角说，有件事，你大概不知道。

张三宝看看他。

老胡说，这肖大锣可不是外人，跟你还有点儿特殊关系。

张三宝问，啥关系？

老胡说，要论起来，你得叫他师爷。

张三宝噗地笑了，说，你没喝多吧？

老胡哼一声，这点儿酒还叫酒，这么说吧，他当年，是你太爷的徒弟。

张三宝一听，更意外了。

老胡说，他也是头年春节去赵家坳的姨家拜年，吃饭时听二姨夫说的。

肖大锣从小喜欢评戏，12岁那年，去找张三宝的太爷，说要拜师学戏。张三宝的太爷知道他是村里肖红医的孙子，说你爷是大夫，你爹是木匠，学哪行不比学戏强。肖大锣说，话不是这么说，我爹说，当初我爷说过，学医不如学木匠，学木匠不如学戏。

张三宝的太爷一听就笑了，问为啥。

肖大锣说，演戏整天在台上有吃有喝，还又娶媳妇儿又过年，不光让台下的人看着高兴，也能哄自己开心，比当大夫强，从早到晚净跟病人打交道，整天看的都是龇牙咧嘴的人，自己也难受，当木匠就更别说了，一个大活人，整天跟木头较劲，一辈子没啥出息。

张三宝的太爷见这孩子挺机灵，就问他多大了。

他说，12了。

张三宝的太爷一听摇头说，不行，不是我不教你，这个岁数没法儿教。

肖大锣问为啥。

张三宝的太爷说，你如果再小一点儿，这叫童子功，再大一点儿，生旦净末丑也能看出适合应哪工，可现在这岁数儿，这叫上下够不着，学了也白学，只能瞎耽误工夫儿。

肖大锣听了似懂非懂，但不干，还一定要学。

张三宝的太爷这才对他说，这么说吧，你现在要倒仓了，说倒仓你不懂，男孩儿到一定的岁数儿，嗓子就变粗了，几岁孩子说话跟老爷们儿的声音肯定不一样，这明白吧，本来练得好好儿的，一倒仓也许就废了，这种事多的是，等你倒了仓再说吧，嗓子行，再教你。

张三宝的太爷当时这样说，也是成心哄他。自己眼下已不干这行了，又没拴班儿，当初教赵五是先说明白了，以后不指这个吃饭，可眼前这孩子还小，真引到这条道儿上来，还一门心思，以后就没法儿办了。这次把肖大锣打发走，以为这事也就过去了。

可没过两天，他又来了，还是要学。

张三宝的太爷一看这孩子的这股拧劲儿，心里就喜欢了。人都是这样，有句老话，叫三岁看大，七岁看老，别管干哪行，适不适合是一回事，只要从小就有一股子一条道儿跑到黑的劲头，以后就算不走这条道儿了，干别的也会比别人有出息。

这一想，才答应了。

但让他没想到的是，这孩子这一下倒认真了。他听说，当初赵五拜师曾举行过一个仪式，就跟张三宝的太爷提出来，他也要举行拜师仪式。张三宝的太爷一听，这就有点儿不挨着了，于是对他说，拜师也分几种，不一定都有仪式，有一种徒弟叫"架马子"，也就是口盟，你以后就算我的口盟徒弟吧，我该怎么教你还怎么教你，不过这口盟就不用仪式了。

这以后，张三宝的太爷也就把肖大锣收为"口盟徒弟"。

张三宝的太爷已经想好，这孩子日后未必真指这行吃饭，如果让他下腰窝腿吊嗓子也没这必要，就对他说，这学戏也分怎么学，有学台上的，也有学台下的。肖大锣一听问，台上怎么说，台下怎么说？张三宝的太爷就说，台上是学表演，唱念做打，手眼身法步，或武场家伙文场弦儿，台下要说起来学的可就多了，一切戏里戏外的事，都得学。

肖大锣说，我听师父的，师父怎么教，我就怎么学。

张三宝的太爷说，那就学台下吧，这能耐学了，日后到哪儿都用得上。

这以后，张三宝的太爷就把自己这些年经的见的，包括一些老先生的事，都给肖大锣讲了。直到多年以后，肖大锣还在村里感慨地说，当年师父给他讲的，就像印在脑子里了，一辈子都不会忘。张三宝的太爷曾说，这一行不光尊师重道，也最讲"仁、义"二字。当年马连良最红的时候，可以说是如日中天，当时全北京只有三辆私人汽车，就有马连良一辆。有一次傍晚散戏，正下小雨。马连良坐在车上一眼看见肖长华老先生走在雨里。肖长华那时是"富连成"班社的总教习，当时有名有姓的大角儿，多半出自"富连成"，都是他一手教出来的，可以说是神仙级的人物。老先生一辈子只穿布鞋，不穿皮鞋，觉着牛干了一辈子活儿，最后还用它的皮做成鞋踩在脚下，心里不忍。也从不坐洋车，他说都是人，凭什么让人家拉着我，所以去哪儿都自己走。当时马连良一见老先生走在雨里，就赶紧从车上下来，请他上自己的汽车。肖长华笑着摆手，说不用，走惯了。马连良一见，自己也就不上车了，那么大的一个马连良，就在雨里陪着肖老先生一起走，让汽车在后头跟着。还有一个著名的铜锤花脸，叫金少山，当年在园子唱戏，每到最后一场就让园子的人把大门打开，说是让街上推车担担的，买不起票听不起戏的，也能听一听我金少山。张三宝的太爷给他讲，当年的肖长华老先生占一个"仁"字，而这马连良和金少山，就占一个"义"字。

老胡问张三宝，肖大锣要在赵家坳盖大剧院，这事儿你知道吗？

张三宝说，听说了。

老胡说，他盖这大剧院，应该也是想了一桩心愿。

老胡说，这事也有些年了，当初还是听十三幺儿的爹赵五说的。当年，张三宝的太爷曾给肖大锣讲过天津"中国大戏院"的事。这中国大戏院不仅在天津，在全国乃至海外都很有名。上世纪30年代，是天津商界的一些人筹50万大洋建的。当时很多名角儿，马连良、周信芳、姜妙香和尚绮霞一些人也都参与了。据说开业那天，全世界来了很多名人，还是马连良先生亲自剪的彩。后来这些年，几乎全国所有的名角儿也都来这里演过戏。张三宝的太爷一边说，一边用手胡噜着肖大锣的头，小子，你以后有本事了，也在咱赵家坳盖个大剧院。

当时肖大锣瞪着眼说，行，以后我也盖一个！

张三宝的太爷一听就笑着说，好小子，我铆足劲活着，就等着看你盖的这个大剧院。

这个中午，张三宝跟老胡的这顿酒没白喝，得到的信息量太大了。肖大锣当年竟是太爷的徒弟，这无论如何也没想到。但这还不是最重要的，重要的是，通过老胡说的这些事，也就对这个人有了进一步的了解。这时，张三宝觉得，自己跟肖大锣的心理距离更近了。

三天以后的上午，肖大锣打来电话，说自己回来了，约张三宝见面。

张三宝如约来到他的办公室。

肖天行一见张三宝就迎过来，不是跟他握手，而是一下把他抱住了。张三宝被他这突如其来的举动弄得有些不知所措，回应不是，不回应也不是。肖天行又用两手扳着他的肩膀，倒退一步端详着看了看，然后点头说，像，还真像。

张三宝冲他笑笑，知道他说的像谁。

肖天行拉着张三宝到沙发上坐下来，才说，我刚听说，你是张久阳老先生的重孙。说着又一拍他的肩膀，笑着说，咱可没外卖，知道吗，是自己人！

张三宝一听也笑了，他说的"没外卖"，是句行里的话。

肖天行有些激动，我可是您的徒弟啊，正经的架马子！

张三宝说，是，我也刚听说。

肖天行又笑了，要这么论着，你还得叫我师爷。说着，又把茶几上的茶杯往他跟前推了推，这回知道就行了，以后有的是时间说话，先说正事吧。

又看看他，你说有事要跟我说，啥事？

张三宝也就开门见山。但一上来并没提这台新戏的事，只是说，这次剧团接到企业林总监打来的电话，因为事先没思想准备，确实有些突然，不知是什么原因。

肖天行忽然笑笑，说，中午一块儿吃饭吧，这后面的街上有个"尜尜儿杨"，味道挺好。

张三宝知道，他说的"尜尜儿"，是一种用面疙瘩做的食物，因为是枣核儿形状，两头尖，中间粗，所以叫籸籸儿。这种用籸籸儿做的汤菜单一个味儿，是从天津传过来的。

这时一听，心里就明白了。

肖天行说，你别误会，我不是找托词，你说的这件事不是一句话两句话能说清楚的，我一会儿还有个会，咱中午去后面的"籸籸儿杨"，一边喝着籸籸儿汤，再踏踏实实地说。

张三宝说，我中午约了事，我想办法吧，尽量推一下，万一推不掉就只能再找时间，好在就像你说的，以后有的是机会，不过，现在既然来了，就还是先简单跟你说一下。

肖天行说，你说。

张三宝就把县剧团准备搞这台新戏的想法，对肖天行说了。

肖天行一直在看着他，很认真地听。

张三宝最后又说，现在，按剧团的设想，是把这个戏的故事背景放在赵家坳。

肖天行问，你的意思是说，这个戏，是说发生在赵家坳的事？

张三宝说，可以这样说。

但接着又说，不过从创作角度，准确地说，是以赵家坳的事为原型。

这时，张三宝的心里已经有根，既然肖天行曾跟太爷学过戏，也就应该懂。

果然，肖天行点头笑了。

又问，这个剧本，谁写？

张三宝说，我写。

肖天行说，好！

张三宝说，我在赵家坳驻过村。

肖天行又笑了，一拍他的肩膀，这我早就听说了，只是没对上号儿。

接着又说，需要我做啥，你说吧。

张三宝说，目前还不需要，只是……

他刚说了这个只是，肖天行就把话接过去，说，如果上这台新戏，筹备阶段就得用钱，这样吧，今年的资助还是先拨过去，明年怎么着再商量，后面有事，你随时跟我说。

张三宝半开玩笑地问，说定了？

肖天行站起来，一边往外送着张三宝一边说，知道我在赵家坳叫啥吗？

张三宝说，肖大锣。

肖天行一笑，一锤定音儿！

4 又告状

张三宝一到赵家坳，就奔村东的河边来。

村委会在驴尾巴河边有两间闲房，还有一个不大的小院，平时经常有人过来收拾一下，也就挺干净。有时镇上或县里来人，晚上不回去了，可以住在这里。渐渐地，也就成了村委会的招待所。张三宝在赵家坳驻村时，就住在这里。这两间房说是两间，其实也是一明两暗，东屋还是传统的火炕，西屋是两个单人床。张三宝在时，给这里取了个雅号，叫"赵家坳村委会三铺炕招待所"。后来叫白了，就叫"三铺炕儿"。

张三宝正在屋里收拾东西，赵老柱来了。

一进来就笑着说，看这架势，这回要长住？

张三宝回头看看他，不欢迎啊？

赵老柱咧着元宝嘴说，你在这儿落户我才乐呢。

说着又问，又有啥大任务？

张三宝说，这个回头再细说，现在有两个消息，一个好的，一个坏的，先听哪个？

赵老柱哼一声，当然是先听坏的，秫秸甜棒得从梢儿吃，往下才越吃越甜。

张三宝说，好吧，这坏消息是，十三幺儿去县里反映情况了。

赵老柱听了一愣，他又去县里告状了？

张三宝说，不是告状，你要分清了，是反映情况。

赵老柱忍不住嚷了一嗓子，这不一样吗？

张三宝说，当然不一样。

赵老柱问，咋不一样？

张三宝说，告状是去说你的不是，反映情况只是反映，不说你是，也不说你不是。

赵老柱又哼一声，你甫跟我说这刮钢绕脖子的话，我就知道，这小子最近又没憋好屁！

张三宝来的路上一直犹豫，这事告不告诉赵老柱。赵老柱跟十三幺儿本来就不对付，如果跟他说了，肯定关系就更紧张了。但想来想去，还得说。倒不是别的，这件事说大不大，说小也不小，告诉他，是提醒一下，以后有的事就得注意了。

张三宝是这次和白玉香去见牛副县长商量剧团的事，才听说这件事的。那天把这台新戏的事定下来，牛副县长送他们到办公室的门口，忽然想起来，问张三宝，你当初去赵家坳驻村，后来又到村里去过吗？当时张三宝以为牛副县长这样问，还是为这台新戏的事，如果后来经常去，对现在的情况也就了解一些。于是随口说，想是一直想去，可回来之后，团里总有事，也就没顾上，不过这回写这剧本，就肯定要回去了。

这时，牛副县长又问了一句，村里有一个叫赵太极的人，你熟吗？

张三宝说，应该算熟吧，他在村里还有个绰号，叫十三幺儿。

又问，这人怎么了？

牛副县长说，我听办公室的小张说，前几天在街上碰见他了，好像是来县城办事，小张跟他老婆的娘家是一个村的，跟他也熟，听他说，最近村里为流转耕地的事正闹纠纷。

张三宝说，这不是最近的事，好像有一段时间了。

牛副县长说，小张也说，已经有一段时间了，你可以了解一下，看具体是怎么回事。

当时张三宝听了，觉得牛副县长这样说，只是为提供一个线索。既然这台新戏是以赵家坳为背景，而土地问题，眼下在农村也是一个普遍问题，就像有人形容的，如同一块不烫手的山芋，也许沿着这个线索能挖出什么故事。但那天晚上，跟老胡吃饭时又问了一下，才知道这事也跟天行健企业有关，而且一直拖到现在还没彻底解决。

这时，赵老柱已经认定，十三幺儿说是去县城办事，鬼才相信，他就是为这件事成心去的。于是气哼哼地对张三宝说，这十三幺儿这两年添毛病了，专爱告状，动不动就往上边跑，去年腊月初八，他们两口子就冒着大雪跑到镇上去告状，弄得镇里满城风雨。

张三宝笑笑说，也许你想多了，要我看，应该不是这么回事。

赵老柱又看一眼张三宝，没说话。

这时，赵老柱想，这十三幺儿的心思别人不知道，自己可一清二楚。他这次去县里，打的旗号是去办事，其实就是憋着告状。当然，如果直接找县长不太可能，就算有可能，也得先找有关部门，那麻烦就大了，况且就是真见了县长，也把这状告下来，县长对他说的事肯定得有反馈，那他以后也就没法儿再跟自己见面了，所以才想出这样一个损招儿。这个县政府办公室的小张，赵老柱也认识，叫张一明，跟十三幺儿的老婆大眼儿灯的娘家是一个村的，论着跟大眼儿灯还套着亲戚，十三幺儿这次肯定是成心去找他。他已算计好，这张一明在县政府的办公室上班，见县长很容易，只要跟他把想说的事说了，再点给他，方便时跟县里的领导反映一下，虽没明着告状，自己也没出面，但这告状的目的也一样达到了。

这一想，也就越发在心里恨得慌。

张三宝说，就算你想得对，可这也不是刚发生的事，他为啥现在才去告状？

这一下，倒把赵老柱问住了。

想想说，他心里能拧出十八个弯儿来，谁知他是咋想的。

张三宝笑笑，你这当主任的，也不能听不得反面意见。

赵老柱说，有意见可以，当面说，动不动就跑到上边去告状，这不是捣乱吗？

张三宝给他端过一杯水，还有个好消息呢，听不听了？

赵老柱拿起杯喝了一口，你先让我缓缓吧。

张三宝说，这事儿，你听了保准乐。

张老柱看看他，那就别抻着啦，说啊！

张三宝说，天行健企业要在村里建超市，前一阵停工了？

赵老柱说，是啊，已经停些日子了，眼下成了烂尾工程，一刮风都是土，让人睁不开眼，下雨又成了螃蟹窝，到处是烂泥，弄得村里人都有意见。

张三宝说，这回行了，肖大锣说了，要改建。

赵老柱忙问，建啥？

张三宝说，就在原址，改建成大剧院。

赵老柱听了一拍大腿，这可真是大好事儿！

张三宝看看他，高兴了？

赵老柱叹口气，有些感慨地说，这肖大锣的爷，当初活着时是个大夫。

张三宝说，听你说过，村里都叫他肖红医。

赵老柱说，是啊，这肖红医当初说过一句话，大夫看病，其实看的就是阴阳，人身上百事离不开阴阳，现在细想，平时的事儿也一样，坏事是阴，好事是阳，都是搭着来的。

张三宝说，所以啊，我今天给你带来的消息也是有坏有好，有阴有阳。

接着，就把这次来的目的也说了。

张老柱一听更高兴了。

但又有些意外，他当年是你太爷的徒弟，这事儿你刚知道？

张三宝笑着说，你没跟我说过，又没跟他说过，两头儿不见日头，当然对不上号儿。

正说着，赵老柱的手机响了。

他拿出来看看，先哼了一声，按开说，说。

电话里的声音挺大，但听不出是谁。

赵老柱嗯嗯了两声，然后说，我这会儿正有事。

电话里的人又说了几句话。

赵老柱说，你这也不是啥着急的事，回头再说吧。

说完不等对方再说话，就把手机按了。

张三宝一直看着他，这时问，谁？

赵老柱使劲喘了口气，耷拉着元宝嘴说，还有谁。

张三宝明白了，应该是十三幺儿。

于是笑笑说，用这三河口的话说，真不禁念叨。

赵老柱揣起手机，没再说话。

5　犯太岁

赵老柱有个习惯，晚上睡觉不起夜，一泡尿能憋一宿。

老伴杨巧儿有体会，说他肾好。

他笑着说，这跟肾那事儿不是一回事儿，就是尿脬大。

有句俗话，春困秋乏夏打盹儿，睡不醒的冬三月。赵老柱正相反，一入秋，反而精神儿更大，天一亮就醒。别人早醒是尿憋的，他不是，没尿也睡不着了。

这几天心情更好了，走路脚下都带着风。

前一天下午，在街上碰见葫芦爷。葫芦爷有一根拐棍儿，但走道儿的时候不拄着，在手里拿着，老远一看很有气势，像拎着根棍子要去打谁。这时见赵老柱迎面过来，就站住了，端详了他一下说，老远看着翘个元宝嘴儿，这是又有啥高兴事儿？

赵老柱凑过来说，三宝回来了。

葫芦爷说，知道，他昨晚去看我了。

赵老柱又压低声音说，他这回来，是有大任务。

葫芦爷说，这倒没听说，啥大任务？

赵老柱刚要把写剧本的事说出来，但话到嘴边又停住了。三宝事先叮嘱过，这事先别说出去，否则村里人都知道了，后面再想了解情况恐怕就不客观了。

于是乐呵呵儿地说，任务不任务，还有比这更好的事儿哩。

葫芦爷皱皱眉，你喝酒了？这天上一脚地下一脚的。

赵老柱喊地说，大晌午的，喝啥酒啊。

他本想告诉葫芦爷，超市停工这些日子，马上也要复工了，这回改建大剧院。但一想，这事也不能说，三宝说了，没最后定，眼下企业还在论证阶段。

于是嘿嘿了两声，转身要走。

这时，葫芦爷把他叫住了。

赵老柱回头问，还啥？

葫芦爷说，这两天，你要小心。

赵老柱眨眨眼，咋？

葫芦爷说，我看你耳朵尖儿耷拉，怕是要犯太岁。

赵老柱知道葫芦爷会看相，也能掐算，但从不信这一套。其实葫芦爷自己也不信，平时在村里给谁看，也就是一说一乐的事。可这时，赵老柱一听，心里还是咯噔一下。

于是说，您老具体说说，我这太岁，咋个犯法儿？

葫芦爷说，人跟人也不一样，你犯，怕是犯在口舌上。

赵老柱又乐了，我犯口舌，跟谁犯口舌？

葫芦爷说，这就难说了，兴许外头，也兴许是家里。

说完，就拎着拐棍儿走了。

赵老柱当然明白，葫芦爷说的犯口舌，是指跟谁有口舌之争，说白了也就是犯矫情。可眼下村里净好事，自己高兴还高兴不过来，哪有心思跟谁矫情。

这一想就笑了，摇摇头，转身奔家来。

进了门，跟老伴说了几句话，老伴都没吭声。

赵老柱这些年是"铁帽子主任"，走在街上，谁见了都得客客气气地叫一声"村长"，但回到家，却是出了名的怕老婆。张三宝曾跟他开玩笑，说用天津话说，这叫"怕婆儿"。年轻时怕，是因为老婆的模样好，又会唱戏，怕跑了。现在一晃这些年过去了，当年的"赵柱儿"已经成了赵老柱，可该怕还怕，而且比年轻时更怕了。

赵老柱现在怕，不是怕她闹，是怕她不闹。杨巧儿从年轻时就是绵性子，虽然爱唱戏，还最爱唱青衣花旦，但平时高兴行，一不高兴，就不说话了，而且越问越不说，一不说了还很难哄。所以，赵老柱只要一看老婆不说话了，心里就发慌。这些年，老婆只给他生了一个女儿，已经出嫁，婆家是迁南县的，离这边大几十里，虽不算远也不算近，平时又有自己的事，除了年节也就不常回来。家里只有老两口儿，老伴再不说话，也就更闷了。

关键是赵老柱心疼老伴。她这样一闷，也怕她闷出病来。

这个晚上回到家，一见老伴又闷着，心里就明白了，看来葫芦爷说的"犯太岁"，应该是犯在这儿了。但这些年，也已摸准老伴的脾气，这个时候不能问，越问她越闷。最好的办法是她闷，自己也跟着闷，等她过去这劲儿了，自然也就没事了。

其实赵老柱不问，也知道老伴为啥闷。这两天回来说闲话，无意中说起张三宝这次回村，是要给县剧团写剧本。不料赵老柱说得无心，老伴却听得有意，随口说了一句，既然是三宝写剧本，写的又是咱赵家坞的事，你跟他说说，也给我写个角色呗，只要有几句唱儿就行，唱一辈子戏了，你又总夸你老婆漂亮，这回也上个台，露露脸儿。

当时赵老柱听了只是一笑，也没往心里去。

这时想，一定是老伴见自己没接她这茬儿，心里憋气，才闷上了。

闷了一夜无话。第二天一早，赵老柱的心里就已打定主意。

上午临出门，先跟老伴交代了一下。从家里一出来，就给张三宝打了个电话，问他这会儿在哪儿。张三宝在电话里笑着说，你这电话再晚打一会儿，我就出去了。

赵老柱问，干啥？

张三宝说，想去村南的河套里看看。

赵老柱说，你先忙，等完了事，来家吃晌饭。

张三宝说，想起什么来了，要请我吃饭。

赵老柱说，啥请不请的，家常饭，来吃着，也说说话儿。

说完，就把电话挂了。

中午，张三宝来了。赵老柱和老伴杨巧儿已经准备好了。小桌放在堂屋的当间儿，果然是家常饭，焦黄的棒子面儿黏粥，中间是一碗切得细细的芥菜疙瘩丝儿，看意思还点了香油，提鼻子一闻满屋喷儿香。一口生铁锅里，是贴饼子熬鱼一锅出。这种"一锅出"本来是用烧柴大灶，但过去的烧柴大灶连着火炕，现在早没人用了，家家都是床，不是钢丝的就是棕垫的，屋里烧土暖气，做饭也用煤气罐了。不过为了保持过去"一锅出"的味道，就还是用这种生铁大锅。张三宝伸头朝桌上一看就乐了。当年在天津的小戏班时，城里没市场，只能去周边的郊县。那时在乡下跑台子，常吃这口儿，天津人叫"贴饽饽熬小鱼儿"，还是好饭食，看着简单，其实做起来也挺麻烦。

赵老柱还是庄户人的习惯，中午不喝酒，况且当着这个村委会主任，说不定啥时就有事，中午就是能喝也不敢喝。这时坐到小桌跟前，问张三宝喝不喝，说如果想喝，家里高度低度的都有。张三宝平时倒爱喝酒，但既然赵老柱不喝，也就不喝了。

吃着饭，赵老柱不时瞄一下张三宝，好像有话，又不好说。

张三宝也就只当没看见。

赵老柱的老伴杨巧儿一直在旁边忙碌。张三宝看看她，就笑了，知道这是农村妇女的习惯，家里来客人吃饭，女人不上桌，只在灶上灶下忙，等客人吃完了自己才吃。

于是说，巧嫂子，过来一块儿吃吧，你这么伺候，我心里不踏实。

张三宝还是驻村时的习惯，把赵老柱的老伴叫巧嫂子。

赵老柱说，不用管她，她饿自己就吃了。

张三宝这时已吃了两个贴饼子，见赵老柱还不吭声，就噗地笑了。

赵老柱抬头看看他，你，笑啥？

张三宝说，我笑你这元宝嘴，今天翘得不自然。

赵老柱咧了下嘴，吃着饭咧，啥自然不自然的。

张三宝说，你要是有话，就赶紧说。

赵老柱的脸一下红起来，哼哧了一下。

张三宝说，你再不说，我这顿饭可就吃完了。

赵老柱又抱起大碗喝了几口粥，才说，是有个事儿，不过，就是个闲事儿。

张三宝嗯一声，闲事儿也是事儿，说吧。

赵老柱又瞟一眼旁边的老伴，才说，你这次来村里，是要写剧本儿？

张三宝说，是啊！

赵老柱一指自己老伴说，她也会唱评戏，当年唱刘巧儿，闭着眼听，跟真的一样。

张三宝一听想乐，什么叫跟真的一样。

但忍了忍，没让自己笑起来。

只是说，这我早知道，巧嫂子的本工是青衣花旦。

又说，还真别说，跟当年的新凤霞确实有点儿像。

赵老柱又看一眼张三宝，试探着说，我想说的是，你能不能，在这戏里，也给她写个角色，有几句唱儿就行，嗓子保管好，你也听过，在家唱一辈子了，也让她上台过回瘾。

说着把大碗放下，又抹了下嘴角，我坐在台下，听着也舒坦。

张三宝这才明白了，赵老柱今天拉自己来吃饭，是为这事。

他本想告诉赵老柱，演戏没这么简单，平时在底下自己唱着玩儿行，听着也真像那么回事儿，可一上台就是另一回事了，而且这次的这个戏事关重大，后面还牵着一连串的事，况且县剧团跟外面跑台的小戏班子不一样，都是专业，不是谁想票一下就票一下的。但话到嘴边，又觉着这样说不合适。想了想，就说，要想过戏瘾，以后有的是机会，现在经常有群众性的文艺演出，都是县里搞的大活动，各乡镇也总往县里报送节目。

说着又问，咱青山镇文化中心的老胡，你知道吗？

赵老柱说，知道，他两个姨都是这村的。

张三宝说，我记着这事儿，回头见了老胡，跟他打个招呼就行。

赵老柱的老伴杨巧儿在旁边红着脸说，别听他的，瞎咧咧呢。

赵老柱已明白了，连忙点头说，行行，别的演出也行，只要能上台就行。

张三宝说，你放心，这事儿，我记在心里了。

赵老柱又问，你这剧本，有眉目了？

张三宝笑着说，哪有这么简单，还在了解情况。

赵老柱说，这个我懂，用你们的话，就是深入生活，接地气。

这时，张三宝忽然想起说，平时看你在村里忙东忙西，一刻不拾闲，今天倒消停，这个中午手机一直没响。说着又回头问杨巧儿，巧嫂子，你们恐怕难得吃上一顿安生饭吧。

杨巧儿笑笑说，这些年，也习惯了。

正说着，赵老柱的手机就响了。

赵老柱笑着拿过手机，你看，这说着就来事儿了。

按开电话先听了听，然后嗯嗯了两声说，知道了，这就过去。

说完，就把电话挂了。

张三宝看看他问，有事？

赵老柱说，昨晚，幺蛾子跟曹广林都喝大了，两人不知怎么干起来，大概谁把谁都打得不轻，有人报了警，警察来了，把他俩弄到镇上的派出所蹲了一夜，现在让去领人。

张三宝这才想起来，昨天夜里，确实听到村外有警车响。

赵老柱又一笑，你不是要接地气吗，正好，一块儿去吧。

张三宝立刻说，好，我去。

6 糊涂架

给赵老柱打电话的，是镇政府的小杨。

小杨叫杨一成，刚从县农委下到青山镇，听说锻炼一段时间还要回去。赵老柱对这个年轻人印象挺好，腿脚勤快，说话得体，人也机灵。小杨在电话里说，田镇长去县里开会了，临走让跟您说一声，倒不急，哪天抽空儿到镇里来一下。

赵老柱本想问，有啥事。

又想，既然不急，也就不会有啥要紧事。

小杨接着又说，另外还有个事，我刚才去镇上的派出所拿一份材料，看见两个人，是你们赵家坳的，昨晚因为酒后打架，给带到派出所来，现在问题解决完了，派出所的陈所长正要通知你们村委会，让我顺便跟您说一声，来个人，把他们领回去。

小杨说完，就把电话挂了。

赵老柱和张三宝从家里出来。

张三宝开上车，就一起奔青山镇的派出所来。

从赵家坳到镇上，如果直接翻过青山，走山路最多5里，但开车绕公路就得十几里。路上，张三宝一边开着车，一边问赵老柱，这两个人到底怎么回事。

赵老柱这才说，昨晚这事，他是知道的，这个曹广林在外面喝了酒，幺蛾子在家里也喝了酒，看意思两人都大了，可不知怎么跑到一块儿去了，一说一矫情，就打了一场糊涂架，当时十三幺儿曾来电话，让去管管，但他一听有曹广林，就没管，所以具体的也不清楚。

张三宝当初驻村时，知道这个曹广林，但没打过交道。这曹广林是西北人，40来岁，瘦高，干黄脸儿，听说会种果树。当初来赵家坳，一直想在村里转包地，说是打算搞果木种植。后来到张三宝走时，已在村西种了十几亩果园。但赵老柱说过，不喜欢这个人，对他的评价也不高。赵老柱说，也说不出为啥，就是觉着跟这人走不近。

来到镇上的派出所，张三宝停好车，两人走进值班室。

值班室里只有曹广林一个人，正耷拉着脑袋，坐在长椅上发呆。

一个小警察认出赵老柱，过来问，接人？

赵老柱说，是啊。

又朝屋里看看，那个呢？

小警察说，你问程大叶？他去镇医院处理伤口了，你们等一下吧。

说完，就去忙别的事了。

赵老柱这才朝曹广林走过来，问他，昨晚咋回事？

曹广林就把跟警察说的，又对赵老柱说了一遍。

赵老柱听了，把前后的事都连起来，才大概知道昨晚发生的事。

昨晚大约10点，曹广林和十三幺儿从外面喝了酒回来。进村经过幺蛾子家的门口时，曹广林憋不住了，就在跟前撒了一泡尿。当时幺蛾子正好在自己家的院里，听见外面哗啦哗啦的声音就开门出来。幺蛾子这个晚上也刚喝了酒，出来一看，曹广林正叉着两腿在自己门前撒尿，就说了几句不中听的话。曹广林这时也带着酒劲儿，一听这话扎耳朵，立刻回了几句。这一下两人就矫情起来。先是动嘴，后来就动了手。喝了酒的人一打架浑身都是邪劲，自然下手没轻没重，两人撕巴了几下就都见血了。十三幺儿本来胆子就小，这时在旁边看着已经吓得快要尿裤子了，劝了两下，见劝不住，就赶紧给村主任赵老柱打电话，让他来管管。当时赵老柱一接电话，听说是这事，没说来，也没说不来，只嗯嗯了两声就把电话挂了。十三幺儿觉着反正跟村长打过招呼了，来不来也已没自己的责任，就回家了。赵老柱本来不想管这种闲事，放下电话故意又抻了一会儿，正琢磨着去还是不去，就听见外面有警车响，才知道是有人报警了。这一下反倒放心了，警察一来，也就不用自己出面了。

这时，赵老柱问，不是昨晚来的吗，咋程大叶现在才去医院？

刚才的小警察说，他伤口一直渗血，我让他再去找大夫看看。

赵老柱哼一声，指不定打成啥奶奶样儿了。

正说着，就见幺蛾子回来了。

小警察问，大夫怎么说？

幺蛾子说，大夫说，渗血是正常的，我血小板低，凝血机制不好。

幺蛾子确实给打得不轻，看样子鼻子也破了，连上嘴唇都肿起来。最严重的是耳朵，这时已盖了厚厚的纱布。这耳朵是撕裂伤，在医院缝了二十几针。当时大夫看了也吓一跳，说，打架没这么下狠手的，如果再使点劲，这耳朵就揪下来了。曹广林是脑门子。当时不知幺蛾子情急之下随手抓个什么东西，在他脑门子上给了一下，不过没破，只砸出个鸡蛋大的疙瘩。这时看着挺滑稽，像一头独角兽，在脑门的正中长出一根黢青的犄角。

小警察过来，让他俩在一份笔录上签了字，又告诉赵老柱，问题已经解决完了，双方对调解方案都没异议，各自看伤，医药费也由各自承担。

然后对他俩说，你们可以走了。

从派出所出来，赵老柱故意对幺蛾子说，我还有别的事，你们自己回去吧。

他这样说，其实是冲曹广林。如果让幺蛾子坐张三宝的车，曹广林自然也要上来。但赵老柱不想让曹广林搭这个顺风车。可是没想到，幺蛾子已给公司打了电话，来接他的车已经等在外面的路边。他连头也没回，钻进车里就径直走了。

这一下，曹广林也就只能自己走回去了。

回来的路上，张三宝开着车，手机响了。

他按开看了一下，是十三幺儿。

因为正开车，手机只能用外放。这一来，十三幺儿说的话，赵老柱也就都能听见。十三幺儿好像知道张三宝跟赵老柱去镇里了，也知道去干什么，于是问，啥时回来？

张三宝说，正往回走。

十三幺儿说，我在河边的三铺炕儿等你。

说完，不等张三宝再说话，就把电话挂了。

赵老柱有些纳闷儿，问张三宝，这个时候，他找你干啥？

张三宝笑着摇摇头，猜不出来。

赵老柱哼一声，是啊，要是能猜出来，他也就不是十三幺儿了。

回到村里，张三宝先把赵老柱放到村委会，自己回到河边的三铺炕儿。来到门口看了看，并没有十三幺儿。把车停好，正要开门，十三幺儿不知从哪儿冒出来。

张三宝回头说，你吓我一跳。

十三幺儿一见张三宝，脸上的笑容立刻堆起来。别人一笑都是满脸褶子，他不是，越笑脸上反而越舒坦，50来岁的人，还白白嫩嫩的。

张三宝问，有事？

十三幺儿说，也没啥大事。

又眨眨眼，咱进去说？

张三宝就把门开了。

十三幺儿一边跟进来，一边说，这场闲事，还让你跟着往镇里跑一趟，真是受累了。

说着，就把手里的东西放到桌上。

张三宝这才发现，他手里还拎着两瓶酒。心里一下更纳闷儿了。这十三幺儿在赵家坳，是出了名的"瓷公鸡，铁仙鹤（háo），玻璃耗子琉璃猫"，根毛儿不拔，平时从没见过他轻易给谁送东西，现在突然拿来两瓶酒，心想，应该有什么事。

于是，像不经意地说，昨晚的事，你也在啊？

十三幺儿喊的一声说，这幺蛾子，也忒霸道了，又没去他家里撒尿，大街上，至于吗？

张三宝一听就明白了，他应该跟曹广林是一头儿的。

十三幺儿又摇了下脑袋，我是向理不向人，说的是这事儿。

张三宝看着他，哦一声。

十三幺儿说，这幺蛾子过去在村里，就是个打八岔的，整天东扎一头西扎一头，干的事儿都着三不着两，谁拿他当回事儿，也就是那肖大锣没眼眉，把他当根儿葱，听说还给了一个啥副总，这下倒好，用句戏词儿说，他是马槽子改棺材，也盛（成）人了！

张三宝忍不住笑出来。心想，这话太损了。

十三幺儿又撇撇嘴，他这回给肖大锣惹出的这一堆麻烦，看怎么收场吧。

张三宝见他越扯越远，就说，咱还是就事论事吧。

十三幺儿立刻哦一声，这倒是，说这些没用的，瞎耽误工夫儿。

张三宝说，你刚才也说，向理不向人，我觉得，话是这么说，现在村里的环境已经这么好了，如果再随地大小便，确实不合适，不光不文明，也不卫生，你说是不是？

十三幺儿点头，这话对，其实旁边不远就有茅房，这曹广林也是大了，急着放水。

张三宝故意打了一个长长的哈欠，意思是自己累了，想休息一下。

十三幺儿赶紧知趣地站起来说，你跑这一趟也累了，歇着吧。

一边说着，就朝外走。

但走了几步，忽然站住，回过头说，对了，你们有文化的人见多识广，请教个事儿。

张三宝说，你说，

十三幺儿说，打个比方啊，我说的是打个比方，假如这村里谁家的承包地，转包给别人了，别管事先说好是三年五年，还是十年八年，如果对方违约了，这地，能提前收回吗？

张三宝明白了，这才是他这趟来的目的。

于是想了想，谨慎地说，这要看怎么违约，违的是什么约。

十三幺儿又眨巴了一下眼，也就是说，还不一定？

张三宝说，要看具体情况，再具体分析。

十三幺儿又问，要是没别的可说，就是对方违约了呢？

张三宝说，如果合同有明确约定，而对方又确实违约，可以主张提前收回耕地。

十三幺儿点头说，明白了。

说完，就转身走了。

张三宝一边往外送着，又说了一句，这只是我个人的看法，我不是律师。

十三幺儿回头一笑。

张三宝站在门口，半天才回过神来。

十三幺儿刚才问的这事有些奇怪。他反复说，只是打个比方，但很显然，并不是打比方，问的就是实实在在的事。他又说，假如是村里的谁家，可凭他这人的脾气秉性，不会，也不可能因为村里别人家的事，放下自己酒楼的生意，拎着两瓶酒跑来向自己咨询，这不是他的性格。如果这样说，他刚才问的，应该就是自己的事。

张三宝想，这十三幺儿是不是又憋着什么主意？

7　曹广林

赵老柱这几天，感觉有点儿乱。

倒不是脑子乱，是事儿乱。但事儿一乱也就把脑子搅乱了。不过有一点终于闹明白了，那天晚上，幺蛾子跟曹广林打的这一架，并不是因为一泡尿这样简单。

果然，这其中另有原因。

自从三河口企业在赵家坳搞大棚，开始流转耕地，不管后来的结果如何，在村里也就已形成一个事实上的三角关系，一方是"三河口投资管理发展有限公司"，一方是村里的土地承包户，还一方则是赵家坳村委会。虽然后来幺蛾子擅自把蔬菜大棚改成大棚房，闹出一堆麻烦事，但这麻烦也只在三河口企业这边，并没影响到与土地承包户和村委会的关系。

可后来又冒出一方，就是曹广林。

这曹广林的出现，一下把已经形成的三角关系变成四角，事情也就复杂起来。

曹广林来赵家坳已经几年了，一开始很低调。村里人只知道他是西北人，至于是西北哪个地方的，他没说，也就没人清楚。后来他要转包地，签转包协议，签协议就要看身份证。人们这才知道，他身份证上的地址是甘肃天水一个叫"皂家峁"的地方。

有知道的人说，这皂家峁好像是一个镇。

十三幺儿在村里说，有一次曹广林在酒楼请人吃饭，喝大了，曾哭着对人说，他老家有句话，叫女怕嫁错郎，男怕入错行，他这辈子就入错了行，学了种果树这门手艺，本以为比种庄稼强，也省心，可他老家那边缺水，种了果树不长。更要命的是，他一干就爱上这行了。这样一根小苗，插在地里长两年，就能结果，尤其是苹果和梨一类果子，长大了挂在枝头，一到早晨，太阳出来照着一层露珠，让人看了直想哭，太漂亮了。

他说到这儿就更伤心了。

他说，这个"女怕嫁错郎，男怕入错行"是他前妻说的。他前妻曾说，他是不是入错行了她不管，反正她是嫁错郎了。他前妻是开花店的，也学过插花，可没想到跟一个种果树的一块儿过日子，也就越过越过不下去。后来，她还是跟着一个男人走了。她临走，跟他吃了一顿饭，告诉他，这男人是做花瓶的，还特意为她设计了一个五彩的玻璃花瓶，摆在花店里，再插上花，要多漂亮有多漂亮。她说，这才是真正的一套。

曹广林说到这儿，就已经泣不成声。

当时有人问他，天水那边不缺水啊。

他摇头说，天水的地方大了，一个地方跟一个地方也不一样，如果不缺水，我离乡背井，抛家舍业，连老婆都跟人跑了，大老远的来这边干吗啊。

这个曹广林平时在村里很少说话。几年前转包十几亩地，种了一片果园。村里人这才知道，他果然有这手艺。赵家坳的人倒不欺生，日子一长，在村里混熟了，也就没人再拿他当外人。但这一熟，他的性情也就露出来。平时在村里，人多的时候不吭声，可单独见了谁，又挺爱说话，说的还都是知近的话，给对方的感觉，好像在村里跟自己的关系最近。但后来发现，他跟谁都这么说，而且还像个女人，专爱来回歔歔小话儿。赵老柱已看出来，这曹广林的心很大，种这十几亩果园只是试水。后来果树的长势很好，很快就挂果了，说明这三河口一带的土质和气候都很适宜。于是也就决定，要进一步扩大种植。

但就在这时，却出了问题。

肖大锣的天行健企业本来只在赵家坳建了一个天行健大酒店，但后来又注册了一个"三河口投资管理发展有限公司"。起初曹广林没在意。后来听说，这三河口企业要在村里搞蔬菜大棚，才意识到，自己要有麻烦了。如果搞蔬菜大棚，自然也要流转耕地，而看这三河口公司拉开的架势，搞的规模挺大，这跟自己后面的计划肯定有冲突。接着，三河口企业果然就开始大张旗鼓地在村里流转耕地。但这时，曹广林又看出了问题，如果只搞蔬菜大棚，规模再大，似乎也用不了这么多地。而再看已经动工的地方，包括一些基础设施，建的也不像蔬菜大棚。再一打听，才知道，原来他们是以搞蔬菜大棚为名，要建"大棚房"。

曹广林这才明白了。他当然知道这种"大棚房"是怎么回事。

当初从老家出来时，是将房子和所有的家当都变卖了，带着钱出来的。当时想的是破釜沉舟，以后再也不回这伤心之地了。先去河北的黄县找一个同乡。这同乡姓秦，叫秦一朗，在黄县搞了两个企业，已经有些实力。这次一见曹广林，知道他是搞果木种植的，就跟他商量，还有几个朋友，可以合着搞园林大棚。当时曹广林想，只听说有蔬菜大棚、花卉大棚，还从没听说过有园林大棚。但既然是投奔人家来的，也就只能听人家的，先干着看。可真干起来才发现，不是这么回事。这个秦一朗从一开始就没打算搞什么园林大棚，而是要搞"大棚房"，说白了也就是变相的"乡村别墅"。曹广林毕竟知道深浅，这个秦一朗已在这边站稳脚跟，也有了相当实力，而自己是带着整个身家出来的，已把后路断了，他输得起，自己可输不起。再仔细一研究这"大棚房"，就意识到，这东西明显违反国家的土地政策，虽然能赚大钱，但不靠谱儿，这钱宁愿不挣，也不能冒这个险。

于是把自己的股份撤出来，就及时抽身了。

所以这时，曹广林一听三河口企业真正要搞的是这种大棚房，也就明白，后面的事恐怕不好办了。蔬菜大棚是种菜，而大棚房是要住人，说得好懂一点也就是盖房子，当然利润比前者要高得多，所以这次，三河口公企业流转耕地也就志在必得，肯定会不惜一切代价。而且这一流转，就不是三年五年、十年八年，也许就一直这样下去了。况且，曹广林也知道肖大锣的实力，真跟他的企业争，也就等于作死。

但接下来，事情突然又有了转机。

眼看三河口企业已经建起第一期大棚房，各种配套的基础设施也在完善，而且卖得很好。就在这时，突然听说，企业接到有关部门的通知，要求在规定的期限内自行拆除。

这一下，曹广林觉得机会来了。

三河口企业从一开始就憋着要建大棚房，所以第一期基础设施的标准也就远远高于蔬菜大棚。现在一拆，整个项目就都烂在这里。曹广林在这之前一直没出手，还有一个原因。他如果在赵家坳流转耕地，也要成片地大面积流转，而要搞果木种植基地，首先也必须解决两个问题，一是水，二是路。水好说，这里是三河口，水资源不成问题。关键是路。即使是等级最低的乡村道路，造价也要以米来计算。而通往外面的路又是必须解决的问题，否则一下雨就成了烂泥潭，什么车也出不去进不来了。曹广林想，先不说这是一笔多大的投入，问题是心里没底。自己在这里人地两生，钱真投出去了，一旦有什么闪失也许就血本无归。这三河口公司是天行健集团旗下的企业，他肖大锣赔得起，自己可赔不起。不过现在行了，三河口公司搞这个大棚房时，已把通往外面的路都修好了，眼下这片地，对他们来说是烂尾工程，而到自己手里，也就成了"渔翁之利"，如果能说服这些流转户，趁这机会，以三河口公司违约在先为由，把自己的耕地提前收回，再转包给自己，光基础设施这一块就能省去一大半的投入。曹广林来赵家坳这几年，经常四处转悠，对村里耕地的分布情况早已了如指掌。他最先看中的，就是十三幺儿的这块窝心地。这块地正把着道边儿，又是个"嗓子眼儿"，所以才叫"窝心地"。只要先把这块地拿下来，别的地也就好办了。

但曹广林也知道十三幺儿的为人。

当初刚来赵家坳时，就让他来了一下子。当时他还没开酒楼，只在村西的老街上开着一个小饭馆儿。曹广林刚到村里，找住处好办，但每天吃饭成问题。如果自己做，就得弄一堆锅盆碗灶，太麻烦，吃饭馆儿一回两回行，长了也不是办法。这时一见十三幺儿的小饭馆儿不大，也不贵，就跟他商量，以后干脆就在这儿吃，到月头儿结账。十三幺儿当时没说别的，也就答应了。但人都是这样，越吃越馋，一开始只要个素菜，吃几天就想要肉菜，再过几天一素一肉，有时一累一烦或一高兴还想喝点酒，一喝酒也就想吃点儿更好的。十三幺儿也提醒过曹广林几次，细水长流，搂着点儿。但也就是这么一说。最后到月头儿该结账了，十三幺儿拿出账单，曹广林一看吓了一跳，瞪眼问，怎么这么多钱？

十三幺儿乐了，说，你问我，我问谁去？

又说，这东西都吃到你肚子里了，又没吃我肚子里。

曹广林说，是不是算错了？

十三幺儿把电子计算器扔给他说，兴许是，你再算算。

曹广林自己又算了一遍，一分不差。

十三幺儿说，有句话，你肯定听过，积少成多，积尿成河。

曹广林听了翻翻眼皮，积少成多他听过，积尿成河，好像没这么一句。

他又把这些账单翻着一张一张仔细看了一遍。十三幺儿在旁边用又粗又短的指头戳着说，不用看别的，只看这儿就行。曹广林一看他戳的地方，是自己的签字。十三幺儿心细，怕月头结账有矫情，每次吃完了饭都让曹广林在账单上签字。起初曹广林嫌麻烦，说顿顿吃，谁还不信谁，你记着就行了。十三幺儿却摇头说，别，现在麻烦点儿，以后就省麻烦了。

这时曹广林才知道，人家早已料到这步了。

这以后，也就再不敢来他这"狗食馆儿"吃饭了。

但曹广林知道，十三幺儿的脾气也有个特点，无论什么事，只要不让他吃亏，别的都好说。于是决定，这次出手，索性就从十三幺儿的这块"窝心地"开始。这有一个最大的好处，村里人都知道十三幺儿褯咧，如果他先向三河口企业提出，要提前收回自己的承包地，别的流转户自然都会在旁边观望。只要他这块地一收回，开了这个头儿，其他流转户立刻就会跟进。这一来，后面的事也就好办了。

8 炖大鱼

赵老柱终于弄清了，那天晚上的这一架看着是场糊涂架，其实打架的人心里都明白。

曹广林这晚把十三幺儿约出来喝酒，是事先谋划好的。

曹广林知道，十三幺儿这人生性多疑。自己平时跟他并不来往，尤其当初有了在他的小饭馆儿吃饭，到月头儿结账那件事以后，知道他这人不好惹，也就再不跟他打交道。现在突然拉他出来喝酒，就怕他摸不清底细，不肯出来。

但没想到，一说他就答应了。

不过这时，曹广林还不想让村里人看见自己跟十三幺儿一块儿喝酒。曹广林做事从来都是走一步才承认一步，心里的打算，不想让任何人知道。这个晚上把十三幺儿约出来，就对他说，你自己就是干这行的，况且村里的饭馆儿都吃惯了，咱今天来个新鲜的，去吃铁锅炖大鱼，我看村外的河边有个"炖三江土菜馆儿"挺好，去那儿吧。

十三幺儿挺随和，没说话就跟着来了。

但曹广林已有心理准备，知道他不好说话的在后面。

果然，来到鱼馆儿一坐下，十三幺儿就问，你今天，要跟我说啥事儿？

曹广林说，也没啥大事，就是晚上闲了，一块儿喝个酒，也说说话儿。

十三幺儿一听就站起来，说，你闲我可不闲，酒楼那边还一摊子事儿呢，要是光为喝酒聊天儿，我可没这工夫儿陪你，你自己在这儿慢慢喝吧。

说完，起身就要走。

曹广林一见，赶紧拉住他说，等等，你先等等。

十三幺儿站住了，回头看着他。

曹广林这才说，要说有事儿，也有点事儿。

十三幺儿说，说吧。

曹广林说，你坐下，先坐下，站着怎么说话。

十三幺儿就坐下了，但两眼还是盯着曹广林，等他往下说。

于是，曹广林就把事先想好的一套话，对他说出来。

曹广林已摸准十三幺儿的脾气，也就知道自己这话该怎么说。一上来，只是先强调对他有利的事，别的没用的，或跟他关系不大的，能不说的就尽量绕开不说。

但曹广林还是把十三幺儿想简单了。

这说话不是想绕开就能绕开的。有的话已经说到这儿了，也就只能接着往下说，突然绕开，这地方就成了一个窟窿。这样的窟窿一个两个行，绕来绕去一多，这一番话也就说得千疮百孔，就是没脑子的人也能听出毛病。所以这时，尽管他一直在小心翼翼地绕着说，反而越发引起十三幺儿的疑心。但疑心了，他也不问，只是看着曹广林，听他继续往下说。

曹广林最后说，现在三河口企业出事了，他们建的大棚房，上级部门让无条件拆除，这就说明，他们确实违反了国家政策，你也就完全有理由把流转给他们的那块地提前收回来，而且他们是有过错的一方，预付你的三年租金，可以不退。

曹广林说到这儿，十三幺儿的心里就已明白了。

他眨眨眼问，说完了？

曹广林说，大概就这意思。

十三幺儿说，可这地，我又不打算种它，就算真收回来也是在那儿扔着，还不够我跟他们费唾沫的，有这工夫儿，我忙自己酒楼的生意好不好，何必去跟他们打这八岔。

曹广林摇摇头，话不是这么说。

十三幺儿嗯了一下，你说咋说？

曹广林说，你把这地收回来，至少这三年，一块地就能挣两块地的钱。

十三幺儿一听果然来兴趣了，眯缝起眼，这话我就不懂了，咋能挣两块地的钱？

曹广林说，真收回来，你可以转手再包出去。

十三幺儿哧地乐了，一拨楞脑袋，开玩笑哪？

曹广林正色说，我也没工夫儿跟你开玩笑。

十三幺儿哼一声，现在村里别管谁家的地，都已成了烂狗肉，扔了舍不得，可搁手里又没啥用，也就是那幺蛾子二百五，拿着肖大锣的钱祸祸着玩儿。

曹广林不说话，只是看着十三幺儿。

十三幺儿不乐了，也看着曹广林。

这样看了一会儿，才问，这地，谁包？

曹广林说，我包。

十三幺儿的两眼慢慢瞪起来。

曹广林说，你不用这么看我，这地真收回来了，就转手包给我。

这时，两人要的一条大鱼没吃几口，一瓶"头釉"已经喝完了。

曹广林看看十三幺儿问，再来一瓶？

十三幺儿说，来吧。

曹广林想了一下，特意又要了一瓶小"二锅头"。曹广林本来酒量很大，但这个晚上有意搂着，也一直提醒十三幺儿别喝大了。他这样提醒当然有自己的想法，如果十三幺儿喝大了，已经答应的事，过后酒醒了一拨楞脑袋，全不承认了，这一晚上的劲就白费了。

这时，喝了一口酒，又问，三河口公司每年给你的租金，一亩地是多少？

十三幺儿哼唧了一下说，按说，跟他们有保密协议，不过现在话已说到这儿了，告诉你也无所谓，只是别说出去，当初说好，头三年，每亩每年是560块。

曹广林摇摇头，不对吧，我怎么听说，头三年是500块，三年以后，每亩才再涨40块，你这560的数是怎么来的。说着又一笑，是我记差了，还是你记差了。

十三幺儿说，没错，别人是500，不过到我这儿，另说。

曹广林点头说，好吧，我信。

然后又说，这地你真要回来，我也给你560块。

十三幺儿听了，又看看曹广林。

曹广林说，三年以后，也涨40块，凑个整儿，不过，咱也得签个保密协议。

十三幺儿不说话了，低下头，开始一筷子一筷子地挖着鱼头。先把鱼刺仔细地择出来，在碟子边上堆成一小堆儿，又把鱼脸肉一点一点夹出来，细细地吃着。

曹广林一直看着他。

过了一会儿，才说，这钱说来说去，你也是白得，大不了跟幺蛾子费点儿唾沫。

十三幺儿的筷子停下来，慢慢抬起头问，可你包了我这地，要干啥呢？

曹广林笑了，这就是我的事了，你问了也没用。

十三幺儿放下筷子说，那不行，你要是挖鱼塘，弄个乱七八糟，我这地就毁了。

曹广林说，这不会，养鱼跟我隔着行。

十三儿幺一笑，隔行，也未必就隔山哪，我当年还劁过猪呢，现在不是也开饭馆儿了。

曹广林说，好吧，实话跟你说吧，我包这地，还是种果树。

十三幺儿就又不说话了。低头喝了几口酒，忽然又扯起别的。一会儿说，村里蔫有准儿的儿子窜天猴儿前几天跟几个不知是哪儿的朋友去他酒楼吃饭，喝大了打起来，差点儿把桌给掀了。一会儿又说，村里的葫芦爷今天晌午刚把杠头打了，是用他的拐棍儿打的，在杠头的脑袋上"棒"出个大疙瘩，有正月十五吃的元宵那么大，都冒了血筋儿。杠头捂着脑袋说，他活三十大几了，亲爹亲妈都没"棒"过他的脑袋，不过他不是不懂四六儿的人，也就是看着葫芦爷这把年纪，又是个老辈儿，要不，非得找地方跟他说道说道儿。

曹广林也不说话，一直慢条斯理地喝着酒，眯着眼，听他说。

曹广林知道，十三幺儿这会儿虽然东拉西扯，肚子里的小算盘却正扒拉得噼啪响。越是精于算计的人，面对一件事，越不会立刻做出反应，更不会轻易决定。这种人一般都是"反刍动物"，要在心里反复捯磨，这就要有个过程，而这过程也就需要时间。但不管怎么说，现在该说的都已跟他说了，剩下的他想反刍，只管让他反就是了。

想到这儿，忽然笑了。

十三幺儿抬头看看他，你笑啥？

曹广林这时想，这个土菜馆儿是专做铁锅炖大鱼的，而自己这会儿，也正在炖十三幺儿这条大鱼。当然，这个比喻不能说出来，一说他非急了不可。

于是，也就只管喝自己的酒。

这样喝了一会儿，这瓶"小二"就又喝完了。

出事是在回来的路上。

这时，十三幺儿一边走着就已云山雾罩说得没边儿了，一会儿说，可怜之人必有可恨之处，这杠头也有毛病，整天别管跟谁，抬杠有瘾，好像一天不抬杠就活不了，他老婆在村里说，实在跟他过不下去了，头几天已经跑了，倒不是跟别的男人跑的，是抱着孩子跑回娘家了，其实她娘家的爹妈早没了，只还有个娘家兄弟，另外还有个娘家哥哥，可这娘家嫂子也不是个省油的灯，要多是非有多是非，不过杠头的老婆说了，她宁愿窝在娘家给嫂子扛脸子，也不想再回去跟这杠头过了，整天让他抬杠抬得脑浆子疼；一会儿又说，这葫芦爷也有意思，已经100多岁的人了，这些年娶了五个老婆，倒不是他想娶，是这几个女人都活不过他，可最近听说，又要找老伴儿，还放出话，说这回要找个单眼皮儿的，双眼皮儿的不行，头几个都是双眼皮儿，过了这些年，现在一看双眼皮儿的就眼晕。这时，曹广林已经让他说得云里雾里，也就闹不清，他这样天上一脚地下一脚地东拉西扯，到底是真喝大了，还是成心在自己面前装蒜。于是也就干脆给他个耳朵，他爱怎么说就怎么说。

但快进村时，十三幺儿还是露出了马脚。

前面是个岔道儿，曹广林故意说，你头走吧。

十三幺儿回头看看他，你干啥？

曹广林说，我去趟后街，到唐老好儿的小铺拿瓶"烧二刀"。

十三幺儿朝前一指说，进街就是我的酒楼，烧二刀我也有。

曹广林笑笑说，我这人，过日子细，唐老好儿卖得便宜。

十三幺儿说，他卖六块八，我卖六块六，比他还便宜两毛呢。

曹广林听了，瞄他一眼。

十三幺儿这才意识到，自己上当了，沾钱不糊涂，还是没醉。

曹广林微微一笑，点头说，行啊，便宜两毛是两毛，就去你那儿拿吧。

又说，其实，我愿意跟你这样的人打交道。

十三幺儿斜他一眼，咋？

曹广林说，有一是一，有二是二，实在。

十三幺儿噗地乐了，还有说我实在的？

曹广林正色说，实在，不等于不算计。

十三幺儿明白，曹广林这是又把话拉回来了。

这回，曹广林不再任由他东拉西扯了，干脆就直截了当地又跟他说起这块地的事。

他对十三幺儿说，其实这事要说，也并不费劲，只要打定主意，费不了多少口舌，那幺蛾子也是明白人，不是混蛋，这事儿本来就是他三河口企业违约在先，现在你提前把地收回来，也是按合同办事，如果他非硬着脑袋不同意，那就是自找不痛快了。

接着又说，这生意场上的事也如同打仗，兵书战策上有句话，叫知己知彼，百战不殆，你得明白，他三河口企业既然已把大棚房拆了，这条路也就肯定不能走了，流转的这些地搁在他们手里，也就成了烫手的山芋，啥用没有，每年还得往外干拿租金，虽说他肖大锣的企业有钱，可一年二十几万这样白扔，也不是一笔小数，要这么看，你把这地收回来，反倒是帮了他们，他幺蛾子如果有良心，得感谢你才对。

曹广林也就是说到这儿，出了后面的事。

曹广林喝酒，跟一般人还不一样。一般人喝酒是开始明白，后来兴奋，再后来就糊涂了，说糊涂还不准确，其实就是迟钝，脑子不是不转，只是转得慢了。但曹广林不是。他是开始明白，越喝越兴奋，一兴奋也就更明白，而且喝得越多越明白。

这个晚上，他觉得自己异常清醒，脑子也就比平时转得更快。

但就在这时，却出了一个问题。

这本来只是一个很小的问题。曹广林一边走着，只顾苦口婆心地跟十三幺儿说话，忽然觉得小肚子越来越胀。其实这种胀的感觉，从刚才在土菜馆儿喝酒时就已经有了，只是没在意。现在才意识到，是一直憋着一泡尿。这时如果再不尿，前面就要进街了。于是就走到一棵老槐树的底下，解开裤子，哗啦哗啦地尿起来。

但他却没注意，这是在幺蛾子家的门口。

这一泡尿由于憋的时间太长了，这一尿出来，也就在黑暗中冒着泡儿曲曲弯弯又很湍急地流着，已流到幺蛾子家的门楼跟前，又形成了一片很大的水潭。

而此时，幺蛾子正在自己院里，也已经听见了外面的动静。

接着，后面的事就发生了。

9　隔墙有耳

幺蛾子自从出了大棚房的事，情绪一直没缓起来。

人往往是这样，一没情绪，诸事也就更不顺，就像戏词儿里说的，横垄地拉车，一步一个坎儿。平时脸上虽没带出来，但心里却要多腻歪有多腻歪。不管怎么说，当初要搞有机蔬菜大棚是自己的主意，后来改大棚房，也是自己的主意。其实当时总部就有质疑的声音，但肖大锣力排众议，这事儿就这么干了。可现在却干砸了，大棚房一拆，业主们就闹起来，还闹到法院。事后，虽然肖大锣没说任何埋怨的话，但越不说，幺蛾子的心里也就越别扭。

接着，又出了盖超市这一连串的事。

幺蛾子也爱喝酒，而且有酒瘾，但是个自制力很强的人，平时在公开场合极少喝。所以除了村里，外面的人并不知道他能喝酒。过去在外面不喝，是因为喝不起，有点儿钱还得顾肚子，如果"穷喝"，一口咸菜一口酒，或是一口旱烟一口酒，又怕人家笑话，也就干脆忍着。后来有钱了，又发现，酒这东西虽然喝着高兴，其实也不是好东西，越喝瘾越大，瘾一大也就越喝越多。问题是一喝多了还会生出别的事来。有人是哭，平时想不起来的委屈事这会儿全想起来了，真有人哭得一把鼻涕一把眼泪。还有人是睡，这倒好，不招人也不扰人，一觉出大了，找个没人的地方一忍也就得了。唯独有一种人最不好，喝大了说话，嘴一下没了把门儿的，该说的不该说的全说出来。可你是大了，旁边有没大的，甚至还有没喝的，人家也就把你说的话全都听进耳朵里了。幺蛾子就是这种人。更要命的是，平时肚囊儿挺深，话都在底儿上搁着，一喝大不光底儿浅了，还伶牙俐齿，嘴皮子要多利索有多利索，说"绕口令儿"都行。这一下也就一泻千里，把平时积在心底的话不管不顾地全扔出来。

这样的事有两回，幺蛾子就知道了，喝酒真不是好事。这以后一咬牙，当着外人也就再不喝了。企业有应酬，他在酒桌上只说一句，我酒精过敏，也就没人敢劝了。现在谁都知道，劝酒劝出毛病，要负法律责任，就为喝个酒，犯不着给自己找这麻烦。只有晚上回到家，确信企业那边没事了，想喝，才把门关上，自己踏踏实实地喝。

幺蛾子挺称心，有一儿一女。女儿读的是幼师，现在已经毕业，在镇上的幼儿园工作，也结婚了，男人是幼儿园的同事，大专毕业。儿子也争气，在海州县一中读高一，而且是重点班。老婆平时就在县城陪儿子。现在儿子的学习越来越紧，有时娘儿俩周六周日也不回来。幺蛾子自己在家喝酒时，第一件事就是先把手机关了。这有两个好处，一是正喝着，如果突然有电话打进来，自己说话含含糊糊，对方一听就知道喝酒了。二是防止喝大了乱打电话。幺蛾子早就发现自己有这毛病，平时话少，可一喝大了就总想找个人说话，也不知要说什么，就是想说。这毛病最要命，头天晚上喝着酒打完电话，第二天一醒就全忘了，只是一翻手机，才知道昨晚给谁打过电话。有心想问问人家，自己昨晚都说什么了，又不好问，换句话说，就是真问，如果说了什么不该说的，人家也未必告诉你。这就太吓人了。这以后也就接受教训，晚上喝酒先关手机。这样别管喝成啥样，就是人脑袋喝出狗脑袋也无所谓了。

幺蛾子这些日子堵心，晚上回来就总喝酒。这个晚上又喝了。喝酒都这样，就像戏文里唱的，酒入宽肠，酒入愁肠。这样喝了一会儿，反倒觉着心里更闷了。

于是就来到院里，想透透气。

马上要入秋了，远近的蛐蛐儿蝈蝈蛄和吱喇子已经开始叫起来。幺蛾子过去最爱听这些小虫儿的叫声。记得上学时有一篇课文，说的是秋夜的景色，把这种鸣虫的叫声叫"啾唧"，意思是一听到这样的叫声，就知道秋天已经来了。可这时，却听得有些心烦意乱。

正这时，就听到院子外面有人说话。

再细听，才听出是曹广林和十三幺儿的声音。事后十三幺儿对赵老柱说，幺蛾子是因为在自己院里听到曹广林在他家门前撒尿，所以才出来，跟他打起来。后来曹广林到派出所，对警察也是这样说的。其实这个说法并不准确。幺蛾子现在毕竟已是三河口企业的副总，不会因为一泡尿就跟曹广林打成这样。事实是，他出来之前，并不知道曹广林在撒尿，而是听见了他对十三幺儿说的话。当时十三幺儿已不再东拉西扯，曹广林也就竭力鼓动，跟他说如何把这块地从三河口企业的手里要回来，还给他详细分析，要这块地有怎样充分的理由。

幺蛾子早就知道，这曹广林不是个省事的，当初自己为企业流转耕地时，他就一直在暗地里东串西串，没起好作用。这时一听，他又在鼓动十三幺儿往回要地，而这也正是自己最担心的。现在大棚房的业主该闹也闹了，法院虽没判，也给双方调解了，不管怎么说，因为这交易的本身就与国家政策相抵，所以不受法律保护，但业主毕竟是弱势一方，企业就还是给了每个业主一些补偿。虽然只是象征性的，加在一起，对企业来说也是一笔不小的数目。现在业主那边刚平息，如果流转户这边再闹起来，这就真应了那句话，按倒葫芦起来瓢，自己本来已经焦头烂额，后面也就更没好日子过了。

这一想，心里的火儿腾一下就起来了。

也就在这时，他听见曹广林还跟十三幺儿提到自己，虽然听不清说什么，但也听出不像好话。这时也是让酒劲儿顶着，于是一拉院门就出来了。这一出来，也就看见曹广林正在自己门前哗啦哗啦地撒尿。曹广林因为刚喝了酒，这泡尿又是从河边的土菜馆儿一直憋过来的，也就尿得很冲，黑暗中一听，就如同一根有一定压力的水管子。其实这时，幺蛾子还没喝大，在拉开院门的一瞬已经意识到了，就算曹广林鼓动十三幺儿往回要地，应该也不为错，如果人家说，我们是朋友，这是我们朋友之间说闲话，况且我们也没说什么犯逮的，就算说了犯逮的也是我们自己承担责任，你是干吗的，你管得着吗。

自己也得听着。

但这时，曹广林正在自己门前劈着两腿撒尿，看那架势还理直气壮，这一下就逮着理了。你跟十三幺儿说啥我可以不管，但跑到我家门口来撒尿，这我就不能不管了。

于是，立刻冲他吼了一嗓子，咳！哪儿尿呢你？！

曹广林正尿得酣畅，没防备，被这一嗓子吓得一抖楞，正尿着半截儿的尿立刻憋回去，再想接着尿，却尿不出来了。回头一看，是幺蛾子从自己院里出来，也知道，跑到人家的门口来撒尿理亏，但还是挺着脖子没好气地说，喊啥嘛你喊，谁又不聋！

幺蛾子走过来说，再不喊，你就尿完了！

曹广林一边抖搂着一边说，不就是一泡尿吗，还能把你家淹了？

这话就难听了，如果让一泡尿就淹了，幺蛾子这家也就不是家了，成了耗子洞。幺蛾子平时话少，到了这时嘴也不饶人，回他说，人有跷着腿到处尿的吗，想占地盘儿啊？

话一说到这份儿上，就离动手不远了。

曹广林这会儿还有半截儿尿，憋得难受，急着想尿出来，可这一生气，再加上刚才让幺蛾子这一嗓子吓的，却怎么也尿不出来了。这时一听，幺蛾子骂自己是狗，转身就给了他一脚。幺蛾子一见曹广林上脚了，也一巴掌打过来。这一掌打得很着实，也是心里早就憋着火儿，一下给曹广林拍个满脸花。曹广林往后一仰，一屁股就坐在自己的尿里，登时坐了一屁股泥。幺蛾子还不依不饶，这些日子憋在心里的火儿一下子都爆发出来，跟着又扑上来。其实曹广林比幺蛾子高出半头，也年轻，真要动起手来，幺蛾子肯定得吃亏。但这时曹广林还提着裤子，半拉屁股露在外面，这一仰在地上的尿泥里，腿底下也就乱了。正急着想把裤子提上，幺蛾子已经扑上来。曹广林索性放弃了提裤子的打算，一手揪住幺蛾子的耳朵，另一只手使劲朝他脸上一推。这一下，正推在幺蛾子的嘴上。但嘴里有唾沫，手往上一滑，也就推到鼻子上。幺蛾子的两只手则使劲抓住曹广林的两个肩膀。但抓肩膀的力度显然远不及推鼻子和揪耳朵。幺蛾子忍着疼，就跟曹广林这样相持在这儿了。

这时，曹广林的心里对幺蛾子也已恨疯了。自己这次好容易谋划的主意，这一晚也已经把十三幺儿的心眼儿说活动了，幺蛾子却突然出来横插这么一杠子，而且自己刚才说的话，他应该都听见了，否则也不会一出来就这么大气。可这一下，自己的满盘计划，弄不好就又让他给砸了。想到这儿，心里一来气，手上也就更加使劲。

这时，站在旁边的十三幺儿已经吓得没了主意。十三幺儿毕竟已是50多岁的人，胆子又小，平时动动嘴还行，活动心眼儿也是强项，但最怕看人打架。起初一见曹广林和幺蛾子一对一句地矫情，还挺高兴。心想，这幺蛾子仗着自己在肖大锣的企业当个副总，平时在村里见了谁都鼻子眼儿朝上，这回让曹广林把他的道行打一打，如果自己真决定把这块地要回来，后面也就好说话了。可再一看，这两人说着说着竟然动起手来，还滚到尿泥里撕巴在一块儿，这才害怕了。试着上前拉了两下，一见拉不开，知道这事儿要闹大，想了想，就赶紧掏出手机给赵老柱打电话。心想，你是村长，跟你说，你不能不管。

但赵老柱一接电话，好像并不着急，只嗯嗯了两声。

十三幺儿说，这边已经打热闹了。

赵老柱又哦了一声。

十三幺儿说，你再不来管管，可就要出人命了。

赵老柱说了声，知道了。

就把电话挂了。

十三幺儿一见赵老柱不像要管的意思，想了想，就又打了"110"。

然后把手机一揣，就回家了。

赵老柱的家离幺蛾子很近，只隔着几个门儿。其实这时，他已听到外面有打架的声音。街上打架跟平时说闲话当然不一样，说闲话的声音如同台上的文戏，是一搭一句儿，还有说有笑，而打架则像武戏，是一嗓子一嗓子的。这时一接十三幺儿的电话，才知道是曹广林跟幺蛾子打起来。心想，这个曹广林，真没法儿说他，自从来赵家坳，整天像个老娘们儿似的东家串西家串，还总传小话儿瞎吹吹，这回让幺蛾子教训他一下也好。话说回来，就是真打热闹了，只要别出大事，还有镇上的派出所。

正想着，就听见，果然有警车来了。

这一下，心里也就踏实了。

这时，幺蛾子和曹广林在尿泥里撕巴，局势也已发生了变化。曹广林的右手还一直揪着幺蛾子的左耳朵，因为揪的劲太大，这耳朵的上边已经被撕开了。这一撕开，血也就流出来。血黏，也滑，曹广林的这只手就有点儿揪不住，于是另一只推着幺蛾子鼻子的手也就更加用力。这一用力，鼻子里的血也出来了，于是这只手也就更黏更滑。而这时，幺蛾子也已经疼得实在忍不住了，情急之下，腾出一只手在旁边的地上一划拉，不知抓到个什么东西，感觉挺沉，还挺应手，于是抄起来就在曹广林的脑门子上给了一下。这一下砸得很重，幺蛾子感觉自己的手震了一下，这才意识到，是半块砖头，而且应该是那种青砖。这时，他借着微弱的星光看见曹广林的脑门子上正有一股热气冒出来。其实这是曹广林头上的汗。但幺蛾子误会了，以为是自己的这一砖头把他的脑袋砸开了。

心一慌，赶紧松开手。

这时，镇上的警车也已闪着警灯开过来。

警察一来就好办了。不由分说，先把他俩从尿泥里拽出来，然后就塞进警车拉走了。

第四章　林钟

敲的什么锣鼓

吹的什么笙

传的什么联启

下的什么红

……

——《姊妹易嫁》

1　"撞"出来的话

芒种一过，筱燕红死了。

十三幺儿的老婆大眼儿灯在村里说，这事儿挺奇怪，让人瘆得慌。

先是十三幺儿的爹赵五。筱燕红死的几天前，赵五在家里，出来进去又哼哼唧唧的。声儿不大，不仔细听几乎听不出来。但只要筱燕红往跟前一凑，他立刻就把嘴闭上了。筱燕红看着嘀咕，就偷偷告诉十三幺儿，让他去跟前听听，看他爹到底哼唧啥。十三幺儿不去，说酒楼的一摊子事儿还忙不过来，他爱哼唧啥就哼唧啥吧。

筱燕红一看支不动他，就又跟媳妇大眼儿灯说。

大眼儿灯这些年在村里没服的人，却唯独服这婆婆筱燕红。大眼儿灯爱唱评戏，应工彩旦，而筱燕红当年是从戏班儿出来的，婆媳俩平时说闲话，筱燕红给她讲一句，就顶她自己琢磨一年的。这时听婆婆一说，就有意无意地凑到公公赵五跟前去听。这一听还真听出来了，赶紧回来告诉婆婆，这事儿要麻烦，是《金玉奴》，爹又在哼唧"莫稽"。

筱燕红一听，头发根儿立刻也乍起来。

她知道，赵五一哼唧"莫稽"，就又要犯"撞客儿"了。

这些年，赵五的"撞客儿"带带拉拉，一年犯两次，一次是清明，一次是十月初一。清明是上坟的日子，十月初一也一样，俗话说，"十月一，送寒衣"，也是"鬼节"。可眼下刚入秋，离"鬼节"还两个月，看来这回赵五的"撞客儿"提前了。

筱燕红把十三幺儿叫回来，让他赶紧去找赵老柱。

当初赵五刚得"撞客儿"时，村里的肖红医曾让赵老柱去牛家铺请黄先生，说这黄先生专治"撞客儿"。这以后，赵五又犯了几次病，都是请这黄先生来给治的。但后来黄先生说，这是个黏缠病，虽然能治，也很难去根儿，以后别等犯起来，一犯就晚了。黄先生说，这病有个特点，犯之前有先兆，具体是怎么个先兆，人跟人不一样，应该和病人的病因有关，说白了，也是心病，所以只要一出现征兆，就赶紧想办法，这在中医叫治"未病"。

这以后，筱燕红就留意了。

后来发现，赵五的先兆是唱戏，只要一哼唧《金玉奴》，就要犯病了。

但这时，牛家铺的黄先生已经过世。黄先生有个儿子，现在是县人民医院的中医科主任，三河口的人都叫他小黄先生。这小黄先生也能治"撞客儿"，而且是中西医结合。这次筱燕红就让十三幺儿赶紧去找村长赵老柱，要小黄先生的电话。这个中午，十三幺儿本想去赵老柱的家里当面问。但这时已听说，自己前些日子去县里找张一明，通过他跟县领导反映村里情况的事，赵老柱已经知道了，现在去找他，肯定没好脸子看，就试着打了一个电话。果然，赵老柱一接电话就明显带着八分气儿，没说两句话就挂了。

十三幺儿窝了口气，回来也不想跟娘说。再看爹，好像已不哼唧了，也就把这事儿先搁下了。可没想到，过了两天，赵五的"撞客儿"真犯起来。而且这次也怪，他过去犯，都是学张三宝的太爷说话，这回不是了，学的是另一个人。十三幺儿和大眼儿灯也觉着奇怪，都不知这人是谁。筱燕红却一耳朵就听出来，这学的是赵老柱的爹赵碌碡。更奇怪的是，赵五过去犯病都是胡言乱语，虽然是学张三宝的太爷说话，也是东一句西一句，哪儿跟哪儿都不挨着，但这次学赵碌碡，学的却是骂人。赵碌碡当初在村里当生产队长时总骂人，他骂人跟别人不一样，别人骂人，听着口气难听，但话不一定难听，赵碌碡却是骂话，说白了也就是骂街，要多难听有多难听。这时赵五学赵碌碡就是骂街，直骂得上气不接下气。

但再仔细听，又听不出骂的是谁。

接着，还没等送他去医院，一天晚上，筱燕红突然也糊涂了。先是一会儿哭一会儿笑，然后也开始破口大骂。大眼儿灯一看就明白了，婆婆这是也得了"撞客儿"。但是听筱燕红的声音，显然也在学一个人，却又听不出是谁。最让人奇怪的是，筱燕红骂人，有时跟赵五还能对上，经常是赵五骂一句，筱燕红也骂一句，好像互相补充，一边骂着偶尔还交流一下。这就更瘆人了。原来只是赵五一个人糊涂，这还好办，现在一下老两口儿都糊涂了，整天在屋里一搭一句儿地连骂带卷，说的还全是糊涂的明白话，十三幺儿和大眼儿灯夫妻俩都听得头皮发麻。这时，赵老柱也已听说这事，就意识到，恐怕村里要给他家想办法了，这老两口儿没一个明白人，真去医院，这一路在车上说不定得闹成啥样儿。

但这时手头正有事，离不开，就让老伴杨巧儿先去看看。

这个上午，杨巧儿来到十三幺儿的家，一进院，就听见屋里正高一声低一声地骂，显然高声儿的是筱燕红，低声儿的是赵五。一进来，只见两人一个床头，一个床尾，都歪着身子，眼瞪得挺大。由于骂的时间长了，嘴角也都已倒出白沫。杨巧儿平时虽跟筱燕红来往不多，但一直很敬重。筱燕红也说过，在赵家坳，杨巧儿的唱功最好。

这时，杨巧儿来到筱燕红跟前，叫了一声燕红婶子。但筱燕红却像不认识，突然用手一指杨巧儿，回头对赵五说，就是这个忘恩负义的王八蛋，一看就不是个好王八蛋！赵五也一挺身儿，跟着又破口大骂起来。杨巧儿虽是早已结过婚的女人，一听他俩骂得黏牙，一下也红头涨脸。大眼儿灯愁眉苦脸地坐在旁边。十三幺儿一见杨巧儿来了，也叹口气，摇着头说，这日子，真没法儿过了。

大眼儿灯说，他老两口儿从早到晚骂这糊涂街，也不知到底骂的是谁。

十三幺儿哼着说，真他娘邪门儿了，这是跟谁这么大仇儿。

杨巧儿从进来就一直在听。这时，眼泪就流出来，她说，我燕红婶子，这是学的我娘。

十三幺儿和大眼儿灯听了一愣，都回过头去看筱燕红。杨巧儿的意思是说，筱燕红学的是她婆婆，也就是赵老柱的娘。十三幺儿和大眼儿灯跟赵老柱的娘当然也熟，论着还得叫大娘，只是这几天脑子一乱，才没往这上想。这时再一细听，果然是学赵老柱的娘，不光声音，连说话的口气都像。杨巧儿立刻给赵老柱打电话，哭着说，你赶紧来吧。

赵老柱那边正忙，一听老伴的声音不对，就问，咋了？

杨巧儿说，爹和娘在这儿，你来看看吧。

赵老柱一听吓一跳，不知怎么回事，赶紧放下手里的事过来。

这时，筱燕红和赵五还在一搭一句地骂。赵老柱一进来，杨巧儿说，你听听，这是谁。

赵老柱一听就明白了。

他走到筱燕红的跟前，听了一会儿，回头朝屋里看了看，去八仙桌上倒了碗水，给筱燕红端过来。筱燕红突然用手一指他，瞪着眼说，你个喂不熟的白眼儿狼！

赵五在旁边说，孽畜！你就是个孽畜！

赵老柱又去倒了碗水，给赵五端过来说，都累了，喝口水，歇歇吧。

说完，就转身走了。

当天晚上，十三幺儿给赵老柱打来电话。

赵老柱刚从村委会出来，正要锁门。一接电话是十三幺儿，就说，啥事，说。

十三幺儿齉着鼻子说，你来一下吧。

赵老柱问，啥事？

十三幺儿说，我娘叫你。

赵老柱沉一下，说，我这就去。

赵老柱来到十三幺儿的家时，赵五还在西屋骂，但显然已骂累了，嗓子有些哑，声音也没底气了。赵老柱听着，心里拧了一下。一耳朵听上去，真像是爹在那屋说话。

这时，十三幺儿迎出来，对赵老柱说，在这边。

赵老柱就跟着来到东屋。

赵五和筱燕红住的还是老屋，三间半的"半截儿"坯房，一明两暗，旁边还跨着半间仓屋。赵老柱跟着十三幺儿进来，见筱燕红安静地躺在床上，好像已经明白了。大眼儿灯正坐在旁边陪着。筱燕红一见赵老柱进来，就对大眼儿灯说，你先出去吧。

大眼儿灯看看她，想说话，但还是起身出去了。

赵老柱走过来说，您叫我？

筱燕红又看看十三幺儿，你也出去吧。

十三幺儿显然有些不满，拧了下脖子说，我，干啥出去？

筱燕红说，我跟他，说几句话。

十三幺儿站着没动。

赵老柱回头看他一眼，张张嘴，但话没说出来。

十三幺儿又站了站，才转身出去了。

筱燕红说，你过来，坐下。

赵老柱就走过来，在筱燕红的跟前坐下了。

筱燕红看着他，沉了沉才说，我知道，你早就知道了。

赵老柱也看着她，没说话。

筱燕红朝西屋那边看一眼，又说，当初你爹为这事，一直恨他。

赵老柱说，是。

筱燕红轻轻嘘出一口气，现在该走的，已经都走了，我也要走了。

赵老柱的嗓子堵了一下，说，您别这么说。

筱燕红笑了一下，叫你来，就是想跟你说，别恨他了。

这时，赵五还在西屋那边一声一声地骂。

筱燕红说，你当村长，以后，还得关照他。

赵老柱说，您放心。

又说，其实，我没恨过他。

筱燕红点点头，脸上的皱纹就舒展开了。

赵老柱站起来，把她身上的被子往上拉了拉，说，您歇着吧。

刚要走，筱燕红又叫住他，我……还有句话。

赵老柱站住了，慢慢转过身。

筱燕红轻轻喘了口气，喃喃地说，当初，也许……

说到这儿又笑笑，算了，你回吧。

这天夜里，筱燕红就走了。

十三幺儿想来想去，还是听了葫芦爷的劝告。葫芦爷说，你爹眼下还在"撞客儿"里，这回你娘又是这么走的，后事就别操办了，一操一办，只怕对活的不好，倒不是迷信，当年牛家铺的黄先生说得对，他是心病，一刺激，只怕雪上加霜。

筱燕红这些年一直留着一身行头，还是当初在"广和班"演"金玉奴"时穿的。十三幺儿找出来，让大眼儿灯给娘梳洗打扮了，又穿上这身行头，就送去火化了。

这天从火化场回来，已是傍晚，十三幺儿来村委会找赵老柱。

会计陆迁告诉他，赵主任不在，去村东"三铺炕儿"了。

十三幺儿就转身出来。正往东走，就见赵老柱迎面过来。

赵老柱来到跟前问，事儿都办完了？

十三幺儿说，完了。

赵老柱看看他，还有事？

十三幺儿说，有事。

赵老柱嗯一声，说吧。

十三幺儿说，那天晚上，我娘跟你说啥了？

赵老柱说，知道你就得问这个。

十三幺儿说，那就说吧。

赵老柱说，没说啥。

十三幺儿说，她让我俩都出去，只留下你，会没说啥，你说我信吗？

又盯住赵老柱，我觉得，我有权利知道。

赵老柱说，你是有权利知道，不过，我也有权利不说。

十三幺儿歪起脑袋问，凭啥？

赵老柱说，就凭她没让我不告诉你，也没让我告诉你，所以我不想说，就可以不说。

十三幺儿虽然脑筋灵活，但让赵老柱的这几句绕脖子话，一下绕得也有些掰不开藜。

赵老柱看着他，又一个字一个字地说，我现在不说，是为你好。说着，掏出一张字条递给他，回去把你爹照顾好，这是小黄先生的门诊时间和电话。

说完，就转身走了。

赵老柱这个晚上回到家，吃饭时，拿出一瓶酒。

老伴杨巧儿一看说，给你炒几个鸡蛋吧。

赵老柱说，不用，干拉。

杨巧儿也是嫁到赵家坳以后才懂的，"干拉"是这边的土话，意思是干喝酒，不吃菜。

赵老柱不说话，一直闷着头喝酒。

杨巧儿说，有个新鲜事儿，你听说了吗？

赵老柱随口问，啥事？

杨巧儿说，今天头晌，燕红婶子一起灵，赵五叔的"撞客儿"就好了。

赵老柱抬头看一眼老伴，有这事儿？

杨巧儿说，是啊，燕红婶子一走，他一个人在家，哭得跟个泪人儿似的。

赵老柱闷声说，他该哭。

2 抬杠铺

赵老柱一向对自己的记性很自信。但就像戏词儿里唱的，百密也有一疏。

这个早晨从家里出来，正往村委会走着，镇政府的小杨打来电话说，田镇长刚才问，不是让赵家坳的赵主任抽空来一趟吗，怎么一直没来。

赵老柱这才想起来，这些日子事多，一忙一乱，已经把这事忘了。但故意强词夺理，没好气地说，我这些天简直就像王八蛋搬家，已经忙得叽里咕噜，哪顾得上。

跟着又说，你不是说，不急吗？

小杨笑着说，不急，也不是不来啊。

赵老柱说，你跟田镇长说吧，他要是急，就让他来找我。

小杨说，行，您真行，咱青山镇15个村主任，也就您敢这么说话。

赵老柱说，我这么说话咋啦。

跟着又哼一声，他田振声要是不服，就让他来赵家坳当这个村主任。

小杨问，我就这么跟他说？

赵老柱说，你就这么跟他说！

小杨在电话里乐了，这话，您还是留着自己跟镇长说吧。

说完，就把电话挂了。

跟着又打过来，说，对了，田镇长让告诉您，他上次说的话，让您一定认真考虑一下。

赵老柱刚要再说话，小杨已经又把电话挂了。

赵老柱拿着手机，哼唧着自言自语，这话还用考虑，一是搭台不能搭歪了，台一歪戏就歪，二是再急也不能饥不择食，可这些日子整天忙得四脚朝天，哪有时间说这个。

一边嘟囔着，就来到村委会。

刚把会计陆迁叫过来，打算交代几个事，就见杠头进来。

杠头本名叫赵兴春，叫杠头，是村里人给取的绰号。赵老柱平时最憷这杠头，说话不光不中听，还冲，一句话能把人砸个跟头。更要命的是爱抬杠，还抬死杠，别管啥事，两句话过来就跟你抬，你说东，他偏说西，你说这么着，他非说这么着不行，得那么着，好像天生有抬杠的瘾。有一回真把赵老柱抬急了，掴了他一巴掌，才不吭声了。

这时，一见他进来耷拉着脑袋，才放心了，知道八成是遇到难事，掰不开簸了。果然，杠头先闷着头吭哧了吭哧，才说，前些天，他跟老婆干仗了，老婆一气之下扔下他，抱着孩子回娘家了，现在家里冷锅冷灶，冷屋子冷炕，日子已经不像过的了。

赵老柱已听说他家这点事，没搭腔，只把元宝嘴往上翘了翘。

杠头没好气地说，我这事儿，有这么可乐吗？

赵老柱说，我是觉着你可乐。

说着又点点头，说吧，你啥意思？

杠头说，那娘们儿的脾气，我要是去接她，肯定不回来，说不定还得当着她娘家的人又把我数落一顿，你这当村长的出面，兴许能让她回心转意，也就顺这台阶儿下来了。

赵老柱一听，心想，你这会儿找我来了，平时抬杠那能耐呢，说你一句，能抬十句，好像天底下就你这一个大明白人，别人都是傻子。心里这么想着，就说了一句，这回该知道锅是铁打的了，戏文里有一句是咋唱的，老人吃的盐，比你吃的饭都多。

杠头一听，嘟囔着说，哪有这出戏，根本就没这么一句。

赵老柱冲他一瞪眼，又要跟我抬是咋的？

杠头翻了下眼皮，不吭气了。

赵老柱这话，是指头些日子上午的事，也就是十三幺儿跟曹广林在村外河边吃铁锅炖大鱼时，故意东拉西扯说的那件事。那天上午，葫芦爷正坐在村委会门口的井台上跟几个人说闲话，见杠头从街上过，就喊他过来。杠头正有事，不想过来，只是站了一下，冲这边问，啥事？葫芦爷不高兴了，用手里的拐棍儿冲他点着说，你站那么远，我说话能听见吗？

杠头还是不想过来，说，您说吧，我能听见。

葫芦爷有点儿要急，调门儿也长上去，叫你过来就过来，多走两步儿能累死啊？

杠头仍不情愿，但磨蹭了磨蹭，还是过来了。

葫芦爷问，昨天晚上，你又跟媳妇儿抬杠了？

杠头听了，眨巴了一下眼问，您老是咋知道的？

葫芦爷说，你就告诉我，抬没抬？

杠头说，我告不告诉您是一回事，问题是，这事儿您是咋知道的？

葫芦爷说，你别管我是咋知道的，现在要跟你说的，是抬杠的事儿。

杠头说，抬杠这事儿先撂一边儿，问题是这事儿您不该知道，可您知道了。

葫芦爷一见他又跟自己抬，就真急了，胡子一撅说，混账啊你？这是为你好，知道吗？

杠头还是摇头，您老为谁好是另一回事，咱先说这事儿，现在的问题是，您不该知道的事咋就知道了，又是从哪儿知道的，总得说出个一二三，要不这下面的话，咱没法儿说。

这时葫芦爷就已搂不住火了，用拐棍儿戳着地说，我是说，你别再跟媳妇儿这么抬了！

杠头还是一根筋地掰这个麇，梗着脖子说，可我跟我媳妇儿在家抬杠，您咋就知道了？

这一下葫芦爷真急了，吼起来，你再跟她这么抬，就把她抬跑了，不跟你过了知道吗?!

说着就抡起拐棍儿，在他脑袋上使劲棒了一下。

葫芦爷的这根拐棍儿是榆木的，头儿上还有个大木头疖子，看着细，但挺沉，又已经磨得很光溜儿，这一下棒在杠头的脑袋上，啪的一声，登时就在头顶棒出个青杏大小的疙瘩。杠头立刻疼得一蹦，用手捂着脑袋，一边朝后退着说，我活三十大几了，还从没让谁这么棒过，要不是看您已活成个老毕丘，今天肯定没完，非得找地方说道说道去!

说完，就捂着脑袋气哼哼地走了。

杠头说的"老毕丘"，是三河口的土话。"比丘"本来是佛家的一个说法儿，指出家的僧人，但这里说成"毕丘"，就不是这意思了，指的是活得已经忘了年岁的人。

这时，赵老柱对杠头说，那天葫芦爷说你，再这么整天跟媳妇儿抬杠，人家就不跟你过了，你不光听不进去，还跟老爷子死抬硬杠，最后挨了一拐棍儿，是不?

杠头一拧脖子，没说话。

赵老柱又叹口气，你家就是个抬杠铺，我真纳闷儿，你这么抬杠，天生有瘾啊?

说着又扑哧乐了，我都怀疑，当初你爹妈的那个晚上，是不是一边抬着杠生的你。

杠头这会儿正求着赵老柱，也就忍着，闷头没吭声。

这一下，赵老柱觉着气顺多了，这才说，我去也行，可这回，这盐打哪儿咸、醋打哪儿酸，你得先给我说明白了，不能让我这么糊里糊涂地去。

杠头又哼哧了哼哧，意思是不想说。

赵老柱说，你可听明白，我这回去，要是再让你老婆给崩回来，以后可就没头儿了。

杠头又翻一眼赵老柱，才把前几天的事说出来。

杠头的老婆叫刘二芳，娘家就是赵家坳的。因为嫁的是家门口儿，当初做姑娘时就不是好脾气，过了门儿脾气也就更大，不光在家脾气大，街上也大，大事小事都不吃亏。天津人有个习惯，把厉害的女人叫"母老虎"，海州县就在天津边儿上，这个叫法儿也就传过来。但刘二芳个头儿不高，虽然生了孩子，身材也还苗条，不像老虎，村里人就在背地给她取个雅号，叫"刘二豹"。杠头这回跟老婆刘二豹打架，还真不是为抬杠的事。刘二豹平时也最恨杠头这抬杠的毛病，一件事你说完了，他非得给你反过来，再说一遍。不过虽然经常磕磕绊绊，这几年一直忙着生孩子，又生不出来，也就在心里忍着，没跟他大闹。

这回是因为娘家兄弟的事，就不能忍了，终于闹起来。

刘二豹的这个娘家兄弟叫刘庆田，村里人给取个绰号，叫"刘一唱"。他一生下来就跟别人不一样。一般的人睡觉闭眼，都是上眼皮找下眼皮，这刘一唱却反着，是下眼皮找上眼皮。他小的时候，起初爹妈没在意，只是觉着这孩子闭眼时别扭。后来细看，才发现不对。再后来大了就更明显了，不光睡觉，平时眨眼，也是下眼皮找上眼皮，看着不光别扭，也难受，总像是在翻白眼儿。后来村里的十三幺儿就给他取了这么个绰号，叫"刘一唱"。起初人们不解，不知这"一唱"是怎么来的，问了几次，十三幺儿总是只乐不说。后来有人一再追问，他才说出来，一般的人眨眼，都是上眼皮找下眼皮，可下眼皮找上眼皮的东西也有。

十三幺儿说，你们想想，是啥？

人们想了想，还真想不出来。

十三幺儿噗地乐了，说，鸡啊！

人们听了，朝街上的溜达鸡仔细一看，还真是，鸡眨眼，就是下眼皮找上眼皮。可人们再想，还是不明白，就算这鸡眨眼是下眼皮找上眼皮，跟"一唱"又有什么关系。十三幺儿就捏起嗓子唱了一句评剧《黛诺》："一唱雄鸡天下亮……"

人们这才醒悟，一下都笑起来。

杠头这回跟老婆刘二豹打架，是因为刘一唱要借钱。

其时平时，杠头虽然爱抬杠，看着也挺强势，家里的事还是老婆刘二豹说了算。但她说了算的都是日常小事，真到关键的大事，还得听杠头的。这回刘一唱来姐姐家借钱，数儿虽不算大，可也不算小，一张嘴就要两万。刘二豹心疼兄弟，当然想借。

当初刘二豹出嫁时，娘家爹妈已经不在了，只剩了大哥和一个兄弟。大哥叫刘庆云，兄弟叫刘庆田，也就是这个刘一唱。刘一唱的腿有点儿毛病，平时干不了太重的活儿。但大哥已成家，又有了两个孩子，总不能养这兄弟一辈子。后来兄弟俩也就分家单过。当初张三宝来赵家坳驻村帮扶，和村干部一起对各户情况摸底时，把村里的困难户排了一下队。刘一唱因为腿有残疾，也在其中。后来帮他申请了一笔小额的无息贷款，买了一辆电动三轮车，让他给本村几家开饭馆儿的做采购。这一来也就有了经济来源。刘一唱起初觉着这活儿挺好，整天开着车出去跑，只是买买东西，也不累，还能到处逛，挺对自己心思。但渐渐就不行了，觉着这工作没前途，再怎么干意思也不大，就是个温饱。

刘一唱是个很有志向的人，而且自视很高，觉得自己只是没机会，真有机会了，肯定能像村里的肖大锣那些人，成为一个著名的农民企业家。这时，村里这几家开饭馆的渐渐都有了自己的进货渠道，一见刘一唱开始耍活儿，也就正好都不太用他了。

刘一唱这回想借钱，刘二豹事先知道。

这个下午，一见这娘家兄弟来了，没说话，只是拿眼挑了一下杠头。

刘一唱心领神会，就过来跟姐夫杠头把这事说了。

杠头一听，心就堵了。这两万块钱倒不是没有，只是小舅子这人太不靠谱儿。村里本来照顾他，安排了挺好的工作，还给买了电动三轮车，却一直转腰子不正经干，总好高骛远。这回这两万真借他，只怕又要肉包子打狗，一扔出去就回不来了。

一年前，刘一唱也是跑来借钱，一张嘴就要3万，说要办厂。当时杠头奇怪，问他，村里已经安排了工作，这干得好好儿的，又要办啥厂。杠头说，村里的活儿也先干着，可这活儿干顶死也就这样儿，没啥出息，再说指着人家饭馆儿吃饭，他们都有今儿没明儿，也不是长久之计。又说，要想有发展，还得像肖大锣那样，搞自己的企业。杠头本来是抬杠的脾气，想说，你跟肖大锣能比吗，他就是把两条腿都砸折了，你也追不上他。但毕竟脸皮儿薄，小舅子又头一回张嘴，也就没再问。另外还一个原因，当时刘二豹好容易刚生了孩子，又是大龄产妇，也怕她一生气奶回去，孩子遭罪。于是一咬牙，就把这三万借他了。

可没想到，刘一唱拿了这3万块钱，是去开冰棍儿厂。

当时十三幺儿在村里乐着说，没见过刘一唱这么二百五的，用上海人的话说，就是个十三点儿，他在赵家坳这地方开冰棍儿厂，也不算算账，咱这村里一共才多少人，加上外来的也不过大几百口儿，把周边几个村，连南岸的都加在一块儿，也不到两千人，就算两千，一人一天吃你一根冰棍儿，也就是两千来根儿，一根冰棍儿能挣多少？除毛净剩，赚个毛儿八七的就已经撑死了，两千根冰棍儿也就是几百块钱，可这两千口人里还有老人和月坑儿的孩子，再有糖尿病的，跑肚拉稀的，闹胃病肠炎的，想吃不想吃爱吃不爱吃的，况且就是剩下的这点儿人，能保证每人每天都吃你的冰棍儿吗，这冰棍儿说到底也不能当饭吃啊。

当时刘二豹听了不服气，替娘家兄弟辩解说，这厂子做了冰棍儿也不是光在跟前卖，去哪儿都能卖。十三幺儿说，是啊，去哪儿都能卖，可咋卖，谁去给他卖？一见把刘二豹问住了，就又说，你跟那杠头过了这几年，也学会抬杠了，别人抬杠是长学问，你男人抬杠是天生有瘾，可你这会儿跟我抬，是没底儿的轿子。

刘二豹翻他一眼问，啥意思？

十三幺儿说，抬也是白抬。

旁边的人一听，又都乐了。

后来，刘一唱这冰棍儿厂还真让十三幺儿说中了。做出的冰棍儿先别说有人买没人买，关键是没人去卖。先是招了几个卖冰棍儿的人，可雇人的挑费比这冰棍儿还贵，推着车出去各村转，吆喝半天又卖不出几根，没几天人就都跑了。但冰棍儿这东西不像别的，一捂就化，化了也就又成了一钱不值的一摊水儿。刘一唱只好先把机器停了，自己推着排子车，一瘸一拐地出去卖冰棍儿。这刘一唱也会唱两口儿评戏，还是个反串青衣的嗓子，一张嘴叽嘹叽嘹儿的，那些日子，驴尾巴河边的几个村到处能听见他的吆喝：

冰棍儿——败火——！

清仓——打折——！

要多惨有多惨。赵家坳的人说，听他这吆喝，甭吃冰棍儿，身上就起鸡皮疙瘩。

当初借的这3万块钱，自然连个响儿也没听见就全赔进去了。所以这回，杠头一听这小舅子又要借钱，还一张嘴就是2万，脸立刻像门帘子似的耷拉下来。

刘二豹毕竟跟杠头过了这几年，一看他脸色，就知道心里怎么想了。可这娘家兄弟也确实不争气，上次借他的3万毕竟都赔了，后来也就不了了之，如果再借，说着也确实铹嘴。于是就故意没好气地甩他一句，这回借这2万，又要拿去祸祸着玩儿啊？

说着，瞟了自己男人一眼。

杠头闷着头，还耷拉着臭脸。

于是又说，你别再给我赔个黄鼠狼子烤火，毛儿干爪净的。

其实刘二豹这话里已经暗暗拐了弯儿，表面听着，是接着上回借他那3万赔了这茬儿，这回不打算再借，但意思却已带出来，这回再借，别又给我赔了，也就是说，前提已经答应借了。这刘一唱办冰棍儿厂没脑子，听说话却能听出话外音，立刻明白姐姐的意思了。但这时，还吃不准姐夫的态度，就赶紧顺话搭音儿地说，这回保证不会再赔了。

杠头虽爱抬杠，脑子也会拐弯儿，已听出他姐弟俩是在自己面前唱"双簧"，本来心里就腻歪，这一下就更烦了，横了小舅子一眼说，这世上，有只赚不赔的事儿吗？

这一下，把刘一唱噎住了。

刘二豹赶紧问，你这回，到底要干啥？

刘一唱哼唧了哼唧。

刘二豹说，问你呢。

刘一唱这才说，这回，是投资。

杠头翻他一眼，就凭你，投资？

刘二豹也说，是啊，你投个屁资啊！

刘一唱嘟囔着说，就是投资，已经说好的事了。

刘二豹冲他吥一声，你要是能投资，我就投河！

说着，又朝自己男人瞄了一眼。

3　画大饼

刘一唱这回真要投资，但是投给曹广林。

曹广林在赵家坳种了十几亩果园，这个规模本来不用雇人，自己捎带着就干了。但他真正的想法不是这十几亩，而是几十亩，将来甚至上百亩、几百亩。而要实现这个目标，就得先在村里做各种准备，还要随时寻找时机，也就没时间，也没精力打理这十几亩果园。但要雇人也是个问题。首先得年轻力壮，果园平时看着没事，一有就是一堆事，雇个顶不住的人肯定不行，来了就得独当一面。用当地话说，得能顶上戗。

另外还一点，光顶戗也不行，还不能窝囊。

曹广林知道，这赵家坳是出能人的地方。但真正的能人谁也不会在家等着让你来雇，都有自己的事。可是雇的这人又必须得力。自己毕竟是外来人，将来真把这果木种植基地搞起来，总得有一个能干的当地人做帮手。可是再想，这人能干，本事还不能太大，本事大的人一般都养不住，况且自己这点事儿全让他看明白了，底也就都扒去了。

这样想来想去，最先看中的是村里蔫有准儿的儿子窜天猴儿。

这窜天猴儿岁数倒合适，二十出头，脾气虽然有点儿着三不着两，整天晃晃荡荡，不过看得出来，也有脑子。但曹广林又观察了一段时间，发现不行。这窜天猴儿倒没野心，可在外面交往太广，还杂，五行八作只要能赚着钱的人，他都有来往。认识的人多当然有好处，人熟是一宝，俗话说，多个朋友多条道，可交往太多就有风险了。后来有一次，曹广林去自己的果园打药。他这果园是在村西头。赵家坳是东面和南面热闹，北面也行，只有村西这片比较僻静，当时又是一片窑洼地，平时很少有人来这边。当初曹广林把这十几亩果园选在这里，也是有想法的，一是这片地荒的时间更长，地力足，转包也容易；二是这边不常有人来，也不会引起注意。他这天来到果园，正往里走，听见有人说话，好像还不止一个人。又往深处走了一阵，才看到窜天猴儿和几个人正坐在树底下说话，跟前的地上还扔了一堆啤酒罐子。他们一见曹广林来了，立刻就起身走了。曹广林看出来，这几个人都不是当地的，显然，是来找窜天猴儿商量事的。也就从这次，曹广林看出来了，自己的事不能找这窜天猴儿。

接着，就又看中刘一唱。

曹广林知道，刘一唱是个志向很大的人。但志大才疏，就像戏里唱的，心比天高，命比纸薄。当初村里为他安排工作，还给弄了一辆电动三马子，为几个小饭馆儿跑采购，后来也送餐，有点儿像城里的"送外卖"。本来是挺好的事儿，一开始也确实干得不错。但当时，曹广林在旁边看着就料到，他不会干长，凭他的心性，不可能认头总干这个。果然，他很快就不好好儿干了，又跑去开了个冰棍儿厂。后来，这冰棍儿厂也干黄了。可这时，当初村里给弄的那个三马子也已让他卖了，再想回头干原来的活儿也已经干不成了。好在这时，村东的商业街已经建起来，夜市也有了，外面来做生意的人越来越多，他也就一直混在这街上打八岔。所以现在找他，应该正是时候。但这刘一唱也有个问题，一条腿有毛病，虽然走路看不出来，但不能干太重的活儿。当初也就是因为他这条腿，村里才把他也列为困难户。不过再想，这也不是太大的问题，果园里的事只是杂，倒也没有太重的活儿，只要他肯干，应该也能应付。另外，曹广林还想到一点，如果自己用了刘一唱，也就等于为村里解决一个困难户的就业，村主任赵老柱也应该高兴。

这一想，也就打定主意。

刘一唱自从把冰棍儿厂干黄了，不光赔了钱，自己的这一番折腾也成了村里人的笑柄。赵家坳的人倒不爱笑话人，但爱议论人，平时到一块儿说闲话，总得有个说头儿，谁家的姑爷跟老丈人喝酒打起来了，谁家的寡妇媳妇儿伺候婆婆伺候得好，要认干闺女，可这些事说着虽有意思，但不可乐。这回终于有了可乐的，刘一唱犯二百五，先干了一个冰棍儿厂，又自己瘸着一条腿推车出去卖冰棍儿，最后还把这厂子干黄了，这一下也就为人们提供了有趣的谈资。当初的那几家小饭馆儿不再用刘一唱采购，又碍于村委会，当然主要是赵老柱这村主任的面子，总觉着不太合适。这回也就有了说辞。有的人干脆来找赵老柱，明着说，开饭馆儿不像干别的，整天都得加着小心，您说这么不靠勺的人，我们还敢用吗？

赵老柱到时也就无话可说了。

刘一唱这时已两手空空，可又总得吃饭，每天就在村东的商业街上东扎一头西扎一头。但在哪儿都干不长，只要觉着不对心思，围裙一摔扭头就走。

也就在这时，曹广林来找他。

曹广林对他说，倒不用他顶长工，这十几亩果园只要平时照看一下就行，该浇水浇水，该打药儿打药儿，到收果儿的时候，采摘自然还要临时雇人，所以不用拴在这儿，平常的日子想干什么，还可以去干，只要这边的事别耽误就行了。刘一唱一听，这活儿倒挺合适，每月干拿2000块钱，还不被拴住，自己的事一点儿不耽误，立刻就答应了。

接着，曹广林的心里就有了进一步的想法。

自从雇了这刘一唱，曹广林在暗中观察了一段时间，感觉这人还行。曹广林最怕的是有野心的人，有本事，再有野心，这样的人就是答应来干，也不会干太长，一有风吹草动就走了。这刘一唱虽然也有野心，但他的野心都不着边际，不光好高骛远，有的想法儿干脆说就是异想天开。另一方面，这人玩儿心大，不管干什么，哪怕再正经的事，在他看来都是玩儿。不过这也挺好，别管他是为玩儿，还是为干，只要把该做的事做了也就行了。

这回，曹广林提出让他投资，也是反复考虑的。

现在看来，今后怎么样另说，至少目前，这刘一唱对自己来说是再合适不过了。如果他走了，再想找个这样的人就难了。而且有一天，曹广林在街上碰见赵老柱，发现老远就冲自己乐。当时曹广林想，这可少见，自从自己来赵家坳，赵老柱虽也说过，在村里如果有啥困难就跟村委会说，只要能解决的就尽量帮着解决。但话是这样说，却一直不冷不热。

曹广林是个遇事并不急于迎上去的人。这时一见，反倒站住了。

赵老柱来到跟前说，我正要找你呢。

曹广林哦一声。

赵老柱说，这一阵，我正为刘一唱的事发愁，本来村里给安排了挺好的事儿，可让这小子折腾来折腾去，生给折腾黄了，后来又跑去弄个破厂子，也黄个蛋了。

曹广林笑笑说，他还是没找到适合自己的。

赵老柱哼一声，干脆说吧，就是鹰嘴鸭子爪儿，能吃不能拿。

曹广林听了，觉着这话让自己没法儿接。

赵老柱又叹口气，本来一直担心，他可别再返贫，这回好了，你给他解决了。说着，又冲曹广林点点头，你这也是帮咱村委会解决了一个老大难的问题啊。

说完又冲他笑笑，才扭头走了。

曹广林没想到，雇这刘一唱，村主任赵老柱竟然这样高兴。这就更得想办法把他留住了。但要想留住他，也并非易事。这刘一唱平时别管想什么，都稀松二五眼。倒不是他自己想稀松二五眼，是天生就是这稀松二五眼的脾性。他考虑事，从不过脑子，除非他自己想留下，否则只要打算走，也就是一拍屁股的事。

但真想留住他，也有一个办法。

曹广林想，用股市的行话说，就是把他"套住"。

现在，跟刘一唱的关系只是雇用与被雇用的关系，只要他想走，到月头儿从自己这里拿了工钱，连招呼也不用打就可以走。但如果真把他套住，就像俗话说的，跑得了和尚跑不了庙，也就轰都轰不走了。这套住的办法也很简单，只要让他在自己这里投一笔钱。投的数目不用太大，太大了他也拿不出来，只要三两万就行。当然，这样的投资有个前提，得保证他只赚不赔。这就更好说了，真投了这点儿钱，自己就是白给他一点儿红利也无所谓。这点钱对他是钱，而到自己这里，跟要做的事比起来也就不叫钱了。

曹广林这一想，就跟刘一唱把这想法儿说了。

刘一唱一听，先是没回过神来。

想了想才问，要投，投多少？

曹广林不慌不忙地说，在你。

刘一唱仍不解，在我是多少？

曹广林说，一两万不嫌少，三五万不嫌多，不过再多就算了，说实话，我眼下还没做这么大，你真投太多，大帽子底下扣个小脑袋，我顶着也费劲。

刘一唱低头寻思了一下，又问，我真投资，咋算？

曹广林说，你要是真投，咱就一码说一码。

刘一唱还是不懂，一码说一码，咋说？

曹广林说，这么说吧，眼下我要做的这码事，预算是20万，你按10%，投2万就行，将来赚100万，有你10万，赚1000万就有你100万。

曹广林掰着指头，还要往下说。

刘一唱已经明白了，伸手拦住他说，行了行了，不用往下说了，你要是赚个十亿二十亿，还能分我一两亿呢，这账儿我会算，给我画大饼哪。

曹广林笑笑说，倒不是画大饼，分红就这分法儿。

又说，我知道，你是个想干大事的人，我来赵家坳，也是想创业。

刘一唱点点头，这我看出来了。

曹广林郑重其事地说，现在，我就正式邀请你加入，跟我一块儿创业。

这句话果然说到刘一唱的心缝儿里，两眼登时亮起来。

曹广林又说，还有，你就是投了资，每月的月钱，该拿还拿。

刘一唱说，行，我回去考虑一下吧。

曹广林说，考虑可以，不过得快。

刘一唱点头，我尽快。

4　杨三姐和陈世美

刘一唱看着不着调，也是个有心路的人。

他对曹广林说考虑一下，其实另有原因。

这几天，十三幺儿也正找他。

十三幺儿本来瞧不上刘一唱。倒不是瞧不上他这人，是瞧不上他这没准性儿的脾气，用老话儿说，就是没惝子，整天想得天上一脚地下一脚，有时想疯了，连自己是谁都忘了。十三幺儿是看着刘一唱长起来的，也就知道，这绝不是个可用之人，别管多稳妥的事，只要交给他，准给你干砸了。但后来发现，他虽然没惝子，也有一个最大的特点，对别人的事只要答应了，还真当一回事，就像《霍小玉》里唱的，受人之托，忠人之事。

这回十三幺儿的娘筱燕红死了，十三幺儿听了葫芦爷的劝告，没操办。但虽不操办，也得把人送去火化，这就得有人帮着张罗，至少跑跑颠颠的事不能都自己去，真这样不光显得业障，让人看着在村里也太没人缘儿了。

就在这时，刘一唱来了。

刘一唱的家就在旁边，跟这边只隔一道院墙。筱燕红倒头的这个早晨，他一过来就哭了，说听说燕红婶子殁了，心里难受。又说，这些年，村里人都知道燕红婶子当年在戏班儿唱过戏，可谁也没听过，他是村里唯一亲耳听过燕红婶子唱戏的人，而且还经常听。他说，他也是偶然发现的，有时候，这边的燕红婶子一个人在家，就在屋里唱几句。起初，他还以为是匣子里唱的，可又没有文武场儿，后来才知道是燕红婶子。从那以后，也就经常隔着墙听。十三幺儿看着娘咽气，一直没哭，这时就忍不住了，哽咽着说，难得啊，我娘到死都不知道，敢情这些年，在墙那边还有个知音。这时，刘一唱就说，我知道你这回不打算操办，可事儿归事儿，总得有个人出去跑腿儿，你就在家踏踏实实守灵吧，外面的事交给我。十三幺儿一见刘一唱这么说，也就把联系殡仪馆和买各种应用物什的事，都让他去办。

让十三幺儿没想到的是，这次，刘一唱竟把一切事都办得妥妥帖帖。

这件事过后，十三幺儿就动脑子了。

十三幺儿的太极大酒楼现在已是远近闻名的高档酒楼，谁家有红白喜事或办一些像样酒席，都来这里。这时，十三幺儿还信守着当初跟张三宝的约定，在用人方面是自己决定一半，再由村委会指定一半。但后来也就不具体指定人了，只要有一半用的是本村人就行。谷雨节气一过，酒楼生意就忙起来，眼看人手越来越紧，正打算再招一个人，心里就想，平时不共事看不出来，一直觉着这刘一唱不靠勺，敢情还真是个能办事的人，如果让他来酒楼，应该挺合适。但转念再想，又有些犹豫，这回娘的丧事他办得好，是因为只这一件事，真到酒楼来，倘若平时没愇子的性子又犯了，弄个乱七八糟，可就误事了。

于是，就试着探了一下，想看他是怎么个心气儿。

但刘一唱回得含含糊糊，没说愿意来，也没说不愿意来。

刘一唱这样回十三幺儿，当然也有自己的想法。眼下太极大酒楼再火，去了也只是打工，别管怎么干，这买卖儿还是人家的。现在自己要的不是工作，是机遇。

但这次，刘一唱认为，自己的机遇真的来了。

刘一唱从曹广林这里回来，越想心里越兴奋。他已看出来，这个曹广林自从来赵家坳，虽然平时不言不语，其实也有相当的实力，而且是个憋着干大事的人。干大事的人一般都有个特点，到了陌生的地方，在决定干什么之前，只看，不说，而且要干的事越大也就越不轻易表态。非得看明白了，也想透了，最后才会出手。

现在，这曹广林竟然邀请自己跟他一块儿干。

但这一块儿干，也分怎么干，如果只是到月头儿拿月钱，将来就是拿得再多也只能叫打工，跟去十三幺儿的太极大酒楼没什么区别。但如果投资，别管投多少，这就不一样了，叫合伙，身份也就不再是打工，而是股东。可一说投资，首先还是钱。自己现在连三轮车都卖了，也就勉强吃上饭，兜里比脸还干净。不过曹广林说了，投也不用多，少则一两万，多则三五万，再多他还不要。这就行了，去趟姐夫杠头那儿，怎么也能借出来。

但在这之前，毕竟已从姐夫手里拿过3万块钱，而且已赔得稀里哗啦，现在没逼着自己要，已经是看在姐姐的分上留了很大面子，这回再去，就不是锵嘴的事了，干脆说是抹不下这个脸。可眼下这两万又在裉节儿上，必须有，而且还得快，可着赵家坳，也只能从姐夫这里借，如果连他这儿都借不出来，别人就更别说了。

这一想，就先来跟姐姐刘二豹商量。

刘二豹当然心疼这娘家弟弟，尤其在家是老小，当初爹妈在时就最疼，现在爹妈都没了，他的一条腿又有残疾。这时，一听他又要借钱，就叹了口气。

刘一唱一见姐姐叹气，心就凉了，知道这事儿要没戏。

刘二豹说，倒不是没戏，你借钱，肯定有正经用处，可这事儿还真不好办。

刘一唱问，咋不好办？

刘二豹说，就怕你姐夫，又拿上回那3万说事儿。

刘一唱哼一声，家是你俩的，再咋说，他也只能做自己那一半儿的主。

刘二豹白他一眼，咋着，为这2万块钱，你还想让我跟你姐夫离婚哪。

刘一唱说，倒不是这意思，我是说，就算他不同意，你也有发言权。

刘二豹又想想说，行吧，你来家里，跟他说时，我在旁边帮你敲边鼓。

刘一唱这次来，跟杠头说借钱的事时，刘二豹在旁边听着，当然一心想把这2万块钱借给自己兄弟。但家里的钱都是杠头挣的，自己说话不硬气。

再说，平时家里的钱，也都是杠头管着。

杠头有个家传手艺，会做酱豆腐。他家的酱豆腐做出来不是鲜红，也不是酱红，是黑红。扒开里面，又是金黄。黑红的表皮，金黄的内瓤儿，这样的酱豆腐摆到饭桌上，不用吃，看着就流口水。有一回，海州县来了几个外国农业专家，说是要考察这边的农田和小麦种植，县里接待时，特意来赵家坳拿了几罐杠头的酱豆腐。后来听说，这几个外国专家吃饭时，一尝这酱豆腐都吓了一跳。翻译说，他们几个说，还从没吃过这样的东西，味道太神奇了，简直就是东方的巧克力。这一下，杠头家的这酱豆腐也就更出名了。后来听了明白人的建议，还专门去注册了商标，就叫"杠头酱豆腐"，在这驴尾巴河边堪称一绝。但这酱豆腐毕竟是祖传下来的，工艺不仅复杂，也太繁琐，又是手工，产量也就很有限，而且虽然本小，利也薄，真指这个吃饭就太费劲了。后来也就把这手艺放下，一咬牙买了一辆小货车，出去跑货运出租。这时赵家坳和附近几个村的饭馆儿越来越多，做买卖的商铺也多，货运出租的生意挺好，只要认头干，一天24小时都有活儿。再后来，因为整天不得吃，不得喝，又不得休息，跑出了胃病，这才不那么拼命了，每天只是歇着干。用杠头自己的话说，家里这点儿钱，都是他这几年在外面开着小货车，一脚儿一脚儿踹出来的。

当初杠头曾想让刘一唱去考个驾照，把这车倒给他，也已经为他咨询了，他这腿不碍事。刘一唱一听就拨楞着脑袋说，这不跟我过去跑采购一样吗，只不过那时是三马子，现在是小货儿，多了一个轱辘。杠头一听气不打一处来，就给了他一句，你是不是觉着，自己将来是刘大鼓啊。刘一唱没听懂，问他这刘大鼓是怎么回事。杠头没好气地说，那肖大锣有本事，弄了个天行健集团，你比他本事还大，他叫大锣，你就得叫大鼓啊。

这话就太损了，简直骂人不吐核儿。

这时，刘二豹已看出自己男人的心思，就故意绕了一个弯子，冲刘一唱说，现在你跟大哥也分家了，平时一宅两院，自己顶门立户过日子了，对不对？

刘一唱知道姐姐接下来要说的话，立刻说，对。

刘二豹说，咱可先说下，这回这钱，你不能再这么乌漆抹黑地拿走。

刘一唱赶紧顺话搭音儿，姐你说吧，这钱让我咋拿法儿，我听你的。

刘二豹说，要再赔了，你就是卖房，也得连上回那3万一块儿还我。

她这话看着是冲刘一唱说的，其实是说给自己男人听的。刘一唱自然心领神会，赶紧说，姐你放心，不就2万块钱吗，连上次的加一块儿也就5万，我把自己卖了也还得起。

刘二豹笑着啐他，你也得值5万！

姐弟俩这样一搭一句儿地说完，就一块儿把脸转向杠头。

杠头这半天，一直没吭声。

其实这会儿，杠头恨这小舅子的还不光是这3万块钱的事。那次之后，他还干了一件更气人的事。头年开春的一天，刘一唱突然来找杠头，问他，想不想把他这"杠头酱豆腐"做大。杠头当然想做大。这门手艺传到自己这儿，算起来已经五辈，总不能在自己手里就这么断了。可如果硬着头皮做下去，又实在没法儿做了。当时也没多想，就说，做大当然是好事，可怎么做大？刘一唱就说，现在有个朋友看上了，想投资100万，说是要在赵家坳办一个"杠头红方腐乳食品厂"，专做这个传统工艺的"杠头酱豆腐"。

杠头一听，这还真是好事，自己这杠头酱豆腐虽是家传，可几辈传下来，连个像样的作坊也没有，如果真有人投资，办一个像样的厂子，自己这"杠头酱豆腐"的品牌也就打出去了。于是也就痛快地答应了。但这以后，说好的投资却迟迟没见。本来说好要办厂，结果就是个小作坊，比原来自己干的地方也大不了多少。催问了刘一唱几回，他总支支吾吾，也说不出个所以然。再后来，还是十三幺儿告诉他，说你得小心了，现在天津的市场上已经有了"杠头酱豆腐"，打的就是"海州特产"的旗号。杠头听了心里一惊，立刻到天津去了一趟，按十三幺儿说的地方，到那个超市一看，还真有卖"杠头酱豆腐"的。再看包装，自己不认识，但上面写的就是"海州民间传统工艺"，而且还特意标明是"百年传承，传人倾情奉献"。更可气的是，上面还有一个头像。杠头端详了半天，这头像很模糊，说不像自己，还真有点儿像，也是个四四方方的大脑袋，粗眉大眼，可说像，由于太模糊，眉眼儿又看不真绰儿。这一下杠头就气蒙了。但他还是留了个心眼儿，特意买了两瓶这种酱豆腐带回来。

一到家，就叫来刘一唱，把这两瓶酱豆腐蹾到他面前问，这是咋回事？

刘一唱一看脸色就变了，说，他也不知是咋回事。

杠头说，你不知道就行，说明这里没你的事。

这时，杠头已咨询了律师。他告诉刘一唱，已经准备起诉这个投资人。

刘一唱听了没说话，扭头就走了。

但当天晚上，刘二豹对杠头说，这事儿就算了吧，反正咱也没吃亏，就别闹了。

杠头一听这话茬儿不对，立刻说，那不行，这人在天津偷着做我的酱豆腐，不光冒用我的商标，还敢用我的头像，律师说了，这是典型的侵权，要告他，肯定是一头儿的官司。

说着又哼一声，这回，我非让这人赔个底儿掉不可！

刘二豹听了看看他，又犹豫了一下才说，先别说对方赔得起赔不起，这钱就算赔你了，也是从左边的口袋拿出来，放进右边的口袋，有句话，叫大饼夹手指头，明白吗？

杠头说，不明白。

刘二豹说，自己吃自己。

其实杠头这时已隐隐地有了感觉，这一下也就明白了，看来这回在天津偷着做自己的酱豆腐，这里边果然有刘一唱的事，也许就是他串通那个所谓的投资人一块儿十的。

这一下，杠头也就只好吃个哑巴亏，不再追究了。

这件事是在刘一唱办冰棍儿厂之后。杠头本以为，他给自己找这个投资人办厂，是想补偿那3万块钱的事，所以才信了。可没想到，这小舅子吃上自己了，已经坑了3万块钱还不算完，竟然接着坑。这以后，虽然没再提这事，心里跟这小舅子也就系了死扣儿。心想，别说你是我小舅子，就是我老丈人，这辈子也别想再跟我共事了。

这时，他抬头看一眼刘一唱说，是啊，这钱，我也想借你。

这话一出，就把他姐弟俩费了半天劲，拐着弯儿说的话又拐回来了。杠头看着是直筒子脾气，其实这种刮钢绕脖子的话也会说。他说，"我也想借你"，这话就已经拐了弯儿，听起来像是从前面的话头儿顺过来的，但又透着无奈，而且这无奈一来，意思也就出来了，好像是要借，其实还是不借。刘二豹一听，脸登时就黑下来，看着自己男人，干脆就直着说，既然你想借，就赶紧把钱拿给他吧，都大忙忙儿的，拿了钱，让他该干吗儿干吗儿去。

杠头又沉了沉，才说，可眼下，我手头没钱。

刘二豹一听，眼立刻瞪起来，没钱，家里的钱都哪儿去了？

杠头说，我说手头没钱，是没现金。

刘二豹说，没现金，就去银行取。

杠头说，已经存了死期，取不出来。

刘二豹一听，立刻没词儿了。

家里的钱，一直都是杠头管着。平时看着刘二豹在家指手画脚、张牙舞爪，其实并没有财权。这时刘一唱一听，合着说了这半天，敢情没钱，这不是瞎耽误工夫儿吗。

于是没吭声，扭头就走了。

这一下刘二豹不干了，哇的一声就哭起来，一边哭，一边数落杠头的不是。

刘二豹平时也唱评戏，最拿手的是《杨三姐告状》，还最会唱"杨三姐"她妈哭灵的这一段：可说是，我那没见着面的，叫不应的，短命的，二丫头哎……于是这时，也就先"搭调"，后"慢板"，一唱三叹地哭诉起来，说自己自从过了杠头家的门儿，给他们赵家干了多少事，伺候完老的又伺候小的，自己忙得连生孩子都顾不上，现在把老的都伺候走了，小的也伺候大了，轮到自己的娘家兄弟有事，杠头的良心却让狗吃了，连这点儿血也舍不得出。

直哭得一把鼻涕一把眼泪。

杠头让她哭得心烦意乱，先是急着解释，说不是不借，确实家里的钱都存了死期，非提前取也行，就得伤利息，况且谁家也不会没事儿在手头放着几万块钱现金。

按说杠头最擅长抬杠，说话是强项，平时就是没理也能抬出几分理来，可这会儿不行了，刘二豹一哭一闹，就算本事再大，嘴里长出64颗牙来也没用了。这时，刘二豹哭着唱完《杨三姐告状》，又接着唱《秦香莲》，把数落"陈世美"的一套词儿也想起来。

最后杠头实在忍不住，也急了，一拍桌子吼了一嗓子，我他娘的就不借！就算有钱也不借！老子辛辛苦苦挣这点儿钱容易吗，让这个二百五拿去糟着玩儿啊?!

刘二豹先吓了一跳，跟着更急了，嗷儿的一声就冲他扑过来。

就在这时，杠头犯了一个错误。他也是急火上头，一气之下，在刘二豹的脖子上捆了一巴掌。在正常情况下，两口子打架，女人动手可以，再怎么动手，就是揪着自己男人撕掳成什么样也不会改变这件事的性质。但男人不行，一动手就是另一回事了。这时，刘二豹先是听到自己的耳轮中啪的一声脆响，立刻愣了一下，还不相信这一声是来自自己。但跟着就确定了，就是自己，因为此时，脖子上已经火烧火燎地疼起来。

她这时反倒不哭了。收住声儿，异常冷静地看着杠头。

杠头也愣了。这才意识到，自己这回是闯大祸了。

果然，刘二豹转身走进里屋，先收拾了一下东西，然后就抱起床上的儿子走了。

赵老柱只听说杠头跟他老婆刘二豹闹家务，刘二豹一赌气抱着孩子回娘家了，这时一听杠头说，才知道，敢情两口子闹得这么热闹，已经炸了庙，而且这其中还裹合着这么多缠头裹脑的事。更让他没想到的是，这回的事，竟然又有曹广林掺和在里面。

想了想，对杠头说，有句话，你听说过吗？

杠头哼着说，啥话？

赵老柱说，清官难断家务事。

杠头一听就明白了，赵老柱这是不想管，立刻苦着脸说，好断难断，你也不能不管。

赵老柱说，不是我不想管，你家那娘们儿的脾气，你应该知道，现在她这扣儿系在哪儿了，是系在你小舅子刘一唱那儿了，只要刘一唱这两万块钱没拿到，她这扣儿就解不开。

杠头一听又来气了，咬着牙说，就算这娘们儿不跟我过了，这钱我也不给！

刘老柱说，这话对，我看也不该给。

杠头一听抬起头，看看赵老柱。

赵老柱说，这小子太不着调了，我一想起来就恨得慌。

想想又说，这回曹广林雇他去看果园，我一听还挺高兴，这回总算又有个稳定收入了，那天在街上碰见曹广林，我还谢了他几句，可没想到，他又憋出这么个主意，你这回这钱只要一出去，肯定又是肉包子打狗，可问题是，这钱没拿，我去也是白去，只能白饶一面儿。

杠头几乎是央告了，说，就算白饶一面儿，这一面儿你也得饶啊。

又说，要不，我背着你去？

赵老柱一听气乐了，叹口气说，能让你杠头说出这话，也真不容易。

又翘着元宝嘴，眯起眼看看他，看来，这回想媳妇儿，是真想疯了。

杠头红着脸说，我是想儿子。

赵老柱说，行啊，甭管想谁，我寻思寻思吧。

5　茶蔻子

日子过得很快，转眼，筱燕红过了"头七"。

这天一大早，十三幺儿带着老婆大眼儿灯去县里的火化场，把娘的骨灰接回来。骨灰盒是大眼儿灯特意选的，材质是核桃木，做工很精美，正面还镶了一整块岫玉，镌刻着山水和亭台楼阁，像仙境一般。大眼儿灯哽咽着说，娘当年唱过戏，虽说后来不唱了，可戏还一直在心里装着，以后她去了那边，就在这仙境里唱吧。

青山脚下的西南面有一片临水的漫坡。水和山正相反，山是以南坡为阳，水是以北岸为阳，这片漫坡正好都占了。当初赵老柱一当村主任，葫芦爷就跟他说，这地方风水好，将来自己有那天，就埋在这儿。赵老柱也看出这块地方有风水，但前些年一直忙，顾不上。后来顾上了，才发现了问题。这时各家的承包地已经没人种，都已撂荒了，但一撂荒，也就当了坟地，谁家再死人，就往自家的承包地里埋。赵老柱这才把这事重视起来。青山西南面的这片漫坡，本身就是一片荒坡，位置又好，索性就开辟成村里的公墓，取名"山水园"。

这个上午，十三幺儿和大眼儿灯把娘的骨灰接回来，就在山水园里葬了。

本来，十三幺儿没告诉赵老柱。但赵老柱还是来了。当年自己的爹赵碌碡和十三幺儿的爹赵五跟筱燕红的那段事，赵老柱听葫芦爷说过，所以这些年，虽然跟筱燕红没有太多来往，但心里总有一种特殊的感觉。这时看着把骨灰安葬了，又圆起坟堆，就走过来，把带来的一坨纸钱在坟前烧了。一边烧着，忽然感觉鼻子发酸。但忍了忍，没让眼泪流出来。

往回走时，一眼看见赵五。赵五没到坟前来，只站在水边，远远地看着。

这时一见赵老柱，立刻转身走了。

赵老柱回到家已是中午。老伴杨巧儿做好了饭。

夫妻俩吃着饭，杨巧儿问，燕红婶子那边的事，都完了？

赵老柱说，完了。

然后叹了口气，她这一去山水园，就是一辈子了。

杨巧儿说，她走的那天，穿上当年的行头，还真好看。

说着，哽咽了一下，就把筷子放下了。

赵老柱说，刚才回来，在河边，看见赵五了。

杨巧儿问，说啥了？

赵老柱说，没，他远远看见我，转身走了。

杨巧儿起身去擦了把脸，回来坐下说，我一直想问你。

赵老柱抬头看她一眼。

杨巧儿说，那天晚上，燕红婶子叫你去，说啥了？

赵老柱闷着头喝了一口粥，说，啥也没说，可我知道，她想说啥。

杨巧儿说，这事，我早就知道了。

赵老柱一愣，慢慢放下手里的碗，你，知道啥？

杨巧儿说，是当年张先生的事，对吗？

赵老柱更意外了，你，咋知道的？

杨巧儿说，当初，娘都跟我说了。

赵老柱这才明白，原来这件事，娘早就知道。

杨巧儿告诉赵老柱，当初爹临走的那个晚上，把他叫去说了一宿的话，娘就知道，说的一定是这件事，后来又一再问他，是想知道，是不是还有别的事没告诉她。

杨巧儿说，娘一直想知道，当初赵五叔，为啥要这么做。

赵老柱没说话。看来，爹当年确实没把所有的事都告诉娘。

那个晚上，爹确实把这件事的前前后后，都对赵老柱说了。

爹说，当时赵五这么干，也是迫于无奈。

当年赵五曾不止一次说，老话说，师徒如父子，他直到现在才明白这句话的真正含义，师父教的不光是戏，这个恩情，他这辈子也还不完。那时张三宝的太爷不喝酒，只喝茶，但又买不起像样的茶叶。当年单有一种做茶叶生意的人，叫"茶篓儿"。天津老城里的一些大茶园把客人沏过的茶叶晾干，叫"茶苴子"，专做这路生意的"茶篓儿"收过来，再弄到天津周遭儿的乡下当茶叶卖。这种"茶苴子"当然已跟茶叶不是一回事，但便宜，沏出来也还有些茶味儿，乡下有买不起茶叶又爱喝茶的人，就专买这种"茶苴子"。那时赵五和赵碌碡就经常给张三宝的太爷买这种"茶苴子"。赵五总说，等以后有钱了，一定给师父买正经的好茶叶。张三宝的太爷笑着说，茶叶这东西无尽无休，有这个，就已知足了。

那时他喝着"茶苴子"，也就经常说起自己当年的事。

那年夏天的一个中午，公社突然打来电话，让赵碌碡通知赵五，马上去一趟。赵碌碡听出不像好事，又不便问，就赶紧告诉了赵五。赵五本来胆就小，又摸不清什么事，但还是小心翼翼地去了。到下午，他还没回来，公社又来两个人。一进村就找赵碌碡，问他，张久阳的家在哪儿。赵碌碡正担心，问这两个来人，有啥事？

这两个人说，别问。

然后来到张三宝的太爷家。进门二话不说，掏出绳子就把人捆上了。赵碌碡一见慌了，连忙问，这到底是咋回事？张三宝的太爷这些年毕竟已见过各种场面，就安慰赵碌碡说，大概是有啥事弄错了，没关系，我跟他们去，解释一下就清楚了。

这两个人不等他说完，就推上车带走了。

当天晚上，赵五回来了。

赵碌碡这时已急疯了，一见他就问，张先生呢，咋没回来？

又问，这到底是咋回事？

赵五脸色蜡黄，也不说话，回到家往炕上一倒就闷头睡了。

这以后，张三宝的太爷一直没消息。赵碌碡等了两天实在忍不住了，问赵五又问不出来，就去了公社。赵碌碡在公社有个远房亲戚，是看传达室的，论着是赵碌碡的表舅。赵碌碡找到这表舅一问，才知道，张三宝的太爷被捆到公社的当天，就已押到县里去了。赵碌碡一听更急了，问这到底是咋回事。这表舅说，太详细的也不清楚，只听说，是有人揭发，说他当年在天津时，当过汉奸，好像还有别的事儿，问题挺严重。

赵碌碡瞪着眼问，这揭发的人是谁？

表舅摇头说，说不好，不过肯定是你赵家坳的人。

赵碌碡一听，就扭头回村来。

这时，赵五已经很少说话，每天只在村外的水边，一个人转来转去。赵碌碡这个下午从公社回来，在村外的河边找到赵五，把他拉到一片林子里问，张先生到底咋回事？

赵五不说话。

赵碌碡说，我刚从公社回来，听说有人揭发，是谁揭发的？

赵五仍闷着头，不说话。

赵碌碡一把揪住他说，张先生当年的事，只跟咱俩说过，是不是你？

赵五咕咚跪下了，说，我没办法。

赵碌碡瞪着他，眼里已经要瞪出血来。

赵五说，他们啥事都知道，对我说了，燕红过去是旧戏班儿的，我如果不交代，就把她也弄到县里去，可燕红现在，已经有身孕，一让他们弄去就完了。

赵碌碡听了，看着他，一下也说不出话了。

这时，老伴杨巧儿说，这事，爹都跟娘说了。

赵老柱叹息一声，都是过去的事了。

老伴说，是啊，不提了。

6 唱评戏，还是唱梆子

这个下午，赵老柱总算抽出了时间。

从村委会出来，想了想，就先奔小杨河边的柳树林来。

赵老柱知道，自从十三幺儿的娘筱燕红没了，赵五的"撞客儿"也就不犯了，但平时不在家待着，总一个人出来，在村外的小杨河边转悠。老伴杨巧儿碰到过几次，有些担心，回来说，总见他在河边这么转，看着挺吓人的，哪天想不开，别再跳了河。

赵老柱觉得，这倒不会。赵五看的书多，再怎么说也是明白人。

这个中午，赵老柱来到河边，果然在柳树趟子里看见赵五。这时的赵五又黑又瘦，远远看着，已像一根烧火棍。这时他溜达过来，抬头一见赵老柱，就站住了，只是用眼看着他。

赵老柱来到跟前说，河边的秋蚊子，咬人可狠。

赵五嗯了一声。

赵老柱又问，觉着咋样？

赵五声儿不大地说，还行。

赵老柱说，别总一个人待着，去街里的井台上，那儿人多，跟大伙儿说说话儿。

赵五没吭声。

赵老柱又说了一句，有啥事儿，就跟我说。

说完又看看他，就转身过桥，奔镇里来。

赵老柱的心里还一直想着田镇长叫自己去的事。两天前，曾试探着给田镇长打了个电话，说村里的事多，一直忙得脱不开身，这一半天就去。当时田镇长倒没有不高兴的意思，只说了一句，忙是好事，越忙，才说明工作有内容，不过，也别忙得把自己也忘了。

赵老柱听出来，田镇长这话又带着钩儿。

青山镇政府是在一个青砖大院里。墙上爬满凌霄花，藤蔓已有手腕粗细，枝叶遮满墙头，郁郁葱葱的，看着也有些老气。但如果细品，就会觉出来，这老气里也有一些古色古香的味道。院子是前后两进，田镇长的办公室在第二进院子。赵老柱来到后面，看到田镇长正在办公室里谈事，就在老槐树底下的石凳上坐下来，抽着烟，等了一会儿。

田镇长已看见他了，赶紧把事说完，到门口招招手，叫他进来。

赵老柱进来，在办公桌的跟前坐下。

田镇长从抽屉里拿出一盒烟扔给他说，拿回去抽吧。

赵老柱用手叼住，看了看，是个不认识的牌子。

田镇长说，前两天去县里开会，他们从外地带回来的，给了我一盒。

赵老柱说，干啥给我？

田镇长笑着说，感谢你啊。

赵老柱翻翻眼，我有啥感谢的？

田镇长说，你给我封了官儿啊，还不得谢你一下。

赵老柱没反应过来，我一个小主任，给你这大镇长封啥官儿？

田镇长一本正经地说，你不是任命了吗，让我当你赵家坳的村委会主任。

赵老柱明白了，这是那天在电话里，跟小杨说的话。

于是说，对，没错儿，我是这么封你来着。

田镇长说，我这两天正琢磨呢，啥时候去你那儿履新。

赵老柱说，快去吧，我在村里搭台唱戏，欢迎你。

田镇长说，可我去了，你干啥呢？

赵老柱说，我正好回家种地，那几亩承包地已撂荒这些年，早该种了。

说着，两人就一块儿笑了。

田镇长说，看来你心情不错，元宝嘴这么翘着，还挺贫，又有啥高兴事？

赵老柱叹口气，还高兴哪，有句话，叫阴天晒被子。

田镇长看看他，怎么讲？

赵老柱说，白搭啊。

田镇长忍不住又笑了，这是又遇上啥事了，怎么让你白搭了？

赵老柱这才把村里的杠头闹家务，媳妇儿刘二豹一气之下抱着孩子回娘家了，这个上午，去她娘家做工作，结果劝了半天也没说动，一五一十都对田镇长说了。

然后又摇摇头，你说，我这一上午的工夫，是不是白搭了？

田镇长说，你现在，可别眉毛胡子一把抓啊。

赵老柱说，是啊，我也不想一把抓，可事儿不是这么个事儿，过去没钱有没钱的难处，现在都有钱了，可有钱又有有钱的麻烦，这说的还都是鸡零狗碎的小事儿，再往大里说，村里没人来投资的时候，整天发愁，现在真有人来了，还是发愁，有句话，叫巧妇难为无米之炊，可谁又倒过来想过，真有米了，也许更难，这巧妇也有难为有米之炊的时候啊。

田镇长扔给他一支烟说，看把我们赵主任挤对的，都快成哲学家了。

说着又扑哧笑了，都说忧郁出诗人，看来这发愁，也能出哲学啊。

赵老柱哼一声，本想把村里最近的这一摊子事儿跟田镇长详细念叨念叨，又想，念叨也是白念叨，解决不了任何问题，况且上次来，从田镇长说的话就能听出来，对赵家坳的情况很了解，于是话到嘴边，只是长长地出了一口气说，有出戏里有一句唱词儿，把遇上掰不蘖的麻烦事儿，叫缠一脖子麻刀，眼下，我就已经缠一脖子麻刀了。

田镇长说，不过，你们村流转耕地这事，可一定要慎重。

赵老柱一愣，那个十三幺儿，又来告状了？

田镇长说，你这人，一听毛儿就乍起来了。

赵老柱哼一声，他前些日子又跑到县里去反映情况了。

田镇长说，这事儿我听说了，不过，我再提醒你一句，从目前看，各村都一样，承包地撂荒是普遍情况，可扔在那儿撂荒行，你只要一流转，就可能出问题。

赵老柱点点头，这我太有体会了。

然后又说，跟你汇报两个高兴事儿吧。

田镇长说，你说。

赵老柱就把肖大锣已经决定，把村里停建的超市改成大剧院，马上要复工的事说了。

田镇长立刻说，这可真是好事，看来你赵家坳正在搭的这个戏台，已经开始调整了。

赵老柱说，这可不是我调整的，是人家肖大锣自己决定的。

田镇长说，别管谁调整谁决定，关键是这件事的意义。

想了想，又说，我上次让小杨打电话告诉你，抽空来一趟，就是想跟你说，最近，我和徐书记研究了一下你们村的情况，"驴头村"这块牌子，你可一定给镇里保住了，具体怎么保、怎么干，是你的事，得动动脑子，别整天忙得晕了头，上次跟你说的搭台和唱戏，这俩事儿看着是两件事，其实是连着的，不过也得明白，还是那句话，台搭歪了能正过来，可一台戏要是歪了，再想正过来，就没那么简单的了。

说着又笑了，你刚才的话，确实有道理。

赵老柱眨巴了一下眼，啥？

田镇长说，巧妇在为有米之炊的时候，也未必就容易。

赵老柱乐了，要不我说呢，干脆，你去当这个主任吧。

田镇长正色说，说正经的。

赵老柱哼了一声。

田镇长又说，我上次跟徐书记研究之后，这几天，也一直在考虑你们村的事，前面"驴头村"这牌子是创出去了，可后面，这头驴究竟往哪儿走、怎么走，还真得好好儿想想。

赵老柱说，是啊，我也一直在想。

田镇长说，不过先说下，这赵家坳的集体经济，你只能唱评戏，可别给我唱了梆子。

田镇长说的这个只唱评戏，别唱梆子，是有出处的。当年有句话，叫"穷梆子，浪评戏"。本来这是旧时的一种说法。但是到了赵家坳，含义就变了。河北梆子行腔高亢，但也悲凉，如果换个说法儿，也就是"冒穷气"。而评戏的这个"浪"，也不是过去的那个"浪"，是卖派好心情的意思。赵家坳的人，是梆子评戏"两下锅"。既然"穷梆子，浪评戏"，当年出去要饭，自然唱梆子，而在村里搭台唱戏，也就都是唱评戏。后来这说法儿还是十三幺儿的爹赵五兴起来的，在村里见了谁，问对方这一阵日子过得咋样，就说，最近梆子还是评戏。再后来别的村也知道这说法儿了，再见到赵家坳的人，也这么说。

赵老柱一听扑哧笑了，说，你也知道这句话啊。

田镇长说，不光我，现在整个青山镇都这么说，一问就是，梆子还是评戏。

说着忽然想起来，你刚才说有两件高兴事，另一件呢？

赵老柱哦一声，这才把张三宝又回村来，准备写一台新戏的事说了。又说，据三宝说，牛副县长也很重视这个戏，还要作为县里的重点剧目。

田镇长立刻说，好啊，这也是个大好事。

想想又说，不过，这戏也看怎么写。

赵老柱没听懂，你说，咋写？

田镇长笑了，戏的事，咱是外行，找个时间吧，我跟他聊聊。

赵老柱看出田镇长还有事，就起身告辞。

往外走着，对送出来的田镇长说，你和徐书记只管放心，以后别说咋说，咱只唱评戏。

田镇长说，这话我爱听，不过就算唱评戏，也得看怎么唱。

赵老柱听出来，这话又带着钩儿。

7　窜天猴儿

青山虽然是座土山，但山上的路，有的地方也很陡。

赵老柱一边走着，忽然有些感慨。

自己当村主任这些年，在这条山路上来来回回一趟一趟地走着，不知不觉就已老了。过去翻这座山，一上一下也就不到半小时，现在不行了，走一会儿就喘了。

来到半山腰，又在这棵歪脖树的底下坐下来。

这已是习惯。每次从镇上回来，走到这儿，都要坐在这里歇一歇。时间长了，这棵树的树身已经磨光溜儿了。赵老柱拿出田镇长刚给的这包烟，看了看，又装起来，掏出自己的旱烟叶儿，摸出烟纸，卷上一根慢慢地抽着。烟叶儿是装在一个白色的小塑料瓶里。这是个药瓶，已经有年头了，当初还是找肖大锣的爷爷肖红医要的。现在，这白塑料瓶已在衣兜里磨成了灰色的，就是不装烟叶儿也有一股浓烈的旱烟味儿。

赵老柱还是爱抽旱烟。现在村里抽旱烟的人已经不多了，都是纸烟。尤其到过年，从外面回来的人坐到一块儿，就把各自的烟掏出来，一圈儿一圈儿扔着发，这叫发"圈烟"，看着一个比一个高级。赵老柱不怕别人说自己没见识，总是把烟盒要过来，一个一个地看，有的牌子光听说，没见过，还有的干脆连听也没听过。看完了还得问明白，这烟多少钱。当然，一听都吓人。但抽到嘴里，也没觉出有啥特殊味道，还不如自己的旱烟挡饭。

这棵歪脖树是在一个山崖的跟前。据老人说，当年晴天时，站在这崖上能看见几十里外的胥各庄，所以叫"望煤崖"。这时，朝山下望去，正好可以看到村东的一片地。这片地里已经长满荒草，但中间还镶嵌着一块翠绿，那是自己种的旱烟。赵老柱每年再忙，也要种上几分地的旱烟。说来说去，还是自己种的好抽。到秋后把烟叶儿收上来，捆成把儿，先晒干了，得干得透透的，一碰就碎，傍晚放到窗根儿底下，搁一夜，这叫用露水搭一下。搭一回还不行，得搭三回，这样烟叶儿的味道才能渗出来，劲道也才能上来。在赵老柱看来，自己用露水搭出的烟叶儿，外面卖的多高级的纸烟也比不上。

虽已入秋，天还有些热。

这时，朝山下看去，荒草也是绿的。但荒草的绿和烟叶儿的绿还是不一样。烟叶儿绿得很光鲜，像经过梳洗打扮，而荒草的绿不光披头散发，也显得蓬头垢面。这次三河口企业在村里流转耕地，赵老柱才真知道了，赵家坳的人看着把自己的承包地撂荒了，却还在心里拴着，你一动他的地，也就动了他的心。田镇长说得对，流转土地看着没什么，其实真不是一件简单的事，这地在那儿荒着行，你一动，他的毛儿立刻就立起来。

一根旱烟抽得只剩了一个烟尖儿。赵老柱在跟前的土里捻灭，又用脚踩了踩，拿出手机，给老伴杨巧儿打过去。告诉她，晚上别做饭了，一块儿去商业街的夜市吃砂锅儿。

说是吃饭，其实也想看一下夜市的情况。

回到村里，天就黑透了。老伴已等在十字街的街口。

赵老柱先拉着老伴来广场这边看了一下。已经停工很长时间的工地又热闹起来，亮起夜灯，各种机械也轰鸣着作业。赵老柱看着这一切，听着机器的轰鸣，心也跟着一块儿跳。这次复工以后，施工方的领导曾来村委会找赵老柱，说是根据天行健企业的要求，这次要赶工期，但是按有关部门的规定晚上不能施工，这个问题，村里能不能帮着协调一下。赵老柱一听就说，盖这大剧院不光是企业的事，也是村里的事，你们只管干，有啥事儿村委会盯着就是了。施工方的领导一听笑了，说，这事儿可没这么简单。

赵老柱一听问，还有啥？

施工方的领导说，一旦有人投诉，我们的麻烦就大了。

赵老柱这才明白了，说行，这事儿你们不用管了，由村委会解决。

当晚，赵老柱就在村里召开了一个村民代表会，征求大家意见。

代表们一听就说，有点儿噪声怕啥，家里有孩子的把门窗关严，能克服，还是赶紧把这大剧院盖起来。赵老柱把村里的这个决议转达给施工方。于是，工地就24小时不停歇地干起来。

这时，老伴问，这大剧院盖起来，啥样儿？

赵老柱朝旁边不远指了指。

老伴朝那边看看，天黑，没看到什么。

赵老柱说，那边有个效果图，白天你来看一下就知道了。

从十字街往东一拐就进了夜市。这时，夜市也已热闹起来。大小饭馆儿都把大门四敞大开，还在门前拉起串儿灯，各种当地的和外地的特色小吃也都摆出来。现在最时兴的是啤酒加"撸串儿"，年轻人都是仨一群五一伙儿的，烤几个"大肥腰儿"，再要一把羊肉串儿，一边喝着啤酒，说说笑笑地聊着。不知道的还以为到了县城。曾有外地来的人说，晚上在海州县城逛夜市，就像是到了天津。这时，赵老柱看着眼前的景象想，这赵家坳的夜市，也已经像县城的老东门。老东门是海州县城最繁华的一条商业街，也是远近闻名的夜市。由于海州是在天津和唐山之间，南来北往的人很多，这个夜市，给人的感觉旅游味道也就很重。相比之下，这赵家坳的夜市却很"绿色"，有一种坦然的乡土气。

赵老柱这些年还是庄稼人的习惯，早晨这顿饭是一天最硬磕的，得吃得饱饱儿的，这样下地干活儿才顶得住。午饭也很重要。到晚上就无所谓了，也就喝碗粥。时间一长，晚上吃了东西反倒不舒服，睡觉时觉着压胃。这时，和老伴在一个小饭馆儿的门前坐下来，两人要了一个砂锅豆腐，一个清口的"老虎菜"，烤了几个"大肥腰儿"，又要了两瓶啤酒。

正吃着，就见村里的蔫有准儿急气忙慌地朝这边走过来。

赵老柱知道，又来事了。

看一眼老伴，把手里的肉串儿放下，起身迎过来。

蔫有准儿叫赵老球，比赵老柱大3岁。再早不是赵家坳人，老家是海州东边下头湾子的。当年他亲爹姓仇，是个种药材的。本想让儿子以后也干这行，就给他取名叫仇杏林。但他爹虽然懂药材，却应了那句老话，医不治己，后来早早就病死了。这以后随娘改嫁，才来到赵家坳。继父姓赵，也就随着改姓赵。当时还小，只有10来岁，后来大一点懂事了，不甘心把自己的祖姓丢了，就把这"仇"字放到名字后头，改叫赵小仇。用三河口当地的口音一叫，就叫成赵小球儿。现在上了年岁，再叫小球没道理，也就叫老球。

赵老柱最怕跟赵老球说话。

其实不光赵老柱，村里人都不爱跟他说话。用十三幺儿的话说，跟他说话太费劲，心里没底，得猜。他来跟你说一件事，如果你觉着他说得不对，这事儿不能这么办，得那么办，跟他一说，他就低头不吭声了。你以为自己的话他已听进去了，可事后发现，他该怎么着还怎么着，合着跟他说半天等于白说。有这么几回，他再跟谁说事儿，人家也就不听了。但你不听，他还追着说。后来村里人觉着他这人的主意太大了，就叫他"蔫有准儿"。

这时，他一见赵老柱就说，哎呀，幸亏刘一唱说，看见你来这边了。

赵老柱拉过个凳子，按他坐下说，别急，慢慢儿说，又咋了？

蔫有准儿朝左右看看说，你先吃，吃完了咱一边儿说去。

赵老柱回头冲老伴做了个手势，意思是让她吃完先回去。

然后说，那走吧，我吃完了。

两人离开饭馆儿门口，来到一个清静地方。

蔫有准儿这才带着哭腔儿说，村长，你得帮帮我。

赵老柱说，你慢慢说，又出啥事了？

蔫有准儿又使劲喘了口气，才说，是他儿子窜天猴儿的事，这个下午，刚让镇上派出所的警察抓去了。赵老柱一听就笑了，问，咱这宝贝儿，又创造啥奇迹了？

蔫有准儿已经快哭出来，跺着脚说，这个小畜生啊，真没法儿说他！

赵老柱拍拍他，别急，急也没用，先说事儿。

说着，摸出旱烟递给他。

蔫有准儿抖着手，一边卷着旱烟又打个嗨声，这个狗日的啊。

赵老柱噗地笑了，别骂自己。

蔫有准儿的老婆死得早，也就一直疼这儿子。

他这儿子也机灵，从小别管什么事，只要感兴趣，一看就会。小学毕业时，学校老师说，这孩子不仅聪明，也很有悟性，现在县一中正招重点班，可以让他去试试。蔫有准儿带着儿子来到县里，果然一下就考上了。本来"小升初"是分片儿入学，不用考。县一中招这重点班，是选拔有天赋的孩子，从初中就重点培养，将来准备报考全国一流的大学。蔫有准儿见儿子这么有出息，心里当然高兴，送他来住校也就很放心。上初一时，果然挺好。但是到初二的下学期，学校突然把他叫去，说，赵传的学习出问题了，最近成绩一直下滑。

儿子的学名本来叫赵聪。蔫有准儿这才知道，他已经给自己改了名字，叫赵传。

老师说，据别的同学反映，他晚上经常偷偷离校，也不知去干什么，跟他谈了几次，他表面答应好好儿的，可该出去还出去，学校的大门根本挡不住他，一上房就走了。

蔫有准儿听了不信，儿子怎么可能有这种本事。

老师说，确实是这样，有同学亲眼见过。

蔫有准儿说，老师该管就管，别客气。

老师说，现在已经不是管的事了，我们这个重点班名额有限，很多符合条件的孩子想进都进不来，中途淘汰也是正常的，如果这样，就只能让他回镇中学上普通班了。

蔫有准儿一听，心想也好，回镇里上学，每天能回家，守着他也就放心了。但回来一问，才知道，他在学校每晚出去，是跟着县评剧团的一个演员老师学戏。学校旁边就是县评剧团。一次偶然的机会，他认识了一个剧团的演员，就想跟人家学戏。这演员是唱小花脸的，见这孩子挺机灵，但一吊弦儿才发现，身上有，嗓子一般。虽说岁数有点大了，毕竟以后也不干专业，就教他一些台上的武功，让他学

"武二花"。

这样学了将近一年，就让学校发现了。

蔫有准儿问，跟这老师，都学会啥了？

儿子说，学戏，也学了一手绝活儿。

蔫有准儿问，啥绝活儿？

儿子说，叫"云中坐"。

蔫有准儿一听，不知这"云中坐"是怎么回事，就让他给自己练一下看看。儿子把一个椅子搬到院里，坐到上面。蔫有准儿还没看明白，他突然浑身一拧劲，已经带着椅子一个跟头翻起来，在空中连着翻转了两圈儿，才稳稳落下来，人还坐在椅子上。蔫有准儿一下看傻了，没想到儿子在县里上学这两年，没学会别的，竟然学了这样一手绝活儿。这才想起来，他从小精瘦，身上也灵巧，别人上树得搬梯子，他不用，三两下就上去了。

儿子又说，自己已经有了艺名，叫"窜天猴儿"。

赵老柱早对蔫有准儿说过，这孩子太贪玩儿，这样下去不行，得让他有点正经事干。蔫有准儿表面答应，心里却不在意。老话儿说，一招鲜，吃遍天，眼下大学毕业又能咋样，村委会的会计陆迁就是大学毕业，听说还是天津啥名牌儿大学出来的，还不是整天像跟屁虫儿似的跟在赵老柱的身后。现在儿子有了这手绝活儿，台上学的还是"武二花"，这几年，在三河口一带提起来都知道，哪个村有唱戏的事，也经常来请，这以后就有饭辙了。

但这窜天猴儿总出去，也经常惹事。

有一次，他不知从哪儿带回一个耍猴儿的。这人40来岁，长得尖嘴猴腮，还牵着几只小猴儿。这些小猴儿都穿着花花绿绿的小衣裳，上身是小马甲儿，底下是七分裤，还挺鲜艳。村里人觉着好玩儿，都来围着看。在十字街上演了一上午，村里就热闹了，逛街的不逛了，做买卖的也不做了，都跑过来看这人耍猴儿。这几个小猴儿也是人来疯，一见围的人越来越多，就撒开了欢儿，一会儿翻跟头，一会儿抱着摔跤，一会儿又骑着小轱辘车来回跑。

但就在这时，却出了意外的事。

有个卖气球的，也举着一堆气球挤在人群里看热闹。可他光顾着看了，旁边不知谁在他的气球上捏了一把，砰的一声，这气球就爆了。可这卖气球的为了好看，把每个气球都充气很足，这个气球一爆，别的气球就乒乒乓乓地一个接一个都爆了。这几个小猴儿正玩儿得高兴，这一下受了惊吓，嗷儿地一叫就炸散了，冲出人群窜进街边的一个小超市。这一下就热闹了。几个小猴儿一进来，三蹦两蹦就上了货架子，来回一窜，把各种吃的用的东西全都扒拉下来。架子也倒了，各种瓶子也碎了，一会儿的工夫这超市就成破烂摊儿了。最后还是这耍猴儿的有办法，来到超市，让人把门关上，然后掏出个哨子一吹，这几个小猴儿立刻不闹了，都乖乖地从架子上下来，在这人的面前整整齐齐地站成一排。这人掏出一根绳子，把它们拴成一串儿，就牵着走了。可这人走了，超市的人不干了，店里给祸祸成这样，这事儿不能就这么完了，既然这耍猴儿的是窜天猴儿引来的，超市的人就来找窜天猴儿说话。但这时，窜天猴儿也已经跟着这耍猴儿的又去别处玩儿了。超市的人一看，跑得了和尚跑不了庙，就又来找蔫有准儿。蔫有准儿也明白，这是自己儿子惹的祸，没别的话说，只好认头赔钱。好在超市的人也讲理，在赵老柱的主持下，把损坏的商品清算了一下，还能勉强卖的只是打折，没让他全赔，最后掏了几千块钱，才算把这事儿了了。

其实赵老柱的心里，也挺喜欢这窜天猴儿。

赵老柱没儿子，总觉着儿子就得有个儿子样儿，也不能太老实，一老实就茶了。不过像窜天猴儿这样从早到晚出去乱窜，也不是办法。他对窜天猴儿说过几次，你整天这么到处跑，有时十天半月也不回来，哪天真在外面让汽车撞死了，你爹都不知上哪儿领尸首去。

这个晚上，蔫有准儿哭丧着脸说，他这回倒没让汽车撞死，让镇上警察抓去了。

赵老柱忍不住，噗地笑了。

8　小小鸟儿

这个下午，蔫有准儿已经有一种不祥的预感。

吃了午饭，正说要躺一会儿，就听喜鹊在院里叫。蔫有准儿曾看过黄历。黄历上说，听见喜鹊叫不一定都是好事，一天不同的时辰，也有不同的说法儿。他还记得，"未时"听见喜鹊叫，就是凶兆。这时看看表，一点多钟，正是未时。

但心里这么想，也没太当回事。

下午，就奔镇里来。现在村里已经没人睡火炕，都改了钢丝床垫，最次的也是棕垫。只有蔫有准儿，还一直是土炕，觉着这些年睡惯了，尤其冬天，还是火炕舒坦，心里也踏实。但最近改主意了，也想把这土炕换了。这个下午来镇上，是想去家具店看看床垫。

路过派出所时，无意中朝这边看一眼，见派出所的门前停着一辆警车，车顶上的警灯还在一闪一闪，跟前围了一群人。蔫有准儿好奇，想了想，就走过来。这时就听几个人在议论，说警察早该管管了，再不管，这青山上指不定要成啥样了。

蔫有准儿一听，伸过头问，这是出了啥事？

一个50来岁的红脸男人说，逮鸟儿的，你去青山上看看，林子里到处挂的都是粘网，这种网还是绝户网，要多损有多损，鸟儿飞过来看不见，一头扎上去，在网上挂一会儿就死了。旁边一个岁数大点儿的人，蔫有准儿认识，是镇中学的退休老师，姓梁。这梁老师也摇头说，是啊，警察再不管，过不了几年，这青山上就看不见鸟了。

红脸男人说，这回不能手软，一定要重罚。

蔫有准儿听了，心里登时一惊。

他在家里的仓房还真见过这种粘网。起初以为是儿子在河里逮鱼用的。后来窜天猴儿回来，一问才知道，敢情是粘鸟儿的。窜天猴儿还给他讲，用这种粘网逮鸟儿是有讲究的，先在青山上找个林子密的地方把网挂上，然后在旁边用录音机放各种鸟儿的叫声，有公鸟也有母鸟。公鸟的叫声能引母鸟，母鸟的叫声能引公鸟。林子里的鸟听见这叫声飞过来，一头扎在网上就粘住了。然后，只要一只一只摘下来就行了。

这时，蔫有准儿想了想，扭头就往回跑。

回到家，径直来到院里的仓房一看，那堆粘网果然没了。这一下心就更悬起来。看来派出所的警察这回在山上抓逮鸟的人，应该也有自己儿子的事。

一边想着，就赶紧又跑回镇上的派出所。

派出所门前的人已经散了。蔫有准儿在门口犹豫了一下，还是硬着头皮进来。几个警察正在靠里面的一张桌子跟前说话，好像在商量事。一个警察一回头，看见蔫有准儿。

蔫有准儿赶紧凑过来，冲这警察点点头。

警察问，你什么事？

蔫有准儿想了想，不知这话该怎么问。

这警察说，如果办户口，走旁边的门。

蔫有准儿说，我，不办户口。

警察又看看他，不办户口，来干吗？

蔫有准儿说，找人。

警察问，找谁？

蔫有准儿说，找我儿子。

警察一听乐了，跑到派出所来找儿子？

这时，另一个警察问，你儿子叫什么？

蔫有准儿说，叫窜天猴儿。

这警察皱皱眉，这叫什么名字？

蔫有准儿这才意识到了，赶紧又说，哦，赵传，他叫赵传。

警察问，就是唱"小小鸟"的那个赵传？

蔫有准儿点头，对，就是那个赵传，可他不唱小小鸟儿。

警察嗯一声，好像想笑，但立刻又严肃起来，是，他不唱小小鸟儿，可他逮小小鸟儿。

蔫有准儿这才确信了，看来儿子果然让警察抓进来了。

警察又问，你是他什么人？

蔫有准儿说，刚才说了，是他爹。

警察说，你先回去吧，这件事，我们正处理。

蔫有准儿是明白人，知道儿子既然已让警察抓进来，如果不说出个所以然是不会放他出来的，自己再怎么对付也没用。只好又冲警察点点头，就转身出来了。

赵老柱这个下午去镇政府时，已经在政府大院听说了，派出所这个下午有大行动，在青山上抓了几个偷偷下网捕鸟的人，好像都是山下周围几个村的。但当时并没在意。这时一听蔫有准儿说，才知道，原来窜天猴儿也一直干这种事儿，这回一块儿给抓进去了。

这时，他看看蔫有准儿说，不是我埋怨你，早就跟你说过，把这小子看住了。

蔫有准儿说，现在先别说别的了，你赶紧给想个办法吧。

赵老柱又哼一声，有句老话，你听说过吗？

蔫有准儿哭丧着脸，知道赵老柱没好话。

赵老柱说，子不严，父之过，纵子如杀子啊。

蔫有准儿说，咱先说眼前，行不？

赵老柱说，你说吧，咋想的？

蔫有准儿说，那班房儿是啥好地方啊，你是村长，镇上总得给点面子，去跟警察说说，该咋罚咋罚，咱都认，谁让咱犯错儿了呢，可人，是不是就别关了。

赵老柱已经想到了，蔫有准儿来找自己，就是这意思。

但想想说，这事儿是这样，你儿子这情况，应该咋处罚，国家肯定有明文规定，这谁说也没用，况且咱也不能通过啥关系或用啥手段，让公安机关违规改变处理决定。

蔫有准儿立刻说，对对，徇私枉法的事儿，咱当然不能干。

赵老柱又说，再说，眼下镇上的派出所，都是一帮小年轻儿的，我也不熟。

蔫有准儿一听，这才想起来，那回赵老柱在太极大酒楼为结饭账的事跟十三幺儿闹起来，十三幺儿一急让老婆大眼儿灯报了警，镇上的两个警察开着警车来了，不光没向着赵老柱说话，还当着一街筒子的人，把他训得红头涨脸。

这一下就泄气了。

赵老柱又想了想，说，这样吧，我问一下三宝。

蔫有准儿的两眼立刻又亮起来，他认识派出所的人？

赵老柱说，这倒不一定，不过他是县里来的，兴许有办法。

蔫有准儿连忙说，行行，那就问问吧。

赵老柱掏出手机，给张三宝打过去。然后走到一边，说了几句话就回来了。

蔫有准儿眼巴巴地问，咋样？

赵老柱说，他说问一下镇文化中心的老胡，看他跟派出所的人熟不熟。

又说，不过三宝说了，就是熟，也只能问个大概，打听一下这事儿准备怎么处理。

蔫有准儿立刻点头说，行啊行啊，问清了就行，咱闹个明白，心里也就踏实了。

一会儿，张三宝的电话打过来了，告诉赵老柱，刚给老胡打电话了，老胡说，他跟派出所的人熟是熟，不过这种事，不好打招呼，也让所里的人为难，只能问一下情况。

张三宝说，他也在等老胡的电话，一会儿有了消息，再打过来。

赵老柱道了谢，就把电话挂了。

过了一会儿，张三宝的电话又打过来，问，这个赵传，是不是就是那个窜天猴儿？

赵老柱说，是啊，他本来叫赵聪，后来自己胡改的名字。

张三宝说，老胡问，这个赵传跟赵主任是什么关系。

赵老柱说，你就跟他说，是我儿子。

张三宝在电话里愣了一下，你儿子？

赵老柱说，先这么说着，以后再跟他慢慢解释。

张三宝哦了一声，就又把电话挂了。

等了一会儿，电话又打过来，说，刚才老胡问陈所长了，这事，还真挺麻烦。

赵老柱说，你就捞干的说吧，要不麻烦，咱也就不用麻烦老胡了。

张三宝说，老胡刚才在电话里说，跟陈所长都问清楚了。据陈所长说，这个赵传在青山上逮鸟已经不是一天两天了，而且就在镇政府的眼皮底下，这就太气人了。这青山虽不太高，但山上的林子很密，他逮鸟的地方又隐蔽，也就一直没发现。这次抓到他，是因为天津的警方最近连着截获几批运往广东那边的禾花雀。这是一种食用价值很高的鸟类，但属于保护动物，是国家禁止捕猎的。根据发货人提供的线索，才一直追到青山镇这边来。这几天，镇上的派出所连续布控，今天收网，当场抓到包括赵传在内的几名嫌疑人，收缴了几十张捕鸟网具和上百只禾花雀。不过，这个赵传在这些嫌疑人里态度最好，一进派出所就全交代了。据他说，他只管在这边捕鸟，不光是禾花雀，逮着什么鸟算什么鸟，到时候天津会来人收，各种鸟什么价钱，都是事先讲好的。赵传还交代，天津那边经常来找他收鸟的两个人，一个姓吴，都叫他老吴，还一个叫白皮儿，一听就是绰号。这两个人都30多岁，有时开着车一块儿来，也有时只来一个。其中的老吴曾提起过，他经常去天津的宝鸡道花鸟鱼虫市场，跟一个卖鸟的老于是朋友。这个下午，天津那边的警方一得到消息立刻就去宝鸡道花鸟鱼虫市场，已经找到这个老于。傍晚传来消息，天津警方从这个老于这里，果然已找到老吴和白皮儿的线索。所以，这个赵传也算有一定的立功表现。

赵老柱特意把手机调到外放，张三宝在电话里说的话，蔫有准儿在旁边也就一直都能听见。这时，蔫有准儿虽没说话，赵老柱也已看出他的心思。

于是问张三宝，陈所长的意思呢？

张三宝说，据老胡说，镇上的派出所这两年搞"警民共建"，镇文化中心一直配合他们工作，出过不少力，他刚才虽然没说别的，只是问了一下，可一打电话问这事，陈所长也就明白这意思了，主动说，既然这赵传态度较好，又主动给警方提供线索，算有立功表现，当然该罚还得罚，这有明文规定，今晚先让他在所里蹲一宿，还得教育教育，明天一早来领人，就让他回去吧。张三宝说着就笑了，不过别误会，这里边可没有人情，人家派出所是照章办事，陈所长明确说了，该怎么处理怎么处理，罚款三天之内，必须缴到所里。

赵老柱一听连忙说，是是，不过，不管咋说，也得感谢你和胡主任啊！

张三宝笑着说，咱就别说这话了。

说完，就把电话挂了。

蔫有准儿这时已经无可无不可儿，抖索着两手说，哎呀村长，我可咋谢你啊。

赵老柱说，刚才三宝的话你都听见了，人家派出所也是秉公办事，没徇一点儿私情。

蔫有准儿说，明白明白，等这小畜生回来，我得好好儿说说他。

赵老柱说，光说不行，这回得狠点儿。

蔫有准儿咧了咧嘴，咋狠啊，打又打不动他。

赵老柱哼一声，看我的。

蔫有准儿看一眼赵老柱。

赵老柱问，咋，舍不得了？

蔫有准儿一挺脖子，有啥舍不得，给我留口气儿就行！

又说，平时看他能耐的，说他一句能顶你十句，恨不得天是赵老大，他就是赵老二，这回估摸一进去就尿了，还弄个有立功表现，哼，有这一回，他就知道这锅是铁打的了！

赵老柱噗地笑了，说，行了，明天一早，我陪你去镇上领人。

蔫有准儿又千恩万谢，这才颠颠儿地回去了。

第五章 夷则

花开花谢么花黄

兰花儿黄

么花儿香

百花儿香

兰花兰香百花百香相思调儿调思相

……

——《夫妻观灯》

1 肖圆圆

肖圆圆直到站在赵家坳的街头，才有了一种真实感，确信自己回来了。

这次回赵家坳，并不是头脑一热，早在准备考研时就已想好了，甚至更早。只是当时没对父亲说。既然当初没说，这次回来也就没必要跟父亲商量。现在，给一家核心期刊的论文已经发表了，答辩也已通过，学校这边基本没什么事了。

这次回来，原本没打算住酒店。但直到进村才意识到，不住酒店还真没处去。这时正是中午，站在这个宽敞的十字街口，看着眼前人来车往，街边林立的商铺，才发现，现在的赵家坳跟自己当年去县里上中学时已完全不一样了。正想找个地方，先解决午饭，就见赵老柱远远地跑过来。肖圆圆忽然有些感慨，当初从村里出去时，赵老柱40多岁，还是个中年汉子，现在看上去已经有些老了，不过还是笑悠悠的，老远就能看出那张标志性的元宝嘴。

赵老柱来到跟前，一把接过肖圆圆的拉杆行李箱说，咋说到就到了！

肖圆圆笑着说，天津才多远，又有高速公路，可不眨眼就到了。

两人一边说着，就顺商业街朝村东的河边来。

肖圆圆左右看看问，这是去哪儿？

赵老柱乐呵呵儿地说，上午一接你爹的电话，就给你安排地方了。

肖圆圆奇怪，自己今天回赵家坳，没跟父亲说，他是怎么知道的？

赵老柱翘着元宝嘴，你爹那人，神通广大，没他不知道的事儿。

又说，去三铺炕儿放下行李，咱先吃饭，一边吃着再商量后面的事。

肖圆圆明白了。这些年虽没回来，但经常听人说起村里，也就知道这三铺炕儿是怎么回事。赵老柱又说，这些日子，一直是三宝住这儿，正好这两天回县城了。

肖圆圆认识张三宝，知道他是县评剧团的，曾在这里驻村搞帮扶。

说着话，已来到河边。

三铺炕儿是在商业街东口，紧挨着河边的小公园。这时一进来，赵老柱放下行李箱，一边给肖圆圆倒着水说，你爹在电话里说，幺蛾子去天津了，让我先跟你商量，看咋安顿。

肖圆圆知道，赵老柱说的幺蛾子，是指程大叶，现在是三河口企业的副总。

于是说，也不用怎么安顿，有个住的地方就行。

赵老柱试探着问，这次回来，啥打算？

肖圆圆笑笑，不走了。

赵老柱看看她，真不走了？

肖圆圆说，是啊，真不走了。

赵老柱问，跟你爹，商量了？

肖圆圆挤挤眼，还没跟他说。

赵老柱摇摇头，只怕，他不同意。

肖圆圆又笑了，我的事，他不同意的多了。

赵老柱也笑着点头说，这倒是，他上次回来，吃着饭提起你，说你在天津上的是农林大学，学的还是农业。我一听奇怪，问他，咋让孩子学这个，你种了半辈子地，还没种够啊？他也摇头，说这不是他的主意，是你自己决定的，还说，儿大不由爷啊。

肖圆圆听了没说话。

当初参加高考，填报志愿时，确实跟父亲有分歧。父亲想让她学企业管理，或学金融。她当然知道父亲是怎么想的，选这两条路，其实最终的目标是一个，将来有一天接他的班。父亲还有一个计划，虽然没跟她说过，但平时话里话外也带出来，等将来大学毕业，让她出国留学。现在只要经济条件允许，很多父母都送孩子去留学，有些人一出去也就不回来了。但肖圆圆知道，父亲不这么想。他曾有意无意地说过，如果有一天她真出去了，将来就是不想回来，他也会叫她回来。其实肖圆圆对国外的生活也确实不太适应，偶尔出去看看行，真住长了，吃饭就不习惯。现在的年轻人，尤其身边的同学，平时动辄都"麦当劳""必胜客"，但肖圆圆不行，每回同学约着出去，一听是吃这东西，宁愿不去。她不怕同学说"老土"，干脆就明着说，我还是赵家坳的胃。她觉着这跟老土没关系，吃不惯就是吃不惯。

这时，赵老柱很认真地说，我跟你爹说过，我也赞成你学种地。

肖圆圆笑了，说，是学农业。

赵老柱说，对，学农业。

说着又摇头叹了口气，可眼下，像你这么想的年轻人再多一点儿就好了。

肖圆圆说，也不少，我这个专业还净是高材生呢。

赵老柱点点头，这次听说你回来，我从心里乐。

又想了一下，后面的事，咱先走一步说一步吧。

肖圆圆在这两个房间来回看了看，说，这地方，还真挺好啊。

赵老柱说，你不嫌简陋就行。

肖圆圆想起来，您刚才不是说，张三宝老师一直住这儿吗？

赵老柱说，他好办，实在不行，就让他住村委会去。

正说着，幺蛾子匆匆来了。肖圆圆跟幺蛾子很熟，这几年，每次回海州县城，去父亲的企业时经常见面。这时，幺蛾子一见肖圆圆就说，我一接董事长的电话，就立刻赶回来了。

说着拉过肖圆圆的行李箱，咱们走吧。

肖圆圆问，去哪儿？

幺蛾子说，董事长交代了，让你去酒店。

赵老柱笑着说，我刚跟她商量呢，让她先住这儿。

肖圆圆说，我就住这儿吧，河边的景色挺好。

幺蛾子说，还是按董事长的意思吧，后面还有事，要跟你商量。

赵老柱说，那就听你爹的吧，看来他有安排。

肖圆圆又犹豫了一下，虽不太情愿，还是跟着出来。

来到酒店，进了房间，幺蛾子才说，董事长知道你这次来赵家坳就不走了，说先让你以总经理助理的身份在酒店住下。说完又补了一句，是他作为三河口企业总经理的助理。

肖圆圆想了一下说，好吧。

但立刻又说，不过，有两点。

幺蛾子说，你说。

肖圆圆说，在酒店除了你，先不要让别人知道我跟董事长的关系，也别提助理的事。

幺蛾子听了，哦一声。

又问，第二个呢？

肖圆圆说，第二，我现在的身份既然是总经理助理，就是企业员工了，不该住客房，咱们酒店肯定有员工宿舍，我应该跟别人一样，住员工宿舍。

幺蛾子说，这就是员工宿舍，只不过你是单间。

肖圆圆就算安顿下来了。

幺蛾子又跟肖圆圆交代，平时吃饭，去员工餐厅就可以。不过这段时间，周六和周日有些特殊情况。最近，酒店又增加了新业务。自从上次接待了天津一家文化公司的画家采风团，幺蛾子一直在考虑开发旅游的事。当初曾去东金旺那边取经，但没取来"真经"，却把建大棚的"经"取来了，后来这事也就放下了。这次，幺蛾子通过一个合作伙伴的介绍，终于跟天津一家旅游公司搭上关系。他们的人过来考察了一下，感觉这三河口一带的旅游资源确实很丰富。这时东金旺那边的"水上三日游"旅游项目已创出品牌，又是短线，在天津已经是很热门的旅游产品。但三河口这边如果做，跟他们并不重合。虽然目的地都是湿地，那边搞的是水路，这边可以搞陆路。这里距天津的中心城区只有一个多小时车程，无论自驾还是旅游巴士，都很方便。这样经过协商，这家旅游公司就跟"三河口投资管理发展有限公司"签了一个三年的合作意向。共同开发的第一个旅游产品，是带有主题性质的"观鸟亲子游"。每到周六周日，专门开辟一条旅游线路，父母可以带着孩子从天津市里出发，乘旅游巴士来三河口湿地观鸟，然后下榻在赵家坳的天行健大酒店。傍晚看落日，晚上还可以在村里的商业街逛夜市，品尝特色小吃。第二天早晨看日出，上午去三河口钓鱼。午饭后返回。

这个旅游项目试着搞了几次，果然效果很好，还没做广告，只是来过的游客回去对身边的人一说，预订电话就成了热线。先是旅游中巴，后来就改成大巴，再后来又由每次一辆车增加到两辆、三辆。幺蛾子一看这个项目很成功，索性也就放手做起来。他这几天去天津，就是跟这家公司商量，准备把这个产品继续延伸，在内容上也增加更多的项目。

不过这一来，幺蛾子对肖圆圆说，每到周六和周日，酒店的所有时间安排也就都要随着游客走，员工餐厅开饭也就没准点儿了，只能视大餐厅这边的情况来定。

幺蛾子说，你就得克服一下了。

肖圆圆一听就笑了，说，这有什么克服的，我也是员工，跟大家一样就行。

幺蛾子说，你也可以这样，这两天大餐厅有自助餐，来这边吃也行。

肖圆圆说，我看情况吧。

2　餐厅风波

肖圆圆没想到，第一次来大餐厅吃自助餐，就遇上一件不愉快的事。

肖圆圆这些年有个习惯，一空腹，经常会出现低血糖。这种低血糖的感觉很难受，出虚汗，心慌，严重时几乎站不住。上大学以后，曾去医院检查过，大夫说，应该跟代谢没关系，就是一种先天性体质。所以这些年，也就尽量按时吃饭。

住到酒店以后，平时没任何问题，到吃饭时间去一楼的员工餐厅就行了。但是到了周六周日，员工餐厅开饭确实没准点儿。肖圆圆又不想显得特殊，能不去大餐厅尽量不去。所以平时，就在宿舍准备一些方便面，不过是几顿饭，凑合一下也就行了。

但这个周六的中午，发现方便面吃完了，临时买又不愿出去，就来到楼下的大餐厅。心想，正好可以借这机会，观察一下游客，也看一下这边餐厅的管理情况。

这时正是用餐时间，来吃饭的游客挺多。这种"亲子游"的主题项目，最大的特点就是孩子多。肖圆圆在旁边看了一会儿，就发现，小一点的孩子吃自助餐，一般都是父母给拿，吃什么拿什么。但稍大一点的孩子，就端着盘子自己取。自己取餐的孩子有个普遍特点，都是眼大肚子小，看见这个想吃，看见那个也想吃，也就越拿越多。有的家长知道孩子的脾气，自己先不拿，等孩子拿完了，看拿得多，自己先分一部分。但也有的家长不管这套，孩子拿多就多了，吃剩也就剩了。有的一盘吃不到一半，扔下就走了。

这个中午，肖圆圆没怎么吃饭，一直看到餐厅收餐。有心去找餐厅的大堂经理，把这事说一下，看能不能想个措施，至少在管理上加强。转念一想，自己刚来，也没明确身份，这样直接去跟大堂经理说，怕不太合适。就还是忍住了。

晚饭时，肖圆圆特意又来了。

刚在角落的一个餐桌跟前坐下，就见一个挺胖的男孩儿抱个大盘子从身边走过去，盘子里是杠尖儿杠尖儿的一堆烤肉。跟着又跑回餐台，端来一盘油汪汪的肉包子，大约有十几个。肖圆圆拿眼瞄着这孩子，见他走到不远的一张餐桌跟前，守着这两个大盘子坐下来。带这孩子的是一个30多岁的男人，穿一件土红色的帽儿衫，看样子是这孩子的父亲。这帽儿衫男人的面前也守着两个大盘子，比这孩子拿的还多，一个盘子里是丰盛的鸡、鱼和牛肉，另一个盘子里是各种菜蔬，都跟小山儿似的冒了尖儿。这爷儿俩在桌前对面坐着，几乎谁也看不见谁了。肖圆圆朝这边看了一会儿，忍了又忍，最后还是没忍住。

于是，就朝这餐桌走过来，在这孩子的跟前坐下。

她问，小朋友，你一下拿了这么多东西，吃得了吗？

这孩子的嘴里正塞满烤肉，抬起头，看看肖圆圆。

肖圆圆又笑着说，其实，你也可以先少拿一点儿，吃完了再去拿啊。

这帽儿衫男人从盘子里抬起头，翻了肖圆圆一眼说，他吃不了，我吃。

肖圆圆没说话，只是看看他，又看了看他跟前守着的那两个满满当当的大盘子。

帽儿衫男人也看一眼自己跟前的这些东西，就不说话了，低下头去继续呼噜呼噜地吃。

肖圆圆没再说话，起身回去，从那边的餐桌上把自己的盘子端过来，就放在这旁边的一个餐桌上，然后坐下来，一边不慌不忙地吃，一边朝这边的餐桌看着。果然，过了一会儿，这帽儿衫男人吃饱了，打了一个很响的饱嗝儿站起来。这孩子显然也吃饱了，跟着站起来。于是，这爷儿俩扔下桌上都剩了一半的盘子，就这么头也不回地走了。

这帽儿衫男人走过肖圆圆的餐桌时，还嘟囔了一句，有毛病！

肖圆圆一听就站起来，冲这帽儿衫男人说，这位先生，你别走。

这男人站住了，慢慢转过身，看着肖圆圆。

肖圆圆问，你说谁有毛病？

帽儿衫男人说，没说你。

肖圆圆说，别管说谁，有毛病的应该是你，而且你这毛病，以后得改。

帽儿衫男人的脸一下涨紫了。

肖圆圆又说，我这样说，主要是为了孩子，上行下效，这话你懂吗？

这男人的嘴动了一下，没再说话，拉上孩子就转身走了。

肖圆圆这顿饭又没吃痛快。但最后，总算冲这帽儿衫男人把想说的话说出来，心里的气还顺了一些。肖圆圆当初在学校时就这脾气，想说的话就得说出来，不吃亏。但不吃亏，也得能说出所以然。如果不吃亏，还说不出道理，那就是蛮不讲理了。

这事过后，也就过去了。

一星期后，星期日的早晨，肖圆圆去河边活动了一下。回来时，就顺便到大餐厅吃早饭。这时客人还没起，餐厅人很少。肖圆圆正吃着，无意中一抬头，看见餐厅的大堂经理正站在不远的地方。这大堂经理30多岁，中等身材，不胖不瘦，头发梳得一丝不苟，一身深色的西装也很得体，看样子应该是酒店从外面招聘来的。肖圆圆知道他是大堂经理，但觉得这人虽然总面带微笑，可这笑容过于职业了，没温度，像一层纸花儿贴在脸上，也就没跟他说过话。这时，这大堂经理虽然站得挺远，但肖圆圆还是感觉到了，他可能要过来，只是在等自己把早饭吃完。于是三两口就把剩下的半碗粥喝了。

果然，刚放下碗，这大堂经理就朝这边走过来。

这时，他的脸上仍带着一层没有温度的笑容。

肖圆圆抬头看着，等他过来。

这大堂经理来到跟前，声音不大地说，小姐您好。

肖圆圆听了，觉得他这称呼有点儿奇怪。自己来酒店已经不是一天两天了，况且是住在员工宿舍，每次去员工餐厅吃饭，这里的服务员几乎都认识自己，至少知道自己是这里的员工，平时就是不说话，见面也点头打一下招呼。于是看看他问，你有什么事？

这大堂经理说，也没什么，只是想跟您说一下。

肖圆圆说，你说。

大堂经理说，您是来用餐的，别的客人，也是来用餐的。

肖圆圆看着他，不知他要说什么。

这大堂经理又说，大家都是一样的。

肖圆圆想对他说，你说错了，不一样，我不是客人。

但想了想，话到嘴边，只是笑了一下。

这大堂经理看着肖圆圆，又说，对不起，我不知道，我刚才的话，说明白没有？

肖圆圆说，你没说明白。

说着又一笑，你的话我不懂。

大堂经理说，这么说吧，我们酒店和天津的这家旅行社一直合作很愉快，而且对我们来说，客人都是上帝，作为餐厅服务，我们唯一的目的，就是让客人吃得满意。

这时，肖圆圆已经明白了。这个大堂经理像打字机一样说的这番话，是冲着上周六晚上那个帽儿衫男人的事来的。大概这男人回天津，跑到旅行社去投诉了。

这一想，心里的一股火就又起来了。

但脸上并没带出来，只是心平气和地问，你是说，上星期六晚饭时的那件事吧？

大堂经理说，我一说，您就想到了，看来，您也觉得那天的事，有些欠妥。

肖圆圆说，你真说错了，我没觉得这件事有什么不妥。

大堂经理一愣，没想到肖圆圆会扔出这么一句。

肖圆圆又说，你如果说这样的话，至少说明一点，你这个大堂经理不称职。

大堂经理听了，歪嘴一笑。这次笑得很真实，也有温度了，朝肖圆圆的跟前又走近了一步，哦一声说，我倒想领教一下，您说吧，我这个大堂经理，哪一点不称职？

肖圆圆上下打量了他一下，你虽然说的是普通话，听口音，家是黄河边的吧？

大堂经理稍稍迟疑了一下，说，离黄河，不远。

肖圆圆问，具体是哪儿的？

大堂经理的脸上僵了一下，这跟我称职不称职，有关系吗？

肖圆圆说，当然有关系。

大堂经理的脸涨红了，我可以不说吗？

肖圆圆说，你说不说无所谓，不过看你的年龄，你爹妈应该都不一定知道，什么时候回老家，如果你的爷爷奶奶还健在，可以问问他们，当年，你们的先人是怎么挨饿的。

肖圆圆的声音不大，但一个字一个字说得很清楚。

她盯住这大堂经理，又说，且不说现在全社会都在提倡"光盘"，也不说应该节约粮食，这个连小学生都懂的道理，至少你作为这个酒店餐厅的大堂经理，在客人取食方面，在不影响客人进餐舒适度的前提下，应该有一套更合理、也更科学的管理方法，这样最起码也能降低餐厅的经营成本，让你自己说，你这个餐厅的大堂经理，称职吗？

她说完，把用过的餐巾纸放到盘子里，就起身走了。

走出几步又站住，回头对他说，我现在告诉你，就冲你这个大堂经理，从今天起，我不会再来这个餐厅吃饭了，知道为什么吗，我想为这个餐厅节省一点粮食。

她说完，不等这大堂经理再说话，就转身走了。

这件事过后，肖圆圆静下心来反省自己，对这个大堂经理说的话是不是太重了。自己这脾气自己是知道的，当初在学校，为这还得罪过不少同学。但那是在学校，同学之间关系很单纯，说了让人家不高兴的话，过后一说一笑，一块儿出去吃个冰激凌蛋卷儿也就过去了。现在不行，毕竟是在企业里，况且自己的身份又很特殊，虽然现在还没公开，酒店的人应该还不清楚，但这样由着性子不管不顾，还是不太好。不过转念再想，这件事确实太气人了，自己处理得没错。既然没错，也就没必要顾虑这么多。

这一想，心里也就坦然了。

接着，跟幺蛾子也发生了分歧。

最先跟幺蛾子发生分歧的，是赵老柱。

文化广场上的大剧院工程重启以后，幺蛾子就又冒出一个想法。这广场是个不规则的长方形，南北窄，东西长，大剧院在广场西侧，幺蛾子就想在这大剧院的跟前再搞一个休闲区域，主要是饭馆儿和小吃，说白了就是一个美食广场。当初决定建这文化广场，接着又建超市，都是占用村里的建设用地，这两个项目的用地问题已定下来。现在超市改大剧院，也就不再涉及占地问题。但如果在这大剧院的前面再搞这样一个美食广场，就还是要跟村里协商。赵老柱一听，就觉着这想法不靠谱儿。这个广场的斜对面就是商业街，到晚上已是一个很成熟的夜市，在赵家坳这样的地方，虽然流动人口已经越来越多，尤其天行健大酒店跟天津的一家旅行社合作之后，每个周末都有很多游客过来，村里也比过去更热闹了。但即使这样，对消费的需求也有限。如果再搞这样一个美食广场，不仅跟商业街那边重复，从长远看，仅仅依靠大剧院也不合理。将来就算这大剧院投入使用，也不可能每天都有戏演，哪怕十天半月演一次，这个美食广场守着一个空剧院，也没任何意义，只能是"半月闲"。

所以，赵老柱认为，这个文化广场没必要再折腾了。

但赵老柱这样想，又不好说出来。幺蛾子代表的是三河口企业，投资不投资是人家企业的事，说白了，花的是人家企业的钱，又是为村里办事，自己不好拦着。幺蛾子本来跟赵老柱约好，这个上午，一块儿来广场的大剧院工地，在现场商量一下这事。

但赵老柱事先想了想，就想出一个主意。

他想到肖圆圆。通过这些日子的观察，赵老柱已看出来，肖圆圆这个年轻人还真行，不愧是肖大锣的女儿，不光有脑子，遇事也有见地。他相信，把这事跟她说了，她肯定也不会同意。真这样就好办了，有的话，自己不好说，但肖圆圆可以从她的角度说出来。退一万步说，倘若肖圆圆也赞成这么干，那说明自己想错了，也就无话可说了。

于是，这天一早，先给肖圆圆打了个电话，让她也一块儿过来。

果然，肖圆圆来了，一听幺蛾子的这个想法，立刻表示不同意。

肖圆圆不同意的理由是，这个想法本身就不合理。既然这是一个文化广场，而在这广场上建的是一个大剧院，况且在它的斜对面又已经有一条商业街配套，也就没理由再搞这样一个美食广场。她说，将来这大剧院不仅是演出，应该还有别的文化方面的功能，所以真要在这广场上搞配套设施，也应该是文化方面的，不可能是纯商业的。

肖圆圆最后又说，以往的经验教训，咱还是吸取一下吧。

这一下说到幺蛾子的痛处。他立刻就不说话了。

这时，赵老柱一见目的达到了，心里也就踏实了。

于是打着圆场说，再跟董事长商量一下吧，看他怎么说。

幺蛾子说，正好，董事长说了，今晚过来。

肖圆圆看看他，没说话。

3　小杨河边

肖大锣已经预感到，女儿要回赵家坳了。

大约两个月前，他曾给女儿发过几次微信，问怎么打算，是不是先回海州住几天，宿舍的东西也该陆续弄回来了，如果需要，让自己的车去接她。但女儿一直没回复。又过了些天，才把电话打过来，说这几天一直在图书馆，有一些资料要复印一下。

这时，肖大锣就知道，女儿大概要回赵家坳了。

肖大锣只有肖圆圆这一个女儿。不过不宠孩子，小学一毕业，就送她到县里去上寄宿中学。后来上高中，直到大学，也一直住校。她妈当然舍不得，但一直跟着在外面干企业，就是舍不得也顾不上。肖大锣倒放心，从小就看出来，这孩子行，遇事敢说话，用天津话说是敢切敢拉，手一份嘴一份。女孩子只要是这样的性格，在外面就不会吃亏。

最早的时候，肖大锣确实想不通。

他本来已为女儿的今后做了安排。他的计划是，既然女儿一心想学农业，学了也就学了，但大学一毕业，还是让她出去留学。世界上最好的农业大学，排前十位的，第一位是荷兰的瓦格宁根大学。这是一所世界顶尖的研究型大学，既然已经学了农业，就让她去这个学校读博，将来拿了学位再回来。自己总有老的一天，就让她接手这个企业。

女儿上高中时就曾流露，将来想学农业。但肖大锣一说不同意，她就不说话了。当时肖大锣已听说了，女儿在班里有个男朋友，据说也是个"学霸"，学习成绩在全校都数一数二。肖大锣虽然是从农村出来的，这方面倒不保守。现在的年轻人，上高中处对象已不算早恋。况且两人不仅没耽误学习，在学校还是一对出名的学习尖子。后来高考时，肖大锣也是对女儿太放心了，企业的事又忙，也就一直没过问。直到高考结束，要报志愿了，才想起问女儿，准备报哪个学校，选择什么专业。在此之前，肖大锣已不止一次对女儿说过，将来还是希望她读企业管理，或者金融。这话说得多了，也就认为已是不言而喻的事。可没想到，这次一问，女儿才告诉他，志愿已经报完了，她真的报了天津农林大学，专业选的就是农业。当时肖大锣听了虽不意外，也有些蒙，立刻问，还能不能改？

女儿说，不能改了，档案已经过去了。

肖大锣这些年考虑问题的方式是，无论什么事，哪怕是自己再不能接受的事，只要认定已成事实，无法更改，也就不再考虑别的，只想怎么接受这件事。

这次也如此，没埋怨，只说了一句，学农业也好。

但女儿上大学以后，很快发现，那个高中时的男朋友也不来往了。起初不好问，后来有一次去学校看她，父女俩出来一块儿吃饭时，女儿才说，已经吹了。吹的原因很简单，这人说话不算话，本来在高中时，两人已说好一起报考农业，高考时，他一声没吭就改了志愿，报的是生物化学，而且还是"本硕连读"，将来在国内读四年，去国外读三年。肖圆圆对父亲说，那天她一听，没再说话，立刻就把电话挂了，从那以后再没跟他联系。

肖大锣一听笑着说，这就是我的女儿。

但让肖大锣没想到的是，女儿学农业也就学了，自己本来已给她联系了瓦格宁根大学，可她硕士一毕业，竟然又没跟自己商量，就决定回赵家坳。这件事还是听赵老柱说的。但赵老柱先说，这可是好事，你别埋怨孩子，她真回来，以后干的事说不定比你还大。

这个傍晚，肖大锣来赵家坳时，肖圆圆和赵老柱正在村南的南洼地。

下午，赵老柱给肖圆圆打电话，问她这会儿有没有时间。

肖圆圆说，时间有，什么事？

赵老柱说，你回来这些日子，我总有事，一直说带你去南洼地看看，也没腾出空儿。

肖圆圆知道南洼地。赵家坳的村南是小杨河，这是驴尾巴河岔出的一条支流。河面不宽，只有五六丈，北岸挨着村边，南岸是一片荒地。由于这里的地势比别处低，一下雨经常积水，所以叫南洼地。村里这些年一直没列入耕地，再后来索性也就作为建设用地。

赵老柱告诉肖圆圆，自从她说，回村之后有办养猪场的想法，他就一直琢磨，后来又跟几个村委商量，都觉着这片南洼地合适，不光地方宽绰，将来交通也便利。

又说，这会儿肖圆圆如果没事，就带她去看看。

肖圆圆自从回赵家坳，心里一直想着这事，但看出赵老柱忙，好在也不是太急的事，才没提。这时一听赵老柱说，就立刻跟着过来。路上一边走着，发现赵老柱有些晃，赶紧扶住他问，怎么回事？赵老柱站住，喘口气说，这几年添毛病了，抽冷子就一阵一阵地头晕。

肖圆圆说，这可不能大意，得去医院检查一下。

赵老柱说，查倒查了，大夫说，有点儿脑血栓，不过是一过性的，倒没大事。

肖圆圆说，一过性脑血栓还不是大事啊，您可得小心了。

赵老柱笑笑，又往前走着说，我壮得像头老牛，死不了。

南洼地在小杨河边。这一片如果搞企业，确实挺合适，不仅开阔，离耕地也有一段距离，将来再发展还有空间，而且跟前就有通往外面的道路。但肖圆圆想了想，还有一个问题，对赵老柱说，办养猪场不能离水源太近，这是有明文规定的，主要考虑到污染，这里是在河边，就怕将来环评会遇到麻烦。赵老柱说，这倒是，村里商量时，也有人提过这事。

肖圆圆又想想，不过，也有办法。

赵老柱问，啥办法？

肖圆圆说，将来可以把面粉厂建在这儿，养猪场放到它的南面。

赵老柱一听笑着说，可真是你爹的闺女，这是打算要干多大啊？

肖圆圆说，现在还只是设想，等想好了再跟您商量，听您的意见。

赵老柱说，可资金呢，让你爹给投？

肖圆圆这才告诉赵老柱，当初父亲一见她坚决不出去留学，无奈之下，在天津城里的一个写字楼以她的名义买下一层，大约500平方米，说是毕业以后想创业，可以用。她后面如果想干事，可以用这500平方米作抵押，在银行贷款。

说着又挤挤眼，先别说啊，他还不知道。

正说着，她的手机微信响了一下。

拿出一看，笑着说，正说着，他就来了。

赵老柱说，你先去吧，村委会还有点事，我先去处理一下。

肖圆圆回酒店的路上，还在想着小杨河边的这片南洼地。印象中的这片地不是这样。当年小杨河水很少，到开春时就断流了，所以这片南洼地就显得很开阔，小杨河隐在其中，几乎可以忽略不计。没想到，现在的河面竟然已经几丈宽，可以说是一条真正意义的河流了。据说每到秋天的旺水期，河水流动的声音在村里都能听到。但这一来也就又出现了新问题，如果在这一带搞养猪场，环评能不能过，还真是首先要考虑的因素了。

4　耕地里的粮食账

肖圆圆回到酒店，先来跟父亲见了一下。

肖大锣在酒店有一间自己的办公室。知道女儿跟赵老柱去小杨河边的南洼地了，这时见她一头的汗，说了几句话，就让她先回宿舍休息一下，有什么事晚上吃饭时再说。

肖圆圆确实有些累，心里也有事，跟父亲打个招呼就先回宿舍了。

晚上吃饭时，肖大锣让幺蛾子把赵老柱和张三宝都请来。

一会儿，赵老柱来了。

赵老柱一见肖大锣就说，有句话，说得真不错。

肖大锣笑着说，你要夸圆圆，是不是？

赵老柱说，不是夸，是有啥说啥。

肖大锣说，说吧，咋个有啥说啥？

赵老柱想了想，镇里的田镇长，你熟吧？

肖大锣说，当然熟。

赵老柱说，他办公桌上总摆着两盆花，是两个小苗，看着还一边儿高。

肖大锣是何等透灵的人，一听就明白了，点头嗯一声。

赵老柱说，你这一嗯，就说明你已经想到了，对，一棵是树苗，另一棵是死不了儿。

肖大锣见他还要往下说，就笑着拦住了，先别这么早下结论。

赵老柱看一眼肖圆圆，又看一眼旁边的幺蛾子，说，对了，趁这机会，还得说个事儿。

然后，就把幺蛾子想在大剧院跟前搞一个美食广场的想法说了。肖大锣不等他说完就摆手说，这事儿，程总已在电话里跟我说了，刚才，我也把意见告诉他了。

赵老柱看看肖大锣，又瞥一眼幺蛾子。

幺蛾子倒敞亮，立刻说，我已经明白了，看来，确实是我的思路有问题。

肖大锣笑着沉了一下，才说，咱都是自己人，话也不用绕来绕去，干脆说吧，你不是这一件事的思路有问题，是一直思路有问题，承不承认？

幺蛾子的脸涨红了。

肖大锣又说，当年，我师父张老先生说过，梨园行里有句话，做艺就像这灶里的柴火，"一半黑时尚有骨，十分红处便成灰"，用您的原话说，不光做艺，做人做事都如此，所以古人才留下一句话，日正则移，月满即亏，可见凡事不能顶着流儿想。

说着就笑了，其实说你，我也经常犯这毛病。

肖圆圆在旁边噗地笑了，说，这话翻译过来，就是抖机灵儿呗。

肖大锣说，死丫头，不过，说得还真对！

这时，酒店餐厅的大堂经理一直站在门口，看意思是想进来。

幺蛾子冲他挥了下手说，你先去忙吧。

大堂经理就转身走了。

肖大锣朝门外看看问，怎么回事？

幺蛾子这才把星期日那个早晨，肖圆圆和这个大堂经理发生的一点不愉快的事，对肖大锣说了。又说，他也是事后听这大堂经理说，才知道的。

说着又看一眼肖圆圆，他来，大概是想向你道歉。

肖圆圆很认真地说，这不是道歉的事。

肖大锣点头说，这事，圆圆做得对，咱都是种地的出身，到啥时也得说种地的话，我也最恨糟蹋粮食，一看见就从心里起火。说着又回过头，冲肖圆圆笑笑，不过，事儿虽是这么个事儿，也不要太有锋芒，以后也一样，从学校出来了，这咄咄逼人的脾气，得搂着点儿。

赵老柱说，我看这脾气挺好，年轻人不能太窝囊，太窝囊了，干不成事儿。

又问肖大锣，你啥时窝囊过？

肖大锣也笑了。

正说着，张三宝来了。

张三宝刚从县里回来。一接到幺蛾子的电话，听说肖大锣来赵家坳了，就立刻赶过来。

肖大锣一见他问，听说你回县城了，团里有事？

张三宝还带着匆匆的行色，坐下来，喝了一口赵老柱给倒的茶，才说，倒不是团里的事，前两天想起来，当初在这儿驻村时的工作笔记，有几大本，这次忘带来了。

肖大锣笑着点头，看来，你为这剧本，这回是使真劲了。

张三宝笑笑说，写剧本是个笨功夫，好本子都是磨出来的。

赵老柱忽然哦一声，说，刚想起来，三宝说的一个事，我还一直没办呢。

张三宝立刻反应过来，摆手说，早都过去了，已经是老黄历了。

肖大锣看看张三宝，又看看赵老柱，啥事？

赵老柱先嗨了一声，才把张三宝前些日子曾对他说，天行健集团资助县剧团的钱不准备给了，让他帮着问一下是咋回事，对肖大锣说了。

肖大锣也笑了，说，这事儿确实已经过去了。

说着把头转向张三宝，你一直想知道，这是咋回事？

张三宝说，不光我，团里的人都想知道。

肖大锣说，其实很简单，就一个问题，天行健企业每年给县剧团这40万，到底是资助人，还是资助戏，如果资助戏，别说40万，就是50万60万，企业再困难也拿得出来，可资助人就是另一回事了，这个剧团没在天行健集团的旗下，企业没义务养着。

张三宝点头，我已经想到了。

肖大锣说，话虽难听，就是这么回事。

张三宝说，所以这回上这台新戏，你才支持。

肖大锣说，这只是个开始吧，以后的事，咱再具体商量。

想想又说，另外，写剧本我是外行，不过，给你提一个建议。

张三宝说，您说。

肖大锣说，你有时间，到青山上的"望煤崖"去看看，咱赵家坳这一片，像个啥。

赵老柱说，我还真看过，像一个大棋盘，中间横着的，是驴尾巴河。

肖大锣笑着点头，不过，咱这些赵家坳的人可不是棋子，都是操盘手。

张三宝说，您这话，说得好。

肖大锣说，这个话题，先到此为止。

又问，剧本怎么样了？

张三宝说，还在了解情况。

肖大锣说，你对这赵家坳还不了解吗？

张三宝说，这话看怎么说，当初在这儿是驻村干部，现在要写剧本，用咱的行话说，角色不一样了。不过，他又说，也有了一个大致的方向，这次来村里，听到的看到的，几乎所有的事都直接或间接跟一件事有关，就是耕地。

一说到耕地，幺蛾子的脸上有些不自然。

赵老柱说，现在还有个麻烦事，眼下十三幺儿以三河口企业违约在先为由，想把他的流转地要回去，别的流转户也都在看着，只怕一开了这个头，后面就又有麻烦了。

张三宝说，这土地直接关连的，就是粮食问题，那天跟村里的蔫有准儿在他的地里聊了一会儿，我发现，这人还真是个"蔫有准儿"，他现在还种着一亩多地，只当"口粮田"，一年打个千儿八百斤，够自己吃就行了，剩下的还能卖点儿，另外，还有几分菜地。

张三宝说到这儿，沉了一下，这倒让我有了一个想法。

肖大锣看着他。

赵老柱的元宝嘴翘起来，你啥想法，说说。

如果按张三宝的习惯，剧本在构思阶段，不愿说出来。但这时想，正好借这机会听听大家的意见，于是说，我想以赵家坳为背景，写村里人如何重新燃起种粮的热情，全村男女老少在村委会的带领下，春种夏榜，秋收冬藏，在种粮致富的过程中发生的故事。

这时，别人没说话，赵老柱先乐了。

他问，你这故事，自己信吗？

张三宝眨眨眼，没明白他的意思。

赵老柱说，这么说吧，我就不信。

张三宝问，你觉得，我这想法不切实际？

赵老柱说，先别说别的，我问你，你认为现在靠种粮，真能发家致富？

这一问，还真把张三宝问住了。

肖圆圆在旁边，半天没说话，这时看着赵老柱说，您说呢？

赵老柱立刻说，哦对，圆圆是学种地的。

肖圆圆说，农业。

赵老柱说，对对，是农业，你也听听。

然后说，咱这地方，一年是两季庄稼，按习惯，是一季冬小麦，一季晚棒子，其实每季的账头儿都差不多，咱就说这冬小麦吧，我现在就给你算算这笔账。

张三宝立刻说，等一下。

然后拿出笔记本，摊在桌上。

赵老柱说，咱就按种一亩小麦算，先说平均成本，平整土地，包括旋耕，是130块钱，底肥100块，麦种60块，播种20块，上水最少得四次，加起来也得80块，到开春儿麦苗返青，要追施化肥，也得50块，再有就是农药和除草剂，加起来大概50块，到收割的时候还得加运费，平均70块，这还不算喷药，现在喷药都用无人机了，得租，另外还有临时雇工的费用，现在一个人每月得4000左右，这就不好往每亩里摊了。说着，喘了一口气，这说的，是种一亩冬小麦的平均成本，再说平均收入，咱该咋说咋说，现在种小麦，产量确实挺高，跟过去"过长江、过黄河"的时代比，想都不敢想，一般的亩产都在1000斤左右，种好了还能千斤往上，咱就按今年的小麦收购价，如果直接去地里收，每斤是1块1毛2分，来场上收，再加3分，也就是1块1毛5分，当然，现在国家为鼓励种粮，还有补贴，这样算下来每亩的毛收入大概是1120块钱左右，再刨去刚说的成本，还剩多少？

赵老柱说完看着张三宝，账都在这儿了，你算算吧。

张三宝拿着笔，愣住了。

赵老柱说，这么说吧，就算种十几亩粮食，一年忙两季，能挣多少？

张三宝点头，要这么算，如果是夫妻俩，还顶不上去城里打工一个月的收入。

赵老柱说，你说，这种粮能致富吗？

这时，肖圆圆问，就没有别的办法吗？

赵老柱说，有是有。

肖圆圆问，什么办法？

赵老柱乐了，你在大学不是学种地的吗？

肖圆圆说，农业。

赵老柱说，对，农业，你这个研究生，就研究研究吧。

肖圆圆不说话了。

肖大锣忽然笑了。

赵老柱回过头，看看他。

肖大锣说，听你这一算就明白了，你种地的这根筋，还是没断。

赵老柱说，从来就没断过。

然后，又叹息一声，在这块地里刨多少辈儿了，哪能说断就断啊。

说着，又摇摇头。

5 泵房之争

赵老柱这个晚上给张三宝细细地算了一笔粮食账，没想到这一算，把自己的心情也算坏了。这些年，还是庄户人的心思。每次到村外，看着一片一片撂荒的耕地，想起当年，心里就发沉。那时一到开春儿，冬小麦返青了，村外一眼望去，一片绿油油的。一到谷雨，早棒子也出苗了。这时田里就更好看了。等青纱帐再起来，坐在家里就能闻到棒子吐穗儿的香甜气味。那时才真叫农村。可现在，地都已撂荒了，一到夏天，草比人还高。

晚上回到家，先打了一盆水，洗了把脸。一直闷着头不吭声。

老伴看看他问，出去时挺高兴，咋回来耷拉脑袋了？

赵老柱坐到床边，掏出旱烟。

老伴给他端过水来，问，又遇啥事了？

赵老柱叹口气，给我唱段儿《刘巧儿》吧。

老伴一听有些忸怩，大晚上的，唱啥唱啊。

赵老柱说，唱吧。

老伴问，还唱"小桥送线"？

赵老柱说，就这段。

赵老柱最爱听老伴唱这段"巧儿我自幼儿许配赵家"。这是一段"喇叭腔儿"，一听心里就痒。当初成亲的那天夜里，老伴给他唱了一宿，唱一回干一回，直唱得他恨不能把浑身的劲都使在自己这新媳妇的身上。这些年，只要一听老伴唱，多闷的心里也就一下豁亮了。

这时，手机响了。

赵老柱按开，是十三幺儿。

十三幺儿问，明儿上午，在村委会吗？

赵老柱一听他问这话，心里就又来气了。

赵老柱倒不是爱记仇的人，但上次在太极大酒楼那一场，心里一直过不去。这事弄得自己太没面子了，当着一街筒子的人，简直让自己没法儿下这个台。更要命的是，还让田镇长看见了。也幸亏那天田镇长在，让小杨不声不响地把这饭账给结了，要不真不知怎么收这个场。已经这些日子了，赵老柱一想起来心里还恨得慌。真闹不清这人的脑子是咋回事，那天到底哪根筋搭错了，自己没有对不起他的地方，平时看在他爹赵五跟自己的爹当年这层关系的分上，能关照还总是关照，这回就为一顿饭，满盘也就两百来块钱的事，至于吗？

这时一听他问，就故意说，说不准，再看吧。

说完，就把电话挂了。

赵老柱已猜到了，十三幺儿肯定又有事。

第二天一早，像往常一样来到村委会。刚沏上一壶大叶儿茶，葫芦爷来了。

葫芦爷也姓赵，据说当年叫赵筐银。但60岁那年得了一场大病，本来已穿上"百年衣裳"，却又活过来，这以后，就给自己改了名字，叫赵葫芦。后来他才对人们说，当初赵筐银这名字是爹妈给取的。但早就有人提醒，这名字犯忌，跟宋朝皇帝赵匡胤的名字谐音。俗话说，男不带"天"，女不带"仙"，谐音也不行，折寿。到60岁这年，果然闹了一场大病，所以才改了这个贱名，叫"葫芦"。这以后，也就一年比一年活得结实。到后来，村里人干脆都叫他"赵八辈儿"。这话听着像骂人，其实是另一个意思。在赵家坳，姓赵的是一大姓。在赵姓本家里，葫芦爷论着已见到第八代后人。按老话的说法，从第三代孙子往下排，第四代叫曾孙，第五代叫玄孙，第六代叫滴了孙，第七代叫夯拉孙，到第八代就已经没辈儿了。这一来，本族的年轻人也就已经没法儿叫他。

葫芦爷到底多大年纪，连赵老柱也说不上来。据他自己说，是"茶寿之人"。镇中学的一个语文老师听了一惊，说如果确实是"茶

寿"，就应该108岁了，这是古时的说法，因为这"茶"字的下面是
"八十八"，上面的草字头是个"二十"，这样加起来，正好是"一百零
八"。村里人不信葫芦爷真有108岁。后来换第二代身份证，派出所的
一个小警察脑子快，想出一个办法，把葫芦爷几次说的出生年份加在
一起，再除以他说的次数，最后得出的出生年往回推算，果然是一百
零八岁。从那以后，葫芦爷的年龄，也就永远定格在108岁。

这些年，赵家坳就像摊大饼，村子越摊越大。道路硬化以后，就
以十字街为界，西北为老街，东南是新街。村委会在老街的中间，门
外对着一口水井。当年，全村人都吃这井里的水。后来通了自来水，
这井就用来饮牲口。再后来牲口也没了，也就闲置在这里，井里虽还
有水，但已经漂了一层蛤蟆。这口井的旁边有一棵已经上百年的老槐
树，树帽子有几房大，一到夏天遮天蔽日。村里的老人平时没事，还
习惯来这井台坐坐。葫芦爷每天来了总是先进来，在村委会坐一会
儿，跟赵老柱聊几句，看看外面井台上有人了，才出去。

这个上午，葫芦爷来到村委会，正一边喝着赵老柱沏的大叶儿
茶，有一句没一句地说闲话，就见十三幺儿和杠头互相揪着进来了。
赵老柱一见十三幺儿，想起他昨晚曾打过电话，就明白了，大概是为
今天这事。于是只当没看见，还背着身继续跟葫芦爷说话。

杠头一进来，手就松开了。

十三幺儿见他松了手，自己的手也松开了。

赵老柱这才转过身，故意不看十三幺儿，冲杠头问，这是又咋了？

十三幺儿立刻要说话。

赵老柱仍看着杠头，你说。

杠头横了十三幺儿一眼，这才把事情说了。

杠头和十三幺儿这回闹起来，是为耕地的事。杠头家的一块地和
十三幺儿的这块"窝心地"挨着，这两块地都已流转给三河口企业。
但现在却出了问题。十三幺儿已经打定主意，这回趁三河口企业摊上
"大棚房"这事的机会，把自己这块地提前要回来，再转手包给曹广
林。可就在这时，曹广林又向他提出来，说这两天去地里看了，杠头

216

的一个泵房盖在十三幺儿这边，这不行，得拆了。其实当初把这泵房盖在这边，杠头是征得十三幺儿同意的。因为他的地离大渠远，而十三幺儿的这块"窝心地"紧挨着大渠，泵房盖在这边，将来抽水方便。当时两家协商好，泵房占了十三幺儿的地，作为补偿，将来十三幺儿浇地也可以用这泵房。这一来十三幺儿不光没吃亏，还占了便宜，自己这地本来也得浇水，现在等于杠头出钱又出力，为自己盖了一个现成的泵房。但现在，曹广林包了这地是要种果树，这就不用像种粮种菜三天两头浇水了。这一来，这泵房反倒碍事。本来拆掉也就行了，可事情又没这么简单。当初把这地流转给三河口企业时，已在协议上写明，平整土地，包括清除地面构筑物，都由三河口企业完成。但三河口企业把这片地流转之后，还没顾上清理就出了"大棚房"的事，于是这地也就搁置在这里。现在曹广林要包，这泵房也就成了问题。曹广林知道杠头这人也不省事，他这泵房没用，在那儿扔着行，你真给他拆了，也许就要有麻烦了。于是就对十三幺儿说，现在说这话也许早一点儿，但也得先说在头里，如果十三幺儿真从三河口企业的手里把这块地要回来，再转包给自己，就得先让杠头把他这泵房拆了，还必须把地里的建筑垃圾清运干净，否则拆个乱七八糟，又是砖头瓦块一堆灰渣子，这地就没法儿用了。

十三幺儿一听，觉着这很简单，找杠头说一声就行了。

但没想到，来了一说，杠头却拨楞着脑袋说，这事跟他没关系。

十三幺儿说，这泵房当初是你盖的，怎么能说跟你没关系？

杠头说，是我盖的，可当时，这地还是你的。

十三幺儿说，现在这地也是我的。

杠头说，不对，现在这地已经不是你的了。

十三幺儿一听乐了，说，这可新鲜，不是我的，是谁的？

杠头说，是三河口公司的。

十三幺儿说，我是把这地流转给三河口公司了，可流转归流转，这还是我的承包地。

杠头摇摇头，你这话对，也不对，地是你的承包地不假，可流转期间，就是人家的。

十三幺儿一听来气了，一来气，也就长了调门儿，瞪起眼说，你这话就不讲理了。

杠头不慌不忙地说，你说吧，咋不讲理了。

十三幺儿说，这地里当初遗留的事，我总不能找他们企业，还得冲你这本主儿说。

杠头说，你还就得找他们企业，当初流转时是咋签的协议，你回去找出来看看，是不是已经说好，平整土地，包括清除地面上的构筑物，由他们企业负责。

十三幺儿这才意识到，自己这回是犯在杠头手里了。他抬杠是强项。但再想，拆这泵房确实是个很麻烦的事，拆好拆，也就一个屋顶四面墙，一推就倒了，问题是拆了以后，还得把这些碎砖烂瓦拉出去。现在到处都在搞环保，你往哪儿倒，人家也得跟你急。

这一想，这泵房只能让杠头拆。

这时，十三幺儿心里一急，调门儿也就又往上长了一块，说，你就得给我拆！

杠头还是不慌不忙，点头说，行啊，我拆可以，但你得说出道理，我凭啥给你拆？

十三幺儿找不着词儿了，脸红脖子粗地一蹦说，我，我说不过你！

杠头说，不是你说不过我，是你本来就不占理。

十三幺儿急了，上前一把扯住杠头说，我不占理？走，咱找地方说理去！

杠头的脸立刻黑下来，看着他说，你松手，我看你今天要倒霉。

说着，声音也粗起来，再不松手，我抽你信不信？

十三幺儿本来胆子就小，一动真格的就软了，况且杠头年轻力壮，又比自己高半头，一听他这话，赶紧把手松开了，但嘴上还硬，梗着脖子说，走，咱上村委会评理去！

杠头哼一声，走啊，去哪儿也不尿你！

说着上前一把薅住十三幺儿的肩膀。十三幺儿也就势又抓住他的胳膊。

两人就这么互相揪着，来到村委会。

这时，赵老柱瞄一眼红头涨脸的十三幺儿，鼻子里嗤的一声。心想，你十三幺儿平时的能耐不是挺大吗，根本不把我这村主任放眼里，现在遇上事了，你那本事呢？

于是故意不看他，只冲杠头说，你把调门儿降降，有理不在声高，嚷啥？

这时，十三幺儿也已看出来，赵老柱是成心。

但十三幺儿的心里有根，你成心也好，故意也罢，反正你是村长，现在我来了，你就得管我的事儿，否则就是不作为，我还上镇政府告你去。

于是突然喊了一嗓子，村长，你别光冲他说啊，也给我评评理！

赵老柱这才把脸转过来，看他一眼说，唱嘎调哪？我又不聋。

杠头一听想乐。知道赵老柱说的"嘎调"，是戏里的一种高腔儿。

十三幺儿说，你是不聋，可……

他想说，可眼瞎。

但话已到嘴边，在舌头掭了掭，又咽回去。

杠头前些天刚求赵老柱去老婆刘二豹的娘家说情，虽然没说成，可毕竟去磨了半天嘴皮子，这时说话的调门儿也就降下来，又把这泵房不该让自己拆的理由说了一遍。

赵老柱一听，说来说去还是这点车轱辘话，就说，你们自己协商去，村委会不管这事。

十三幺儿问，村委会不管，哪儿管？

赵老柱看看他，哪儿管你问我，我问谁去？

这时，一直坐在旁边的葫芦爷说话了。

葫芦爷这半天已经都听明白了。这时看看杠头，又看看十三幺儿，就想说他们几句。如果在村里论着，杠头的姥爷得叫葫芦爷大伯，十三幺儿的辈儿更小，他的表舅姥爷还得叫葫芦爷太爷。于是葫芦爷咳一声，对他俩说，多大的事儿啊，就闹成这样，你揪着我，我揪着你

219

的，不怕让外人笑话啊，不就是地里的一间泵房吗，谁拆不是拆。

说着，又瞪了他俩一眼，这点活儿，还能累死咋的？

葫芦爷的这几句话一说，杠头先不干了。这明显是囫囵吞枣儿和稀泥。而且前些日子，杠头刚因为跟老婆刘二豹矫情的事，让葫芦爷用拐棍儿在脑袋上棒出个大疙瘩，直到现在脑门子上还有一块瘀青，于是哼一声说，您老这话就不挨着了，拆这泵房，是光拆的事吗？

十三幺儿也接过去说，是啊，您都这一把年纪了，还说这种不分是非曲直的话，这泵房拆完了，一堆废料咋办，再说该谁拆谁拆，总得分出个黑白啊！

杠头立刻响应，就是啊，照您这么说，就黑不提白不提啦？

十三幺儿说，对啊，您总得有个是非观念啊。

杠头说，说得是啊，这可真是站着说话不腰疼！

他俩这一说，倒成了一头儿的。

葫芦爷看看这个，又看看那个，让他俩这一搭一句儿地呛得有些喘不过气来。其实这时，如果他适可而止，也就不会有后面的事了。但葫芦爷也是有脾气的人，还非要把这件事给掰扯清楚。于是胡子一撅，用手里的拐棍儿敲着地说，这泵房在谁家的地里，当然就该由谁拆，可话说回来，当初这泵房是谁盖的，谁盖的就该让谁拆，做人总得讲理！

十三幺儿一听让自己拆，刚要急，可再一听，葫芦爷这话又拐弯儿了。

杠头听来听去，也听不出个所以然，眨着眼看看葫芦爷说，您老说的，这是中国话吗？

十三幺儿也说，是啊，这说了半天，等于没说！

杠头摆摆手说，算了算了，您都这岁数了，别再瞎掺和事儿了，找个地方忍着去吧！

十三幺儿也接过去，这话对，找个凉快地方儿一歇，多好！

这时，赵老柱也烦了，冲他俩说，我这儿还要办公，你们自己商量去吧！

十三幺儿说，我们就是商量不下来，才找你这村长。

赵老柱没好气地说，实在商量不下来，就去法院！

十三幺儿一梗脖子，如果去法院，还要你这村委会干啥？

赵老柱说，你以为呢，这村委会就是为你拆泵房开的啊？

但这时，谁都没注意葫芦爷。

葫芦爷没再说话，已经起身出去了。

其实这时，赵老柱已看出葫芦爷的脸色不对，还冲他说了一句，您老回去歇着吧。

但葫芦爷没吭声，就径直走了。

葫芦爷的家本来是在村北，但这个上午，从村委会出来没往北走，而是朝南去了。小杨河上有一座木桥，很窄，刚能过两个人。葫芦爷上了这木桥，走到桥当中，突然晃了晃，身子一侧歪就从桥上栽下去。幸好河边有几个盖房的人正在捞沙，赶紧下去把他救上来。

赵老柱一得着消息，立刻赶过来。

这时，河边已围了一群人。

赵老柱叮嘱众人别动他。然后，赶紧打了急救电话。

6　知音

肖圆圆想起一个高中同学。

这同学姓陈，叫陈进，在县人民医院的院办工作。一次同学的聚会上，这陈进曾说，他们医院中医科的一位老主任把家里祖传的一个秘方贡献出来，又做了加减，治疗脑栓塞很有效。最近，县医院已经在申请这方面的国家专利。

于是，立刻给陈进打了一个电话。

陈进一接电话就说，女神，有什么指示？

肖圆圆说，别贫，当然有要紧事。

然后问他，你上次说，县医院中医科那位老主任贡献的药方，医院准备开发中成药，现在这个药出来了吗？陈进一听就笑了，说，这你就外行了，真开发一种新药不是这么简单的事，要有一个很复杂的过程，不过现在医院根据这大方子，可以把药煎好，也挺方便。

又问，谁病了？

肖圆圆说，回头再跟你细说，你先给我准备一个疗程的药，钱回头用微信转你。

陈进说，好，马上办！如果是你自己家的人，钱就算了。

又说，哦对了，还有个事，正好你来电话，就跟你说一声，前几天，你们赵家坳送来一个100多岁的老人，观察了这几天，已经没事了，正要通知你们村来人接一下。

肖圆圆说，正好，我去拿药，一块儿接回来吧。

挂了陈进的电话，就又给赵老柱打过来。

赵老柱这几天也一直在想葫芦爷的事。那天跟着120急救车把葫芦爷送到县医院，经大夫诊断，是由于情绪激动，血压突然升高，脑血管痉挛造成的"一过性脑缺血"，并无大碍。但医生说，毕竟病人的年龄太大了，108岁，还没见过么大岁数的患者，所以保险起见，还是留院观察几天，看一看确实没问题了再回去。

赵老柱一见葫芦爷稳定了，就先回来了。

但一回来就后悔了。葫芦爷有个儿子，也已经80多岁，住在天津城里。大孙子是天津一个重点中学的退休教师。本来退休以后回到赵家坳，说要享受田园生活，平时也正好可以照顾老人。但县一中又把他聘去了。这大孙子本来不想去，可是县一中的领导几次亲自登门，对他说，知道赵老师不在乎这点报酬，问题是，这也是为咱海州县的教育事业发挥余热。赵老师一听这话，才不好推辞了。这以后，也就在县城和村里之间来回跑。但毕竟也已是60多岁的人，不能每天回来。所以，葫芦爷平时就还是一个人在家。赵老柱回来之后想，老爷子的家人都不在，把他自己扔在医院，虽说病房有护士，还是不放心。

这天一大早，正想再去看看葫芦爷，医院就把电话打过来。赵老柱一看是医院的电话，登时有些紧张，忙问咋回事。医院说，病人已经没事了，可以接回去了。

赵老柱一听，这才松了口气。

但怎么接，又是个问题。赵老柱自己没车，就是有车也不会开。现在村里有车的人很多，但谁家都大忙忙儿，虽说自己是村主任，也不好抓人家的"官差"。

就在这时，肖圆圆打来电话。

赵老柱一看是肖圆圆的电话就乐了，心想，怎么没想起这丫头。一接电话刚要开口，肖圆圆先问，您是不是要去县医院接葫芦爷？

赵老柱一听更高兴了，问，你咋知道？

肖圆圆就说了刚才给同学打电话的事。

赵老柱忙问，你会开车吗？

肖圆圆说，当然会，我找辆车吧。

说完，就把电话挂了。

赵老柱这才松了口气。

其实细想，人跟人还真是讲缘分。当年肖圆圆在村里时，就是个整天背着书包的小黄毛丫头，并不引人注意。后来一上中学就去县里住校了，这以后也就再没回来。这些年，赵老柱也见过几次，都是在县里。还有一次是去天津为村里办事，让她帮着联系。完事之后，她还在"百饺园"请自己吃了一顿三鲜水饺。但这次回来，跟她一接触，才觉得确实挺投缘。赵老柱这些年也遇见过投缘的人。跟这样的人接触有个特点，一见面，也说不出为什么，就是怎么看怎么顺眼，说话听着也顺耳，而且别管什么事，也总能想到一块儿。

去医院的路上，肖圆圆开着车说，葫芦爷总这样，也不是办法。

赵老柱明白肖圆圆这话的意思。葫芦爷的大孙子，也就是那个从天津退休回来的赵老师，眼下在县一中越来越忙，又已上了年纪，学校为他在县里安排了住处，平时也就不大回来了。这次葫芦爷出事，赵老师回来跟赵老柱商量，现在他这当孙子的都已退休了，后面的晚辈又都有自己的工作，谁也不可能来照顾他，已经说过几次，想把他接到天津去，老爷子又不愿意，说在赵家坳住惯了，哪儿也不去。所以，赵老师说，能不能让村委会帮着找个人，最好是本村的，彼此都熟悉，老爷子平时生活能自理，也就是照看一下。

赵老师这一说，赵老柱的心里倒动了一下。

如果在村里找一个这样的人当然不难。同时，这也是一个就业岗位，如果是村里刚刚脱贫的家庭，也能增加一些收入。由此就想到，不光葫芦爷，今后也可以搞成一种像城里的家政服务。这时，就对肖圆圆说，村里正找人，以后就来家里照顾他。

肖圆圆说，我就是这意思，这在城里叫"护工"。

赵老柱由衷地说，自从你回来，我这心里挺畅快，也觉着轻松了。

肖圆圆笑了，我才回来几天，再说也没干什么。

赵老柱说，对我来说，你没干，比干了还重要。

肖圆圆说，您这话，我不懂。

赵老柱说，不懂不懂吧，慢慢你就懂了。

又说，以后不光是企业的事，咱村里的事，你也多给出出主意。

肖圆圆说，行啊，我这人口无遮拦，心里想的，张嘴就扔出来，您别不爱听就行。

赵老柱说，咱爷儿俩一个脾气，我还就爱听横着出来的话，那顺模顺样儿的现成话，一听就烦，连镇上的田镇长也说我，难怪都叫驴主任，就是这驴脾气儿。

肖圆圆笑起来。

赵老柱摇摇头，牵着不走，打着倒退，还总尥蹶子，没办法。

肖圆圆说，行，我以后就当您的驴蹄子，蹬着地干活儿，还有，您让踢谁就踢谁。

赵老柱也笑了，踢倒不用，咱赵家坳，说起来都是好人。

车一开上通往县城的高速公路，就更快了。肖圆圆把车上的音乐打开，是叶启田的《爱拼才会赢》。赵老柱感慨地说，唉，就怕你这样的年轻人，在村里待不长啊。

肖圆圆说，待得长，我以后就不走了。

赵老柱问，真的？

肖圆圆说，当然真的，这回我爸来，已经跟他说好了。

赵老柱有些不信，他同意了？

肖圆圆又笑了，他同不同意管什么用，跟他说，就是告诉他一下。

赵老柱说，这倒是，你当初学种地，他也不同意。

肖圆圆看他一眼，农业。

赵老柱连忙说，对，是农业，他不同意，你不是照样也学了。

想了想，又试探着问，有对象了？

赵老柱一问这话，肖圆圆就不吭声了。

前些天，高翔又来过一次电话。

高翔也就是肖圆圆在高中时的男朋友。他本来叫高又福，看来是上大学以后，为自己改了名字。当初高考时，肖圆圆一听他改了志愿，不光没报农业专业，连农林大学也没报，二话没说就把电话挂了。这种说话不算话的人，先不要说能不能托付终身，连最起码的信用都不讲，当个普通朋友也不值得来往。

肖圆圆并没强迫高翔。当初立志报考农林大学，和肖圆圆一起学农业，这话是他自己说的。他那时的热情比肖圆圆还高，像打了鸡血一样宣称，要像袁隆平那样，为中国人的饭碗里添饭，为人类培育什么什么样的粮食新品种。可没想到，真到高考时却变卦了。你变了也就变了，此一时彼一时，这也是人之常情，但总该打个招呼，至少对自己曾说的话有一个交代。这算什么，黑不提白不提，说变就变，变了还一声不吭。

肖圆圆曾听人说过，中学时谈的朋友都是靠不住的，甚至大学也一样，因为这时，还都在做梦，说好听了是怀揣梦想，所以别管说的什么话，都是梦话，梦话当然靠不住。

肖圆圆是一个拿得起放得下的人。这倒不是给自己打气，本来就是这样。从挂电话那天，她就再也不想这个人了，不值得。当初在学校同窗共读，一对学霸，一切的一切都烟消云散。既然是梦，就算美梦，一醒也就没任何意义了。其实跟美梦比，肖圆圆倒宁愿做噩梦，噩梦醒来是庆幸，而美梦醒来，只有失落。

所以，这样的梦不做也罢。

高翔后来又不断地打电话，肖圆圆都没接。再后来烦了，索性把号码换了。但就在前不久，他突然又打来一个电话。因为这是个陌生号码，不知是谁，就接了。一听才知道，又是他。他告诉肖圆圆，自己在英国的硕士学位已读完了，不想在那边读博，就回来了。具体为什么，他没说，不过听这话的意思，好像不太顺心。肖圆圆在电话里不冷不热。已经过去几年了，时过境迁，也没什么可说的了。这样的关系，在这种时候会有几种情况，或者双方都有千言万语，一下不知从哪儿说起，又或者，虽然都有千言万语，彼此又都憋着，不愿说出来。还有一种情况，就是已经没什么可说了，只是咸一句淡一句地没话找话，这种感觉最没意思。肖圆圆这时就是这种感觉。她知道高翔还想问自己现在的具体情况，于是不等他张嘴，说了一句自己还有事，就把电话挂了。肖圆圆从来没有把谁的电话故意拉黑的习惯，觉得这太小儿科。但也知道，以后不会再接这个人的电话了。

上次在同学聚会上，看到陈进。高中时，肖圆圆跟陈进也同班。当时在班里，她和高翔，再有陈进，三个人几乎把全年级的前三名包了。高翔永远稳居第一，她和陈进互有二三。其实那时，陈进也一直向肖圆圆示好。肖圆圆当然能感觉到。但陈进也有自知之明，索性把话明着对肖圆圆说出来，他说，知道自己没有机会。

肖圆圆很认真地对他说，你也很优秀。

后来高考，陈进果然考上了外地一所著名的医科大学。这次同学聚会，他先告诉肖圆圆，自己到县医院工作了，因为学的是卫生管理专业，所以在院办。然后才说，知道吗，高又福回来了，他现在改名叫高翔。肖圆圆一听，这才明白了，本来还一直奇怪，自己这个新号码高翔是怎么知道的，看来是陈进告诉他的。当时肖圆圆听了，只哦一声。陈进很会察言观色，知道肖圆圆跟高翔的关系已经结束了，也就没再往深里说。

这时，赵老柱拉着长声儿说，将来看吧，谁家有这福气。

肖圆圆没听懂，看他一眼。

赵老柱说，能娶上你这样一个儿媳妇啊。

肖圆圆故意逗他，您要是有儿子，我就上您家当媳妇去。

赵老柱一听立刻拨楞着脑袋说，别说我没儿子，就是真有儿子，也没这福气，要是能娶上你这么个儿媳妇，我老赵家的祖坟上就得冒青烟了。

说着，就感慨地笑了。

沉了一下，才又说，现在村里的年轻人，别说种地，连庄稼是咋回事都不知道了，记得当年，村里来了几个从天津下放的大学老师，当时村里人都笑他们，拿着麦苗儿当韭菜，说他们是四体不勤、五谷不分，如今的年轻人别说五谷，连他家承包地在哪儿都不知道了。

肖圆圆说，那天晚上，您给三宝老师算的那笔粮食账，真把我吓了一跳。

赵老柱叹口气，这账是明摆着的，谁心里都明白，所以才没人种粮了。

肖圆圆问，就没办法吗？

赵老柱说，办法当然有，可这事，一说起来就没这么简单了。

肖圆圆说，您给我说说。

赵老柱想了想，你肯定没见过卖酒的吧，我是说，打零酒。

肖圆圆一听笑了，说，当然没见过，现在哪还有卖零酒的。

赵老柱说，卖酒卖油都是一样的道理，就说这一桶酒吧，比如20斤，可如果拆开几两几两地零卖，最后肯定得亏，你拆得越零，亏得越多。

肖圆圆好奇地问，为什么？

赵老柱说，越零也就越碎，东沾一点西沾一点，种地也是这个道理，一亩地是种，一百亩地也是种，都是一样的耕耩锄耪，上水下水，施肥打药儿，秋上收割，哪一步也不能少。

又说，别看你在大学是学种地的。

肖圆圆立刻说，农业。

赵老柱点头说，对对，是农业，可地里这些事，也不一定在行。

肖圆圆说，今天农业的概念，跟您说的这种传统农业已经不是一回事了。不过，她又说，如果不是那天晚上听您说，我确实没想到，现在种粮是这样一笔账。

赵老柱笑得有些苦，这些话，也就是跟你说，所以你是知音啊。

肖圆圆说，好啊，以后，您就把我当个知音吧。

赵老柱看看她，说定了？

肖圆圆一笑，说定了。

7　名人张少山

肖圆圆和赵老柱来到县医院，才知道葫芦爷已经走了。

赵老柱一听吓一跳，100多岁的老爷子，病又刚好，总不能自己走着回赵家坳。病房护士说，当然不能让病人自己走，医院有车，具体的不太清楚，你们问一下院办吧。

肖圆圆立刻给陈进打了一个电话。

一会儿，陈进匆匆地来了。

肖圆圆问他，怎么回事？

陈进这才说，上午医院正好有一辆车，要去青山镇的田家坨送一个病人，你们村的这个老人一直发脾气，急着想回去，我一看正好，就让这车顺路把他带回去了。

肖圆圆听了，歪起脑袋看看他。

陈进笑嘻嘻地说，你不用谢我。

肖圆圆说，我凭什么谢你？

陈进一愣，我，帮你把病人送回去了啊。

肖圆圆说，可你送了人，干吗不打电话告诉我？

陈进支吾了一下说，你不是，还要来拿药吗？

肖圆圆说，你人都能给我送来，药就不能一块儿带来吗？

陈进涎着脸乐了，是啊，如果连药也给你带去了，你还能来吗？

肖圆圆说，我那边大忙忙儿的，你为见一下，就这样罚我一趟？

说完点点头，从他手里把这一兜子中药接过来，说了声，好吧。

然后转身就走。

陈进在后面追着问了一句，你说什么好吧？

肖圆圆站住了，回头说，我的意思，是先给你攒着，下回一块儿骂你！

说完又哼一声，就从住院部出来了。

开车回来的路上，赵老柱笑着说，这回我算知道了。

肖圆圆问，知道什么了？

赵老柱说，敢情你跟谁都这么说话。

肖圆圆也笑了。

赵老柱说，你这口气冲的，弱巴一点儿的，能让你冲个跟头。

回头看看放在后面的这一大兜中药，又问，这是给谁开的？

肖圆圆说，给您啊。

见赵老柱没反应过来，才又说，您不是有一过性脑血栓吗，这是县人民医院特有的一种中药，专治脑血栓，听说是他们的一位中医老主任贡献的祖传秘方。

赵老柱说，你这丫头啊，心也真细，我上次说完早忘了，你倒记住了。

接着就想起来，又说，这个老主任，应该就是牛家铺的小黄先生。

车刚出县城，张三宝给赵老柱打来电话。

张三宝先问，你们在哪儿？

赵老柱说，正往回走，快上高速了。

张三宝哦一声说，那就受累吧，再回去一下，帮我到县剧团取点东西。

赵老柱的手机声音挺大，肖圆圆已经听见了，立刻掉转车头往回开。

张三宝平时就住在剧团的宿舍。他让赵老柱到他的宿舍，把平时用的板胡和琵琶都带来。又说，已经给剧团传达室的老高打电话了，找他要宿舍钥匙就行。

赵老柱一听乐了，说，咋着，你这是要在村里开戏啊。

张三宝说，我有用，回头再细说。

然后，就又说起别的事。

肖圆圆一边开车，听张三宝好像在电话里提到一个叫窜天猴儿的人，又说，让赵老柱带他去什么地方。赵老柱一听就笑着说，我现在已经忙得脚后跟打后脑勺儿了，哪有这个闲工夫儿。又说，行啊，去之前，我使劲吓唬他一下，别让他再惹祸就行了。

说完，就把电话挂了。

肖圆圆问，什么事？

赵老柱这才说，张三宝有个叔伯姐夫，叫张少山，是梅姑镇东金旺村的村主任，这几年，这张少山在海州县已成了名人，把本来在梅姑镇排名最后的东金旺村搞得风生水起，一跃排到了全县的前几位，成了有名的"示范村"，而且还跟一河之隔的西金旺村联合起来，两村的优势互补，成立了一个"金旺有机农业联合体"。现在，县里已经正式决定，把他们的这个有机农业联合体作为一种新模式，在全县的各镇推广。今年年初，县里的融媒体还对他们的事做了报道，说是已经在朝着"大农业"发展。

肖圆圆一听就笑了，说，这东金旺，我去过。

赵老柱有些意外，你咋去过？

肖圆圆说，我们农大在那儿有一个实验室，还有一个实习基地，我在学校时，去那儿实习过几次，直到现在，还有同学在这个实验室工作。

赵老柱明白了，说，对啊，你是学种地的。

肖圆圆看他一眼，您又来了，农业！

赵老柱乐着点头，对对，是农业，看我这脑子，总记不住。

赵老柱又告诉肖圆圆，这个张少山他也认识，看着挺憨厚，其实贼精，也蔫嘎。

说着元宝嘴就翘起来，比我还嘎。

又说，不过他的嘎，跟我不一样，听说他当年学过相声，不光嘎，嘴还损，一般人说不过他，这人最大的本事，就是能随时利用一切可以利用的资源，这点，我还真得跟他学。

肖圆圆一听就明白了。当初在东金旺实习时，这个村的人都会吹拉弹唱，而且每次村里有重大的事，都会有县剧团的专业演员过来助演。

赵老柱说，是啊，都是三宝帮他们弄的。

这样说着，忽然又叹口气。

肖圆圆看看他。

赵老柱说，说心里话，看着人家东金旺，我真打心里眼热。

肖圆圆笑着说，看出来了。

赵老柱又沉了一下，才告诉肖圆圆，他曾偷偷去过几次东金旺。虽然村里有很多熟人，但跟谁也没打招呼，只在村外转了转。他想知道，这个"金旺有机农业联合体"到底是咋回事，每一个项目，又都是怎么运作的。有一回，他在村外溜达了大半天儿，天快黑时，转到一片蔬菜大棚的跟前，心想，正好可以看一看，他们这大棚咋搞的。正扒着一个塑料门帘往里看，突然从里面窜出一条大黄狗。赵老柱平时最怕狗，一见这东西腿就发软。这时一见它张牙舞爪地扑上来，吓得转身就跑。不料脚底下一绊，差点儿绊个跟头。这才知道，自己只顾朝大棚里看了，脚下踩了这狗东西的食盆子。这时，这大狗已经扑到近前。幸好它脖子上拴着链子，扑了两下才没过来。赵老柱也顾不得别的了，转身撒腿就跑。等跑过几条垄沟，一直上了大堤，才发现鞋都跑丢了，还崴了踝子骨。

肖圆圆听了忍不住，趴在方向盘上笑起来。

赵老柱叹口气，你还笑，这要传出去，丢人啊。

肖圆圆不笑了，扭头说，这有什么丢人的，要是我，我也得跑啊。

赵老柱乐了，嘿嘿着说，敢情你也有怕的东西啊。

肖圆圆忽然想起来，问，刚才三宝老师说，让您带窜天猴儿去哪儿？

赵老柱嗨一声说，东金旺村的张少山不知又要搞啥活动，据说这次的事儿还挺大，又让三宝帮着弄几个节目，而且提出来，这回点名要请窜天猴儿去。

肖圆圆不解，请他去，能演什么？

赵老柱说，这你就不知道了，他学过武二花，还有一手绝活，叫"云中坐"。

肖圆圆这才想起来，曾听村里的人说起过。

赵老柱又说，刚才三宝说，这窜天猴儿平时不着调，这回东金旺的这个活动这么重要，人家把他请去，别再惹出什么事，和我商量，是不是跟着去，把着他点儿。

肖圆圆笑了，您去，就能把住他？

赵老柱哼一声，还真别说，在这赵家坳，他没怕的人。

肖圆圆说，是啊，我听说，他连他爹也不怕。

赵老柱说，唯独怕我。

肖圆圆的嘴动了一下，一笑，又把话咽回去。

赵老柱看她一眼，我知道你要说啥，一物儿降一物儿，是不？

肖圆圆又笑起来，这话可是您自己说的。

想了想，又说，我也想去东金旺再看看。

赵老柱说，正好啊，这回就一块儿去吧。

8　两个"猴儿"

这个上午，蔫有准儿又跟儿子窜天猴儿生了一肚子气。

眼看已入秋了。蔫有准儿还是多年的习惯，这一亩三分"口粮田"，每年6月前后收了麦子，再糇晚玉米。现在晚玉米也快收了。院里的一间西厢房，平时闲着，就用来放粮食。蔫有准儿放粮食也是老习惯，不用缸，用囤。囤比缸的好处多，透气，也防潮。放在缸里得经常晒，不晒容易发霉，也生虫子。但粮食囤着也有两点不好，一是怕老鼠，二是怕漏雨。老鼠好办，现在猫虽不管用了，但可以撒药，也能下夹子。只是漏雨麻烦。西厢房不住人，平时不常进来，也就没在意。这个夏天，蔫有准儿才发现，屋顶已漏了一片，正好滴在粮囤上。蔫有准儿一看房漏了，想起儿子窜天猴儿，心里就恨得慌。家里的三间正房都是砖瓦房，但这西厢房是老坏屋，一直没拆，还是泥顶。好在蔫有准儿心细，屋顶的草泥抹得厚，每年到雨季，又特意苫上几领席，这样也能挡雨。但这个夏天，儿子窜天猴儿不知从哪儿弄来一只鹩哥儿。这鹩哥儿还是个黄嘴的雏儿，窜天猴儿就不出去了，整天闷在屋里教它说话，还教它唱戏。鹩哥儿确实比八哥聪明，但毕竟不是人，教说话还行，学几遍就会了，唱戏不行，尤其评戏，是滑嗓子，得有腔有调。这鹩哥儿学不会，自己也着急，已经跟窜天猴儿学会了骂街，一急了就骂街，还带脏字儿。窜天猴儿本来就已没耐心了，一听它骂自己，就急了，开始打这鹩哥儿。鹩哥儿怕打，一扑棱就飞了。先在屋里飞，又从窗户出去，飞到西厢房的屋顶上。蔫有准儿一看，本来挺高兴。赵老柱已提醒过几次，这鹩哥儿是国家保护动物，不能私养，窜天猴儿一直不听，这回飞了也就正好。但窜天猴儿上房不费劲，三两下就上去了。当时蔫有准儿一看就急了，抹了泥的屋顶就怕踩，泥一裂，下雨就得漏。立刻站在院里蹦着脚儿地骂儿子。等他下来，反复问，屋顶踩坏没有？

儿子说，没踩坏。

蔫有准儿还不放心，又问，真没踩坏？

儿子不耐烦了，让他自己上去看看。

蔫有准儿上房费劲，这才作罢。

可没想到，这回一看，还是漏了。

蔫有准儿赶紧搬梯子来到屋顶，掀开苫着的苇席一看，更来气了，屋顶果然让儿子踩出几个大坑。更可气的是，他当时肯定看见这几个大坑了，为了不让人发现，还故意在上面盖了些草。蔫有准儿如果不细看，还真没出来。心里虽然憋着气，也没办法，儿子已经这么大了，说了不听，打又打不动，也就只能把这股火儿窝在心里。这天早晨，蔫有准儿特意起个大早，想把儿子堵在被窝里。来到儿子屋里一看，床上已没人了。出来听了听，茅房有动静，知道他正拉屎，就捂着鼻子过来，隔着山墙说，你今天别出去了。

儿子在茅房里哼哧着说，不行，已经跟人约了事儿。

蔫有准儿说，约了事儿也不行！

儿子说，你说吧，啥事儿？

蔫有准儿说，你把西厢房踩漏了，知道吗？

儿子在茅房里哼一声。

蔫有准儿说，粮囤都漏湿了，没粮食，你喝西北风啊？

儿子说，你就说吧，打算咋着？

蔫有准儿说，今天别出去，帮我抹屋顶！

儿子在里面沉了一下，说，这样吧，我先出去，办完了事，回来帮你抹。

蔫有准儿立刻说，别价，你这一出去就又不知啥时回来了，先跟我抹，完事再走。

蔫有准儿让儿子跟自己抹屋顶，也是成心。村长赵老柱常说一句话，如今村里的年轻人都是鹰嘴鸭子爪儿，能吃不能拿，儿子更是这样，整天就知道出去东游西逛，一沾吃的事儿、玩儿的事儿，精神头儿要多大有多大，可一说干活儿，还别说干，连懂也不懂。这回，他把屋顶踩漏了，连着几天在院里晾粮食，他都看见了，自己肯定也觉着理亏，所以今天别管外面有多大的事，也得让他跟着抹屋顶。这和泥不是轻省活儿，农村老话儿有"四大累"，说的是四种最累的活儿，"和泥脱坯，养孩子××。"这最后一累就没法儿说了。

这回，就让这小子也尝尝这累的滋味儿。

果然，儿子在茅房里闷着不吭声了。

一会儿，一边系着裤子出来，哼唧着说，那就快干吧，完了事我好走。

蔫有准儿在心里偷着乐，暗想，这小子上当了，这点活儿没大半天儿完不了，只要一干上，再一累，这一天他就哪儿也甭想去了。但脸上没带出来，只说了句，锨在仓房。

说完，就转身去推搁在院角的独轮车。

这辆独轮车现在已是稀罕物儿，在赵家坳找不出第二辆了。有一回，一个串村专收老物件儿的人看上了，跟蔫有准儿磨了半天，非要放下三百块钱推走，又说如果嫌少，还可以再加点儿。磨到最后，把蔫有准儿磨急了，说，这不是钱不钱的事儿，手使的东西，卖了我用啥？这人临走还不死心，又对蔫有准儿说，让他再考虑一下，过几天再来。

蔫有准儿说，再来也这话，不卖。

蔫有准儿已经使惯了这辆独轮车。这车过去有个诨号，叫"独轮儿王八拱"，推的时候得撅着，抻着脖子哈着腰，两手平端车把，又着腿。姿势虽难看，但往地里推土推粪很方便，只要人能过去的地方，这车就能过去。尤其这几年，再用挑筐已经费劲了，可这一亩多口粮田，再加上几分菜地，也有不少活儿，平时还真离不开这辆独轮车。

蔫有准儿还是庄稼人的习惯，平时在院里堆着一些土备着。庄户人过日子离不开土。土能和泥，也能垫坑。如今村里的道路已经硬化，又都开成绿地，砌了花坛，真到用的时候，想在村里找点儿土就难了。这时，把一车土推过来，倒在院当中，看了看觉着不够，就又去推了一车。儿子已经去仓房把铁锨拿来。但这铁锨拿在他手里，怎么看怎么别扭，不像要干活儿，倒像是戏台上耍棍儿的。蔫有准儿在心里叹口气，自己当年像他这岁数，早就顶门立户过日子了，一把锨，一天能挑出两丈多长的水渠，脱二百块大坯。

这时瞥了儿子一眼，说了句，眼里没活儿啊？

儿子看看他，又看看这堆土，不知接下来干什么。

蔫有准儿说，去拎桶水来啊，干土面子能抹房吗？

儿子哼一声转身进屋了，嘴里嘟囔着，拎水就拎水，嚷啥？

一会儿，一桶水拎来了。

蔫有准儿看一眼，又叹口气。他平时身轻如燕，这会儿拎这桶水，像是要跟它摔跤。

一堆泥总算和好了。蔫有准儿搬来梯子，准备上房。

这时，儿子倒说了一句人话，别摔着，我上去吧。

蔫有准儿回头看他一眼说，你上去也没用，抹又不会抹，这是技术活儿。

儿子也知道深浅，低头不吭声了。

蔫有准儿顺梯子上到屋顶。爷儿俩一个房上，一个房下，开始干起来。

蔫有准儿发现，这小子还真灵，教他的事儿一学就会。下面的泥和好了，得用铁锹铲起来，然后抓着锹把儿两膀一较力，连锹一块儿扔上来。蔫有准儿本想难为一下儿子，不相信他真能学会。当年自己学这一手儿，也不是一天两天练出来的。于是先给他示范了一下，把一锹泥连铁锹往上一扔，这铁锹就稳稳地落到屋顶上。

然后，回头问儿子，看明白了？

儿子点头，看明白了。

儿子年轻力壮，但手上没准儿，第一锹扔的劲小，到屋檐就掉下来。第二锹劲又大了，差点儿铲着蔫有准儿的脖子。第三锹就有准儿了，正好扔到蔫有准儿的手上，稳稳就接住了。这一下把蔫有准儿惊着了，没想到这小子学这么快。接下来就一锹比一锹准。这才明白，他从小心眼儿就灵，又学过"武二花"，身上有功夫，这点事到他手里，当然不叫事儿。

干了一会儿挺顺，蔫有准儿的心里也挺高兴。可干着干着，底下的泥锹就不往上扔了。蔫有准儿等了一会儿，还没动静，伸头往下看看，底下没人了。心想，这小子到底没干过这么重的活儿，自己当年也这样，一使劲就出汗，出汗就渴，肯定是去屋里喝水了，顺便喘口气。于是也在屋顶坐下来，趁这工夫抽口烟。可一根烟抽完了，底下还没动静。

刚入秋的太阳还挺毒，屋顶又没遮挡，可着脑袋晒。蔫有准儿一会儿的工夫就已晒得冒油儿了。伸脖子朝下看看，喊了一嗓子，歇得差不多了吧，赶紧干，你不是还急着走吗？

底下没动静。

于是又喊了一嗓子，仍没人应。

这时，蔫有准儿才觉出不对了。赶紧从梯子上下来，院里屋里一看，哪还有儿子的人影儿，把个泥锨扔在当院，人早跑了。再看这堆泥，也已经干成个硬坨子。蔫有准儿登时气得两眼发黑，跺着脚想骂街。可眼前没人，骂也只能骂给自己听。

一个人蹲在院里正生闷气，曹广林来了。

曹广林一进院，见蔫有准儿正守着一堆干泥坨子抽闷烟，就笑着问，这是怎么了？

蔫有准儿的心里虽然窝着火，但又好面子，不想把这事说出来。况且也知道，曹广林这人嘴不好，爱在村里欻欻小话儿，不想让他拿去当笑话儿说。

支吾了一声，说，正抹屋顶，累了，歇一会儿。

曹广林抬头看看屋顶，又看看这堆干泥说，这活儿，可不是一个人能干的。

蔫有准儿喘口气说，嗨，歇着干吧。

曹广林立刻挽起袖子说，我帮你吧。

蔫有准儿赶紧扔下烟头儿说，别别，这可不是一般的活儿，哪能让你受这个累。

曹广林弯腰拾起铁锨说，这你就拿我当外人了，咱现在也是乡里乡亲，不叫事儿。

蔫有准儿一想，这活儿自己一个人还真没法儿干，好在只剩了一个尾巴，于是也就一边客气着说，行啊，谁让你干上了呢，一会儿完了事儿，咱街上找地方喝酒去。

一边说着，就又爬上屋顶。

可没想到，这曹广林说得挺好，但显然没干过这种活儿，是个外行，比画了两下连和泥也不会。刚才的泥过了这一会儿，已经硬了，他就又倒了一些水，想重新和一下，可是水倒多了，这一下泥就稀了，成了粥。蔫有准儿当然不好让他像儿子一样一锨一锨往上扔，知道他也不会，只好用笨办法，每铲一锨，让他端着爬几磴梯子，然后自己下来接。可他和的已不是泥，端着铁锨爬梯子又不稳，流得哩哩啦啦，蔫有准儿接到手里也就只剩了半锨。可就这半锨也没法儿抹，一抹就流。最后，蔫有准儿只好下来，又把这泥重新和了，然后还让曹广林一锨一锨往上递。自己在上边接了，这才勉强把这点活儿干完了。

蔫有准儿干了这一上午，身上一个泥点儿没有。曹广林只干了这几下，却已经成了泥猴儿，从头顶到褂子，直到裤子，全是泥汤子。这泥汤子一干就成了泥浆，一身的嘎嘎巴巴。蔫有准儿过意不去，虽然把活儿干成这样，可人家毕竟也受累了，就一定要拉他出去吃饭。

曹广林笑着摆手说，我这一身，人家不知道的还以为掉坑里了，赶紧回去换衣裳吧。

蔫有准儿一看也是，才只好作罢。

蔫有准儿这一顿午饭也没吃痛快。下午，儿子回来了。不知在哪儿喝了酒，迷迷瞪瞪地回到自己的西屋把门一关就睡了。蔫有准儿虽然有气，也不敢去招惹他。本来就憷儿子，知道这会儿去跟他掰扯上午的事，他刚喝了酒，一使劲说出几句犯浑的话，自己也得听着。

回到自己的东屋，一个人正生闷气，赵老柱推门进来了。

一见蔫有准儿这样子，笑着说，这是又咋了？

蔫有准儿看见村长，也就不瞒着，把这一上午的事都说了。

赵老柱一听更乐了，翘着元宝嘴说，这么有意思的好戏，我咋没赶上，抹不抹屋顶先别说，两个猴儿闹了一头响，先是一只窜天猴儿，后来又弄了一个泥猴儿！

蔫有准儿叹口气，你还有心思说笑话。

赵老柱说，算啦，自己生的儿子，啥德行还没数儿？一会儿我说说他。

又问，这混球儿呢，这会儿在哪儿？

蔫有准儿没好气地说，刚又在外面喝了回来，在他那屋，挺尸呢！

赵老柱扭身朝西屋来，走了几步又站住，想想说，这事儿，挺怪啊。

蔫有准儿说，有啥怪的？

赵老柱说，这曹广林，上午来你这儿干啥？

蔫有准儿说，好像也没啥事儿。

赵老柱摇摇头，不对，来你这儿就为干这点活儿，弄一身泥就回去了？

说着又看看蔫有准儿，他是这种人吗？

蔫有准儿说，那就知不道了。

三河口一带的土话，没好气时，把不知道说成"知不道"。

赵老柱又想了想，摇摇头，就来到甯天猴儿的西屋。

一推门，一股呛鼻子的酒味儿差点儿把他噎出来。来到床前，见甯天猴儿还趴在床上呼哈儿地睡得正香，在他屁股上拍了一巴掌说，起来！

甯天猴儿立刻醒了，爬起来刚要急，一见是村长，揉揉眼，没吭声。

赵老柱问，渴呗？

甯天猴儿嗯了一声。

赵老柱回身出来，见堂屋的桌上放着一把瓷壶，里边还有半壶凉茶，给他拎进来。甯天猴儿接过去对着壶嘴儿喝了一气。赵老柱接过来，放到一边，问他，三宝跟你说了吗？

甯天猴儿想了想，问，东金旺的事？

赵老柱说，是啊。

甯天猴儿说，好像，说了。

赵老柱说，别好像，到底说没说？

甯天猴儿又想了一下，说了。

赵老柱问，咋说的？

甯天猴儿说，就说，那边有个演出。

赵老柱点点头，好吧，我来就是告诉你，人家东金旺这回可是个挺重要的大活动，不光镇里和县里的领导要来，听说还有天津的专家，去了给人家好好儿演，别耍活儿，听见没？

窜天猴儿低着头，嗯一声。

赵老柱又狠声说，先说下，你这回要是再惹事，回来，我把你的屁屁挤出来！

窜天猴儿嘟囔了一句，我先拉干净了。

赵老柱在他的脑袋上又打了一巴掌。

9　搭擂台

肖圆圆这次去县医院，也有意外收获。路上，从赵老柱的嘴里不仅知道了很多村里的情况，也得到一些有用的信息。关键是这个东金旺村。当初去实习，一直都在基地，跟村里接触不多。虽然也听过一些关于张少山和这个"金旺有机农业联合体"的事，但具体的并不了解。这次听赵老柱一说，才意识到，应该再去看看。

下午一回村，先给张三宝打了一个电话。

张三宝没接，大概正有事。

肖圆圆来赵家坳之前，虽然没跟张三宝见过面，也听父亲说起过这人。天行健企业这几年一直资助县评剧团，但父亲对这个剧团也有看法。不过一提张三宝，还是评价很高，觉得县剧团如果都是像他这样有业务能力也想干事的人，就不会成今天这样了。这次父亲来赵家坳，一说才知道，原来这张三宝竟然还是当年张老先生的后人。关于这个张老先生，肖圆圆也听过一些事。赵老柱曾对她说过一句话，我总觉着，你爹身上有他的影子。

赵老柱的这句话，肖圆圆一直在心里琢磨。

将近傍晚，张三宝把电话回过来，问肖圆圆，是不是要商量去东金旺的事？

肖圆圆说，是啊。

肖圆圆并不知道，这个下午从县城回来，赵老柱去给张三宝送乐器时，已把肖圆圆在路上说的话对他说了，又告诉他，肖圆圆也想去东金旺村看一看。

张三宝一听就说，好啊，那就一块儿去吧。

张三宝那天晚上让赵老柱给自己算粮食账，也是第一次见肖圆圆，对她印象很好。而且感觉到了，这个刚从学校出来的年轻人这次回赵家坳，应该打算干些事。

这时，张三宝在电话里问肖圆圆，准备怎么去？

肖圆圆说，不是后天吗，到时候再定。

张三宝说行。就把电话挂了。

张三宝是头天下午跟张少山通的电话。上午，去青山镇文化中心了。文化中心的老胡一直说，平时想请张三宝这样的专业老师都请不到，现在趁他在赵家坳深入生活，一定请他来讲一次课，镇文化中心的这些基层文艺骨干也都想见见张三宝老师。张三宝这时本来没心思讲课，满脑子都是剧本的事。来赵家坳已经有些日子了，刚有一点模糊的想法，那天晚上，让赵老柱这一笔粮食账又给算蒙了。直到这时，张三宝才意识到，自己作为一个写作者，开始真正触摸到赵家坳了。张三宝在县城有一个忘年交的朋友，是一位70多岁的老中医，叫华苊苊。这华老先生经常说到一个词，叫"腠理"。有一次，张三宝实在忍不住了，问华老先生，这个腠理到底是什么意思？华老先生略一思忖说，如果从字面讲，应该是人的皮肤之下，肌肉之上的那个地方。不过在中医就没这么简单了，俗话说，好大夫眼毒，能隔皮看见瓤儿，可是眼再毒的大夫隔着皮也不一定能看见腠理，这就得有更深的功夫了。

现在，张三宝觉得，自己就已接触到赵家坳的腠理了。

这个上午，老胡在镇文化中心给张三宝安排了一个讲座。张三宝事先做了一些准备，如果讲得太深，担心这些基层的文艺爱好者听不懂，会影响积极性，就打算从一个具体剧目入手，带有赏析性质，这样言之有物，大家听着也有兴趣。于是特意选了一出大家都熟悉的《花为媒》，从人物，到故事，再到唱腔几个方面讲了一下。

果然，这场讲座效果很好。

结束后，文艺骨干们又争着跟张三宝合影，还有的要加张三宝微信。等人都散了，老胡才说，跟你说句不好意思的话，来咱基层讲座，我可掏不起讲课费，只能请你吃顿便饭。

张三宝笑着说，管饭就行，本来也没打算要你的讲课费。

吃着饭，老胡又说，还有个事，也得请你帮忙。

张三宝说，说吧。

老胡说，肖大锣在赵家坳投资建超市，后来又改成大剧院，没想到这才多长时间，主体结构就要落成了，听说这次要搞个落成仪式，还挺隆重，县文旅局已经给各镇的文化中心发了通知，让每个镇最少出两个节目，明确要求，必须是评戏，清唱彩唱都行，有小戏折子戏更好，还说，建立公共文化服务体系已经几年了，这次要利用这机会检阅一下成果，看看各村镇的群众文化活动开展的情况，也有"打擂"的意思。

老胡又说，我这回是主场，咋说也不能输给人家，想出四个节目，三段彩唱，一个小戏，你给咱指导一下吧，还有，你上次说的赵老柱的老伴儿，就是那个杨巧儿，我听了，还真行，这次也准备上她一个，可她来镇上不方便，你在村里，正好给她上上弦儿。

张三宝一听是这事，笑着说，这好办。

从镇上出来，才发现，张少山已打了几个电话。

于是赶紧给回过去。

张少山一接电话就说，你在哪儿呢？一上午不接电话。

张三宝说，镇上搞讲座，手机放静音了。

又问，有事？

张少山说，找你，当然是吹拉弹唱的事，让你去开辟市场，你也干不了。

张三宝笑了，别这么说，真逼到这份儿上，也没准儿。

又问，又要节目？

张少山说，先说节目吧，还有别的事。

张三宝说，你那边的活动不是刚搞完吗？

几天前，东金旺和西金旺两个村联合举办第五届"幸福拱门文化节"，张三宝刚给开幕式组织了一台节目。张少山说，是啊，现在这文化节的活动还在延伸，大后天，金旺有机农业联合体要和天津农大的实验室搞一个隆重的签约仪式，这个签约意义很重大，来参加的嘉宾也多，就准备搞一台由东金旺人自己演出的节目，现在别的都齐了，只还差小戏，现成的折子戏也行，总之，压轴儿和大轴儿全归你，从县剧团给弄两个呗？

张三宝一听说，行，这简单。

张少山又问，听说赵家坳有个叫窜天猴儿的武二花，有一手"云中坐"的绝活儿？

张三宝说，是，我没亲眼见过，你要就一块儿带过来。

这时，张少山才说，还有个事。

张三宝笑了，你还有多少事，都一块儿说。

张少山说，你肯定听说了，过些日子，赵家坳有个大活动。

张三宝一听就明白了，应该也是让自己去辅导节目。张少山说，就是这意思，这次梅姑镇准备出两个节目，这两个节目都拍给东金旺了。说着就笑了，也难怪，谁让咱现在名气大呢，我跟文化中心的老周说了，甭两个，这次我出三个。

张三宝笑了，你可真不嫌事儿大。

张少山哼一声，反正俩羊是赶，仨羊也是放，多一个少一个无所谓。

张少山告诉张三宝，现在节目都有了，三段唱，都是彩唱，行头和一应物什，都由联合体出资，联合体的牵头人金尾巴说了，这也是代表"金旺有机农业联合体"的形象，别疼钱，演出需要的东西该买买，该置置，费用由联合体统一出。

张三宝说，你就说吧，让我干什么？

张少山这才说出自己的想法，让张三宝抽时间，踏踏实实地来住两天，把这几个节目给顺一顺，现在东金旺和西金旺别说在梅姑镇，在整个海州县也有名有姓，听说这次演出还有打擂的意思，总不能输给人家。又说，他之所以跟文化中心的老周说，干脆出三个节目，是打算让西金旺也参与一下，现在他们那边的文艺活动刚开展，也有这个积极性，借这机会，让他们去外面露露脸儿，不求拿名次，就为上台见一见世面。

张三宝想想说，先说这回的节目吧，大后天？

张少山说，大后天，我去车接。

张三宝说，我这边不用，你的车去县里接演员就行了。

张三宝去东金旺的头天晚上，又给肖圆圆打了一个电话，商量明天的事。他告诉肖圆圆，这次演出，东金旺也请了窜天猴儿，明天让他一块儿去。

肖圆圆说，让他跟我的车吧。

张三宝说，这小子可活泛，你盯住了。

肖圆圆笑笑说，放心，保证给您送到。

10 从"金旺1号"到"金旺2号"

赵家坳在梅姑河上游，又是三河口，当初去下游的东金旺，要绕蓟运河大桥，走一段大堤，再绕回国道。现在可以走高速，近了一些，也比过去方便多了。

前一天晚上，肖圆圆给在东金旺实验室工作的一个同学打了电话。这同学叫宋佳，湖南人，身材娇小，也很聪明，当初和肖圆圆住同一个寝室。那时刚失恋。当初的男朋友也是高中同学，叫李非凡，高考时考到南方的一个外国语大学。后来给宋佳寄来一封信。现在已经很少有人用这种方式联系，所以宋佳一接到信就有了预感。果然，打开信一看，写得很简单，这位非凡同学说，他是学法语的，而且读的是高级翻译学院，将来要从事的工作不言而喻，而宋佳学的是农业，这里倒没有孰高孰低的意思，只是觉得专业相距太远，将来很难再有共同语言，所以反复考虑，还是做个普通朋友吧。宋佳看完了信立刻要打视频电话，这才发现，这位非凡同学已把她的微信删了。于是气得哭了一晚上。肖圆圆起初没理她，后来看她一直哭，停不住，才问，是不是因为这封信的事，写什么了？

宋佳跟肖圆圆要好，就把这信给她看了。

肖圆圆看完就笑了，说，问你句话吧。

宋佳抹了下眼泪，说。

肖圆圆说，你现在读农业，后悔吗？

宋佳说，干吗后悔，我高考时报的几个志愿，都是农业。

肖圆圆说，这不就得了。

宋佳看看她，不知这话什么意思。

肖圆圆说，《论语》有句话，道不同，不相为谋，知道吗？

宋佳说，中学时学过。

肖圆圆嗯一声，现在是，道不同，不相为爱。

宋佳扑哧气笑了，你净是奇谈怪论，孔老夫子听见了，也得让你气得坐起来。

肖圆圆正色说，你说错了，这不是奇谈怪论。

然后，就把自己跟高翔的事，对宋佳说了。

宋佳听了叹息一声，看来，咱俩是同病相怜啊。

肖圆圆说，你又说错了。

宋佳说，是啊，你是甩了人家，我是让人家甩了，当然不一样。

肖圆圆说，我意思是说，这不是同病相怜，咱应该额手称庆。

宋佳说，庆个屁，你满脑子都是什么莫名其妙的想法儿啊？

肖圆圆把头一扬说，两个未来的、卓有成就的女农业科学家，那俩傻老二，他们有这福气吗？说着从床上蹦下来，拉起宋佳说，走，上街吃冰激凌去，咱也胖一回！

这以后，宋佳跟肖圆圆也就更成了无话不说的朋友。

这个晚上，宋佳一接肖圆圆的电话，知道她已回赵家坳了，先是呀的一声。当初在学校时，肖圆圆曾说过，她虽然从小就从村里出来了，但毕业以后还要回去。

这时在电话里说，你真回去了？

肖圆圆说，是啊，有些日子了。

宋佳说，你可真行，说回去就回去啦！

肖圆圆说，我是学农业的，不回赵家坳，在天津的劝业场种庄稼啊？

她这一说，两人就在电话里笑起来。

肖圆圆又告诉宋佳，明天要去东金旺，了解一下那边的情况。宋佳一听高兴得直叫，告诉肖圆圆，现在"金旺有机农业联合体"比她当初在这儿实习时，搞的规模更大了，而且最近又有大动作，正准备跟实验室合作，把牛大衍教授带领的团队刚培育的小麦新品种"金旺2号"，在东金旺和西金旺大面积种植。这一届的"幸福拱门文化节"上，有机农业联合体跟实验室要有几个重要的签约仪式，为的就是这件事。

肖圆圆说，我这次去，就是想看看这个新品种。

肖圆圆当初去东金旺的基地实习时，牛大衍教授的"金旺1号"刚培育出来，正准备培育下一代，没想到现在"2号"已经出来了。于是对宋佳说，明天去了，再具体说。

第二天，肖圆圆一大早就起来了。

肖圆圆这些年有个习惯，从不化妆。但也不是完全素面。她发现有一种特殊的润肤霜很好。一般的润肤品只是起到滋润皮肤的作用，再高级的也就是含一些特殊成分，能为皮肤提供营养。但这种润肤霜不仅可以滋养皮肤，还有一些颜色，是一种极淡的胭脂红，而且还有一些不知是什么成分，搽在脸上很舒服，显得气色也很好。只是这种润肤霜的价格很高。不过肖圆圆的这笔账是这样算的，如果像别的女孩儿，每天出门之前都要反复化妆，那么哪怕是普通的化妆品也价格不菲，更不要说高级化妆品。现在自己用的这个润肤霜虽然贵一些，但跟这些化妆品一比就很便宜了，何况也省去很多化妆时间。

这样一算，也就并不贵了。

早晨正要出门，张三宝又打来电话，说，赵传已在我的车上，让他跟我走就行了。

又问，你认识路吗？

肖圆圆说，手机可以导航。

张三宝说，那好，到村里咱就各忙各的吧，有事随时联系。

说完，就匆匆把电话挂了。

这个上午，肖圆圆一到东金旺，就直奔实验室来找宋佳。

两人已经很长时间没见了。但这时，肖圆圆顾不上说别的，先问她关于"金旺2号"的事。宋佳知道，肖圆圆这次就是冲这"2号"来的，告诉她，已经给她准备了一些资料，走时带上就行了。肖圆圆等不及回去看，让她先说一下，这个新品种的性状有哪些特点，跟上一代比又有什么明显的优势。宋佳一听就笑着问，你急着回去吗？

肖圆圆说，急倒不急，可不急也急。

宋佳乐了，你这一回评剧之乡，说话也像绕口令了。

又说，你如果不太急，就在这儿踏实住两天，可以详细了解一下。

肖圆圆说，我还想去看看他们的联合体。

宋佳说，这好办，跟少山主任说一下就行了。

正说着，张少山来了。

肖圆圆虽然来这里实习过几次，但都是实习生的身份，跟张少山也就没有太多接触。这次张少山听张三宝一说，才知道，敢情她是肖大锣的女儿，立刻过来。一见肖圆圆就说，我最佩服你爹，听说他当初是拎着一把锯出去的，就干成今天这样。

又问，真是这样吗？

肖圆圆笑着说，是倒是，不过有的事，也传得有些神了。

宋佳在旁边说，我还真没听你说过，你爸爸这么有名啊？

张少山说，看来小宋老师不知道，她爹在咱海州县，可不是一般的人物。

肖圆圆又笑了，让您一说，就严重了。

张少山说，我这眼下正忙，今天有大活动，村里那边还一堆事儿，就不跟你客气了，实验室这边除了你的老师就是同学，想问啥，跟他们说就行了。

肖圆圆说，我还想了解联合体的情况。

张少山说，行，等忙完了，我跟你说。

然后又跟宋佳交代了一下，就匆匆走了。

宋佳带着肖圆圆来到村外。肖圆圆发现，这里跟当初自己来实习时，确实又不一样了。已是秋天，晚庄稼开始成熟了。田野里飘着玉米秸和玉米穗特有的甜香。可以看出，现在的有机农业联合体已经把东金旺和西金旺两个村的耕地连成一片了。尽管是一河分两岸，但农田已是你中有我、我中有你，水利系统也统筹规划，排灌网渠纵横交错，远远看去，已经浑然一体了。肖圆圆看着眼前的一切，有些感慨。这边的农田跟赵家坳相比，真是天壤之别。

这时，宋佳说，到白露前后，就要耩冬小麦了。

肖圆圆问，今年就种"金旺2号"？

宋佳说，是啊，今年就种"2号"。

这个下午，张三宝把节目的事一忙完，就来找肖圆圆，说自己马上要回去，赵家坳那边还有事，问她打算什么时候走。肖圆圆说，还没想好。张三宝说，这个赵传，演出一完就不知窜到哪儿去了，本想带他一块儿回去，可在村里找了一圈儿，也没见他的人影。

肖圆圆说，我回去带上他就行了。

张三宝说，那就交给你了。

说完，就开上车走了。

中午，肖圆圆吃了饭，在宋佳的宿舍里休息了一下。起来之后洗了把脸，宋佳跑来了，对她说，牛大衍教授说，晚饭之后可以抽时间，跟她见一下。

肖圆圆一听很高兴。这个机会太难得了。

肖圆圆在学校读研时，就总听说牛教授，知道是个传奇人物，整天扎在农村的试验田里，平时很少回学校。但来这边实习几次，也一直没见到。听说他在南方和东北还有几个实验基地，所以总是来回跑。没想到这次来东金旺，正好他在。

这个晚上，肖圆圆终于见到了牛教授。

牛教授已经60多岁，看着不像知识分子，高身量儿，窄长脸儿，由于长年在试验田里风吹日晒，肤色有些黑。他已听宋佳说了，肖圆圆是农大的学生，一见面就很亲切。知道她对"金旺2号"感兴趣，就先给她介绍了一下有机小麦是怎么回事，又从"金旺1号"讲到"金旺2号"，再说了它们跟有机小麦的关系。然后说，现在他的团队已经在着手研究下一代，也就是"金旺3号"。又说，他看了宋佳准备的资料，又让她重新丰富了一下，有科普的，也有专业的，其中还有一些具体数据，回去看了，如果有问题，随时可以跟宋佳联系。

肖圆圆一听很兴奋。兴奋之余，又有些感动，到底是自己母校的老师。

于是由衷地对牛教授说，自己的老师，我就不说感谢的话了。

牛教授一听就笑了，笑得很响亮。

然后，摆着大手说，当然不用谢，我干的就是这一行，现在，咱们国家的粮食问题已是头等大事，过去只讲解决吃饭问题，现在没这么简单了，已经上升到国家战略。

肖圆圆一听把眼睁大了。她没想到，牛教授把粮食问题上升到这个高度。

牛教授严肃起来，这不是我上升的，现在就是这么回事。

又说，我听宋佳说了，你是咱学校的高材生，以后有什么事，我一定支持你。

肖圆圆说，我也不客气，有事儿就冲您说。

牛教授笑着嗯一声，行，一看这冲劲儿，就像搞农业的。

宋佳噗地笑了，说，她真冲的时候，您还没见呢。

肖圆圆使劲看她一眼。

11 "裤子规律"与"零酒原理"

这个晚上，肖圆圆睡得很踏实。

这是基地的学生宿舍。当初来实习，每次都住这里。由于是在村外，地方很宽敞。这是一个"U"字形的平房大院，坐北朝南和东西两侧，各有一排平房。北面的一排是办公室和资料室，还有一个会议室和两间教室。东面是男生宿舍，西面是女生宿舍。不过看得出来，现在条件更好了，宿舍的设施几乎和学校那边一样了。院子也很漂亮，草木葱茏，曲径通幽，院子的当中还有一个池塘。塘边建了一个古色古香的亭子。

肖圆圆这个晚上躺在床上，有一种回到母体的感觉。关键是，空气中还有一股甜丝丝的味道。这是植物的气味，应该是成熟的庄稼散发出来的。

第二天一早，宋佳把一兜资料拎过来。

一见肖圆圆就说，昨晚，也没来陪你。

肖圆圆刚起，笑着说，知道你忙。

宋佳说，这么长时间没见了，一肚子话呢。

肖圆圆笑着打了她一下，又有情况啦？

宋佳说，那倒不是，在这儿哪儿都好，就是少一个你这样的人，没法儿说话。

肖圆圆说，不用急，我这次回来就不走了，以后你去我那儿，我来你这儿，都方便。

一边说着，就迫不及待地拿出这些资料翻着看。

宋佳说，牛教授特意交代，把这些资料整理成两部分，一部分是科普的，主要讲有机小麦的特点，跟传统小麦有什么区别和未来的市场预测，另一部分是介绍"金旺1号"和"金旺2号"的特点以及它们的代际关系，各自有什么优势，再有就是一些论文汇编的复印件，都是从专业角度，详细论述这个新品种的性状和未来的意义，还有一些专业数据。

宋佳又说，你先看资料，实验室还有点事，我去一下，一会儿就过来。

说完就匆匆走了。

肖圆圆先把科普资料看了一下，对有机小麦的具体情况有了一些大概的了解。让她感到意外的是市场预测。这种有机小麦，由于特殊性，虽然在种植成本上要远高于传统小麦，但将来的市场预期也很惊人，价格几乎要高出普通小麦几倍，有的甚至十几倍。如果这样，上次村主任赵老柱算的那笔粮食账，就应该是另一种算法了。

肖圆圆看到这儿，立刻兴奋起来。

这时手机微信响了一下。打开一看，是牛教授发来的微信邀请。肖圆圆立刻添加了。牛教授用语音说，有了微信就方便了，他已跟宋佳交代了，如果有什么问题，找他不方便，可以找宋佳。肖圆圆立刻回复说，跟宋佳是本科时的同学，当初还住一个寝室，一直有微信，知道牛教授忙，后面如果有事，就先跟她说。牛教授又说，这个上午，他在"J3"试验田，先让宋佳带她去地里转转，到"J1"和"J2"看一看，然后可以去"J3"找他。

这时，宋佳和张少山一块儿来了。

张少山说，那边的事总算都忙完了，这才顾上过来。

又说，也没照顾你。

肖圆圆说，不用照顾，从哪个角度说，咱都不是外人。

张少山说，是啊，我一直崇拜你爹，用现在时髦的话说，就是他的粉丝。又说，听说他在你们赵家坞有个绰号，叫肖大锣，我就是他的螺（锣）蛳（丝）粉。

肖圆圆笑着说，难怪您学过相声，说话跟别人就是不一样。

一边说笑着，就一块儿出来，朝村北的试验田这边走过来。

这时，肖圆圆对张少山说，这个上午，我把资料大致看了一下，在这之前，其实对有机小麦是知道的，不过这次一看，才了解了一些具体情况，把以往的很多想法都颠覆了。

张少山笑着说，这么严重啊，都颠覆啥想法了？

肖圆圆就对张少山说起赵老柱算过的那笔粮食账。

张少山一边抽着烟，仔细听着。

最后说，确实是这么个账，这里还有一个原因，也很普遍。

肖圆圆说，您说。

张少山说，各家手里的承包地，当初分得太零碎。

肖圆圆没明白。

张少山说，眼下各村的情况都大同小异，当初分地时，考虑到各种因素，比如肥地薄地，离水源远近，都得搭配着来，这一下，哪怕一家分十几亩地，说不定也得切成几块，本来就已经分散了，再这样东一块西一块地一拆，农用机械根本进不去，就是进去了开不了两步，弯儿都拐不过来。说着摇摇头，你想，如果不用大机械，不是又退回到过去了吗？

肖圆圆这才明白了。

这时，又想起赵老柱算的另一笔账，这跟整桶酒拆零卖应该也是一个道理。

想想又问，这个问题，东金旺是怎么解决的？

张少山笑了，别忘了，现在我这里是农业联合体，只要加入这联合体的农户，也就可以把自己的承包地一块儿加入进来，当然，都是自愿的。

肖圆圆立刻问，有不自愿的吗？

张少山说，刚开始有，不过谁也不傻，庄稼人的心里，都揣着自己的小九九儿。

肖圆圆说，后来也就都同意了？

张少山乐了，谁再不同意，除非是脑袋在梅姑河里泡了。

一边说着，已来到村北。这边的农田虽然也是一片一片的，但如果细看就能发现，还是分成不同的地块儿，而且每块地的地头都插着木牌，标着号。肖圆圆老远就看见，牛教授戴着一顶草帽，挽着裤腿，正在一块试验田里，看样子正察看墒情。

于是就笑着走过去。

牛教授抬头说，老远就看见你们说得挺热闹，还说有机小麦的事呢？

肖圆圆说，我这次来，收获可太大了。

牛教授问旁边的宋佳，资料都准备了？

宋佳说，一早都拿过来了，这一上午，她一直在看。

肖圆圆说，现在看来，传统种粮成本过高，是一个大问题。

牛教授说，是啊，如果成本高而粮价没高，利润当然就低，这一来自然影响种粮的积极性，再有就是农业的产业结构要合理，所以现在，才提出大农业的概念。

肖圆圆一听更兴奋了，这个大农业的概念在学校时就知道，但一直没仔细研究过。于是看看牛教授，又看看张少山说，我注意了，上次县里的融媒体报道金旺有机农业联合体时，曾说过，现在东金旺和西金旺正在朝着大农业的方向发展，能具体说说吗？

牛教授回头冲张少山说，你是村主任，你说吧。

张少山笑了，你学问大，又是教授，还是你说吧。

牛教授说，行，我就简单说说。

牛教授给肖圆圆讲，过去的传统农业，都是只管种，不管加工，从地里把粮食收上来，最多在场上一晾晒就完了，这也就是传统的说法，所谓颗粒归仓，至于后面的事从不考虑。这一来，辛辛苦苦一年种出的粮食，最后却让人家加工环节把钱挣走了。

肖圆圆说，这个问题，我还真没想过。

牛教授说，举个例子，比如服装，你说，是做裤子的挣得多，还是卖裤子的挣得多？

肖圆圆想想，摇头说，这服装的事，我就更外行了。

牛教授说，那我告诉你，在某种意义上，卖的远比做的挣得多。

肖圆圆一听，又把眼睛大了。

牛教授笑着说，没想到吧，这就是市场规律。

肖圆圆哦一声，有些明白了。

牛教授说，当然，这粮食和服装不是一回事，但也有相似的地方。

肖圆圆说，您的意思是，搞大农业，也就可以把这个问题解决了？

牛教授说，这只是其中一部分，所谓大农业，是一个很大的概念，真要说起来就没这么简单了，不过可以这样说，在它解决的诸多问题中，这是其中的一个重要问题。

肖圆圆由衷地说，听您一讲，我真是醍醐灌顶啊。

张少山在旁边说，现在有个时髦的说法，叫用数字说话，我再给你算一笔账，咱就说今年的行情，一斤小麦的价格是1.12元，一斤面粉是1.7元，这中间的差价是0.58元，而一斤二两五小麦就能出一斤面粉，这就是中间的利润，这个账很简单，你算吧。

接着又说，当然，这还只是小麦，别的作物利润就更大了。

牛教授说，所以啊，咱们的农业，也要从种植向加工延伸。

肖圆圆问，这也就是您说的，大农业要解决的问题？

牛教授说，简单说就是这么回事，但只是其中的一个问题。

又说，当然，大农业也就是现代农业，还要有科技支撑，这说起来外延就很大了。

宋佳在旁边噗地笑了，问肖圆圆，怎么样，有头脑风暴的感觉吗？

肖圆圆说，不光头脑风暴，简直是烧脑啊。

说着又点点头，我这次，真来对了。

12　打醉猴儿

肖圆圆有一种感觉，在这个世界上，除去亲人，同学关系是最近的。

现在时兴同学聚会，年轻人搞，中年人搞，上了年纪的人也搞。曾有人分析，表面看，上年纪的人搞这种聚会，是想寻找年轻时的感觉，本来那个时代的人和事都已留在记忆深处，现在老同学一见，就好像当年一下又活生生地回来了。中年人搞聚会，其实搞的是关系，大家到这个年龄，都已有了一定的人脉和资源，就像那句俗话说的，多个朋友多条道，何况还不是朋友，是同学，彼此知根知底。而年轻人搞聚会，则是图个热闹，大家刚出校门，还留恋上学时的日子。但从更深层看，其实还有一个原因，无论哪个年龄的人，心里都明白一件事，同学关系是最单纯的，彼此没有竞争，也就没有任何的利害冲突，大家和则聚，不和则散。散了也无所谓，而聚，则只有利不会有害。

但肖圆圆对宋佳，却是另一种感觉。

这是一种说不清的亲切感，既不同于亲姐妹，也不同于知心朋友。亲姐妹就不用说了，如果是知心朋友，哪怕再知心，一段时间不联系，渐渐也就淡了。是朋友就得交往，所以才叫交朋友。但宋佳不用，平时没事从不联系，甚至到了中秋节或春节，想不起来也不发祝福信息。但每次一联系，就像是刚刚联系过，没有一点时空的间离感。肖圆圆觉得，这样的关系就是一辈子的关系，说不出是温暖还是亲切，总之，好像一切都不言而喻。

中午，张少山要请肖圆圆吃饭。又特意说，是以他个人的名义。

张少山说，这顿饭不是请你的，是请你爹，你不过是替他吃。

肖圆圆笑着说，那好吧，我就替我爹心领了。

宋佳对张少山说，您就别管了，中午，我俩在食堂吃就行。

张少山这才说，好吧，看出来了，你俩的关系，用现在时髦的说法，叫闺蜜。

肖圆圆说，同学。

张少山立刻点头，对对，是同学。

实验室这边有个小食堂。中午，宋佳把饭打回来，两人在宿舍一边吃，这才顾上说自己的私房话。肖圆圆问宋佳，以后是怎么想的，有什么打算。

宋佳说，我有一种很奇怪的感觉，本来是湘西人，老家很潮湿，按说来这边，这种干燥的天气应该不习惯，可是却很适应，尤其到秋天，这种干爽觉着特别舒服。

肖圆圆笑着说，那就别回去啦。

宋佳也笑了，你留我啊？

肖圆圆正色说，我留你，将来在这儿嫁人，落户吧。

宋佳挤挤眼，我这湘妹子，找个当地男人，肯定是强势基因，杂交品种可有优势啊。

两人说着，饭也不吃了，立刻笑成一团。

笑了一会儿，宋佳问，你那个高翔，就这么让他远走高飞了？

肖圆圆说，提这人没意思，他倒想飞回来，可飞回来也没他落脚儿的地方了。

宋佳立刻问，怎么，这位置又有人了？

肖圆圆说，这倒没有，还虚席以待呢。

这一说，两人又笑起来。

这时，肖圆圆无意中发现，手机的提示灯一直在闪，说明曾有微信进来。于是拿过来打开，果然，有陈进的几条信息。前一条问，是否方便接电话。大概发了几条见没回复，索性又发了一条语音，让肖圆圆方便时，回一个电话，有事要说。

宋佳伸头看了一眼问，这又是谁啊？

肖圆圆说，一个中学同学，在县医院的院办。

宋佳坏笑了一下，规矩真大啊，打电话还得先请示，问方便不方便。

肖圆圆瞪她一眼，别想歪了啊，没有的事儿。

一边说，就把电话打过去。陈进一接电话就说，过两天，他要跟医院的一个筛查小组下乡，按计划有青山镇，但没有赵家坳，如果肖圆圆有时间，他过来看看她，顺便送点药。

肖圆圆立刻说，我没时间。

陈进问，一点时间都没有吗？

肖圆圆说，我不在村里。

陈进哦一声，试探着问，你在哪儿，县城？

肖圆圆半真半假地说，我在哪儿还要跟你汇报啊，隐私懂不懂？

陈进很知趣，立刻不问了，又说了两句别的就把电话挂了。

宋佳问，你有病啊？

肖圆圆说，你才有病呢。

宋佳说，没病，他送什么药？

肖圆圆嗨一声，没事儿找事儿呗。

宋佳看看她，故意叹口气。

肖圆圆翻她一眼，又憋什么呢，肯定没好话。

宋佳说，我是为你发愁，将来得多大胆子的男人，才敢娶你啊。

肖圆圆说，是啊，我也正愁这事儿呢。

两人说着又笑起来。

肖圆圆本打算吃完午饭就回去了，这时才想起来，从昨天到现在，还一直没见窜天猴儿。想了想，他是跟张三宝的车来的，不可能不打招呼就自己回去了。

于是给他把电话打过去。但响了半天，一直不接。

张少山听说肖圆圆要走，过来送她。

肖圆圆对他说，不能等了，您跟他说一下，让他自己想办法回去吧。

张少山说，这你不用担心，他毕竟是我们请的演员，我派车送他。

接着就想起来说，哦，对了，我昨天看见了，他在这边有个朋友，看样子两人还挺好，就是旁边向家集的，倒不远，也就二里多地，他是不是跟这朋友去那边了？

肖圆圆说，真去向家集，给他打了几个电话，也不会不接啊。

张少山乐了，这向家集是个出酒的地方，满街都是烧酒锅。

肖圆圆一听哼了一声，那完了，肯定又喝大了。

张少山说，我问问吧。

说着拿出手机，给向家集的村主任向有树打过去，问他，看没看见向牛子？

张少山问的这个向牛子，就是窜天猴儿的朋友。

向有树在电话里问，找向牛子啥事？

张少山这才说，找他不为找他，是要找赵家坳一个叫窜天猴儿的，他俩是朋友，看是不是跟他在一块儿。又说，赶紧去村里找一下，如果找着了，跟我说一声。

一会儿，向有树的电话打过来，乐着说，找着了，你说的这窜天猴儿是不是精瘦？

张少山说，是啊，不瘦能叫猴儿吗？

向有树说，那就对了，是在一块儿，不过还有一个人，这仨人醉了一对儿半。

张少山一听也乐了，问，那个是谁？

向有树说，也是我这村的，向牛子的一个小兄弟，这会儿都在烧酒锅躺着呢。

这时，肖圆圆在旁边已经听明白了。

张少山挂了电话问，你说吧，咋办？

肖圆圆明白，现在只有两个选择，或者去向家集接窜天猴儿，或者干脆就不管他了。

想了想，还是说，去接他吧。

张少山说，我带你去。

肖圆圆开上车，和张少山来到旁边的向家集。一进村，就直奔"洪记烧酒锅"来。

向家集是个有名的酒村儿，家家会酿烧酒。这儿的烧酒锅还是老年间留下的习惯，不光卖酒，也能在锅上喝，有点儿像酒肆。喝醉了酒锅的人也不嫌，可以躺在锅边就睡。这时，窜天猴儿和向牛子几个人还横躺竖卧在酒锅旁边，呼天哈地大睡。

肖圆圆来了一看，立刻气不打一处来。

张少山过来捅了捅窜天猴儿，没有醒的意思。

肖圆圆朝旁边看了看，见地上放着一个水桶，过去舀了一舀子凉水，哗地浇在窜天猴儿的脸上。窜天猴儿一激灵醒了，噌地蹦起来，瞪着眼看看张少山，又看看肖圆圆。

肖圆圆扔下水舀子说，走吧。

说完，就转身出来了。

窜天猴儿让这一舀子凉水一浇，反倒给浇精神了。回来的路上，坐在肖圆圆的旁边还碎嘴子，一直叨咕着说话，肖圆圆沉着脸开车，也不搭理他。他上赶着说，昨天来东金旺，没想到碰见当初的师兄弟儿，就是刚才这向牛子。当年在县城，他也一块儿学戏，但是大了几岁，师父说他的筋已经硬了，嗓子也喊不出来了，要哪儿没哪儿，也就没学成。

又说，其实自己也不叫学成了，就是个半屡子。

说着又摇摇头，叹口气说，都说一日为师，终生为父，其实师兄弟也一样，见面还是亲，昨天演出下来，牛子非拉着去他们村喝酒，没想到这一喝就大了。

肖圆圆一直耷拉着脸，没理他。

快进三河口时，窜天猴儿嘟囔着说，饿了，打昨儿晚上就没吃东西，光喝酒了。

肖圆圆见前面河边有一家小饭馆儿，就把车开过来，在门口停下。窜天猴儿一看是个鱼馆儿，高兴了，搓着手说，这地方好，我就爱吃鱼。

肖圆圆从车上下来，把这兜资料递给窜天猴儿，让他拿着，锁上车，就头前走进小饭馆儿。窜天猴儿拎着资料在后面嘟囔着说，这东西拿下来干啥，还怕丢咋的？

肖圆圆没理他，在一张桌前坐下了。

窜天猴儿又哼唧了一句，我可没钱。

肖圆圆点了菜，一边看着自己的资料，翻他一眼说，你吃就行。

窜天猴儿又哼唧了一句，来点儿酒吧。

肖圆圆放下手里的资料，歪起头看看他问，你还有别的事吗？

窜天猴儿嘟囔着说，这叫还魂酒，喝大了醒了还得喝，要不酒功就废了。

肖圆圆瞪他一眼说，没酒！

窜天猴儿问，真没酒？

肖圆圆说，没有！

窜天猴儿站起来就走。

肖圆圆喘了口气，冲他说，回来！

窜天猴儿站住了。

肖圆圆叫过饭馆儿的人，给他拿了一瓶啤酒。

窜天猴儿翻翻眼皮，我从不喝啤的，要喝就喝白的。

肖圆圆朝周围看一眼，压低声音说，咱可先说下，你再喝大了，我把你扔河里！

酒拿来了。窜天猴儿一看乐了，也不客气，给自己倒了一杯就喝起来。

肖圆圆不再理他。自己一边吃饭，一边看资料。

吃了一会儿，一抬头才发现，这瓶白酒已经快喝完了。再看窜天猴儿脸上的表情，有些不对劲。这才意识到，他这"还魂酒"不光没把魂还回来，可能又还回去了。

这一下肖圆圆气更大了。但旁边的几个桌上有人，又不好当着别人发作，于是压着心里的火儿，把饭馆儿的伙计叫过来结了账，回头看他一眼说，走吧。

说完就起身头前走了。

走了几步，听听身后没动静。回头一看，窜天猴儿坐在那儿没动。

就又冲他说了一句，快走啊？

窜天猴儿说，走不了。

肖圆圆问，怎么回事？

窜天猴儿说，站不起来了。

肖圆圆这才发现，他的眼神已经凝了，大眼犄角儿也耷拉了。显然，又喝大了。

于是忍着气回来，扶起他，慢慢从饭馆儿出来，打开车门，让他坐进去。但肖圆圆有气，使的劲太大了，几乎是把他扔进车里的，刚才出来又让河风一冲，窜天猴儿往车座上一趴哇的一下就吐了，登时吐得车上到处都是。肖圆圆想探身看看里面，刚一伸头就让车里的臭酒味儿熏出来。她这时已经气得两眼发黑。没办法，只好把他又从车里拖出来，扔在地上，去饭馆儿借了一个水桶，打水清洗车里。换了几桶水，好容易清理干净了，又把车门打开，放了一会儿气味，才把窜天猴儿又弄回到车上。

这时，窜天猴儿已经又睡死了。

肖圆圆开上车走出一段，才突然想起来，这半天没看见从东金旺带回的那兜资料。于是赶紧把车停在路边，下来在后座上翻着找了找，没有。再一想就明白了，肯定是刚才这一折腾忘在饭馆儿了。心一下就提起来，赶紧上车，又掉头朝小饭馆儿开回来。

饭馆儿老板是个胖子，说话声音挺细，一听落东西了，倒不着急，过来一边帮肖圆圆找，说没关系，只要是肯定落在咱这儿，就丢不了。

但找了半天，没有。

饭馆儿老板问，到底落的啥？

肖圆圆说，一兜资料。

老板听了想想问，是不是，一堆纸？

肖圆圆说，对，就是一堆纸。

老板说，刚才伙计说，在门口儿的地上捡了一堆纸，不知谁扔的，这东西肯定好烧。

肖圆圆一听就明白了，这小饭馆儿是用传统的大铁锅炖鱼，烧的还是柴火灶，肯定是把自己刚才洗车时落在外面的资料当成废纸，看着又有油墨，拎到后面烧大灶去了。

这一想，就赶紧奔后面来。

果然，见一个小伙计正把这些资料攥成一团一团的往灶坑里填。她赶紧大叫一声扑过来，从这小伙计的手里把还没烧的资料夺下来。但再看，已经烧了一大半。

肖圆圆拎着剩下的这点资料回到车前，一看，窜天猴儿又吐了。

这一下，肖圆圆再也忍不住了，把他拽下车，去河边找了一根树棍儿，就噼里啪啦地在他身上抽打起来。窜天猴儿第二次吐完，本来感觉好些了，在后面的车座上一歪就又睡着了。这时突然被肖圆圆又拽下来，噼啪一顿打，立刻疼醒了。睁眼一看，就吱哇大叫起来。

这一下肖圆圆更来气了，他越叫就越打。

直到手上没劲了，才把这树棍儿扔在地上。

第六章　南吕

白云飘

碧水流

青山葱翠

且愿留

永驻山乡不回归

……

——《嫦娥奔月》

1　绕弯子

这几天，幺蛾子又在打一个不靠谱儿的主意。

这次的毛病，是出在曹广林这儿。

曹广林这时已经改了主意。在赵家坳转包地，用蚂蚁啃骨头的办法一家一家谈显然太笨了，也费劲，不如直接去找三河口企业。既然他们拿着这些地已经没用，干脆一脚儿踢，都转包给自己就是了。这一来他们省心，自己也省事。

但曹广林知道，这就又有一个问题。

如果去找三河口企业，自然就要找幺蛾子。当然，这么大的事，他一个副总也做不了主，肯定还要请示肖大锣。但毕竟副总也是总，从前面的一些事已看出来，至少在决策时，他也能影响肖大锣。可就在前些天，自己刚跟他打了一架，还打得很凶，不光两人都见了血，最后还闹到镇上的派出所。如果现在去跟他商量这事，他肯定不会搭理自己。

曹广林想来想去，就想出一个办法。

既然直接找不行，索性就绕一下。

他最先想到的人，就是蔫有准儿。

曹广林有一次在后街唐老好儿的小饭馆儿吃饭，看见窜天猴儿从门外的街上过。曹广林知道窜天猴儿整天在村里晃荡，犄角旮旯的事都知道，嘴也敞，只要一喝酒，肚子里的事不用问就全倒出来。于是就喊他进来一块儿喝酒。窜天猴儿对这种事当然来者不拒，尤其一沾酒，半熟脸儿也能论朋友，也就不客气，进来一坐就跟曹广林喝起来。这样喝了一会儿，果然话匣子就打开了。他说，我本来不姓赵，知道姓啥吗？

曹广林笑着说，村里这点事，我多少也知道一点儿。

窜天猴儿说，还就有你不知道的。

曹广林说，你本来姓仇，老家是海州东边下头湾子的，你亲爷是种药材的，后来殁了，你爹随你奶奶改嫁才来赵家坞，你这后爷姓赵，你爹才改姓赵，对不？

窜天猴儿眨巴了下眼说，你知道得还挺清楚。

曹广林一笑。

窜天猴儿又说，可还有一个事儿，你肯定就不知道了。

曹广林故意不经意地喝了口酒，你说。

窜天猴儿问，那幺蛾子，知道姓啥吗？

曹广林说，也是村里的独姓，姓程。

窜天猴儿又问，他娘姓啥？

曹广林说，你怎么净问娘家人？

窜天猴儿说，还就得问娘家人。

然后说，告诉你，也姓仇。

曹广林慢慢把酒盅放下了，你接着说。

宰天猴儿一拨楞脑袋，没了。

曹广林不信，正说到节骨眼儿，不可能没了。

宰天猴儿朝桌上瞥一眼，酒没啦。

曹广林笑了，在酒馆儿喝酒，还能没酒。

立刻让唐老好儿又拿来一小瓶"烧二刀"，给他满上。

宰天猴儿这才又说，幺蛾子他娘，娘家也是下头湾子的，跟我家还套着亲戚。

曹广林问，怎么个亲戚？

宰天猴儿说，要论着，幺蛾子还得叫我三叔。

曹广林乐了，这可新鲜，这三叔是怎么论的？

宰天猴儿说，大排行。

曹广林明白了，这大排行是当地话，意思是本家的兄弟一块儿从上往下排。

宰天猴儿说着，就又来气了，哼一声说，他也是无意中听他爹说，才知道跟幺蛾子有这层亲戚关系。后来跟他爹商量，既然是亲戚，去跟幺蛾子说说，他现在是副总，在企业安排个职位还不是一句话的事儿，也不要啥太好的差事，就是事儿少点儿，活儿轻省点儿，工资高点儿就行了。可他爹一听就拨楞着脑袋说：要去你自己去。宰天猴儿也知道，他爹天生是不求人的脾气，当初曾说过，有一天真没饭吃了，就是饿死，也不会冲人家手心朝上。这一想，就干脆自己来找幺蛾子。一见就问，你知道咱俩是啥关系吗？幺蛾子不知他突然来找自己，又问了这么一句莫名其妙的话是什么意思，就摇头说，不知道。

宰天猴儿说，那就先回去问问你娘，我明天再来。

第二天，宰天猴儿又来了，问幺蛾子，问了吗？

幺蛾子说，问了。

宰天猴儿问，你娘咋说？

幺蛾子说，我娘说，论着，该叫你三叔。

窜天猴儿嗯一声说，好吧，今天三叔有事儿找你。

然后，才把来意说了。

接着又说，三叔的条件也不高，只要事儿少点儿、活儿轻省点儿、工资高点儿就行。

幺蛾子一直很认真地听着。等他说完了，点头说，这样的岗位还真有。

窜天猴儿问，啥？

幺蛾子说，给我当助理。

窜天猴儿听了不太情愿，有点儿勉强地嗯一声说，那行吧，先这么干着。

不过，幺蛾子又说，得等我当了天行健集团的董事长，也就是肖大锣那个角儿才行。

窜天猴儿一下没反应过来。

幺蛾子说，现在，我还没资格用助理。

窜天猴儿这才明白，幺蛾子这是在拿自己开涮。于是没再说话，扭头就回来了。

这时，窜天猴儿喝了一口酒，愤愤地说，这王八蛋，他就是这么对待他三叔的。

曹广林跟窜天猴儿喝这顿酒，无意中知道了这样一件事。这次要转包三河口企业的流转地，就把这事又想起来。他寻思，能不能在蔫有准儿这里绕一下。不过从窜天猴儿说的话就能知道，恐怕也不好办。如果蔫有准儿连他儿子的事都不管，就更不会轻易管别人的事。但曹广林对自己的交往能力很自信，一样的话，别人说了，这事儿办不成，让自己说了，也许就办成了。这窍门儿究竟在哪儿，连自己也说不清。

这个上午，他就来找蔫有准儿。

他知道蔫有准儿平时一个人在家，就特意在快中午时来，想拉他去街上吃饭。人在两种时候心情是最放松的，一是吃饭，二是拉屎。这时，谈什么应该都好谈。曹广林想，吃饭时跟他说，帮着去跟幺蛾子说一下，上次打了架，自己事后想起来连肠子都悔青了，总想找个机会说一说，又怕他气还没消。然后再告诉他，想请他吃个饭。当然，曹广林料定，幺蛾子不会来吃这顿饭，不过把话儿递过去，杀人不过头点地，也已经有了赔礼的意思。

曹广林想，凭自己这张嘴，也许能把蔫有准儿说动。

这个中午，曹广林来到蔫有准儿的家。没想到，人算不如天算，正赶上蔫有准儿蹲在院里，正守着一堆干泥坨子生闷气。一问才知道，是他那个掉了腰子没胯骨轴儿的儿子窜天猴儿干一半扔下跑了。曹广林登时心里一喜，这可是天赐良机。于是二话没说，挽起袖子就帮着干起来。虽然最后正经活儿没干多少，可毕竟把自己从头到脚弄了一身泥。当然，弄这身泥也有故意的成分，就为让蔫有准儿看着心里更过意不去。果然，这一下就倒过来了，本来来时，是曹广林要请蔫有准儿去街上吃饭，现在倒成了蔫有准儿非要请他。曹广林当然不能让他请，好容易得着这样一个人情，这回得让他按着自己需要的方式来还。

于是连连摆手，说自己弄成这样，得赶紧回去洗澡换衣裳。

说完，就揸着两手走了。

但最后，这一晌午的劲还是白费了。

敢情这蔫有准儿的脾气比驴还犟。过了两天，曹广林又来找他。本来说话好好儿的，蔫有准儿一再说过意不去，那天中午连饭也没吃，带着一身泥就走了，这事想起来就觉着对不住。曹广林一见火候儿差不多了，刚一开口，说让他去找幺蛾子的事，他的脸立刻就像门帘子似的一下耷拉下来，摇头说，我跟他一不沾亲、二不带故，就是说了也没用。

曹广林想说，怎么会不沾亲不带故呢，他叫你儿子三叔，就得叫你三爷啊。但又想，真把这话说出来，自己的底就全露了，说明上次来帮他干活儿，就是揣着心思的。

于是，把这话咽回去，只是说，你们毕竟乡里乡亲，总比我关系近。

蔫有准儿又一拨楞脑袋说，这话，我跟他说不着。

曹广林笑笑，你跟他说不着，我可说得着啊。

蔫有准儿哼一声，你说得着，你自己去说。

一句话像个大馒头，把曹广林的嘴堵上了。

这条道儿没绕过去，就又想到赵老柱。曹广林知道，赵老柱是赵家坳的村委会主任，最关心的是怎么把村里的集体经济搞上去，所以对投资的事最感兴趣。

于是来之前，就先想好一套说辞。

这天上午，他并没来村委会，而是等在井台的东边。这儿有一个巷子，赵老柱每天早晨来村委会，都从这巷子过。曹广林在这里抽了一支烟，果然就见赵老柱扇披着褂子走过来。于是从巷子口儿转出来，突然出现在赵老柱的面前。

赵老柱一抬头，吓了一跳。

愣了愣才缓过神来，上下看他一眼说，啥事儿这是，大白天闹鬼儿哪。

曹广林说，我是成心在这儿等你，村委会太乱，不得说话。

赵老柱嗯一声说，这儿得说，说吧。

于是，曹广林就把事先想好的一套话说出来。他当然没直接说想转包三河口企业的流转地，而是投其所好，说自己来赵家坳这几年，一方面，一直在做各种考察，另一方面也在试水，做一些准备。现在感觉条件成熟了，准备在赵家坳投资，正式干点事了。

赵老柱本来对这个曹广林的印象一般。他来村里这几年，要说干的事，也就是转包了十几亩地，搞了一片不大的果园。这时一听他说的话，有些将信将疑。如果论实力，这个曹广林应该没问题，据说他来赵家坳之前，曾在别的地方跟几个朋友合股干过挺大的事，后来不知什么原因，不想一块儿干了，才拆股退出来。如果这样说，他在资金方面应该不成问题。现在他说，准备在村里投资干点事，真这样，当然也是好事。

于是问，你打算干点儿啥？

曹广林说，我跟肖大锣当然比不了，不过，也不想吹气冒泡儿，要干就实打实地干。

赵老柱点点头，具体说吧，哪方面？

跟着就说，先说下，如果是破坏环境的事，你别想，挣多少钱我也不答应。

曹广林说，这你放心，破坏环境的事不光你不干，我也不干，就是想干也批不下来。

赵老柱说，这就行，说吧，啥？

曹广林说，办厂。

赵老柱听了没说话。心想，如果办厂，还真可以考虑。

曹广林赶紧又说，我想，先办一个食品加工厂。

他特意把这个"先"字说得很真绰儿。

赵老柱果然更感兴趣了，问，加工啥食品？

曹广林说，水果。

然后就又说，我的想法是，现在都关注食品安全，市场上最担心的就是农药残留，我这个加工厂不加工外来水果，全部由自己种植，这样放心，将来也可以打品牌，所以办这个水果加工厂是第二步，第一步，先在村里搞一个成规模的果木种植基地。

赵老柱听了想想，点头说，你这个想法，靠谱儿。

曹广林赶紧又说，不过话说回来，想得再好，还得有您这村主任支持。

赵老柱说，行吧，你有啥事，需要村委会帮着协调的，只管跟我说。

曹广林立刻点头说，行行。

但直到这时，他仍没提想从三河口企业转包地的事。

几天以后，他又来村委会找赵老柱。赵老柱经过那天早晨在巷子口儿的一番谈话，已经对曹广林的看法有了一些改变，觉得这人虽然像个娘们儿，爱在村里欻欻小话儿，可还是个干事的人。只要干事就行，村委会就肯定支持。

于是一见他就问，咋？

曹广林见跟前没人，这才坐下来，把打算找三河口企业，将他们已经流转的这些地转包过来的想法对赵老柱说了。又说，这些地眼下在他们手里，反正闲着也闲着。

赵老柱一听，立刻摆手说，这事儿别跟我说。

曹广林问，怎么？

赵老柱说，跟我说了也没用。

又说，这是三河口企业的事，你得去跟幺蛾子商量。

曹广林听了没说话，只是看着赵老柱。

赵老柱立刻明白了，前些日子，曹广林刚跟幺蛾子打了一架，还闹到镇上的派出所。于是又想了一下，说，这没关系，你俩打架是私事，现在要转包地，这是公事，公是公，私是私，这一点，我想幺蛾子还能分得清，再说，他们既然已把这些地流转到手里，还想不想转包，也是他们企业自己的事，我这村主任不好插嘴，就是说了，也是白说。

曹广林听了，闷头没吭声。

赵老柱又说，你听明白了，我可不是成心往外推。

曹广林还是没应声。这时不应声，其实也就是应声了。

赵老柱又叹口气，这么着吧，你先去说个试试，真碰了钉子，咱再想办法。

曹广林本来想说，这回要真碰了钉子，你这村主任再出面也就没用了。但也知道，这赵老柱看着整天翘着元宝嘴乐呵呵儿的，其实心也很深。他对自己的印象并不是很好，又没交情，现在能这样说话，不过是冲着自己要干的这点事，已经很不容易了。

于是说，那行吧，我先去试试。

2　流转之地

曹广林有个习惯，一旦决定做什么事，不是往前走，而是先往后退。

这有一个最大的好处，往后这一退，再看整个事就更清楚，心里也就更有底了。如此一来，也就有了更大的回旋余地，正所谓退一步海阔天空。这次，跟赵老柱把转包地这事说完之后，并没立刻去找幺蛾子。他是这样想的，眼下虽然对幺蛾子的态度没把握，但赵老柱已明确表示，他是支持的。只要他支持，幺蛾子这边就好说。

这时，他就又想到十三幺儿。

十三幺儿是个何等难打交道的人，简直就是"鬼难拿"。但不管怎么难拿，最后还是让自己拿住了。这些日子，他的心眼儿已经活动了，看得出来，正寻思着怎么把那块"窝心地"从三河口企业的手里要回来。但这一次，如果自己真跟幺蛾子谈下来，把公司所有的地一下全包过来，这其中自然也包括十三幺儿的这块地。这一来，也就没必要让他再拿大价儿砸自己了。当然，他的价儿再大也大不到哪儿去，关键是别的承包户知道了，又要横生枝节；但问题是，退一步想，如果跟幺蛾子这边谈不下来呢，就只能还用原来的笨办法一家一家去谈，最后再化零为整。这一想，十三幺儿的这条路也就还得留着。而要留这条路，就得先找一个理由把他稳住。这一来，曹广林才想到十三幺儿这块地里的这间泵房。

曹广林经常在村外转，哪块地是谁家的，又是怎么回事，心里早都有数。这次一想到这间泵房，也就进一步想，如果自己让十三幺儿把这泵房拆了，对他说，不拆就没法儿包，十三幺儿肯定去找杠头。而杠头也不是省油的灯，必然跟他矫情，说不定两家还得闹起来。这一闹，也就正好为自己赢得了去跟幺蛾子谈的时间。

果然，他跟十三幺儿一说，十三幺儿扭头就去找杠头。两人都不省事，真就闹起来。这一下，曹广林也就松了口气，可以先把这头儿放下，一心只想怎么去跟幺蛾子谈了。

赵老柱果然估计得没错。

幺蛾子这时虽还记着那天晚上打架的事，而且这耳朵还没好，一疼，心里就恨得慌。但一听到村里的传言，说曹广林看上三河口企业流转的这几百亩地，想一下子都转包过去，搞一个果木种植基地，心里还是动了一下。

如果这样，这件事就另说了。

曹广林并没直接来找幺蛾子，而是先打了一个电话。在电话里，试探着把打算转包地的想法稍稍渗透了一下。幺蛾子听了，态度虽然不冷不热，但也没拒绝。

曹广林这才又试探着问，是不是，可以当面说一下具体细节？

幺蛾子一听也就同意了，说，下午吧，我这会儿有事。

这个下午，曹广林来到天行健大酒店。

幺蛾子没让他去楼上自己的办公室，就在酒店大厅，站着听他把具体的想法说了。然后说，知道他的意思了，现在所有的细节，先都不要谈。

曹广林听了，眨巴着眼看看幺蛾子。

幺蛾子说，这事我不能决定，还要跟董事长汇报，等有了具体意见再说。

其实幺蛾子这样说，已经带出自己的态度。

他想的是，当初建"大棚房"是自己的主意，不管怎么说，这件事都是自己的一个败笔，现在所有的善后都处理得差不多了，只剩这片流转地，只要再一脚"踢"出去，也就彻底心净了。从这个角度说，他当然愿意赶紧把这片地转包出去，而且越快越好。

但让幺蛾子没想到的是，他刚跟肖大锣汇报，肖圆圆就知道了。

肖圆圆立刻表示反对。

肖圆圆是从东金旺回来之后，听赵老柱说的。

赵老柱是当一件好事对她说的，觉着三河口企业流转了这几百亩地，本来要搞大棚，最后却弄成个烂尾项目，现在如果把这些地转包给曹广林，企业也就可以从这套儿里褪出来了。而这些地到了曹广林的手里，也能发挥更大的作用。这是皆大欢喜的事。

但肖圆圆听了，却立刻一愣。

她知道这个曹广林是搞果木种植的，就问，曹广林转包这些地，要干什么？

赵老柱说，他说了，先搞一个果木种植基地，然后再办个水果加工厂。

肖圆圆说，先别说后面办厂的事，咱就说这个果木种植基地。

赵老柱说，你说。

肖圆圆说，我是学农业的，您就算没专业学过，也已经种了这些年地，应该比我更清楚，种果树是最毁耕地的，果树也有寿命，尤其这片流转地，当初是河套，地下水位很高，几乎挖几锹就能见水，在这样的地方种果树，寿命也就更短，将来这曹广林果树不种了，一拍屁股走了，可这些种过果树的耕地经过这几年，地力已被拔得衰弱不堪，再想复耕就难了。

她说，我去跟程总说，这片流转地，无论如何也不能给他。

肖圆圆这一说，赵老柱才意识到，自己还真没想到这一步。

肖圆圆又问，程总答应了吗？

赵老柱说，具体的没听说。

肖圆圆立刻来找幺蛾子。

幺蛾子本来对肖圆圆的印象很好，觉得这个年轻人不张扬，虽是硕士研究生，又是董事长的女儿，可这次回来很低调，在企业里从不多说话，对自己也很尊重。尤其刚来时，在酒店餐厅发生的那件事，肖圆圆最后的处理方式，也确实让幺蛾子很佩服。

那个餐厅的大堂经理是从外面招聘来的，姓唐，叫唐一明。当时之所以用他，是因为看他投的简历，曾在职业学院专业学过酒店管理，也有几年实际工作经验。但来一段时间之后，幺蛾子就发现了问题。这唐一明也恰恰因为学过这个专业，在管理上就过于专业了。专业当然没问题，但也要考虑实际情况，否则就是刻板了。唐一明的管理确实井井有条，从哪个角度看都很规范，但问题是，既然餐厅是以客人的需求为原则，也就只考虑这一个原则，成本就不顾及了。这一来也就出现了那天肖圆圆看到的现象，客人就餐时，浪费很严重。其实这个问题幺蛾子早就发现了，正准备跟这个唐一明谈一谈，就让肖圆圆赶上了。

这事出来以后，唐一明不知从哪儿知道了肖圆圆的身份。这一下把他吓坏了，赶紧来找幺蛾子，问怎么办。幺蛾子对这个唐一明还比较满意，平时工作确实很认真，于是问他，有什么想法？这唐一明说，想去找肖圆圆，当面道个歉。

幺蛾子一听就笑了，说道歉可以，但问题是，为什么道歉，如果只为那天你说的那些话，也就是说，你觉得冒犯了董事长的女儿，那我劝你，这个歉还是别道，凭我对她的了解，你越道歉越坏，没准儿两句话就把你崩回来了。

唐一明一听，立刻更紧张了。

幺蛾子说，你这人看着挺机灵，通过这件事才发现，不光智商不够，情商也不够，你现在得明白，她那天跟你急，到底是为什么急，说白了，冲人还是冲事？

唐一明毕竟不傻，这一下才明白了。

所以啊，幺蛾子说，我要是你，不用去道歉，想个措施，把餐厅改进一下就全有了。

这以后没过两天，餐厅自助餐的取食盘子就改小了，而且贴出一些温馨提示的小贴士。接着，肖圆圆就来找幺蛾子，对他说，你替我向那个大堂经理道一下歉。

幺蛾子没反应过来，问，道什么歉？

肖圆圆说，那天，我对他说的一些话，有点儿重了。

幺蛾子把这话对唐一明说了。唐一明一听，半天没说出话来。

但这次，幺蛾子一见肖圆圆来问曹广林要转包地这事，心里就不太高兴了。你肖圆圆虽是董事长的女儿，但我是在天行健集团工作，不是在你肖家工作，况且，我现在还是三河口投资管理发展有限公司的副总，我只对公司负责，你肖圆圆是你父亲的女儿，那是你们父女的事，在企业，至少现在，你还没权力干涉我的工作。

这一想，就说，是有这回事。

肖圆圆问，你答应了？

幺蛾子字斟句酌地说，我自己的权限，我很清楚，我当然要按程序向总经理汇报。

肖圆圆听出他这话里带着骨头，只当没听出来，对他说，这件事，你没必要汇报。

幺蛾子听了，看看肖圆圆。

肖圆圆说，你当时就应该告诉这个曹广林，如果种果树，这地不能给他。

幺蛾子笑笑说，我已经向董事长汇报了。

肖圆圆立刻问，他怎么说？

幺蛾子说，他当然不会立刻答复我，不过，估计不会反对。

肖圆圆点头说，好吧。

说完，就从幺蛾子的办公室出来了。

3　一是一，二是二

肖圆圆一夜没睡好。

她觉得，幺蛾子这回出的这个"幺蛾子"有点儿出圈儿了。如果说，他前面擅自把这片本来要建蔬菜大棚的流转地改建"大棚房"是欠考虑，那么这次，又要把这片地转包给曹广林搞果木种植基地，就无论如何都无法原谅了。应该说，这是原则问题。

肖圆圆想，就算父亲同意了，自己也不能同意。

直到天快亮，才迷迷糊糊睡了一下。早晨一醒，就又想起一件事。这次从东金旺回来，因为窜天猴儿在路上贪酒胡闹，从实验室带回的资料让那个鱼馆儿伙计当废纸烧了一大半。这一想，就拿过手机，想给窜天猴儿打个电话。既然是这小子惹的祸，就罚他跑一趟，再去东金旺取一下。正要打电话，手机先响了。一看显示，是陈进。

陈进在电话里问，你在赵家坳吗？

肖圆圆问，什么事？

陈进说，你在不在？

肖圆圆说，你说吧，什么事？

陈进说，我现在已从田家坨出来了，马上就到赵家坳。

肖圆圆问，来这边有事？

陈进说，我不是说过吗，顺便给你送点儿药。

肖圆圆说，我又没病，送什么药啊？

陈进说，复方合参冲剂，我给自己开的，顺便也给你开了一点儿，能缓解疲劳。

肖圆圆想了一下，问，你自己开车？

陈进说，是啊，自己开车方便，就没跟筛查组的车。

肖圆圆说，你来吧，我等你。

陈进赶紧应一声，就把电话挂了。

肖圆圆这时已经有了主意。立刻给窜天猴儿把电话打过去。窜天猴儿显然还在睡觉，迷迷瞪瞪地接电话，刚嗯了一声，一听是肖圆圆，立刻清醒了，问，啥事？

肖圆圆说，半小时以后，你在村南小杨河的桥头等着。

窜天猴儿犹豫了一下问，啥事儿？

肖圆圆说，我从东金旺带回的资料，让你折腾得没了一大半，再去给我取一趟。

窜天猴儿吭哧了一下说，我，走着去啊？

肖圆圆说，不是让你在桥头等着吗，一会儿有车接你。

说完，就把电话挂了。

一会儿，陈进开车来了。陈进知道肖圆圆住在酒店的员工宿舍，直接把车开过来。肖圆圆已等在门口，没让他上楼，一看他拿来的这兜复方合参冲剂，就笑着哼了一声说，亏你还是医科大学的高材生，又在县医院的院办工作，我真纳闷儿了。

陈进看看她，怎么啦？

肖圆圆问，这药，你看说明书了吗？

陈进说，没顾上看。

肖圆圆说，你说这是给你自己开的？

陈进说，是啊。

肖圆圆说，编瞎话儿也不打草稿儿，这是女人吃的药！

陈进的脸红了，争辩说，对啊，给你不是正合适吗？

肖圆圆说，别说别的了，你既然来了，就帮个忙吧。

陈进立刻说，你说。

肖圆圆说，反正你有车，受累去一趟东金旺的农大实验室，找一个叫宋佳的女生，给我取一下资料，具体是什么资料不用管，她给你拿着就是了。

陈进问，拿了资料，再给你送回来？

肖圆圆说，这就不劳你了，一会儿出村时，在村南的桥头接上一个人，这人好认，精瘦，两个胳膊细长，长得像个猴儿，带他去，然后让他把这资料拿回来就行了。

陈进还是不明白，问，可这个人，怎么回来呢？

肖圆圆说，这你就不用管了。

说完看看手里的药，又谢了陈进一声，就转身进来了。

肖圆圆回到宿舍，又给宋佳打了一个电话，先把上次资料的事说了，让她再给准备一份。又说，一会儿陈进把窜天猴儿送过去，资料交给他就行了。

接着问她，有没有来这边的车，让窜天猴儿搭一下。

宋佳立刻说，车有的是，联合体每天去那边送菜，还有饲料厂的车，这你就不用管了。

肖圆圆交代完这些事，匆匆吃了早饭，就下楼开上车，奔县城来。

路上，先给父亲发了一个微信，说自己已经在去县城的路上，一会儿要跟父亲说点儿事。

父亲的微信很快就回过来，问有什么事，还专门跑一趟，不能在电话里说吗？

肖圆圆用微信语音说，正开车，见面再说吧。

肖圆圆自从回赵家坳，还没这样急着找过父亲。她这样做，也是成心，就为给父亲一种感觉，这次找他的事不光急，也很重要，这一来也就引起他的重视。

来到县城的集团总部，肖大锣已经等在自己的办公室。

一见肖圆圆就说，集团正开会，什么事这么急？

肖圆圆劈头就问，幺蛾子跟您汇报的，准备把三河口公司流转的几百亩地一次性都转包给曹广林，据他说，您虽然还没明确表态，但也并不反对，是这样吗？

肖大锣一听是这事，就说，我还得了解一下，不过，应该是这样。

这时，肖圆圆就在父亲对面坐下来。她知道父亲的家教很严，这些年，从不允许自己在他面前大声说话，就尽量把口气放平缓，先说，这件事绝对不行。然后就把这些地为什么不能让曹广林种果树，一旦种了果树将会有什么后果，心平气和地对父亲说了。

肖大锣毕竟是农民出身，一听女儿说，才意识到，自己还真没想到这些。

于是笑着点头说，好啊，看来你学农业，还真没白学。

肖圆圆立刻叮问一句，这么说，我说的您同意？

肖大锣说，当然同意，你的话，确实有道理。

肖圆圆这才笑了，哼一声说，就是嘛，我相信我的老爸。

肖大锣问，还有事吗？

肖圆圆立刻说，还有一个更重要的事。

说着就走过来，拿出手机，接到父亲面前的电脑上。

肖大锣问，这是什么？

肖圆圆说，先给您看一段视频，这是我前两天去东金旺带回来的。

肖大锣一听就说，东金旺我知道，他们的有机农业联合体很有名。

肖圆圆带回的这段视频，是牛教授的实验室关于"金旺2号"和有机小麦种植情况的推介。肖大锣很认真地把这段视频看了一遍。然后，又让肖圆圆放了一遍。

看完想了一下，对肖圆圆说，马上中午了，在食堂吃饭吧。

肖圆圆站起来说，我还得回去。

肖大锣说，吃完了饭，我和你一块儿去赵家坳。

肖圆圆有些意外，看看父亲。

肖圆圆知道父亲平时的习惯，每天中午吃了饭，要在办公室稍稍休息一下。但也有例外，如果哪天中午没休息，就说明，他认为是有很重要的事。

这个中午，肖圆圆和父亲吃了午饭就奔赵家坳来。

路上，肖圆圆说，有个事，还想跟您说一下。

肖大锣嗯一声。

肖圆圆说，我事先没跟您商量，就把天津的那500平米写字楼，在银行抵押了。

肖大锣说，这事，我已经知道了。

肖圆圆看看父亲。

肖大锣笑了一下，又问，办得怎么样了？

肖圆圆说，正走程序，可能还要一段时间。

肖大锣对这件事并不意外。女儿事先已给自己下过毛毛雨，她回赵家坳，要自己注册一个有机农业科技发展公司。她还半开玩笑地说，欢迎天行健企业来她的企业参股。

这时，肖大锣只淡淡地问，需要我帮你做什么吗？

肖圆圆说，暂时还不用。

来到赵家坳时，幺蛾子事先接到电话，已等在村口。

肖大锣一进村，先来文化广场的大剧院工地看了一下。工程正热火朝天，主体结构已经基本完成，从外观就可以看出将来建成之后的气派。肖大锣先向施工方问了一下具体进度。这时赵老柱也来了。于是又把主体结构落成仪式的时间大致确定了一下。

肖大锣对赵老柱说，我正有事，想跟你说一下。

赵老柱说，那就去村委会吧。

肖大锣让别的人先回酒店，就和赵老柱去村委会了。

回酒店的路上，肖圆圆主动对幺蛾子说，我今天去总部，跟董事长说这事了。

幺蛾子笑了，说，我接到董事长的电话了，告诉我，这事还要再慎重考虑一下。

肖圆圆说，我这么做，你不会有意见吧？

幺蛾子说，当然不会，大家都是从企业的角度考虑。

肖圆圆说，你又说错了，这回的事，我还真不是从企业角度考虑。

幺蛾子唡唡嘴说，我明白。

所以啊，肖圆圆笑笑说，不管你有没有意见，我也得这么做。

接着又说，我也想了，这事儿是不是有点儿不对，好像我仗着是董事长的女儿，才把这件事硬拦下了。说着又看一眼幺蛾子，不过，也幸亏我是董事长的女儿，要不这事儿还真拦不下来，如果真这样，我说句话你别不爱听，你给赵家坳造成的损失就太大了。

幺蛾子说，是，董事长在电话里一说，我才明白了。

这时，肖圆圆的手机响了，是甯天猴儿。

甯天猴儿在电话里齉着鼻子说，资料给你拿来了。

肖圆圆哦一声说，辛苦了。

又问，你在哪儿？

甯天猴儿说，在酒店。

肖圆圆说，你放在前台就行了。

刚挂电话，宋佳的电话也打过来，说，资料已经交给你派来的人了。

说着，又扑哧笑了。

肖圆圆说，死丫头，听你这笑，就不像好笑。

宋佳说，你这个陈进，我见了，敢情是个大帅哥啊。

肖圆圆说，行啊，你看着他帅，哪天就介绍给你吧。

宋佳嘻嘻地说，真的啊，你舍得？

肖圆圆说，这有什么舍不得的。

宋佳说，还是算了，我可没这福气。

说完，就赶紧把电话挂了。

肖圆圆到酒店，先去前台取了甯天猴儿放下的资料，然后回宿舍休息了一下。这大半天儿跑得有些累了，躺到床上刚要睡着，父亲打来电话，说，你到我办公室来一下。

肖圆圆赶紧起来。

收拾了一下，就来到父亲的办公室。

赵老柱也在。这时，一见肖圆圆进来，就眯起眼，翘着元宝嘴冲她笑。肖圆圆平时看着挺冲，其实也很敏感，立刻感觉到了，赵老柱冲自己的这笑里有内容。

果然，肖大锣先指了一下自己对面的椅子，让肖圆圆坐下。

肖圆圆就在父亲面前坐下了。

肖大锣说，咱长话短说吧，有个事，想跟你商量一下。

肖圆圆说，您说。

肖大锣说，集团在赵家坳注册这个三河口公司以后，我一直兼着这边的总经理，可现在，总部的事太多了，我实在顾不过来，眼看这边的事也开始多起来。

这时，肖圆圆已经预感到父亲要说什么了。

肖大锣说，我听赵主任说，你后面想办厂。

肖圆圆说，现在还只是设想。

肖大锣又问，这跟你准备注册的企业，一回事吗？

肖圆圆说，是一回事，找时间再跟您具体说吧，我有一系列的想法。

肖大锣点头说，咱先放下远的说近的，现在，我想让你出任三河口企业的副总。

肖圆圆说，副总已经有程总了。

肖大锣说，我跟他谈了，他也同意，以后他还是公司副总，不过主要负责酒店这边的业务，你和他各有分工，酒店以外的所有其他业务，都由你来负责。

赵老柱乐呵呵儿地说，你爹刚跟我说了，我觉得你行。

肖圆圆觉得有些突然，说，我来时间不长，有些事，还没想好。

肖大锣看着女儿说，我就要你一句话，干，还是不干？

肖圆圆有些犹豫，说，我再想想。

肖大锣说，先说干不干，如果干，具体怎么干，可以再商量。

赵老柱已兴奋得坐不住了，一边搓着两手说，这还有啥想的，当然干啊。

肖圆圆又沉了一下，抬起头说，行吧，我干。

肖大锣看着女儿，又问了一句，你决定了？

肖圆圆说，决定了。

肖大锣说，好，后面咱爷儿俩，可就一是一、二是二了。

肖圆圆点头，行，一是一、二是二。

赵老柱说，咱村委会一定配合！

4　借地

八月十五是中秋节，因为要吃月饼，赵老柱习惯叫"月饼节"。

在赵老柱的记忆里，一年中所有的重要节日都是以吃食作标记的。正月十五吃元宵，叫"元宵节"，二月初二是"龙抬头"，俗话说，"二月二，吃焖子"，就叫"焖子节"，五月端午吃粽子，叫"粽子节"，八月十五吃月饼，叫"月饼节"，腊月初八要喝"腊八粥"，"腊八粥节"说着绕嘴，干脆就叫"黏粥节"。以食物记，其实也就是盼着吃。但过去不行，盼也是白盼，连正食饭吃着都费劲，这些不挡饿，吃着玩儿的东西，也就根本顾不上。

可现在顾上了，又不敢吃了。

赵老柱心疼女儿。女儿的婆家在迁南县，离这边不算远，也不算近，现在女婿买了车，按说也方便，但在县里的供销合作社是个小领导，平时忙，又有自己的事，来这边一趟也挺折腾。赵老柱对女儿的要求并不高，平时回不回来无所谓，只要有年是节儿，到了哪个日子口儿，想着给老爹老妈送哪样吃食来，也就算尽孝心了。但女儿送是送，却送的越来越不痛快。当然不是心疼这点儿钱，每回送来，都得说一堆这送来的东西吃了有哪些害处的话。送焖子来，说这东西含铝，吃了容易得老年痴呆。送粽子，说这东西太黏，北方人的胃口降不住，吃了会泛酸。尤其八月十五，年年的月饼节送一回说一回，这东西是糖油面食品，热量太高，有的还含有反式脂肪酸，吃了容易得糖尿病。

老伴听了只是乐，也不当回事，该吃还吃。赵老柱让女儿说烦了，有一回就赌气说，你干脆说给我送一堆毒药来，吃了明天就蹬腿儿。

女儿一见爹急了，才不敢说了。

赵老柱吃这些东西倒不在乎健康不健康。天底下没有绝对健康的食品，多好的东西，吃多了也不行。真正的东北老山参好不好，你当水萝卜熬一锅连汤喝了试试，照样鼻子窜血。焖子、月饼这东西就算不健康，一年也才吃一回，焖子就一天，月饼多，也就三五天，再不健康又能不健康到哪儿去。赵老柱当年吃过一回特殊的月饼，一直在心里记着，用老伴唱《黛诺》的一句戏词儿说，是"刻骨铭心，无法磨灭的记忆"。

那是十几年前的一个月饼节。当时还叫青山乡。新来的乡党委书记叫邵林成，是个复员军人，要借过节的机会招待一下各村的村书记，觉着大家忙大半年了，八月十五毕竟是传统节日，跟大家道一下辛苦，因为刚来，也跟各村的书记见个面，熟悉一下。当时就是一个茶会话的形式，几堆瓜子儿，一杯清茶。可茶话会一开始，又给每人上了一碟月饼。这一碟是两块，一块"提浆"的，一块"百果"的。接着，又给每人上了一茶杯白酒。这茶杯还挺大，少说得有4两。村干部没有不会喝酒的，主要是平时又忙又累，白天跑一天，晚上回到家，不喝一点儿根本没法儿睡觉，就是睡了也歇不过来。这时一见这一碟月饼一杯酒，立刻都搓着两手直乐。邵书记这才笑着说，都说饺子就酒儿，没饱没醉，这月饼就酒，恐怕各位还没试过，今天就尝尝吧，我敢保证，是熘锅水沏茶，单一个味儿。邵书记这一说，所有的人立刻都迫不及待地下手抓月饼，掰开咬一口，再喝一口白酒。

然后连连点头，都说，还真没尝过这个味道。

赵老柱也就从那年开始，八月十五再吃月饼，都得就着白酒。

今年这八月十五，又没在家里过。

这回，还是忙杠头家的事。

杠头家的这点事从农历的七月初七一直闹到八月初八，又闹到八月十五，说是这一天要彻底解决。可刚一谈，就又闹起来。上次杠头来求赵老柱，让他以村长的身份出面，劝劝自己的媳妇儿刘二豹，给她个台阶儿，就坡儿一下带孩子回来也就算了。但杠头还是把这事想简单了。现在虽把村长赵老柱搬来，看着是服软儿了，可根本问题并没解决，小舅子的那两万块钱该没借还是没借。所以赵老柱一去，还没张嘴就碰了钉子。杠头也是有脾气的人，这一下也就杠上了，我该说的都说了，该劝的也劝了，如果再不回来就是你的事了，有本事就在娘家待一辈子，只要你那不省事的娘家嫂子能容你就行。

这以后，杠头反倒自在了，每天想省事就去街上吃碗拉面，想自己做了就在家里炒个菜，蒸点儿米饭，再高兴了还做个汤。日子也挺舒坦。但刘二豹渐渐觉出不是味儿了。自己总在娘家住着算怎么回事，虽说这回娘家哥哥挺给力，一见妹子在婆家受气回来，就说，你只管在家踏实住着，让那小子一个人鳏寡孤独，冷屋子冷炕，有几天他就得亲自来接你。刘二豹一听，也就真在娘家哥哥这里踏实住了。可过了些天，一见杠头没这么回事了，听人说，晚上还经常见他在十字街的夜市，跟一帮人撸串儿喝啤酒，这才坐不住了。可这时，如果自己抱着孩子回去，又臊眉耷眼，实在抹不开这面子。

就在这时，刘一唱又来跟她商量。

刘二豹这时已对这娘家兄弟一肚子气，本来自己的日子过得好好儿的，就是他整天跑来，除了借钱还是借钱，才把自己家里豁腾成这样，现在已经不像过的了。

这时就没好气地对他说，算了，你啥也别跟我商量了。

刘一唱说，你是我姐，我不跟你商量，跟谁商量？

刘二豹说，你也甭说这话，以后你的事跟我没关系。

这些天，刘二豹静下心来想，其实这回的事还真不怨杠头。杠头这些年在外面辛辛苦苦挣点儿钱不容易，平时自己又舍不得吃舍不得喝。村里别的男人晚上没事凑一块儿喝酒打牌，他从不出去。现在这不争气的娘家兄弟来了一张嘴就三万两万地要，好像自己这钱是大风刮来的。要了钱干点正事也行，还整天打八岔。最可气的是那回串通外人，偷偷在外面做"杠头酱豆腐"，刘二豹一想这事就恨得慌。这哪像自己亲兄弟干的事儿，就是外人，坑人也没有这么坑的。但自己还是硬按着杠头，没让他追究。刘二豹当然明白，这事儿真上法院，肯定是一边倒的官司。可自己不让杠头言语，他也就没言语。

这一想，就觉着自己男人挺厚道。

刘二豹的心里还搁着一件事，也是这刘一唱气人的事。当初村里看他瘸着一条腿，生活确实困难，就为他申请了一笔小额贷款，买了一辆电动三马子，让他去跑采购。可这贷款下来了，还有一点缺口。当然，按说钱也够了，但刘一唱这几年本来就挣不着什么钱，又是挣一个花一个的脾气，手里没积蓄，真把钱都买了车，就没法儿吃饭了。于是跑来跟刘二豹商量。刘二豹平时看着过日子挺细，但有一个毛病，嘴馋，爱吃爆玉米花儿，觉着这东西一嚼挺脆，还满口米香。但杠头不让她吃。倒不是心疼这点儿钱，是觉着这东西含铅，对人体有害。过去没孩子的时候吃点儿也就吃点儿，现在有孩子了，得喂奶，这就得顾及孩子了。所以平时，刘二豹跟他怎么嚷都行，他不吭声，但只一看她吃玉米花儿，立刻就急。刘二豹也知道杠头是为孩子想，可馋，又管不住嘴。这以后就想了个办法。她本来没有藏私房钱的习惯，于是就总在手头掖着点儿钱，就为实在忍不住了，偷着买点儿玉米花儿解解馋。这时一看这娘家兄弟来找自己，就把手头藏的二百多块都给他了。但跟他说好，只要一有钱，就赶紧还自己，因为这钱还有用。当时刘一唱满口答应，可过后就没这么回事了。催了他几次，才知道，别说这二百，他已经连车都卖了。这以后，刘二豹再想吃爆玉米花儿也就没钱了。只要一馋，想起这娘家兄弟，心里就恨得不行不行的。

这时，一看他又来找自己，气就不打一处来。

于是使劲看他一眼，说，我先问你一句话。

刘一唱说，姐你问。

刘二豹说，咱俩是一个娘生的吗？

刘一唱听了喊的一声，你这是啥话？

刘二豹说，啥话，人话，我现在真怀疑，你当初是不是咱娘从哪儿抱来的。

刘一唱这才发现，姐姐脸上的神情不对了。

刘二豹说，就算我是你的仇人，也不能这么坑我，我现在抱着孩子在大哥家住着，家不家业不业，孩子哭都不敢让他大声哭，生怕人家大嫂嫌烦，你还想让我咋着啊？

刘二豹说着，眼泪就流下来。

看着他说，你真想看着我们娘儿俩去街上要了饭，你才踏实啊？

刘一唱一见姐姐把话说到这份儿上，赶紧说，你也别急，咱有事儿说事儿。

刘二豹说，还有啥好说的，我已经说了，从今往后，你的事儿跟我没关系。

刘一唱说，行行，姐你也甭闹心了，这回这钱，我不借了。

刘二豹说，不借钱，又要借啥，借我？

刘一唱说，看你说的，借你有啥用。

刘二豹说，是啊，要是有用，你早借了！

刘一唱凑近了说，我这回，是想借地。

刘二豹又一愣，借地？借地干啥？

刘一唱说，这地，也不是借。

刘二豹烦了，翻他一眼说，你又喝酒了吧，这说的都是啥乱七八糟的？

刘一唱说，一点儿不乱，我慢慢儿跟你说。

刘二豹叹口气，你说吧。

5 变戏法儿

刘一唱这回要跟杠头借地，当然不是他借。

说来说去，又是曹广林的事。

他这次来找刘二豹之前，刚跟曹广林又商量了一个办法。其实也不是商量，这办法是曹广林自己想出来的。用他的话说，是变一个戏法儿。不过他说，这戏法儿具体怎么变，还没想好，让刘一唱先去跟杠头说个试试，看他答应不答应。

刘一唱问，如果他真答应了，后面咋着？

曹广林说，真答应了，咱再走一步说一步。

曹广林自从去跟幺蛾子说了要转包三河口企业的这几百亩流转地，就一直等那边的消息。他知道幺蛾子的脾气，如果他不说话，应该就是没消息，问也白问。这样又等了几天，就等来消息了。这消息是从村里传出来的，说肖大锣到赵家坳来了一趟，把三河口企业的上层走马换将，幺蛾子虽还是副总，但以后只负责酒店，公司这边的事，全由肖圆圆负责了。曹广林跟肖圆圆没打过交道，但知道她是肖大锣的女儿，在大学是学农业的，也有耳闻，这女孩儿挺厉害。曹广林意识到，这对自己不是什么好消息。他见过这肖圆圆，直觉告诉他，这小丫头应该不好对付。但寻思了两天，还是想确认一下这个消息。一天上午，就给幺蛾子打了一个电话，问他，有没有时间，想去跟他说几句话。

曹广林这样说，是投石问路。幺蛾子当然明白要跟他说什么，如果这传闻属实，也就会说，这事不归他管了。倘这样，这个传闻也就坐实了。

果然，幺蛾子虽没这样说，但意思也已带出来。他说，现在酒店这边的旅游业务越来越多，也就把主要精力放到这边了，以后公司的事，可以去跟小肖总商量。

曹广林一听故意问，哪个小肖总？

幺蛾子说，就是肖圆圆，现在公司的业务由她分管。

说完，不等曹广林再说话，就把电话挂了。

此时，曹广林想起一句话，是福不是祸，是祸躲不过。现在这事，既然到了这个肖圆圆手里，肯定就要有麻烦了。但还是那句话，走一步说一步，如果转包地这事真让她否了，那否了也就否了，后面索性硬碰硬，还是老办法，大不了费点儿劲，再一家一家去啃。反正你三河口企业违约在先，如果流转户都去要地，他不给，那就只有走法律这一条路了。曹广林在外面跑了这几年，已经什么事都经过了。他得出一条经验，别管遇到什么事，不要想这事应该怎么样，而是先认定，它就是这样，然后有什么麻烦解决什么麻烦就是了。

这一想，也就先把这事放下了。

回过头，赶紧再考虑具体的事。

现在具体的事，就是刘一唱。上次跟刘一唱说了，让他投资，而且特意告诉他，不要投太大，两万就行。但说完之后，刘一唱就没回音了。曹广林也知道，这两万对刘一唱来说已是一笔巨款，不是这么容易就能弄到的。后来果然听说，他去找姐夫杠头借钱，杠头不借，结果杠头跟他媳妇儿刘二豹打起来。刘二豹一气之下抱着孩子回娘家了。

这几天，曹广林就又想出一个主意。

他知道，刘一唱现在每晚去夜市打零工，在一个饭馆儿干一晚，能挣几十块钱，还管一顿饭。这个晚上，就来到夜市。果然，在一个烧烤店的门口找到刘一唱。刘一唱的脑袋上扣着个吐鲁番风情的小花帽儿，正烟熏火燎地烤羊肉串儿。一边烤，抬头看看没人注意，还迅速地在嘴上撸一串儿，烫得咝咝哈哈地直吐舌头。

曹广林走过来说，给我烤两串儿。

刘一唱一抬头，见是曹广林，乐了。

曹广林说，上回咱说的事，你一直没回信儿，到底想好没想好？

刘一唱知道他说的是投资的事，就嗨一声说，别提了，想是想好了，可想好也没用。

曹广林说，不懂你这路话。

刘一唱说，想好了，是觉着在你这儿投资，这事儿确实可以干，投两万，钱不多也不少，我自己又不伤筋动骨，可说没用，是想得再好，手里没钱也是白说。

曹广林一听故意说，这年月，2万块钱都拿不出来，谁信哪？

刘一唱说，是啊，连我自个儿都不信。

曹广林看着他。

刘一唱说，可你别忘了，我这儿还欠着3万块钱饥荒呢。

曹广林又不懂了，问，欠谁的？

刘一唱说，欠我姐夫啊。

曹广林这才想起来，刘一唱曾干黄了一个冰棍儿厂。

刘一唱哼着说，这回再找他借，他就不借了，不光不借，还跟我姐打起来，两人还动了手，我姐一赌气抱孩子回娘家了，直到现在，还在我大哥家住着呢。

曹广林就不说话了。

这时，曹广林的心里明白，已经把刘一唱套住了。虽然还没套住他的钱，但已套住他的心。这就好办了。本来让他投两万，也没指望他这点钱，说白了，自己后面要干这么大的事，这区区2万块钱连毛毛雨也算不上。现在既然已把他的心套住了，这两万投资也就可以变一个方式。于是，曹广林就想到了杠头的那20亩地。

就在前一天下午，幺蛾子刚又给曹广林打来电话，说了两个意思，第一，总部那边已经明确表态，不同意把这片地再转包出去。第二，就算总部同意，小肖总也不会同意，她在几天前的一次公司会议上虽没具体说，但透露，关于这片地，好像已经有了计划。

也就幺蛾子最后的这句话，把曹广林吓了一跳。

显然，幺蛾子说的这是两件事。肖圆圆不同意转包地，自己还可以想别的办法，但如果她说，这片地已经有了别的计划，这就是另一回事了，就算自己把所有的流转户都鼓动起来，去向企业要地，她也会想尽一切办法把这片地保住。曹广林明白，这肖圆圆可不是幺蛾子，自己这回要面对的，是一个高智商的强有力对手。

接着就意识到，这件事不能再拖了。

幸好在这之前，还留了十三幺儿这条后路。这时，十三幺儿已跟杠头协商好了，只要十三幺儿把这块"窝心地"从三河口企业要回来，拆地里的这个泵房，包括最后把所有的建筑垃圾清运出去，都雇人来干，所有的费用，两家各出一半。

但就在这时，曹广林突然又有了一个新想法。

虽然杠头的这块地在这一大片流转地的边上，看着就像多出去的一只"耳朵"，后面对自己的意义并不太大，但杠头这小舅子刘一唱对自己的意义就很大了。如果为了套住刘一唱，得把这块地一块儿包过来，那包了也就包了。此外还有更重要的一点，杠头不像十三幺儿，如果跟他谈转包地的事，应该也好谈一些。俗话说，万事开头难，先把杠头这块地拿下来，开了这个头儿，再谈别的地也许就好说话了。况且曹广林已观察了，从地理位置看，这块地对三河口企业的意义也不大，当初应该就是捎带着一块流转的。现在如果让刘一唱去跟杠头说，也以三河口企业违约在先为由，替他把这块地要回来，应该不难。

这时，曹广林就对刘一唱说，你不用急，这2万块钱的事好说。

刘一唱咧咧嘴，好说也得有啊，没有，再咋说也是白说。

曹广林说，我想了，你这2万，咱也可以变个方式。

刘一唱一听，立刻瞪起眼，咋变？

曹广林说，既然你没钱，就不用投钱了。

刘一唱一听又泄气了，哼一声说，你这话，跟没说一样。

曹广林说，你听着啊，你不投钱，可以投别的。

刘一唱问，投啥？

曹广林说，投地。

刘一唱立刻一拨楞脑袋说，更不挨着了，你这也是个幺蛾子，投地，还不如投钱呢。

曹广林问，怎么讲？

刘一唱说，我名下的承包地跟我大哥的在一块儿，那时还没分家，都囫囵着，现在分家了，可地没分，为这点儿破地，别让我再跟大哥闹掰了，那这日子可就真没法儿过了。

曹广林一笑，我知道你名下没地，我指的，是你姐夫杠头的那20亩地。

刘一唱不说话了，翻着下眼皮眨了眨，看着曹广林。

曹广林说，现在你姐夫的这块地，跟十三幺儿的地挨着，对不对？

刘一唱说，是啊，头些日子，他俩还为拆泵房的事闹起来。

曹广林说，他这地，也流转给三河口企业了。

刘一唱还是没明白，翻着眼问，可这，跟我有啥关系？

曹广林笑了，说，他当初把地流转给三河口企业，当然跟你没关系，可现在，如果打算把这地要回来，就跟你有关系了，这里的事儿，你能想明白吗？

刘一唱又想想，摇头说，想不明白。

曹广林说，这么说吧，当初三河口企业流转这地是要建蔬菜大棚，可后来没建大棚，建了"大棚房"，这就违反了国家的土地政策，明白了吗？

刘一唱摇摇头，不明白。

曹广林说，你挺聪明的人，这点事怎么就掰不开藝呢。

刘一唱不耐烦了，你就干脆说吧。

曹广林说，他违反国家政策，你是不是就有理由把地要回来了？

刘一唱，可问题是，我费了半天劲，要回这地干啥？

曹广林不慌不忙地说，转包给我。

刘一唱的下眼皮睁开了，瞪着曹广林。

曹广林又噗地笑了，说，你别这么看我，怪吓人的。

刘一唱，你这话，越说越不挨着了。

曹广林说，怎么不挨着，当然挨着，你真把这地替你姐夫要回来，就转包给我，现在包地的官价儿是每亩每年500块，咱也就500，这20亩地，一年是1万，我包这地，头两年的这2万块钱不给你，就算你在我这儿投资了，两年以后，咱再该怎么算怎么算。

曹广林说完，问，明白了？

刘一唱的下眼皮又往上眨了眨，有点儿明白了。

曹广林说，你姐夫不是不愿借你钱吗，这回也不用借了，这一变通，皆大欢喜。

刘一唱又想想，还是有些将信将疑，按你说的，真有这好事儿？

曹广林乐了，当然，我后面还有条件。

刘一唱一撇嘴，我就说吗，世上哪有这么便宜的事。

曹广林说，我的条件也不难，我真包了这块地，至少头一年，你得给我种上庄稼，你们这地方也是一年两季，头一季是玉米，你们这儿叫棒子，还得再给我种一季冬小麦，转年麦子收了，如果我需要，就再种一茬棒子，这就是两年，当然，你打的粮食全归你。

刘一唱又糊涂了，看看曹广林，你这戏法儿，怎么越变越乱？

曹广林说，一点儿不乱，就这条件，只要你同意就行。

刘一唱眨着眼想想，这条件，也确实没啥难的。

于是点头说，行，咱先这么说着。

6　按不倒的葫芦

刘一唱是个自信的人，自视也很高。

如果说赵家坳是一个出能人的地方，刘一唱认为，自己就应该也算一个。只是这些年没遇到合适的机会。曾有人说，机会，是能人的翅膀。现在这"翅膀"终于来了。曹广林一心想让自己在他这里投资。刘一唱明白，曹广林看中的当然不是投给他的这点儿钱，而是看中了自己这个人。他是认定，自己是个人才，所以才抓住不放。

刘一唱觉得，这应该就是自己一直苦苦等待的机会。

他这次来找姐姐刘二豹，就把跟曹广林商量的，打算用地投资的事说了。然后说，事情到这一步，反倒简单了，现在就看我姐夫了，只要他吐口儿，这地，我去要。

这时，刘二豹听着，心里打的却是另一个算盘。

她没想到，兄弟刘一唱突然又冒出这么个主意。如果这样，这事儿真就好办了。刘一唱虽然到最后也没拿走一分钱，可又算把这两万借他了，这样大家也就都有台阶下了。本来还一直犯愁，眼看八月十五了，这是家家团圆的日子，可自己还带着孩子窝在大哥家里，孩子吃不得吃喝不得喝，娘儿俩整天挺业障，赶紧把这台阶儿下了，也就可以回家过节了。这一想，就对刘一唱说，就算借地，也得看你姐夫同不同意。

刘一唱说，我想，他没有不同意的道理。

刘二豹问，咋见得？

刘一唱说，你想啊，他身不动，膀不摇，这20亩地就回来了，而且头两年还算借了我两万块钱的账，这钱他是白得，他要是再不同意，除非脑袋在酱豆腐缸里泡了。

刘二豹想想，真是这么个账。

接着就商量具体的了，这事儿，怎么跟杠头说。

刘二豹先想到的是，商量这事的过程，自己必须参与，这样这个台阶才能算是自己的，否则他们姐夫小舅儿真把这事儿商量成了，跟自己没关系，也就没任何意义了。

这一想，就有了主意。

上次杠头把村长赵老柱搬来，劝自己回去。但他自己没任何表示，该不借钱还不借，更可气的是，他连面儿也不露。于是一赌气就把赵老柱崩回去。这回商量这地的事，索性还让村长来，如果谈得好，这事也就算暂时解决了。然后，村长肯定会接着上回的话茬儿，又劝自己回家。这一来，自己也就可以借这台阶儿回去了。

这一想，就对刘一唱说，那就跟你姐夫商量吧。

刘一唱问，在哪儿商量，我去找他？

刘二豹立刻说，别价，还是来大哥这儿吧，今天他们一家子回大嫂的娘家过节去了，这边没人，挺清静，把村长也叫来，在这儿说话，也好说。

刘一唱一听就明白了，这样也就等于在村长的主持下，开个家庭会议。这有一个最大的好处，村长再怎么说也是外人，当着外人，就算又说呛了，也不至于再打起来。

赵老柱这几天正忙，中秋节前夕，镇政府的各部门来商业街检查商家的消防问题、治安问题，还有夜市的食品卫生问题，青山镇学校的师生还要来村里慰问军烈属，所有这些事，他这村主任都得跟着。当然，赵老柱一听刘一唱说这事，心里就有数了，杠头媳妇儿在娘家哥哥这儿住一个多月了，这回八月节是个机会，让她趁这日子口儿回家也就算了。

中秋节这天，赵老柱一直忙到下午，才总算抽出身来。

刘一唱见村长来了，赶紧去叫杠头。杠头一听让去大舅哥的家里商量事，就明白了，当然巴不得。眼看到八月十五了，自己正发愁，这个节可怎么过。

于是赶紧跟着过来了。

但赵老柱来了一听，才知道，是商量把杠头这20亩地从三河口企业提前要回来的事。再一听，这里边竟然又有曹广林的事，心里的一股火儿就拱上来。这些日子，几乎村里闹出的每件事都跟这曹广林有关，就算没直接关系也有间接关系。

赵老柱也明白，自己虽是村主任，又是杠头家的人把自己请来的，可人家闹的这毕竟是家务，自己再怎么说也是外人，不好多参言。

于是就想，还是先听听杠头的意思。

其实说到底，他家的这一堆罗罗缸就是两万块钱的事，因为这点钱，才又牵出这20亩地。如果杠头也不同意要这地，那就省事了，只要接着上回的茬儿，还劝刘二豹，趁这八月十五，两口子赶紧抱孩子回家过节也就行了。而如果杠头真同意，再把这里边的利害，都给他说明白。赵老柱想，别人不敢说，至少这杠头，虽然平时爱抬杠，可还是个明事理的人，只要跟他说清楚了，这事儿的宽窄薄厚，他自己应该能掂量出来。

果然，刘一唱把这事一说，杠头立刻一拨楞脑袋说，这不行。

刘二豹本来一见自己男人来了，村长赵老柱也在，兄弟刘一唱说的这20亩地只是个无关紧要的事，却又能把这两万块钱的罗罗缸解决了，心里挺高兴，就想赶紧把这事说完，借这机会一下台阶儿，也就抱着孩子跟自己男人回家过节了。可没想到，这杠头还是死杠的脾气，又横生枝节。他这一说不行，这事儿就又僵在这儿了。

于是黑着脸问，咋不行？

杠头冲刘一唱说，别的都不说了，我只问你，曹广林包我这地，他要干啥？

刘二豹说，你的地，你只说包给他不包给他，人家干啥你管得着吗？

刘一唱说，是啊，他真干了违法的事，还有国家法律管着呢。

杠头说，他真干违法的事，把他杀了剐了跟我无关，可这地是我的，我当然得问。

接着又说，还有，他为啥要让你种庄稼？

刘一唱愣了愣。其实这事，他也一直想不明白。

杠头问，你种过庄稼吗？

刘一唱哼着说，现在我这岁数的，有几个种过庄稼。

杠头说，我这20亩地，你知道有多大一片吗？别说你种得过来种不过来，你会种吗？

刘一唱说，我要种，当然得雇人。

杠头说，就算你雇人，种地的成本得自己掏吧，你知道这得多少钱吗？

刘二豹在旁边一听又要急，说，你这么问，不是成心难为他吗？

杠头说，我现在要不难为他，后面他就得自己难为自己了。

说着，又把脸转向刘一唱，冲他一字一句地说，我现在就告诉你，你听好了，一亩地，耕耩种子肥料农药上水所有的成本加一块儿，就算加上国家的补贴，少说也得五六百块钱，再加上雇人呢，种这20亩地，你算算多少钱，这比你办个冰棍儿厂还费钱，明白吗？

刘一唱不服气，可种出的粮食也是钱。

杠头说，是啊，你得先种出来，现在连本钱都没有，你拿啥种？

刘一唱说，好吧，就算这地我不种了，只给你要回来，这行了吧？

这时，半天没说话的赵老柱咳了一声，把手里的烟尖儿扔到地上。

他看一眼刘一唱，问，你把这地要回来，是想转包给曹广林，对吗？

刘一唱这时已看出来，今天把赵老柱请来，是一个错误。显然，他跟姐夫杠头是一头儿的。于是索性点头说，对，曹广林说了，只要这地要回来，他就包。

赵老柱问，你觉着，他这话靠得住吗？

刘一唱张张嘴，话在嗓子眼儿冒了冒，没说出来。

对这曹广林，他的心里也没底。

这时，杠头说，你如果真能把这20亩地给我要回来，你就去要，不过先说下，你要地可以，如果三河口企业让我退那预付的三年租金，我可不退。

说着看看他，谁去要这地，谁退。

刘一唱立刻不说话了。

显然，杠头说的这事，他没想到。

杠头又说，还有，咱得说好，如果真把这地要回来，曹广林又不包了，这事儿咋说？现在这20亩地，每年是12500，而且已经预付了三年，说好三年以后，租价还要递增，你真要回来，他又不包了，我这每年的1万多冲谁要去？

刘一唱一挺脖子说，他敢！

杠头说，你以为他不敢，我告诉你，他包的这地也得连成片，还别说别人，就是我旁边这十三幺儿的地如果不同意，这20亩他都不会要，你不信就试试，这地，他拿了没用。

刘一唱想想说，我，先跟他签合同！

杠头冷笑一声，他也能预付我三年租金？

刘一唱又不说话了。

一说到钱，他心里就没底了。

这时，刘二豹一听提钱的事，也不说话了。

赵老柱也有点儿烦了，朝屋里的人看看说，都说按倒葫芦瓢起来，你家这点事儿，我看就是个按不倒的葫芦，说来说去，还是一笔掰不开蘖的糊涂账。

说着看看表，已经是晚上快九点了，于是冲刘二豹说，你在你大哥这儿也住一个多月了，没看出来吗，现在人家一家子都躲到你嫂子的娘家过节去了，这虽说是你娘家，可也已是出门子的人，总不能在娘家这么糗一辈子，这大过节的，两口子快回去吧。

说完瞥一眼刘一唱，这事儿，你也再寻思寻思吧，别听风就是雨。

刘一唱的眼皮又往上翻了翻，没说话。

7 隔山炮

中秋节的这个晚上，十三幺儿在自己的酒楼请了一桌客人。一是青山镇中学的常老师一家，另一个是常老师当年的大学同学，海州县一中的李老师一家。

十三幺儿跟常老师早就认识。常老师爱人的娘家是赵家坳的，所以说起来，是赵家坳的女婿，逢年过节陪爱人回来，就经常请岳父岳母来太极大酒楼吃饭。有一次，他一家在这儿吃着饭，十三幺儿凑过来说闲话，偶然听这常老师说，他跟县一中一位姓李的老师是大学同学，当初不仅同班，还住同一个寝室。

十三幺儿的心里一动，就记住了。

这时，十三幺儿已下定决心，把流转给三河口企业的这块"窝心地"要回来。十三幺儿想来想去，觉得这事有一定的把握。他已咨询过张三宝。十三幺儿最相信张三宝，人家曾是县里派来的驻村干部，有学问，有见识，也懂政策。

张三宝说了，从道理上说，可以收回这块地。

但是，现在的十三幺儿毕竟跟过去不一样了。过去没开酒楼，就是个光脚的，光着脚当然没怕的事。现在不行了，一有这酒楼，就把鞋穿上了。做生意讲的是和气生财，既然求财，就不能求气。这样一想，这块地该要当然还得要，但能不撕破脸，也就尽量不撕破脸。而就在这时，无意中听说，这常老师有一个大学同学，是县一中的老师，而且就教高三毕业班，心里就有了主意。幺蛾子的儿子就在县一中，明年高考，正在裉节儿上。于是上星期六，趁常老师陪爱人回娘家，就特意把他一家请到酒楼来吃饭。常老师一来就把他叫到一边说，咱都一个村的，不是外人，从我爱人这边论，你还得叫我一声老姑夫，如果有事只管说，只要是我能办的尽量办，不过你这是生意，这顿饭还是该怎么算怎么算。十三幺儿这才说，想让他问问在县一中当老师的这个同学，知不知道一个叫程桂桐的学生。

常老师问，这程桂桐是谁？

十三幺儿说，是村里程大叶的儿子。

常老师有些明白了，虽不清楚这里边的具体事，也能猜到，大概十三幺儿跟这程大叶之间有什么事。于是想了一下，就拿出手机，给这同学打过去。一问，还真巧了，这个李老师是毕业班的科任老师，同时还是班主任，这个叫程桂桐的学生就在他的班里。

李老师在电话里问，有什么事？

常老师也说不出有什么事，就含糊地说，只是先问一下，回头再细说。

说完，就把电话挂了。

这时，十三幺儿的心里就已想好了主意，对常老师说，我跟三河口公司有点儿业务上的事，这事正归程大叶管，不过，也不是让他徇私情，只要该怎么办怎么办就行，可眼下，应该的事多了，哪儿都有实际情况，现在有你这同学在，也许有的话就好说了。

常老师是实在人，就说，这同学跟我一个脾气，只要他能办的，肯定帮忙。

十三幺儿就说，这样吧，下礼拜正好是八月十五，你把这李老师约来，白天去三河口钓鱼，晚上来我酒楼吃饭，村里住着也方便，酒店条件挺好，晚上就不用回去了。

常老师一听挺高兴，说好啊，我跟他也很长时间没见了。

于是这样说定。中秋节这天，常老师就把李老师一家请到赵家坞来。

这个晚上，十三幺儿说是请客，但还有生意，坐不住，一会儿就要出去张罗一下。吃完了饭，十三幺儿又给常老师和李老师每人准备了一兜礼品酒。常老师一看死活不拿，李老师更不好意思要。这样说了半天，最后两人还是没拿。李老师临走，对十三幺儿说，常老师已跟我说了，您好像有个朋友的孩子在我班里，有什么事？

十三幺儿笑笑说，也没啥正经事。

李老师说，当初上学时，我和常欣关系最好，您有事只管说，我能做的，尽量做。

十三幺儿这才说，也就是一句话的事。

李老师问，什么话？

十三幺儿说，您如果见了这程桂桐的家长，就跟他说一句，您跟我是朋友。

李老师看看他问，就这一句话？

十三幺儿说，就这一句话。

李老师想想，又问，跟他父亲说，还是跟他母亲说？

十三幺儿说，父亲母亲都行，您说完，告诉我一下就行了。

说完，又跟李老师互留了手机微信。

十三幺儿觉着自己这事儿办得挺俏，不动声色地绕了这样一个弯儿，就算是跟幺蛾子打了一个"隔山炮"的招呼。幺蛾子不给别人面子，总得给他儿子的班主任一点面子。只要有了这面子，后面再找他说这地的事，应该也就好说了。

这样等了两天，李老师的微信就过来了，说是见到程桂桐的父亲了。学校的毕业班中秋节没放假，他父亲节后到县城办事，顺便来学校看儿子。他就把这话跟他说了。

十三幺儿立刻回复问，他咋说？

李老师说，没说什么，只是笑着哦一声。

十三幺儿一听，心里就有底了。

又过了两天，十三幺儿就来天行健大酒店找幺蛾子。到酒店跟前台一说，前台给幺蛾子在楼上的办公室打了一个电话。幺蛾子让十三幺儿上去。十三幺儿一听在心里说，看来这一招果然管用，态度明显不一样了。但还是从前台的手里拿过电话，对幺蛾子说，你忙我也忙，就不上去了，你下来吧，几句话的事，我说完就走。

幺蛾子哦一声，就挂了。

一会儿，幺蛾子下来了。

十三幺儿也没拐弯儿，直接就把来意说了。

幺蛾子看着他，一直听他说。

最后才说，你的意思我明白了，不过有个事，看来你没听说。

十三幺儿愣了愣，啥事？

幺蛾子说，现在，三河口企业的业务已分成两块，我只负责酒店这块了。

十三幺儿问，那另一块，谁负责？

幺蛾子说，你应该认识，小肖总，就是肖圆圆，她现在也是企业的副总了。

十三幺儿这才明白了。这段时间，自己只顾忙酒楼生意，对外面的事虽然有时也听一耳朵，但都没入心。这时幺蛾子一说，才想起来。前几天，老婆大眼儿灯从外面回来，对十三幺儿说，有个新鲜事儿，你听说了吗？当时十三幺儿正忙手里的事，只嗯了一声，心里就有点儿烦。这大眼儿灯整天就像个甩手二掌柜，从早到晚在外面疯，弄些欸欸的小话儿回来就当新鲜事儿说。十三幺儿已懒得理她。但这回大眼儿灯说，肖大锣的闺女，你知道吗？

十三幺儿说，当然知道，村里没不知道的。

大眼儿灯说，她上大学，学的是种地。

十三幺儿说，那叫学农业。

大眼儿灯说，别管学啥业，这些天，她总带人在村外的地里转悠，还往本本上记。

也就是大眼儿灯的这句话，一下引起十三幺儿的注意。但当时也没太当回事。这时，听幺蛾子一说才明白了，看来现在的三河口企业已是肖圆圆说了算。而她总去村外的地里转悠，是不是也在打这片地的主意？这时，十三幺儿再想，既然已经来了，能在幺蛾子这里多问一句是一句，于是故意说，就算这肖圆圆也当了副总，你还是公司的老人儿啊。

幺蛾子倒坦然，说，小肖总有事业心，很多想法也确实挺好。

十三幺儿立刻问，听说她总去村外转，有啥想法了？

幺蛾子笑了一下，这个，她没具体说。

说完又点了下头，就转身上楼去了。

8　言之又在不言中

幺蛾子对十三幺儿说的是心里话。这段时间，确实越来越佩服肖圆圆。

肖圆圆刚来赵家坳时，幺蛾子嘴上没说，脸上也没带出来，但心里还是有些看法。自己再怎么说也是天行健集团的老员工，虽然算不上元老，但跟着董事长东征西闯这些年，现在企业里上上下下谁见了自己都客客气气，你个小黄毛丫头，就算是刚从大学出来的硕士研究生，一回赵家坳，就指手画脚，嘴上说，不要让企业里的人知道自己的真实身份，可反过来问一句，如果你不是董事长的女儿，只是从外面招聘来的一个普通年轻人，就算有再高的学历，你敢这样放肆地随便说话吗？

更可气的，是这赵老柱。

幺蛾子当年在村里时没觉出来，现在才发现，这赵老柱虽已是

50多岁的村干部，平时看着也一本正经，其实又蔫又坏。跟他说话共事，后脑勺儿都得长眼，一不留神就让他画个圈儿套进去。这回自己打算在大剧院的前面搞一个美食广场，跟赵老柱商量时，他不说同意，也不说不同意，只是吭吭了两声。当时幺蛾子就感觉到了，他这吭吭不是好吭吭。他跟赵老柱打交道已有经验，只要一吭吭，就是在活动心眼儿。

果然，他说，把圆圆也叫来吧，听听她的意见。

当时这话一说，幺蛾子就不爱听。自己是三河口企业的常务副总，赵老柱是赵家坳村委会的主任，现在是公司常务副总和村主任商量事，肖圆圆再怎么说，也只是总经理助理，没资格参加决策，把她叫来算怎么回事？但当时也没好说别的。可第二天上午，肖圆圆来了一张嘴，幺蛾子就明白了，难怪赵老柱叫她来，敢情他们是一头儿。

当然，后来的事实证明，肖圆圆说的确实是对的。

几件事过后，幺蛾子就看出来了，肖圆圆果然和一般的年轻人不一样。幺蛾子倒不是狂妄自大的人，一旦发现谁有真本事，也就真服气。当然，也曾试着问过自己，如果肖圆圆不是董事长的女儿，就是个招聘来的普通女孩儿，自己还会这样服气吗？

得出的结论是，也服气。

企业这次人事调整，幺蛾子要把自己的办公室给肖圆圆腾出来。但肖圆圆没同意。酒店的最上面一层是办公区，肖圆圆选了侧面的一个房间当办公室。房间不大，但有一个巨大的落地窗，几乎占据一面墙，一进来就显得很通透，光线也好。幺蛾子让人给弄来一个"大班台"，她一看就说，不要这东西，太大了，看着眼晕，换个写字桌就行。但弄了一个超大的电脑屏幕，挂到墙上，说这样方便看视频资料。

第一个来肖圆圆办公室的，就是十三幺儿。

肖圆圆上中学之前一直在村里，当然认识十三幺儿。但那时还小，虽有印象，也不太深。后来上中学就从村里出去，这以后也就再没打过交道。

幺蛾子是个心细的人，也有责任心，虽然不管企业这边的事了，但向肖圆圆移交工作时，特意把十三幺儿曾来找过他，提出要把那块"窝心地"提前收回的事对肖圆圆说了。又提醒她，这可是个能把心思拧出十八个花儿的人，跟他打交道要格外小心。

这时，肖圆圆一见十三幺儿进来，就已猜到他的来意。

十三幺儿这次来，想法已经很明确。既然这事已跟幺蛾子说了，也就开弓没有回头箭。现在肖圆圆是企业副总，这事儿她是正管，这小丫头当初在村里时，扎着两个小辫子，是自己看着长起来的，应该比幺蛾子好对付，兴许说几句大话，拿老腔儿一拍乎，她也就同意了。这时一进来，也就大模大样，并没把肖圆圆放眼里。

肖圆圆挺客气，起身迎过来，请他坐。

十三幺儿一扭身，就坐在沙发上。

肖圆圆又端过一杯水说，知道您也忙，有啥事，咱就长话短说吧。

十三幺儿接过杯，在心里琢磨着怎么开这话头儿。

肖圆圆说，您是为那块地来的吧？

十三幺儿已经送到嘴边的水杯立刻停住了。他没想到，肖圆圆先把这事儿挑开了。接着心里就有些警惕，直觉告诉他，这小丫头大概比自己想的难对付。

索性也就抬起头，看着她说，是，我就是为这块地来的。

十三幺儿知道，既然话已说到这儿了，也就没必要再绕弯子，只能迎着上。

接着，干脆把脸一抹说，既然你已知道我的来意，咱也就不用再费口舌了。

肖圆圆点头说，对。

十三幺儿说，我不是不讲理的人，现在要收回这块地，当然有理由。

肖圆圆说，是，我也这么想，您肯定有您的理由，那就说说吧。

十三幺儿说，我这是按合同办事。

肖圆圆笑笑，那我告诉您，就是按合同，也不能这么办。

十三幺儿说，我知道你刚接手，还是先把合同找出来，仔细看看。

肖圆圆仍然笑着，我看过了。

十三幺儿感觉到了，这个小丫头果然不好对付。

于是说，我建议你，还是再看一下，看完了咱再说话。

这样说完，就客客气气地告辞出来了。

他这样急着出来，是因为第一次交锋，已感到对方的锋芒，所以不想恋战，否则把自己的底牌过早露给对方，头一次夹生了，后面就更不好办了。

但肖圆圆的态度，也让他心里没底了。既然她说话这么有底气，会不会当初签这合同时，自己没细看，在条款中真有什么对自己不利的漏洞？

但又想，这么大的事，自己不会看走眼。

显然，这小丫头是在虚张声势。

十三幺儿回来，越想这事越搓火。人一进了这三河口企业，怎么都像是一个师父教出来的。当初幺蛾子在村里，没人拿着当回事，可一进公司，立刻就像变了个人，平时走路倒背着手，两个鼻子眼儿朝上，一下就马槽子改棺材，也盛（成）人了。现在这肖圆圆也如此。按说从她妈那边论，还得叫自己一声表舅爷，就连她爹肖大锣都是自己的表外甥，现在跟她爹学的也摆谱儿了。再一想，也好，扳倒葫芦洒了油，既然已经把事摊开了，如果好说好道，还则罢了，你要是六亲不认，咱索性就照着砸锅干，看谁砸得过谁。

十三幺儿这一想，就又来村委会找赵老柱。

十三幺儿找赵老柱，倒不是让他出面。当然，也知道，赵老柱为上次那顿饭的事，还一直跟自己别着劲儿，况且他跟三河口企业是一头儿，这事儿要说起来，自然不会向着自己。但也正因为这样，这次才来找他。不为别的，就为让他给肖圆圆传个话儿。

赵老柱正接待镇文化中心的人。上次老胡派人下来，发现赵家坳的"农家书屋"存在问题，有的地方没达标，就让人过来，商量怎么整改，顺便说一下建立村文化中心的事。

这时，赵老柱一见十三幺儿进来，就猜到是什么事。

十三幺儿旁若无人，一进来就冲赵老柱说，我就一句话。

赵老柱瞥他一眼，你先等等。

然后，就继续跟镇上的人说话。

十三幺儿径直过来说，让他们先等等，我说完就走。

其实，这不是十三幺儿的性格。他这么干，是成心要这个效果，就为让赵老柱知道，这回他真急了，已经不管不顾了，后面指不定会闹出什么更大的事来。

这样说完，不管三七二十一，一把揪住赵老柱的胳膊就拽出来。

赵老柱也要急，使劲甩着他的手说，松开，你松开！这拉拉扯扯的干啥！

来到门外，十三幺儿才松开手，对赵老柱说，我已经正式跟肖圆圆说了，要提前收回我的地，本来想好说好道，可她跟我打官腔儿，这就不怨我了，后面就去法院说吧。

赵老柱显然没想到十三幺儿会说出这样一番话，元宝嘴咧了咧，看着他。

十三幺儿又说，不过，你告诉这小丫头，要真去法院，这事儿可就又闹大了，我现在的要求只是把这地收回来，然后跟他三河口企业一拍两散，别的就不提了，可真要上了法庭，就不光是这点事儿了，咱有一样算一样，都得说明白了。

赵老柱刚要说话，十三幺儿又伸手拦住。

他接着说，这场官司赢，我是肯定赢，不过别忘了，我这一赢，可就不是我一家的事了，他三河口企业流转了大几百亩地，承包户少说得有几十家，这些人可都在旁边看着呢，只要我这官司一赢，他们是群狼窝子狗，肯定一块儿上，到那时这几百亩地可就一下都稀里哗啦了，哪头儿轻，哪头儿重，你跟那小丫头说，让她自己掂量吧。

这样说完，不等赵老柱说话，就扭头走了。

走了几步又站住，回头说，你忙，她忙，我也忙，跟她说，这事儿，三天我听信儿。

赵老柱刚要张嘴，他已经头也不回地走了。

十三幺儿的心里有数，自己让赵老柱传的这几句话，如果细想，一句比一句重。这回自己是先礼后兵，已做到仁至义尽，如果后面真跟三河口企业对簿公堂，最后闹成个啥样还真不好说了。接着也就想到，既然赵老柱跟他三河口企业是一头儿的，自己让他传这话，他肯定立刻就传过去了。赵老柱也不傻，知道深浅。接着再想，又有几分得意，自己这一手儿也真够绝的，该说的话，一字不落都对肖圆圆说了，可又没当面说。她毕竟是肖大锣的女儿，总得留一些余地，现在，意思让她知道了，该呛的也呛了，又没撕破脸。

用一句戏词儿说，言之又在不言中。

这一想，一边往回走着，就忍不住噗地笑出声来。

果然，第二天上午，十三幺儿正安排自己的外甥去三河口的河边进点儿黄草鱼，肖圆圆的电话就打过来。听得出来，她在电话里的声音没任何表情。

她说，麻烦您，抽时间来公司一下。

十三幺儿哦一声说，现在过去？

肖圆圆说，下午吧，两点，可以吗？

十三幺儿说，可以。

肖圆圆就把电话挂了。

下午两点，十三幺儿准时来到酒店。进了大厅一看，电梯拦上了。旁边立着一个小黄牌子，上面写着，"检修中"。肖圆圆的办公室是在五楼。十三幺儿的腿短，平时最憷爬楼梯，蹬着费劲。这时朝旁边的楼梯看一眼，就掏出手机给肖圆圆打过去。

肖圆圆一接电话问，您到了？

十三幺儿说，到了。

又说，没电梯，你下来吧。

肖圆圆说，不行，我这儿还有文件，您得来我办公室签一下。

十三幺儿嘟囔了一句，可爬这楼梯，五楼哪。

肖圆圆哦一声说，要不，我找个人背您上来？

这话就太损了。十三幺儿给噎得嗝儿喽一下。

又朝这楼梯看一眼，只好走过来，咬着牙往上爬。

来到五楼，已经累得一身汗。

肖圆圆的办公室敞着门。

十三幺儿喘着气进来，一屁股坐到沙发上。

肖圆圆说，请您来，是要补个手续。

十三幺儿这时已累蒙了，一下没反应过来，问，补啥手续？

肖圆圆说，前面跟您签的流转协议，中止。

十三幺儿这才明白了。

肖圆圆说，从今天起，这块地又是您的了。

说着，把一份新合同推到他面前。

第七章　无射

鱼儿靠的是水中草

蜜蜂儿靠的是枝头花

树木无根不能长

花儿无水不开花

……

——《会计姑娘》

1　临江驿

赵老柱这些年，最爱吃炒丝瓜。

刚从架上摘下的嫩丝瓜，顶花带刺儿，跟猪肉一块儿炒，肉还不能切丝儿，得切成薄片儿，这样炒出来才香。这个中午，老伴杨巧儿又炒了一盘丝瓜，但味道不对。丝瓜这东西吃酱，放的酱油少了，看着白不呲咧，也寡淡，苦涩味儿就出来了。

老伴笑着说，炒一回，你说一回。

赵老柱鼻子里哼着说，是啊，回回说，可回回也是白说。

老伴说，行，行，下回就记住了。

赵老柱咬了口馒头，夹了一筷子油汪汪的丝瓜自言自语地说，人这东西，就是有享不了的福儿，没受不了的罪，当年吃高粱面儿饼子，就着盐拌丝瓜条儿，也挺香。

老伴看他一眼，扑哧笑了。

老两口儿一边说着话，赵老柱的筷子掉到地上。猫腰一边捡着，又自言自语嘟囔了一句，看来还是不饿，狗不饿叼不住食儿，人不饿，拿不住筷子。

老伴说，这话可是你自己说的。

赵老柱把筷子在手里捋了捋，又吃着说，是啊，我说行，你要说，就得跟你急。

老伴说，不是有句话吗，筷掉一支，必有一吃，这回两根筷子一块儿掉，就不知是咋个吃法儿，横不能有俩人一块儿请你吃饭。

赵老柱说，也难说。

老伴说，那你就把牙磨得快快儿的，等着吃吧。

赵老柱随口答音儿，行，把磨刀石找出来，磨。

其实这时，赵老柱的脑子已经走神儿，又在想十三幺儿那块地的事。头天下午，十三幺儿又到村委会来了一趟。当时村委会一屋子人，他又把赵老柱拉出来，朝四周看了一眼小声说，上回的事，已经办完了，挺顺利，我来是知会你一声，也道个谢。

赵老柱一下没反应过来，看看他。

十三幺儿说，我那块地，要回来了。

赵老柱又一愣。

十三幺儿乐了，指着他说，看你这元宝嘴，怎么耷拉了，这不是好事儿吗？

说着又凑近一步，声音压得更低了，不过我这人的人品，你该知道，只管放心，这事儿到此为止，我不会声张，就算别人知道了，也肯定不是从我嘴里说出去的，既然她仁，我就义。又用肩膀拱了赵老柱一下，挤挤眼，放心，我不会给她企业找麻烦的。

说完，就扭头一摇一晃地走了。

赵老柱看着他走远，半天才回过神来。立刻掏出手机，给肖圆圆打过去。

肖圆圆一接电话就问，您是要说十三幺儿那块地的事吧？

赵老柱说，是啊，你怎么这么痛快就答应了？

肖圆圆说，我不答应，又能怎么样，总不能真让他闹到法庭去。

赵老柱说，听他瞎咧咧，他那是吹气冒泡儿呢。

肖圆圆说，我现在马上要干事了，不能再横生枝节，只能信其有。

赵老柱想了想，也是这么回事。

肖圆圆又说，不过您放心，有他后悔的时候。

赵老柱问，咋？

肖圆圆笑了，你就等着看吧。

说完，就把电话挂了。

赵老柱这才把心放下了。他知道，肖圆圆这么说，就肯定已有了主意。

赵老柱确实佩服肖圆圆。这个年轻人，跟她爹肖大锣是一个脾气，用三河口的土话说，是敢切敢拉。当年肖大锣就是凭着这股子冲劲儿闯出来的。现在，赵老柱想，肖圆圆已经当了三河口企业的副总，看她这段时间的意思，应该已在酝酿着什么大事。

老伴杨巧儿没说错。八月节一过，果然有人请赵老柱吃饭。

先是村里的蔫有准儿。

蔫有准儿倒不小气，但在村里很少请人吃饭。他不请别人，也就没人请他。平时在村里说起来，自己也笑，古人说礼尚往来，自己礼不尚，人家别人当然也就不往来了。

蔫有准儿这样也是成心。吃饭是个容易生是非的事，一吃饭就得喝酒，一喝酒，平时不说的话也就全说出来。村长赵老柱常说，病从口入，祸从口出。不出去也就省了很多麻烦。其实蔫有准儿的脾气挺和人，平时人缘儿也好，不爱跟人来往不算毛病。老话儿说，君子相交淡如水，当村的人也一样，街上见了都客客气气，你好我好他好，这就挺好。人跟人就怕走得太近，一近了就容易生是非，很多麻烦事，都是因为走太近才闹出来的。

所以这次，赵老柱一听，平时跟别人连一根针都没穿换儿的蔫有

310

准儿突然要请自己吃饭，就有些奇怪。戏文里说，礼下于人，必有所求。看来是有什么事。

不过，赵老柱的心里也有数，蔫有准儿是本分人，就算有事，也不会是太出格儿的事。

蔫有准儿的这顿饭，是在村东尾巴河边的"临江驿饭庄"请的。

这又让赵老柱有些意外。

临江驿饭庄的老板是崔书林，在村里的绰号叫红鼻子，平时也爱唱评戏。当年十三幺儿的爹赵五出去唱着戏要饭，总带着他。那时还小，刚十来岁，跟十三幺儿的爹站一块儿还真像亲爷儿俩。赵五唱小生，也反串旦角儿，要饭时不光唱《金玉奴》里的"莫稽"，也唱《秦香莲》，于是就让自己的儿子十三幺儿当"冬哥"，崔书林当"春妹"。崔书林从小在戏上就比十三幺儿机灵，刚十来岁就懂节骨眼儿。每当十三幺儿的爹悲悲戚戚地唱到很节儿时，他就在旁边拉着哭腔儿搭一声"娘——"，这一下也就更烘托了气氛，听着要多惨有多惨。后来大了，闲着没事时，还跟着赵五学唱戏，也唱"穷生"。再后来人们发现，他唱"穷生"又比赵五多了一个本事，每当唱到"饥寒交迫"时，竟然能让自己的鼻子也红起来，真像是在凛冽的寒风里冻的，甚至还能流出清鼻涕，就是在三伏天，也能唱出"六月寒"的感觉。这以后，村里人就给他取了这个绰号，其实也是艺名，叫"红鼻子"。

崔书林开的这饭馆儿叫"临江驿饭庄"，也有些来历。有一出传统评剧叫《临江驿》，里边有个人物叫"崔文远"，是个好角色。崔书林也姓崔，自己这饭馆儿又是在商业街的顶头儿，紧挨河边，就把字号叫"临江驿"。门脸儿虽不豪华，却也古色古香，有些文人气。

崔书林是性情人，平时不光做生意，为人处世，也自比戏里的"崔文远"。

蔫有准儿这回请客在临江驿饭庄，也让赵老柱没想到。

村里人都知道，蔫有准儿跟崔书林有点过节儿。

赵家坳的村东有个女人，叫陈广福，论着还是十三幺儿的老婆大眼儿灯的堂姐。娘家也是田家坨的，本名叫陈兰香。这陈兰香是个寡妇，已守寡十多年。村里人先是背后叫她陈寡妇，但总觉着不雅，后来索性谐音，就叫"陈广福"。她自己也觉着这么叫挺好，这以后就成了官称。这几年，蔫有准儿跟陈广福的关系很近。倒不是那种近，就是蔫有准儿总给陈广福挑水。其实这时，村里已经家家通了自来水，早没人挑水了。但陈广福日子过得细，又爱干净，离河边也近，平时除去吃的水，家里别的事就还用河水。但她一个女人，去河边挑水费劲。后来蔫有准儿就去给她挑。一天两挑儿水，也就够用了。陈广福洗衣裳也是老习惯，不光不用洗衣机，还总去河边。河边有两磴台阶，是用当年挖出的大蛤蜊壳儿铺的，陈广福就蹲在这台阶上洗衣裳。后来有细心的人发现，她洗的衣裳里经常有男人的裤褂，再看，像是蔫有准儿的。按说蔫有准儿是鳏夫，整天给陈广福挑水，而陈广福是寡妇，又经常在河边给蔫有准儿洗衣裳，日子不用长，村里就得有闲话。但是却从来没有。偶尔有人开着玩笑说个一句半句，立刻就会有人提醒，别吃饱了闲的嚼舌根子，小心嘴上长疔。这一来，渐渐地也就成了全村的共识，好像他给她挑水，她给他洗衣裳，都是很正常的事。

崔书林爱唱评戏，蔫有准儿爱听评戏，按说两人应该是知音。再早，也的确是知音。但越是知音，反倒越容易闹不愉快。有一回，十三幺儿高兴了，把家里的板胡拿出来。十三幺儿也会拉几下，虽然不专业，也能凑合着给村里爱唱的人上弦儿。那天是在村东河边的小公园，十三幺儿的爹赵五这时已唱不动了，但还爱听，就让自己的爱徒崔书林唱。崔书林先要唱河北梆子，十三幺儿立刻提醒，忘了那句话是咋说了，眼下咱这村里没梆子了，只唱评戏。于是，崔书林就先唱了一段《夺印》里的"水乡三月风光好"，接着又唱了几句《金玉奴》里莫稽的"寒风雪似尖刀"，旁边的人听了都赞叹不已，有人说，只可惜差个旦角儿，要是再接上"棒打无情郎"就更有意思了。接着就有人说，哎，陈广福的旦角儿好，把她叫来。崔书林一听就乐了。众人回头看看他，听出他这乐不是好乐。

崔书林一见大伙儿看自己，摆摆手说，还是算了吧。

众人见欲言又止，就说，咋了，有话就说出来。

崔书林这才说，刚才说，穷梆子，浪评戏。

有人说，是啊。

崔书林说，我一听陈广福唱评戏，就想起这话来了。

众人先还没反应过来，跟着就都笑了。崔书林这话说得太损了，简直是骂人不吐核儿。但众人只顾笑，谁都没注意，这时，蔫有准儿就站在人群外面。崔书林说的这话，如果换别人，也许就急了，就是不跟他动手，也得骂两句。但蔫有准儿厚道，不是这种人，况且凭他跟陈广福的关系，真替她鸣不平也不硬气，也就没吭声。

等人们发现时，他已经转身走了。

蔫有准儿本来跟崔书林的关系挺好，虽然平时没穿换儿，但一个爱唱，一个爱听，都喜欢评戏，在街上见面也经常聊几句。这以后，蔫有准儿再见崔书林，老远就绕开了。

这次，蔫有准儿之所以请赵老柱在崔书林的临江驿饭庄吃饭，其实另有原因。

当初在河边小公园的这事过后，村里经常一块儿唱戏的人对崔书林说，你这话说得太不厚道了，虽是个玩笑，可这玩笑也开得有点儿过，你爱唱评戏，人家陈广福也爱唱评戏，既然是同道就该人抬人高，你这么说话，在行里这叫"刨"，同行之间最忌讳的就是这个"刨"，咱说是唱着玩儿，连票友也算不上，可就是不说戏德，也该讲个口德。

其实这时，崔书林的心里也已后悔了。

后来的一天中午，在街上找个机会，就把蔫有准儿拉住，对他说，自己的临江驿饭庄自从开业，还没请他过来尝尝。这样说着，就一定要拉他来饭馆儿吃顿饭。蔫有准儿当然明白崔书林的意思，本来就是厚道人，脸儿也热，况且杀人不过头点地，既然人家已经表示歉意，虽有"大街上骂人，胡同里道歉"之嫌，但这歉意毕竟也有了，也就一笑说，这两天胃口不给劲儿，等哪天能吃东西了，把牙磨得快快儿的，再去好好儿吃你一顿。

正如戏文里唱的，话是拦路虎，话是开山斧。

人都这样，哪怕天大的事，已经闹得张飞对李逵，几句好话一说，立刻满天乌云散。这以后，崔书林的评戏该唱还唱，蔫有准儿也就该听还听。两人尽弃前嫌。

但这次，蔫有准儿在临江驿请赵老柱吃饭，是为另一件事。

2　请Ａ角儿

这天晚上，赵老柱来到临江驿饭庄，蔫有准儿和崔书林已经等在这里。

临江驿饭庄跟十三幺儿的太极大酒楼装修风格不一样。太极大酒楼追求的是"酒楼气派"，用的材料未必高档，但效果走的是豪华路线，一进来明明晃晃，亮亮堂堂。崔书林的临江驿饭庄却是中式，古色古香，还有些梨园气息。饭庄在河边，也就充分利用这个地理优势，有意往水里探进一块，做了一个水榭状的楼台，还装了扶栏。尤其到秋天的晚上，在这里吃饭，吹着河风，正好可以看到高悬的明月。这一晚，请赵老柱吃饭就在这里。

这显然是崔书林特意安排的。

崔书林比赵老柱小几岁，辈分也小，论着得叫赵老柱表姨姥爷。这时，先把赵老柱请到后面的榭台上坐了，然后笑着说，知道表姨姥爷能喝两口儿，可我老球叔不沾酒，这会儿饭馆儿的生意清静，厨房那边也都安排了，就过来陪您老喝两盅儿。

赵老柱倒无所谓，甭管谁的酒，既然已经来了，也就只管喝。

菜上来，蔫有准儿给赵老柱和崔书林满上，就在旁边坐下，只管吃菜。这样喝了一会儿，赵老柱就把酒盅放下了，用掌心抹了一下元宝嘴，笑着说，好啊，用一句戏文里的话说，咱是酒过三巡，菜过五味，你俩有啥心腹事，也该跟我明言了吧。

这时，蔫有准儿看看崔书林。崔书林也看看蔫有准儿。

蔫有准儿说，你说吧。

崔书林说，还是你说。

蔫有准儿又吭哧了一下，才说，听说，大剧院要完工了？

赵老柱说，不是完工，眼下哪儿还不是哪儿，离完工还早呢。

崔书林在旁边纠正，那叫主体结构落成。

蔫有准儿立刻点头，对对，主体结构落成。

看一眼赵老柱，又说，听说肖大锣，这回要搞庆祝，在村里唱几天大戏？

赵老柱说，是啊，过去村里盖房，还讲个上梁大吉，得拴一根红布条儿，放几挂鞭，何况这回是这么大的一个剧院，将来能坐大几百号儿人呢，当然得唱几天大戏。

崔书林在一旁点头说，确实应该。

蔫有准儿又问，听说这次，肖大锣还请了县剧团？

赵老柱说，唱大戏，当然得成本大套，除了县剧团，一般的小戏班子也唱不了。

蔫有准儿点头，这倒是。

吭哧了一下，又试探着问，这回，听说要唱《花为媒》，还要唱一出《向阳商店》？

赵老柱实在忍不住了，问，你到底想说啥？

蔫有准儿又跟旁边的崔书林对了一下眼神，才说，我想说的是，如果唱这两出戏，可都是青衣花旦的当家戏，县评剧团的白玉香，肯定得来吧？

赵老柱内行地说，那可说不定，唱戏也分AB角儿。

崔书林说，白玉香肯定是A角儿啊，就算有B角儿，这么大的活动，至少头一天也得来，她不来，从肖大锣那儿也不答应，说白了，看戏还得看A角儿啊。

赵老柱这时已听出来，蔫有准儿和崔书林在一唱一和，心里就明白了，看来蔫有准儿今天要说的这事儿，这里边应该也有崔书林的事。

于是说，你俩到底想说啥，就直说吧。

蔫有准儿这才嗯一声，是有个想法儿。

崔书林在旁边忍不住说，你这嘴像个棉裤腰，还是我说吧。

于是，就把他和蔫有准儿商量的想法儿，对赵老柱说了。

赵老柱这才明白了。

但想了想，这事儿也不太好办。

这次肖大锣要搞的这个活动确实很大。天行健大剧院的主体结构落成，这不光对天行健企业，在整个海州县也是一件有影响的大事。按肖大锣的想法，要把这剧院建成在海州一带规模最大、功能最全的剧院。所以，这个主体结构落成仪式，就准备搞得隆重一些。按三河口的风俗，要隆重，就得唱几天大戏。而要唱大戏，也就得请县剧团。这次肖大锣跟白玉香一说，当然没任何问题，这不光是一个给天行健企业帮忙的机会，也能有一些收入。说好三天，连演三出大戏，第一天是《花为媒》，第二天是《向阳商店》，第三天是《人面桃花》，都是县评剧团的看家戏。这三台戏定下来，肖大锣又跟县文旅局商量，现在各镇的文化中心也都有自己的业余小班儿，是不是借这机会，也都来唱一下，显得更热闹。县文旅局一听当然高兴，自从搞公共文化服务体系建设，陆续向下面的各文化中心发放了很多乐器，这一来底下的群众文艺活动也就更活跃了，尤其评戏，几乎每个镇文化中心都有自己的班社。这次，也正好是一个让大家集中展示的机会。所以，肖大锣一说也就一拍即合。

这件事一定，消息立刻就从各个渠道传出来。

这个晚上，蔫有准儿也没避讳，对赵老柱说，这个消息是陈广福在外面听来的。前一天的下午，她跑来对他说，知道吗，白玉香要来了，而且连唱三天，都是大戏。蔫有准儿一听当然高兴，陈广福唱彩旦，也唱青衣，她曾说，她是白玉香的铁杆儿粉丝，最大的梦想，就是能跟她当面说几句话，近距离地看一看，人家究竟是咋回事，为啥能把戏唱成这样。这次白玉香能来赵家坳，当然是千载难逢的机会。于是蔫有准儿就想出这么个主意，跟陈广福商量，借这次白玉香来赵家坳演出的机会，请她吃顿饭。陈广福一听当然兴奋得无可无不可儿，可再想，又觉着这事不太可能。人家这么大的角儿，又不认识咱，哪能说请就请，倒不是人家要大牌，估摸着想请她吃饭的观众太多，真要答应，这事儿就没完了。蔫有准儿一想也是。但又想，如果再拉上几个人，人一多，面子更大，说不定这事儿能成。

这一想，也就想到崔书林。

崔书林从小就跟着十三幺儿的爹赵五学戏，大了也总唱，在这三河口一带提起"红鼻子崔书林"，也有一号。蔫有准儿立刻来找崔书林商量。崔书林一听，当然也很兴奋。他虽然唱"穷生"，但也爱听白玉香，立刻对蔫有准儿说，如果真能把白玉香请来，就在这临江驿饭庄，专门做几个拿手菜招待她。接着，一听蔫有准儿说，担心面子薄，请不动，就想出一个主意，如果让村长赵老柱出面，兴许面子更大一些。

蔫有准儿一听，这还真是个办法。可再想，还是不行，赵老柱别说请白玉香，上次在太极大酒楼请两个普通客人吃饭，都让十三幺儿当着一街筒子的人挤对得上不来下不去，先别说村委会请得起请不起，只怕他一听，就不会同意这事。

崔书林一听笑了，说，让他出面，也就是出个名义，最后请，当然还是咱请，再说咱请也只是表示一下心意，人家白玉香啥没吃过，也不会在意这一顿饭。

蔫有准儿一听，这才同意了。

这时，赵老柱听了，没说同意，也没说不同意，只是低头沉吟。

蔫有准儿又说，如果连你这村长都请不动，我们就更别说了。

崔书林说，这事儿是这样，你赵主任毕竟是一村之长，这个面子，白玉香总得给。

赵老柱又沉了一下，才抬起头说，要说这事儿，的确是个好事儿。

蔫有准儿和崔书林一听，对视一下，都松了口气。

不过，赵老柱又说，你们跟我说，是找错人了。

蔫有准儿没明白，咋？

赵老柱说，你们应该去跟三宝说。

崔书林想了想，点头说，这倒是，他是县剧团的人，更直接。

蔫有准儿看一眼赵老柱，又看一眼崔书林，才说，我找过他了。

赵老柱问，他咋说？

蔫有准儿吭哧了一下，没说话。

这次请赵老柱吃饭之前，蔫有准儿跟陈广福商量，是不是先去跟张三宝说一下。张三宝是县评剧团的人，跟白玉香是同事，如果让他跟白玉香说，也许这事就简单了。

但蔫有准儿去跟张三宝一说，张三宝想也没想就说，恐怕不行。

蔫有准儿问，为啥？

张三宝说，你们的心情可以理解，但如果我跟她说，就更不合适了。

他见蔫有准儿还没明白，才又说，这么说吧，现在县里的剧团下来演出，上级有明确规定，不能随便吃请，当然，好在这回不是送戏下乡，也不是县里正式的演出任务，说白了就是跟企业的一次联谊，况且你们要请她，也是观众的一片心意，只要她肯来，这顿饭请了也就请了，但我一出面，这事儿的性质就变了。

蔫有准儿还是不明白，问，咋变了？

张三宝说，我毕竟在这里当过驻村干部。

蔫有准儿说，驻村干部又咋了？

张三宝说，总之，不妥。

蔫有准儿虽然还是没懂，也已明白，他不说透，自然有不说透的道理。也就不好再问。

这时，崔书林对赵老柱说，别的都不说了，咱就复杂问题简单处理。

赵老柱嗯一声，你说吧，咋个简单法儿。

崔书林说，这事儿说来说去，也就是咱赵家坳的观众出于对自己偶像的喜爱，借这次演出的机会，想请她吃顿饭，表示一下心意，就这么点事儿。

赵老柱端起酒盅，不慌不忙地喝了一口。

蔫有准儿和崔书林一直眼巴巴地看着他。

蔫有准儿见他把酒咽了，才问，咋样？

赵老柱放下酒盅，抬头问，啥咋样？

崔书林在旁边说，说了这半天，到底行不行啊？

赵老柱慢条斯理地说，我寻思寻思吧。

3　程弓

第二个请赵老柱吃饭的，是十三幺儿。

这就更让赵老柱意外了。

十三幺儿请这顿饭，搞得挺正规。提前三天就让自己的外甥给赵老柱送来一封大红烫金的请柬。赵老柱接过这东西翻过来掉过去地看了看，闹不清十三幺儿这是又要变啥戏法儿。打开请柬，就见上面写着，三天后，是太极大酒楼五年店庆的日子，一直承蒙关照，届时，请赵老柱先生拨冗，光临小店指导，吃顿便饭。这请柬写得不文不白，又不土不洋，让赵老柱一时摸不着头脑。不过能看出来，十三幺儿确实动了一番脑筋，他在这请柬上故意没写赵老柱的职务。显然，是担心他不来，所以才想弄成一个纯私人的交往。

赵老柱把这请柬合上，只哼了一声。

十三幺儿的外甥说，老板交代了，要您一个回话儿。

十三幺儿的这个外甥叫程弓，是幺蛾子的亲叔伯侄子。高中毕业没参加高考，一直在天津打工，这两年刚回来。当时十三幺儿的酒楼正用人，但用这程弓，又有些犹豫。这程弓是自己大姨子的儿子，可他还是幺蛾子的叔伯侄子。真要论起来，叔伯侄子自然比外甥的关系更近，老话说，姨表亲，一辈亲，死了姨就断了亲，姑舅亲才辈辈儿亲，砸断骨头还连着筋。这程弓的爹，跟幺蛾子是一爷之孙。也就是说，十三幺儿的大姨子是幺蛾子的亲叔伯兄弟媳妇儿。但十三幺儿的老婆大眼儿灯跟她这娘家姐姐关系不好，虽在一个村住着，已经几年不来往。十三幺儿和幺蛾子也就都不提这层亲戚关系，不光不提，干脆说就是不认。当初大眼儿灯有个娘家大舅，是看着这姐妹俩长起来的，眼下大眼儿灯的娘家爹妈都不在了，见这姐儿俩一个村头一个村尾住着，平时却谁也不理谁，就想给她俩撮合撮合。一天借着和几个朋友来太极大酒楼吃饭，就把十三幺儿叫到旁边，问他，他老婆大眼儿灯跟她这娘家姐姐到底为啥？十三幺儿先嗯嗯了两声说，咳，老娘们儿能有啥正经事，不过都是鸡毛蒜皮，我也没细问过，爱咋的咋的吧。这大舅一见十三幺儿油打滑噜，就明白了，眼下他这酒楼生意挺火，又在村东头的河边盖起二层小楼，财一大，气也就粗。但这话既然已说开了头儿，就还是说，鸡毛蒜皮也是事儿，要不然也不会闹成这样，你跟我说说，到底为啥？

十三幺儿一见这大舅非要问明白，才说，其实就是一句话的事儿。

几年前的正月初五，十三幺儿在河边的小楼已盖起来，只等开春儿装修完就可以搬过去了。十三幺儿的老婆大眼儿灯也是高兴，就叫了几个平时一块儿玩儿的女人在家里唱戏，让十三幺儿给上弦儿。正唱得高兴，就见陈广福捂嘴乐着进来。大眼儿灯看出她这乐不像好乐，立刻让十三幺儿先把弦儿停下，问陈广福，这是乐啥？

陈广福摆摆手，不想说。

这一下大眼儿灯更认真了，说，不行，到底啥事，你今天必须给我说出来。

陈广福这才说，刚才进来时，在这门口的街上看见大眼儿灯的大姐了。

大眼儿灯叫陈秀花，她这大姐叫陈桂花。陈广福说，刚才桂花姐就站在门口对面的槐树底下，斜眼朝这边看着。陈广福过来问，咋不进去听？陈桂花一撇嘴说，听屁啊。陈广福一听就乐了，说，照你这意思，你妹子她们几个唱戏，都是打底下出来的？

陈桂花哼一声说，还不如底下。

陈广福更乐了，说，咋还不如底下？

陈桂花说，底下出来的还有个味儿，她们这唱的，连味儿都没有。

这一说，就让陈广福没法儿接了。

这时，陈桂花就又说了一句，吃喝唱，常当当。

陈广福明白，这是句老话，意思是，吃喝唱不是正经过日子人干的事，这是拿钱糟着玩儿，如果整天这么造，就得当当了。所谓当当，也就是变卖家产的意思。

陈广福说，大过年的，一块儿玩玩儿唱唱，也不为过吧？

陈桂花说，她可不是光在过年唱，整天这么唱，干脆去落子班儿得了。

这话就更难听了。谁都知道，过去天津的"落子班儿"，不是啥好地方。

陈广福之所以不敢把这话说出来，是因为知道大眼儿灯的脾气。虽说这话是她亲姐说的，可她的性子真上来不管不顾，别说亲姐，就是亲爹亲妈也敢闹。不过这时，大眼儿灯听了只是冷冷一笑，说，这大过年的，咱正玩儿得高兴，不跟她这烂嘴一般见识。

但话虽这么说，这以后，跟这娘家姐姐也就断了道儿。

这回，十三幺儿一想自己老婆跟程弓他妈这关系，也就更不敢用他了。但程弓毕竟已在外面跑了这几年，眼里会看事儿，心里也明白。这次之所以回来，还不仅是觉着在外面挣钱少，也认为这样下去只能给人家打一辈子工，没啥前途，现在村里已发展成这样，连外地人都往这边跑，自己又干吗不回去呢，说不定反倒比在外面的机会更多。

这一想，才咬牙回来了。

一回来，本来是先去投奔幺蛾子。幺蛾子是三河口企业的副总，给自己安排一个能有发展的职位也就是一句话的事。可没想到，这个亲叔伯的大伯有一是一，有二是二，见面说话倒有亲戚的意思，可问了一下情况，脸立刻就板起来，说，来可以，不过只能是普通员工，因为企业的哪个职位要求什么学历，都有明文规定，这个规矩不能从自己这里破。程弓一听就泄气了。这几年在外面一直打工，总不能回村来还这样打工。

这一想，也就婉言谢绝了。

从幺蛾子这里出来，才转身来找十三幺儿。

程弓当然知道，这二姨跟自己母亲虽是亲姐妹，但已经几年不来往。这时来到二姨夫这里，一见他说话吞吞吐吐，意思犹豫不决，就明白他心里怎么想了。于是，干脆就把话挑明了说，自己这次回来，说白了，就想干点事，上一辈的事是上一辈的事，跟他没关系，他不想问，也不想掺和，如果能来二姨夫这里，只要二姨夫给机会，他也就只认这个二姨夫，家人归家人，亲戚归亲戚，跟在这里干的都是两回事。

程弓这一说，就说到十三幺儿心缝儿里了。

十三幺儿一直有个打算。现在这太极大酒楼越干越火，门脸儿也越干越大，眼看这十字街就要装不下了。一般干饭馆儿都这样，火到一定程度，就要开连锁店了。但连锁店只适合在城里搞。赵家坳就这巴掌大的一块地方，再怎么连锁规模也起不来。

这一想，也就只能开分店。

但开分店也有两个条件，一是钱，二是人。现在钱好说，酒楼干了这几年，也挣了点儿钱。关键是人。自己没有分身术，再开一个分店，就得有人过去打理。这人跟自己的关系太远不行，太近也不行。太远把生意交出去，不放心。而太近了又不见外，一商量事他比你能耐还大，总拧着，自己人又没法儿翻脸，这买卖就没法儿干了。

十三幺儿也就是考虑到这一点，才一直举棋不定。

现在这程弓倒挺合适。十三幺儿眼毒，觉着这年轻人有脑子，这几年在外面历练得也挺沉稳。关键是说的这番话。他这么说，也就说明心里都明白。这就行了，响鼓不用重锤，彼此心明眼亮，一切尽在不言中，这样以后再说话办事，也就简单了。

十三幺儿这一想，就对程弓说，我这酒楼的生意都在这儿摆着，一点儿没藏着掖着，我知道，你是先去了你大伯那儿，肯定是他给的条件，你不满意，所以才又来我这儿。

十三幺儿这一说，程弓有些尴尬，脸红了一下说，人也像鸟，都想攀高枝儿。

十三幺儿点头，表示赞同这说法。

然后又笑笑说，这倒无所谓，现在讲的是双向选择，生意场上有句话，叫一赶三不买，一赶三不卖，不过先说下，如果来我这儿，也得先这么干着，不一样的是，我这买卖自己说了算，后面肯定还得往大里干，你要是认头，就先来，后面咋着，咱后面再说。

说着，又瞄他一眼，现在，我是啥也不能答应你。

程弓一听就说，姨夫，这话是这么说，要论实力，您这太极大酒楼别说跟天行健集团比，就是他旗下的这个三河口企业也没法儿比，这是实情，可如果让我选择，我还是宁愿选择您这儿，倒不是在您面前专拣爱听的说，都是我的心里话，虽然眼下还没看出什么，可我知道，后面只要有可能，您肯定会给我机会。

十三幺儿嗯一声，你这么想就对了。

这以后，程弓也就留下来。

十三幺儿不是个轻易就相信谁的人。在旁边观察了一段时间，就发现，自己果然没看错人。这程弓来了以后，干得挺踏实，酒楼的这点事很快就都顶起来。这样又干了一段时间，就已成了十三幺儿的心腹。偶尔有事，和老婆大眼儿灯出去，把酒楼交给他也放心。

这时，程弓看着赵老柱，又说，您给我个回话儿。

赵老柱又看他一眼。

程弓说，酒楼那边挺忙，您老言语一声儿，我好把话带回去。

赵老柱又沉了沉，才说，不是还有三天吗？

程弓张了下嘴，但又把话咽回去。

赵老柱说，我想想，直接跟你姨夫说。

程弓懂事地应一声，就转身走了。

4 "补笊篱"

赵老柱知道自己的脾气。

虽已当了这些年的村主任，用老伴的话说，心里寻思事儿，还是没正形儿。让田镇长一说，话就更没法儿听了。有一回田镇长来赵家坳，谈事儿晚了，又赶上下雨，就住在村东的三铺炕儿。晚上，赵老柱怕他一个人寂寞，让老伴炒了一浅子花生，又拎了一瓶"烧二刀"，过来跟他喝酒聊天。这个晚上，田镇长难得放松一下，也是喝高兴了，就指着赵老柱说，你这个人啊，除了你老伴儿，大概谁也不会真正看透你。

赵老柱问，咋？

田镇长说，看着，是外表忠厚。

赵老柱哼一声，我还内藏奸诈？

田镇长一听笑了。来海州工作这几年，尤其到青山镇，对戏曲多少也懂了一些，知道他说的是《乌龙院》，就说，没有这么夸自己的，还真拿自己当宋江啊。

赵老柱说，那你啥意思？

田镇长说，我对你的评价，表面一本正经，其实是蔫嘎蔫坏。

赵老柱也乐了，指着田镇长说，知道你这是酒话儿，要搁平时，就得跟你急。

田镇长又正色说，酒话儿归酒话儿，可还是该咋说咋说。

赵老柱嗯一声，咋说？

田镇长说，客观地说，是三个字的评语。

赵老柱给田镇长斟上酒，说吧，哪三个字？

田镇长说，亦庄亦谐。

赵老柱哼地笑了，这是四个字。

田镇长说，买三赠一。

赵老柱把酒喝了，抹了一下元宝嘴。

田镇长问，客观不？

赵老柱点头，挺好。

赵老柱觉着，田镇长确实了解自己。自己平时爱开玩笑。但开玩笑的方式又跟别人不一样，用唱戏的行话说，是"蔫哏"。毕竟当着这个村主任，整天嘻嘻哈哈没正形儿，这工作就没法儿干了。可从早到晚总绷着脸，用天津人的话说叫"一本正"，也不行。当村长一方面要有原则，另一方面也得有人情味儿。光有原则没人情味儿，叫蒸不熟煮不烂，人家嘴上不说，可谁见了都躲，这种村主任不是没有，但肯定干不长，也没人待见。可光有人情味儿没原则，整天你好我好他也好，稀不溜丢没正经，就更不行了。

所以村主任这角色，也不好拿捏。

其实，这也是赵老柱这些年一直的想法儿。人就是这样，只要想开了，怎么都是一辈子。这一天怎么过都是过，你哭也是一天，乐也是一天，别管发生什么事，都不是你能决定的，但是哭是乐，自己可以决定，就算遇到天大的别扭事儿，你不哭，反倒乐，也许就能从这事儿里褪出来。戏文里有一句唱儿，退一步，海阔天空。

如果细想，这句话值金子。

赵老柱寻思了两天，还是想不明白，十三幺儿突然弄这么个"店庆"究竟又要变什么戏法儿。不过也猜到，他肚子里肯定又在转腰子。但凭这些年的经验，跟这种人打交道，没必要拐磨儿绕脖子，如果真这么干，反倒犯他手里了。要论动心眼儿，他是强项，他真攥起拳头让人猜，别管谁，就是长出三个脑袋也不一定能猜出来。所以，倒不如干脆打开天窗，就跟他亮着说话，该是怎么回事就是怎么回事。

这一想，就给他打了一个电话。

十三幺儿一接电话，知道是赵老柱，只喂了一声，然后就不吱声儿了。

赵老柱已想好了，你不是拿村委会不当回事吗，这回跟你说话，就以村委会主任的身份，有一说一，有二说二，不讲人情，也不论私情，只是就事论事。

于是，一板一眼地说，你的请柬，我收到了。

十三幺儿只嗯了一声。显然，等着往下听。

赵老柱又说，你大概记错了，从我批你这块地，到现在也没5年，咋就急着搞店庆。

十三幺儿哦一声，我事儿多，大概记岔了，不过早一天晚一天也无所谓。

他这样说完，就又不说话了。

赵老柱说，咱都忙，也不用拐弯抹角儿，你是不是有啥事？

十三幺儿说，也没啥大事，就是觉着，毕竟是店庆，你村长不到场，怕庆不起来。

赵老柱在心里说，你当初要这么想，就不会有那天中午的事了。于是干笑了一声说，你这酒楼的门槛儿太高，连皇横二大爷都不放眼里，别说我这小主任啊。

他故意把"皇横二大爷"这几个字咬得很真绰儿。

这一下，把十三幺儿噎住了。

赵老柱的话说出来，心里觉着顺畅多了。

喘了口气，才又说，算啦，咱就捞干的说吧。

十三幺儿还是没说话。

赵老柱说，有事儿说事儿，我看饭就免了，再说眼下，谁都没这闲钱补笊篱。

"闲钱补笊篱"是三河口一带的土话，意思是闲得难受，干没用的事瞎耽误工夫儿。

十三幺儿又咳了一声，说，到底是村主任啊，说话句句捅人的肺管子。

赵老柱心里的火儿腾一下又起来了，但还是忍了忍，我捅你的肺管子？

十三幺儿立刻说，也许，这话说的不是地方儿。

沉了一下，又说，不管咋说，还是给个面子吧。

赵老柱想说，你这饭，我吃了不横着下去，也得打脖子后头下去。

但话到嘴里，还是没说出来。

5 办店庆

赵老柱认为，自己虽然人中短，但应该也是长寿之人。

长寿之人有一个最大的特点，用三河口一带的土话说，就是"吃饱了不认大铁勺"。如果换一个说法，也就是属耗子的，哪怕天大的事，撂爪儿就忘。脑子里总装着一个大眼儿笊篱，只捞高兴的事想，不高兴的就让它随汤去了。

这次在电话里不温不火地抢白了十三幺儿几句，憋在心里这些日子的气总算顺了一些。再想，这十三幺儿虽然一身毛病，撇开上辈的恩怨不说，人性还行。

赵老柱把人分为两种，一种是食草动物，另一种是食肉动物。这两种动物的区别就在于牙齿。吃草的和吃肉的当然不一样。后者有攻击性，能咬人，急了能把人咬得入骨三分。前者则不然，虽然俗话说，兔子急了也咬人，但不管怎么咬，吃草的牙齿也咬不到哪儿去。

赵老柱觉得，十三幺儿看着闹得挺欢，说到底长的还是吃草的牙。

这个中午，他还是来到太极大酒楼。

来之前，特意自己掏钱，让会计陆迁在街上的花店买了两个花篮，还特意叮嘱挂了红缎带，用金字写上"贺太极大酒楼5年店庆"。但下款儿空着，故意不写。当然，也不能写。赵老柱心想，既然你十三幺儿以店庆为名，我也就给你假戏真做。但这下款儿怎么缀都不合适。否则打下这个例，以后村里别的饭馆儿真搞店庆，就没头儿了。

果然，这个中午来到酒楼，并没看出有店庆的意思。生意还照常，人们进进出出，该吃饭吃饭，该喝酒喝酒。赵老柱暗自笑笑，在心里说，一个土坨儿上住这些年了，你十三幺儿再精，不用说话，只要一张嘴，我都能看见你的裤衩儿。

但一进来，还是感觉有些不一样。

在迎门最显眼的地方，摆了一张餐台，还铺了雪白的桌布。会计陆迁搬着花篮一块儿过来，在酒楼的门口一边一个摆好，又把缎带捋整齐。赵老柱让他留下一块儿吃饭，他懂事地摆了下手就匆匆走了。这时，十三幺儿从里面迎出来。一见这门口的两个花篮就笑了，说，到底是咱赵家坳的大主任，出手就是不一样，这回我这小店可有光了。

说着，又回头问自己的老婆大眼儿灯，那句戏词儿咋唱来着？

大眼儿灯撇着戏韵说，蓬——荜——生——辉——！

十三幺儿说，对，蓬荜生辉！

赵老柱看出他虚头巴脑，没接这茬儿。

十三幺儿请赵老柱在正座儿坐了，自己坐在下垂手，又特意让老婆大眼儿灯和外甥程弓也过来一块儿陪着，然后就示意后面的厨房走菜。这时，旁边桌上吃饭的人都好奇地朝这边看。十三幺儿拿过一瓶"十年老窖"，不紧不慢地拧开，满满地给赵老柱倒上一杯。这时，赵老柱就已明白了，显然，十三幺儿请自己吃这顿饭有作秀的意思。他在这酒楼门口摆这样一个餐台，又拉开这样的架势，进出的人一眼就能看见。嘴上虽不明说，其实就是想做出一个赔礼的姿态，也让街上的人都看见，这回他十三幺儿是给足了村长面子。

赵老柱明白了，心态也就放平了。十三幺儿这么干，自然有他的目的。不过他的目的是他的，反正这顿饭好吃好喝，也就该吃吃，该喝喝，敬酒说好听的也就听着。

但还是说了一句，今天这日子，看来你是特意选的。

十三幺儿听了眨巴着眼，看看赵老柱。

赵老柱说，要是昨天，后天，我还真不能来。

十三幺儿仍没说话。

赵老柱说，昨天是礼拜五，后天是礼拜一。

十三幺儿回头冲老婆大眼儿灯说，当个父母官儿不容易啊，整天干啥，还得看日子。

赵老柱一乐说，你这话又说差了，啥父母官，严丝合缝儿就是为你们服务的，公仆。

这时，赵老柱发现，坐在旁边的这个叫程弓的年轻人挺有意思。

过去只知道他是幺蛾子的叔伯侄子，十三幺儿的亲外甥，这几年一直在天津打工，这一阵刚回来，却没注意过。这时一看，还真挺沉稳，不时地起身去张罗一下，像个能干事的。

这顿饭直到吃完，十三幺儿究竟有什么事，还只字未提。

赵老柱已经酒足饭饱，就准备起身告辞。

这时，十三幺儿才说，南方的一个朋友刚寄来点秋茶，去里边尝尝？

赵老柱心里一笑。暗想，这就要说正题了。

于是跟着来到里面。在通往厨房的过道旁边，有个小屋，看意思是十三幺儿平时休息的地方。十三幺儿的老婆大眼儿灯和外甥程弓没跟过来。赵老柱进来，和十三幺儿在一个小茶桌的跟前坐下。十三幺儿开始慢条斯理地沏茶，筛茶。

赵老柱冲他看了一会儿，说，说吧。

十三幺儿抬起头，说啥？

赵老柱说，你要是没事，我就走了，陆会计那儿还等着呢。

说完就要起身。

十三幺儿这才说，说没事，也有点事。

赵老柱又坐下了，说吧。

十三幺儿说，用你的话说，咱就捞干的说，我想要村南马九成的那几间闲房。

赵老柱听了，看看他。

十三幺儿说的马九成，是村里的一个绝户，老伴死得早，一直孤身一人，后来成了五保户，几年前去世，是村委会发送的。他留下的几间房，也就让村委会收过来。

十三幺儿看上这几间房，也是最近的事。因为有了想开分店的想法儿，就一直寻思，开在哪儿合适。还在十字街当然不行，离总店太近就没意义了。可在赵家坳，这里是最繁华的地段，别的地方没人气，又怕火不起来。这一阵踅摸来踅摸去，就相中了这几间闲房。

这几间房是在小杨河北岸，靠着村口，本来挺偏。

小杨河上过去有两座木桥，一座走人，另一座走人的同时也走车。但那时走的车也就是牲口拉的大车，后来生产队有一台20马力的"东方红牌拖拉机"，也能凑合着在桥上过。再以后就不行了，由于年长日久，木桥的桥桩已经朽了，这几年村里人陆续都买了汽车，尤其是拉货的车，一上桥就嘎吱嘎吱响。几年前镇政府出资，修了一条从镇上通到村里的水泥路，也就顺便给修了一座水泥桥，离原来的老桥几十米远。这一来，马九成的这几间老屋反倒正好把着桥边，过桥一到村口就能看见，成了最好的位置。十三幺儿在这几间老屋的跟前转悠了几天，觉着在这里开分店应该最合适。

但仔细一看，就又发现了问题。

这几间闲房的位置虽好，离桥也近，只有30多米，可这30多米却没路。在这几间房和水泥桥之间还隔着一片耕地。其实这耕地里已经有一条踩出的小道儿，只要稍加修整，就可以走人走车。但这片耕地是蔫有准儿家的承包地，而且听说，曹广林也已看上这块地了。如果真让曹广林转包了，还真就不好办了。不过也是老天有眼，十三幺儿回来跟老婆大眼儿灯一说这事，大眼儿灯说，陈广福在村里说过，蔫有准儿觉着曹广林这人不行，一直不愿跟他打交道。为这片地，曹广林曾试着找过他两回，但都碰了软钉子。这一下，十三幺儿就觉着这事儿有门儿。如果自己去跟蔫有准儿商量一下，毕竟都是乡里乡亲，不同于外人，只要把地里的这条路简单修一下，一不拓宽，二不硬化，他应该不会不同意。

于是，也就开始打起这几间闲房的主意。

这时，赵老柱一听，有些奇怪，这几间闲房虽说位置挺好，但毕竟是在村口，十三幺儿这是打的什么主意？十三幺儿已看出赵老柱在想什么，就说，干脆说吧，我要开饭馆儿。

赵老柱一听更不明白了，问，你不是已经开着饭馆儿吗，还开啥饭馆儿？

十三幺儿说，开分店。

赵老柱就笑了，摇头说，你这么精明的人，咋算不过这笔账儿？

十三幺儿看看他。

赵老柱说，打个比方吧，你挣了一万块钱，这一万放在一个兜里是一万，分两个五千，放两个兜里，还是一万，钱数儿并没多，只是放钱的地方多了。

十三幺儿一拨楞脑袋说，不是这个账儿。

赵老柱嗯一声，你给我算算？

十三幺儿说，我要是把一万分两开，这边还是五千，可那边的五千也许就不是五千了。

十三幺儿这一说，把赵老柱说糊涂了。

其实这时，十三幺儿的心里已经有了具体想法。头些日子的那个晚上，他和曹广林去河边的土菜馆儿吃"铁锅炖大鱼"，当时一边吃着，心里就开始寻思了。这"铁锅炖大鱼"是三河口一带的传统做法。驴尾巴河里出一种黄草鱼，跟另一种叫"厚子"的草鱼还不一样，不光刺少，肉质也很鲜嫩。但由于膘厚，一般的熬鱼方法很难入味。可是这种传统的"铁锅炖大鱼"就解决了这个问题，把大鱼在锅里炖的同时，也放进一些蔬菜，再把棒子面饼子和白面卷子贴在锅边，有些类似于天津的"贴饽饽熬小鱼儿"，也像农家的"一锅出"。这样炖出的大鱼味道能一直渗到鱼骨，连蔬菜也有了浓浓的鱼味儿。关键是在冬天，吃的人围坐在大锅周围，暖暖和和，热气腾腾，也就比吃涮羊肉更有气氛。

这次，十三幺儿就想把这分店也做成这种"铁锅炖大鱼"的土菜馆儿。所以，他对赵老柱说，我如果只把这太极大酒楼一分两开，也就是你说的这个账儿，不过是把吃饭的客人分走一半，用个不恰当的比喻，也就是把一篮子鸡蛋分成两个篮子，可现在就不是了，我这个篮子里是鸡蛋，到那个篮子里也许就是鸭蛋了，还有可能是鹅蛋。

赵老柱这才明白了，原来他这账儿是这么算的。

心想，这个十三幺儿，脑子确实能转轴儿。

十三幺儿又说，这几间闲房，应该是你这村长说了算。

赵老柱看看他，咋讲？

十三幺儿说，现在，我如果把这几间房买下来，你说吧，大概多少钱？

赵老柱说，你又说错了，这么大的事，可不是我一个人能说了算的。

十三幺儿问，除了你这村长，还有谁？

赵老柱说，谁说了也不算。

十三幺儿乐了，摇头说，看来你还没喝大，跟我说这种绕脖子话。

赵老柱说，一点儿不绕，村里的规矩你该知道，这得开村民代表会，由大伙儿决定。

十三幺儿说，行啊，你该开啥开啥，不过我已想好了，这几间房必须拿下来。

赵老柱端起十三幺儿筛的茶，喝了一口说，我还得提醒你一句。

十三幺儿摇摇头说，你不用提醒，这事儿，我已打定主意了。

赵老柱说，你又想歪了，我不是劝你不要这几间房，这房你当然可以要，反正扔在河边也是扔着，村里也没啥用，问题是你真想开饭馆儿，还得先做一件事。

十三幺儿问，啥？

赵老柱说，这几间房的位置虽好，可它是窝在一片耕地里，将来开饭馆儿，人家客人来吃饭，总不能飞过去，你就算没有走车的道，也得有走人的道，可这道儿，它不是你的。

十三幺儿明白了，赵老柱的意思是，这地是蔫有准儿的。当初马九成住这儿时，他是住户儿，在这地里来回走，没有不让他走的道理，可现在，如果开饭馆儿就是另一回事了，你整天人踩车轧的，人家这耕地就毁了。

赵老柱点头说，就是这意思。

然后看看他，又说，你要买这几间房，说白了，不在我，是在蔫有准儿。

十三幺儿嗯一声说，你村长这最后几句话，就值今天这顿饭了。

说完，嘿嘿一笑。

6　一物降一物

肖圆圆一大早就让陈进气得哭笑不得。

这个早晨，起来正洗漱，手机响了。回头看看表，七点刚过。心想，谁这么早就打电话。拿过手机一看，是陈进。按开刚要说话，陈进先喂了一声。

肖圆圆带着一嘴的牙膏沫儿说，说。

陈进气哼哼地说，我这人，从不藏着掖着。

肖圆圆有些莫名其妙地说，一大早的，发什么神经，谁让你藏着掖着了？

陈进说，好，那我就有话直说了。

肖圆圆嗯一声说，有话说。

她本来想说，有话说有屁放。但已到嘴边，还是把这"屁"字又咽回去。

陈进说，好吧，告诉你，我生气了。

肖圆圆一听更纳闷儿了，问，这大清早的，你这股气儿是从哪来的？

她故意把气说成"气儿"。

陈进哼一声，昨天是我的生日，你别说给我买生日礼物，连祝福信息也不发一个。

肖圆圆先是没反应过来，跟着就气乐了，一句话含在嘴里转来转去，忍了又忍，最后还是跟牙膏沫儿一块儿吐出来，冲着电话里的陈进说，有病吧你？

陈进理直气壮地说，我是有病！气病了！

接着又说，连人家宋佳还给我发了一个祝生日快乐的信息呢！

肖圆圆问，你就为这事儿，生我的气了？

陈进说，对。

肖圆圆顿了一下，说，有句话，你听过吗？

陈进愣了愣，什么话？

肖圆圆说，一张报纸画个鼻子。

陈进想想，啥意思？

肖圆圆说，你好大的脸啊！

陈进也乐了，叹口气说，都说骂人不吐核儿，你连核儿都给我吐出来了。

肖圆圆说，我怎么知道你哪天的生日，我是你亲姐啊？说着突然想了想，又嗯了一声，等等，不对，你刚才说，宋佳昨天给你发生日的祝福信息了，这是怎么回事？

陈进支吾了一下说，没怎么回事啊，人家就是发了啊。

肖圆圆说，你的生日，我都不知道，她是怎么知道的？

陈进又哼唧了一下，才说，他那天开车送这边的审天猴儿去东金旺的实验室找宋佳拿资料，跟宋佳聊了两句。听她说话是南方口音，就问，是哪儿的人。宋佳告诉他，是湖南人。然后聊着聊着，不知怎么就说到手机。她说直到现在，自己用的还是当年在湖南老家买的手机卡，所以还一直是异地。陈进一听告诉她，在这边再买个卡就行，可以保留号码。然后告诉她，如果想买新卡，可以用他的身份证号，他是 VIP 用户，只要报一下号码，就能享受一系列的特殊优惠。陈进说，大概是她看了身份证号，就记住生日了。

肖圆圆说，这个宋佳，真不知道，她还有这个记性呢。

陈进还要继续往下说，肖圆圆已经把电话挂了。

这几天，肖圆圆一直在想着宋佳。打了几次电话，宋佳的手头都有事，也就没跟她具体说。肖圆圆想跟宋佳商量的是一件很重要的事，不能就这么随随便便地说，必须找个合适的机会，跟她坐下来，当面商量一下。这段时间，肖圆圆已经详细了解了三河口企业的情况，也把赵家坞这边的条件跟东金旺做了一番比较，最后得出的结论是，"金旺有机农业联合体"的经验和模式，在这边应该可以借鉴。但也有一个问题，肖圆圆注意到，这一带的土壤条件跟东金旺还是不太一样。所以，想让宋佳过来一下，具体看一看这边耕地的土质，是不是适合种植"金旺2号"，如果有必要，最好能带一些土壤标本回去化验一下。

这时，再一想宋佳昨天给陈进发生日祝福信息的事，就在心里笑了。

于是，又给宋佳把电话打过去。

宋佳好像又在试验田，电话里能听到呼呼的风响。

一听是肖圆圆，就问，什么事啊？

肖圆圆故意说，吓，听着心情这么好啊？

宋佳愣一下说，你闲得难受啊，拿我开心？

肖圆圆说，我哪有闲的时候，找你是有正经事。

宋佳说，那就等一会儿，我马上回实验室，一会儿打给你。

说完，就把电话挂了。

肖圆圆嘟囔了一句，死丫头，也不问问，还有人敢挂我的电话。

一会儿，宋佳的电话又打过来。肖圆圆就把要请她过来的想法，以及请她来的目的，都对她说了。宋佳一听很兴奋，立刻说，你这个想法太好了，这可是大好事啊。

又说，我这就去跟牛教授商量一下，一会儿打给你。

肖圆圆一挂电话，赶紧在宿舍吃了点东西，就来到办公室。刚坐下，宋佳的电话又打过来。在电话里说，刚才跟牛教授说了，他也很高兴，让我告诉你，一定全力支持。

不过，宋佳又说，只是车不太方便。

肖圆圆问，什么车？

宋佳说，我飞过去啊？

肖圆圆哦一声，这才意识到，现在是宋佳怎么过来的问题。

宋佳说，我刚才问少山主任了，这两天，联合体没有去那边的车。

肖圆圆想了一下说，这好办，我去车接你吧，你什么时候能过来？

宋佳说，只要有车，我随时。

肖圆圆说，那好，你等我消息吧。

说完，挂断宋佳的电话，就给窜天猴儿打过去。

电话响了一阵，没人接。

肖圆圆已经听说了，窜天猴儿自从上次因为捕鸟被镇上的派出所抓了，又让文化中心的老胡跟陈所长说了话，从那以后，老胡反倒注意这个年轻人了，发现他还真是个可用之人，不光脑子够用，也真有艺术天赋。这一阵，因为要参加赵家坳天行健大剧院的主体落成仪式，还要准备打擂，镇文化中心正在紧张排练节目，于是就让他来镇上的文化中心临时帮忙。这是个吹拉弹唱的活儿，窜天猴儿当初学过戏，又爱玩儿，当然爱干，也就很上心。

这时，窜天猴儿正忙，无意中看了一下手机，才发现肖圆圆来过几次电话。

于是，赶紧给打过来。

肖圆圆一接电话就问，打了几次都不接，你在哪儿呢？

窜天猴儿支吾了一下说，在镇里，正忙。

肖圆圆说，你也有忙的时候？

窜天猴儿说，帮着排练节目呢。

肖圆圆说，到我这儿来一下。

窜天猴儿问，现在？

肖圆圆说，现在。

窜天猴儿显然不太想来。可上回让肖圆圆打憷了，本来平时连他爹蔫有准儿都不怕，现在却唯独怕肖圆圆。不想来，又不敢说，就故意拽词儿说，我这会儿，离不开。

肖圆圆问，怎么离不开？

窜天猴儿说，太忙了。

肖圆圆问，人家离了你，这事儿就干不成了？

窜天猴儿刚要说是，想了想没敢说，只是吭哧了一下。

肖圆圆突然在电话里吼了一嗓子，快过来！

窜天猴儿答应一声，就赶紧把电话挂了。

窜天猴儿怕肖圆圆，不光赵老柱看出来，连他爹蔫有准儿也看出来了。有一回，窜天猴儿好容易在家吃顿饭，正吃着，肖圆圆一来电话，说有事儿，他二话不说扔下筷子就赶紧去了。这一下莴有准儿倒乐了。这些年，儿子在家里外头没怕的人，没想到一物降一物儿，肖圆圆这么个女孩儿，还是个文文气气的大学生，儿子却怕她怕成这样。

莴有准儿觉着好奇，也问过儿子，这究竟咋回事？

窜天猴儿哼哼唧唧，也说不出个所以然。

其实那次从东金旺回来，一天下午，肖圆圆曾把窜天猴儿叫来，跟他谈过一次。当时肖圆圆打电话，叫他来自己的办公室，说有事。他一听，起初也吱吱歪歪，一会儿说自己没在村里，一会儿又说手头有事，正给朋友帮忙，离不开。肖圆圆已经听出来了，他是成心不想来，突然在电话里吼了一嗓子，赶快过来！又说，叫个三马子，回来我给你报销！

三河口一带也有出租车，但少，更多的是带篷子的电动三轮车，当地叫三马子。

窜天猴儿一听，这才赶紧过来了。

肖圆圆等在办公室，一见他来了，就问，刚才到底在哪儿？

窜天猴儿支吾了一下，说不出来。

肖圆圆说，知道为什么问你吗？你若是确实有事，是一回事，但如果没事，只是成心说有事，那就是另外一回事了。然后又说，现在说吧，你刚才到底有事没事？

窜天猴儿听了眨眨眼，问，你说的另一回事，是啥意思？

肖圆圆说，这还不明白吗，你如果没事，成心说有事，就说明，你是故意躲我。

跟着就问，你是故意躲我吗？

窜天猴儿说，要说是，那是拿着实话当瞎话说，可要说不是，是拿着瞎话当实话说。

肖圆圆琢磨半天，让他气笑了，看来你的脑子比我好使，这几句话，把我都绕糊涂了。

然后才说，今天叫你来，是想跟你商量个事。

窜天猴儿偷眼看看肖圆圆，没吭声。

肖圆圆说，你不能整天这么逛荡。

窜天猴儿说，我没逛荡。

肖圆圆说，没逛荡，做什么正经事呢？

窜天猴儿翻翻眼皮，没说话。

肖圆圆说，我叫你来，是想跟你商量，来我这儿工作吧。

窜天猴儿没吭声。

肖圆圆说，说话，想不想来？

窜天猴儿说，说想来，不能不说不是瞎话，说不想来，也不能不说就是实话。

肖圆圆皱着眉头想了半天，瞪他一眼，你还会说人话吗？

窜天猴儿嘟囔了一句，这就是人话。

肖圆圆说，好吧，你先回去考虑一下，如果想来，你也可以提条件，不想来另说，不过有一点，你听清了，你上次已经给我造成重大损失，我没追究，可是你还欠着我的。

窜天猴儿翻起眼皮看看她，我给你，造成啥损失了？

肖圆圆厉声说，你自己知道！

窜天猴儿哼一声，我不知道。

肖圆圆说，我从东金旺带回的资料，让饭馆儿烧了一大半儿，这是不是损失？

窜天猴儿想说，可我后来又去给你取了一趟。

但翻翻眼皮，没敢说出来。

肖圆圆说，所以，不管你来不来我这儿工作，以后有事叫你，必须随叫随到。

窜天猴儿看一眼肖圆圆，要是正有事呢？

肖圆圆说，真有正事，另说。

这个上午，窜天猴儿虽然不想回村来见肖圆圆，但听她在电话里一吼，还是赶紧扔下手里的事跑回来。从镇上回赵家坳，如果他爹蔫有准儿走，得大半个小时，窜天猴儿腿脚麻利，又怕肖圆圆等急了又发脾气，三蹦两蹦就跑回来了。

一到酒店，就径直上楼来到肖圆圆的办公室。

肖圆圆一见他就说，我刚听说，你会开车？

窜天猴儿说，会开。

肖圆圆又问，有驾照吗？

窜天猴儿说，有。

肖圆圆哦一声，这才告诉他，让他开车去东金旺接一个人。

又说，这人你见过，是个女孩儿，东金旺实验室的，叫宋佳。

窜天猴儿说，知道，戴眼镜，长得像黑猫警长。

肖圆圆瞪他一眼，哪那么多废话？

窜天猴儿就不吭声了。

肖圆圆说，你开我的车去吧。

正说着，窜天猴儿的手机响了。窜天猴儿拿出来看了看，是他爹蔫有准儿。打开电话一接，他爹说话的声音挺大，还挺急，但说的什么，肖圆圆听不清。

看着他接完电话，才问，怎么回事？

窜天猴儿说，是大眼儿灯。

肖圆圆问，大眼儿灯怎么了？

窜天猴儿说，陈广福跟她打起来了。

又说，我爹叫我赶紧回去。

肖圆圆说，你先去吧。

窜天猴儿应一声就出来了。

7　旦碰旦

窜天猴儿说反了，不是陈广福跟大眼儿灯，是大眼儿灯跟陈广福打起来了。

打这场架，是因为蔫有准儿在村南河边的这块地。

这时，十三幺儿已把河边的这几间闲房拿到手。但这只是第一步，最难的还是第二步，也就是如何在这跟前的耕地里修一条道。十三幺儿这时已知道了，蔫有准儿虽然只种了一亩多地的"口粮田"，但是在这十几亩里倒着种，今年种这块，明年种那块，这样可以让地轮着歇一歇，地力也就更足。可这一来，这片耕地也就都有用。所以，如果直接跟他说，要在这地里修一条道，他肯定不同意。十三幺儿肚里的肠子毕竟能拧出花儿来，于是就想出一个"暗度陈仓"的办法。既然蔫有准儿不会同意，索性也就不跟他说。这条道该修还修，不过不大张旗鼓，也不动机械，只让自己的工人用脚去踩。这片地里已经有一条小道，虽然长满草，还勉强能看出来，十三幺儿就让施工的工人来来回回走这条道。为了不引起蔫有准儿的注意，还特意叮嘱，别用车，只走人。十三幺儿买这几间闲房，当然不是冲这几间房，而是想要这块房基地。所以房子一到手，立刻就雇人拆。这里一边拆，一边去跑相关的各种申报手续。十三幺儿是个遵纪守法的人，胆子也小，盖违章建筑的事绝对不干。

拆房的工人也明白十三幺儿的用意，把拆下的材料搬到桥头的大道上来，就故意来回来去地走这条小道儿。这片地里没种东西，有人在地里走，蔫有准儿只能瞪眼看着，当然没有不让走的道理。于是只走了几天，先是把草踩倒了，然后这条小道也就又踩出来。

这个上午，陈广福从村外回来，过了小杨河的水泥桥，无意中朝这边看一眼，立刻发现不对劲。走过来再一看，蔫有准儿的这块地里已经又踩出一条新道。陈广福的火儿一下就起来了。她平时为避村里人的闲话，很少来蔫有准儿的家，这时也顾不得这些了，径直就来找蔫有准儿。一进门就说，你还踏实得住啊，也不去看看，你那地里已经快让人踩成大马路了！

蔫有准儿也正为这事生闷气，一听摇摇头，叹了口气。

陈广福说，你自己在家暗憋憋暗气管啥用？去跟他说啊！

蔫有准儿闷声说，十三幺儿那人，真去跟他说，他有八句话等着呢。

陈广福的寡妇脾气上来了，瞪起眼说，他有八句话，你就拿八百句话回他！

蔫有准儿说，我，说不过他。

陈广福说，说不过，还骂不过吗？

蔫有准儿又叹口气，长这么大，不会骂街。

陈广福哼一声，看你这窝囊样儿，谁……

她本来想说，谁跟了你算倒了八辈子血霉了！

但又想，这话没法儿说出口，就又咽回去，但这时火儿已顶了脑门子，又说，哪有这么欺负人的，跑到人家的承包地里来胡祸祸，这还有王法吗，不行！

说完，抓了把镰刀就扭身出来了。

来到河边，先去砍了一些紫穗儿槐条子抱过来，又砍了几根手腕粗细的杨树枝，在地头夹起一道篱笆，就把这条道封上了。其实这篱笆并不结实，也就是个样子，只是为了让这些干活儿的工人知道，这块承包地的本主儿急了，拦上的意思，是不让人从这儿过了。

干活儿的人知道陈广福不好惹，一看她这架势，果然都不敢走了。

程弓在这里领工，这事已经都看在眼里。但不敢擅自做主，也知道，这种事自己主不了，顾不上打电话，就赶紧回来跟十三幺儿说了。

十三幺儿一听还没说话，大眼儿灯先急了。

大眼儿灯的心里本来就一直憋着这堂姐的火儿。自己是唱旦角儿的，陈广福也是唱旦角儿的，而且两人还都是彩旦，如果在行里，也许"同行是冤家"，可在村里，也就是唱着玩儿，平时凑一块儿只为开心解闷儿，互相捧着才对。但陈广福却总在背后扒扯大眼儿灯，如果一回两回也就算了，还没完没了，说大眼儿灯唱的评戏像梆子，梆子像唐山大鼓，唐山大鼓又像驴皮影儿，干脆说就是个"四不像"。这话是曹广林传过来的。如果别人传，大眼儿灯也许还不信，但曹广林的话她信。曹广林虽然是出了名的爱欹欹小话儿，但别的小话儿他敢欹欹，这种小话儿应该不敢，如果没这事儿，自己真去找陈广福当面对质，他在这村里就没法儿待了。这一来，大眼儿灯也就越想越气。正琢磨着怎么出这口恶气，程弓就回来说了这事。她一听立刻骂起来，这个老骚货，这回骚尾巴藏不住了，总算露出来了！

十三幺儿想拦她，但还没张嘴，她已经蹦到街上去了。

大眼儿灯年轻时曾在一个小班儿学过几天戏，后来又跟婆婆筱燕红学过，也就带着专业范儿，尤其一急，还不留气口儿，能一口气骂出一串虽不带脏字儿但要多难听有多难听的脏话来。这时蹦到街上，就朝陈广福的家这边一路骂着滚滚而来。她是唱彩旦的，还是个"云遮月"的嗓子，骂起来就像评戏的"茨儿山"：你个老骚货老骚饼掉了毛儿的老笤帚疙瘩也敢跑到老娘这儿来放屁拉骚替你那老戳杆子撑腰拔撞也不撒泡尿照照你有那么大的屁股吗犯骚犯得脸都不要了小心让狗咬得你尿不出尿来八百里没一户人家你个火烧独门儿狼掏的！

街上人一听她这骂法儿，就知道，是陈广福惹着她了。

陈广福在河边的地头夹好篱笆并没马上走，担心让人拆了，就一直在跟前守着。守了一会儿，见没事，才扭身回来了。可刚一进家，就听见外面有人骂海街，而且声音越来越近，显然是一路骂着朝自己家这边来的。再一细听，就明白了，这骂的是自己。陈广福毕竟是寡妇，这回又是替蔫有准儿出头，本来就不硬气，也就只好在屋里咬牙忍着。但她平时哪是这种受窝囊气的人，已经憋得快冒烟了，在屋里不停地来回走绺儿。

这时，大眼儿灯在街上骂得也有些累了，知道陈广福不敢出来应声，就转身又奔村南的河边去了。陈广福在屋里听了一会儿，大眼儿灯的骂声越来越远，好像奔村南了，立刻觉出不对。奔村南，肯定是又去河边的那块地了。于是也顾不得别的了，噌的一下也窜出来。

追到河边一看，果然，大眼儿灯正朝自己刚夹的那道篱笆扑过去。陈广福知道不好，赶紧也跟过来。但这时，大眼儿灯已经来到这篱笆的跟前，单腿儿一蹦就开始猛踹。陈广福夹的这篱笆也就是个样子，别说踹，一踢就倒。大眼儿灯这时正窝着火，脚上也就使足了劲，踹倒篱笆还不解气，又上去使劲踩。但这一踩就坏了，紫穗儿槐条子虽然细，却很柔韧，脚一踩上去就给绊住，再想拔却怎么也拔不出来了。心里一急，一屁股就坐在地上。这时陈广福也赶到了，趁大眼儿灯让紫穗儿槐条子缠住，一下就扑上来。大眼儿灯也已发现陈广福，一见她朝自己扑过来，立刻伸出两手，张开十个指头准备应战。

她这架势，显然是要抓陈广福的脸。

陈广福知道，大眼儿灯平时有留指甲的嗜好，而且不长不短，只有小半寸。这个长度的指甲最可怕，如果再长一点，抓人使不上劲，容易折断，而再短一点杀伤力又不强。大眼儿灯也是在实战中反复总结经验，最后才确定在这个既锋利又有力道的长度上。但十三幺儿对她这指甲一直很不满，认为开饭馆儿的，留这么长的指甲不光不卫生，让客人看了也影响食欲。跟大眼儿灯说了几次，她一直不听。后来再说就烦了。一天晚上，酒楼完了事，夫妻俩回到家，十三幺儿就特意找了一个最好用的指甲刀，放到大眼儿灯的面前说，今天咱是这么说，你如果把这指甲剪了呢，以后该怎么着还怎么着，不想剪也没关系，不勉强你，不过从今往后，你就别去酒楼了，咱也来个时髦儿的，男主外，女主内。

然后，又心平气和地说，以后酒楼的事，我一个人操持就行了。

不料他这话刚一说完，大眼儿灯冲他乐了。

十三幺儿一见她乐，就知道要坏。

这已是多年的经验。平时大眼儿灯别管怎么急，哪怕连窜带蹦闹得火上房，也不会出大格儿。但只要她该闹的时候不闹了，反倒冲你乐，这事儿就要麻烦了。十三幺儿到了这时也就扳倒葫芦洒了油，索性豁出去了，又叹口气说，我真不明白，你整天留这么长指甲到底有啥用？可让他没想到的是，这话刚一出口，还没落地，大眼儿灯就嗷儿地扑上来，张开五个指头一下抓了他个满脸花。嘴里嚷着说，干啥用，就干这个用！

这一下十三幺儿就好看了，一张胖脸上整整齐齐划出五个血道子，还都耷拉着肉丝儿。

大眼儿灯又嚷着说，男主外，女主内，以后酒楼就你一个人操持，你这是要造反哪?!

十三幺儿已疼得说不出话来，先是捂着脸哇哇直叫，然后就从家里仓皇逃出去了。

这个上午，大眼儿灯缠在一堆紫穗儿槐条子里，张开十根锋利的手指准备迎战陈广福。但她很快就意识到，自己这时已经陷入危险境地，恐怕要吃大亏了，因为陈广福在朝这边扑过来的同时，已抄起一根手腕粗细的树棍。这树棍三尺多长，这一来自己最擅长的十根指甲也就用不上了。于是急中生智，索性抱起跟前的一堆紫穗儿槐条子当盾牌抵挡。这一招果然管用。紫穗儿槐条子支棱八叉，陈广福虽然挥舞着粗树棍子，却无法靠前。

两人比划了几下，还是谁也无法接近谁，于是干脆又对骂起来。

这一骂就更热闹了，两个四五十岁的女人，真敞开了骂就对不上牙了，连男人都不好意思听。更何况双方都是唱彩旦的，还都会唱玩笑旦，这一下也就如同一台"对儿戏"。

其实骂街不仅是攻击对方，也是一种宣泄，无论双方怎么急，心里有多大的火儿，只要蹦着脚儿地一骂一卷，也就直抒胸臆。所以两个女人打架，如果只是骂街，也就不用劝。骂街骂不死人，等把心里的毒火儿都骂出来，自然也就没事了。

但大眼儿灯和陈广福这样骂着骂着，却又出了意外的事。

两人这样对骂，严格说是动态的。陈广福是寡妇，真卷大街撒得开，也豁得出去，气势显然要胜大眼儿灯一筹，这样骂了一会儿，就已明显占据优势。她占据优势的表现，是一边骂，一边往前逼。而大眼儿灯则只有招架之力，已被逼得不住地往后退。但她并没意识到，此时这样互有攻防的对骂是在地头，而这个地头是在小杨河的岸边。大眼儿灯这样一路往后退着，就已经不知不觉地退到河边。而陈广福已经越战越勇，也就越骂越带劲，这时突然又很有爆发力地大吼了一嗓子。大眼儿灯下意识地又往后倒退一步，脚下踩空，一个"倒毛儿"就大头儿朝下仰着栽下去。小杨河的岸坡高出水面几尺，这一下也就叽里咕噜地滚下去。

幸好这时，窜天猴儿赶来了。

344

就在刚才，蔫有准儿一见陈广福抓起一把镰刀从自己家里冲出去，就知道这事闹大了，弄不好要出人命。可再想，自己又没法儿过去，一是两个老娘们儿打架，自己一个大男人去了劝不是不劝也不是，反而更不好办；二是陈广福跟大眼儿灯打架是为自己撑腰，也就更不好出面，否则一去，自己跟陈广福是一头儿的，也就成了俩欺负一个，在情理上先就好说不好听。情急之下，才想起自己的儿子窜天猴儿，于是赶紧给他打电话。幸好这次立刻就接了。他问儿子这会儿在哪儿？窜天猴儿说，你就说吧，啥事儿？蔫有准儿为了让儿子知道事情的严重性，就直接告诉他，陈广福跟大眼儿灯打起来了，让他赶快回来。

窜天猴儿也就正好借这茬儿，从肖圆圆这里出来了。

回到家，蔫有准儿才把刚才的事说了。窜天猴儿平时看着像个"乌了尤儿"，真到事儿上也有担当。这时一听爹说，就意识到，两个这样的女人打起来，不出事还好说，一出就是大事。于是赶紧奔河边来。一来，正好看见大眼儿灯从岸坡骨碌下去。

他赶紧窜过来，跳到水边，一把拉住她，揪着肩膀拽上来了。

大眼儿灯这一下摔得不轻，由于是倒着栽下去的，连摔带骨碌，已经晕头转向，上来愣了愣才回过神来，一见正叉腰站在面前的陈广福，登时疯了，嗷儿的一声又扑过来。女人打架，真急了就揪头发，这一招制服对方最有效，头发长，揪着也方便，而且一旦揪住了会让对方有一种无法想象的疼痛感，所以一旦发生肢体冲突，双方最先抢占的都是对方的头发。这时大眼儿灯扑过来，也就直奔陈广福的头发。但陈广福的胳膊比大眼儿灯长，见她来到跟前，却抢先一把揪住了她的头发。大眼儿灯一疼，也就使出了自己最后的绝招，张开十根锋利的指甲冲陈广福抓过来。但陈广福毕竟不是十三幺儿，早已防备了她这一手，见她的指甲过来了，不躲不闪，只是把揪住的头发又在手里缠了一遭，然后猛一使劲，大眼儿灯立刻疼得啊呀一声，两只手就无力地垂下去。接着，陈广福又一使劲，就把大眼儿灯拽倒了。

窜天猴儿赶紧过来，抓住陈广福的手腕喊着，松手，你松手！

345

陈广福这些年凭着寡妇脾气，在村里没人敢惹。葫芦爷曾说，寡妇就两种，要么让人欺负，要么没人敢惹，就看厉害不厉害，不厉害就别说了，俗话说人善有人欺，马善有人骑，寡妇更如是，所以也就只能厉害。不过，葫芦爷又说，最难得的是这陈广福，平时不招人也不惹人，可村里谁都怕她，就像长了一身的瘆人毛，这就是极品寡妇了。但赵家坳的人都知道，这陈广福平时在村里没憷的人，却唯独憷窜天猴儿，有事没事总哄着他。

这时，窜天猴儿抓着她的手腕一喊松手，她的手就松开了。

赵老柱听到消息也赶过来，一见她俩这阵仗，噗地笑了。

哼一声说，这可真应了那句戏词儿，旦碰旦，两不怨。

大眼儿灯这时已被陈广福揪得披头散发，由于刚才滚下河坡，身上也又是泥又是草，这时一见赵老柱来了，哇的一声就大哭起来。她平时爱化妆，妆又挺重，这一哭就全花了。赵老柱一看又笑了，冲她端详了一下说，你一个唱旦角儿的，啥时又改大花脸了？

大眼儿灯回手一指陈广福和窜天猴儿说，他们娘儿俩合伙欺负我一个人！

赵老柱说，先等等，你这话可没这么说的。

大眼儿灯说，咋说？

赵老柱说，他们咋成娘儿俩了？

窜天猴儿一听走过来，指着她说，你心瞎眼还瞎？刚才要不是我拉着，你就让她拆成脱骨扒鸡了！说着一回头，冲陈广福说，接着揍她，这回我还不管了！

陈广福一听，撸起袖子就又要往前凑。

赵老柱立刻拦住说，行了行了，咋这儿说着，还来劲了！

然后又回头对大眼儿灯说，你也是，不是我说你，眼下跟十三幺儿开着酒楼，好歹也是个女企业家了，以后得注意身份，有你这么胡卷乱骂的吗，牙碜不牙碜啊，好家伙，不知道的还以为是老娘们儿撒大泼呢，听着都粘牙！下次再这么骂，罚你扫大街，清理路面！

大眼儿灯明显不服气，又说不出话。

赵老柱又回头冲窜天猴儿说，这事儿谁也不许再提了，赶紧把篱笆再夹起来！

又冲众人说，这回，这篱笆是村委会让夹的，谁再动，后果自负！

大眼儿灯一听不服，嚷着说，这不公平，你村长一碗水得端平了！

赵老柱说，咋没端平，这是在人家蔫有准儿自己的承包地里夹篱笆，跟你有啥关系？

大眼儿灯吭哧了一下，这才没话了。

赵老柱又说，夹这篱笆也是临时的，等事情说清了，后面该咋办咋办！

陈广福一听，冲窜天猴儿一招手说，夹！

两人就过去，又动手夹篱笆。

第八章　应钟

担上那个担儿呀软溜溜

闪的软的软的闪的闪了一个颤

遍地的庄稼长呀长得欢

……

——《大欢喜》

1　戏中人

筱燕红的"七七"第三天，赵五也死了。

赵五死之前的几天，就不吃东西了。十三幺儿和大眼儿灯平时忙酒楼的生意，顾不上他，一天三顿饭，都是打发酒楼的一个伙计送过来。伙计在酒楼的事儿也多，每次来了都是把盒饭放下就走。但这天来了才发现，头几次送来的盒饭都没动，已经像个小山儿似的堆在那儿。再找赵五，屋里院里都没人。伙计赶紧飞奔回来，告诉了大眼儿灯。大眼儿灯也已经几天没来这边。这时连忙过来一看，果然，家里外头都没人。再一问街上的人，才听说，这几天总看见他在驴尾巴河边转悠。据崔书林的老婆说，还听见他哼唧着唱《金玉奴》。

大眼儿灯一听，心里立刻咯噔一下。当初婆婆筱燕红曾说，他一

348

唱《金玉奴》，就要犯"撞客儿"了。这一想，就赶紧奔村东的河边来。沿着河沿儿走了一段，果然就见赵五一边哼唱着迎面过来。大眼儿灯赶紧迎上来，问他身上感觉咋样，为啥送的饭都没动。但赵五好像没听见，直脖瞪眼地就在大眼儿灯的面前走过去，一路哼唧着，头也不回地走了。

大眼儿灯愣愣地看着他的背影，觉着这不像"撞客儿"。

当天晚上，刘一唱跑到酒楼来，对十三幺儿说，给你俩打电话都不接，赵五叔叫你们去一下。十三幺儿一听就不耐烦地说，这会儿正是上人的时候，大忙忙儿的，哪有工夫回去听他唠闲嗑子。刘一唱看看他，把下眼皮眨了眨说，你跟灯嫂子还是回去一趟，哪怕没事再回来，我看他不太对劲。十三幺儿说，他这几年，啥时对劲过，整天南（难）受北受儿的，甭搭理他。刘一唱让十三幺儿噎得嗝儿喽一声，说了句，行啊，反正是你爹，话我送到了。

说完就扭头走了。

十三幺儿想了想，心里突然忽悠一下，有了娘前次的经验，就决定还是回去看看。

忙完了手里的事，叫过外甥程弓，交代了几句，就和老婆大眼儿灯一块儿回来了。

一进院，就听见刘一唱在屋里哭。十三幺儿知道不好，赶紧拉着大眼儿灯奔屋里来。一进门，就见刘一唱和赵老柱正往爹的身上盖白单子，人已经换上了"百年衣裳"。显然，是赵老柱和刘一唱给穿的。赵老柱回头看一眼十三幺儿说，幸好我赶过来，衣裳趁热儿穿上了，人一凉，好好儿的衣裳就得剪开了。

十三幺儿已经傻在这儿了。

大眼儿灯明白赵老柱的话。当初婆婆筱燕红的百年衣裳，就是她给穿的。在三河口有个说法儿，穿百年衣裳，得趁着人的嘴里含着最后一口气，这样人走了，这身衣裳才能得着，否则这口气一咽，也就等于没穿。其实这也有一定的道理。人的最后一口气在要咽没咽时，身上还是热的，也软，这时穿衣裳也就好穿。只要这口气一咽，身上

349

很快就凉了，一凉也就硬了，不光硬，也僵挺。这时人已像块木头，再穿衣裳穿不上，也就只能剪开了。

十三幺儿半天才回过神来，对刘一唱说，你去叫我时，应该说明白。

刘一唱抹了下眼说，我咋没说明白？

十三幺儿吼了一嗓子，你就是没说明白！

刘一唱说，我跟你说了，赵五叔看着不对劲，你当时是咋说的？

十三幺儿就不说话了。

大眼儿灯说，行了，现在就别再凿析这个了，你说说，刚才到底是咋回事？

刘一唱这才把刚才的事说了。他这个下午正睡觉。就听院墙那边的屋里啪嚓一声，好像摔了什么东西。过了一会儿，又是啪嚓一声，这回的动静好像比刚才更大了。显然，就是摔了东西。这才赶紧起来，绕到这边的院子，进屋一看，赵五正躺在床上，两眼瞪着屋顶，嘴里喃喃地嘟囔着什么。刘一唱再看地上，就明白了，赵五先是把一个喝水的茶碗扔在地上了，显然是想叫人，又已经没气力喊了。后来见没人过来，才又把茶壶扔到地上。

刘一唱看出他的脸色不对，凑到床前问，你咋了，要叫他们回来吗？

赵五这时已气若游丝，但声音还清楚，说，去叫他俩。

又说，把村长，也叫来。

刘一唱平时看着不靠勺，但真到事儿上也认真，给十三幺儿和大眼儿灯打了几个电话，都不接，知道酒楼这会儿人多，大概听不见，就赶紧过来送信儿。又把赵老柱也叫来。

这时，十三幺儿问赵老柱，我爹临走，留下啥话了吗？

赵老柱说，你不问，我也正要说，别又像上回你娘走，好像我吃了啥话似的。

十三幺儿说，你别这么说，没这意思，你给我爹穿衣裳，按礼该给你磕个头。

说着就要下跪。

赵老柱立刻拉住他说，这倒不必，不过话还得说明白，这不你爹躺在这儿，他应该没走远，我就当着他说。说着，又回头冲床上的赵五说，我要是说了瞎话，你立马儿坐起来。

大眼儿灯哭着说，村长你这是啥话，我们不信别人，还不信你？

赵老柱嗯一声说，这还像句，话。

他本来要说，还像句人话。但想了想，还是把这"人"字咽回去了。

他说，他临走就留下几句话，这几句归了包堆就一个事，他死后，骨灰不去"山水园"，如果要跟筱燕红合葬也行，弄他几件旧衣裳做个"衣冠冢"，骨灰就撒在驴尾巴河里。他说，当初他师父的骨灰就在河里，他要去找师父，以后就在这河里陪着他。

赵老柱说完，回头问躺在床上的赵五，你刚才说的，是这话不？

刘一唱说，别问了，当时我也在。

赵老柱说，是啊，幸好旁边还有个证人。

十三幺儿齉着鼻子说，行了，你就别寒碜我了。

十三幺儿歇了酒楼生意，在家一心一意为爹办后事。为了生意，从酒楼到家只这几步道儿，最后爹走，又连个活面儿也没见上。十三幺儿倒不是怕传出去让街上的人说闲话，是自己，这事儿在心里搁不下。本想使劲操办一下，解解心疼，但大眼儿灯说，既然娘当初没大办，这回也就还按娘的意思吧，心里有就行了。于是，就依着爹临终留下的话，骨灰没合葬，只在娘的坟边立了一个衣冠冢。最后，就把他的骨灰撒在驴尾巴河里了。

撒骨灰这天有些奇怪。本来河面波平如镜，骨灰撒到水里，却突然起了一个个的漩涡。只见这些漩涡先是围着赵五的骨灰转来转去，然后，就翻着水花儿卷走了。

赵老柱叹口气说，这是张老先生来接他了。

2 宋佳

肖圆圆是个计划性很强的人，无论什么事，先做哪样，再做哪样，事先都会想得井然有序。她认为，同样一件事，如果做的顺序不一样，效果就会完全不一样。

所以，才有一句经验之谈，过程很重要。

但这次要做的这件事，过程已经不仅是重要，也很关键。

这个上午，肖圆圆先给陈进打了一个电话。陈进显然手头正有事。但每次，只要一见是肖圆圆的电话，就算手头有天大的事，也是秒接。

这时一接就问，有什么指示？

肖圆圆说，两个事儿。

陈进哦一声，用记录吗？

肖圆圆说，别贫。

陈进就不吭声了。

肖圆圆说，第一个事儿，把你的身份证号告诉我一下，微信发过来就行。

陈进小心地问，干吗？

肖圆圆笑了，你以为要给你买机票，带你去旅游啊？

陈进说，现在是白天，没做这个梦。

肖圆圆说，你上次不是说，用你的身份证号买手机卡，能享受VIP待遇吗？

陈进说，行啊，我也是嘴欠，看意思，这回要当背卡族了。

肖圆圆哼一声，不愿意啊？

陈进立刻说，心甘情愿，心甘情愿。

肖圆圆说，等这卡买了，你更情愿。

又说，第二个事儿，今天上午能抽出时间吗？

陈进说，想到了，又要抓我的公差。

肖圆圆说，如果有事，你就别来。

陈进赶紧说，事儿是不会没事，不过你的事都是大事，我的事可以往后放。

肖圆圆笑着嗯一声，这还差不多。

然后，告诉他，上午开车去东金旺，把宋佳接到赵家坳来。

说着又笑了，这叫抓公差吗，这可是给你一个美差。

陈进嗯嗯了两声问，宋佳，宋佳是谁啊？

肖圆圆说，你这洋蒜装得过了，红皮蒜都装成白皮蒜了，前几天，谁祝你生日快乐啦？

陈进在电话里嘿嘿地乐了。

肖圆圆又说了一句，尽快吧，中午来了，我个人，请你俩吃饭。

说完，就把电话挂了。

这时看看表，上午九点刚过。在心里计算了一下，陈进把手头的事安排好，再开车去东金旺，接上宋佳来这里，大约需要一个小时。于是就又把电话给宋佳打过去。

宋佳的耳朵不太好。还不是听力，别的声音都没问题，唯独对手机的铃声不敏感，每次都要响好一阵，不知道的会以为她的手机没在身边。当初在学校时就这样，肖圆圆帮她调换过无数个铃声，唱歌的，鸟儿叫的，器乐曲，电子声，无论怎么换，还是不行。

这时，响了一会儿，宋佳终于接了。

肖圆圆说，两个事儿。

宋佳哦一声问，要记录吗？

肖圆圆乐了，嘿，真是一个师父教出来的。

宋佳没听懂，谁啊，跟谁是一个师父教出来的？

肖圆圆说，你回头就知道了，先说正经的吧。

宋佳嘻的一声，你还有正经的啊？

肖圆圆没搭理她，只顾往下说，我给你买个手机卡吧。

宋佳听了一愣，给我手机卡干吗？

肖圆圆说，你不是一直想换一个本地卡吗？

宋佳笑了，我自己不会买啊，你怕我买不起？

肖圆圆说，我给你买，当然有我的道理，从今往后，你的手机可以敞开了打，不光给家里，往哪儿打都行，有本事你往月球打，往火星打，往"土卫2"上打。

宋佳说，行了行了，是我要疯啊，还是你要疯啊？

肖圆圆说，总之，想怎么打就怎么打，每月话费，我给你结。

宋佳听了问，你这是干吗，要当慈善家啊？

肖圆圆说，这事儿先搁着，再说第二个事儿，一会儿有车去接你，中午，请你吃饭。

宋佳问，谁来接我？

肖圆圆嗯一声，嘟囔了一句，Your dream lover.

宋佳知道她说的是英语，"梦中情人"的意思，呸一声说，死丫头，拿我开心哪？

肖圆圆咯咯地笑了几声，就把电话挂了。

关于这件事，肖圆圆并不是脑子一热或一时高兴想起来的。自从上次从东金旺回来，心里一直在琢磨。现在自己酝酿的这个计划，已经不是简单的只在赵家坳大面积种植"金旺2号"这样简单了，还要把有机农业也系统化地一步步做起来。如果这样，自己就要一个得力的帮手。从目前看，最理想的人选就是宋佳。这还不仅因为她是自己的大学同学，关键在于，如果她真能来，牛大衍教授在东金旺的实验室所发挥的作用也就可以辐射到这边来。今后要想在赵家坳真正做大做强，把有机农业真正发展起来，这是必不可少的。也正因为如此，肖圆圆才有了想让宋佳过来的具体想法。

将近十二点，陈进才把宋佳接过来。

肖圆圆已经等急了，问，怎么这么长时间，路上又不堵车，你俩这是钻哪儿去了？

宋佳呸了一声说，会好好儿说话吗？

陈进没说话，只是站在旁边抿着嘴乐。

肖圆圆说，我这一上午，可是望眼欲穿呢。

宋佳说，他拉着我去买电话卡，又没告诉我，等到了地方，我才知道是干什么，赶紧告诉他，圆圆已经说了，要送我一个卡，还说以后要负责我的电话费呢。

肖圆圆问，他怎么说？

宋佳说，他说……

说到这儿，就回头冲陈进说，你自己说吧。

陈进眨着眼说，我说什么了，什么也没说啊。

宋佳说，哎，你这人怎么这样啊，自己刚说的，就不承认了？

然后又对肖圆圆说，他说，他也可以负责我的电话费。

肖圆圆一听，立刻扭头说，陈进你过来，我问你，这话，你真说了吗？

陈进嘿嘿着说，说是说了，可原话儿不是这样。

肖圆圆说，别管原话是什么，你敢跟我钱行？

陈进连忙摆手，我可没这意思，不过是句玩笑话。

肖圆圆盯住他看了看，说，我警告你，宋佳可是个给根棒槌就认针（真）的人。

陈进说，好啊，我也是个只要一认针（真），就不管是不是棒槌的人。

宋佳立刻在旁边打圆场，行啦行啦，什么认真不认真的。

又看看他两人，先说正事儿，让我来干什么？咱抓紧吧。

说着又一笑，瞟一眼陈进，要不，你中午请我俩吃饭，无功受禄，心里不安啊。

肖圆圆看看她，又瞥一眼陈进，问，请你俩吃饭，你俩是谁？

陈进赶紧说，我得走了，医院那边还有事。

肖圆圆哼一声，又装蒜，真舍得走啊，先去村外转转吧，我和宋佳还有话要说。

宋佳立刻说，对，你只当看风景，我发现了，这边有山有水，景色还真挺好啊。

肖圆圆这些日子一直在村外的地里转,对赵家坳的耕地和基本农田的分布已经了如指掌。这时,和宋佳一起来到村外,一片一片的农田都看了一下。宋佳一边记录,一边取土样。这下陈进也有事干了,宋佳每取一个土样,就把标本瓶递给他。他跟在后面拎着标本箱。

　　中午回到酒店,肖圆圆以个人名义,请他们两人吃饭。

　　肖圆圆问宋佳,今天是住下,还是回去?

　　宋佳说,回去吧,我想回实验室,赶紧把土样化验一下。

　　肖圆圆说,也好,我也急着想看结果。

　　然后,就把自己这些天的想法,对宋佳说出来。

　　宋佳听了,没立刻回答。

　　其实上次肖圆圆去东金旺时,晚上两人聊天,宋佳已对肖圆圆说过,牛教授曾告诉她,如果想留在实验室工作,他可以去跟学校商量,就让她留校,将来一边教学,一边在这边的实验室搞科研。宋佳听了对牛教授表示,能留在实验室工作,当然最好,但她不想从事教学,既然搞农业方面的科研,就还是留在农村。不过,她对牛教授说,至于将来怎么样,她还没想好。这时,肖圆圆对她说,想请她来三河口企业,专职兼职都可以。肖圆圆提出的这个想法显然是专为她量身定做的。又说,不管怎么说,你就是这两个方案都不接受,我三河口企业也给你一个最起码的待遇,你看好不好?

　　宋佳问,什么待遇?

　　肖圆圆说,担负你的电话费啊。

　　陈进立刻在旁边说,这太小意思啦,还不能表示你三河口企业的诚意。

　　肖圆圆瞪他一眼,怎么,还没到哪儿,你就替她出头,跟我争等待遇啊?

　　宋佳打了她一下,呸着说,你这说的是哪儿跟哪儿啊。

　　两人就都笑了。

　　肖圆圆明白,宋佳已经答应了。

3 白启明

张三宝渐渐地有了一些感觉。这个剧本虽还挂在天边，但似乎已经能看到了。

这天上午，突然接到白玉香的一个电话。

白玉香在电话里说，她父亲病了。

张三宝听了，心里立刻一紧。

白玉香的父亲白启明这两年身体一直不好，不光血压高，动脉硬化也很严重，已经住过几次医院。听白玉香在电话里的口气，这次应该病得不轻。

白玉香说，他在病床上一直念叨，想见你。

张三宝立刻放下手头的事，开上车就往县城赶。

张三宝开的是一辆二手的老款"夏利"。这车是一个朋友淘汰的，两千块钱就买下来。当初在赵家坳驻村时，整天开着到处跑，还挺皮实，泥里水里的也不心疼。车就这样，越是好车新车，拿着当回事，越爱出毛病，反倒是这种破旧的老爷车，越不当回事也就越没事。

快进县城时，手机又响了。张三宝不习惯开车接电话，把车停在路边。

来电话的是赵老柱。

赵老柱在电话里说，听说你回县城了？

张三宝说，突然有点急事。

赵老柱又问，啥时回来？

张三宝说，我的一个老师病了，大概两三天吧，还说不准。

说完又问，有事？

赵老柱说，你来赵家坳的这些日子，不是一直盼着村里出点啥事儿吗？

张三宝一听笑了，心想，这叫什么话，哪有盼着村里出事的，自

357

己的意思是，最好别总这么风平浪静，有一些波澜，才有可能出故事。

赵老柱说，这回行了，你有热闹看了。

张三宝忙问，出什么事了？

赵老柱说，你正开着车，别多说了，回县城是看病人，这事儿也不是你能说了算的，不过能早回来，就尽量早回来吧，再晚，这场难得的好戏也许就看不成了。

张三宝刚要再问，赵老柱已经把电话挂了。

县人民医院在城北。张三宝一到县城，就开着车直奔医院来。路上已问清楚，白启明是住在脑外科病房。停好车，一进住院部，白玉香已经等在这里。白玉香看上去一脸疲惫，这时一见张三宝，就迎过来说，现在不是探视时间，不过已跟门口的保安说好了，可以从旁边的小门绕进去。说着，就带张三宝穿过旁边的一个过道，从侧面的小门进来。

一边走着，白玉香才告诉张三宝，她父亲是突发脑出血，不过幸好发现及时，送医院也及时，现在已经抢救过来，据大夫说，暂时没事了，但随时还可能出现危险。

看一眼张三宝，又说，他一清醒，就一直念叨着想见你。

张三宝听了鼻子一酸，心想，到底是爷爷当年最得意的弟子，这份感情，到什么时候也没人能比。来到病房，就见白启明躺在病床上，头上缠着纱布，纱布的外面还罩了一层网子。张三宝知道，这应该是在头上"打眼儿"了，为的是把颅内的瘀血抽出来。来到病床跟前，还没说话，白启明就把眼睁开了。一见张三宝就笑了，说，行了，已经没事儿了。

听说话，还有些底气，只是没力气。

张三宝冲他摆摆手，示意别说话。

白启明说，没关系，本以为这回得土了，就急着想见你，有些话，得跟你交代一下。

张三宝知道，他说的"土了"，是行里的一句"春点"，意思是完了。

白启明又笑了笑，没想到，阎王老子改主意了，又把我打发回来，看意思又给了几年。

张三宝看着他，心里有些感慨，干这行的人，都看得很开，生死的事也能拿着开玩笑。

白启明又喘了口气，这就不急了，你该忙就忙去吧，等闲了，咱爷儿俩再说话。

张三宝明白了，一定是白玉香告诉他了，自己正在下面跑，准备写剧本。于是把在路上特意买的秋子梨放到床头柜上。他知道，这是白启明平时最爱吃的。

白启明一看笑了，现在不敢吃了，太酸，躺床上，吃了嘴里难受。

张三宝说，让他们蒸熟了吧，这东西能清肺火。

说完，就从病房出来。

白玉香也跟出来，问，吃饭了吗？

张三宝说，早饭吃得晚，就顶午饭了。

白玉香又问，准备什么时候回赵家坳？

张三宝来时，不知白启明的病情，本打算在县城多住几天，陪陪他。现在看他的病情稳定了，路上又刚接了赵老柱一个没头没脑的电话，摸不清赵家坳那边究竟出了什么事。

于是说，如果这边暂时没事，就先回去了。

白玉香冲他笑笑，看来，你已经进入状态了。

张三宝想说，剧本到现在，还没准谱儿呢。

但话在嘴里转了转，还是咽回去。

于是，又叮嘱了白玉香一下，让她注意休息，就开上车匆匆往回走。

张三宝在回赵家坳的路上，有一种不太好的感觉。他曾在一本书上看过，人有最基本的五种感觉，也就是所谓的眼、耳、鼻、舌、身决定的视、听、嗅、味、触，而除去这五种感觉，还有一种神秘的感觉，也就是所谓的第六感。这种第六感往往能预知未来。张三宝一向相信自己的第六感，以往很多预感，后来都应验了。所以这时，一边开着车往回走，心里就越来越感到不安。到了一个高速公路的休息站，把车停下来。如果按平时的习惯，每天的这个时候都要小睡一下，哪怕十几分钟也管用，但只要没睡，这一下午就瞎了，什么也干不成了。今天上午从村里出来，到县医院看了白启明，立刻又马不停蹄地往回赶。这时，就已经有些困意。于是喝了几口水，放倒座椅，想在车上眯着打个盹儿。

就在这时，手机响了。

他迷迷糊糊打开手机，一听是白玉香，立刻清醒了。

接着就意识到，刚跟她分开，这个电话就追过来，肯定有事。

果然，白玉香在电话里的声音有些嘶哑，她问，你到哪儿了？

张三宝说，还在高速公路上。

白玉香说，你回来吧。

张三宝的心里一沉，问，怎么？

白玉香哽咽了一下说，正抢救。

张三宝挂了电话，立刻又开上车奔县医院来。

路上，张三宝的心越来越沉。他知道，如果白玉香说正在抢救，很可能人已经走了。按民间的传统习俗，一般是不报"死讯"的，因为死讯是噩耗，属于凶信，所以尽量避讳，毕竟赶去看望危重病人和奔丧，还不是一回事。这时看着公路下面的田野向后闪过，心里忽然生出一些感慨。人这一辈子，说慢很慢，但说快也快。想想当初，自己刚从天津的那个小戏班回来时，白启明还是个50多岁的人，留着"三七"头，人也帅，在屋里唱一嗓子外面老远就能听见。十几年，一晃就过去了，现在，这样一个人，说走就这么走了。

张三宝的预感没错。赶到县医院时，白启明已经去世了。白玉香告诉他，刚才他一走，父亲就又陷入昏迷了。医生交代病情说，脑干大面积出血，不能自主呼吸，已经无能为力了。

张三宝问，后事准备怎么办？

白玉香说，他干这行一辈子了，朋友多，交往的人也多，如果丧事办大了，恐怕就收不住了，反正到最后，他想见的人都见着了，后事就从简吧。

张三宝说，我来安排吧。

白玉香说，这边有人，你再最后看他一眼，就回赵家坳吧，现在剧本才是最大的事。

张三宝沉了一下，既然这样，就不看他了。

张三宝不愿看亡者的遗容。他觉得，如果不看，这个人就真的永远活在心里，一想起来就还是活着时的样子，音容笑貌，成了永远的记忆。而一旦看了遗容，也就真成了亡者，把这些记忆都破坏了。此时，他想起白启明，还是刚才说话时乐呵呵儿的样子。

他想，这样挺好。

这时，张三宝看着白玉香略显憔悴的脸，心里忽然有些感动。白启明当年说过一句话，这一行里单有一种人，说白了就是戏虫儿，他这辈子来到这世界上，好像就为唱戏来的。

张三宝想，白启明说这话时应该能想到，他的女儿，就是这样的戏虫儿。

4 戏虫儿

张三宝对白玉香总有一种特殊的感觉。

也许是因为白启明跟张家的关系，白玉香跟张三宝，也总有一种不言而喻的亲近。但她很少说自己的事。有一次团里聚餐，她喝得有点大，才对张三宝说起过一次。

她说，都说她是门里出身，其实门里出身也不一定都是一回事。有的是家里上辈就是干这个的，还有一种则是从小坐科学艺。她是二者兼有，不光父亲白启明是行里人，家里往上捯三辈儿，也都是唱评戏的。她说，听她父亲说，他家祖籍是河北滦县。滦县是出评戏的地方，用行里的话说，是评戏窝子。评戏再早不叫评戏，叫"对口儿莲花落",也叫"大口儿落子"。白玉香的太姥姥和太姥爷是滦南的,那时就是唱落子唱到一块儿的。后来老家赶上贱年,先闹旱灾,跟着又闹虫灾,人们连饭都吃不上,也就没心思再听莲花落。夫妻俩一商量,就从老家逃荒出来。本想去天津。天津是大码头,也许好混一些。但也是天意,白玉香的太姥姥从这家里出来时已有身孕,夫妻俩走到海州县城,身上总见红,就不敢走了,担心孩子掉下来。于是索性就在当地搭班儿,这以后也就落在海州。再后来,到白玉香的姥姥和姥爷这一辈,也唱"蹦蹦儿"。这"蹦蹦儿"是从"对口儿连花落"发展过来的,到这时,就已接近今天的评戏,但行当还不全,只有小生、小旦和小花脸,当时也叫"三小戏"。白玉香的姥姥唱小旦,姥爷就是"小花脸"。白玉香一直跟着姥姥,从小耳濡目染,早晨一睁眼就是评戏,晚上睡觉也还是评戏,后来稍大一点儿,自然也就学会唱了。当初一学,就是青衣花旦。后来初中毕业,就去城里考进戏曲学校。

白玉香那时就心眼儿活泛,在戏校上着学,看准一个专业老师,就私下拜了师父。这一来也就又多了一层关系,既是戏校的师生,又是行里的师徒,从此就算正式入门。其实戏校的学生上学时也有拜师的,但一般都是拜行里有名有姓的演员,说白了,也就是拜"角儿",这样毕业以后,对将来的发展才有帮助。戏校的专业老师大都只是开蒙,拜的也就很少。但真到毕业时,就看出来了,白玉香仗着有专业老师的师徒这层关系,留校当了老师。在戏校当老师,并不误演戏,还风吹不着日晒不着,如果能一直这样下去也挺好。

但后来,又发生了变故。

白玉香所在的这个戏校本来是"中专",但后来先是办了大专班,再后来又升格为"戏曲专科学校",这一来也就属于"大专"了。大专是高校,自然对教师的要求也就更高,按规定,必须要硕士以上学历。但白玉香别说硕士,连本科学历也没有,当初只是个中专生,这时再补学历已不可能,不光费劲,也没这心思了。好在白玉香的本工是青衣花旦，行里有句话，"要吃饭，一窝旦"，这个行当倒不至于没地方去，也是仗着师父的关系，本市和外地的几个评剧团，倒都有想要白玉香的意思。可这时的文艺院团都已走向市场，越是大剧团，日子反倒不一定好过。白玉香这时虽然年纪不大，毕竟是学戏出身，俗话说，书文戏理，学戏的跟一般人考虑问题也就不一样，人情世故不仅懂得多，也看得透。白玉香想起战国时期的苏秦在游说各国时曾说的一句名言，宁为鸡头，不当凤尾。这时，她父亲白启明已是海州县评剧团的业务副团长，于是一咬牙，就回到海州，跟张三宝前后脚儿进了县评剧团。一到县剧团，意思当然就不一样了，毕竟是科班出身，很快就成了团里的台柱子。

白玉香这个晚上确实喝得有点大，说着说着，就说起自己的私事。

她这些年没结婚，但有一个女儿，后来让孩子的父亲接到美国去了。这孩子的父亲是搞舞美的。那时白玉香还在戏校当老师，一次学校搞毕业生的汇报演出，他来给画景片，这样就认识了。本来两人说好，准备结婚，但后来他突然要去美国，说在那边安顿好了就来接她。她当时一听就明白了，这种事身边常有，听的见的太多了，一般都不会有什么好结果。况且自己是唱评戏的，不算什么大剧种，美国人虽喜欢京剧，但真正能明白的也没几个，更不要说评戏，将来真去了美国就如同二次投胎，自己这些年的专业也就只能扔了。这样想来想去，不如干脆就此一了百了。可这时，她发现自己已经怀孕了。于是也没告诉这个人，想着他一走，自己就把这孩子做掉。但这人走了以后，她又舍不得了，还是咬着牙把这孩子生下来，竟然是个女儿。后来这男人在美国听说了，特意回来一趟，跟她商量，想把这女儿接到美国去。这时女儿已经6岁，也能离开母亲了。于是，她狠狠心，也就同意了。

但孩子一走，她就后悔了。几次想去接回来，才意识到，已经不可能了。

后来，这女儿回来过，说是来看她。但她很快就知道了，其实她来这边是旅游的，顺便来看看母亲。不过这时，她已不在意这些，无论来旅游还是来干什么，孩子来看自己，就说明心里还有这个母亲。可是再一听才知道，敢情她几年前就来中国了，是来留学的，一直在南方的一所大学上学，这几年已经把中国都转遍了。现在是毕业了，要回美国，这才来北方玩一玩。直到这时，她虽然有些失落，倒还可以接受。可这次跟女儿待了几天，才发现，真的已经不是这么回事了。这孩子嘴上说的、心里想的，都跟国内的孩子完全不是一回事了。过去总听人说，在那边长大的中国孩子是"香蕉人"，黄皮白心，表面看着还是中国人的样子，其实早已不是中国人的思维方式。现在看着自己的女儿，才明白，真是这么回事。

那个晚上，白玉香说到这儿就流泪了。

她对张三宝说，幸好，我还有评戏。

当时张三宝看着她，心想，是啊，她也只有评戏了。

张三宝这时才明白，自己这个上午赶来看白启明时，他已是弥留，只是用最后一口气顶着，等着见自己一面。他说，想跟自己交代一下。张三宝也知道他要交代什么。

但是，自己跟他的女儿，真的合适吗？

张三宝的心里吃不准。

显然，白启明也吃不准。正因为他也吃不准，在最后一刻，看得出来，他这话含在嘴里，转来转去，到最后还是没说出来。

张三宝也有过感情经历。当年从天津回来，刚进剧团时，团里有个叫古云的女孩儿。这女孩儿二十出头，是弹琵琶的。当时县剧团的演职员分两种，一种是正式员工，也就是所谓的"体制内"，还有一种则是聘用，也就是合同制。古云是海州人，家就在县城，是音乐学院毕业回来的。当时县评剧团正需要这样有学历的专业人才，白启明本来想让她正式进团。但古云不愿意，觉得这样会拴在这里，所以还是先跟团里签了三年的合同。张三宝进团时，古云也刚来。两人都是从天津回来的，也就最先认识，然后就熟起来。

接着没多久，也就开始交往。

张三宝是个极认真的人，做事从来都一板一眼。但平时却很散淡，喜欢无拘无束，不光生活没规律，也随心所欲。如果这一天团里没演出，也没排练，可以躺在宿舍看一天的书，不饿也就不出来吃饭。哪天一高兴，也许就拎着板胡出去，在河边找个没人的地方拉一天。但这个叫古云的女孩儿在生活上却很较真儿，每天到了什么时候，该干什么就干什么，差一步都不行。这样两人交往了一段时间，生活也就越来越不合拍。但这女孩儿确实很喜欢张三宝，用她自己的话说，就喜欢他身上这股懒了逛荡的劲儿，也就一直迁就他。她自己也对张三宝说，如果不是因为这份感情，早就受不了他了。就这样，两人晃荡了三年。一天团里排练，张三宝一到现场就发现，古云没来，弹琵琶的多了一个40来岁的男人。中间休息时，白启明告诉他，古云走了。张三宝听了倒也不意外，他很清楚，古云早晚会走。白启明叹口气说，她的合同到期了，不想再续，临走，连句话也没给你留。

张三宝笑笑。他知道，她不留，其实就是留了。

白启明是明白人。曾试探过张三宝几次，但话都说得不是太明。这样最好，既然是这种关系，如果说得太明，也就没退路了。既然不说明，张三宝也就没明确回答。

白玉香给张三宝的感觉，好像是两个人，一个是唱青衣花旦的白玉香，另一个是县评剧团的团长白玉香。前者，张三宝觉得挺可爱。她的可爱还不仅在台上，也包括平时无意中流露的那种视戏如命的态度。唱戏的人也分两种，一种是吃着戏骂戏，好像是谁逼着他入这行的，平时一排练，尤其一扮上，就八百个不情愿，好像台上台下所有的人都欠他的。还有一种人，是嗜戏如命，只要能唱戏，不吃不喝都行。白玉香就是这种人。但她只要一坐在团长办公室，就变成另一个人了。这时她的智商一下就变低了，说出的话也不像是她说的了。所以，张三宝曾对她说，当年有个前辈说过，这菜里的虫子，就应该死在菜里。

但遗憾的是，张三宝这话的意思，白玉香却听不出来。

5 "锁林囊"

张三宝回到赵家坳，才知道赵老柱在电话里说的村里又热闹了，是怎么回事。

出事的又是十三幺儿。其实还不光十三幺儿，真正闹起来的，是曹广林。

赵老柱一听张三宝回来了，就立刻来到河边的三铺炕儿。

一见张三宝就说，你到底还是赶回来了。

张三宝问，怎么回事？

赵老柱乐着说，这回有意思，是十三幺儿跟曹广林，这俩人杠起来了。

张三宝一听糊涂了，说，十三幺儿整天跟曹广林嘀嘀咕咕，他俩应该是一头儿的啊。

赵老柱说，你在赵家坳驻村一年多，对十三幺儿这人还不了解，他跟谁都不是一头儿的，就跟自己是一头儿的，凡事别让他吃亏，就是亲爹老子给他亏吃，他也翻脸。

张三宝听了笑着说，有点儿夸张，不过还真是这样。

接着就来兴趣了，让赵老柱说说是怎么回事。

赵老柱说，我先简单说吧，在这儿待不住，还得去村委会顶着点儿，别出大事儿。

说着，就抹着元宝嘴乐了。

十三幺儿这回费了吃奶的劲，总算把自己这块"窝心地"从三河口企业要回来了，不光地要回来，已经预付的三年租金也没退。这显然就太合适了，这边已跟曹广林说好，只要把这地再转手包给他，就又能拿一笔租金，而且已经许诺，他这边给的比三河口企业还要高。于是从天行健大酒店一出来，立刻给曹广林打电话，跟他说了这事。

曹广林在电话里听了，只是哦了一声。

十三幺儿又问，什么时候跟他签协议。

十三幺儿的心里当然有一本儿账，这地一要回来，也就不能生钱了，在自己手里多耽搁一天，也就多一天损失，所以得尽快跟曹广林把转包协议签了，这样钱才能接上。

但曹广林在电话里听了，问，签什么协议？

十三幺儿立刻哎了一声，你不是说，我把这地要回来，你要转包吗？

曹广林哦哦了两声说，我这会儿在外面。

十三幺儿问，啥时回来？

曹广林说，就这两天吧。

十三幺儿说，我等你？

曹广林说，等我吧，回去咱再商量。

十三幺儿一挂电话，就觉出曹广林这话有毛病了。

当初他已说得好好儿的，只要把这块地要回来，他立刻就转包。可现在，自己真要回来了，他却说再商量，再商量叫啥话，已经说好的事，还有啥再商量的。十三幺儿不光眼里不揉沙子，耳朵里更不揉沙子。曹广林在电话里的话，他一耳朵就听出来，这话里还埋着话。

这以后，十三幺儿又连着打了几次电话，曹广林都说在外面。这时，十三幺儿就确定自己的猜测了，看来，这曹广林又在跟自己转腰子。不过他转，十三幺儿也会转。

其实要这么转，就算犯在十三幺儿的手里了。

于是，他不再问，也不再催。

这段时间，曹广林一直在驴尾巴河上游的佟家台子。佟家台子这边也有大片的闲置耕地，自然环境和土壤条件跟赵家坳差不多。但这边的地势更高一些，地势高，地下水位也就低，所以跟赵家坳相比，也就更适合种果树，转包耕地也容易。更重要的是，凭经验，如果在这边搞果木种植基地，将来申办各种手续应该也更便利一些。

此外，还有一个更重要的原因。

这段时间，曹广林已感觉到了，三河口企业的这个肖圆圆看着是个小丫头，但心很大，这些日子，经常在村外的地里转来转去，听说已在村里放出话，后面还要继续大面积流转耕地，而且要出台新的流转条件。有人打听，这新的流转条件是不是比原来的地价要高。据说，她透露，每年的租价不会变，原来怎么定的还怎么定，但是按国家政策，如果种粮，每亩每年有一百到两百的补贴，这个补贴企业不要，也都返还给流转户。这就不得了了，无形中每亩地的租价一下又提高了两百，每年已达到七百多元。

曹广林一听，心就凉了。

显然，肖圆圆流转耕地是要种粮，而自己是种果树，种粮国家有补贴，种树就没有补贴了，如果自己也跟着三河口企业的行市走，这个补贴就得自己掏，这么多的地显然就掏不起了。这一想，也就下定决心，何必非得一棵树上吊死，索性来个战略转移。这些日子，也就一直在佟家台子这边转悠，通过熟人，开始试探着一点一点渗透。

这些天，每晚仍回赵家坳，只是回来时已是半夜。

这时，十三幺儿表面不动声色，只是偶尔打个电话，问他什么时候回来。但曹广林并不知道，十三幺儿在暗中早已掌握了他的行踪，也摸清了他的算盘。

出事是在一天早晨。

曹广林在赵家坳这几年，一直是租着十三幺儿的房子。这房子在老街西头，是一明一暗，还带半个小院。本来是十三幺儿一家自己住的，后来一开酒楼，有钱了，就在村东的河边盖了一栋三层小楼儿。这处老房，也就当了仓库。曹广林租这房子时，十三幺儿跟他提的条件是，只要别把房弄塌了，屋里可以随便拆改，想怎么收拾就怎么收拾，装修都行，但只有一样，门窗不许动。十三幺儿说，因为这房子一直是库房，窗户已经安了防盗网，而且固定死了，只还留着门。这门也是铸铁的防盗门，当初花了几千块钱装的。

当时曹广林一听也没多想，就答应了。

但这两天，十三幺儿再给曹广林打电话，突然不再提转包地的事了，只说这房子的事。曹广林后来就不太接电话了，不接没关系，就发微信，用语音说。他用微信语音告诉曹广林，他之所以急着见他，是要跟他说，这房子的租金要涨了，因为又有别人看上这房子，出的价钱更高，如果曹广林同意涨房租行，不同意，就赶紧腾房，别耽误他把房子租给别人。这时，十三幺儿的口气就已明显不是过去的朋友道儿了。

直到这时，曹广林回复仍然哼哼哈哈儿。

十三幺儿这时向曹广林提这个要求，当然有充足的理由。十三幺儿无论做什么事，一向有一个原则，必须让自己可进可退，像炒股一样让人套住的事绝对不干。所以，当初跟曹广林签租房协议时，尽管曹广林一再坚持，要一签5年，并说，他可以把这5年的房租一次性全预付，但十三幺儿还是没同意，只说，如果要租，就一年一签，虽然他这房子没任何用处，也没想过再租别人，也得一年一说话，他从不干一下就把几年都定下来的事。

所以现在，他要涨房租，也就理直气壮。

当然，十三幺儿的心里有数，曹广林就是认头涨房租也不会轻易腾房。当初虽然跟他说好一年一签，十三幺儿还是口头承诺，只要他不离开赵家坳，这房子就让他住着，绝不会再租给别人。曹广林也就是听信了他这个口头承诺，才做了长期打算，已经把这一明一暗两间房改成了一大间，还花了1万多块钱装修。所以，十三幺儿知道，不到万不得已，他是不会搬走的。自己这么说，只是想倒逼一下，让他赶紧回来把这块"窝心地"的转包协议签了。

曹广林虽不明说，意思也已带出来，十三幺儿这明显是在敲竹杠，当初先哄着自己装修，等真把钱投在这上了，又要涨房租，还别说朋友，就是一般租赁关系的房主儿也没有这么干的。可这话，又没法儿说出来，因为最先说话不算话的是自己，正所谓自己不仁在先，人家不义，也就怪不得人家了。可事情虽是这样，自己被逼到这一步，也不能真伸着脖子让他宰。后来曹广林就干脆躲了，十三幺儿再打电话，三次也不接一次，发微信干脆就不回了。这时，十三幺儿就用微信提醒他，这样做，对大家都没好处。曹广林这些年走南闯北，也见过大场面，对这种带有威胁性的提醒也就没当回事。

但是，他还是不知道十三幺儿的厉害。

这天早晨，他像往常一样又想趁早出去。这才发现，怎么也打不开房门了。在屋里鼓捣了一阵就明白了，十三幺儿的手里应该还有一套这防盗门的钥匙，肯定是在外面反锁了。

这一下，曹广林才意识到，看来十三幺儿是急了，这回要跟自己玩儿真的了。

他想走窗户。但这房子的窗户更坚固，还安了防盗栏，试了试根本打不开。从窗户探出头，朝外看看，见刘一唱正从街上走过来，就冲他叫了一声，把他喊住。

刘一唱站住了，朝这边看看，问啥事儿。

曹广林说，门给反锁了，钥匙给你，在外面帮我开一下。

说着，就把钥匙扔出来。

刘一唱看看窗户里的曹广林，又看看地上的钥匙。

这几天，刘一唱的心里也正憋着曹广林的火儿。

本来曹广林说得好好儿的，让他把杠头的那20亩地从三河口公司要回来，然后再转手包给他，头两年就算在他这儿投资两万块钱，可这几天，突然又不提这事儿了。

前几天，刘一唱听说，十三幺儿已经把自己的那块"窝心地"从三河口企业的手里要回来，就趁这机会也去找肖圆圆，说也打算要地。当时肖圆圆的答复是，先别说这地你能不能要回去，如果真要，是不是划算，我提醒你，这事，你可得想好了。

刘一唱听了翻着下眼皮问，这话咋讲？

肖圆圆说，具体的你先别问，不过很快就会知道了。

当时刘一唱还留了个心眼儿，如果这块地真要回来了，像肖圆圆说的，确实不划算，从姐夫杠头那儿就肯定饶不了自己，况且现在还吃不准，曹广林这头儿到底怎么回事，所以也就没再去找肖圆圆。又过了几天，曹广林果然不再提这事了。接着，就听村里人说，肖圆圆定了新的流转条件，每亩每年的租价没变，但是要把国家的补贴也返还流转户，这一来，也就相当于每亩地的租价提高到700多元了。刘一唱一听，立刻惊出一身冷汗，如果按三河口企业的新规，杠头这20亩地一年就能多拿几千块钱，自己就是真要回来了，曹广林也不可能出这个价儿。可话又说回来，这地自己可以不要了，但曹广林不能说话不算话，照他现在这意思，这20亩地自己就是真要回来，他也不一定包了，这就是他不是人了，自己放的屁总不能再抽回去。不过，好在这事儿没成真，刘一唱也就把这口气先憋在心里了。

这时一见曹广林，心里正恨得慌，又一看他被十三幺儿反锁在屋里了，就觉着挺可乐。有心不管他这闲事儿，但眼下毕竟还在他的果园打工，于是翻着下眼皮犹豫了一下，就还是不情愿地走过来，捡起地上的钥匙去开门。但插进去来回拧了几下，还是打不开。

于是把钥匙往地上一扔说，啥破钥匙，不行。

说完就扭头走了。

这时，曹广林才明白了，看来十三幺儿从一开始就跟自己留了一手。这种防盗门一般有两套钥匙，一套是为装修时，给装修工人用的，等装修完了，只要用另一套正式的钥匙再铣一下，前面的这套钥匙也就作废了。曹广林想，十三幺儿当初给自己的，一定是这第一套钥匙。现在，他是用手里的正式钥匙把这门锁铣了。也就是说，他是成心不让自己出去了。

这时，刘一唱已经走出一段，又折身回来了，扒着窗户直乐。

曹广林没好气地说，你乐啥？

刘一唱说，有一出戏，你听过吗？

曹广林知道，他肯定没好话，没搭理他。

刘一唱说，《锁麟囊》啊，这回，你这曹广林也让人锁入囊中了。

说完，就转身哼哼唧唧地走了。

6 捉放曹

这些天，赵老柱也正忙一件大事。

肖圆圆让他帮着统计和整理一下三河口企业前面流转的这几百亩耕地的承包户。赵老柱起初不明白，这些流转的承包户当初都已造册建档，每个户头的名下有一份流转协议，也都编了号，这还有啥可统计整理的？但肖圆圆一说，他才明白了。先前的这几百亩地，涉及大几十个流转户，而这些流转户当初流转给三河口企业的耕地，只是在这几百亩的范围内，也就是说，他们在这范围之外，应该还有别的地。现在肖圆圆让赵老柱帮着统计整理的，也就是这些流转户在别处还有哪些地，具体面积是多少，位置又在哪儿。

肖圆圆这样做是有自己想法的。后面马上还要大面积地继续流转耕地，但现在已经感觉到，这应该是一件很复杂也很麻烦的事。村里的人平时看着都挺客气，见面说话也挺好，但一涉及承包地，立刻就是另一回事了。而先从当初的流转户入手，也许好谈一些。

这在一般人看来是一项很繁杂的工作，对赵老柱就简单了。他从小就在村外的地里到处跑，大了在生产队，几乎每一块地都种过，甚至可以说，在每块地里都撒过尿，对这些地的分布也就比自己的掌纹都熟悉。肖圆圆虽然没具体说，让他统计整理这些要干什么，但赵老柱也已意识到，她这是在谋划一件大事，而且应该是一个很大的计划。于是也就兴奋起来，当成村委会的一项重要工作，让会计陆迁把几个村干部都叫来，由村委会牵头儿，成立了一个"赵家坳耕地和基本农田承包分布情况统计调查小组"，索性扩大工作范围，把全村所有的耕地和基本农田都落实到每一个承包户的户头，全部登记造册。尽管当初已有底卡，但已经过了这些年，很多承包户的情况已经发生了变化。所以真做起来，也是一个很大的工程。

赵老柱一直在忙这件事，十三幺儿那边演了一出"锁林囊"，他起初并不知道。

其实一开始，曹广林被锁在屋里，生气归生气，也没太当回事。

曹广林这些年可以说是阅人无数，也就知道应该如何跟十三幺儿这种人打交道。说白了，就是不能跟他较真儿，用天津人的话说，是不能跟他"上论"。你越"上论"，他就越来劲。现在他把门反锁了，肯定在等着自己给他打电话。可这个电话，自己偏不打。既然出不去，索性就不出去了，反正屋里有吃有喝，当初装修时还特意做了卫生间，也不耽误拉屎撒尿。这一想，心里反倒踏实下来。

但时间一长就不行了。

到了下午，曹广林才意识到，自己被十三幺儿这样反锁在屋里，他在外面该干什么还干什么，可自己的事就全耽误了，又不知道他究竟打算把自己这样锁多长时间，就算这屋里有吃有喝，也总有吃完喝完的时候，真到弹尽粮绝了怎么办，总不能在这屋里忍饥挨饿。

曹广林知道，这样的事，十三幺儿真干得出来。

更要命的是，早晨刘一唱开了几下门没打开，然后说果园还有事，就扔下钥匙走了，可他一走就把这事儿当个乐子在村里说了。这会儿，曹广林就像一只被关在笼子里的动物，屋子外面已经越围人越多，都在指指点点地看热闹，还一边看一边乐。

这一下，曹广林就真急了。

他这时已经忍不住了，一直在给十三幺儿打电话。但十三幺儿干得比他还绝。当初十三幺儿给他打电话，他只是不接。现在十三幺儿干脆把他拉黑了，电话里永远是一个没有表情的女人声音，"对不起，您拨打的电话无法接通，请稍后再拨"。

曹广林已经快让这声音气疯了。

他先是在屋里来回走绺儿，后来实在忍不住了，就开始扯着嗓子使劲喊起来，让十三幺儿来开门。再后来一见十三幺儿没有露面的意思，越喊火儿越大，就干脆在屋里拼命砸门。

他在里面这一折腾，街上招来的人就更多了。

折腾了一会儿，才意识到，再这样闹下去没任何意义，只会把笑话越闹越大。于是又给村长赵老柱打电话。其实赵老柱早已听说了这边的事，只是装不知道。心想，这才真应了那句戏词儿，六月债，还得快，恶人自有恶人磨。就让他们自己闹去吧。这时一接曹广林的电话，就说，这是你们之间的纠纷，只能自己解决，村委会不了解情况，不好介入。

但想了一下，又提醒说，不过，别闹出治安事件。

也就是赵老柱最后的这句话，反倒提醒了曹广林。

于是，他索性拨打"110"，报了警。

一会儿，镇上派出所的警察开着警车来了。

一个瘦高的警察从车上下来，隔着窗户往里一看，认出曹广林，就说，怎么又是你？

曹广林没好气地说，又是我怎么了？

瘦高警察说，前些日子，你不是刚打过架吗，这回又跟谁？

曹广林知道，这时不能跟警察急，就忍着气，把自己被房主儿锁在屋里的事说了。

这时，围在门口看热闹的人群里，有人凑趣喊了一嗓子，锁林囊！

这一喊，把这瘦高警察也逗乐了，回头说了一句，我可是戏迷，我懂！

说着拿出电话，向曹广林问了十三幺儿的号码，就打过去，让他马上过来。

一会儿，十三幺儿一步三摇地来了。

十三幺儿一见门口停着一辆闪着警灯的警车，跟前还站着两个警察，并没当回事。先伸头朝屋里看看，乐着说，吓，我这笼子，这回总算把这大耗子逮着啦。然后又转身对警察说，咱们青山镇派出所的警力有限，这是我跟他的私事，就不麻烦二位了，我们自己处理。

瘦高警察说，不麻烦不行，既然他报了警，我们也出了警，这事就必须有个处理结果。

十三幺儿一听点头说，好吧，这事儿怎么才能有结果，你们问他吧。

另一个警察说，你先把这门打开。

十三幺儿说，不能开。

警察问，为什么？

十三幺儿说，一打开，这东西就跑了，一跑就又抓不着了。

说着又一拨楞脑袋，再说，也打不开。

警察问，为啥打不开？

十三幺儿说，没钥匙。

警察问，钥匙呢？

十三幺儿说，扔河里了，村南的小杨河。

警察立刻把眼瞪起来，你怎么，把钥匙扔河里了？

十三幺儿说，我自己的钥匙，想扔就扔。

这个警察年轻，一听他这么说，反倒没话了。

这时，瘦高的警察过来说，可你这屋里，还锁着一个大活人呢。

十三幺儿说，我没锁他，是他自己要进去的。

这警察说，你如果再不开门，我们就要破拆了。

十三幺儿乐了，破拆可以啊，不过，这是我的私人财产，谁破拆，谁得包赔我的损失。

两个警察这才发现，这个人太难缠了。

于是商量了一下，就把村主任赵老柱叫来。

瘦高的警察对赵老柱说，这件事，我们已经了解清楚了，纯粹是一起由租赁引起的民事纠纷，现在由你们村委会给调解一下吧，看怎么妥善解决。

两个警察说完，就开着警车回镇上去了。

十三幺儿一见警察走了，就扭头又忙自己酒楼的生意去了。

赵老柱看看没人了，也就又回村委会忙统计耕地的事去了。

曹广林一见人都走了，合着自己折腾半天白折腾了，还是出不去，就又在屋里闹起来。

这一会儿的工夫，十三幺儿这房子跟前已经围满了人。开始都站在街上，这时越凑越近，有人听见曹广林在屋里一嗓子一嗓子地叫骂，干脆挤到窗户跟前好奇地扒着头朝里张望。

这时，曹广林的嗓子已经喊哑了。他朝窗户走过来，一眼看见刘一唱也在人群里，正跟旁边的人一边说一边乐，就冲他喊，让他去村委会把赵老柱再叫回来。刘一唱这时每月还拿着曹广林的工钱，算他的员工，虽不太情愿，吱歪了一下就还是去了。

但来到村委会一问，会计陆迁说，赵主任出去了。

刘一唱问，去哪儿了？

会计陆迁说，没说，大概出村了。

刘一唱一听就明白了，赵老柱不是出村了，应该是成心躲了。

其实赵老柱并没躲，是来十字街的太极大酒楼找十三幺儿了。

十三幺儿正若无其事地趴在柜台上跟他老婆大眼儿灯算账。抬头一见赵老柱来了，就笑着说，想吃点儿啥，你整天为全村的人劳心费神，这么辛苦，晚上喝点儿吧，解解乏。

赵老柱哼着说，你要是真心疼我，这事儿就别闹了，我那儿还忙着呢。

十三幺儿眨眨眼，你说啥事儿？

赵老柱说，甭跟我这儿装蒜，咱就捞干的说，你老屋那边，到底打算咋解决法儿？

十三幺儿哦了一声，问，那边还热闹着呢？

赵老柱说，你以为呢，屋里还关着个活的，能不热闹吗？

又叹口气，现在警察走了，把这事儿撂给村委会了。

十三幺儿说，是啊，这事儿本来就不该警察管。

赵老柱说，我劝你一句，还是适可而止吧。

十三幺儿一笑，这回，我得让他知道知道，老虎不发威，他当我是病猫啊？

赵老柱看看他，你这说的，是人话吗？

十三幺儿说，我就这么说。

赵老柱说，好好，你就这么说，要是不这么说，你就不叫十三幺儿了。

说着盯住他，我不管你俩这回为啥，作为村主任，我提醒你，再这么干可有风险了。

十三幺儿嗯一声，啥风险？

赵老柱说，你这么关着他，如果超过24小时，就涉嫌非法拘禁了。

十三幺儿一听倒胸有成竹，说，没人拘禁他，只要他同意赔我的防盗门，别管把这门怎么弄开，炸开都行，随时可以出来，我不拦着，我只要我的防盗门。

说着就乐了，毁坏他人财物，必须赔偿，这也是法律规定的。

赵老柱心里明白，十三幺儿这么干，当然不是为这防盗门，但也不给他点破，于是说，这样吧，让他多给你两个月的房钱，三天内腾房，你再好好儿找找，兴许有备用钥匙，行不？

十三幺儿想了一下，行吧，这个面子，我卖给你村主任，你去跟他商量吧。

十三幺儿的心里也清楚，事情已闹到这一步，自己的这块"窝心地"再让他转包是甭想了，多落两个月的房钱也算没白闹，已经是最好的结果了，只能见好儿就收。

赵老柱赶紧又回老街西头这边来。这时，围在门口的人已经散了。曹广林也折腾累了，在屋里不吭声了。赵老柱来到窗户跟前，冲里喊了一声，人呢？

曹广林哩溜歪斜地走过来。

赵老柱就把刚跟十三幺儿商量的条件，跟他说了一遍。见他不太愿意，就又说，你要是不同意，我这个村主任已尽到责任了，后面就你们自己商量吧。

曹广林在屋里，还是没吭声。

曹广林的心里当然明白，十三幺儿跟自己这么折腾，说到底是为他那块"窝心地"。本来，如果自己改去佟家台子那边，他这块地还真就不包了，只是前面已跟他说得好好儿的，现在突然改口，有些锛嘴。正不知怎么说，这回正好撕破脸，这一下也就都不用说了。

想到这儿，就说，行吧，我同意。

赵老柱立刻拿出手机，刚要给十三幺儿打过去，曹广林又拦住了。

他说，先等等，还有个事儿，趁这机会也一块儿说清了吧。

赵老柱说，你说。

曹广林说，你跟他说，既然已闹成这样，后面大家也就没必要再合作了。

赵老柱明白他这话的意思，就说，咱现在是一码说一码，别的事儿，你们自己另说去。

曹广林又哼了一声，没再说话。

赵老柱给十三幺儿把电话打过去，对他说，这边说妥了，你赶紧找钥匙吧。

十三幺儿说，先打钱。

赵老柱说，我现在就让他打，用微信给你。

十三幺儿在电话里乐了，也就是你这村长面子大，换第二个人，我这钥匙就丢定了！

赵老柱刚要再说话，又有一个电话顶进来，就赶紧把十三幺儿的电话挂了。

这个电话是肖圆圆打来的。

肖圆圆问，您那边的事，完了吗？

看来，这边的事她都已知道了。

赵老柱说，就算完了吧。

又问，啥事？

肖圆圆说，田镇长和董事长都来了，在我这儿。

赵老柱立刻哦了一声。

肖圆圆说，请您过来，说有事商量。

赵老柱说，我马上去。

7 定方案

这个下午,肖大锣和田镇长在电话里约好,一起来赵家坳看一下天行健大剧院的工程进度,然后再具体商量一下这次主体结构落成仪式的一些细节。

大剧院的工程进展很顺利,主体结构已基本完成了。

本来,幺蛾子分管三河口企业这边的工作时,已跟天津的一家文化公司说好,等将来主体结构完成时,可能会有一个隆重的落成仪式,届时,这个仪式的策划和实施就由这个文化公司承办。但肖圆圆接手以后,不想这样做,觉得三河口企业自己有这个能力,从海州县到青山镇再到赵家坳,也有丰厚的戏曲文化土壤,而且这次活动有几个有关部门参与,应该由三河口企业在县文旅局的支持下根据具体情况自己来搞,况且三河口企业已有新的规划,下一步马上要有大动作,也可以借这机会预热一下,造一造声势。

肖大锣也觉得肖圆圆的这个想法有道理,表示赞同。

这个落成仪式虽然简单,但设计的内容也很丰富,一共分四块,首先是主体结构落成的剪彩仪式,然后有一个三河口企业与牛大衍教授的实验室合作意向的签订仪式。进入第三和第四个环节,就是传统的民间庆祝活动了,在大剧院前面的文化广场搭一个大戏台,每天晚上,请县评剧团演一出全本儿大戏,连演三天。另一块内容,就是全县各乡镇文化中心选送的节目,当然也都是评戏,一是展示性演出,二是打擂,最后评出优胜者,当场颁奖。田镇长对这个方案也提出自己的想法,既然是大剧院的主体结构落成仪式,又加了一个三河口企业与牛教授的实验室签约的环节,会不会偏离主题。肖大锣笑着给田镇长解释,将来这个天行健大剧院和天行健大酒店一样,都是在三河口投资管理发展公司的旗下,所以这次的落成仪式不仅是大剧院的,也是三河口企业的一次活动。

田镇长一听，这才明白了。

肖大锣又告诉田镇长，三河口企业后面还会有更大的计划，目前正在加紧筹备，争取今年秋后就要实施。田镇长一听更兴奋了，立刻问肖大锣，能不能透露一下？

肖大锣说，后面，我们三河口企业的小肖总会专门向你汇报。

田镇长有些感慨，笑着说，按说我这年龄，还轮不到说这样的话，不过现在也不得不说了，真是后生可畏啊，我本来觉得自己还是年轻人，可在小肖总面前，也觉得老了。

这个落成仪式的整体方案，从一开始就是肖圆圆搞的，可以说是专业与业余兼顾，在大家同乐的同时，也达到预热和造声势的目的。其实这也是借鉴了东金旺有机农业联合体的经验，通过这次活动，不仅把天行健集团，具体说是三河口投资管理发展公司与赵家坳村委会合作的信息，向外发布出去，同时也把赵家坳全村的资源凝聚过来。

田镇长说，既然小肖总后面还要跟我具体说，我就不多问了。

肖圆圆坐在旁边，只是抿着嘴笑笑。

田镇长说，不过我听说，你们这次迈出的第一步，是发展有机农业。

肖圆圆说，是这样。

田镇长连连点头，今天上午，镇里的徐书记还向我问起这事，我俩都已听说了，小肖总是农林大学的硕士研究生毕业，本来就是农业方面的专家，如果三河口企业跟赵家坳村委会联合，决定向有机农业发展，后面肯定就要大干一场了。说着又有些感慨，如果用一句眼下时髦的话说，咱们的这位小肖总，是赵家坳的能二代啊。

肖大锣没听懂。

田镇长说，就是第二代能人啊，而且还是年轻的农业专家。

肖大锣的心里对女儿也很满意，尤其这段时间，进入状态很快，听田镇长这样说，心里当然高兴。但立刻说，她刚出校门，算什么专家，现在的年轻人，别管在哪个行业，刚干点事就让人称"家"，这个家那个家，我就不赞成，我到现在，也不承认自己是农民企业家，就是个农民，现在出来搞企业，仅此而已，不是一搞啥就是啥家，哪有这么简单。

他这一说，旁边的人都笑了。

于是，方案就这样定下来。

田镇长说，后面的事，咱们青山镇政府一定配合。

这时，张三宝来了。

本来田镇长和肖大锣一到，就让肖圆圆给赵老柱和张三宝打电话，请他们二位过来一起商量一下。但张三宝说正有事，还要等一下才能过来。这时来了，才说起刚才十三幺儿把曹广林反锁在屋里的事。他说，这种事，他当然不好参与，所以一直站在人群外面看。

田镇长听了笑着摇头说，这个十三幺儿，能闹成这样，也真不愧是赵家坳的能人。

肖圆圆也笑了，我知道，这两个人早晚得闹起来。

张三宝问，所以，你才这么痛快就把那块窝心地还给他了？

肖圆圆说，他会算，我也会算，我心里有数，这地就是还给他，他也没用，过不了多久，还得回来主动找我，我就是想让村里观望的人看一看这个过程。

张三宝问，你就有这个把握？

肖圆圆说，当然有，我把国家每年的种粮补贴都返还给流转户，这一来租价看着没涨，可流转户拿到手里的钱，一下就增加到每亩七百多块，还有谁不愿意呢。

张三宝说，恐怕现在，十三幺儿已经后悔了。

田镇长对肖圆圆说，你是学农业的，这里边的事应该都清楚，不过，我还得提醒你，土地对农民，就是命，平时在那儿撂荒着行，可你一动，就是动了他的命，尤其在今天，这耕地看着已经没用了，其实就如同他的祖坟，在心里的分量是难以想象的。

肖大锣点头说，我就是农民，田镇长这话，说到我心里了。

所以，田镇长说，后面的事恐怕没这么简单，你要有心理准备。

肖圆圆笑笑，我已经体会到了。

然后看一眼田镇长，对肖大锣说，今天田镇长也在，就不用再找机会了，索性就把事情都说了吧。说着，就拿出手机，打开看了一下，然后说，有一个好消息，今天下午，我的同学宋佳刚发来一个微信，她现在，是在牛教授的实验室工作，几天前，我把她请过来，看了一下咱们这边的农田环境，也取了一些土壤标本，带回实验室化验。

　　肖大锣立刻问，结果出来了？

　　肖圆圆说，出来了。

　　肖大锣问，咋样？

　　肖圆圆说，专业数据就不说了，结论是，咱们这边的土壤，完全适合种植"金旺2号"。

　　田镇长立刻问，你们也要大面积种植有机小麦？

　　肖圆圆点头说，是。

　　田镇长搓着两手说，太好了，这太好了！

　　肖圆圆又对肖大锣说，还有，我有一个想法。

　　肖大锣说，不用跟我商量，你就放手干吧。

　　肖圆圆笑了，那不行，关键的事，还得让您这总经理知道。

　　肖大锣说，你说。

　　肖圆圆说，我后面的设想，跟您说过，这个咱再具体商量，现在要说的是三河口企业的事，我想，在公司里专门成立一个有机农业发展部。

　　肖大锣说，好，这个部门，后面很需要。

　　肖圆圆又说，我想聘请宋佳来当这个部门的主任。

　　肖大锣问，专职？

　　肖圆圆没立刻回答。

　　肖大锣说，专职没问题，如果是兼职，咱们还要再商量一下。

　　肖圆圆已经想到父亲会这样说。当初还在农大上学时，曾听说过，天行健企业有过这样的教训。当时父亲准备开发一种新材料，这种材料无论在工业上还是日常生活中都可以广泛应用。但是这要用到一种全新的技术。后来经人介绍，父亲认识了一位姓阮的大学教授，是专搞材料学的专家，在学校还有自己的实验室。父亲跟这位阮教授一见面很谈得来，于是当即决定，在集团专门为他成立一个技术开发部门，由这位阮教授领衔。因为他还有自己的一摊工作，来企业专职不行，就只能兼职，而且这位阮教授提出，要把他的科研团队一起带过来。这当然也没问题，而且是企业求之不得的事，于是就这样谈定了。但让人没想到的是，这位阮教授来企业兼职不到一年，突然要去德国，说是学校与那边的一家机构有一个合作项目，一去就是三年。而这时，天行健集团也已投入巨资，专门为他建了实验室，这一下就只能全放下了。肖圆圆知道，从那以后，天行健企业就决不再聘兼职。

但肖圆圆对这件事，也有自己的看法。企业在用人方面也像投资，有一定风险是正常的，不能因噎废食。况且，如果拒绝兼职，在人力资源方面也就把自己框定住了。

于是，索性对父亲直截了当说，我想聘宋佳，就是兼职。

肖大锣笑笑说，这件事，咱们再议。

肖圆圆说，我已经对宋佳说了。

肖大锣说，说了也没关系。

肖圆圆又说，已经和她约了时间。

肖大锣问，什么时间？

肖圆圆说，签聘任合同的时间。

肖大锣没再说话，笑容一下凝在脸上。

幸好这时，张三宝进来了。

张三宝刚才出去接了一个电话，回来对肖大锣说，有个情况。

田镇长这时也正有些尴尬。肖大锣和肖圆圆父女俩在企业用人的事上发生分歧，当然，田镇长也是年轻人，很理解肖圆圆的想法，觉得她说得有道理，但这是人家企业内部的事，自己不好发表意见。正插言不是，不插言也不是，张三宝一进来，也就解围了。

于是立刻问，有什么情况？

张三宝说，刚才是白玉香团长的电话，说了一个情况。

张三宝说，白玉香团长刚才在电话里告诉他，县文旅局刚给她打了一个电话，说的就是这次要在赵家坳搞的大剧院主体结构落成仪式这事。按方案，仪式上有一个打擂环节，要决出胜负，这一来就要有评委。按三河口企业原来的设想，评委由三方面构成，一是县文旅局，代表政府部门；二是县评剧团，代表专家意见；三是天行健集团旗下的三河口企业，代表主办方。但这个方案，县文旅局研究之后觉得不妥。这个落成仪式说到底，还是一个企业行为，县文旅局帮着组织可以，在专业方面指导一下也没问题，但不好直接参与。所以，他们在电话里跟白玉香商量，打擂这个环节，评委还是由县剧团和企业的人担任就行了。不过，从专业角度考虑，最好让县剧团的评委比例大一些为好。

肖大锣一听这个消息，觉得有些突然。这次活动的评委组成本来是三足鼎立，现在文旅局不出人了，也就缺了一条腿，而且还是关键的一条腿，这就不好办了。

田镇长想了一下说，这种企业性的活动，县文旅局确实不好直接参与，他们毕竟是政府职能部门，如果以单位名义介入，是有些不妥。

肖大锣说，可少了他们，评委就单薄了。

这时，肖圆圆说，还有一个办法。

田镇长说，你说。

肖圆圆说，既然是群众文化活动，可以邀请各镇的文化中心代表当评委，这样也公平。

田镇长一听就笑了，说，到底是咱的小肖总，脑子就是快。

肖圆圆不好意思了，说，这也是急中生智啊。

张三宝想想说，这个办法确实挺好，不光公平，大家也服气。

肖大锣说，那就这样定吧。

正说着，赵老柱连呼哧带喘地来了。进来没说话，一屁股坐到沙发上。

肖大锣倒了一杯茶，给他端过来。

赵老柱摸出旱烟，一边卷着说，这半天折腾的，连口烟都没顾上抽。

赵老柱跟肖大锣还有一层关系，而且很特别，只是一般人不知道。两个人从不同的角度论，辈分不一样，悬殊也很大，而且还是反的。肖大锣老婆的娘家也是东面尚湾集的，从这边论，肖大锣比赵老柱矮两辈儿，得叫他表舅姥爷。而如果从赵家坳这边论，肖大锣又比赵老柱大两辈儿，赵老柱得叫他二爷。这样来回一论，两人互为爷孙，也就差了四辈儿。再后来干脆也就不论了，别管在哪儿，见面彼此两便，谁也不叫谁了。

赵老柱又喘了一口气，才说，一直忙到现在，这才完事儿了。

肖大锣问，咋回事？

赵老柱打个嗨声说，还是曹广林跟十三幺儿那点事儿，真能把人缠磨死。

田镇长笑着说，是啊，如果都顺顺溜溜儿的，还要你这村主任干啥。

赵老柱立刻回他，说得轻巧，敢情没缠磨你啊。

田镇长故意正色说，我有心理准备，所以从不抱怨。

赵老柱说，行啊，我早就任命你来赵家坳当主任了，你可赶紧来啊。

田镇长说，我来了，你这尊抿嘴儿菩萨往哪儿摆？

赵老柱说，我正好回庙里，还能躲清净呢。

他两人这样一顶一句儿半真半假地斗嘴，旁边的人就都笑了。

张三宝说，刚才，我已经把这事儿说了。

肖圆圆说，他们不是协商好，十三幺儿也把门开了吗？

赵老柱说，是啊，他要是不开门，还没有后面的这些事呢。

肖大锣越听越糊涂，问，到底咋回事？

赵老柱又喘了一口气，这才把刚才的事说了。

8 货拉拉

十三幺儿和曹广林的这点事整整闹了一天。

天快黑时，赵老柱给来回说和着，才把这事解决了。

十三幺儿还八百个不愿意，但总算拿着钥匙过来，把门打开了。

可门是开了，事情已闹成这样，曹广林别说三天腾房，就一天都不敢在这屋里待了。倒不是别的，说不定哪会儿十三幺儿的脑子一转轴儿，觉着不上算，就又把他锁在屋里了。于是一出来，立刻给"货拉拉"打电话，让他们来车，给自己搬家拉东西。这"货拉拉"是一个轻型的货运出租公司，专门搬运不是太粗重的家具或杂物，而且是24小时随叫随到。曹广林这里一打电话，一会儿工夫，"货拉拉"的车就到了。

但这时，十三幺儿的脑子果然又开始转轴儿了。

十三幺儿本以为曹广林让自己闹了这一场，又逼他三天内腾房，一出来就得跟自己说软话。现在哪有这么现成的出租房，肯定得求自己再宽限几天。这一来，也就可以借这茬儿，再跟他谈别的条件。可没想到，他一出来一刻也没等，立马儿就折腾着搬家。这说明，他应该早有准备，也许事先已经找好了地方。

当然，十三幺儿也不意外。

他这几天摸清曹广林在佟家台子的行踪，是通过那边的一个亲戚。十三幺儿的老婆大眼儿灯的老舅母娘家是佟家台子西边尚湾集的，但她老舅母的妈，娘家是佟家台子的，这些年，大眼儿灯跟这几家亲戚还经常走动。这次，曹广林打算在佟家台子转包地种果树，找的是村里一个叫佟家为的人。而这佟家为，也是大眼儿灯老舅母娘家的亲戚，论着，还得叫大眼儿灯表姨。这曹广林有个一般人比不了的本事，只要他用着谁了，想跟这人把关系拉近，能在最短的时间里就跟这人成为莫逆之交，让对方把他当成这世界上最妥靠、也最值得信赖的朋友。这时，曹广林跟这佟家为就已成了这种关系。佟家为对曹广林的为人坚信不移，已经决定，曹广林在佟家台子转包地这事，他全部给代理，等把这包地的事办完，就和曹广林一块儿干。这个晚上，曹广林一让十三幺儿放出来，就立刻给佟家为打了一个电话。曹广林在这之前已对佟家为说过，如果将来到佟家台子这边来包地，自己后面的投资计划也就全都转移到这边来，他现在是住在赵家坳，这样来回跑不方便，况且这一下，跟那边村里的人关系也就不好处了，所以让佟家为在这边帮他找一处房子，不过倒也不急。这时，他打电话问佟家为，能不能马上在那边帮他找个出租房，能长租最好，实在不行，先搬过去，临时租一下也行，后面怎么着再做长期打算。佟家为一听有些为难，想想说，这眼看天就黑了，怎么想起一出是一出，现在搬家别说长租，就是找个临时的出租房也没这么现成的。

曹广林说，不行，你现在一定得帮我，等见了面再细说，我这一天，到现在还一口东西没吃，已经让人家给折腾稀了，现在，我是多一会儿也不想在这村里待了。

佟家为听了说，既然这样，我一会儿看看，想个啥办法吧。

曹广林说，别一会儿，你有办法，现在就说。

佟家为说，我倒有两间闲房，一直没人住。

曹广林立刻说，行，那就先住你那儿吧。

佟家为说，我得先跟老婆商量一下。

曹广林说，我东西先拉过去，放你这闲房里，人无所谓，在街上找个小旅馆就行。

佟家为一听，这才答应了。

曹广林总算松了口气，赶紧让"货拉拉"把自己的家具和乱七八糟的东西都装上车。可是车刚开了几步，佟家为的电话就又打过来。

曹广林忙问，什么事？

佟家为在电话里说，不行，你别来了。

曹广林问，又怎么了？

佟家为说，我的房塌了。

曹广林一听就急了，说，我的东西都装上车了。

佟家为说，装上再卸下来吧，房塌了，我也没办法。

曹广林说，你这是啥房，怎么说塌就塌了？

佟家为支吾了一下说，是啊，刮了一阵风儿，就塌了，你想别的办法吧。

曹广林急得骂起来，你这房是他娘的纸糊的啊？！

可骂声没落地，佟家为那边已经把电话挂了。

再打，对方一直忙线。看样子是拉黑了。

这时，曹广林已经明白了，佟家为显然是不想帮自己这忙了。可他不帮就不帮，找的这理由太可气了，一会儿的工夫，就说房塌了，简直拿自己当傻子。

曹广林还真想对了，佟家为就是不打算帮他这忙了，不光不想帮忙，以后也不打算再跟他来往了。曹广林并不知道，就在他这里张罗着搬东西腾房时，十三幺儿已经把电话给佟家为打过去。他在电话里说，你赶紧给我打听一下，最近曹广林总往你那边跑，究竟是去找谁。其实几天前，十三幺儿给佟家为打电话时，就让他留意一下，曹广林最近总去佟家台子到底要干什么。当时佟家为不知这表姨夫有什么事，也就没说是来找自己，只说知道有这么个人，来佟家台子是想包地种果树。这会儿，一见表姨夫大晚上突然又来电话问这事儿，而就在前一会儿，刚答应曹广林，把自己不用的两间闲房让他住，就知道这里边肯定有事。

于是说，究竟咋回事，表姨夫你就跟我直说吧。

十三幺儿这才把自己跟曹广林最近的这点事，怎么来怎么去，前前后后都在电话里说了。最后又说，咱是自己人，别管咋说也是咱近，这小子太不地道了，这回这个忙，你无论如何不能帮他，我倒要看一看，他本事再大，在这赵家坳还能尿出一丈二尺尿（sui）去！

佟家为这才明白了，立刻说，行，表姨夫你放心，别管到哪儿，咱也是亲戚！

十三幺儿说，好，哪天来姨夫的酒楼，我请你喝酒。

佟家为一听高兴了，说行啊，我再带两个朋友去。

十三幺儿说，别说俩，仨也行。

说完，就把电话挂了。

曹广林哪里知道这边的事，本来心里已经有根，跟佟家为说得妥妥的，现在把这倒霉的房子腾了，东西都装上车，只要往佟家台子那边一拉，从此也就一拍两散，跟赵家坳这边没任何关系了。可没想到，却突然接到佟家为这么一个电话，说他的房塌了，立刻又蒙了。

曹广林觉得，这一下，自己让佟家为这小子凿凿实实地给搁在旱地儿上了。

"货拉拉"的车停在大街上，一时不知该往哪儿去。司机一个劲儿催，说这大忙忙儿的，你这一个活儿快顶上三个活儿的时间了，要都像你这样，我们就甭干了。曹广林这时已经急得要哭了，对司机说，你急我也急啊，可我这点儿家当，总不能扔在大街上啊！

情急之下，这才又给村主任赵老柱打电话。

赵老柱接电话一听，差点儿给气乐了，心想，你曹广林也有今天。

但嘴上还是问，你有啥打算？

曹广林说，先说眼下吧，我已经没地方去了。

赵老柱叹口气说，我先说你一句吧，你知道这毛病儿在哪儿吗？就是你这人太聪明了，可聪明得让别人说，自己总觉着自己聪明，这叫自作聪明，这回你算是碰上茬口儿上了，大概还不知道这十三幺儿的厉害，你想算计他，他能把你的屁屁给折腾出来！

曹广林这时哼哼唧唧，已经说不出话了。

赵老柱明白，自己毕竟是村主任，这曹广林再怎么说也是来村里干事的，总不能真看着他流落街头。想了想，就在村里找了间闲房，让他先把东西放下，自己去街上住旅馆了。

这时，肖大锣一听就笑了，说，这个十三幺儿干事，也真够绝的。

田镇长说，要不说呢，你们赵家坳的能人，都能耐得出圈儿了。

赵老柱摇摇头，该咋说咋说，这回也不怪十三幺儿，曹广林这事儿办的，也真够气人的。说着又叹了口气，我这个村主任当的，早晚得让这些能人累死。

这时，半天没说话的肖圆圆问，这么说，这曹广林真要走了？

赵老柱说，是啊，他跟十三幺儿闹成这样，再不走，在这村里也没法儿待了。

肖圆圆没再说话。

田镇长看看她，笑着说，我们的小肖总，又想啥呢？

肖圆圆笑了笑。

9　梧桐湾

肖圆圆没想到，自从自己出任三河口企业的副总，父亲一直支持自己，尤其在发展有机农业，特别是准备大面积种植有机小麦的规划上，看得出来，更是跟自己的想法一致，到后来就干脆表示，让自己放手干。可这次，在聘用宋佳这件事上，却跟自己发生了分歧。

说是没想到，其实也想到了。

这一次，虽然县文旅局表示，大剧院主体结构落成仪式的活动不便直接参与，但还是说，可以在专业方面具体指导。于是，肖圆圆就特地到文旅局去了一趟，把自己关于这次活动的想法，对主管业务的副局长详细说了一下。然后，又把自己搞的方案交给这副局长，请他找人帮着修改和完善一下。几天后，副局长就把这个修改过的方案传回来，在电话里说，方案搞得很好，真没想到，小肖总是学农业的，搞活动策划也这么有经验。

肖圆圆一听笑了，说，哪有什么经验，只是在学校搞过一些活动。

接着，一刻没耽误，又把这个方案传给总部。

当天下午，肖大锣的电话就打过来。对方案整体上表示同意，但在第二个环节，提出自己的看法。当然还是老问题。按方案上说，这第二个环节是要签两个协议，一是三河口企业与牛大衍教授的实验室，签一个引入小麦新品种"金旺2号"的合作协议，二是与宋佳签一个聘请她来三河口企业的有机农业发展部兼任首席技术主任的协议。肖大锣说，第一个协议没问题，关键是这第二个，他还是坚持自己的意见，最好不用兼职，要来，就全职，如果不能全职，哪怕是作为顾问聘一下，也不要用兼职。肖大锣说，他搞天行健企业这些年，每一步都是踩得实实的，兼职不能说不好，也不是不相信对方，问题是这个任职性质本身就有太多不确定的因素，这些因素恐怕连对方自己都无法把握。

所以，肖大锣说，最好还是不要这么干。

肖圆圆知道，父亲有这样的顾虑，还是因为当初阮教授那件事。于是解释说，现在的宋佳，跟那个阮教授的情况不是一回事。首先，聘请她出任兼职主任，只是暂时的。她眼下还在牛教授的实验室工作，不可能来做全职，但她已明确表示，等实验室那边的工作告一段落，就可以全职过来，关于这一点，她已跟牛教授谈过，牛教授也同意了。此外还有一点，她以后来这边做全职，也可以反过来在牛教授的实验室那边做兼职，这一来，实验室那边的各种资源，咱们这边也同样可以利用。其次，肖圆圆对父亲说，还有一点也和当初的情况不一样。当初父亲搞那个新材料，在技术上要完全依赖那位阮教授，所以他一走，这个项目就无法再进行了。但这一次，自己本身就是学农业的，退一万步说，假如宋佳有一天因为什么特殊原因，真要离开三河口企业，这个项目自己也完全有能力继续搞下去，况且企业的发展不可能只拴在一个人的身上，如果真这样，这个企业的未来就很难想象了。

肖圆圆说到这里，为了缓和父女之间的气氛，就和父亲开了一个半真半假的玩笑，她说，您不是不喜欢用"家"这个称呼吗，咱就这样说吧，您总说，自己是农民出身，然后搞企业，那么我作为农民的女儿，现在是第二代搞企业，您觉得，这样说可以吗？

肖大锣说，可以。

肖圆圆说，那好，我再问您，您觉得，咱们父女俩的区别在哪儿？

肖大锣想了想，你说吧。

肖圆圆说，您是凭着智商，把企业步步发展到今天的。

肖大锣笑了，先别给我戴高帽儿，我等着听你往下说。

肖圆圆说，而我，虽然继承了您的聪明，可智商还是不如您。

肖大锣说，但是呢，你下面就要说但是了。

肖圆圆说，对，但是，您让我接受了高等教育，甚至是超高等教育。

肖大锣嗯一声，你这话，我承认，咱爷儿俩的区别也就在这儿。

所以啊，肖圆圆对父亲说，这回，就请您相信我一次。

肖大锣在电话里沉了一下，我如果不相信你，就不会把这个企业交给你了。

肖圆圆笑了。

不过，肖大锣又说，我要看的，是结果。

肖圆圆事后评估，觉得跟父亲的这次通话极为重要，不仅在几个关键问题上对父亲说清楚了，也达成了一致，最根本的是，让父亲意识到了，自己和他的不同之处在哪儿。

肖圆圆是个头脑很清楚的人，知道在什么境况下，要先解决哪些关键问题。这也是性格决定的。有的问题如果不细想，似乎跟眼前要做的事关系不大。其实不然，只有先把这些问题解决了，后面其他的问题也才会迎刃而解。否则，就可能后患无穷。

这次，肖圆圆觉得，应该解决的问题已经基本都解决了。

天行健大剧院主体结构落成仪式如期举行，搞得很成功。落成仪式剪彩之后，又举行了两个签约仪式。这次牛大衍教授亲自来了。在肖圆圆的印象里，牛教授一直像个老农，永远是卷着裤管、挽着袖子、戴着一顶已经发黄的草帽。但这次来参加签约仪式，为表示郑重，特意穿了一身深色的西装，还打了领带，肖圆圆几乎认不出来了。签约之后，肖大锣在台上紧紧握着牛教授的手，特意跟他拍了几张合影。到和宋佳签约时，肖大锣先跟她聊了几句，签字之后，握着她的手说，三河口企业的这个项目非常关键，今后就拜托了！

宋佳也很激动，说，您的这个托付太重了，我一定尽最大努力做好！

这时，肖圆圆在台下看着父亲，心里由衷地佩服。一件事，如果他没想明白，绝不会轻易放过。但只要沟通了，也让他彻底明白了，他就会尽全力去做。

宋佳这次来签约，肖圆圆事先给她打电话，问她，能不能提前一天来？宋佳问，是不是还有别的事？肖圆圆说，倒也没什么大事，只是说说话，再说，你不是说这边的风景很好吗，也带你去三河口转转。宋佳一听就说，好啊，那我就提前一天的下午过去吧。

肖圆圆说，我开车去接你。

宋佳说，你现在肯定很忙，不用了。

肖圆圆笑了，你真要飞过来啊？

宋佳说，让他送一下就行了。

肖圆圆故意问，他是谁啊？

宋佳在电话里骂了一句，死丫头，坏吧你！

说完，就把电话挂了。

活动的前一天下午，陈进开车把宋佳送过来。

肖圆圆做事的风格和一般人不一样，越到这种时候，如果别人肯定会忙得团团转，像一阵风似的一会儿刮到这儿，一会儿刮到那儿，她不是，这时反倒显得很清闲，只是不时接一下电话，随时有事，在电话里就安排了。这个下午，宋佳和陈进一到，就说，我今天下午的安排是，先陪你们去三河口风景区看看，晚上在酒店，请你俩吃饭。

宋佳说，快算了吧，你这会儿正是忙的时候，别管我们了。

肖圆圆笑笑，没什么忙的，今天要说忙，唯一忙的事就是陪你。

陈进说，我还真没听说过，这三河口，也有风景区？

肖圆圆说，这也是我的规划，后面，准备把这三河口一带打造成自然风景区。

说着，就陪他两人来到村外的三河口。三河口一带由于是三条河流的交汇处，水面很宽阔，一眼望去像一片很大的湖面。远远能看

393

见，水中还有几个沙洲形成的小岛。此时已是黄昏，落日挂在西边的天际，把水中的小岛和岸边的芦苇映得金黄。

宋佳看了不禁说，哎呀，这地方可太漂亮了。

肖圆圆笑着说，你再看看，这地方，有什么特点？

宋佳又看了看，说，就是挺美啊。

肖圆圆朝四周一指说，这是一个水湾，我还记得，小时候听村里人说，这地方叫凤凰湾，当年有一种很大的水鸟，尾巴很长，很漂亮，长得像凤凰一样，我至今也不知这是一种什么水鸟，它们专爱落在这地方，那时一到夏天，到处都是。

宋佳朝周围看了一下说，哦，这还真是一个水湾啊。

肖圆圆说，将来，我准备在这里建一个别墅群。

宋佳说，你还要搞房地产啊？

肖圆圆笑了，我是给引进的高级人才建的住宅区，名字都取好了。

宋佳问，叫什么？

肖圆圆说，梧桐湾。

说完，看看宋佳，又扭头看看陈进，怎么样，感兴趣吗？

宋佳的脸突然红了，冲肖圆圆呸了一下。

陈进的脸也红了，但装作没听懂，吹着口哨，把脸转向别处。

肖圆圆说，这个名字寓意也好啊，栽下梧桐树，引来金凤凰。

大剧院主体结构落成仪式上，签约的环节之后，主持人突然说，请三河口投资管理发展有限公司的肖圆圆副总经理讲几句话。因为议程没有这一项，所有的人都有些意外。这是肖圆圆临时让主持人加的。她就想要这个效果，自己突然上去说话，这样才会引起所有人的注意。

她到台上说得很简单，只是宣布了一件事，后面，她准备再注册一个新的企业，名称就叫"梧桐湾有机农业发展股份+"。后面的这个所谓"+"，也就是说，这个企业的模式会随着发展不断变化，股东也会不断增加，目前已有初步意向的股东有两家，一是天行健集团，以三河口投资管理发展有限公司参股，另一家，就是赵家坳村委会。

田镇长在台下听了有些意外，问身边的赵老柱，怎么没听你说？

赵老柱抹着元宝嘴说，就是这几天商量的，刚开了村民代表大会，还没顾上跟你汇报。

说着又指指肖大锣，你问他。

肖大锣也笑笑，眼下只是意向，很多细节还要具体商量。

田镇长连连点头，好，好，不管怎么说，这可是大好事，赵家坳终于又迈出了一大步。说着又一拍赵老柱，我一直跟你说，这回，你这个台，才是真正搭对了！

赵老柱眯眼笑着说，三宝说过一句话，村集体，得挣有根儿的钱。

肖大锣的心里确实越来越佩服女儿。在父亲的眼里，女儿永远是孩子，但经过这几次的事，才真正意识到，眼前的这个圆圆，已经不是当年那个扎着小辫子、背着小书包的圆圆了。肖大锣观察事的角度毕竟跟一般人不一样。这个落成仪式，表面看着很隆重，也很热闹，但他心里明白，女儿后面是有大想法的，而且根据这个想法，已经在不动声色地排兵布阵，做着各种准备。她的这个更大的计划，在筹备的同时，也已在不动声色地一步步实施。

肖大锣的心里不得不承认，到女儿这一代，跟自己的想法已经完全不一样了。

这时，田镇长过来对肖大锣说，刚才牛副县长打来电话，他今天县里有事，实在脱不开身，所以落成仪式和两个签约都不能来参加，但后面几天的演出，他肯定会抽时间来看一下，不过这不是关键，牛副县长说，他已安排了县里融媒体的记者过来采访。

田镇长说完，看看肖大锣，你知道牛副县长怎么说吗？

肖大锣没反应过来，问，怎么说？

田镇长说，牛副县长说，既然小肖总提出这个要求，一定尽全力配合。

说着就笑了，明白了吗，县里融媒体的记者，是咱们小肖总事先找牛副县长要的。

肖大锣这才明白了。

田镇长又说，我已经看出来了，后面等着吧，就凭咱们这小肖总的锋芒，肯定比你这老肖总更厉害，这才真叫青出于蓝胜于蓝，长江后浪推前浪。

说着就笑了，你可小心，别让她拍在沙滩上。

肖大锣笑着点头，这也符合自然规律。

肖大锣这时还不知道，县融媒体的记者在来赵家坳的路上，已经和肖圆圆通过电话。所以一到赵家坳，就先给肖大锣打电话，说要采访一下。

田镇长笑着说，你看，正说着就已经到了。

肖大锣从会场出来。

记者事先已了解了这边的情况，这时一张嘴，先问关于发展有机农业的问题。肖大锣做企业这些年，接受记者采访已经有经验，几句话一过来就明白了，记者显然是有备而来，也就猜到，已跟女儿通过气了。于是，只把三河口企业后面发展有机农业的构想大致介绍了一下，然后说，具体的，你们可以去采访一下我们企业的副总肖圆圆。

记者说，那就请肖总和我们一起上山吧。

肖大锣没听懂，问，去山上干啥？

记者说，小肖总和村里的赵主任已经等在望粮崖，在那边，还有一个对您三位的采访。

肖大锣问，望粮崖是哪儿？

记者说，咱们去山上说吧。

上山的路上，肖大锣心想，这鬼丫头，果然是太能折腾了。

来到山上，肖大锣才知道，当年山头的"望煤崖"，现在已被女儿改叫"望粮崖"，而且就在今天，刚刚在这里立起一块半人多高的青石，上面镌刻了三个大字，"望粮崖"。

肖圆圆和赵老柱已经等在这里。

赵老柱一见肖大锣，指着这块石头笑着问，这望粮崖，改得咋样？

肖大锣频频点头说，好，好，改得好。

这个"望粮崖"确实改得很有意味。这里的视野很开阔，朝山下望去，赵家坳的村庄和农田尽收眼底。可以想象，如果将来种了小麦，将会是怎样的一种景象。

肖圆圆说，"望粮崖"这三个字，是特意请牛教授题写的。

肖大锣点头说，好字，真是好字。

赵老柱眯起眼说，看着这三个字，我就闻到麦穗儿灌浆了。

这时，记者已经架好了摄像机。

肖圆圆对赵老柱说，您先说吧。

肖大锣也笑着说，对，你说吧。

赵老柱动情地说，当年的赵家坳，每到秋天，庄稼人习惯叫"大秋"，为啥叫大秋？就因为地里的庄稼都熟了，该收了，空气里一闻都是甜丝丝的。

说着回身朝山下一指，可现在，已经不是这样了。

这时，肖圆圆笑着把话接过去，说，从现在开始，这片农田，很快就会又绿起来了。

接着，就向记者介绍了后面将要发展有机农业的规划和近期的计划。

这时，山下的开戏锣鼓已经响起来。

10　"闹冬雪"

接下来的三天，赵家坳的热闹就逐渐走向高潮。

每天的上午和下午都是各乡镇文化中心选送的节目。天津的几位媒体记者也闻讯赶过来。这几个记者都是常年跑文化口儿的，见多识广，在赵家坳看了几场选送的节目，都不禁感叹，这海州县真不愧是评剧之乡，很多基层送来的节目，水平一点儿不比专业的差。

第三天下午，牛副县长来看了最后一场。

牛副县长在接受记者采访时说，咱们海州县不仅是评剧之乡，也真称得上是评戏窝子。一个记者问，这评剧之乡和评戏窝子有什么区别？牛副县长是海州当地人，这些年在主管乡镇经济的同时，也兼管文化，在这方面也就有自己独到的见解。他略一思忖说，我是这样理解的，所谓评剧之乡，说的是评剧作为一个特定剧种，在某个地域的发展历史和普及状态，而评戏窝子的内涵就更丰富了，它不仅体现普及范围和文化积淀，还表现一种风俗乃至民俗的文化形态，这几方面综合起来，甚至会影响这个地方人的思维方式和表达方式。

几个记者听了，频频点头。

这三天的晚上，每晚都是县评剧团的一台全本儿大戏。第一天是《向阳商店》，第二天是《花为媒》，第三天是《人面桃花》。这一下，赵家坳和邻村的人们都过足了戏瘾。

第三天晚上，戏还没散，崔书林就来找张三宝。

张三宝因为要协调剧团跟村里的一些事，没去台上伴奏。这时一见崔书林过来，就知道，又是为请白玉香吃饭的事。崔书林说，是啊，这不，大伙儿都想见见白老师。

张三宝笑笑说，她就在台上，不是已经见了吗？

崔书林说，不对啊，台上见跟台下见能一样吗？

又说，我的饭庄都准备了，要是能去吃顿饭就更好了。

蔫有准儿在旁边见张三宝有些为难，就说，哪怕只跟她说句话也行。

崔书林说，是啊，说实在话，咱赵家坳的人自从当年你太爷殁了，也就是你，别的正经大角儿就再也没机会接触了，这次白老师已经来了，也是个难得的机会。

张三宝又沉了一下说，我看，还是另找机会吧。

崔书林问，到底为啥呢？

张三宝这才把白玉香的父亲最近刚去世，这次来赵家坳演出之前，才把父亲的骨灰取回来安葬的事，对崔书林几个人说了。最后又说，她前一段时间一直在医院陪床，接着又忙着料理后事，已经很累，本来这次，团里的人都劝她别来了，可她还是硬撑着来了。

几个人一听，都不说话了。

蔫有准儿说，没想到，看她在台上唱得执工执令，家里出了这样的事啊。

崔书林也很感慨，是啊，要不说呢，这才叫角儿。

张三宝说，你们也跟大伙儿说一下，替她谢谢大家。

崔书林说，这没问题，你也转告白老师，请她节哀顺变吧。

张三宝看着崔书林几个人走了，心想，一个演员，能把戏唱成这样，也值了。

这个晚上，白玉香演出完了要连夜回县城，第二天团里还有事。临走，张三宝送她出来时，把村里人想请她吃饭的事说了。又说，大家一听说家里的事，都很理解。

白玉香听了也很感动，说，以后找机会吧，我专门再来一次。

张三宝看着她上了车，给她关车门时又叮嘱了一句，回去好好休息。

白玉香也看看他，嗯了一声。车就开走了。

在这次各镇选送的节目中，有一台原创的小戏是个惊喜，不仅让田镇长和肖大锣，也让所有的观众都眼前一亮。这台小戏叫《闹冬雪》，虽是正剧，也很有喜剧色彩。说的是青山脚下一户人家的故事。当初村里的一个村民去外面打拼，现在已成为很有实力的农民企业家，要回村投资，发展有机农业。但面对企业要流转耕地，这一家人的意见出现分歧，故事也就围绕着这件事展开。这一家有四口人，户主叫赵大成，老伴赵大婶，儿子赵小明，还有一个女儿叫勤勤，刚大学毕业，正准备回乡发展。小戏中的角色，赵大成由张少山扮演，老伴赵大婶由赵老柱的老伴杨巧儿扮演，女儿赵勤勤由县剧团一位唱青衣的年轻女演员来助演，小儿子赵小明，则由蔫有准儿的儿子窜天猴儿扮演。戏里的赵大成认为，这块承包地守着三河口，水源充沛，适合养鱼。老伴赵大婶则认为既然用水方便，搞蔬菜大棚最合适。小儿子赵小明也赞成父亲的意见，认为搞养殖合适，但不是养鱼，而是养猴儿，他想在这20亩承包地里弄个猴儿山，再养一百只猴儿，不仅好玩儿，还能开发旅游。只有女儿赵勤勤，因为在大学是学农业的，这次回来就一直在考虑如何种粮。但她的想法遭到全家人的一致反对，认为种粮不划算。而就在这时，一听说企业要流转村里的承包地，而且是发展有机农业，赵勤勤立刻表示赞成。她先为全家人讲了有机小麦是怎么回事，接着又详细地算了一笔关于有机小麦的粮食账。这一算，全家人才恍然大悟。接着，赵勤勤又和父亲回忆，当年爷爷拉着弦子出门讨饭的日子，现在生活虽富裕了，但也不能忘记，农民姓农，还要以农为本。赵勤勤又向全家人说出自己的想法，主张把家里这20亩承包地以入股的方式流转给企业，而且，自己也去这个企业工作。故事最后，是一个圆满的结局。

这个小戏风趣幽默，内容新颖，又有激烈的矛盾冲突，而且在唱腔设计上还借鉴了一些脍炙人口的传统唱腔和流行歌曲的元素，让人听了既熟悉又亲切。而窜天猴儿是"武二花"的底子，扮演的赵小明也就更鲜活，在戏里一着急就翻跟头，还翻得一个比一个高，直到翻成"云中坐"，再加上诙谐的表演，又为这小戏增色不少，让台下的观众看得哈哈大笑。

这也正应了那句话，外行看热闹，内行看门道。村里的婶子大娘是看个乐儿，真懂戏的，则看的是这里边的深意。而田镇长和肖大锣，已从这台小戏里品出戏外的味道。

这次活动结束后，肖大锣要请大家吃一顿饭，特别是东金旺的村主任张少山，人家自己那边还一摊子事儿，这次亲自来助演，真是太难得了。田镇长一听要吃饭，就说，吃饭我就不参加了，咱再聊几句，我就回去了，镇上还有事。

肖大锣明白田镇长的意思，也就不勉强。

田镇长说，这个小戏的剧本，是出自三宝老师之手吧。

张三宝笑着说，是倒是，不过，最先的创意是小肖总，也是她一手策划的。

田镇长点点头，这就难怪了，看得出来，这是为眼下的赵家坳量身定做的。

肖大锣说，是啊，这个小戏巧就巧在，把眼下面临的事都写在里边，尤其是有机小麦，包括后面要发展的有机农业，本来大家虽然知道，但还不太了解，一看这小戏也就都明白了。

张三宝说，我太爷当年有句话，这戏里的根，得扎在戏外，现在想，您的话真有道理。

肖大锣一听笑了，说，三宝老师这话，今天的年轻人大概没几个能懂。

田镇长说，你说，他说的这个"恁"？

肖大锣说，是啊。

田镇长说，我也正想问，这"恁"，是什么意思？

肖大锣感慨地说，这要说起来，也是老规矩了，晚辈称呼长辈，当面叫您，背后称恁，不过现在已没人在意这个了，只有戏曲和曲艺行的人还这么说。

张三宝笑了，说，肖总真是行里人。

肖大锣看看他，这也是你太爷当年教我的。

话说到这儿，就好像有些沉重。

田镇长把话岔开，回头看看旁边的肖圆圆说，小肖总，这个小戏，真是一石几鸟啊。

赵老柱也点头，这个宣传效果，比光用嘴说强多了。

田镇长说，今天牛副县长也看了这个小戏，临走时说，看来，赵家坳这回是真有大想法了，不过，借一个小戏把后面的发展规划说出来，咱海州虽是评剧之乡，还从没有过。

大家送走田镇长，回到酒店，肖大锣对肖圆圆说，现在，你可以说说了。

肖圆圆问，说什么？

肖大锣说，看这意思，你准备今年就种有机小麦？

肖圆圆说，是。

肖大锣问，你说的这个"梧桐湾有机农业发展股份+"，打算什么时候着手？

肖圆圆说，眼下，得先说有机小麦的事，农时不等人啊。

肖大锣说，三河口企业现有的，大约几百亩耕地，你还要再扩大吗？

肖圆圆说，我是这样想，这个"金旺2号"，金旺有机农业联合体那边已决定大面积种植，优势也很明显，起初我担心的是，咱这边的土壤跟东金旺不一样，这边是退海地，海洋生物的成分高，土质不一定适合，不过上次宋佳取了土壤标本回去化验，说没问题，如果这样，农时一等就是一年，就不能再耽搁了，今年如果有可能，就尽量多地再流转一些耕地。

赵老柱乐着说，这一次，这个小戏在村里影响挺大，估计再流转，应该比以前顺利了。

肖大锣说，我是农民出身，直到现在，也觉得还是农民，农民的心思我最清楚。

肖圆圆嗯一声说，您说，我想听。

肖大锣说，农民之所以叫农民，就是务农，说白了也就是种地，所以这土地，从来都是他们的命，田镇长有一个比喻更恰当，在他们心里，就像是祖坟，看着没用，可分量重得难以想象，就算他现在不种了，只要在那儿撂着，心里就踏实。

赵老柱说，是啊，你一动，就动了他心上的东西。

肖大锣说，我只是提醒你，这次流转地，也未必顺利。

肖圆圆笑笑说，我已经有心理准备了。

张三宝一直在旁边很认真地听着。

这时，肖大锣想起来，回头问张三宝，你给少山主任打电话了吗？

张三宝说，已经告诉他了，他住的旅馆离这儿不远。

又说，我去迎他一下。

说完，就从酒店出来了。

张少山带着几个金旺有机农业联合体的演员住在十字街上的"吉祥旅馆"。这回来参加演出，他带来的几个节目都很出彩，反响也很好，打擂时都拿了名次。他自己本来学过相声，这次《闹冬雪》这个小戏，起初张三宝请他来助演，他一再推辞，说自己虽然学过相声，可毕竟已撂荒这些年了，况且跟评戏也隔着行。张三宝一听就笑了，说，你唬弄外行行，跟我就别说这个了，当年老先生是怎么说的，相声跟戏虽不是一回事，也离得最近。

接着，又给他说了这台小戏更深层的意义。然后看着他说，这几年，我可净给你帮忙了，不能总是一头儿的买卖啊，这回，就当也帮我一个忙行不行？

张少山一听话说到这份儿上，才答应了。

张少山这个傍晚带人回到旅馆，心里一高兴，就把张三宝来电话让过去一下的事忘了。正打算带这几个演员去街上，找个饭馆儿好好庆贺一下，一见张三宝来了，才想起来。

张三宝说，快走吧，那边还等你呢。

张少山这才赶紧安排了一下，和张三宝出来。

两人一边说着话来到酒店，才知道，肖大锣突然有事，赶回县城了。但临走给张少山留下话，说实在抱歉，不过明天一早就赶回来，和张少山一块儿吃早饭。

赵老柱笑着对张少山说，我正等你呢。

赵老柱和张少山在县里一块儿开过几次会，不光认识，还挺熟。

赵老柱说，这也是老天给的机会，平时请你都请不到，和三宝一块儿，咱喝酒去。

张少山毕竟是过来人，这时已感觉到了，赵家坳现在正处在要干大事的前夕。当然，这只是一种感觉上的气氛，但这气氛具体是什么，又很难说得清。来到小馆儿，一坐下，不等赵老柱问，就主动说，你赵家坳现在如果干事，比我东金旺当初的条件可好多了。

赵老柱问，怎么见得？

张少山说，我那时是白手起家，得从零干起，现在你这里有个三河口企业投资，况且这三河口企业的背后是天行健集团，就凭这，你省大力气了。

不过，他又说，你还得明白，企业也不是万能的。

赵老柱没说话，看着张少山。

张少山说，该你为难的事，想躲也躲不开。

赵老柱说，我今晚想听的，也就是这个，你说说吧，凭你的经验，最难的是啥？

张少山说，两个字，耕地。

赵老柱点点头。

张少山说，甭问，你下一步，就又要在村里流转承包地了。

赵老柱说，是啊。

张三宝在旁边笑了，这回，你俩算说到一块儿了。

赵老柱说，你老哥有啥经验，传授一下呗？

张少山摇摇头，这可没法儿传授，还别说一村一个样儿，就是一户跟一户也不一样。又扑哧一笑，只要一沾地的事儿，一人揣一个心思，就是神仙来了也摸不透。说着，端起酒盅喝了一口，你啊，就做好心理准备吧，肯定得折腾一气。

赵老柱不吭声了。

第九章　黄钟

火红的太阳出东方
温风吹来百花香
……
桥下流水日夜忙
源源不断千里长
……

——《刘巧儿》

1　车祸

十三幺儿这个早晨起来，觉得右眼皮像通了电，突突直跳。

心想，今天是不是要出啥事？

十三幺儿倒不迷信，但胆儿小，胆儿一小就爱嘀咕。这个"嘀咕"是三河口当地的一句土话，跟平常说的"嘀嘀咕咕"还不是一回事，意思是不安，忐忑，不放心，瞎寻思，总怀疑要出什么事，用京津一带的话说，就是心窄。一样的事，如果搁在心大的人身上也许不叫事儿，哼一声就过去了。但心窄的人不行，一摊上心就乱了，心一乱，脑子也就乱了。十三幺儿知道自己这毛病，所以从不算卦，真算出乱七八糟的事儿，心里搁不下。

405

这一天处处小心，也没出什么事。

但傍晚时，果然出事了。

十三幺儿的脑子能转轴儿，肚里的肠子也能拧出花儿来，但只是胆小这一样，就把他治了。一个平时过马路都得拉着老婆手的人，就更别说学开车了。头几年就为这，一直没买车。想来想去，觉着不划算，自己开不了，只能雇人，这一来这车也就好像是给别人买的。但后来酒楼的生意越做越大，总雇货运出租也不是长事。正这时，外甥程弓来了，这才买了一辆二手的面包车。平时拉货，自己出去办事，也让程弓给开着。

这个下午，十三幺儿带着程弓去村外河边的土菜馆儿。十三幺儿眼毒，做生意算盘也打得精。他发现，这个铁锅炖大鱼确实挺好，做着省事，吃着也新鲜，尤其到冬天，肯定比火锅儿更受欢迎。现在自己这分店眼看要起来了，就开始打这炖大鱼的主意。这个下午，说是带程弓来尝尝，其实就为让他看一看，这个菜究竟是怎么回事。程弓在外面跑了几年，见多识广，关键是性格沉稳，爱动脑子。十三幺儿也就越来越信任他。

这个傍晚吃完了饭，爷儿俩就开着车往回走。

快到村口时，一上水泥桥，就见一辆灰不溜丢的小卡车像耗子似的从斜刺里朝这边窜过来。程弓一见赶紧踩了刹车，心想，自己踩住，迎面这辆车一打方向盘也就过去了。可没想到，这车冲着面包车就直脖瞪眼地开过来，还没看清是怎么回事，咣的一下就拦腰撞上了。这面包车的底盘儿高，重心不稳，十三幺儿在车里晃了几晃，感觉差一点就翻了。定了定神，想拉开车门下去，才发现，车门已经撞瘪了，变形很厉害，根本拉不开了。

程弓已在前面下了车，朝这小卡车走过去。这小卡车的车头也已经撞得飞了花，看样子水箱也破了，还直冒热气。程弓使劲拽了拽车门，才给拽开了。

定睛一看，窜天猴儿从里面摇摇晃晃地钻出来。

窜天猴儿在三河口企业举办大剧院主体结构落成仪式之前，本来挺忙。先是在镇文化中心帮老胡排练节目，后来肖圆圆又指定他在小戏《闹冬雪》里担任角色，参加排演，这段时间挺高兴。早晨也不睡懒觉了，一睁眼就忙着出来做事，感觉日子过得挺充实。自己在这小戏里扮演的赵小明很成功，演出完了都说好，尤其肖圆圆，笑着对他说，真没想到，你的戏这么好，这才真应了那句话，歪才也是才，以后再有这类演戏的事，还让你上。

可活动一完，窜天猴儿就又没事干了。

窜天猴儿过去闲惯了，倒也无所谓，但这次已忙过正经事，再这样闲下来，就觉着不自在了。整天在村里晃来晃去，像个鸟了尤儿，也怕人家看不起。这时就发现，这三河口一带有人开货运出租，专跑村里镇里再到县城这条线，生意挺好，于是也想试试。但要开货运出租，就得先有车，自己手里一分钱没有，而且已打听了，就是买一辆六成新的小卡，少说也得几万块钱，如果回家跟爹说，他手里应该有钱，但肯定不会给自己。

想来想去，就找朋友借了一辆报废的破卡车，想着毕竟没开过这种小卡，先拿这破车练练手，反正是在村道上跑，也不正式上路。等开熟了，再想办法，大不了跟朋友借几万块钱，先把车买了，咬着牙干一段，等挣着钱了，回家往爹的眼前一拍，用事实告诉他自己有这本事，这回也真想干点正经事了。到那时，不怕爹不给钱。

可没想到，这辆报废车的刹车不灵。倒不是没有，但每回都要踩到底，还得跑出十几米才能停下来。这个傍晚，他开着这辆破车先在村外转了几圈，来到水泥桥跟前，一见迎面过来一辆面包车，就赶紧踩刹车，可这时开得挺快，根本踩不住，就一头撞上去。这面包车看着挺虎实，可就像一个纸盒子，往上一撞，还砰地发出一声巨响，窜天猴儿自己也吓了一跳，只见这车身来回晃了几晃，差一点儿翻到河里。这时，他自己也已晕头转向，下车定了定神，一看撞的是十三幺儿的车，就知道这回闯大祸了。十三幺儿哪是吃亏的人，平时没理还能搅出理来，这回是自己撞了他，更要命的是，这开的还是一辆报废车，真归了交通队没任何话说，肯定是自己的全责。如果真较起真儿来，这回算是撞到炸弹上了，十三幺儿不让赔辆新车就算对得起自己了。这一想，就觉着头皮直发麻。

这时，十三幺儿也从另一边的车门下来了。

窜天猴儿不吭声。刚才脑门子撞在前面的风挡玻璃上，不知破没破，也不觉着疼，只是傻愣愣地看着十三幺儿。心想，是福不是祸，是祸躲不过，看他咋说吧。

其实十三幺儿的这辆面包车已经上了保险。但如果按他平时的脾气，这事儿他会这么办，闭口不提已上保险的事，先定损，然后让对方赔偿损失，等跟肇事方了结清楚了，也拿到赔偿的钱，再扭头跟保险公司说话。他这么干，倒不是讹对方，也有自己的道理。我这车虽是二手的，但至少也有八成新，让你这一撞，只给修不折旧，修完也就只剩五六成新了，我这让你赔的不光是修车的钱，还有折旧的钱。

但这回，却没这么干。

他一下车就捂着脑袋过来，瞪着窜天猴儿问，你想把我撞河里去啊？

窜天猴儿没说话，还愣怔怔地看着他。

十三幺儿的手从脑袋上拿开，这才看出来，太阳穴上撞出个大疙瘩。

程弓站在旁边，一直不说话。显然，是在等着看十三幺儿对这事怎么个说法儿。

十三幺儿回过头，看看自己的车，又走过来，围着这车转了一圈，气哼哼地朝地上啐口唾沫说，幸亏我上了保险，要是没保险，光修这车，把你小子卖了也赔不起！

他这话一出口，窜天猴儿的心登时就放下了。

如果承认有保险，当然让保险公司修车就行了。

十三幺儿又吩咐程弓留下，等着保险公司的人过来，然后就捂着脑袋先回去了。

窜天猴儿直到看着十三幺儿走远了，还没反应过来，闹不清他这回怎么这么好说话。

十三幺儿当然不是吃亏的人。他这回好说话儿，是心里另有盘算。

这些天，他想来想去，已经打定主意。既然已把村南河边的这几间闲房拿过来，也拆干净了，后面的事就不急了，先稳住阵脚，一步一步来。前一阵着急，是因为曹广林曾放出话，也想把蔫有准儿在河边的这块地包过去。起初十三幺儿认为这是不可能的事。蔫有准儿一直把这块地当"口粮田"，另外还开出几分地种菜，不可能包给曹广林。但后来才明白，眼下他也是五十大几的人了，再种地也种不了几年了，曹广林想包，也许真就答应了。上一次，陈广福替蔫有准儿出头，把这块地里本来已经踩出的一条小道儿用篱笆堵上，成心不让人过。为这事儿，自己的老婆大眼儿灯还跟她打了一架。陈广福跟蔫有准儿的关系村里人都知道，她肯定已听蔫有准儿说了，打算把这地包给曹广林，所以才这样替他出头。可现在，曹广林连自己的这块"窝心地"都不要了，也就不可能再包蔫有准儿的这块地。这就好办了，只要过一过，等事情消停了，干脆去跟蔫有准儿明着说，把这条小道儿稍微平整一下，先不说走车，只说走人。这样把话说在明处，也许他反倒不好意思驳了。

十三幺儿想，其实人跟人就是一句话的事，真当面说开了，也许反倒简单了。等以后这分店真开起来，又干火了，别说走人，就是走车也没人拦得住了。

但这几天，突然又出了一个情况。

听程弓说，三河口企业刚在村里举办了一个大剧院主体结构落成仪式，还唱了几天大戏。这件事十三幺儿当然早就听说了，但要忙酒楼的生意，尤其举办活动这几天，各镇和县里来的人一下多得挤不动，酒楼每到饭口最多的时候得翻几次台，他跟老婆大眼儿灯也就根本顾不上去看热闹。可是程弓却听到一个消息，三河口企业要在村里种小麦了，而且种的是有机小麦。十三幺儿已很多年不种庄稼了，对种粮的事也就不太关心，不知道这有机小麦是怎么回事。但已意识到，既然肖大锣决定这么干，就肯定有他的道理。

于是，让程弓再去详细打听一下。

这一打听才知道，敢情现在到处都在发展有机农业，已经是一个方向。而且这有机小麦在市场上也很受欢迎，价格能高出普通小麦几倍甚至十几倍。

十三幺儿听到这个消息，心里立刻一沉。

十三幺儿虽然比肖大锣大几岁，但在赵家坳，从小是跟他一块儿长起来的，也就深知这人的脾气秉性。自从肖大锣把天行健企业做起来，十三幺儿曾仔细研究过，他之所以能一步一步做到今天，有一个最大的特点，自己文化虽然不高，脑子却很灵活，嗅觉也很灵敏，这几年一直踩在点儿上，用做企业的行话说，也就是一直能站在发展的前沿。现在，他一定是发现这个有机农业，尤其是有机小麦有文章可做，所以才又朝这方面发展。本来这件事跟自己没有太大关系，如果说有，也就是那块"窝心地"，自己费了挺大的劲好容易要回来，曹广林这王八蛋又不包了，现在窝在手里，真成了一块窝心的地。

但再想，就意识到，这件事还没有这么简单。

虽然三河口企业眼下已流转了几百亩耕地，但是看他们现在拉开的这架势，已不是一般的架势，如果真种有机小麦，凭肖大锣的实力，就不会是小打小闹，倘真干起来，把赵家坳全村的耕地都流转过去也说不定。真这样，蔫有准儿的这块地也就肯定归他了。到那时，如果再想在这块地里开一条道，恐怕就更不可能了。所以，现在唯一的办法，只有抢先跟蔫有准儿说好，哪怕给他点儿钱，最好能有一个协议，这样，他三河口企业爱怎么流转就怎么流转，如果再想要蔫有准儿的这块地，也就得承认，已经有这个协议在先了。

当然，要想这么干，也就绝不能跟蔫有准儿把关系搞僵。

所以这时，虽然窜天猴儿撞了自己的面包车，而且肯定是他的全责，也就不能因小失大。这辆面包车才值几个钱，又有保险，自己并没有什么损失。

这一想，反倒觉得这是一个天赐的良机。

窜天猴儿开着一辆报废车撞了自己的车。现在村里有普法宣传栏，上面写得很清楚，驾驶报废车辆上路，而且造成交通事故，根据

《中华人民共和国道路交通安全法》的规定，不仅要罚款，情节严重的还要承担刑事责任。虽然他是在村路上撞的，但村路也是路，一样违规，这要说严重了，他的麻烦就大了。况且头些日子，他刚因为在青山上的林子里粘鸟，让镇上的派出所处理过，这回如果再有事，就是有前科了。

十三幺儿想，这回得让蔫有准儿明白，自己没追究他儿子的责任，甚至连一分钱也没让他赔，他得知自己这个人情，而且是一个很大的人情。

但这话，又不能明说，一说出来反倒把劲儿泄了。

就像那句戏词儿唱的，引而不发跃如也。

2　高兴事

这几天，赵老柱的心里一直乐，夜里都能乐醒了。

高兴的事不来是不来，一来就是一串。

这回在天行健大剧院的主体结构落成仪式上，老伴杨巧儿可是大大地出了一回风头。唱了一辈子评戏，可一直都是在自己家的炕头儿上唱，再怎么唱也就是唱给自己一个人听。这几十年不光没上过台，连弦儿也没正式吊过。这回，三天之内就连着登了两回台。先是彩唱了一段《刘巧儿》。老伴虽已是50来岁的人，真扮上，穿了村姑的花衣裳，再梳一条大辫子，往台上侧身儿一站，远远儿看着还真像个大姑娘似的。赵老柱在台下看着，从心里往外乐。旁边的红鼻子崔书林捅了他一下说，小心你那元宝嘴，别乐得掉到地上。

赵老柱赶紧用手揉了揉。

回头看看，台下黑压压的都是人，一个个儿都仰着脖子看自己的老婆。心里就直嘀咕，幸亏是这岁数了，如果再年轻几岁，还真得看住了，说不定哪天就让人拐跑了。心里这么想着，自己又乐了，把她娶进门儿这些年，怎么回事，自己心里还没数吗？

到演这台叫《闹冬雪》的小戏时，就更出彩儿了。赵老柱第一次发现，老伴演戏真有天赋，如果用当下时髦的话说就是戏精。这小戏里的"赵大婶"是个老旦，老伴竟然演活了。赵老柱心里感叹，跟她过了半辈子，光知道她会唱戏，还真不知她演戏也演得这么好。

最后戏演完了，他们几个演员又一次次谢幕。底下的观众还不干，都快把台喊塌了。最后，还是老伴又唱了一段《花为媒》里的"报花名"，接着又唱了一段《黛诺》里的"不找红军找何人"，才算答对了台下的观众。这回老伴算是过足了戏瘾，把浑身的骨头节儿都唱开了。晚上回到家，赵老柱专门置酒，庆贺老伴演出成功。夜里一高兴，又跟老伴使着劲地亲热了一回。老伴红着脸，在他耳边小声说，老东西，你把这几十年的劲都给我使出来了。

接着，就又有一件更高兴的事。

海州县每年在秋收季节，要搞一个"丰收节"。这丰收节就是一个开镰仪式，但在开幕式上也要有文艺演出，实际也是一次群众性的文艺会演。上次在赵家坳的大剧院主体结构落成仪式上，牛副县长看了这台叫《闹冬雪》的原创小戏，留下了很深的印象，这回就专门给青山镇打电话，点名要把这台小戏调过去。在戏中扮演"赵大成"的张少山本来村里有很多事，实在抽不出身，就跟青山镇文化中心的老胡商量，是不是再从县评剧团找个专业演员助演。但是县文旅局一听不同意，说牛副县长说了，一定原汁原味，还要原班人马，现在已经有一个专业演员助演，再多，原来的这种直接来自生活的"绿色"味道就没了。

张少山一听，只好把村里的事安排了一下，又跟着来县里演了两天。

这次，张三宝又把剧本做了一些大的改动，情节一展开就更曲折，故事也更好看了。剧本修改之后，根据肖圆圆的意思，把剧名也改了，叫《热雪》。

肖圆圆说，所谓"热雪"，指的不是雪，是冬小麦。

这个叫《热雪》的小戏在"丰收节"开幕式上演出，又一次引起轰动。

牛副县长又看了一遍这台小戏,把张三宝找来问,写这个小戏,是不是有了什么想法?

张三宝笑笑说,想法,确实已经有了。

牛副县长说,我觉得叫《热雪》,比原来的《闹冬雪》更有意味了。

这次来县里演出,赵老柱也跟来了。本来村里的事挺多,按说离不开。但赵老柱一听连来带回要三天,一咬牙还是来了。老伴开玩笑,说他不放心自己。赵老柱的脸红了红,坚决否认,说老伴这些年很少出门,最近又总头晕,要说不放心,是不放心她的身体,毕竟已是这个岁数了,演出又是劳累的事,担心她休息不好,所以才跟来照顾她。

说着元宝嘴又翘起来,人家哪个角儿出来,都得有个跟包的啊。

这次在县里,赵老柱还听张少山说了一件让他高兴的事。

张少山说,这次来县里之前,肖圆圆又到东金旺去了一次。这次去,是专门了解"金旺有机农业联合体"的运作情况。张少山见她对联合体这么感兴趣,就问,是不是有什么想法?肖圆圆这才告诉他,这段时间,她已经把赵家坳和东金旺在几方面做了比较,觉得"金旺有机农业联合体"的模式完全可以借鉴。她现在正考虑,后面准备搞的这个"梧桐湾有机农业发展股份+",是不是也能有一个全新的模式,比如,像一艘"航母"。

赵老柱一听笑着说,这鬼丫头,去你那儿的事,一点没跟我透露。

张少山说,估计,你这次一回去,她就该告诉你了。

果然,赵老柱从县里回来的路上,肖圆圆把电话打过来。

她在电话里问,您什么时候回来?

赵老柱乐呵呵地说,正往回走呢。

肖圆圆说,这次演出,又很成功吧?

赵老柱得意地说,不是很成功,是非常地成功。

接着就说,丫头啊,你好像有啥事儿,还没告诉我吧?

肖圆圆在电话里笑了,说,是啊,这不正要跟您说吗?

赵老柱嗯一声，说吧。

肖圆圆说，还是等您回来，再详细说吧。

说完，就把电话挂了。

赵老柱一回村，就直奔肖圆圆的办公室来。

肖圆圆已经给赵老柱沏好了一杯茶，见他进来，先把茶端过来，让他坐下喘口气，然后才说，我没跟您说，不是不想说，是一直没顾上，等顾上了，您又去县里了。

赵老柱笑着摆摆手，这都不重要，你就捞干的说吧。

肖圆圆说，行，我就捞干的说，一共五件事。

赵老柱嚯的一声，这么多。

肖圆圆笑了，其实还多呢，这不是捞干的说吗？

肖圆圆说的第一件事，是天行健集团总部已经正式同意，在她准备注册的这个"梧桐湾有机农业发展股份+"以三河口投资管理发展有限公司参股。这样一来，三河口企业现有的所有资源，"股份+"企业也就都可以利用。第二件事，如果赵家坳村委会正式决定参股了，也可以鼓励村民来投资，或以搞各种农产品加工企业的形式来参股。第三件事，如果前面说的，赵老柱认为可行，现在就先说第一步，今年就开始大面积种植有机小麦。

赵老柱听到这儿，有些不明白。

他说，先等等，这么干，不是倒炝锅儿了吗？

肖圆圆说，我明白您的意思，这个新企业还没注册下来，有机小麦怎么种，对吗？

赵老柱说，是啊，种当然能种，可由谁来种？

肖圆圆笑了，说，现在跟牛教授实验室签合同的是三河口企业，您别忘了，我还是三河口企业的副总，当然是由三河口企业来种，农时不等人，现在只能走跳棋，几步并一步走。

赵老柱这才明白了，三河口企业一旦在新企业参股，自然也就是一回事了。

肖圆圆说，现在说第四件事，也是最关键的一件事，就是流转耕地。

她说，眼下企业已经有几百亩耕地，但考虑到"金旺2号"是成熟的新品种，今年一入手就准备大面积铺开，所以还要尽可能多地在村里流转耕地，不过从以往的经验看，这事肯定很复杂，每个承包户都有自己的实际情况，所以要尽快动手。

赵老柱说，这回，这台叫《热雪》的小戏挺好，村里人不光爱看，还真起到了宣传作用，现在大伙儿都明白是怎么回事了，估计这回再流转耕地，应该比上回顺利了。

肖圆圆说，这也就是我要跟您说的第五件事，我想把文化广场的戏台再搭起来，从现在开始，每天晚上演这出叫《热雪》的小戏，这一次，戏里的人物，全由咱赵家坳的人自己来演，而且谁演都可以，想演哪个人物，自愿报名，只要有戏瘾的，都可以上台。

赵老柱一听搓着两手乐了，说，要论演戏，可是咱赵家坳的本工儿，急了我都能上。

肖圆圆也笑了，点头说，这我早就看出来了。

赵老柱使劲抹了下元宝嘴，就这么定！

3 搬救兵

这几天，张三宝终于兴奋起来。

当然，兴奋来自灵感。

在这之前，虽然曾在赵家坳驻村将近两年，可以说，从村头到村尾都已很熟悉，但那时的身份是帮扶干部。这次作为编剧再来，观察的角度一变，才发现，村里的很多事当初并不真正了解。其实创作本身虽是一件必然的事，但触发这必然的，却往往是偶然的契机。譬如这次，如果没有这台叫《热雪》的小戏，也就不会有后来的想法。现在，张三宝已经意识到，自己这段时间一直苦苦寻找的故事，已在脑子里渐渐浮现。

这个早晨，他正在河边散步，赵老柱打来电话。

这些日子，赵老柱带领统计小组已把全村的土地分布情况都详细地整理出来。

这时，他在电话里问，你在哪儿呢？

张三宝问，有事？

赵老柱说，也没啥大事。

张三宝知道，这是赵老柱的习惯，他既然来电话，就肯定是有事。于是故意说，要没啥大事，我就忙自己的事去了。

赵老柱一听他要挂电话，才赶紧说，你来一下吧，还是有点事。

张三宝一笑。这才挂了电话，朝村委会这边来。

张三宝已经想到了，赵老柱找自己，很可能是为"梧桐湾有机农业发展股份+"的事。

赵老柱确实是为这件事。

这一阵，肖圆圆一边忙着有机小麦的事，同时也在为"股份+"企业做各种准备。这对赵家坳当然是一件再好不过的事。这一来，村里的集体经济也就可以盘活了。现在忙的是流转耕地。当初幺蛾子还是做了一些有益的事。他是赵家坳人，对村里各家承包地的分布情况很清楚，准备建大棚时，从一开始流转土地，就有规划，表面看是东一块西一块，但三期完成之后，也就基本连成片了。所以目前看，已有的耕地应该没太大问题。也正因为这样，现在平整土地的大机械已陆续到了，开始有计划地整理耕地。

下一步再流转的土地，只能采取两种方式。

赵家坳的耕地分南、北、东三片，其中村南和村北是两大片，东面是一小片。村南的一片由于历史上曾是河套，当年每到涨水季节，就全被淹在河里，只有到枯水期才会露出来。后来经过淤积，加之泥沙冲积，才渐渐形成一片高出水面的河套地，所以这里的土质虽然很好，但只能算耕地，大约有几百亩。而村北的一片则是一千几百亩，属于基本农田。东面的一小片是南北两片的过渡地带，也可以归为耕地。根据国家的土地政策，"耕地"和"基本农田"是有区别的，一些具体的规定也不一样。当初幺蛾子为三河口企业流转的，是村南这几百亩河套地。现在如果继续流转，一是向村北的这片基本农田发展，二是就要考虑村东这片过渡的二百多亩耕地。如果真能实现，村南和村北也就可以彻底连成一片了。

赵老柱找张三宝，也就是要说这件事。

张三宝毕竟曾是驻村干部，对国家的一些政策更了解一些。有的相关条文即使说不太准，也知道去哪里查。赵老柱想的是，一些政策性很强的事，还要让张三宝给把一下关。

现在就有一个很具体的问题。

"梧桐湾有机农业发展股份+"从一开始规划，想得就很远。将来如果要走发展大农业的路，也就不仅是简单的大面积种植，还要搞一系列的农用工业和农副产品加工企业，而且要形成一个完整的现代农业科技的产业链。这就又涉及另一件事，要搞这一类企业，也同样有占地问题。但企业占地和农业种植用地又不是一回事，使用的是另一种性质的土地，也就是所谓的建设用地。关于这一块，国家也有严格规定。

这几天，肖圆圆又在跟赵老柱商量这件事。尽管这一块暂时没列入目前的计划，但也在规划当中，所以必须把整体的盘子先定下来。将来赵家坞的人如果自己搞这一类企业，可以跟村委会另行商议，现在只说"股份+"这一块，也就是村委会参股的方式。

还有一件事，也是肖圆圆事先没料到的。

她本来想的是，既然村委会已决定参股，就可以正式出面，参与在村里流转耕地的事。如果由村干部出面，应该也会好谈一些。但赵老柱一听，却立刻拨楞着脑袋说，别的事可以，这个事，这回是无论如何不再干了。他说，倒不是怕麻烦，是因为这事儿出过岔子，详细的可以去问幺蛾子，现在一提这事，连说也不想说了。

其实这件事，肖圆圆已听说过。

当初，三河口企业为建大棚，要在村里流转土地。一开始，幺蛾子也是来找赵老柱。当时也是这个想法，觉得赵老柱是村主任，他出面，也许跟承包户好沟通一些。赵老柱一听，也没多想就痛快答应了。当时赵老柱是出于两方面考虑，首先，三河口企业建大棚，不管怎么说对村里都是好事，起码还能解决一些人的就业问题。其次，赵老柱觉得，如果帮三河口企业流转耕地，不仅能推动这件事，也可以有一些经济效益。当然，他想的这个经济效益不是自己，而是村里的集体这一块，至少能让村委会有一些收入。

其实赵老柱这样考虑，也有一定道理。于是就对幺蛾子大包大揽，说既然找了村委会，企业就不用管了，流转这事，由村委会统一代理就行了。

幺蛾子一听，也就放心了。

一开始确实挺顺利。村里的承包户一听，只要将自己的承包地交给村委会，由村里统一代理，也就不用操心了，到时候只等着拿钱就行了。于是，就都把自己的承包地放心交给村里了。但赵老柱跟三河口企业谈好之后，给流转户的租金，在每亩地里却扣了25块钱。他扣这钱的理由是，这是村委会的管理费，既然由村集体出面，这里也就担着责任，所以收取一定的管理费也就理所应当，而且他已问了，别的村有流转承包地的事，如果由村委会代理，也都要收取管理费，但人家都是10%，而赵家坳这边每年每亩的租金是500块钱，一亩提25块钱，只合5%，跟别的村相比只是一半。可是这里还有一个关键问题，不管收取多少，这件事都应该跟流转户讲在当面。他事先没说，这就是毛病了。

最先看出这毛病的是曹广林。

他发现，凡是村委会代理的流转地，跟三河口企业签的都是每年每亩500元，而流转户真正拿到手的，却只有475元。也就是说，在村委会过了一道手，每亩就少了25元。曹广林一寻思，觉得有必要让村里人知道这件事。于是就对崔书林说了。当时崔书林正要开临江驿饭庄，几乎把全部家底都投上了，正是用钱的时候。这时一听曹广林说，赵老柱作为村主任给大家代理流转地，竟然在暗中抽头，再细一算，光三河口企业预付自己的这三年租金，就让他扣去几千块钱，一下就急了。但崔书林的脾气不像十三幺儿，虽然也不吃亏，却并不明着闹。再一想，既然赵老柱这么干，就不会是自己一家，只要由村委会代理的，他应该都这么干。于是就在村里串了一下，这一问，果然，凡是由村委会统一代理的流转户，拿到手的租金都是每亩475块钱。这时，崔书林才把这个底细跟所有的人说了。他说完，就回饭馆儿接着忙自己的事去了。但村里的这些流转户一下就炸了，还没签协议的立刻都不签了，已经签了、也拿到钱的流转户，就都来村委会找赵老柱。

人都是这样，本来是为钱的事，但一闹起来就不这么说了，偏说这不是钱的事儿，是信誉的事儿，你村委会要收管理费可以，别说5%，15%也没问题，只要明着说出来，大伙儿也认这账就行，可你这样蔫不出溜就在每亩里拿走25块钱，这事儿就不地道了。

赵老柱一下让村里人数落得红头涨脸，本来想的是，借这机会，也能为村集体增加点收入，没承想却闹成这样。一下就急了，干脆把所有的流转户都叫到村委会来，自己站到门口的井台上说，说来说去，不就是每亩收了25块钱吗，这钱也没揣我自己兜里，你们也不用闹了，各家都算算，一共扣了你多少管理费，我赵老柱今天站在这井台儿上说话，就是砸锅卖铁，拿自己家的钱，也都还你们，谁家少一分，我就从这井台儿上跳下去！

众人一看他这么说，才都不吱声了。

最后，还是幺蛾子觉着过意不去了，对赵老柱说，村委会扣这管理费也就扣了，只当是三河口企业付给村委会的劳务，这5%，由企业退给流转户就是了。

但赵老柱的倔脾气上来了，坚决不干，说，这辈子没干过这种让别人说出话的事。

所以这回，他接受上次的教训，流转地的事坚决不再插手了。

但赵老柱对肖圆圆说，他不插手，只是说这回村委会不出面，也不代理，不过作为他个人，如果有什么事，要帮企业在村里协调的，当然还会尽力去做。

这个上午，赵老柱把张三宝找来，也是要说流转地的事。

　　现在"股份+"企业的各种事还在筹备中，在村里流转耕地，仍是以三河口企业的名义。肖圆圆为了让这个计划能顺利实施，也为赶农时，就推出一项奖励措施，只要在规定的时间内签协议，每亩地的租价一次性再奖励20元。这个地价在三河口一带已经很少见了。目前三河口企业已经持有的这片耕地，如果再往东扩，首先遇到的是葫芦爷家的一块地。葫芦爷已从赵老柱这里知道，村委会决定在"股份+"企业里参股，为在全村人的面前做表率，很痛快就同意了，而且在跟企业签流转协议时，还特意在崔书林的临江驿饭庄举行了一个简单的仪式。仪式完了，葫芦爷又用刚拿到的流转金在饭庄请了几个后面的流转户一块儿吃了一顿饭，意思是让大家知道，他葫芦爷认为，这件事是可行的。

　　其实此时，肖圆圆也已在舆论宣传上做了充分的准备。文化广场上重新搭起戏台，第一场出演小戏《热雪》的演员，"赵大成"由崔书林扮演，"赵大婶"还是赵老柱的老伴杨巧儿，"赵小明"还是窜天猴儿，"赵勤勤"则由杠头的老婆刘二豹扮演。这第一场的演员阵容是肖圆圆和赵老柱一起商量的。崔书林的临江驿饭庄是个唱戏的据点，平时村里爱唱的、爱听的，没事就往这里跑。让崔书林出演"赵大成"，先让他把有机小麦这事儿倒腾清楚了，自然也就起到"以点带面"的作用。至于刘二豹也一样，她把这事弄明白，也就把大半条街的人都说明白了。这出小戏现在已经脍炙人口，几乎不用排练，大致顺一下就能上台。但戏中的演员一直在换，而且一场比一场演得精彩。每晚戏台跟前，来看戏的人也就挤不动。

　　接下来的签约，也就陆续开始。

　　这时再往南扩，就是蔫有准儿在村南河边的这块地了。

　　赵老柱知道，蔫有准儿这人的脾气虽有蔫主意，但也是个记着别人好儿、知恩图报的人。当初他儿子窜天猴儿因为在青山上的林子里粘鸟让派出所的警察抓了，是张三宝找镇文化中心的老胡给说的话。为这事，蔫有准儿一直念叨，说自己欠张三宝一个人情。所以这次，

420

赵老柱想，如果跟菀有准儿商量流转他在河边这块地的事，让张三宝去应该最合适。

赵老柱对张三宝说，现在得赶农时，俗话说，人误地一时，地误人一年啊。

这时，张三宝已经明白了。

赵老柱说，我想来想去，现在只能把你这救兵搬来了。

张三宝笑笑说，我去试试吧，不过，也没把握。

赵老柱说，你要是再不行，别人就更不行了。

4 承诺

赵老柱的话只说对了一半。

在菀有准儿的心里，欠张三宝的人情还不光是这次儿子窜天猴儿的事，当初张三宝在赵家坳驻村时，也曾帮过一个很大的忙。

但当时帮的是陈广福。

陈广福是个强梁女人，家里没男人，当年男人也没给她留下一儿半女，一个寡妇过日子，难处自然可想而知。但她从来不说，在别人面前也不显露，胳膊折了只是自己褪到袖筒里。这样日子一长，村里人看见的也就永远是这个女人走道儿都带着风的一面。偶尔高兴了，还在村里唱个"丑婆子"，也就都以为她的日子过得挺舒心。

只有菀有准儿，知道她是怎么回事。

起初菀有准儿也没注意。后来有一次，给她挑水。陈广福在院里有个水缸，每次菀有准儿从河里挑水来，就倒在这缸里。这回陈广福没在家，院里的水缸还满着，菀有准儿想了想，就把这挑儿水挑到后面来。后面还有一个小院，当初有个猪圈，还连着一个茅厕。后来村里搞公共卫生，美化环境，要求村民不要在自家的后院垒这种传统的猪圈，都集中到村外去。陈广福也就不养猪了，只在这小院种点菜。这次，菀有准儿打算把这挑儿水挑到后面，给她浇了菜地。来到后院，无意中发现在北墙根儿立着几块木板，木板上贴着一些烂布。蔫有准儿一看就明白了。当年他老婆活着时，也经常这么干。这是做布鞋用的，三河口当地的土话叫打"夹纸"。先把白面掺着棒子面儿打成一种糨糊，然后在木板上刷一层糨糊，贴一层这种烂布，再刷一层糨糊，再贴一层烂布。这样贴几层，放到太阳地儿晒干晒透，一揭就揭下来了。用这种所谓的"夹纸"，可以做"千层底儿"布鞋的鞋底，也可以做鞋帮儿和鞋面儿。陈广福知道蔫有准儿爱穿这种布鞋，不光跟脚儿，也舒服，就隔些日子给他做一双送过来。但这时，蔫有准儿一看，陈广福打了这么多的"夹纸"，这显然就不光是只给自己做鞋了。但知道陈广福好面子，虽然没问，这以后也就留意了。后来，蔫有准儿才知道，陈广福打这些"夹纸"是卖的。现在各种材质和款式的男鞋女鞋铺天盖地，但还是有人，尤其是上年岁的人，喜欢穿这种老式的"千层底、实纳帮"的传统布鞋，觉着这种鞋穿着轻快，也舒服。于是也就有人专做这个生意，走村串街，收购这种"夹纸"。还有人打了"夹纸"干脆就做成鞋卖。陈广福手笨，做出的鞋自己看着都不顺眼，凑合着给蔫有准儿穿还行，知道卖不出钱来，也就索性只打"夹纸"，然后等着人上门来收。

后来，张三宝来当帮扶干部，为村里的困难户建档立卡。蔫有准儿就把陈广福的事对他说了，但只是偷着说的，又反复叮嘱，千万不要说是自己说的，如果陈广福知道了，就得跟自己急。张三宝一听先是没想到，这个叫陈广福的女人表面看不出来，原来生活这么困难。但再一想也就明白了，她一个独身女人，又没有固定的经济来源，家里的生活自然可想而知。于是不动声色来到她家，对她说，县城有一家制鞋厂，正在开发一种传统布鞋的新产品，恢复"千层底、实纳帮"的民间工艺，他们希望使用手工打的"夹纸"，可以收购，如果陈广福有兴趣，平时又有时间，愿不愿意在家里打这种"夹纸"，厂里定期上门来拿。陈广福一听当然愿意，从这以后，就专为这家鞋厂打"夹纸"，卖的价钱自然也比过去高了。再后来，厂方就专门为她提供打"夹纸"的原材料，她在家里只管加工就行了。

蔫有准儿为这事，嘴上虽没说，心里却一直感激张三宝。

赵老柱很清楚，当初张三宝在村里是驻村干部，可这次来，是以作家的身份要写剧本，再让他帮这个忙，是给人家增加负担。这时一见张三宝答应去跟蔫有准儿说，就又说，知道你眼下正忙着写剧本，没这闲脑子，可这事儿，确实挺急。

张三宝说，我去跟他说，估计没问题。

赵老柱说，是啊，有问题的我还没说呢。

张三宝说，你说。

赵老柱这才说，就在几天前，十三幺儿刚跟蔫有准儿签了一个协议。

张三宝一听糊涂了，蔫有准儿跟十三幺儿签什么协议？十三幺儿开着饭馆儿，他自己的地都流转出去了，总不会再来包蔫有准儿的这块地？

赵老柱摇头说，不是这么回事。

然后，就把这块地的来龙去脉，跟十三幺儿又是什么关系，前前后后的事都说了。

赵老柱说，本来，十三幺儿的老婆大眼儿灯跟陈广福打了那一架之后，这块地的事也就暂时搁在这儿了。可就在十三幺儿为这条道发愁时，天赐良机，蔫有准儿的儿子窜天猴儿把他的面包车撞了，而且开的还是一辆报废车，如果十三幺儿真跟他去交通队，先别说赔不赔钱，窜天猴儿就肯定又有大麻烦了。可十三幺儿没去交通队，也没让他赔钱。

张三宝一听笑了，说，他这是老鼠拉木锨，大头儿在后头。

赵老柱说，是啊，蔫有准儿当然感激得无可无不可儿，这时，十三幺儿才提出来，还是想在他这块地里开一条道。蔫有准儿听了，当然不愿意，自己这块地虽然以后不打算种了，可就算撂荒，也终归还是一块地，如果开了这样一条道，就算真像十三幺儿说的，只是一条小道儿，也就等于把好好儿的一块地一刀切成两块。可自己的儿子刚撞了人家的车，把柄在人家手里，不同意也得同意，这才只好硬着头皮答应了。就这样，按十三幺儿的要求，还签了一个协议。协议内容倒很简单，就是允许十三幺儿在这地里开一条道。

张三宝还是不明白，蔫有准儿同意也就行了，干吗还要签这样一个协议？

赵老柱说，这就又是十三幺儿精明的地方了，他知道，现在盯着这块地的不止他一家，而开了这条道，万一这块地日后落到别人手里，肯定还是麻烦，所以先签这样一个协议拿在手里，这样以后别管谁流转，都得承认有这个协议在先，也就得承认这条道了。

张三宝这才明白了，又问，我跟他怎么说？

赵老柱说，一是劝他，这块地不要答应任何人，要流转，就流转给三河口企业；二是如果这个协议已经说好了，但还没有最后签字，就先别签，能拖一天是一天。

张三宝想了想，赵老柱说的这第一条应该没问题。他开车经常经过村南的河边，蔫有准儿的这块地是知道的，现在地里的草已经长得比人还高，如果跟蔫有准儿说，让他流转给三河口企业，估计不会不同意。只是这第二条不好办。倒不是蔫有准儿不好办，是这个十三幺儿，他既然要在这块地里开饭馆儿，又费了这么大劲好容易让蔫有准儿同意了，如果已经说好了协议，蔫有准儿又突然反悔，他肯定不干。真要闹起来，蔫有准儿这样的老实人当然闹不过他。这一想，就觉着，这的确是一件棘手的事。

赵老柱说，不过，我昨天又去那块地里看了看。

张三宝嗯一声。

赵老柱说，我替十三幺儿调量了一下，他要是真在这块地的北面开饭馆儿，倒不一定非走蔫有准儿的这块地，从旁边绕一下也行，最多也就百十米。

张三宝说，如果这样，也许还好说一点。

赵老柱摇头，也未必，十三幺儿哪是这么好说话的人，别说百十米，十几米他也不绕。

张三宝说，我先去说个试试吧。

张三宝从村委会出来，先回了一下三铺炕儿，就直奔村东蔫有准儿的家来。

蔫有准儿刚吃了早饭，一见张三宝来了，就乐着说，正盼你呢。

蔫有准儿平时最爱听评戏。这一阵，儿子审天猴儿整天拿着手机看视频，他眼馋，可自己又不会弄。让儿子给弄，只是答应，却一直不管。几天前，在街上碰见张三宝，就央着跟他把这事说了。张三宝一听笑着说，这事儿简单，哪天我抽空儿，去帮您弄一下。

这时，张三宝说，我今天来是两件事，先帮您把几段评戏倒在手机上，再给您关注一个评剧的微信公众号，不复杂，一学就会，这样以后再想听评戏就方便了。说着，又掏出个简易的小蓝牙音箱，放在桌上说，我现在给您调好了，以后只要打开手机，它就响了，这样声音大，也更好听，不过得学会充电，其实也不难，手机怎么充它怎么充就行。

蔫有准儿一见，高兴得直搓手，凑近仔细看了看。

张三宝说，另外，还有一件事。

蔫有准儿说，你说。

张三宝就把三河口企业要在村里流转耕地，准备大面积种有机小麦，以及现在葫芦爷和崔书林他们都已签了流转协议的事，对蔫有准儿说了。

蔫有准儿听了想想问，当初幺蛾子要建大棚，不是已经流转了几百亩地吗？

张三宝说，这点儿地远远不够，这回是大面积的。

蔫有准儿乐了，摆着手说，我往后年纪大了，河边那块地也不打算种了，荒着也是荒着，啥流转不流转，不用签啥协议，他们要用，只管拿去用就是了。

张三宝说，事儿是这么个事，可不能这么办。

蔫有准儿看看他，没明白。

张三宝说，这块地企业要用，就不是一年两年，也许就要用下去了。

蔫有准儿一摆手，用下去就用下去，我也没打算再要回来。

张三宝笑了，这我信，可手续上的事，还得该咋办咋办。

蔫有准儿点头，行啊，都听你的，你说咋办就咋办吧。

张三宝说，另外，还有个事。

蔫有准儿这时一心说完这事，好赶紧鼓捣手机里的评戏，就问，还有啥事？

张三宝这才把村南这块地一旦流转给企业，十三幺儿就不能再开道的事说了。

蔫有准儿听了一愣，眨巴了一下眼，没说话。

张三宝说，这话是这么说，企业真流转了这块地，以后再种上麦子，就是让他开道也没法儿再开了，你想，这块地跟别的地已经连成片，本来已有的这条小道儿也得让旋耕机翻起来，好好儿的一片麦田里，总不能再开一条道，也没有这么干的。

蔫有准儿这才明白了，想了想刚要说话，又咽回去。

张三宝说，您想说什么，只管说。

蔫有准儿说，可我，已经答应他了，说出去的话，总不能再收回来。

张三宝问，听说，你跟他有个协议，正式签了吗？

蔫有准儿说，协议还没签，可话，已经说给他了。

张三宝听了松口气说，只要协议没签就行。

蔫有准儿吭哧了一下，也不行啊，说了不算，那还叫个啥。

张三宝说，话不是这么说，十三幺儿这人虽然不好说话，也不是浑人，当初你答应他，只是答应他在这地里开一条道，可他不能拦着你把这块地再转包给别人，现在如果已经签了协议，那就另说了，说白了，如果三河口企业流转这块地，也就得承认这个协议。

蔫有准儿说，说得是啊，现在这协议虽还没签，可话已经说给人家了。

张三宝说，你只是用嘴说，这只能叫口头承诺。

蔫有准儿说，口头承诺了，也得算数啊。

张三宝说，如果只是承诺，因为特殊情况，可以反悔。

蔫有准儿打个嗨声说，明白了。

又摇摇头，想不到，这事儿弄来弄去，弄成个这。

张三宝没再说话，看着他。

蔫有准儿说，先鼓捣评戏吧。

5 CT报告单

这个上午，张三宝来找蔫有准儿时，已在脑子里把这件事梳理清楚了。

现在的当务之急，是让他尽快把跟三河口企业的流转协议签了。只要这协议一签，村南河边这块地的使用权在协议的有效期内也就归三河口企业所有了。如果十三幺儿再想在这块地里修道，蔫有准儿也就无权再说任何话了。这一来，十三幺儿再想用窜天猴儿撞了他的面包车这件事要挟蔫有准儿，也就没任何意义了。如果他还不死心，一定要修这条道，就只能来跟三河口企业谈。当然，谈的结果也就不言而喻。

但让张三宝没想到的是，事情没有这样简单。

蔫有准儿虽然厚道，厚道人也有厚道的心眼儿。

这个上午，如果不是张三宝，换别人来说这事，也许蔫有准儿装傻充愣，或干脆一拨楞脑袋就答对了。但张三宝不行，是县里下来的人，况且还欠过人家这么大的人情，就是不想答应也只能答应。但答应是答应，也分怎么答应。

蔫有准儿想来想去，就想出一个主意。

他同意跟三河口企业签这个流转协议，但又不急于签，而是先到崔书林的临江驿饭庄去了一趟，故意把这个消息放出去。他想，平时来临江驿饭庄的都是村里的戏迷，说白了，都是闲人，只要这消息在这里一放出去，很快就会传到十三幺儿的耳朵里。这样也就可以观察一下他的反应。反正这时两边的协议都还没签，如果十三幺儿听到这个消息没有太大反应，说明默认了，也就可以放心地跟企业这边把这个流转协议签了。而如果那边的反应强烈，甚至又开始闹腾，再怎么说所有的事还都没落实，重新商量也还来得及。

这样等了两天，十三幺儿那边果然没动静。

蔫有准儿这才稍稍松了口气。心想，十三幺儿也不是傻子，不光不傻，可以说是人精，他当然明白，这三河口企业是在天行健集团的旗下，而天行健集团是肖大锣的企业，为这块地，如果跟肖大锣争，还不是不自量力，简直就是作死。蔫有准儿这一想，也就把心放在肚里了。开始盘算，先跟张三宝打个招呼，然后跟企业那边定时间，就把协议签了。

但就在这时，十三幺儿突然冒出来了。

这天下午，蔫有准儿来到河边的这块地里拆小泵房。当年刚分这块承包地时，蔫有准儿40来岁，正年轻力壮，种地的心气儿也高，这块地守着小杨河，就特意盖了这个小泵房，为的是浇地方便。现在这块地既然要流转给三河口企业了，这个小泵房也早已废弃，但这些红砖拆了还能用。蔫有准儿就来拆这个小泵房，拆下的砖，先都堆在地头，想着以后用时再拉回去。这时正干着，一抬头，就见十三幺儿正站在跟前。

十三幺儿倒挺客气，说，这是忙地里的事呢。

蔫有准儿观察了一下他的脸色，摸不准他要干什么，就慢慢直起腰。

十三幺儿走过来，从怀里掏出一张不大的纸，要递给蔫有准儿。见他两手都占着，就放在旁边的一块砖头上，怕让风刮跑了，又拿起一块土坷垃压上。

蔫有准儿看了看，小心地问，这是啥？

十三幺儿说，我刚从县医院回来。

蔫有准儿一听，心里登时有了一种不祥的预感。

果然，十三幺儿咂咂嘴说，这几天一到夜里，这脖子就疼得睡不着觉，实在熬不住了。

蔫有准儿看着他。

他又说，这不，去县医院让大夫一看，还真挺麻烦。

蔫有准儿小心地问，咋？

十三幺儿说，大夫二话没说，先让去做个CT，跟着又做核磁，这不，报告都出来了。

蔫有准儿朝压在砖头上的这张纸看一眼，密密麻麻，还有几个黑白的小照片。

稍稍喘了一口气，才硬着头皮问，报告上，咋说？

十三幺儿说，是第二节儿和第三节儿，严重挫伤。

蔫有准儿听了想想，不明白这第二节儿和第三节儿说的是哪个地方。

十三幺儿说，不明白啊？一开始我也不明白，听大夫一说才知道，指的是脖子上的骨头节儿，第二节儿和第三节儿，说是强烈撞击伤着了，可我就不明白了，跟大夫说，我这好好儿的，能受啥强烈撞击呢？大夫说，你问我，我问谁去啊，你自己好好儿想想吧。

说着又使劲叹了口气，瞄一眼蔫有准儿说，这一想，才想起来了。

这时，蔫有准儿的脸色已经变了。

十三幺儿又说，当时已经撞蒙了，又疼，也没顾上这脖子。

说着又使劲叹了口气，这医药费倒好说，也就是一千大几，问题是这个伤，大夫说了，是内伤，这就危险了，外国有个电影，叫《超人》，看过没？

蔫有准儿想了想，不知这"超人"是谁。

十三幺儿说，演超人的这个人比牛还壮，听大夫说，后来骑马摔着了，就是这脖子的第二节儿和第三节儿，开始没觉出啥，后来就高位截瘫了，脖子以下，都不能动弹啦。

蔫有准儿张着嘴，看着十三幺儿。

十三幺儿又撇了下嘴，知道这人现在咋样了？已经走啦！

说着哽咽了一下，可眼下，我这外孙小学还没毕业啊。

说到这儿，就说不下去了。

蔫有准儿想安慰他一句，又不知该怎么说。

十三幺儿又说，我想了，这回就是不走，真瘫透了，活着也没啥意思了，电视上总看见的那个外国人叫啥，哦，霍金，就是天上啥事儿都知道的那个人，整天歪着个脖子坐在轮椅上，全身除了眼珠儿，没有能动的地方，用句戏词儿说，那才叫生不如死啊。

说着又打了一个长长的嗨声，这个人，也走啦！

这样说完，就转身走了。

走出几步，又回头指了指压在砖头上的那张纸说，这是个复印件，原件在我那儿，我得留着啊，日后有啥事就说不准了，也许到了啥时候，咱真到了啥地方，这也是个……

说到这儿停住口，又咳了一声，就歪着脖子走了。

蔫有准儿明白，只要十三幺儿去县里的交通队，把这张报告单往警察的桌上一拍，有图有真相，人证又有司机，也就是他外甥程弓，保险公司也有当时出现场的一应手续，儿子窜天猴儿驾驶报废车辆肇事，人证物证俱全，交通队一追究，责任就是板上钉钉了。

这才意识到，这件事，看来真要有大麻烦了。

晚上在家寻思了一夜，第二天一大早，就来河边的三铺炕儿找张三宝。

张三宝刚吃了早饭，一看蔫有准儿这时来，就知道有事。

蔫有准儿耷拉着下巴，沉了一下说，来是跟你说一声。

张三宝说，说吧。

蔫有准儿说，村南河边那块地，还是先缓缓吧。

张三宝看着他，没说话。

本来，他已跟赵老柱说了，蔫有准儿这边已经说好，流转村南河边这块地应该没问题了，找个时间，就可以签协议了。这时一见他突然变卦，就知道这里有事。

但刚要问，蔫有准儿已经转身走了。

不过，好在蔫有准儿的口还没完全封死，只说先缓缓，于是赶紧又来村委会，把这事跟赵老柱说了。赵老柱听了想想说，他突然变卦，甭问，毛病肯定在十三幺儿那儿。

张三宝说，我也这么想。

赵老柱又摇摇头，不过，十三幺儿要这么闹，可就不光是村南这一块地的事了，这地是在小杨河的北河沿儿，再往南也就到头儿了，麻烦的是往东，如果往东一扩，最先遇到的又是他的"斜尖子"的地。他这"斜尖子"还不是一块，是好几块，每块都只有几分地，还都不挨着，零零散散分在几处，这要跟他商量流转，麻烦就更大了。

张三宝问，他家的承包地，怎么弄成这样？

赵老柱嗨了一声说，当初村里分承包地时，是考虑到好坏搭配，才拆零散了，十三幺儿也是手气壮，抓阄时一下手就把几块好地都抓到手里了。当时村里也是为他想，一见他抓的这几块地虽然都是拔尖儿的好地，可这么东一块西一块的也不像话，将来也没法儿种，就跟他商量，是不是由村委会出面，帮他置换一下，还是调到一块儿，连成片。但他觉着自己好不容易抓来的几块好地，如果一调换，肯定是以高换低，不光占不到便宜，还得吃亏，就没同意。现在他这几块"斜尖子"也就如同几根钉子，一下把往东的一大片地都控制住了，至少涉及七八户，得有大几十亩地。只要他不同意，这几块"斜尖子"插在中间，别的地就是流转了也连不成片，村南和村北的两大片也就更连不上了。

赵老柱想想，又说，这小子这回挺奇怪，三河口企业为这几块"斜尖子"，去跟他沟通过几次，可都碰了糊涂钉子，他不说同意，也不说不同意，只是装傻充愣，再问就说，他毕竟是个农民，这辈子甭管干啥，转来转去最后还是离不开种地，所以这地就是他的命，别说每亩每年七百，就是八百九百他也舍不得松手，谁能为这点儿钱就不要命呢。

赵老柱说，他到底怎么个心思，还真让人摸不透。

张三宝说，要这么说，还真得想想了。

赵老柱说，圆圆上午去县里了，下午吧，等她回来，再跟她商量。

看着张三宝走了，赵老柱又想了一下，就奔蔫有准儿的家来。赵老柱知道蔫有准儿的脾气，如果是他想说的话，甭等问，自己就说了，但不想说的，问也是白问。

于是一见他就说，你想说就说，不想说就算，我只是不明白，你平时可不是这样的人，怎么放屁拉屉，说了不算算了不说，这到底又是咋回事儿？

蔫有准儿闷着头，不吭声。

赵老柱说，行，你不想说就不说，只当我没来。

说完扭头就走。到门口又回头说，做人不是这个做法儿，你也五十大几了，自己寻思吧，让人家三宝咋看你，真有啥事儿，说啥事儿，拉屎往回坐，正经人有这么干的吗？

蔫有准儿这才吭哧了一下，说，我实在没办法。

赵老柱折身回来，走到他跟前说，你跟我说说，真有啥事儿，咱可以一块儿想办法。

蔫有准儿这才把头天下午十三幺儿来，把一张在县医院的CT报告单拿来给他看的事，对赵老柱说了。又摇头说，我也没想到，这小畜生开车撞他这一下，就撞得这么厉害。

赵老柱听了想想，说，那报告单在哪儿，你拿来，我看看。

蔫有准儿就把这报告单拿出来。

赵老柱看了看，也看不出个所以然。

于是说，这东西我先拿走。

见蔫有准儿直看，说，交给我，你还有啥不放心的。

蔫有准儿嘟囔着说，放心是放心，就是……

他说了个就是，就又说，拿去吧，放好了就行。

这个上午，赵老柱拿着这报告单回到村委会，又仔细看了看，就给肖圆圆打电话。肖圆圆刚在总部开完了会，一接电话就问，什么事？

赵老柱把这报告单的事说了。

又说，我看了半天，也看不懂。

肖圆圆说，这样吧，您把这东西拍下来，用微信传给我。

赵老柱立刻拍了照片，发过去。

肖圆圆这两天已听说了，蔫有准儿已经同意把村南河边的那块地流转给企业。这时一听赵老柱说，就知道又出了岔子。在手机上看了看这个传过来的CT报告单，也看不明白。但有一点看出来了，这的确是县人民医院的报告单，不过显然是复印件，而且复印的效果不太好，墨迹太轻，很多地方，尤其是患者信息的这一块几乎没印上。

肖圆圆在电话里说，我回去再说吧。

说完挂了电话，就开车直奔县医院来。路上先给陈进打了个电话，来到医院时，陈进已经在等她。肖圆圆就把这个CT报告单的照片拿出来，让他看是怎么回事。

陈进一看就说，这确实是我们医院的CT报告，不过，这不是今年的。

肖圆圆立刻问，你怎么看出来的？

陈进说，我们医院今年已经换了新版。

肖圆圆一听，这才明白了，看来这个报告单上的患者信息复印模糊，应该是故意的。

于是把手机装起来，冲陈进一笑说，我回头告诉宋佳。

陈进问，告诉她什么？

肖圆圆挤挤眼，给你记一大功，让她慰劳你一下啊。

说完就转身出来了。

6　好马也吃回头草

赵老柱一向是个很相信自己的人。

倘换句话说，也就是自信。

在赵家坳当村主任这些年，但凡有一点儿怀疑自己，这个主任早就没法儿干了。所谓自信，就是相信自己的能力，不过这样的人也就很难再佩服别人。但赵老柱不是。他在相信自己的同时，也总能看到别人比自己更强的地方。比如田镇长的睿智沉稳，虽然年轻，思想的深刻和想事儿的穿透力，肖大锣的审时度势，虽然文化程度不高，却总能想在别人前头，红鼻子崔书林的粗中有细，杠头做事的一门心思，就是这十三幺儿，赵老柱也承认，他的转轴儿别说在赵家坳，就是在三河口一带也很少有人能比。

但赵老柱真正佩服的人，还是张三宝。

在赵老柱的人生经验中，还从没接触过张三宝这样的人。关键是他看事和想事的方式，这个方式也就决定了他的深度。同样一件事，如果有三层，让自己看，最多能看到第二层，铆足劲，也就看到两层半。但张三宝不是，他先是不说话，等说话了，一张嘴就直奔第三层，而且还能从第三层再往下看。所以，他看到的想到的，也就总跟别人不一样。

赵老柱觉得，这就是水平。

张三宝在赵家坳驻村将近两年，临走时，曾很真诚地对赵老柱说，他在这里工作的这段时间，跟村里人，特别是跟赵老柱，学到很多东西，这些东西都是他在别的地方学不到的。当时赵老柱也发自内心地说，自己跟他，学到的东西更多。

这次，赵老柱和张三宝的看法一致。

现在流转耕地这事，已经缠绕在一块儿，成了一个疙瘩，而这个疙瘩说到底，就系在十三幺儿这儿。一是蔫有准儿在村南的这块地，他一心要在这里开一条道，二是他在村东的那几块"斜尖子"，只要他不放手，后面所有的事也就无法进行。张三宝说，现在看来，还得您这个村主任亲自出马，别人就是去了，恐怕也是白去。

但赵老柱寻思了一下，还是不想去。

倒不是憷十三幺儿。憷当然也憷，但这还不是主要的，也不完全是顾及自己这村主任的面子，担心去了谈不下来，又骑虎难下。他是意识到，这次的事跟以往都不一样，自己真去找十三幺儿，万一又跟自己褯咧，横着竖着怎么都不行，只要他这一家谈不下来，别的承包户就都不好谈了。问题是农时不等人，就算现在把这些地都流转下来，大都已经撂荒多年，也还要整理。眼看就要进入秋播季节，真误了农时，这一误就是一年。

其实赵老柱的心里还有一件事。

这件事，才是他犹豫的真正原因。

赵老柱想，张三宝应该知道，自己跟十三幺儿是父一辈子一辈的关系。也正是因为这层关系，跟他这些年才一直磨磨叽叽。当然，现在老人都不在了，尤其筱燕红和赵五走时，自己都去了，而且实心实意，十三幺儿不瞎，应该都看在眼里。当时他流着泪表示感谢，还要给自己磕头。赵老柱相信，他这些也都是发自内心。但这只是那一时。用一句戏词儿说，是此一时也彼一时也。过后怎么想就难说了。赵老柱有一次跟十三幺儿开玩笑，说自己的肚子是空的，屁股再大点儿，心都能漏下去，啥事儿不装。又说十三幺儿，放个屁都能把心崩出去，就因为心眼儿太小了，所以别管遇啥事儿，才总是坛子里放屁——响（想）不开。

这话说得是糙了点儿，可话糙理不糙。细想，就是这么回事。

赵老柱想来想去，现在系在十三幺儿这里的实际是两个疙瘩，关键还不是村东这几块"斜尖子"，而是蔫有准儿在村南的这块地。这边的疙瘩不解开，那边的疙瘩也就没法儿解。

但这时，赵老柱还不知道，十三幺儿已经跟曹广林又到一块儿了。

曹广林是个很独特的人，如果换个说法，也就是适应能力很强。人都有一种心理，就是好面子，无论遇到多重要的事，只要觉着面子下不来，这事儿就宁愿放弃。不从面子上考虑，明知不好为而为之的人也有，这叫"不顾脸面"。

曹广林就是这样的人。

曹广林这些年在外面，什么人都见过，也什么事都经过，所以就像人们常说的，已经豁得出去。一事当前，首先考虑的不是脸面。脸面才值几个钱，只要把脸儿一抹，也就可以忽略不计。真把事儿办了，达到目的，这才是最重要的。

上次本来已跟十三幺儿说好，要转包他那块"窝心地"，后来十三幺儿果然把这块地从三河口企业的手里要回来。但曹广林却干了一件极不仗义的事，突然又改主意了，打算去东面的佟家台子包地。十三幺儿当然也对得起他，一报还一报儿，给他演了一出"锁林囊"。

这以后，因为那个佟家为不再管曹广林的事，他在那边的计划也就落空了。可这时，赵家坳这边也已闹成这样，如果换别人，也就一跺脚离开这三河口了。但曹广林没走，不光没走，还打算在这边重打锣鼓另开张。俗话说，好马不吃回头草。曹广林却不这么认为。回头草怎么了，如果这回头草真有必要吃，那就吃，反而吃着更方便。

他心里清楚，这回算是把十三幺儿得罪苦了，自己在村里也闹出大笑话，但如果要从头再来，这十三幺儿又肯定绕不过去。就算绕过去了，以后在村里再包别人的地，他也会从中作梗。他能给佟家台子的佟家为打电话，让他别管自己的事，在赵家坳也就更能这么干。所以，要想在这边从头儿来，就先得想办法，跟十三幺儿修复关系。

但跟别人修复关系好办，跟十三幺儿，就不这么容易了。

曹广林想来想去，最后决定，干脆复杂问题简单处理，既然当初跟他闹掰是因为包地的事，这回就还从包地入手，只要把他这块"窝心地"还转包过来，其他的事儿也就都不叫事儿了。曹广林知道，十三幺儿就是这脾气，跟谁都较劲，唯独不跟钱较劲，只要别让他吃亏，再多少占点儿便宜，别的都好说。当然，要包他的地也不能直接包，如果就这么直挺挺去找他，他可能反倒拿上了，甚至又提出别的条件。

曹广林想，这就得想个办法，最好能拐个弯儿。

这时，曹广林就想到刘一唱。

曹广林这时想到刘一唱，是因为想到了他姐夫杠头。杠头有20亩地，跟十三幺儿的这块地挨着，当初他俩因为拆泵房的事还闹过。后来，曹广林曾想，干脆把杠头的这块地也一块儿包过来。他当时想包这地，当然不是冲这地，而是冲刘一唱。如果用这20亩地前两年的租金算刘一唱在自己这里的投资，就等于让他入股，这一来也就把他套住了。

这回，曹广林又想了一个办法。

现在刘一唱投不投资、入不入股另说，自己不管怎样先把杠头这20亩地包过来，然后接着杠头这地，再继续跟十三幺儿谈。这个办法看着不靠谱儿，但曹广林的心里还有另一个小算盘。这回大不了也就是花点儿钱，曹广林知道，如果直接跟杠头说，要包他这20亩地，他很可能不同意。还别说他，刘一唱也未必还想在自己这里入股了。他想的是，索性咬咬牙，一亩地给他550元租金，三年以后再另说，如果自己出了这个价，杠头就未必不同意了。倘把他这20亩地先拿下来，到十三幺儿这里，每亩再加50元，索性凑600元，前有杠头的550元，十三幺儿一比较，也就没有不同意的道理了。

曹广林这样盘算好，就把刘一唱叫来。

刘一唱这时还在替曹广林打理这十几亩果园。刘一唱看着不靠谱儿，但真做事，还真是一个妥靠的人，觉着每月拿了人家2000块钱的工钱，果园的事也就很尽心，平时该浇水浇水，该打药打药，到摘果的时候还给曹广林出主意，如果雇人摘，还得花工钱，现在城里人都爱采摘，不如去县城的电视台打个广告，招旅游的人来采摘，这样既省工钱，采摘完了，也可以直接就卖了。曹广林一听，觉着这个办法好。海州电视台是个小台，做广告也花不了几个钱，于是就去打了几次广告。果然有效，广告播出以后，一到双休日，还真有一些县城的人开车过来。十几亩果园本来也没多大，几个双休日，就把果园摘干净了。

但刘一唱通过这次曹广林跟十三幺儿闹的这一场，就把自己跟曹广林的关系也重新调整了，打工只是打工，给他管这果园，每月拿他2000元工钱，别的就一概不管了。

这时，一听曹广林叫自己，就知道肯定又有事。

曹广林这时已经又在村里租了房。上次他在街上的小旅馆住了几天，就又来找村主任赵老柱，苦着脸说，总住旅馆也不是长事，能不能在村里看看，谁家有闲房，如果能租，就还是租一个长住的地方。赵老柱本来已不想再管这事，但既然他来找自己，能关照就还是关照一下。这才跟村委会的会计陆迁说了一下。陆迁是河北昌黎人，平时就住在村里，租了崔书林家的两间闲房。于是让陆迁腾出一间，曹广林先住着，说好找到地方就搬走。

曹广林没让刘一唱来自己的住处，跟他在街上见了，拉着来到一个街角，先问，当初让刘一唱去三河口企业把他姐夫杠头那20亩地要回来，这地要没要？

刘一唱听了，歪起脑袋，眨下眼皮看看他问，你又想干啥？

曹广林说，我还是想包这地。

刘一唱哼一声，没说话。

曹广林说，我知道你心里咋想。

刘一唱说，知道就行了，不用说出来。

曹广林说，还是得说。

接着就说，咱当初商量的是让你投资，现在你还想不想投另说，我要说的，是想转包这块地，而且租金加码儿，过去说的是每亩500，这回再加50，给550。

说着咬咬牙，好像有些忍痛，说实话，这就已经吐血了。

刘一唱听了，没说话。

曹广林看看他，怎么着？

刘一唱问，你知道，现在三河口企业那边是啥价吗？

曹广林一愣，啥价？

刘一唱说，已经明确了，每亩每年720元。

曹广林一听差点儿蹦起来，嚷着说，你可不许哄抬物价！

刘一唱说，这不是我说的，你可以去问，现在村里已经有人把协议签了。

曹广林嘟囔着说，当初以为他们就是说说，还真给这么高，这不是疯了吗？

刘一唱说，人家是把国家的种粮补贴也返还流转户了。

曹广林说，是啊，可我不种粮，当初让你种，你又不种，没补贴，我拿什么返还啊。

刘一唱说，那就是你的事了。

这时，曹广林突然意识到，正因为自己转包地和三河口企业的用途不一样，所以也就未必像他们，一定要把流转的地连成片，换句话说，就是分散一些也未尝不可。

于是一咬牙，对刘一唱说，行，我每亩也给你720元。

刘一唱听了，看看曹广林问，你这回说话，算数？

曹广林说，我啥时说话没算数？

刘一唱反问，你啥时说话算过数？

曹广林一下给噎住了。

刘一唱一拨楞脑袋，说句话别不爱听，你这人，就是个屁屁！

曹广林懂，屁屁是当地土话，意思是像屁一样靠不住。

刘一唱又说，你在赵家坳，已经没信誉了。

曹广林红头涨脸地说，我这回说话要是再不算数，一出村就让汽车撞死！

刘一唱不说话了。

这时，他心里寻思，如果曹广林真出这个价，估计姐夫杠头就没有不同意的道理了。于是故意又沉了一下，才说，我当初去跟肖圆圆说这事，她没说同意，也没说不同意。

曹广林问，也就是说，手续还没办？

刘一唱说，对。

曹广林说，那咱就放下虚的说实的吧，这20亩地，你到底打不打算包给我？

刘一唱说，我就是说了也没用，这地不是我的。

曹广林嗯一声。心想，这倒是。

刘一唱说，我回去，先跟我姐夫商量一下吧，看他怎么说。

曹广林看出来，刘一唱嘴上这么说，心里已经同意了。

7 朋友论

十三幺儿这几天也正不是心思。

老婆大眼儿灯，一直跟他闹。

这些年，大眼儿灯虽然表面咋咋呼呼，但心里还是很崇拜十三幺儿，觉着自己的男人确实有脑子，会算计，肚里的花花肠子也多，一般人转轴儿还真转不过他。所以只要是十三幺儿说的事，她一般都不拦着。当初十三幺儿闲在家里，想来想去，打算在老街西头开个小饭馆儿。大眼儿灯一听，觉着开饭馆儿行，但应该开在十字街。十三幺儿却不这么看。他说，十字街是比西头这边热闹，可咱是小本生意，真到那种热闹地方也就淹在里边了。于是，就依了十三幺儿。小饭馆儿开在这边，果然挺火，来的人都是穷喝，一个菜三两酒，就挺好，虽然利薄，但每天的流水算下来也不少。本来有了这小饭馆儿，一家人已经吃穿不愁，但十三幺儿攒了几个钱，又要去十字街开个大酒楼。大眼儿灯说他，这才真应了那句戏词儿，人心不足蛇吞象，刚吃几天饱饭，就又要折腾。十三幺儿却已经打定主意，而且已跟村主任赵老柱说好，把十字街上最好的位置拿下来。大眼儿灯也就又依了他。后来的事实证明，这回依他又对了，大酒楼一开起来，没儿大就火了，村里有婚丧嫁娶的事，都来这里摆席。又干了一年多，就在村东的河边盖起小楼，一家人风风光光搬过来。这时，大眼儿灯就知道了，自己的男人确实有脑子，只要是他认准的事，肯定有他的道理。

但最近两件事，大眼儿灯跟十三幺儿的想法不一样了。

先是要在村南的小杨河边开分店。大眼儿灯觉着，现在太极大酒楼已经火成这样，每天的生意都忙不过来，还有啥必要再开分店？十三幺儿整天要忙酒楼生意，大眼儿灯嘟囔也就嘟囔，晚上回到家，等闲下来，才给她讲，往后，这赵家坳就不是从前的赵家坳了，现在已是去高速路口的必经之地，车流人流越来越多，十字街的东边又有了一条商业街，外来做生意的人也一天比一天多，天行健大酒店又开发了旅游项目，每到双休日，天津和唐山的游客都过来，等这文化广场的大剧院再建起来，村里就更热闹了。一个饭馆儿，就是一个挣钱的笸箩，多一个分店，也就又多一个笸箩，现在村里人还想不到这一步，等都想到了，再动手就晚了，这就是戏词儿里唱的那句话，叫先人一步，未雨绸缪。大眼儿灯听了，虽还不太同意，但一看十三幺儿说得振振有词，也就不再说话了。

可第二件事，大眼儿灯就死活不答应了。

大眼儿灯一共给十三幺儿生了两个孩子，两个都是女儿。大的嫁到田家坨，丈夫是个军人，后来提干，就去部队成了随军家属。到二女儿这里，十三幺儿就不想再撒手了，在村里找了个老实疙瘩当女婿，整天就知道闷头干活儿。关键是这外孙聪明，从一上小学，在班里学习就拔尖儿。现在已上到六年级，学习成绩还是名列前茅。十三幺儿在村里一提起这个外孙就很自豪，觉得是遗传了自己的基因，每次学校开家长会，再忙也要亲自去。学校的老师也总对十三幺儿说，童可心这孩子将来一定有出息，家里可要好好培养。

童可心，也就是十三幺儿这外孙的名字，当初还是他给取的。

十三幺儿这时已经有了想法。现在只要家里条件允许，很多人都把孩子送出去留学。心里也就盘算，眼下自己也有条件了，等外孙小学毕业，中学就到国外去上。本来只是心里想，一天跟大眼儿灯说闲话，一高兴就把这想法说出来。可没想到，大眼儿灯一听就急了。她平时最疼这外孙，一天不见都想，让孩子去国外上学，一下子几年看不见，大眼儿灯觉着这简直难以想象。十三幺儿知道，这件事跟老婆掰扯也掰扯不清，反正孩子刚上小学六年级的第一学期，也就先不提这事了。可他不提，大眼儿灯却搁在心里了，一闲下来就跟他说这事儿，到最后干脆就跟他摊牌了，说，如果他真敢把孩子送出去，就跟他拼老命。

这一下，也就把十三幺儿弄得心烦意乱。

曹广林并不知道十三幺儿这些日子心里正烦。这天来太极大酒楼，特意找了一个中午的当口儿。来时，还故意稍晚一点，酒楼里已经没什么客人了。

刚一进门，十三幺儿就看见了。

十三幺儿开饭馆儿，做的是生意，别管谁，只要来吃饭的都是客人，见几个伙计都在厨房忙着收拾，就亲自迎过来，和颜悦色地问，想吃点儿啥？

曹广林坐下，拿过菜单，点了几个硬磕的大菜。

十三幺儿平时遇事，脑子爱转轴儿，但做生意很实在。这时看看他，嘴上没说，意思已经带出来，点这些菜，又都是大菜，你一个人吃得了吗？

曹广林明白了，笑笑说，我今天，要在这儿请朋友。

十三幺儿也笑了，说，你在这赵家坳，还有朋友？

曹广林放下菜单说，这话看怎么说，别管人家拿我当不当朋友，反正我拿人家当朋友。

十三幺儿听出他这话里带着骨头，看他一眼，转身去后面了。

一会儿，菜都上来了。曹广林又要了一瓶酒，招手叫过一个伙计说，叫你老板过来。

伙计回头看一眼说，老板就在柜上，你自己不会叫。

曹广林脸一耷拉说，我就让你叫，你看行吗？

伙计愣一下，才转身到柜台那边，跟十三幺儿说了几句话。

十三幺儿听了，回头朝这边看看，好像犹豫了一下，还是朝这边走过来。

来到跟前，朝桌上的菜看看问，菜有问题？

曹广林说，当然没问题，请你来，是喝酒。

十三幺儿又看看他。

曹广林说，我刚才说的，今天要请个朋友吃饭，你应该明白。

十三幺儿乐了，难得啊，你还拿我当朋友。

曹广林说，给个面子吧，请坐，咱喝着说。

十三幺儿就坐下了。

曹广林眯起眼，你现在，可是出大名了。

十三幺儿说，是吗？

曹广林说，是啊。

十三幺儿问，出啥名？

曹广林说，一出宋朝的《锁麟囊》，一出三国的《捉放曹》，你倒着演了个连台本儿戏。

说着又一笑，你说，你的本事大不大？

十三幺儿摇摇头，这个连台本儿戏不是演出来的，是逼出来的。

曹广林一边给他斟着酒说，其实这事，也有误会，我本来一直想跟你解释。

十三幺儿一口把酒喝了，摆手说，前面的事就不提了，这回又有啥事，说吧？

曹广林笑笑问，你知道，你这人可爱在哪儿吗？

十三幺儿也笑笑，反问，你知道，你这人不让人信，在哪儿吗？

曹广林脸上的笑凝了一下，但还是说，你可爱，就是这爽快劲儿。

十三幺儿点点头说，是啊，你不让人信，也就是这拿着瞎话当实话说的艮硬劲儿。

曹广林正喝一口酒，突然连笑带酒一块儿噎住，呛在嗓子眼儿。鼓起眼看着十三幺儿。

十三幺儿又说，还有人说我爽快？那句戏词儿咋唱的，我就是那运筹帷幄的小诸葛。

曹广林眨巴着眼，已经让他噎得满脸通红。

十三幺儿又扑哧笑了，说，就是一节儿藕，我也能拔着丝儿给你掰出十三个眼儿来。

曹广林咧了咧嘴，是啊，我服你，也就服在这个地方。

十三幺儿反客为主，给他倒上一杯酒。

沉了一下，才说，反正现在已过了饭口，生意清静，你有啥事就说吧。

曹广林嗯一声说，行，你说的我也赞成，前面的事咱一笔勾销，不提了，只说眼下。

然后，曹广林就把还要包十三幺儿这块"窝心地"的想法说了。最后告诉他，杠头那边已经基本说好，接着就是十三幺儿的这块地。又说，这回为了表示诚意，已经跟杠头说了，给他每亩每年的租价是720元，可着这三河口，已经再也找不出这个价儿了。

十三幺儿微微一笑，不用三河口，不出赵家坳，就有这个价儿。

曹广林的脸立刻又红了。

十三幺儿眯眼一笑说，就冲你这脸红，说明你这人，还要脸。

曹广林索性把脸一抹说，既然我还要脸，你就给我留点儿脸吧。

十三幺儿点点头，好吧。

曹广林说，不管怎么说，我已经出了这样的地价，后面还能走吗？

十三幺儿说，那可不一定，就算预付三年，满盘才多少钱？

曹广林说，我说的不光是钱，也是诚意。

十三幺儿又一笑，你的诚意，怕是还不值这点儿钱，我已经领教过了。

曹广林立刻说，你犯规了，又提过去的事，得罚你。

说着，端起酒杯。

十三幺儿并没看他手里的酒杯，摇头说，咱就别揣着明白装糊涂了。

曹广林瞪起眼，你这话，我不懂。

十三幺儿看看他，忽然笑了。

其实，今天一见曹广林，十三幺儿就已知道他来的目的了。自己这回跟他闹，说到底，就是因为那块"窝心地"。本来这事也不是什么大事，说来说去，也不过万把块钱，如果在前几年，这钱还叫钱，可眼下自己已有了酒楼的生意，而且马上又要开分店，这点儿钱也就不叫钱了。可话说回来，这个事儿，曹广林干得太气人了。十三幺儿知道他今天又是冲自己那块"窝心地"来的，但真正目的，还不是这块"窝心地"，而是村南河边的那块地，而且还不仅是这两块地，他真正的想法，是自己在村东的那几块"斜尖子"。

十三幺儿的心里很得意。曹广林的这点心思，也就是自己能看透，这也该他倒霉，在赵家坳有自己这么个人，就如同当年的孙猴子，别管白骨精咋个变法儿，也逃不过自己的火眼金睛。用村长赵老柱的话说，你一张嘴，我都能看见你的裤衩儿。

赵家坳的耕地已经荒了这些年，在那儿扔着，一直没人问，现在突然又值钱了。肖大锣的天行健集团先在赵家坳注册了一个三河口企业，现在听说，肖圆圆又注册了一个叫什么"股份+"的企业，说到底，就是想在赵家坳重新发展农业，而要发展农业自然也就离不开耕地。曹广林在赵家坳晃了这几年，村里人都知道，他是想种果树，而种果树自然也离不开地。这下好了，一个要搞有机农业，一个要搞果木种植，在赵家坳这块地界儿就杠上了。当然，不管怎么杠，曹广林也杠不过肖大锣。这还不是实力的事，肖圆圆已在村里说了，其实不用她说，十三幺儿种了这些年的地也知道，耕地一种果树就毁了，就算不种了，十年八年也缓不起来。所以这次，曹广林要想跟肖大锣的企业抢地也没这么容易。可他成不了事，却能坏事。现在肖大锣的三河口企业急于要把村北和村南的两片地连成片，而要连成片，村东这二百多亩过渡的耕地自然也就成了关键。这一来，自己的这几块"斜尖子"也就更成了关键的关键。说白了，只要自己不撒手，他村东的这二百多亩地也就别想连成片。只要这二百多亩连不起来，村北和村南的两片地也就连不起来。曹广林也正是看准这一点，现在才来跟自己重新修好，说难听一点儿也就是套近乎，他的目的不是要这块"窝心地"，只要自己跟他签了这块地，他下一步就会提出来，要签自己在村东的那几块"斜尖子"。

十三幺儿既然已经想明白，也就坦然自若了。

于是说，我提过去，只是想提醒自己。

曹广林看看他，提醒什么？

十三幺儿说，提醒，别再让人画个圈儿套进去。

曹广林立刻说，你看你看，又提过去。

十三幺儿哼一声，有一句戏词儿唱得好啊，前事不忘，后事之师。

曹广林这次已下定决心，以后就在赵家坳这边干了。这也是经过反复思谋的，一是佟家台子那边的佟家为自从十三幺儿打了招呼，真就撒手不管了，有一次在镇里的街上碰见，干脆就像不认识了。但曹广林觉得，这一下，十三幺儿反倒帮了自己。这时再想，人熟是一宝，虽然这几年，自己在赵家坳混得人缘儿不是太好，可毕竟跟村里人都熟了，每个人的脾气秉性，谁家跟谁家是怎么个关系，也都已摸清了，如果真去佟家台子，这几年的工夫也就白费了，还得从头再来。况且这边还有十几亩果园，也不能就这么扔下。

这样想来想去，最后就还是决定回来。

曹广林也明白，真回来，就只能还用蚂蚁啃骨头的办法，索性一家一家去谈。不过这也有一个好处，就像摊大饼，事先看好了，每谈下一块地，也就又往外扩出一片。只要不怕费事，能谈下多少就扩出多少。如同下围棋，先看好"眼"，也有圈地的意思。

当然，这也有一个前提，就是必须先把十三幺儿的这几块"斜尖子"拿到手。只要拿下这几块地，他三河口企业的本事再大，也就别想把村东的这二百多亩地连成片了。

这时，曹广林索性对十三幺儿说，咱们也算朋友，对吗？

十三幺儿微微一笑，对，也不对。

曹广林看看他，怎么讲？

十三幺儿说，我跟蹲在十字街上修鞋的老头儿也论朋友。

曹广林给噎了一下。

十三幺儿又说，朋友跟朋友也不一样，这得看怎么说。

曹广林说，甭管怎么说吧，既然是朋友，我不让你吃亏就是了。

十三幺儿微微一笑，这吃亏不吃亏，也分怎么说。

曹广林说，好吧，你说怎么说，咱就怎么说，这总行了吧。

十三幺儿说，你认为我这人，从不吃亏，对吗？

曹广林笑了，不光我，恐怕都这么认为。

十三幺儿说，错了。

然后看着曹广林，又说，如果是不该吃的亏，我当然不吃，硬逼我吃，那叫欺负人。

说完，仍然看着曹广林。

曹广林没再说话，只是咧了下嘴。

8　连环套

这几天，赵老柱已经彻底兴奋起来。

其实细想，人的兴奋也不一样，有从外往里兴奋的，一想起这事儿就美，也就是所谓的"心里美"。也有从里往外兴奋的，心里一美，就浑身发热。

赵老柱是从里到外都兴奋。

这几年，一直盼着村里的集体经济能有发展。眼看着赵家坳已经起来了，外面来做生意的人也越来越多。每回去镇里开会，各村的村主任到一块儿议论，有一个共同经验，外来人口的增加，是村里经济发展的一个重要标志，说白了，你这个村的经济发展得越好，人气才越旺，人气旺了，做生意才有钱赚，人家也才愿意来。现在，赵老柱走在村里，尤其到十字街上，已经净是生脸儿的人了，听说话的口音，也是哪儿来的都有。人气是个很奇怪的东西，说复杂复杂，说简单也简单，你想方设法聚拢它，不一定聚得起来，但也有的时候，它不知不觉就出现了。现在，肖圆圆的"梧桐湾有机农业发展股份+"已经注册下来，村委会也参了股。赵老柱觉得，这回，村里的集体经济终于要上轨道了。

但越是这样，意想不到的问题也就越多。

先是蔫有准儿。赵老柱本来觉得张三宝曾给他帮过忙，应该给点面子，所以他家在村南河边这块地的事，才让张三宝去跟他说。张三宝一去，果然说通了，蔫有准儿不仅同意流转这块地，也答应，在把这地流转给企业之前，先不跟十三幺儿签任何协议。

但刚过几天，蔫有准儿突然又改口了，倒没彻底翻车，只说先缓缓。可究竟为什么要缓，也没说。赵老柱去找蔫有准儿一问，才知道，十三幺儿从县人民医院拿回一张做CT检查的报告单。虽然什么也没说，只留下一个复印件，但还是把蔫有准儿吓着了。

赵老柱这才明白，蔫有准儿突然变卦，毛病是在十三幺儿这儿。

这天傍黑，赵老柱来后街唐老好儿的小饭馆儿喝酒。

唐老好儿是湖北黄冈人，在后街开的这饭馆儿虽小，但也有小的好处，一小就便宜，利虽薄，本儿也小，村里上了年纪又爱喝两口儿的人，不可能总去正经饭馆儿，也就经常凑在唐老好儿这小馆儿一块儿喝点儿。唐老好儿的买卖也做得活，酒可以零打。如今已经没有零打酒的地方，这也算便民，酒量不大的人，要个二两三两，再来一盘清炒丝瓜，也就喝得挺好。所以他这小馆儿，也是村里的一个信息集散地。

赵老柱一般很少来村里的饭馆儿，一是注意影响，自己一个村主任，别管跟谁，在村里的饭馆儿吃吃喝喝，让村里人看着不好，二是到结账时也不好说，一般的饭馆儿老板不好意思收钱，自己当然不干，就总得争来争去，也累。上次在十三幺儿的太极大酒楼，一百年也不一定碰上这么一回，但有这一回，就够赵老柱半年堵心六个月了。从那以后，也就更不在外面吃饭。真有必须吃饭的事，宁愿把客人请到自己家里，或让会计陆迁开车，去外面找个谁都不认识的饭馆儿，这样省事，心里也踏实。

但喝酒和吃饭又不是一回事。一样的酒，一样的心情，如果自己在家喝，哪怕有老伴陪着，喝两杯也就不想喝了，只有在酒馆儿，有人说着话，聊着天儿，这酒才越喝越有滋味儿。所以，赵老柱有的时候白天忙一天，觉着累了，就来唐老好儿这小馆儿喝两盅。一开始唐老好儿也不好意思要钱。但赵老柱正色说，你别这样，如果以后还想让我来，咱就该咋着咋着，说白了，你就是不收钱，也不过二三十块的事儿，可一下，也就把我这唯一喝酒的道儿又断了，以后在村里，我就真没处喝酒去了。

赵老柱这一说，唐老好儿才答应了。

这个傍晚，赵老柱又来到唐老好儿的小馆儿，要了二两"烧二刀"、一盘花生米，想着歇歇腿，也从他这儿听一听村里的信息。一边喝着，就有一句没一句地跟唐老好儿闲聊。

唐老好儿不是个嘴快的人，也不爱惹是非，自己这小馆儿从早到晚人来人往，听了什么就装在心里，轻易不往外说。赵老柱知道他这脾气，也就不难为他，聊天儿只是聊，聊到哪儿算哪儿，话也是说到哪儿算哪儿，并不追问。当然，赵老柱也知道，只要一问，他立刻就会躲闪，不问，也许反倒能说出点儿什么。所以最好的办法是一边喝酒，先不动声色开一个话头儿，当然是自己想知道，或与想知道的事有关的话题。这样把这话头儿交给他，就不用管了，只要让他沿着这话头儿自己说就行了，能说出多少算多少。

唐老好儿说话的口音很杂，因为在天津待的时间长了，来赵家坳也有几年，所以是湖北话天津话和三河口话掺在一起的一种口音，听着有些怪腔怪调。

这时，他说，赵主任这些天，在忙啥事情啊？

赵老柱说，正要去找蔫有准儿呢。

他这样说，是成心把话头儿引到蔫有准儿这边来。

唐老好儿听了，哦一声。

赵老柱喝了一口酒，随口说，这蔫有准儿，比我还懂戏。

唐老好儿就笑了，说，你们这里的评戏怪好听，比我们家乡的戏好。

赵老柱说，你们黄冈都有啥地方戏啊？

唐老好儿说，戏倒蛮多，东腔戏，采茶戏，还有东路黄梅戏。

赵老柱说，也都挺好啊。

唐老好儿立刻问，主任听过？

赵老柱笑笑说，光听这戏名儿，就挺好听的。

唐老好儿忽然说，蔫有准儿这一阵，怕是没心思听戏哟。

赵老柱哦一声。

唐老好儿说，有烦心的事情啊。

赵老柱的耳朵已经支棱起来。但只是低头喝酒，故意没拾这话茬儿。

唐老好儿又说，他那个叫窜天猴子的宝贝儿子，哦呦可真是个宝贝，整天给他惹祸，前些天又把人家的车给撞了。说着摇摇头，按说撞了也就撞了，可开的还是一辆报废车子。

赵老柱故意随口说，这事儿，好像在村里听了一耳朵。

唐老好儿说，他谁的车不好撞啊，这一说就更麻烦了，是十三幺儿的车子啊。说着又叹了口气，那十三幺儿哪里是好惹的啊，这下好了，小辫子一下让人家抓在手里了。

赵老柱心里乐了，暗想，这下行了，唐老好儿的话匣子算是让自己打开了。

果然，他一边切着菜，又说，今天中午刘一唱来喝酒，听他说，十三幺儿已经在街上说了，他这些天总觉着头疼，去县医院照CT，大夫看了也吓一跳，说脖子坏了，就是让那个窜天猴子给撞的，他让医院开了诊断证明，拿回来给蔫有准儿一看，蔫有准儿也吓慌了。

说着又伸过头，把声音压得更低了，听刘一唱说，十三幺儿已经决定了。

赵老柱喝了一口酒，决定啥？

唐老好儿说，要把窜天猴子送进去啊。

赵老柱问，送哪儿？

唐老好儿说，还有哪儿，公安局啊。

赵老柱一听，这才明白了。这个十三幺儿不光脑子能转轴儿，干事也算计得很精细，他从医院把这个CT报告单拿回来，先给蔫有准儿看了，让他知道，自己手里有这么个东西，然后，再不动声色地一点一点加码儿，在村里放出话，要把窜天猴儿送进公安局。蔫有准儿是老实人，又认实，哪经得起他这么算计着来回折腾，自然就吓坏了。

想到这儿，在心里哼了一声。

赵老柱从唐老好儿的小馆儿出来，往回走着心想，现在这个疙瘩

450

是越系越紧了，已经成了死扣儿。十三幺儿这回算是攥住了蔫有准儿的有把儿烧饼。但不管怎么说，蔫有准儿应该还掂得出轻重，就算他暂时不跟三河口企业这边签流转协议，也不会轻易跟十三幺儿签。他当然明白，只要这条道一开，这块地企业也就没法儿用了。

现在最大的问题，是十三幺儿在村东的这几块"斜尖子"，只要他攥着不撒手，这几块地就像钉子一样插在这儿，三河口企业再往东流转耕地的计划也就都被控制住了。可现在，如果村南河边的这块地不让他开条道，跟他谈村东这几块"斜尖子"，也就更别想。

赵老柱一咬牙想，这事儿别再找别人了，干脆短兵相接，自己亲自出面。

他这样想好，却并没立刻去。

事情就是这样，如果还没说，也就还没有结果。而一旦说了，又被对方拒绝了，再说就不能叫说了，只能叫劝，劝比说的难度就更大了。所以，赵老柱想，尤其像十三幺儿这种蒸不熟煮不烂、油盐不进的人，如果没有相当把握，就不能轻易出手。

这时，十三幺儿在村南河边买下的这几间闲房已经拆完，开始正式动工了。赵老柱看出来，十三幺儿这样急急可可施工，大概是想赶在年根儿前完工。肖圆圆已在村里说了，今年春节，三河口企业准备在赵家坳搞一个规模很大的"戏曲庙会"，届时，要把县评剧团和唐山乃至天津的各大剧团都请过来，从腊月二十三小年儿一直搞到正月十五。十三幺儿一定是想赶在年前开业。如果门前的这条道没修成，影响开业，他肯定得急，这一急，矛盾激化，别的也就更不好谈了。有心想找个理由，干脆让他这工程先停一下，可他申报的手续已经一应俱全，又没理由，真把他惹急了，一拨楞脑袋干脆彻底封死口儿，就更不好办了。

这天上午，赵老柱来到村南的河边。

这时，这工地已经拉开大兴土木的架势，看样子是盖一个像样的三层小楼。十三幺儿的外甥程弓每天在这里，替十三幺儿盯工程。这时，正跟包工头商量事，一回头，见赵老柱站在不远的地头，又跟包工头交代了几句，就朝这边走过来。

赵老柱笑笑说，你姨夫有你这么个帮手，可省大心了。

程弓笑笑问，您有事？

赵老柱一见他这么问，也就干脆说，是，想问你点事。

程弓哦了一声。

赵老柱说，这一阵，三河口企业正在村里流转耕地，这事儿你听说了吧？

程弓说，您是想问，我姨夫在村东的那几块"斜尖子"吧？

赵老柱愣了一下，本来是想把这几块"斜尖子"的事放到后面说，没想到程弓一张嘴就先扔出来。既然他扔出来，也就只能接着，赵老柱说，是，我要说的，就是这几块"斜尖子"。

程弓问，您是代表谁，来说这事？

赵老柱明白，他的意思是，自己是代表村委会还是代表企业。

于是说，我谁也不代表，就是随便问问。

程弓哦了一声，如果这样，那就不用说了。

赵老柱一听这话就来气了，心想，村里别管谁，还没有敢这么跟自己说话的。

但还是把气往下压了压，说，我只想知道，你姨夫到底是怎么个心气儿。

这时，刚才说话的包工头又朝这边走过来，程弓冲他做了个手势，意思是让他等一下，然后对赵老柱说，这么说吧，来问我姨夫这几块"斜尖子"的，您是第二个。

赵老柱立刻问，第一个是谁？

程弓笑笑说，这还用问吗？

赵老柱明白了，应该是曹广林。

程弓又说，我姨夫倒说了，现在好有一比，一家女，百家问。

赵老柱张张嘴，觉着他这话，让自己没法儿接。

程弓回头看一眼说，我这儿正忙，干脆，我姨夫怎么跟别人说的，我就怎么跟您说吧。

赵老柱嗯一声，你说。

程弓说，我姨夫说了，要流转这几块"斜尖子"谁都可以，不过谁出的价儿高，就给谁。

然后，又指了指跟前的这块地，他说的价儿，也包括这条道。

这样说完，又冲赵老柱点点头，意思是说完了，就转身跟包工头到一边去了。

赵老柱往回走着，心想，十三幺儿的这一手儿可真够刁钻的。这也就如同招标，或者干脆说就是拍卖，让三河口企业和曹广林两家竞价。可关键是，竞的这个价还不仅是这几块"斜尖子"本身，也包括河边这块地，也就是说，谁能为他解决在这块地里开一条道的问题，他的这几块"斜尖子"就给谁。这样一来，他身不动，膀不摇，只要坐享其成就行了。

这么想着，就哼了一声，这可真应了那出戏名儿，《连环套》。

但现在的问题是，如果按三河口企业的规划，蔫有准儿在村南河边的这块地里不可能开这样一条道，十三幺儿的这个条件，根本无法满足。

赵老柱想，现在看来，这个扣儿是越系越死了。

第十章　大吕

冬季里雪纷纷

……

迎春花开一片金

……

——《花为媒》

1　热地

这几天，赵老柱已累得筋疲力尽。

村南河边的这块地和村东的那几块"斜尖子"，用一个时髦的说法，已经成了"热地"。本来是十三幺儿和蔫有准儿，现在又加进一个曹广林。就为这几块地，赵老柱觉得，自己已经快被这几个人折腾成神经病了。老伴说，夜里说梦话都是这点事儿。

但让赵老柱奇怪的是，这时，肖圆圆反倒不急了。

那天，赵老柱按肖圆圆说的，把蔫有准儿手里的这张CT报告单复印件拍了照片，用微信给她发过去。然后就没下文儿了。肖圆圆回来，也就没再提这事。

赵老柱本想问她，但一见她忙，自己也忙，就一直没顾上。

这个中午，赵老柱刚来到村委会，蔫有准儿就打来电话。

他先在电话里吸溜儿了一下。

赵老柱一听，立刻有了一种不祥的预感。已经这些年了，知道他的习惯，平时不管说话还是打电话，只要一吸溜儿鼻子，就说明是遇到为难或不好说的事了。

于是说，啥事，你就直说吧。

蔫有准儿又在电话里吸溜儿了一下，才说，你来我家吧，见面说。

赵老柱叹口气说，你等着，我这就过去。

说完挂了电话，把村委会的事安排了一下，就奔蔫有准儿的家来。

蔫有准儿坐在院里，跟前放着小桌，已经沏了茶。

这时，一见赵老柱来了，先问，吃饭了没？

赵老柱的嘴角一耷拉，有心想说，我一早先去村东，又从村东绕到村南，这是刚到村委会，还没定脚儿就让你叫过来了，别说吃饭，连口水还没顾上喝呢。

但话到嘴边，哼一声说，你啥事儿，就赶紧说吧。

说着，拿起桌上的茶壶给自己倒了一碗茶，端起来吸溜吸溜地喝了几口。

蔫有准儿又看他一眼，才说，你可别怪我啊。

赵老柱在心里哼一声。看来，自己猜对了。

果然，蔫有准儿说，直说吧，村南这块地，我不打算流转了。

赵老柱心平气和地说，没关系，这承包地是你的，流转不流转都是你的权利，我没理由怪你，不过，还得问一句，这地，你是不打算流转了，还是已经答应，要流转给别人？

蔫有准儿又吭哧了一下，干脆说吧，这地，我答应曹广林了。

赵老柱一听，又愣了。

这时，赵老柱并不知道，村南河边的这块地已经又拐儿道弯儿了。

在这之前，蔫有准儿还一直犹豫，这块地到底是签给肖圆圆还是签给十三幺儿。当然，签给肖圆圆是签地，而签给十三幺儿则只是签一条道。但如果签了十三幺儿，这块地肖圆圆也就没法儿用了。可不给十三幺儿，他手里的那个CT报告单又随时能把儿子窜天猴儿送进

455

去。蔫有准儿这两天甚至想，别再这么钝刀子拉人了，干脆让儿子去自首算了。

可就在这时，又冒出一件事。

曹广林这时已明白了，肖圆圆这次决定，要在赵家坳大面积种植有机小麦，而且不光是手里现有的这几百亩地，还要在村里流转更多的耕地，要这么看，她的长远打算，应该是要把赵家坳所有的农田都流转过去。如果真是这样，自己准备在这里搞果木种植基地的想法也就不可能实现了。曹广林当然知道，现在跟三河口企业的竞争并不是实力的竞争，而是使用土地性质的竞争。但是，他也已经看中村东的这片地。赵家坳的地势跟别处不一样，一般都是西高东低，而这里由于多年的泥沙冲积，是东高西低，所以也就更适合种果树。此外还有一点，村东的这片地虽然也是耕地，但并不属于基本农田，如果将这里开发成果木种植基地，将来的各种手续也应该好办一些。但就在这时，曹广林又打听到，现在三河口企业正想把十三幺儿的这几块"斜尖子"流转过去。他们这样做，显然也是有计划的。不过，只要十三幺儿咬死了就是不撒手，他们本事再大也无法连成片。

这一来，曹广林就又有了一个想法。

你肖圆圆想在赵家坳大面积流转耕地，然后种有机小麦，这当然可以，不过你的胃口也别太大了，这赵家坳总共有两千多亩耕地，你总得给我留点儿。村东这一片，也就二百多亩，以后你在赵家坳的南北两面种你的有机小麦，就算没连到一块儿，对你也没有什么损失，我就在东面的这一片种我的果树，咱井水不犯河水，这总行了吧。

这一想，也就意识到，自己此前的分析是对的，十三幺儿的这几块"斜尖子"是关键的关键，只要把这几块地拿到手，自己的这个想法也就可以实现了。

就在这时，十三幺儿又放出话来，反正这几块"斜尖子"也是撂荒着，流转谁都是流转，就看谁出的价儿合适，这跟做生意是一个道理，当然就高不就低。曹广林一听这话，就知道完了，现在肖圆圆对这几块地是志在必得，况且这还不光是砸价儿的事，眼下三河口企业跟村委会已经是一回事，真要硬干，自己一个人，肯定干不过企业加上村集体。

但接着，曹广林又得到一个信息。

曹广林早就听说十三幺儿要在村南的小杨河边开分店，但一直没在意。一天下午从这里过，才发现，几间老屋已经拆了，看意思后面的工程规模挺大。

于是就绕过来。

程弓正跟一个人说话，回头见曹广林过来，冲他点了下头。

曹广林说，看意思，这是大折腾啊，要盖楼？

程弓说，也不大，就三层。

曹广林说，拆旧建新，又是盖楼，这得报批啊。

程弓说，是。

曹广林摸出烟，给程弓递过一支，见他摆手说不会，就自己叼嘴上，点着吸了一口说，听说这申报手续还挺严，没经过审批属于违建，一查就有麻烦。

程弓说，已经报批了，手续都有。

曹广林哦一声，这就行了，是啊，你姨夫是个妥靠的人。

程弓又说了一句，以后开业，你多照顾。

这是句买卖话。显然，意思是不想再跟他闲扯了。

但曹广林还不想走，又朝四周看看说，要说这地方，将来开饭馆儿可是个好位置，谁来村里，过了桥一抬头就能看见，可就是，跟前守着这块地，有点碍事。

程弓说，是。

曹广林又歪着脑袋调量了一下，这地里倒是已经踩出一条道，不用太平整，也能过车。接着又摇摇头，不过，也是麻烦，在人家的地里整天人踩车轧的，搁谁也不干。

这时，程弓就又说了一句话。

他看了曹广林一眼，说，我姨夫说了，地里的这条道，跟村东那几块"斜尖子"是连着的。

曹广林听了，心里一动。

此前，曹广林曾跟程弓打听过这几块"斜尖子"。他说这话，显然是知道曹广林的心思。

但曹广林故意眨眨眼问，这话，咋讲？

程弓说，我姨夫的意思，谁能让他在这跟前开一条道，村东的那几块"斜尖子"就给谁。

曹广林盯住程弓问，是这话？

程弓说，是这话。

曹广林又嗯嗯了两声，就倒背着两手走了。

曹广林跟程弓这样闲扯，本来是想探一下十三幺儿眼下究竟是怎么个心气儿，没想到无意中从程弓这里得到这样一个信息。这就太重要了。曹广林这才明白，十三幺儿说的这几块"斜尖子"谁出的价儿合适就给谁，其实说的这个"合适"，还有这一层意思。

曹广林知道，十三幺儿为在这块地里开这条道，这一阵正跟蔫有准儿较劲。十三幺儿也听说了，现在肖圆圆那边也已看上这块地，如果让他们流转过去，又跟别的地连成片，也就不可能再让自己开这条道了。而如果就为开这条道，抢先把这地流转到自己手里，又不认头，这么一大片地，真包过来也就又烂在手里了。

其实，曹广林也早已看中这块地。

这块地说是在村南，但准确地说是在正南偏东。曹广林看中这块地倒不是为种果树，他想的还是村东的这一大片地。如果真把这里搞成果木基地，水源就是一个问题。种果树虽不像种粮种菜，得三天两头浇水，但也不能断了水。蔫有准儿的这块地就在小杨河的北河沿儿，将来抽水排水都方便，通向东面还有一条现成的排灌渠，中间只隔着崔书林家的一块条子地，只要再把条子地包过来，河边这块地也就可以跟东面连成一片了。只是这段时间，曹广林一直忙别的事，才把这块地的事放到下一步了。

可没想到，这下一步的事突然就到了眼前。

曹广林这时的想法是，现在十三幺儿在东面的这几块"斜尖子"自己想要，三河口企业也想要，当然谁要，冲的都是后面的这一大片地。而真要争起来，无论从哪个方面自己都处于劣势。不过现在行了，别的争不过，有了这条道的事就未必争不过了。

现在，只要自己抢先把蔫有准儿在河边的这块地包过来，他十三幺儿再想开这条道，就得来求自己了。而种树和种粮不一样，这块地真归了自己，他别说开一条小道儿，就是修一条柏油小马路也没问题。这一来，也就可以作为包他那几块"斜尖子"地的交换条件，大家各得其所。当然，自己也一举两得，既拿了村东的这一大片地，同时还解决了水源问题。

2　驴皮影儿

但主意想得虽好，也只是一厢情愿。

曹广林知道蔫有准儿这人的脾气，表面看着厚道，但厚道人都拧，一拧也就倔，一旦倔起来反倒更不好说话。况且，自己毕竟是外乡人，而蔫有准儿跟肖圆圆的爹肖大锣是从小在村里一块儿长起来的，真让他在自己和肖圆圆之间选择，他当然不会选择自己。

就在这时，曹广林突然想到蔫有准儿的儿子窜天猴儿。

曹广林跟窜天猴儿很说得上来，只是村里人都不知道。当然，这个说得上来也分怎么说，倒不是真投脾气，也不是有什么共同爱好。两人的心里都明白，这关系就像一块蛋糕，一人拿着一把勺儿，只是各取所需。曹广林需要什么，自己很清楚。平时白天忙忙活活，心里装的七七八八都是事儿，也就顾不上想别的。可一到晚上，再赶上有什么不顺心的别扭事儿，一个人就觉着孤单了。再独自喝点儿酒，就更不行了，本来闷着一肚子话，一喝酒也就起了化学作用，就像烤面包，一下就发起来。后来有一回，曹广林正一个人在村外的土菜馆儿喝酒，见窜天猴儿提着几条黄草鱼进来。这鱼是他在河边下地笼逮

459

的，拎来卖给土菜馆儿，想换酒喝。曹广林想起曾在村里跟他喝过酒，这会儿也正想找个人说话，就把他喊过来。窜天猴儿向来是认酒不认人，一叫也就过来，坐下跟他一块儿喝起来。曹广林这时已喝了一会儿，再跟窜天猴儿一喝，就有点儿大了。曹广林喝大了，跟一般人还不一样。一般人只要大了，说的话，做的事，等酒醒之后就全忘了，常喝酒的人把这叫"断片儿"。但曹广林不是，只要没喝糊涂，也许平时打死也不说的话，这会儿就全说了，可只要是说过的话，事后还能回想起来。他这个晚上就跟窜天猴儿说了很多话，甚至说得一把鼻涕一把眼泪。第二天早晨一醒，再把自己昨晚跟窜天猴儿说的话一句一句想了一遍，立刻惊出一身冷汗，竟然连自己一些隐秘的事都秃噜出来。这一下心里就不踏实了，在屋里来回转了几圈儿，想想不行，就给窜天猴儿打电话。但打了几次，都没接。这一下心里更没底了，干脆出门，直奔蔫有准儿的家来。来了一看，蔫有准儿出去了，只有窜天猴儿一个人在家，还趴在床上呼呼地大睡。显然，昨晚喝大了，而且还不是一般的大。曹广林看看他，有些奇怪，昨晚从村外的土菜馆儿回来时，窜天猴儿说话很正常，看着没一点儿大的意思，反倒是自己走路已经打晃，到村口的小杨河过桥时，还是他扶着自己过来的。

于是走到床前，使劲推了他几下。

窜天猴儿这才翻个身，睁开眼。

曹广林说，怎么睡到这会儿？

窜天猴儿翻着眼皮想想说，昨晚，咱俩喝酒了？

曹广林说，是啊，我请你喝的，你还让我又给买了一瓶"烧二刀"，说带回来接着喝。

窜天猴儿又翻了下眼皮，是吗？

曹广林说，瞧我这俩钱儿花的，冤不冤哪。

窜天猴儿又想想，这才嗯了一声，好像是。

曹广林说，干吗好像啊，本来就是。

这时，曹广林又嗯嗯了两声，才说，咱都是喝酒之人，有句话，你听说过吗？

窜天猴儿看看他，啥话？

曹广林说，酒后说的话，不叫话。

窜天猴儿说，不叫话，也是人说的。

曹广林说，人说的也分从哪头儿，上边说的，叫话，下边说的，叫屁。

窜天猴儿说，明白了，你意思是说，昨晚喝酒跟我说的话，都是放屁呗。

曹广林哼唧了一声，就算是吧。

窜天猴儿乐了，想想问，真格的，你昨晚儿，都跟我放啥屁了？

曹广林使劲看看他，你真不记得了？

窜天猴儿说，不是不记得，是一点儿印象都没有。

曹广林说，装啥蒜啊？

窜天猴儿说，就是没印象了。

曹广林问，那你记得啥？

窜天猴儿想了想，就记得，五年的"烧二刀"，确实比两年的味儿好。

曹广林盯住他，真的？

窜天猴儿说，当然真的。

这以后，曹广林就知道了，敢情这窜天猴儿有这个毛病，只要一喝酒，就变成了另一个窜天猴儿，如同皮影戏里的"驴皮影儿"，该动还动，该喝也喝，吃菜说话看着跟正常人一样。而其实这时，他的真魂已经出窍，你就是跟他说出天大的事，酒一醒也就全忘了。这就行了，曹广林发现，自己终于找到一个最理想的酒友。从这以后，只要想找个人陪自己喝酒说话，就把窜天猴儿叫来。窜天猴儿一听喝酒，也是每叫必到。

曹广林自从来赵家坳，学会了一句话，耍钱越耍越薄，喝酒越喝越厚。这指的是人跟人的关系。这话听着没什么，其实深含哲理。所谓耍钱，也就是赌博，这时谁都想着自己怎么赢，而只要自己赢，自

461

然也就是让对方输，所以多好的朋友也得勾心斗角。喝酒则正相反，都是劝对方多喝，而且越喝也就越说肺腑之言，自然也就越喝越近。曹广林跟窜天猴儿的关系也就是这样越喝越近。这一近，渐渐也就不系外。曹广林曾问过窜天猴儿，这"不系外"是什么意思？窜天猴儿告诉他，这是当地话，也就是不见外。

想想又说，就像你跟我，这就叫不系外。

这以后，曹广林跟窜天猴儿也就真不系外了。平时在村里，难免遇上这事儿那事儿，有的事自己不好出面，跟窜天猴儿说一声。他腿脚儿快，立刻就去办了。

曹广林越来越发现，窜天猴儿跟刘一唱还不一样，不光是性格，也包括能力。很多事刘一唱能干，窜天猴儿干不了，但也有的事只能交给窜天猴儿，让刘一唱去不行。这窜天猴儿平时看着没准性儿，整天东扎一头西扎一头，用一句当地的话说，就是个不靠勺的"乌了尤儿"。但有一次喝大了，曾跟曹广林露出来，他也有在意的事。

这次，曹广林就想起这件事。

3　哥儿俩变爷儿俩

曹广林知道，窜天猴儿在意的是小曼。

曹广林有个本家堂姐，虽然论着关系不是太近，但也没出"五服"。当初曹广林来这边之前，这个堂姐已跟着老公在天津做生意。出门在外的人都这样，当初在家时也许从不走动，一出来，别说亲戚，就是同乡也很亲，彼此都有个关照。所以在这边一见，这个本家堂姐也就像亲姐一样。这堂姐的老公是定西人，来这边，一直在天津和西北之间来回倒腾土特产。后来赚了点钱，就在这边买房落了户。堂姐平时在家闲着没事，偶尔就带着女儿来曹广林的果园住几天。这女儿叫小曼，20来岁，在老家高中没毕业，就跟爹妈来天津了。

其实这小曼倒不是特别好看，但眼睛跟一般的女孩儿不一样，一冲人笑，就眯起来。女孩儿眼大勾人，眯缝起来也勾人。有一回让窜天猴儿看见了，从这以后，在曹广林的面前也就更加勤快，还总是有意无意地打听关于小曼的事。曹广林是过来人，当然已经看出来，只是不说破。但再使唤窜天猴儿也就更理直气壮，总让他给自己干这干那。

窜天猴儿也不傻，心里明白，曹广林这是巧使唤人，但也心甘情愿。

这次，曹广林想，是到跟窜天猴儿揭锅的时候了。

跟窜天猴儿说这种事，当然不能在村里，于是找了一个晚上，又把窜天猴儿拉到村外两人经常喝酒的这个土菜馆儿。一坐下，曹广林就说，咱爷儿俩，今天说点儿掏心窝子的话。

窜天猴儿一听，愣了一下。

心想，这曹广林平时跟自己都是论哥们儿，今天怎么突然长辈儿了，又论爷儿俩了？

但急着喝酒，就顺口答音儿地说，行啊爷们儿，你就说吧，啥话？

曹广林问，咱是不是朋友？

窜天猴儿眨巴眨巴眼，不知曹广林怎么又突然冒出这么一句。

曹广林又说，你就说吧，是不是朋友？

窜天猴儿说，这还用问，酒都喝成这样儿了，当然是朋友。

曹广林点点头，好，那咱今天就实打实，谁也不许来虚的。

窜天猴儿说，行，你说吧。

曹广林就把菜点了，又要了酒。

一会儿，酒菜都上来，曹广林斟上酒，端起来说，咱先把这酒喝了，然后再说话。

窜天猴儿又看看他，就把这酒喝了。

曹广林也喝了，把酒盅往桌上一蹾，问，你是不是喜欢上我的外甥女儿小曼了？

窜天猴儿的脸立刻红起来，吭哧了一下说，是咋样，不是，又咋样？

曹广林说，这么说，你就是承认了？

窜天猴儿嗯一声，就算，是吧。

曹广林点头说，行，够实在。

窜天猴儿又瞄一眼曹广林，可喜欢归喜欢，就不知，人家是咋想的。

曹广林说，这么说吧，我是她娘舅，从小看着她长起来的，我让她咋想，她就得咋想。

窜天猴儿一听高兴了，赶紧给曹广林斟酒。

曹广林告诉窜天猴儿，他已跟小曼的妈商量好了，将来，如果在这里的果木种植基地真搞起来，他们一家也会过来，在这边盖个小楼儿，这样，小曼也就在这边落户了。

窜天猴儿一听更兴奋了，一边颠着屁股，连连点头。

曹广林又说，来赵家坳这几年，感觉窜天猴儿还行，不光有才，也有脑子，关键是能干，将来应该不是个挣有数儿钱的人，如果没看出他身上的这个潜质，也不会跟他成朋友。

这时，窜天猴儿试探着问，小曼说过吗，对我，啥看法儿？

曹广林拉着长音儿嗯一声说，咱刚才说了，今晚实打实，不来虚的。

窜天猴儿立刻说，对对，是咋就咋说。

曹广林说，小曼来这几回，跟你接触不多，印象不深，只知道有你这么个人。

窜天猴儿听了哦一声，显然有点失望。

不过，曹广林又说，我试着跟她提过你，她对你的印象还行。

窜天猴儿这才又高兴了，赶紧给曹广林斟酒。

曹广林说，我这个当大舅的，当然愿意促成你俩的事，我以后要在这边干大事，你俩真成了，我也就有了得力的帮手，当然，你现在也是我的帮手，可真成亲戚就不一样了。

窜天猴儿赶紧说，那是当然，我跟小曼要真成了，这辈子，就跟着大舅干了。

曹广林一听就笑了，是啊，你俩真成了，你也就是我的外甥女婿了。

窜天猴儿立刻说，是啊是啊，以后大舅有啥事，只管吩咐。

窜天猴儿的心里很清楚，自己喜欢小曼已不是一天两天了，平时话里话外也带出来过，曹广林不会一点儿也看不出来。可他从没提过这事儿。现在，突然把自己拉到这儿来，明显就为把这事儿挑开，这说明，他应该有事，而且还不是一般的事。

接着就猜到，看来，这事儿还非得让自己办不可。

于是试探着问，大舅是不是有啥事儿，要让我办？

曹广林点头嗯一声，要不说你这人机灵呢，咱们之间说话不光痛快，也不费劲。

接着，才说，眼下还真有一件事，这事儿虽不大，可别人还办不了，就得你办。

窜天猴儿立刻说，别管啥事儿，大舅只管吩咐，我肯定尽全力。

曹广林说，好吧，现在就都跟你说了吧，我刚才说的，要在这赵家坳搞一个果木种植基地，还只是一个计划，计划如果不实施，也就等于是梦话。

窜天猴儿一听乐了，说，大舅这话说得真好。

曹广林说，先别捧，听我往下说。

窜天猴儿赶紧把嘴闭上了。

曹广林又沉了一下，才说，现在，我已经看好了村东这片地，大约有二百大几十亩，如果把种植基地放在这一片，不光地势高，日照也好，种果树应该最合适。

窜天猴儿一直认真听着，还是没明白，这跟自己有什么关系。

曹广林说，你听着，这就要说到跟你有关系的了。

窜天猴儿把头凑过来，大舅你说。

曹广林说，如果搞种植，这么大一片，就得有水源，当然，也可以打机井，可村南守着小杨河，有句话，干吗放着河水不洗船，咱是干吗放着河水不浇地，还非得花钱打井呢。

窜天猴儿听到这儿，还没明白。

曹广林说，这么说吧，咱得想办法，把你家在河边的这块地包过来，我仔细看了，你家这块地的跟前还有一条水渠，这边通着小杨河，那边可以一直通到村东的那一大片耕地，只要把这块地包过来，后面要在村东搞这个果木基地，水源也就不用愁了。

窜天猴儿这才明白了，曹广林说这半天，敢情是为自己家的这块地。

于是立刻说，这不叫事儿。

曹广林看看他。

窜天猴儿说，我回去跟我爹说一声就行了。

曹广林摇摇头，怕没这么简单。

窜天猴儿这时已经释然了，摇晃着脑袋说，这点事儿，我就能做主。

曹广林说，先别这么说，你还真不一定做得了主。

窜天猴儿不明白，咋做不了主？

曹广林说，这块承包地的名头不是你，应该是你爹，真签流转协议，还得他签。

接着又问，最近，肖圆圆又注册了一个叫啥"股份+"的企业这事儿你听说了吗？

窜天猴儿想了想，好像，听了一耳朵。

窜天猴儿确实听说过。但是对这种事没兴趣，也就没走心。

这时，曹广林才说，你家这块地，现在三河口企业也看上了，说白了，三河口企业跟那个"股份+"，还有村委会，现在已是一回事，所以说，其实也就是肖圆圆看上了。

窜天猴儿一听这里边还有肖圆圆的事，心里立刻有些打怵，赶紧说，她看上就给她，现在地有的是，咱在河边另找一块，也一样。

曹广林摇头，当然不一样。

曹广林这时已经看出来，这个窜天猴儿跟刘一唱确实不一样。他倒不是没脑子，而是想事儿根本就不过脑子。自己本来想把这块地的真正意义给他说一下，如果拿下这块地，也就等于有了一个筹码，这样也就可以用允许十三幺儿在这块地里开一条道，来换取他在村东的那几块"斜尖子"。而这几块"斜尖子"的意义是，谁拿到它，也就等于拿到村东的这二百多亩地。但又一想，这件事绕的弯儿太多了，真都说给他，他也未必愿意费这脑子去想。

于是干脆说，这么说吧，你家河边这块地，必须拿过来。

窜天猴儿问，不拿不行？

曹广林点头，不拿不行。

接着，索性就更明确地说，这地拿不过来，后面的计划就得落空，小曼也就不来了。

果然，窜天猴儿一听这话就急了，赶紧说，大舅放心，要么说，这事儿就交给我了！

曹广林把酒盅端起来，我相信，我这个外甥女婿没选错。

窜天猴儿一口把酒喝了，杯一蹾说，大舅，您就等好儿吧！

说完，往起一蹦就走了。

曹广林又哎了一声，把他叫住说，你今晚，没喝多吧？

窜天猴儿乐了，大舅啊，今晚这点儿酒，对我就是没喝。

曹广林摇摇头，我可知道你的毛病，别明天一睁眼就全忘了。

窜天猴儿一拨楞脑袋，这么大的事儿，您就把心搁肚子里吧！

曹广林笑了，是啊，这话我信，别的事你能忘，小曼，肯定忘不了。

窜天猴儿嘻嘻地说，要不说呢，还是大舅了解我！

说完，就一蹶一蹦地走了。

窜天猴儿这回果然跟平时不一样了。喝了这些酒真跟没喝一样，头脑异常清醒。

但直到这时，他仍把这件事想得很简单。家里在河边的这块地已经没啥用，爹说过，以后也不想再种了，虽说还有别人盯着，但既然曹广林想要，现在跟自己又已是娘家大舅跟外甥女婿的关系，当然要先尽着自己人，况且已经说好，将来就跟着他干了，这地流转来流转去也没流到外人手里。这一想，也就认为，只要回去跟爹说一声也就行了。

但让他没想到的是，回来一说，蔫有准儿立刻急了。

瞪起两眼，问窜天猴儿，你答应曹广林了？

窜天猴儿说，是啊，答应啦。

蔫有准儿说，这么大的事，你咋能给我瞎做主？

窜天猴儿不服气，哼一声说，一块破地，我做主又能咋的？

蔫有准儿一下蹦起来，冲他吼道，破地？你从一落草儿，吃的喝的从哪儿来，都是从这破地里刨出来的！现在刚吃了几天饱饭，你就不认得大铁勺啦?!

窜天猴儿一看爹不同意，也蹦着脚儿地嚷道，我已经答应我大舅了，不能改了！

这时蔫有准儿才听出毛病，眨巴眨巴眼说，先等会儿，你说你大舅，你哪儿来的大舅？

窜天猴儿也意识到，自己说漏嘴了，哼了一声。

蔫有准儿又说，你妈娘家没兄弟，你从哪儿又冒出个大舅？

窜天猴儿脖子一歪，索性说，曹广林，就是我大舅！

蔫有准儿听了又一蹦嚷道，呸——！你放屁——！

骂完，脱了鞋就要抽窜天猴儿。但瘸着腿蹦了两下站不稳，赶紧又穿上了。他这会儿脑子已经全乱了，这个混账儿子简直就是个搅屎棍子，这些日子，从家里到外头，已经让他搅得乱七八糟，把自己也搅得晕头转向。这时，他低头朝跟前看看，抄起床前的夜壶就摔在地上。这夜壶是瓦的，已经积了厚厚的一层尿碱儿，这一摔，屋里登时泛起一股尿臊味儿。

窜天猴儿这时反倒冷静了，先走到桌子跟前倒了一碗凉茶，一口一口地喝了，然后回头说，明说吧，这块地，我已经答应我大舅了，说得死死的，不行也得行。

蔫有准儿又使劲一蹦，行个屁！

窜天猴儿问，你真不答应？

蔫有准儿说，等我死的那天，这地您愿意给谁给谁，别说给你大舅，就是给你大舅姥爷我也不管了，可只要我活一天，你甭想！

窜天猴儿说，这话，可是你说的？

蔫有准儿瞪着他，我说的！咋？！

窜天猴儿说，好！既然这样，咱今天就把话说明白，这地，关系到我下半辈子的幸福！

蔫有准儿听了又一愣。

儿子这话，他又不懂了。

窜天猴儿说，你听明白了，这块地，只要你不同意。

蔫有准儿问，咋？

窜天猴儿说，咋也不咋，不过从今往后，你是你，我是我，你就当没我这个儿子，我也没你这个爹！到你死的那天，别说打幡儿抱罐儿，我连孝帽子也不给你戴！

蔫有准儿一听这话，立刻瘪了。

这时，蔫有准儿看着坐在跟前的赵老柱，眼泪就掉下来。

赵老柱也看着他，没说话。

蔫有准儿叹口气说，我知道你的心思，你这当村长的整天忙前忙后不容易，图个啥，说白了，还不是为咱赵家坳这点事儿，村里好了，大伙儿才能好，这我都明白。

接着又摇摇头，可我摊上这么个小畜生，也实在没办法。

这时，赵老柱已明白是怎么回事了。

想了想，问，你跟曹广林，协议签了吗？

蔫有准儿哭丧着脸说，协议倒还没签。

赵老柱说，只要协议没签就行。

蔫有准儿说，可这小畜生，我没法儿答对啊。

赵老柱说，能拖就先拖着吧。

4　顾己不为偏

蔫有准儿是个好面子的人。这个中午，把赵老柱叫来，只跟他说了跟儿子窜天猴儿闹翻这件事。其实还有一件事，话已到嘴边，转来转去还是没说出来。

就在赵老柱来之前，他刚跟陈广福也吵了一架。

蔫有准儿也知道自己这事儿做得不地道。但就这一个独子，虽不争气，又整天不顺南不顺北，可再怎么说也是自己儿子，虽然不指望他养老，可到最后那天，也还得让他给自己送终。所以，窜天猴儿当时赌气说的话，也就一下捅到了他的肺管子。他知道这混账儿子的脾气，别管什么事，只要说得出来就干得出来。这回真跟他闹翻了，到自己百年那天，这小兔崽子真能不给自己打幡儿抱罐儿。如果自己倒了头，跟前连个挂孝跪哭的都没有，那岂不真成了绝户。当初马九成走时，他也去跟着料理后事，看着灵前冷冷清清，真是可怜。当时就想，幸好自己有儿子，到这一天的时候，不会落到马九成这样的下场。

蔫有准儿一想到这儿，浑身就不由得一激灵。

不过事后，再回想儿子当时说的话，又越想越觉着蹊跷。他口口声声说，这块地关系到他后半辈子的幸福，还突然改口了，把曹广林一口一声地叫大舅，这又是咋回事？

蔫有准儿有些后悔了，当时只顾跟这小畜生矫情，也没细问。

自己的儿子，自己当然清楚。蔫有准儿知道他是牵着不走，打着倒退，现在已经僵成这样，倘再问，他肯定更没人话。想来想去，就决定让陈广福侧面问问，看究竟是咋回事。

陈广福平时最疼窜天猴儿，她跟他，应该能说得进话。

陈广福当初的男人是开旋耕机的。县里有一家农用机械公司，专门出租大机械，陈广福的男人就在这公司里当司机。这男人叫赵福墙，长得也像一堵墙，高高大大，脸上糙黑，站在院里一说话，墙头都能掉土。可就是疼媳妇儿，跟陈广福一说话就慢声细气。陈广福跟他结婚几年，肚子一直没动静，总想有个孩子在家里跟自己做伴儿。但赵福墙的工作得出去作业，不常回家。所以每次一回来，两人就都急急呵呵，饭也顾不上吃，先到床上干这点事儿，干痛快了才吃饭，吃完了又接着回到床上，就这么没完没了。街上的人也都知道，只要赵福墙一回家，街坊四邻就不得安生了。后来这赵福墙出事，也是出在这个事上。那次赵福墙要去外县作业，得走一个多月。走之前先回来一趟，夫妻俩这一干就折腾了一夜。赵福墙虽然生得人高马大，可再壮的男人也架不住这么折腾。第二天一早临走，又干了一回，这赵福墙出门时就已累得真扶了墙。回到县里又临时加了一个活儿，开着旋耕机去作业，人就没精神了，一边干活儿一边打盹。这时，旋耕机在一条垄上颠了一下，赵福墙一头栽下来，正摔在旋耕机的旋刀底下。等一块儿作业的同事赶过来，把他拽出来时，人就已看不得了。

赵福墙最后这次虽然费了这么大劲，连命也搭上了，也没给陈广福留下一儿半女。

这也就成了陈广福永远的遗憾。

蔫有准儿知道，陈广福平时最疼窜天猴儿。窜天猴儿从小就淘，他的淘跟别的孩子还不一样，能淘出圈儿，有一回他往崔书林家的鸡食盆子里撒尿，崔书林的媳妇说了他两句，他二话没说，搬起一块顶门的石头就把他家的锅砸漏了。所以当时，村里人都叫他"盐汤儿"，流到谁家谁家咸（嫌）。可唯独陈广福不嫌他，还总叫到家里，给他炒鸡蛋吃。窜天猴儿一来二去也就让她惯出了毛病，鸡蛋得用香油炒，葱花儿放少了也说不香，一急还掀桌。陈广福在街上是暴脾气，没人敢惹，可在窜天猴儿的跟前却是绵性子，甭管跟她怎么闹，她也不急。当然，蔫有准儿的心里也明白，陈广福这样宠着窜天猴儿，其实是另有一番心思。

这次，蔫有准儿借着给陈广福挑水，就跟她把这事儿说了。

陈广福听了问，你想让我问啥？

蔫有准儿说，就让他说明白了，跟这曹广林到底咋回事。

陈广福说，我问可以，不过，也不敢保证他说实话。

蔫有准儿说，你就问吧，问出多少是多少。

说着又摇头叹口气，如果连你都问不出来，别人就更别说了。

当天晚上，陈广福就把窜天猴儿叫到自己家来。

陈广福当年叫窜天猴儿来家里吃炒鸡蛋，一叫就来。现在不行了，叫三回也不一定来一回。但陈广福也有办法，她给窜天猴儿打电话，先告诉他，后院种的小香葱熟了，刚割了一把儿，呛鼻子地香，晚上给他炒鸡蛋。说完见窜天猴儿在电话里没反应，就又加了一句，今天收拾屋子，找出一瓶"烧二刀"，看样子有几年了，晚上二娘跟你喝两口儿。

陈广福在村里论着是窜天猴儿的二娘。但她跟窜天猴儿说话时，总把这"二"字轻轻带过，这一下"二"就成了"阿"。果然，窜天猴儿一听有陈年的"烧二刀"，立刻就答应了。

陈广福当年经常陪着自己男人喝酒，也有些酒量。这个晚上，就跟窜天猴儿喝起来。一边喝着，见窜天猴儿越喝越高兴，就趁机问，这几天，怎么看着印堂发亮啊？

窜天猴儿不知陈广福说这话的用意，摸摸自己的脑门儿，是吗？

陈广福说，是啊，葫芦爷常说，印堂发亮，必有大财，看来你是有啥喜事啊。

窜天猴儿嘿嘿了两声说，喜事儿还说不上，不过这两天，还真有个高兴事儿。

陈广福问，啥高兴事儿啊，跟阿娘说说，也为你高兴高兴。

窜天猴儿想了想，事儿还没到跟前，先不能说，一说就没了。

陈广福一撇嘴，你不说我也知道，刚认了一门儿亲戚，是不？

窜天猴儿看看她，我认啥亲戚了？

陈广福说，你不是又有了一个大舅吗？

窜天猴儿一听就嘻嘻地乐了，说，你也听说了？

陈广福说，甭说我听说，那戏词儿是咋唱的，这事儿已经四处传扬啦。

窜天猴儿将信将疑，摇头嘟囔着说，没这么夸张吧。

陈广福说，你去街上问问，都知道你有个大舅啦。

窜天猴儿一口把酒喝了，这才说，好吧，那我就跟你说了吧。

陈广福也沉得住气，低头斟着酒，只嗯了一声。

于是，窜天猴儿就把这事的前前后后都对陈广福说了。

第二天一大早，陈广福就把蔫有准儿叫来。

蔫有准儿一听，敢情儿子是看上曹广林的外甥女小曼了，而且曹广林已经许给他，只要把村南河边这块地包给他，窜天猴儿跟小曼的事，就包在他身上。这才明白了，难怪那天晚上，这小畜生说，这块地关系到他后半辈子的幸福，还一口一个大舅，叫得那么亲，敢情是从这个小曼这儿论的，这倒好，媳妇儿还没见着影儿，外甥女婿先给人家当上了。

可这一下，蔫有准儿就更不知该怎么办了。

在这之前，自己在村南河边的这块地只有两个选择，一是流转给三河口企业，二是十三幺儿。本来正举棋不定，现在又冒出个曹广林。这一下就更麻烦了。

蔫有准儿毕竟是个有定力的人。这时，先让自己冷静下来，又重新权衡了一下这三个选择的得失。把这块地流转给三河口企业当然是首选。赵老柱这些天一趟一趟来跟自己说，也是这个意思，况且赵老柱的意思也就代表村集体的利益，这点道理蔫有准儿当然懂。换句话说，如果真把这块地给了三河口企业，种了有机小麦，也是一件难得的好事。可话又说回来，这事儿再好，也是村集体好，跟自己当然不能说没关系，但这关系如果跟后两个选择相比，就不好比了。先说十三幺儿。现在十三幺儿的手里还攥着那张从县医院拿回来的CT报告单，只要他去一趟交通队，儿子就又有大麻烦了，赔点儿钱还是小事，这次弄不好就真得去蹲班房。就为这，这些天，才一直拿不定主意。再说这曹广林。蔫有准儿怎么也没想到，现在突然又冒出他外甥女这么个事。这个叫小曼的女孩儿跟她娘来村里时，蔫有准儿见过，模样不能说多漂亮，但也挺俊，都说西北人皮肤好，还真是好，脸上又白又细，见人挺爱说话，打招呼也有老有少的，一看就是个懂事的孩子。将来如果真能进自己家的门儿，当然也是好事。况且，兴许走了这一步，儿子从此也就收心了。

这一想，也就沿着这个思路继续往下想了。

儿子窜天猴儿眼下已经二十大几，也到该找对象的年龄了。村里像他这样的年轻人，大都去城里打工了。在外面遇到的人多，青年男女接触的机会也多，人家找对象当然不发愁。可自己这儿子整天在村里晃荡，虽说眼下村里的流动人口越来越多，可人家大都是成双配对来的，真找个合适的女孩儿也不容易。去年曾有一个从玉田过来的小戏班儿，来这边跑台子。一般外面的小班儿知道这海州是戏窝子，轻易不敢来。但这个小班儿来了一演，还挺受欢迎。于是就住下来，附近的几个村一转，演了将近一个月。窜天猴儿整天在外面跑，蔫有准儿也就没在意，后来才听陈广福说，窜天猴儿这些日子一直在这个小班里临时搭班儿，跟他们一块儿演戏。蔫有准儿一听，倒也没觉着意外，儿子是武二花的底子，平时经常有人找他去补台。但陈广福说，这回可不一样，窜天猴儿去搭班儿，是因为这小班儿里的一个青衣看上他了。蔫有准儿一听，觉着这倒是个好事儿，真能成了，儿子的终身大事也就有着落了。但再一想，如果真娶了这个青衣，这辈子也就注定要干这一行了，整天跟这小戏班子风里雨里去四处演戏，实在辛苦，又不太认头。但寻思了几天，就还是把自己说通了，人这一辈子，干啥不是吃饭，既然儿子学了这一行，只要自己喜欢就行。

可没几天，这小戏班儿走了，儿子却并没跟着走。

事后蔫有准儿问儿子，到底咋回事？窜天猴儿才说，这小班儿里的青衣确实喜欢自己，她是这小班儿班主的女儿，戏也唱得挺好，有嗓儿，有身段儿，模样也不错，可就是有一回，晚上散了戏，一块儿去夜市吃宵夜时，她想跟自己亲嘴儿，等把嘴凑过来才看清，一嘴的黄板儿牙，他一下就没心思了。蔫有准儿一听就说，这赵家坳的人都是吃棒子面儿长大的，哪个不是一嘴的黄牙板子，就你事儿多。窜天猴儿哼一声说，错，你说的黄牙板子是你们这岁数的人，你看看眼下村里的年轻人，哪个不是一口的小白牙儿？

蔫有准儿听了一愣，再想，还真是。

这时，想到这儿，就在心里叹了口气。眼下儿子总算又遇上个对眼的，小曼这女孩儿也确实挺好，如果真能成，也就应了那句戏词儿，千里姻缘一线牵，也是前世注定吧。

于是在心里对自己说，也罢，顾己不为偏，冲儿子，干脆就答应这曹广林吧。

这样想好，也就把这决定跟儿子窜天猴儿说了。

窜天猴儿听了，先眨了眨眼，问，你想好了？

蔫有准儿叹口气，想好了。

窜天猴儿又问，不变了？

蔫有准儿没好气地说，说好的事儿，还变啥变。

窜天猴儿嗯了一声，扭头就一溜烟儿地走了。

但陈广福一听就急了。这个早晨，急急地来找蔫有准儿。

进门就说，这么大的事儿，你咋说定就定了？

蔫有准儿的心里正烦躁，没好气地说，我不定，还得跟你商量？

陈广福一听这话就不干了，瞪起眼说，你要是不用跟我商量，干吗让我去问你儿子？

这一问，就把蔫有准儿问瘪了。

陈广福说，我看你是老糊涂了！

蔫有准儿一听这话就急了，冲陈广福一蹦说，我咋老糊涂了？

陈广福说，你不老糊涂，能办这么糊涂的事吗？

蔫有准儿说，你懂个屁！

陈广福点点头说，行，我懂个屁，就算我连屁也不懂，我看你后面咋办！

蔫有准儿哼一声，这有啥，该咋办咋办！

陈广福说，行啊，这地你给了曹广林，村长和三宝那边，你咋交代？

陈广福这一说，又把蔫有准儿问住了。

想了想，用拳头一砸自己的脑袋蹲下了，恨声骂道，这个狗日的小畜生啊！

陈广福拍手说道，好，好啊，骂得好！你早该这么骂！

蔫有准儿一愣怔，才意识到，这一下又连自己也骂上了。

这两天，蔫有准儿光沿着一条道儿想了。这时陈广福一说，才突然意识到，自己真这样决定了，跟赵老柱和张三宝确实没法儿交代，还别说交代，干脆说，就没法儿见人家了。幸好自己有一个留退身步儿的习惯，虽然已对儿子窜天猴儿说了，同意把这块地给曹广林，但并没具体说什么时候签协议。这一来，也就还没把这事推到绝处。

但这时，窜天猴儿已经飞奔着来找曹广林，向他报告了这个好消息。曹广林听了点点头，心里就有底了，但还是叮问了一句，是不是确实说好了，你爹，亲口答应的？

窜天猴儿连连点头，是，他亲口答应的！

曹广林想了想，又问，啥时签协议？

窜天猴儿嗯了一声，随时！

跟着又说，已经定死的事，协议早一天晚一天还急啥。

曹广林听了说，这倒是。

想想又说，不过，夜长梦多，还是尽快吧。

窜天猴儿说，行，大舅说了算！

曹广林点头，就这两天吧。

说着又一拍他，我真没看错人！

5　树身不动　树梢白摇

曹广林没想到，一件缠头裹脑的麻烦事，竟然这样顺利就解决了。

这时，他又想起那句话，好马不吃回头草。

这一想，就觉得这句话有些可笑。如果这草一回头就能吃到，却偏不吃，这就不光不是好马了，应该说，还是一匹傻马。这次去佟家台子的计划落空，本来已经走投无路，回赵家坳只是无奈之举，已经做好先隐忍一段时间的心理准备。

却没想到，歪打正着，突然又柳暗花明了。

这个上午，曹广林来到十字街，奔河边的临江驿饭庄来。

事情到了这一步，曹广林就不急了。现在，自己的手里已经有了一张王牌。把村南河边的这块地拿过来，也就不怕十三幺儿再跟自己转腰子。下一步，就是村南这块地和十三幺儿那几块"斜尖子"之间的这块条子地了。只要再把这条子地拿过来，就算大功告成了。

这块条子地，是崔书林的。

曹广林跟崔书林认识，但没打过交道，知道这人也不省事。不过崔书林的不省事跟十三幺儿还不一样。十三幺儿是软，用天津话说，就是软拖儿，遇事不直着说，只跟你绕来绕去，闪转腾挪，不同意也不说不同意，只是动蔫的。崔书林则不然，真到事儿上行就行，不行就不行，干脆明着就给你扔出来。真扔出来了，也就别想再跟他打驳回。但崔书林和十三幺儿也有一个共同点，就是能算计，算盘不光打得细，也精，别管什么事，不能让他吃亏，只要算出这事儿对自己无益，一般不会干。当然，还有一点也跟十三幺儿一样，他自己不吃亏，也不会占别人的便宜，该是自己的一分不能少，不该是自己的多一分也不要。现在曹广林担心的是，崔书林的这块条子地总共也就一亩大几分，又荒着没用，如果跟他说包来，应该没问题。但在这样一个节骨眼儿就不一定了。一旦他知道，自己已把村南河边的这块地也包过来，还要包十三幺儿的那几块"斜尖子"，就会明白了，他这块条子地不仅夹在当中，也成了嗓子眼儿。崔书林倒不会敲竹杠，但也是生意人，懂得随行就市水涨船高的道理，一旦知道这底细，再跟他谈，恐怕就又不好谈了。唯一的办法，是把这事儿倒过来，既然蔫有准儿和十三幺儿那边都已有把握，索性按着不动，先跟崔书林谈。把他这边谈妥了，再回过头去找十三幺儿，这样等崔书林明白是怎么回事，也就都办完了。

但曹广林就忘了一件事，崔书林也是开饭馆儿的，饭馆儿是信息集散地，况且他这里是村里戏迷的一个据点，平时有事没事都往这儿跑，村里屁大点事，崔书林立刻就知道了。而且他开饭馆儿，十三幺儿也开饭馆儿，同行之间的信息也就更关注。这些天，崔书林已注意到，十三幺儿把村南河边马九成的那几间闲房买下来，正盖小楼，也打听清楚了，是准备在那边开一个太极大酒楼的分店。崔书林的脑子虽不如十三幺儿转轴儿快，但也不笨，得到这些信息立刻就整合起来。肖圆圆已经又注册了一个"梧桐湾有机农业发展股份+"，不光天行健集团参股，听说村委会也要参股。这一来三河口企业的事，也就跟村委会是一回事了。接着，又有消息传来，三河口企业正想流转十三幺儿在村东的那几块"斜尖子"地，而且村主任赵老柱一直在从中协调。跟着又听说，曹广林也在打村南河边这块地和十三幺儿那几块"斜尖子"地的主意。崔书林一想就明白了，自己这块条子地夹在当中，应该又成了关键。

但崔书林也是个有主意的人，不会轻易被谁说动，用一句戏词儿说，我树身不动，你树梢儿白摇。自己在村东的这块条子地究竟怎么办，心里自有主见。

这个上午，曹广林一来就说，崔老板，正忙着哪。

崔书林揸着两只油手，冲他笑笑。

曹广林说，你忙我也忙，有点小事儿，跟你说一下。

这是曹广林在来的路上想好的，跟崔书林说这事时，就当个不是事儿的事儿，一说就完，一完就走。事后他即使反应过来，也不过是一亩多地的事，再反悔就不好意思了。

崔书林一听也笑笑，行啊，我手头还真挺忙，有啥事你说吧。

曹广林说，就一句话的事儿，你村东那块条子地，包给我吧。

崔书林听了哦一声问，我这地才一亩大几分，你包它干啥？

曹广林嗯嗯了两声说，我一个外乡人，在这村里没根没叶儿的，说白了连个立锥之地都没有，不是种了十几亩果园吗，一些乱七八糟的东西，总得有个不碍事的地方临时存放。

崔书林听了说，你的果园不是在西头吗，干吗跑到东头来放东西，这不是舍近求远吗？

这一下，曹广林没词儿了，支吾了一下说，我是看着，你这条子地闲着。

崔书林又笑了，眼下这村里，谁家的地没闲着啊。

这样说完，见曹广林已经让自己挤对得说不出话了，才说，行啊。

曹广林立刻问，你答应了？

崔书林说，没想到，我这块条子地，咋一下就成香饽饽儿了。

曹广林听出他这话里有话，问，怎么，还有人想包？

崔书林说，是啊，还不止一家呢。

曹广林试探着问，都谁？

崔书林没拾他这茬儿，说，我寻思寻思吧，反正包谁都是包。

说完就回头喊伙计，让把饭馆儿门口的这几棵白菜抱进去。

曹广林已明白了，看来这不是一句话两句话能谈下来的事，也就知趣地告辞了。

这时，曹广林才意识到，看来这事，自己想得还是不对。崔书林的这块条子地最多也就一亩八分，就算他知道自己的地已成了香饽饽儿，成心憋着要大价儿，帽子再大也大不过一尺去，也就不怕他抬价。眼下，还是得赶紧把十三幺儿这边落实了，最后别弄个鸡飞蛋打。曹广林知道，虽说自己的手里已经有了王牌，但跟十三幺儿谈，也未必就好谈。

曹广林先想了一下，开饭馆儿有句行话，叫"勤行儿"，从早晨一睁眼就没闲的时候。如果十三幺儿手头正忙忙活活，去跟他谈这事儿，肯定不好谈，他也没心思听。只能等晚上，他生意的事都完了，酒楼也消停了，再去跟他踏踏实实地说，也许就好说了。

这天晚上，曹广林先给外甥女小曼打了个电话，问她，这几天在干啥？

曹广林听小曼的妈说，小曼自从来天津，一直没找到可心的工作。小曼虽然高中也没毕业，但心高气傲，去饭馆儿打工或当小保

479

姆，自然不认头，可如果去企业应聘，现在稍微像样一点的工作都要求学历，至少也要本科毕业。前一阵曾有一家公司，虽然不大，但是个文化公司，小曼去应聘，一面试还真通过了。薪水虽不高，每月只有四千块钱，如果加班，还另有加班费，也说得过去。但小曼去了一段时间才知道，这家公司说是文化公司，其实就是印小广告的，而且各种广告都印，有的简直没法儿看。这一下小曼就不想干了，只去了一个月就回来了。小曼她爸毕竟出来的年头多了，对她说，这边毕竟是大城市，不比在老家，眼下硕士博士都不一定能找到可心的工作，还是现实一点儿，只要能有个说得过去的工作就先干着。但小曼还是不行，放不下这身段儿。既然找不到满意的工作，索性也就踏下心来先充实自己。这时，在电话里说，这一阵正上辅导班。

曹广林问，上啥辅导班？

小曼说，乐器班，还是学中阮。

小曼在老家上中学时，一直跟着一个音乐老师学中阮。中阮这乐器虽然有点儿偏，但小曼很喜欢，不光音色独特，也很空灵，像是从很深远的地方传来的。来天津这段时间，一看找不到合适的工作，就去一个音乐工作室报名上了辅导班，还接着学中阮。

曹广林一听就说，也好，俗话说，一招鲜吃遍天，真把这中阮学好了，将来也能吃饭。

沉了沉，又说，你这一半天，过来一趟吧。

小曼问，大舅有事？

曹广林说，也没啥大事，叫你来这边散散心。

小曼说，行啊，回头跟我妈说一声。

曹广林问，哪天？

小曼说，这么急？

曹广林说，倒不是急，你们定好哪天来，我把手头的事安排一下。

小曼说，跟我妈商量了，就告诉您。

曹广林嗯一声说，行，来了别急着回去，多住几天。

说完，就把电话挂了。

曹广林给小曼打完电话，看看天色已黑了，就从住处出来。

村里已经实现了亮化。但一到晚上，还是显得十字街这边灯火通明。曹广林知道十三幺儿在饭馆儿的规律，一般晚上的饭口是6点到8点。8点以后就不上人了，到9点，如果再没客人，也就打烊了。但十三幺儿的脾气是事必躬亲，连老婆大眼儿灯做事也不放心，每天都要一直盯着，等所有的事都完了，最后，看着伙计锁了门，才和老婆大眼儿灯回家。这个晚上，曹广林来到酒楼时已经快9点，估计十三幺儿的事应该差不多了。

但来了一看，只有大眼儿灯在，正趴在柜台上算账。

这时，抬头见曹广林进来，就说，厨房已经没人了。

曹广林说，我不吃饭。

大眼儿灯又看看他。

曹广林说，我找你家老板。

大眼儿灯问，有事儿？

曹广林说，是，有点事。

大眼儿灯说，他出去了。

曹广林问，去哪儿了？

大眼儿灯说，出去了就是出去了，你还要去找他？

曹广林说，要是近，我就去。

大眼儿灯说，镇中学，你去吧。

曹广林听了，心里有些奇怪，这大晚上的，他去镇中学干什么。但看得出来，大眼儿灯这会儿不是心思，话都是横着出来的。

于是没再说话，就转身出来了。

6　去"柬大"

肖圆圆每天早晨起来，都要去村外晨跑。

这是来赵家坳之后养成的习惯。

早晨去村外跑一跑，能感到神清气爽，也可以借这机会熟悉一下村外耕地和水利资源的分布情况。肖圆圆的手里有一张图，这是赵老柱带着统计小组把全村的土地资源整理出来之后，特意让会计陆迁用电脑绘制的。这图上详细标着每块承包地的户主姓名。肖圆圆毕竟已出去这些年，很多情况都变了。现在村南的耕地大致熟悉了，早晨一边在村外的地里跑步，一边拿着这张图实地对照，也就大致了解了村北和村东农田的分布情况。

　　赵家坳的早晨，田野的空气很清新。

　　在城市生活的人，都认为早晨的空气是一天中质量最差的。这是因为，城市里产生的各种废气，尤其是汽车排放的尾气，在这个时候最不容易扩散。但农村就不一样了。在这三河口一带，产生的废气不能说没有，但包括汽车尾气在内，几乎可以忽略不计。这时的空气不仅清新，也很温润。肖圆圆每当跑在田野里，就会闻到一股既熟悉又已经陌生的气味。这是野草和各种植物被晨露打湿之后，散发出的一种略带些甜意的青涩味道。这个味道总会勾起她小时的记忆。那时这些农田还没撂荒，每到秋天，地里的各种庄稼都成熟了，收割之后，一到雨天，村外的农田里就会飘散起这样的味道。肖圆圆不宿命，但现在想起来，一个人的人生道路似乎在冥冥之中真的有所指引。也许那时，就已注定与这片田野结下不解之缘。

　　这个早晨，她跑到村南桥头，无意中发现蔫有准儿的这块地里正在盖房。

　　几个工人挺麻利，有和灰的，有砌砖的，看着已经快要封顶。

　　于是过来问，这是要盖什么？

　　一个工人说，泵房。

　　肖圆圆更奇怪了。这里原来有一个小泵房，蔫有准儿已经拆了，现在怎么又盖起来？

　　肖圆圆一直很关注蔫有准儿的这块地。在赵老柱给她的这张耕地分布图上，凡是关键的或有特殊意义的地块儿，都用红笔勾出来。这块地就是用红笔勾的。显然，面积虽不大，但是对后面规划的意义却很大。在这次的流转计划里，村东的这二百多亩耕地要全部流转过来，这样也就可以把村南和村北的所有耕地全部连成一片。而村南桥头的这块地在小杨河边，是一个重要的水源，将来很可能还要在这里重新开挖一条排灌渠。肖圆圆知道，十三幺儿因为要在这块地的北面开一个酒楼分店，一直想在这地里开一条道。这当然不行，原本是一块完整的农田，如果开了道，也就等于把这块地一切两开，将来就无法用了。

可现在，已经拆了的泵房怎么又盖起来，这是谁盖的？

肖圆圆没再问这几个工人，立刻来到村委会。

赵老柱这一阵事儿多，每天一大早就来村委会。这时一见肖圆圆来了，就知道有事。

肖圆圆一进来就问，村南河边的那块地里又盖了一个泵房，您知道吗？

赵老柱说，知道，还没盖就知道了。

肖圆圆问，怎么回事？

赵老柱叹口气说，这毛病要说起来，还是出在十三幺儿在村东的那几块"斜尖子"地上。

肖圆圆自从和赵老柱商量好，流转耕地这事，由他这边负责协调，也就没顾上再问。这时一听就问，怎么还牵扯到十三幺儿，一沾他肯定就有麻烦了。

赵老柱这才把最近缠头裹脑的这点事，对肖圆圆说了。

肖圆圆听了还是不明白，可蔫有准儿，又折腾这泵房干什么？

赵老柱就又把曹广林的外甥女小曼的事说了。

最后又叹口气说，这蔫有准儿，这回算是让这几个人给折腾稀了。

肖圆圆听了，半天没说话。

赵老柱又说，你刚说的盖泵房这事，不用问也知道，不是蔫有准儿的主意，肯定是曹广林撺掇审天猴儿干的，意思是告诉村委会和三河口企业，这块地甭惦记了，已经是他的了。

肖圆圆想了想，说，现在看来，真正的关键，确实在十三幺儿

483

这儿。

赵老柱问，怎么见得？

肖圆圆说，曹广林费这么大心思，说到底还是冲着十三幺儿的那几块"斜尖子"地。

赵老柱点头说，是啊，就是这么个事儿。

肖圆圆又想了一下说，我想办法吧。

赵老柱看看她，你有啥办法？

肖圆圆说，还不好说，只能是试试。

肖圆圆这样说，是忽然想起一件事。

肖圆圆有一个高中同学，叫陈晨。在县一中上学时，两人都是班干部，关系很好。后来这陈晨考到外地的一个师范大学，毕业后又回到海州。本来在县二中当老师，后来支教，就来到青山镇中学。前一段，陈晨忽然给肖圆圆打电话，说有个事，请她帮忙。

陈晨问肖圆圆，赵家坳有个叫赵太极的人，知不知道。

肖圆圆一听赵太极，当时没反应过来。

陈晨又说，听说他在村里还有个绰号，叫十三幺儿。

肖圆圆这才说，十三幺儿当然知道。

陈晨说，这十三幺儿前一阵找到她，说让她给帮个忙。又说，之所以请她帮忙，是因为她不是青山镇人，让她帮忙的这件事，他不想让任何人知道，所以，一定要替他保密。

陈晨一听就答应了，说自己能不能帮上忙另说，但一定不会给他说出去。

十三幺儿让陈晨帮忙，是他外孙的事，具体说，还是出国留学的事。十三幺儿虽然对这种事不太明白，但凭着自己的分析和盘算，还是觉得对孩子来说，这确实是一条路。只要走上这条路，将来就可以有两个选择，真在国外学得好，也能混得好，就不用回来了，万一混不下去，或在国外不适应，还可以回国。而一回来就值钱了，现在有一个时髦的说法，叫"海归"，别管是哪儿的"海归"，都能让人高看一眼，再找工作也好找。

这一想，虽然老婆大眼儿灯还一直反对，也就打定主意。

十三幺儿虽然生性胆小，也有些懦弱，但是个要强的人。这些年在村里，从他嘴里没说出过对谁服气。但嘴上不说，心里却最服一个人，就是肖大锣。他认为，在赵家坳，肖大锣是唯一真正有本事的人。十三幺儿对有本事的人评价标准只有一个，就是他的头脑是否清楚。这个标准看似简单，其实一般人很难做到。一个人本事大小没关系，关键是，对自己的能力得有一个清醒的认识，只有这样，面对一件事，才知道自己能不能做，该怎样做，是否有能力做好。一个本事再大的人，也不可能所有的事都能做，而再没本事的人，也不一定所有的事都做不成。况且只要脑子清楚，他就会知道，这件事即使自己没能力做，但哪个人能做，只要让这个人去做就行了。也正因如此，往往一个本事小的人，反倒可以成就比他本事大的人成就不了的事。所以关键不是本事，是能力。一个能力强的人不一定本事就大，而本事大的人，也不一定能力就强。说到底，还得看他的头脑是不是清楚。

十三幺儿认为，肖大锣是个既有本事又有能力的人。

肖大锣跟十三幺儿的文化程度一样，都是初中毕业。十三幺儿清楚记得，当年上学时，他的学习成绩还不如自己。后来在村里当木匠，也是个笨木匠。可现在，人家却创立了自己的天行健集团，凭的是什么，就是头脑清楚。他知道什么样的事，要让什么人去干。尤其后来这几年，肖大锣干的每一件事，十三幺儿都在旁边注意看着。有一年春节，肖大锣回村来，说起准备让女儿肖圆圆出国留学，但女儿不同意，一心要学农业，最后还是坚持在国内读了农林大学，为这事，他们爷儿俩还争执过。后来女儿大学毕业了，他又想让她去国外读硕士，读博士，但女儿还是不同意，最后干脆说，她读完硕士要回赵家坳。

但十三幺儿当时听了，却从这件事看到了另一面。

他认为，肖大锣一直想让女儿出国留学，肯定有他的道理。所以现在，自己的这个外孙还有不到一年就小学毕业了，而现在很多人从孩子上中学就送到国外去，说这样可以让孩子尽早适应国外的语言环境，于是就决定，也让外孙走这条"小留学生"的路。但是，如果去发达国家费用就实在太高了。十三幺儿倒不是掏不起这钱，是觉着这事儿未必保牢。这就像做生意，得先试水，不能还没看见什么，就盲目往外扔钱。最稳妥的办法是一步一步走。比如让孩子先去一个费用不太高的小国家上中学，如果能适应，到中学毕业该上大学时，语言也没问题了，想去哪个国家再去。这样就比较保险了。

后来打听来打听去，一次，无意中跟一个来酒楼吃饭的客人说闲话，听这客人说，去柬埔寨留学便宜，一年的学费再加上生活费，有个小几万就够了，也落个出国留学。

这一权衡，就选择了柬埔寨。

当初跟十三幺儿说这事的人，是天津一家文化公司的，来赵家坳吃饭只是开车路过。当时十三幺儿留了这人的名片，于是就把电话打过去。这人倒挺热心，但这种事谁也不想担责任，现在帮忙说得挺好，日后万一出点什么意想不到的事就不好说了。于是只给十三幺儿提供了一个联系方式，让他自己跟柬埔寨那边一个叫"来柬大"的留学机构联系。但是跟国外联系比较麻烦，一开始还行，每次打电话，对方都会安排一个会说中国话的工作人员接待，虽然说话怪腔怪调，还能沟通。后来就不行了，一涉及往来文件，就都是英文了。十三幺儿的跟前没有懂英文的人，想去镇中学找个英语老师，又担心还没到那儿，先把这点事儿哄嚷出去。后来无意中听说，陈晨是县里来的支教老师，在这里待一段时间还要回去，又想，这个陈老师是大学毕业，肯定懂英文，这才来找陈晨。陈晨一听就明白了，这个赵太极是觉着自己不是当地人，也就不会把这事给他说出去。于是也就答应，帮他把这些往来文件，包括要填写的一些表格都翻译一下。但是，陈晨在大学读的是化学专业，英语当然也懂，但都是化学专业的用语，如果翻译这方面的资料还行，这种出国留学的各种表格和相关文件就很吃力了。尤其在填写一些具体内容时，总担心不准确，给人家孩子把学业耽误了。就在这时，才想起来，眼下肖圆圆就在赵家坳，她是硕士生，英语水平肯定比自己高。

这时，陈晨对肖圆圆说，背景你都知道了，这事儿，还是你来吧。

肖圆圆一听，也就同意了。

但还是跟陈晨说好，只是暗中帮忙，陈晨不要告诉十三幺儿自己参与这事了。

肖圆圆的英语确实很好。当年父亲一心想让她出国留学，所以从小就注重对她在英语方面的培养，后来还专门送她去天津上过几次"英语强化班"，翻译这些资料也就并不费力。但她对这种事，也有自己的看法。孩子刚小学毕业，且不说有没有生活自理能力，如果去柬埔寨读中学，那边的教学质量和水平跟国内相比怎么样，也是一个没把握的事。但既然已跟陈晨说好，这件事只在暗中帮忙，也就不好直接对十三幺儿说什么。

这时，肖圆圆就还是把这件事对赵老柱说出来。

赵老柱一听就笑了，说，没想到，这个十三幺儿还一直揣着这心思。

肖圆圆说，其实，我倒觉着，他这人挺可爱的。

赵老柱看看她。

肖圆圆说，我发现，他并不像别人说的那样。

赵老柱来兴趣了，说，你说说?

肖圆圆说，都说他能算计，可我觉得，能算计也不是缺点，更不能说是毛病，赵家坳的人哪个又不能算计呢，只要是能人，肯定都能算计，我爹如果不能算计，也到不了今天。

赵老柱想了想，点头说，这倒是。

肖圆圆又说，再说能算计跟能算计也不一样，有人能算计，是以自己不能亏为前提，先说自己不吃亏，然后再算计别的，但也有人能算计，也是不让自己亏，可是让别人吃亏的事他也不干，也就是说，自己只要得到应得的就行，只算计自己，不算计别人。

赵老柱说，你的意思，十三幺儿就是这种人?

肖圆圆说，我觉得是。

想了想又说，还有，他这种人，别看有心计，能算计，脑子也比一般人快，但眼界还是窄，有的事你一说，他立刻就懂，可你不说，他也许一辈子也不会往这上想。

赵老柱笑了，看着肖圆圆说，要不说你是研究生呢，研究人，都研究透了。

肖圆圆也笑了。

赵老柱说，那就等你的消息了。

肖圆圆说，那句话怎么说来着，您就等好儿吧。

7　欠东风

这个晚上，曹广林回到住处想了一夜。

天快亮时，就改了主意。

人就怕静下来。往往遇到一件事，一急，再一忙，就可能想偏了，这也就是常说的忙中出错。倘退一步，先平心静气，一样的事，再想，也许就不一样了。

头天晚上去太极大酒楼找十三幺儿，正好他去镇中学办事了。这一来反倒帮了曹广林，否则真见了他，急急忙忙的哪句话说得不是地方，十三幺儿又是个褶咧人，好容易走到这一步也许就又砸了。曹广林现在又退着一步一步往回想。十三幺儿在村东的这几块“斜尖子”地虽然重要，但要想拿到手，最关键的，还是得先拿到蔫有准儿在村南河边的这块地。

对十三幺儿来说，现在最在意的，是能不能开这条道。

这就显然了。这块地是决定性的筹码。有了这个筹码，才能跟他谈下一步。

曹广林知道蔫有准儿的脾气，虽然窜天猴儿说，协议随时可以签，但如果逼太紧，他反倒有可能变卦。为了把这事再砸实一下，就又给窜天猴儿出了一个主意，既然他爹蔫有准儿已经同意了，就不要再催他。不过，还是要再坐实一步。

窜天猴儿不明白，问，咋坐实？

曹广林说，这块地里原来有一个小泵房，后来让你爹拆了，现在，就再把它盖起来。不过，曹广林又说，这回要盖就不是一般的盖了，得成心找个碍事的地方，怎么看怎么别扭，还得在这泵房四周墁上砖，再浇成水泥台子，就为让三河口企业的人知道，这地不可能再流转了。现在地头有现成的砖，旁边十三幺儿的工地上，工人也是现成的，只要让十三幺儿明白，盖这泵房的目的是什么，他肯定愿意帮忙，让他的工人过来干一下就行了。

窜天猴儿这时已对曹广林言听计从。

去跟程弓一说，果然愿意帮这个忙。

接着，曹广林又给自己的外甥女小曼打了一个电话，问她，什么时候过来。

小曼一接电话就说，下午就跟她妈来赵家坳，她妈有事，也正想跟大舅商量。

曹广林一听喜出望外，说行，下午等你们。

曹广林知道小曼她妈来跟自己商量什么事。这堂姐的手里有点儿闲钱，但不是太多，眼下在天津已买了房，把家安下了，剩下的钱除了让老公拿去做生意，家里还有一些，又不想在手里搁着，存银行嫌利息太低，就想投资干点儿什么。但投给外人不放心，怕赔了，知道自己这本家兄弟要在赵家坳搞个果木种植基地，就想把这点儿钱投到这边来。其实这事原来就跟曹广林提过。但曹广林一直哼哼哈哈儿，没拾这茬儿。倒不是跟这堂姐动心眼儿，主要是考虑到姐夫那边。姐夫是个生意人，挺难打交道。当初曹广林还在黄县跟那个叫秦一朗的同乡一块儿干事时，有一回无意中说起来，他在天津有个堂姐，姐夫是专做西北土特产生意的。秦一朗一听就说，咱西北的红枣最有名，问问你姐夫能不能弄，要是能弄，给咱弄点儿过来，在这边肯定好卖。曹广林一问这姐夫，还真能弄，而且一说价钱也合适，于是就让他发来两千斤，先看一看这边的销路。但大枣发来了，不是两千斤，是一千斤。曹广林赶紧给姐夫打电话，问怎么回事。姐夫说，你给我打来的钱，就是一千斤的钱。曹广林说，不对啊，我打的是一千公斤的钱。姐夫说，你听错了，我说的单价不是公斤，是市斤。曹广林一听就明白了，自己是让姐夫给涮了。但他好面子，那边是朋友，这边是亲戚，自己夹在中间一手托两家，事情弄成这样，跟朋友没法儿交代。于是一咬牙，只好自己垫钱，又给姐夫打去一千斤的钱，这才凑足了两千斤。后来这两千斤大枣在黄县的销路果然很好，很快就脱手了。这个叫秦一朗的同乡不知内情，跟曹广林说，让你姐夫再发一万斤过来。曹广林一听打着马虎眼，没再管这事儿。这以后，也就不想再跟这姐夫过钱上的事了。

但这堂姐不死心，还一直惦记着投资的事。

曹广林想，这次堂姐来，如果还说这事，干脆就答应她。

下午，堂姐带着小曼来了。曹广林提前就跟窜天猴儿商量了，下午小曼来了，先让他带着去青山上转转，看看娘娘庙，再到三河口的河滩上去看水鸟儿。晚上，一块儿去河边的土菜馆儿吃"铁锅炖大鱼"。窜天猴儿一听高兴坏了，这简直是天上掉下来的好消息，立刻说，大舅放心，这事儿交给我了，晚上去河边吃炖大鱼，我请客。

曹广林立刻叮嘱他，记住，下午当着她娘儿俩先别叫大舅。

窜天猴儿一听问，为啥不能叫？

曹广林说，现在先没到那儿，你这一叫，兴许反倒把这事儿叫黄了。

窜天猴儿这才赶紧说，明白明白。

这个下午，堂姐娘儿俩一到，曹广林就给窜天猴儿打电话，叫他过来。窜天猴儿这里已经等得迫不及待，立刻赶过来。曹广林先给堂姐和小曼介绍了窜天猴儿，说是自己的助理。其实堂姐前几次来，已经见过窜天猴儿，也说过话，只是不太熟。这时，曹广林又说，先让窜天猴儿带着小曼去河滩上看水鸟儿，晚上去河边的土菜馆儿，窜天猴儿还要请她娘儿俩吃"铁锅炖大鱼"。堂姐一听挺高兴，对小曼说，去吧，你们年轻人只管玩儿去吧。

窜天猴儿在河边的这个土菜馆儿有个小哥们儿，还管点事儿。他提前已跟这小哥们儿打了招呼，晚上来吃饭，就安排得很好。堂姐娘儿俩头一次吃这种"铁锅炖大鱼"，没想到还能把鱼炖出这个味道。一边吃着就说，下次来，还要来吃这个大鱼。

窜天猴儿赶紧说，以后只要来，他就在这儿请客。

第二天上午，堂姐就带着小曼回天津了。

窜天猴儿赶紧跑来问，这回这事儿，办得咋样？

曹广林笑着说，她娘儿俩对你的印象好极了，一直夸你会办事。

接着就说，要我看，你跟小曼这事儿，应该没跑儿了。

窜天猴儿一听，兴奋得两只手搓来搓去。

曹广林看看他说，你再这么搓，就搓出火星子了。

窜天猴儿的心里当然也有数，知道曹广林这么干是冲什么，就赶紧又说，大舅只管放心，村南河边这块地，就包在我身上了，保证万无一失，我跟我爹，已经说了绝话。

曹广林问，什么绝话？

窜天猴儿说，我告诉他了，这块地要是不给我大舅，到他死的那天，我连抬也不管抬他，就让他臭在这屋里，更别说给他打幡儿抱罐儿戴孝帽子，甭想！

曹广林一听笑着说，这可是你亲爹。

窜天猴儿说，现在，大舅才最亲！

曹广林点点头，行，看来我是真选对人了。

窜天猴儿也嘿嘿地乐了。

蔫有准儿这边是妥妥的了，筹码儿已经牢牢攥在手里。接下来，就是十三幺儿在村东的这几块"斜尖子"地了。其实前面都是铺垫，这才是真正的目的。

这时的感觉，已是万事俱备，只欠东风。

当天晚上，曹广林就又来找十三幺儿。

来之前已经想好，到这时，也就没必要再跟他绕弯子。先明确告诉他，蔫有准儿在村南河边的这块地已在自己手里，如果他要开饭馆儿，想在这地里修一条道，可以敞开儿修，就是修一条柏油路也行。然后再对他说，但是，他必须把在村东的这几块"斜尖子"地转包给自己，这是前提条件，否则，前面说的一切都免谈。

曹广林觉得，这回应该万无一失了。

酒楼已经清静了，只还有两桌喝酒的客人。十三幺儿和程弓正坐在一个角落里，在商量什么事。这时一抬头，见曹广林来了，就起身迎过来。

到跟前，看看他问，有事？

曹广林说，有点事，这儿说，还是外头说？

十三幺儿回头看一眼说，外头吧。

说完，就头前出来了。

曹广林也跟出来。

两人在门口的台阶上站住。十三幺儿转过身说，说吧。

曹广林就把事先想好的这一套话，对十三幺儿说了。

十三幺儿一直静静地听着，脸上没任何表情。

曹广林一边说着，心里就开始没底了。

等把这套话说完，又问，你听明白了？

十三幺儿点点头，听明白了。

曹广林看看他，我是说，我刚说的这话。

十三幺儿说，是啊，我说的也是你刚说的这话。

又说，说完了？

曹广林说，说完了。

十三幺儿又问，就这事儿？

曹广林眨巴眨巴眼，是啊，就这事儿。

十三幺儿嗯一声说，知道了，我这会儿正有事。

说完，扭头就要进去。

曹广林连忙拉住他说，哎，你先等等。

十三幺儿站住了，回头问，还有啥事？

曹广林吭哧了一下说，我刚才说的，到底咋着啊？

十三幺儿哦了一声，这条道，我不在这块地里开了。

曹广林先是一愣，然后就歪嘴笑了，说，不在这地里开，你让吃饭的人飞过去啊？

十三幺儿没笑，脸上仍没表情，当然不用飞，我有别的办法了。

曹广林问，啥办法？

十三幺儿突然冲里面嚷了一嗓子，把这门口扫扫！真没眼力见儿！

说完又冲曹广林点了下头，就转身进去了。

8 小姑奶奶

曹广林并不知道，就在前一天的上午，肖圆圆刚找过十三幺儿。

肖圆圆先给十三幺儿打来电话，问他，现在有没有时间。

十三幺儿一向很自信，觉着自己叫这个"十三幺儿"不是白叫的，在赵家坳，要论转轴儿，还没几个人能转得过自己。但自从这肖圆圆回来，只跟她交过一次锋，就已感觉到，这小丫头确实厉害，要论动心眼儿绕弯子，自己可能还真遇上对手了。

这时，一听肖圆圆在电话里这样问，没立刻回答。

他在心里猜测，肖圆圆在这个时候突然找自己，八成也是为村东那几块"斜尖子"地。

又想了一下，才说，要说忙，是挺忙，不过说几句话的工夫儿还有。

他这样说，是故意让自己进可攻，退可守，有一个回旋余地。

肖圆圆说，那就到我这儿来一下吧，我这里说话方便。

说完，就把电话挂了。

十三幺儿一听肖圆圆这口气，又在心里画圈儿了。如果肖圆圆是为自己在村东的那几块"斜尖子"，应该是上赶着找自己。现在，曹广林那边也一直盯着这几块地。可这小丫头怎么这么大模大样，连这几步儿都不肯走，反倒让自己过去找她？

493

但十三幺儿的性格，一向是不较劲。他当年去喜峰口外拉蘑菇，当地人有句话，说一个人傻，叫"傻狍子"。当时他不懂，傻就傻吧，干吗还"狍子"。后来一问才知道，当地的山上有一种动物，叫狍子，这东西有个习性，你追它，它就跑，可如果突然不追了，藏起来，它反倒不跑了，还好奇地回来，看看到底是怎么回事。这"傻狍子"的傻也就是这么来的。但十三幺儿却认为，这傻狍子的性格如果放到人的身上就不一定是傻了，反倒是一种精明。你不回来看一看，就不知是怎么回事，不弄明白，也许就可能失去一个机会。

这个上午，十三幺儿这一想，就还是放下手里的事，来找肖圆圆。

这时，肖圆圆也已想好了。这一次，干脆就跟十三幺儿把所有的话都挑明，该怎么说就怎么说。十三幺儿能转轴儿，会算计，但能转轴儿会算计的人一般也讲道理，只要能说到他心缝儿里，而且把道理讲明白，他也就不会怪陈晨把这件事告诉自己了。

十三幺儿一进来，肖圆圆就迎过来，请他坐。

十三幺儿在沙发上坐了，没说话，只是看着肖圆圆。

肖圆圆说，有两件事，不过我说了，也许你不爱听，我说不说？

十三幺儿一听，心里更不摸底了，嘟囔了一句，既然我不爱听……

肖圆圆问，我就，不说了？

十三幺儿又哼唧了一下，可既然已经来了……

肖圆圆说，那就说？

这时，十三幺儿觉得，自己已让这小丫头逼得无路可走了。

只好嗯了一声，你说吧。

肖圆圆先倒了一杯茶，给他端过来，然后才说，先说你外孙的事。

十三幺儿已经把茶杯放到嘴边，一听这话，立刻停住了，抬起头看着肖圆圆。

肖圆圆说，我的话，不管你爱听不爱听，可既然要说，也就实话实说。

说着，就在十三幺儿的对面坐下来。

然后看着他说，我毕竟也是赵家坳人，虽然年轻，在村里如果从我妈这边论，你还得叫我表姑奶奶，现在，我说的这话不光是对你负责，也是对孩子负责。

肖圆圆劈头这几句话，已经把十三幺儿说得晕头转向。

他这才意识到，看来自己想歪了，肖圆圆今天叫自己来，不是为村东那几块"斜尖子"。

肖圆圆既然这样开了头儿，也就开门见山，先告诉他，陈晨跟自己是同学，已经把他外孙要去柬埔寨留学的事对自己说了。跟着又说，你别怪她，她对我说了，已经答应过你，这事儿不往外说，可来找我，也是为你负责，她担心翻译得不准，耽误了孩子的学业。

况且，肖圆圆又一笑说，我这个太姑奶奶，在孩子这儿说也不是外人。

十三幺儿一听肖圆圆知道这事了，本来心一下提起来，暗暗埋怨这个陈老师，已经说好别对外说，可她还是说了。接着一听肖圆圆这样说，心才稍稍放下了。

于是挤着笑说，那就让他太姑奶奶费心啦。

肖圆圆说，费心倒说不上，我想跟你说的是，这事儿，你最好还是再考虑一下。

十三幺儿没明白她的意思，眨着眼，看看她。

于是，肖圆圆就把自己知道的，一些太小的孩子早早出去，就是没出事，最后的结果也并不像想象的那样，以及孩子这么早就出去的一些不利因素，都给十三幺儿讲了。

显然，肖圆圆说的这些，十三幺儿从没想过，也没听说过。

肖圆圆最后又说，就算是将来在国内中学毕业了，去国外读大学，哪怕是在国内大学毕业了，去国外读研，也不一定都能有理想的结果，我当初的一些大学同学，很多一毕业就出去了，可我的硕士还没读完，有的就回来了，当然有各种情况，不过，确实未必有发展。

说着又一笑，况且现在，就是真正的"海归"，在国内也不一定都能找到理想的工作。

十三幺儿听着，愣愣地看着肖圆圆。

肖圆圆又说，当然，这只是我个人的建议，这几年，我身边的同学有过这样经历的太多了，至于怎么决定，你自己考虑，这毕竟关系到孩子的前途，还是应该慎重一些。

肖圆圆起身去打开文件柜，把一沓资料拿出来，放到十三幺儿面前的茶几上。

又说，孩子的资料都在我这儿，已经翻译得差不多了，你考虑好了，如果还是打算让他出去，再有要翻译的东西不用找外人了，直接给我拿来就行，我帮你翻。

十三幺儿低着头又闷了一会儿，喃喃地说，幸好，听你说了这些事。

肖圆圆又说，再给你提个建议。

十三幺儿抬起头，你说。

肖圆圆说，找个时间，你跟我爹聊聊这事，听听他怎么说。

十三幺儿没想到肖圆圆会提这样的建议，问，他有时间吗？

肖圆圆说，你如果想跟他聊，我帮你约时间。

十三幺儿又犹豫了一下，跟他，聊啥呢？

肖圆圆笑了，你不用说，听他说就行。

十三幺儿又想想，点头说，行吧。

说完就站起身，从肖圆圆的办公室出来了。

往回走的路上，十三幺儿一直在琢磨肖圆圆刚才说的话。肖圆圆这次回赵家坳，跟她接触并不多，今天才觉出来，人家不愧是从大学出来的，说的想的，确实跟一般人不一样。

当天晚上，十三幺儿给肖圆圆打电话。

肖圆圆好像并不意外，说，说吧，啥事。

十三幺儿说，你来我这儿吃个饭吧，我请你。

肖圆圆一听笑着说，这都几点了，我早吃过了。

十三幺儿说，来吧，就当吃个夜宵儿。

肖圆圆想想说，好吧。

这个晚上，肖圆圆来到十三幺儿的太极大酒楼。这时，已经没什么客人了。十三幺儿的老婆大眼儿灯一见肖圆圆来了，立刻迎过来，把她让到靠窗的一张桌坐下，眉开眼笑地说，哎呀，要不说呢，你们这些有学问的人说话，就是跟一般人不一样。

肖圆圆看看她，不知她这话是从哪儿说起。

大眼儿灯凑近了说，那老东西打去年就走火入魔，一门心思想让孩子出国，为这事儿，我跟他打了多少回架，不怕你小姑奶奶笑话，把他那老脸都抓花了几回，可他就是听不进去，王八吃秤砣铁心了，可今天只上你那儿去了一趟，回来就改主意了。

正说着，十三幺儿走过来。

一边用抹布擦着手说，想吃点儿啥？

跟着就说，熬一条鳎目鱼吧，今天刚从海边送来的，裹几个鸡蛋一煎，再一熬，这是我太极大酒楼的招牌菜，我亲自下厨，给小姑奶奶露一手儿。

肖圆圆笑着说，你就给我做一碗咱赵家坳的杂杂儿汤吧，有年头不吃了，还真想。

十三幺儿一听就说，行，熬鳎目鱼，海鲜杂杂儿汤。

肖圆圆立刻摆手，别海鲜，就要咱赵家坳正宗的，大火炝锅儿，多搁葱花儿多拍蒜。

大眼儿灯立刻起身，一阵风的去后面准备了。

十三幺儿这才说，你爹，刚才给我打电话了，我们爷儿俩，在电话里聊了半天。

肖圆圆哦一声。

十三幺儿说，过去，我只是觉着他是个聪明人，今天才知道，还是个明白人。

说着就笑了，又摇摇头，戏文里有句话，叫一语点醒梦中人啊！

肖圆圆问，现在，醒了？

十三幺儿点头，是啊，醒啦！

跟着又说，我已经跟赵老柱说了。

肖圆圆故意问，说什么？

十三幺儿说，我村东那几块"斜尖子"，就冲你小姑奶奶，我签了。

然后又说，不过河边这块地，这条道我还是要开。

肖圆圆笑笑，你可别忘了，这边还有个曹广林呢。

十三幺儿摇摇头，他曹广林要想跟我转轴儿，他一张嘴，我都能看见他前一天的晚饭。

肖圆圆扑哧笑了，你这话，可太损了。

十三幺儿说，他要河边这块地，也是冲我这几块"斜尖子"，现在"斜尖子"没了，他还要啥。

肖圆圆眯起一只眼说，他不想要了，可不见得别人也不想要。

十三幺儿问，谁？

肖圆圆说，我。

十三幺儿苦起脸笑着说，我的小姑奶奶啊，你真要给我唱一出"人心不足蛇吞象"啊，我那几块"斜尖子"一给你，村东这一片就全是你三河口企业的了，这块地就让我开道吧。

肖圆圆笑笑，我说给你，蔫有准儿就给你啊，你有这把握？

十三幺儿微微一笑，点头说，对，我就有这把握。

这时，大眼儿灯把一钵做好的杂杂儿汤亲手端过来。

肖圆圆伸鼻子一闻，仰起脸闭着眼说，这才是赵家坳的味道。

忽然又睁开眼，看着十三幺儿说，你忘了吗，今天上午，我要跟你说的，可是两件事。

十三幺儿说，是啊，我正要问呢，光顾说别的了，这第二件事，是啥？

肖圆圆说，我知道你胆小，这事儿说了，你可别害怕。

十三幺儿说，小姑奶奶啊，我这累一天了，正说趁你在这儿，我也喝一盅解解乏呢，你可别吓唬我了，我这人还真胆儿小，一害怕就没心思喝酒了，你就疼磕疼磕我吧。

肖圆圆说，我先给你看样东西。

说着，掏出手机，打开翻了翻说，嗯，在这儿呢。

她把手机拿到十三幺儿的眼前。十三幺儿伸头一看，手机上是一张照片，好像是一张医院的什么空白报告单。肖圆圆用拇指和食指把这张照片拨大，说，看清了？

十三幺儿立刻有些紧张了，看出来，这是一张县医院的空白CT报告单。

肖圆圆又翻了几下手机，拿给他看，你再看看这个。

十三幺儿一眼就认出来，这是自己给蒿有准儿的那张CT报告复印件。

肖圆圆说，前面那张，是县医院今年刚改用的新报告单。

又问，这两张，一样吗？

十三幺儿的脸色一下变了。

肖圆圆笑笑说，我企业的宋佳主任，你知道吧？

十三幺儿吭哧着说，知道，她前些日子订婚，在我这儿办的酒席。

肖圆圆说，她那个没结婚的老公，就在县医院的院办工作。

十三幺儿不说话了。

肖圆圆说，幸好啊，你没拿这报告单干别的，如果再干别的，这问题可就严重了。

十三幺儿当然明白肖圆圆没说出的意思。

肖圆圆又说，我和赵主任去村南的河边看过几次，你如果不在这块地里开道，从旁边绕一下，最多也就大几十米，不光可以硬化，还能做个小停车场，比这边更方便。

十三幺儿闷着头，又吭哧了一下说，行吧。

9 赶农时

赵老柱突然意识到一件事。自己爹的忌日，跟十三幺儿的娘筱燕红的忌日虽然相隔十几年，却是同一天。其实，这还不是赵老柱自己意识到的，是老伴杨巧儿说的。当然，也不是杨巧儿意识到的，是这回忌日的这个上午，十三幺儿的老婆大眼儿灯在山水园里的坟上碰见她，对她说起来的。三河口的风俗，亡人头一年，忌日是按月算的。

十三幺儿的爹赵五没跟筱燕红合葬。赵五的坟是个衣冠冢，立在旁边，两人并排着。十三幺儿现在手头宽绰了，还特意立了两通黑花岗岩的石碑，刻了金字。赵老柱的爹娘是合葬，两人的坟离筱燕红这边不远，中间只隔着几棵龙爪柏树。大眼儿灯是先来的，在这边先烧了纸，又焚上香，摆上供果。按规矩，香烧完之前，人是不能走的。这时一见杨巧儿也来了，就凑过来。看着她焚上香，也摆了供品，跟着鞠了几躬，才说起这事。她说，其实当初她婆婆走的那天，她就发现了，怎么这么巧，但只是搁在心里，一直没说出来。

杨巧儿一听想了想，还真是，两人的忌日都是阴历二十五。

于是说，大概也是巧了。

大眼儿灯摇着脑后的撅尾巴鬏儿说，巧也没有这么巧的。

杨巧儿看看她，咋？

大眼儿灯叹口气，这人哪，真是讲缘分的。

杨巧儿没说话。大眼儿灯这话，让她没法儿接。

大眼儿灯又说，那句戏词儿是怎么唱来着，哪个先行几步走，奈何桥上等几年。

说着又笑笑，摇头叹息一声，这可不是等几年，一等就等了十几年啊。

杨巧儿知道她说的是当年那段事。但两个儿媳妇在公婆的坟上议论这事，不太像话。大眼儿灯也意识到了，讪笑着说，我是觉着，她当年唱戏，到了儿把自己也唱到这戏里了。

杨巧儿噗地笑了，故意岔开说，你看这忌日过的，两个主角儿没来，都是媳妇来了。

大眼儿灯说，也难怪他们，整天忙得四脚朝天，恨不能生出八只手来。

杨巧儿说，是啊，我家那个说，一天夜里做梦，真梦见自己变成八爪儿鱼了。

说着也笑了。

这一阵，赵老柱确实已忙得四脚朝天。赵家坳新一批土地承包户要跟三河口企业签流转协议了。提前几天，赵老柱就在村委会给几个村干部开了会。这之前，村委会已是一盘散沙，村干部们都在自己家里各忙各的，谁也没心思再管村委会的事，平时只是赵老柱带着会计陆迁唱独角儿戏。现在，眼看村里的集体经济有了起色，心气又都上来了。心气一上来，人气也就有了。赵老柱在会上先给大家强调了这次签约的重大意义。现在"梧桐湾有机农业发展股份+"也要开始运作了，村委会已正式履行了手续，在"股份+"企业参股，所以现在，这个签约也就是村委会自己的事。每个干部都要打起精神，保证签约工作顺利完成，不能懈怠，更不能有一丝一毫的纰漏。然后，又给大家做了明确分工。

会一散，就来镇里向田镇长汇报。

赵老柱平时来镇里，都要先给田镇长打个电话，提前约一下。这次也顾不上约了，让会计陆迁开上车，就直奔镇里来。一进政府大院，见会议室的门开着，田镇长正和两个副镇长商量事。赵老柱想找个地方，先等一下。田镇长已经看见了，知道他一定有急事，又跟两个副镇长说了几句话，就从会议室出来，示意他来自己的办公室。

赵老柱一进来就说，不用给我倒水，我待不住。

田镇长笑笑说，没打算给你倒，知道你忙，啥事儿说吧。

赵老柱又嗯一声，那就还是倒一碗吧，还真渴了。

田镇长把自己的茶杯推给他，喝我的吧，刚沏的。

赵老柱拿过茶杯喝了几口，抹了下嘴角，才把马上要搞签约的事说了。

田镇长问，这回，打算怎么搞？

赵老柱说，企业那边已把签约这事儿全交给村委会了，这样也好，村干部当然熟悉村里的事，另外，我想利用这次签约的机会，搞出一点动静儿。

赵老柱这么想，当然是从宣传角度考虑。这次赵家坳村委会决定，是用村里的建设用地和"留用耕地"在"股份+"公司参股，借这机会，正好也可以把"股份+"公司的旗号打出去。这一来，赵家坳村委会在"股份+"公司参股的信息也就发布出去了。

田镇长问，你这动静儿，打算怎么搞？

赵老柱说，这回是一户一签，不集中，戏就别唱了。

田镇长说，你具体说。

赵老柱说，打通儿吧，签约是一天，这一天从早到晚打通儿。

田镇长来青山镇之前，已在海州县工作了一段时间，对当地的戏曲也懂了一些，知道这"打通儿"是指演戏开场前，武场儿先打的一通锣鼓家伙。

于是笑笑说，这点子不错，热闹，聚人气，也有意义，预示着好戏要开场了。

接着又说，不过别忘了，动静儿再大，也只是形式。

赵老柱说，明白，关键还得把事儿做地道。

田镇长说，不光做地道，还得做实。

赵老柱点头，对，不弄花架子，这回咱是一锹一坨土，一跺一个坑，就实打实地干。

田镇长一边往外送着他，又说，别忘了，这回整个青山镇，可都看着你驴头村呢。

赵老柱乐呵呵地说，放心吧，这回，咱这个"有机农业发展股份+"保准错不了。

说完，就转身乐颠颠儿地走了。

回来的路上，肖圆圆打来电话，问赵老柱这会儿在哪儿。

赵老柱说，刚从镇里出来，正往回走。

肖圆圆说，我在村委会等您。

赵老柱问，有事？

肖圆圆说，您回来再具体说吧。

赵老柱知道，如果肖圆圆来村委会，应该是有重要的事。一进村，就直奔村委会来。

肖圆圆一见赵老柱就说，我想跟您商量的，是签约的事，能不能再提前。

赵老柱问，你想怎么提前？

肖圆圆说，北方秋播，一般是在九十月份，不能再等了。

赵老柱说，是啊，这是你们在大学里学种地的说法儿。

肖圆圆说，农业。

赵老柱立刻说，又忘了，对，是农业，可用咱庄稼人的话说，是白露早，寒露迟，秋分种麦正当时，眼下马上就是秋分，还真不能再拖了，赶紧签了流转协议，就得秋播了。

想想又说，关键还要平整耕地，现在把各家的耕地流转过来，还都一沟一块零散着，就算旋耕机进来，耕耙一遍也不是一天两天的事，要这么说，签约仪式就免了吧。

肖圆圆说，我急着跟您商量，也是这意思。

想想又问，可如果不搞仪式了，怎么签？

赵老柱说，不搞仪式就简单了，在这门口摆个条桌，流转户随来随签，随签随走。

肖圆圆说，我看行，务实，咱就这么办。

赵老柱又给肖大锣打了个电话，把和肖圆圆商量的意思，跟他说了一下。

肖大锣一听也同意。

肖大锣毕竟是农民出身，种地的事都在心里装着。这段时间，眼看快到秋播季节，一直在催问流转耕地的进度。这时听赵老柱一说，就给女儿肖圆圆打了一个电话，跟她强调，现在赶农时是重中之重，所有的事都先放一下，以抓紧时间为原则。

肖圆圆在电话里笑着说，明白，您别忘了我是学什么的。

肖大锣说，书本是书本，别纸上谈兵。

赵老柱当村主任这些年，已经忘了夜里加班的感觉。晚上，村委会的办公室和门口的井台彻夜灯火通明，把整个街筒子都照亮了。既然是签约，虽然不搞仪式，也总要有一个标志，于是就搞了一个简单的签约现场。镇里的徐书记也特意打来电话，对赵老柱说，赵家坳村委会这回在"梧桐湾有机农业发展股份+"参股，还要大面积种植有机小麦，从发展集体经济到种粮，都给全镇开了一个好头儿，希望能搞出一个成功的经验，以便在各镇推广。徐书记还说，已跟牛副县长专门做了汇报，牛副县长又特意打来电话说，县里的主要领导也很重视，还通知了县融媒体的记者，要来现场采访。徐书记最后又说，同意你们的做法，不搞花架子，这回就脚踏实地，不误农时，但也要搞出一些声势。

正式签约这天，一条鲜红的绸布横幅在村委会的门前拉起来。村里平时在戏台上的武场儿一伙人早早就来了。赵老柱提前就跟葫芦爷说了。这个早晨，葫芦爷也一大早就来到村委会门口的井台坐镇。赵老柱在这跟前临时搭了一个简易的小戏台，摆上桌椅板凳，又沏了茶，备上点心。武场儿是力气活儿，预备谁饿了好垫一口。上午准时八点，随着赵老柱的一个手势，武场儿的家伙点儿就敲起来。武场儿跟文场儿还不一样，文场儿是笙管笛箫、丝弦胡琴，武场儿则是铙钹飞镲、铜锣大鼓，这一敲动静儿就大了，全村都能听见。

这里一"打通儿"，全村的流转户就都知道了。上午来签约的人几乎没断流儿。但赵老柱一看不行，速度还得加快。将近中午时，又用村委会的大喇叭广播了几遍，只要没有特殊情况，所有的流转户今天要全部签完。明天一早，旋耕机就要进地开始作业。这一广播果然有效果，下午人就明显多起来。到后来，村委会的门前还排起了长队。

傍晚，肖圆圆来到村委会的签约现场。这时，台上的"打通儿"已经停下来。赵老柱正带着几个村干部在收拾现场，一见肖圆圆，就拎着扫帚过来。

肖圆圆问，情况怎么样？

赵老柱乐呵呵儿地说，除了两户没在家，说晚一点儿过来，该签的都签了。

说着，回头让会计陆迁把一个登记的花名册和一摞已经签好的流转协议拿给肖圆圆看。流转协议是三河口企业提供的格式合同，都已经提前签好字，也盖了企业的公章，流转户只要看清内容，签个字，按个手印，再把自己的银行卡号和身份证号写上就行了。按协议规定，10日内，企业即把预付三年的租金和返还给流转户的国家补贴一并打到卡上。

肖圆圆翻着看了一下，笑着说，有您在，我就放心了。

这时，赵老柱的手机响了。打开一看，是张三宝。

张三宝在电话里说，您赶紧过来一下吧。

赵老柱一听他的口气就知道有事，问，你在哪儿？

张三宝说，在蔫有准儿家。

赵老柱这才想起来，蔫有准儿家的这块地，问题还没最后解决。

于是忙问，又咋了？

张三宝说，您来吧，来了就知道了。

赵老柱挂断电话，叹了口气。

肖圆圆问，怎么回事？

赵老柱说，又是蔫有准儿，看样子，他那儿又有事了。

说着摇摇头，就奔蔫有准儿的家来。

10 情归娘娘庙

赵老柱已经意识到，应该是窜天猴儿又闹起来了。

两天前的下午，蔫有准儿来村委会找赵老柱，哭丧着脸说，他在村南河边的这块地算了，谁也不给了，就在那儿扔着吧，埋死猫死狗，将来等自己死的那天也埋那儿算了。

说着就拉起哭腔儿，就当个乱葬岗子吧！

赵老柱知道他这是气话，问，这是又咋了？

蔫有准儿说，还不是那个小畜生！

说着一跺脚，我现在，是拿他一点办法也没有了！

赵老柱明白了，看来，这是爷儿俩又干起来了。

蔫有准儿在河边的这块地，本来已经到了白热化的程度，三河口企业想要，曹广林想要，十三幺儿也想。但后来，肖圆圆跟十三幺儿一说，他就改主意了。他这一改，也就如同釜底抽薪，曹广林好容易到手的这个筹码也就没任何意义了。

但所有的这一切，窜天猴儿并不知道。

这几天，窜天猴儿还一直沉浸在见到小曼的兴奋中。他觉得，已经看到了幸福的未来。

但小曼和她妈走了以后，窜天猴儿只见过曹广林一次。再打电话，他就不接了。头两回，窜天猴儿还没在意，觉着曹广林整天东串西串，大概正忙。后来又打了几回，还是不接，才觉出不对了。于是干脆来到曹广林的住处。住处也没人，门上挂着一把大锁。晚上再来，还是没人。一问会计陆迁，才知道，他最近总出去，已经几天没回来了。

窜天猴儿这才意识到，曹广林应该是有什么事了。

接着就发现，十三幺儿已开始在村南的河边修道。但他修的这条道并没从自己家的这块地里过，而是从西边绕过去，转了一个弯，才又绕回到桥头。窜天猴儿脑子快，一看就明白，这里边肯定有变故了。当初曹广林跟自己说的这一套计划，如同是搭的一堆积木，一块摞一块，但每块之间都是相互支撑的。而最关键的一块，也就是自己家在河边的这块地。现在显然，这一块已经被抽去了。这一来，上面自然也就稀里哗啦了。

窜天猴儿这一想，立刻扭头回来了。

到家哐的一脚，把院门踹开。

蔫有准儿正蹲在院里修他的独轮车，吓得一蹦。

回头一看，就冲他嚷起来，你疯啦？

窜天猴儿来到他跟前问，河边那块地，你又反悔了？

蔫有准儿愣了愣，反啥悔？

窜天猴儿问，你是不是又不给我大舅了？

蔫有准儿没好气，我本来也没说准给他！

窜天猴儿立刻嚷起来，你说了！

蔫有准儿又一蹦说，没！

窜天猴儿突然不嚷了，说，你确实亲口说过。

蔫有准儿把脖子一拧说，行！就算我说过，可现在又翻车了，咋的？！

窜天猴儿点点头，好吧。

蔫有准儿看着他。

窜天猴儿说，你听清了，从现在起，你不是我爹了。

说完，扭头就走。

蔫有准儿一急，冲他的后影儿带着哭腔儿吼起来，我把你养这么大容易吗？这些年又当爹又当妈，你他娘的就这么一个蹶子一个屁地走了，你还是个人吗？！

窜天猴儿头也不回，到院门口一蹦就出去了。

蔫有准儿的心里清楚，儿子窜天猴儿当然不是在乎河边这块地，他在乎的是曹广林的外甥女小曼。现在这个曹广林，明显是拿他外甥女要挟自己的儿子，其实也就是要挟自己，如果他拿不到这块地，自然窜天猴儿跟他外甥女的这事也就成不了，即使成了他也不让成。

但儿子突然回来这一闹，又把他闹糊涂了。

几天前，自己明明已经咬着牙答应，把这块地给曹广林了，也让儿子告诉他了，是他自己，不知抽什么风，突然又不提这事了，这跟自己有什么关系？就在这时，已经传来消息，村委会让所有的流转户马上去签流转协议。蔫有准儿想来想去，把心一横，我这块地谁也甭惦记了，干脆谁也不给，自己留着当坟地，这总行了吧？

他这时已经昏头了，觉得自己这些年的隐忍、辛苦，就如同是驴尾巴河决堤，一下子全给冲走了，已经什么都不剩了。到这时，既然如此，也就什么都无所谓了。这一想，也就直挺挺地来到村委会，告诉赵老柱，从现在起，谁也别再跟他提河边这块地的事了。

说完，不等赵老柱说话，就转身走了。

这个下午，赵老柱来到蔫有准儿的家时，张三宝和陈广福都在。

蔫有准儿正抱着脑袋蹲在屋角。

赵老柱问，这是又咋了？

蔫有准儿抬起头，看看赵老柱，打个嗨声。陈广福在旁边说，窜天猴儿自从那天一个蹶子一个屁从家里走了，不光再没回来，也一点消息都没了。

赵老柱一听就说，这有啥奇怪，他不是经常这样吗？

蔫有准儿哭丧着脸说，过去三五天不回来，一打电话还接，知道他死活，可这回连电话也不接了，不知这天杀的小畜生，在外面又出啥事了。

赵老柱拿出手机，给窜天猴儿打过去。响了半天，果然没人接。

这时，张三宝的电话响了。是肖圆圆打来的。

肖圆圆说，十三幺儿刚给她打了一个电话。

十三幺儿这个下午来找蔫有准儿，想跟他商量，自己这三层小楼快完工了，还差几百块砖，再买一趟又不值，现在他那里盖了一半的泵房又不盖了，砖也没用，是不是就给自己用了，顺便就帮他把这房框拆了。但来了一看，蔫有准儿的脸色不对。一问才知道，是又跟儿子窜天猴儿闹翻了。蔫有准儿跟儿子的这点事儿，因为是跟村南河边这块地连着，而这块地又跟曹广林连着，十三幺儿也就都清楚。这时一听蔫有准儿说，凭着对曹广林这人的了解，立刻就明白了，一定是他一见自己不在这块地里开道了，这地也就不要了。

十三幺儿本来不是个爱管闲事的人，平时都是多一事不如少一事。但这次毕竟白用了蔫有准儿几百块砖，又正好去镇上办事，就顺便到派出所去了一下。

他对值班民警说，不算报警，事情也没这么严重，村里一个叫赵传的年轻人，大概因为一点感情上的事，一时想不开，已经几天没回家了，打电话也不接，家里担心他在外面出了啥事，不过他的事，一个叫曹广林的人应该知道，所以请警察同志帮着问一下，他们之间是不是发生了啥事。这个值班警察一听赵传这名字就笑了，哦一声说，就是上次在青山上的林子里逮小小鸟儿的那个赵传，记得，我们处理过他。再一听曹广林，又笑了，说，这个名字也记得，上回跟人打架，还差点儿把人家的耳朵给揪下来。

接着就说，你们村有意思，怎么有事的，总是这几个人。

十三幺儿说，是啊是啊，我回去跟村长说说，得好好儿教育他们。

这警察要了曹广林的电话，就给他打过去。

果然，曹广林立刻就接了。

警察倒挺客气，先问他，这会儿在哪儿。

曹广林说，就在镇上，正办事。

警察说，你现在如果方便，到派出所来一下。

曹广林一听，小心地问，有什么事？

警察说，跟你了解一点情况，请你配合一下。

曹广林先是有些犹豫，想了想，还是答应了。

一会儿，曹广林果然来了。进门一见十三幺儿也在，先愣了一下。警察这才把叫他来的原因说了。然后又问，你跟这个赵传之间，是不是发生了什么事？

曹广林一听，显然不太想说。

警察说，既然问你，就有原因，你最好还是说一下，否则后面真发生了什么事，而这里边又确实牵涉到你，你再说，恐怕就是另一回事了。

曹广林一听，这才把这几天的事说了。

窜天猴儿前几天一直给曹广林打电话，曹广林没接，倒不是成心不接，是确实正忙自己的事。现在，他在赵家坳的所有计划都被打乱了，要重新考虑。但窜天猴儿误会了，以为他是故意不接自己的电话。再一想自己跟小曼的事，心里就更慌了。

这时突然想起来，幸好上次小曼临走，留了她的电话。

一想，就别微信了，干脆直接把电话打过去。

他在电话里倒没说别的，只是问小曼，什么时候再来赵家坳。又说，她上次来时，自己已经答应她，下次再来，要带她去三河口的水沟里捉"得儿逛"。

"得儿逛"是三河口一带的水沟里一种特有的鱼，每条最小也有一斤多沉，只要在水沟里发现，就不会是一条，而是一串。它们排成一溜儿，首尾相接，就这样趴在水面上一动不动。你只要找到最前面的一条，伸手就可以拿上来。然后，后面的一条自己就会顶上来，拿一条，顶上一条。但不能从中间拿，中间一拿，扑棱一下就都跑了。小曼听了，笑得弯了腰，说天底下还有这么傻的鱼。窜天猴儿许诺小曼，她再来，就带她去抓这"得儿逛"。

窜天猴儿这时打电话，当然不是真为抓"得儿逛"，而是想试探一下小曼对自己的态度。小曼在电话里一听就说，好啊，我马上要回老家，等回来了，就和我妈去赵家坳。

窜天猴儿听了随口问一句，回老家干啥？

小曼先是不好意思，扭捏了一下不想说。窜天猴儿还一再问，才说，她男朋友的家里已经准备好了，一直催她回去，跟男朋友举行订婚仪式。

窜天猴儿先是以为自己听错了，又问，啥仪式？

小曼说，订婚啊，订婚仪式。

又说，他家也是定西的。

窜天猴儿这才傻了，都不知自己是怎么挂的电话。

他立刻给曹广林发了一条信息，说，一分钟后，让他接自己的电话，否则会出人命。

曹广林接到这个信息，吓了一跳。这回果然接了窜天猴儿的电话，一听是这事，也很意外。曹广林在小曼这个事上确实没骗窜天猴儿。他故意夸大小曼对他的好感，这是事实，但并不知道小曼已在定西老家那边有了男朋友，而且马上就要订婚。

他挂了窜天猴儿的电话，赶紧又给小曼打过去。

这才知道，小曼的这个男朋友是她的高中同学，已经交往几年了，眼下刚从一个职业学院毕业。这次让小曼回去，两人订婚之后，准备一块儿出来。小曼在电话里一听曹广林说窜天猴儿的事，立刻笑起来，说大舅啊，这误会可是你弄出来的，跟我没关系。

曹广林这时，已经有苦说不出。

十三幺儿在派出所听曹广林对警察说了这里边的事，这才明白了。一出来，就要给蔫有准儿打电话。但又想，现在蔫有准儿肯定已经蒙了，跟他说也说不清。

于是，就把电话给肖圆圆打过来。

这时，十三幺儿觉得，自己最信任的人就是肖圆圆。

肖圆圆接了十三幺儿的电话才知道，蔫有准儿的家里已经闹成这样。

张三宝接了肖圆圆的电话，对蔫有准儿说，如果现在分析，他应该不会有什么事。

赵老柱也说，这小子想不开也不会怎么样，说不定扎哪儿扎着呢。

这时，蔫有准儿突然想起来，窜天猴儿从小就有个习惯，只要在家惹祸了，或遇到什么不高兴的事，就跑到青山上的娘娘庙去躲着。现在，这小畜生会不会又去山上的娘娘庙了？

几个人一听，立刻就赶到青山上的娘娘庙来。

娘娘庙的山门虚掩着。看样子，里面果然有人。张三宝先示意了一下，自己走过去，慢慢推开庙门。但刚要迈腿进去，几块破砖烂瓦就从里面扔出来。

张三宝赶紧退出来，冲里面喊，赵传，是你吗？

话音没落，一块大砖头又飞出来。

张三宝冲庙里大声说，咱有事儿说事儿，现在你爹和村里的赵主任都在这儿。

里面没动静了。

但张三宝刚要再进去，几块砖头又雨点儿似的扔出来。

蔫有准儿扯开嗓子喊，你个小畜生，你就不管你爹的死活了吗？

这时，陈广福也不顾脸面了，来到庙门跟前，两手扒着门框，哭着冲里面喊，你个混账的小祖宗啊，你可听好了，要是把你爹闹出个三长两短，我就跟你拼命！

赵老柱脾气也上来了，哼一声说，我就不信，这小兔崽子真敢

511

砸我！

说着，抬腿就要进庙门。张三宝赶紧伸手拉他，一把没拉住，赵老柱的一条腿已经迈进山门的门槛。但就在这时，又一块大砖头飞出来。这砖头显然是冲着赵老柱来的，眨眼就到了跟前。他吓得忙一缩头，正砸在旁边的门框上，跟着又弹回来，还是落到他的脑门子上。这一下虽然泄了劲，但也砸得挺重，身子立刻晃了晃。

赵老柱疼得哎呀一声，转身捂着脑袋回来了，吼着说，小兔崽子，你真敢砸我啊？！

跟着，血就流出来了。

这时，肖圆圆也赶来了。

她来到庙门跟前，冲里面喊了一声，我是肖圆圆，有本事，你今天就砸死我！

说完，就径直走进庙里。

一会儿，她一只手揪着窜天猴儿的耳朵，就从里面拎出来了……

尾 声 太簇

心头欢

那嗲那嗲腊梅和一和

......

飞禽展翅冲上天

......

——《清风亭》

1

俗话说，春打"六九"头。

立春这天，却下了一场罕见的大雪。

一夜间，像从天上飘下一床巨大的无边无际的棉被，把赵家坳和整座青山都暖暖和和儿又厚厚实实地盖起来。葫芦爷仰头望着仍在飘下的雪花，喃喃地说，活一百多年了，还没见过这么大的雪。又感叹说，这热气腾腾的大雪，今年种下的小麦，就等着明年收白面吧。

也就在这天，赵家坳的天行健大剧院落成了。

牛副县长和镇里的徐书记、田镇长都来参加了剪彩仪式。剪彩之后，在众人的一再要求下，还各唱了一段评戏，竟然都能上弦儿。徐书记是《向阳商店》的"好似天外又见一重天"，田镇长则唱了一段新戏《热雪》中"赵大成"的一段唱词,"幸福万年长"。

牛副县长笑着说,这三河口真不愧是戏窝子,连镇里的领导都会唱!

自己一高兴,也唱了一段"水乡三月风光好"。

接着,赵老柱宣布,天行健大剧院今天落成,也正式开台,上演的第一出戏,就是由张三宝老师最新创作、县评剧团排演的六场原创现代评剧《热雪》。

说着又一笑,有句老话儿,戏乃戏也,大家可不要对号入座。

他这一说,台下的众人都笑了。

开演之前,幺蛾子又拎着一面大锣来到台上,哐哐地筛了几下。这锣的声音太大了,在外面不显,这时在剧院的台上就觉着震耳朵。台下立刻静下来。都知道,幺蛾子一筛锣,就又要有重要的事情了,而且应该是肖大锣要宣布什么事。

但锣声一停,走上来的是肖圆圆。

肖圆圆宣布了一件事,"梧桐湾有机农业发展股份+"已经正式开始运作,欢迎大家以各种方式来参股。接着,又以三河口企业副总的身份宣布了一件让所有人都没想到的事,在三河口企业的旗下,又注册了一个"天行健大剧院·海州评剧团文化发展有限公司"。这个公司同样由天行健集团注资,而且也在"梧桐湾有机农业发展股份+"参股。

肖圆圆说,今后这个大剧院,就是海州县评剧团长期演出的场地。

台下的人一听,立刻都兴奋地鼓起掌来。

但就在这时,出了一件事。

在这出叫《热雪》的六场评剧中,还保留了"赵小明"这个人物,而且仍有"云中坐"这个表演的细节。但首演这天,剧团的小花脸齐德明突然家里有事,不能来了。

齐德明在电话里对张三宝说,不过没关系,可以让他的徒弟上。

张三宝这才知道,原来甯天猴儿当初是跟齐德明学的戏。

但甯天猴儿一听,起初不想上,说这么重的戏份儿,怕拿不动。

张三宝说，这可是你师父交代的，再说，救场如救火啊。

窜天猴儿还是唧唧歪歪，东扯西扯地不想上。

肖圆圆在旁边冲他吼了一嗓子，快去！

窜天猴儿立刻低着头，一溜烟儿地去扮戏了……

2

这场罕见的大雪，一连下了几天。

这天中午，赵老柱从镇上回来，走在山路上，看着纷纷扬扬的大雪忽然想起一句戏词儿，不禁唱起来：

那雪片

大如席啊……

使劲喘出一口气，看着眼前喷出的热气，翘起元宝嘴笑了。

正走着，见前面过来一个人。走近了才看清，是曹广林。

曹广林来到近前，笑着招呼，赵主任这是去哪儿了？

赵老柱说，刚在镇里开个会。

曹广林说，您现在，可是功德圆满啦！

赵老柱连连摆手，别这么说，这才哪儿到哪儿啊！

又看看他，你这是？

曹广林说，去镇上，办个手续。

赵老柱问，办啥手续？

曹广林说，这个，还是暂时保密吧。

想了想，又嗯一声说，不过，说了也无妨，这几天，我已跟镇政府谈好了，这回可是田镇长亲口答应我的，前几天，刚签了意向书。

赵老柱站住了，啥？

曹广林胡噜了一下落在脸上的雪说，我把青山这一片包下来了。

赵老柱瞪起眼，你包了这青山？

曹广林说，是啊，这山上和山下跟前的一片，加起来面积也不小啊。

赵老柱问，还种果树？

曹广林长长地出了一口气，我就是种果树的命，这辈子也干不了别的了。

说着又一笑，这回，也准备注册一个企业。

赵老柱问，叫啥？

曹广林朗声说，花果山园林发展有限公司！

赵老柱听了点点头，好！

曹广林又一笑，就兴冲冲地朝山上走去。

前面又到"望粮崖"了。赵老柱来到崖上站住。从这里向下望去，山下的一切尽收眼底。此时，田野，河流，湿地，所有的一切都已被厚厚的积雪覆盖了。但赵老柱还是能清楚地看出，哪里是已经播种的农田。现在，这些农田已经连成片。一眼望去，无边无际地平坦，真像被一床厚厚的棉被盖着。而在这棉被的下面，似乎正在翻滚着热气。

赵老柱想，这是已经萌芽的冬小麦……

代后记 一次脱胎换骨的"马拉松"

在某种意义上说，小说有两种写法。一是在完成整体构思之后，一旦确定了叙事节奏，将规定的速度发动起来，就义无反顾地一直写下去。当然，也有例外。但只要没有重大调整，就先不回头；二是除去整体构思，这个叙事的节奏和速度本身也要不断调整，这就像一个长跑者，从起点出发之后，乃至在奔跑的过程中，还要不断地调整自己的姿态，而且总觉得不是很合适。这样一来，也就像来回"拉抽屉"一样不断地修改。直到将这个小说修改得跟初始相比，几乎面目全非。应该说，这两种写法，一方面是由写作者的写作习惯决定的，抑或是写作时的状态。就我自己的写作习惯而言，一般是后者。

这部《热雪》，就是"拉着抽屉"写的。

责任编辑兴安先生对我说，写这部小说的过程，对你来说，大概是从没有过的。

真的是这样。尽管我的写作习惯如此，这次，也的确如此。

这部小说最初的初稿，电脑字数是37万9千字，一共搞了5稿，不是修改，是一个字一个字地写了5稿，到最后一稿，是33万6千字。这样算下来，总共写了将近180万字。

我曾经认为，一部小说读者是否喜欢，是由读者的心理律动和小说文本的律动决定的。如果这两者相合，产生"谐振"，读者就会喜欢。但在写这部小说的过程中，我发现，其实写作者也同样面临这个问题。在写作过程中，写作者的心理律动决定他所写出的文字。但不同的时候，由于各种客观因素，这种心理律动的频律和振幅都是不一样的。这就会产生一个问题，也许在某一个时段写的文字，过一段时间再看就不满意了，甚至觉得完全不行，更有甚者，简直觉得不可思议，不知道自己当时为什么要这样写。这一来也就不是修改的问题了，只能重写。而如果写作者的心理律动一直在不断的变化，也就只能一遍一遍地重写。

就这样，这部《热雪》写到最后一稿时，就几乎脱胎换骨了。

这也让我意识到，一部小说，写作者写它的过程，其实也是寻找自己真正的、本来的心理律动的过程。说它是"真正的"，"本来的"，是因为我们每一个人的心理律动，它的频率和振幅都是唯一的，之所以有变化，就如同水面上的波纹，不过是一种"扰动"。

所以，我觉得，这每一稿都是必要的，就如同不能从一楼直接上到五楼。

但最初，我没有这样理性。

或者可以这样说，是一直被一种莫名的感性牵引着。

这些年，我经常会想起当初插队时，村里的一个年轻人。他好像没父母，平时就住在村里的卫生室。卫生室在水塘边，是个土屋，也是我们知青经常来玩儿的地方。这年轻人喜欢拉板胡。当然，买是买不起的，但他的手很巧，就自己做了一把。用一只敲掉底儿的搪瓷碗，在碗口蒙上一块三层板，又不知从哪儿找来一根硬木的木棍儿，打磨得很光滑，再安上自制的弦轴。他告诉我，这叫"亶子"。琴弦和打磨弓毛儿用的松香，是一次公社的宣传队下来演出时，他帮人家搬了一晚上道具，最后找人家要的。做琴弓的马尾，本来是去生产队的马号找喂牲口的吴老爷儿。吴老爷儿最爱听评戏，他以为，要一撮儿马尾巴应该没问题。但他想错了。吴老爷儿一向爱马如子，一听就急了，抄起粪叉子把他打出来。但他也有办法，后来带着一把剪刀，半夜潜入马号，还是偷偷地剪了一撮儿马尾。不过由于光线太暗，又心虚，情急之下剪的不是马尾巴，而是骡子尾巴。大概那头"雪花青"被剪疼了，还尥蹶子踢了他一下。虽然他没说踢在什么地方，但看得出来，应该是在下半身，后来走路一直猫着腰。

　　就这样，他这把板胡总算做成了。虽然有些怪模怪样，但一眼看去，长得还真像一把板胡。从这以后，每到晚上，他就坐在卫生室门口的水塘边拉这个板胡。

　　这板胡的声音可以想象，很独特。我敢说，跟这个世界上所有拉弦乐器的琴声都不一样，不仅沙哑，也有些忧郁。但这忧郁中又有一种自得的悠扬。我们集体户在水塘的对岸，这琴声从水面传来，像夜风一样一阵一阵的。那时，这个年轻人最大的愿望，就是能有一个真正的椰壳。他经常用手比划着说，这么大，只要这么大就行。看他比划的大小，应该像一个茄子。后来我才知道，真正的板胡，"琴碗"就是用椰壳做的。当然，在那时，椰子只有海南岛才有，而对这个年轻人来说，在中国北方这样一个叫宁河的偏僻地方，要想得到一只远在"天涯海角"的椰壳，应该比得到一把真正的板胡还难。

　　这些年，我又见过很多人拉板胡，或伴奏，或独奏，但是再也没听到过当年那样的琴声。倒不是这年轻人拉琴的技艺有多好，而是他的琴声里，有一种独特的内容。

　　我觉得，就是这琴声的记忆，把我带进《热雪》的世界。

　　2015年春天，我回到这个曾经插队的地方挂职，当时还叫县城。在我办公室的楼下，旁边就是县文化馆。直到这时，我才感觉到，这里确实是"评剧之乡"。走在街上，别问谁喜欢评戏，只问谁不喜欢评戏。尤其两个当地人在街上说话，你在旁边听，要多有意思就多有意思，哪怕是抬杠拌嘴地矫情，一搭一句儿也像台上的白口，连尺寸、褂节儿、大小节骨眼儿都拿捏得恰到好处，不知道的内行听了，还以为是台上的"死钢死口"。

　　楼下的文化馆也很快引起我的兴趣。每天从早到晚，这里总聚了一些喜欢评戏的人，有爱唱的，也有爱听的，人多的时候几乎挤得满满的，文场儿武场儿也很齐备。评剧伴奏的主要乐器就是板胡，它的声音不光清脆，也很嘹亮，极富表现力和感染力，在文场儿中总是一耳朵就能听出来。我没事的时候，就经常下楼来到这边，听这些人唱评戏。后来发现，文场儿中有一个拉板胡的年轻人，看上去虽不太专业，但拉得很认真，也很投入，总是眯着眼，抻着脖子，随着琴弓的拉动头也不停地来回晃动，看上去也很自得。这个年轻人，让我想起当年村里的那个用搪瓷碗做了一把板胡的年轻人。他那时拉琴的神情，跟这个年轻人很相像。当然，眼前这年轻人用的板胡可以看出来，是一把很好的专业琴，琴碗的椰壳漆得闪闪发亮。

这时，为建立基层的公共文化服务体系，国家每年都有专项拨款，所以不光是县文化馆，下面各乡镇的综合文化服务中心，也就是当初的文化站，也都配发了各种专业级的乐器。

我在宁河挂职三年，听楼下的评戏，也这样听了三年。

中国的戏曲文化不仅博大精深，也很神奇，不光京剧，几乎所有的地方曲种，可以说，是我们这个民族几千年文化积淀的宝藏。我们的传统文化，其中很重要的一部分，不仅用戏曲这种特殊的形式存储下来，或者可以这样说，这形式不仅是载体，它本身也是一种外化的表现形式。譬如我们中国的传统音乐，就是以自己独有的方式定义的。《孟子·离娄上》说，不以六律，不能正五音。而我们用来正"五音"的"六律"和"六吕"，合称"十二律"，又是与我们传统的农历十二个月相对应的。这农历的十二个月，决定着二十四节气，而这二十四节气，又决定着我们先人几千年来春种、夏榜、秋收、冬藏的农时。

的确很神奇吧，纵横交错，触类旁通。这就是我们这个民族传统文化的博大精深所在，也是我们应该拥有坚定的文化自信的理由。

其实这部《热雪》，是和《暖夏》同时构思的。但小说题目的确定不太一样。《暖夏》是一开始构思，题目就已经有了。但这部《热雪》的构思有了之后，甚至已到成熟阶段，题目还一直没定下来。就我个人的写作习惯而言，这是很麻烦的事，如果在构思阶段没确定题目，有了故事，再回过头来找题目就难了。这种感觉，往往比构思故事本身还要费力。

后来，就在动笔之前，我忽然想起一件事。

那是一个冬天，当时还在宁河挂职。一天上午，我冒着大雪下乡参加一个现场会。那是一场罕见的大雪，据当地人说，已经很多年没这样下过了。车驶下国道，开进乡路时，我看着车窗外仍在飘着的大雪，田野和沟壑已经平了，一夜之间，如同在无际的田野上盖了一床厚厚的被子。我毕竟插过队，也种过庄稼，当时想，这样一场大雪，明年开春小麦返青，长势肯定会很好。接着，就觉得这床巨大的"被子"下面，似乎正积蓄着一股巨大的能量。

　　于是，这个《热雪》的题目，也就这样定下来。

　　可以这样说，这部小说，是在田野里生长出来的。

图书在版编目（CIP）数据

热雪 / 王松著. -- 北京：作家出版社，2022.12
（新时代山乡巨变创作计划）
ISBN 978-7-5212-2132-9

Ⅰ. ①热… Ⅱ. ①王… Ⅲ. ①长篇小说 – 中国 – 当代
Ⅳ. ①I247.5

中国版本图书馆CIP数据核字（2022）第228874号

热　雪

作　者：王　松
责任编辑：兴　安
书名题字：溪　翁
装帧设计：平　宇
出版发行：作家出版社有限公司
社　　址：北京农展馆南里10号　　邮　　编：100125
电话传真：86-10-65067186（发行中心及邮购部）
　　　　　86-10-65004079（总编室）
E-mail:zuojia@zuojia.net.cn
http://www.zuojiachubanshe.com
印　　刷：北京盛通印刷股份有限公司
成品尺寸：152×230
字　　数：380千
印　　张：33.5
版　　次：2022年12月第1版
印　　次：2022年12月第1次印刷
ISBN　978-7-5212-2132-9
定　　价：79.00元